KB116889

다음 사람을 죽여라

다음
사람을
죽여라

페데리코 아사트 장편소설

한정아 옮김

KILL
THE
NEXT
ONE

비채

나의 부모님
루즈 L. 디 피로와 라울 E. 아사트에게 바칩니다.

쇳덩이에 손가락을 댔어.
권총은 너무 무거웠지.
심장이 뛰고 있었어.
나의 사랑.

U2, 'Exit'에서

PART 1 —————————————————————— 9

PART 2 —————————————————————— 111

PART 3 —————————————————————— 167

PART 4 —————————————————————— 357

Epilogue —————————————————————— 508

작가의 말 —————————————————————— 526

KILL

THE

NEXT

ONE

PART 1

테드 매케이가 자신의 머리에 총알을 박아 넣으려는 순간 초인
종이 울렸다. 끈질기게.

그는 멈칫했다. 현관 앞에 사람이 있는데 방아쇠를 당길 순 없다.
가라, 누군지는 모르겠지만.

다시 초인종. 그다음엔 남자의 목소리.

"문 열어요! 듣고 있는 거 다 압니다!"

그 목소리는 서재에 앉아 있는 테드에게 놀랄 만큼 선명하게 들
렸다. 어찌나 또렷한지 순간적으로 환청을 들었나 싶을 정도였다.

그는 누가 진짜로 소리쳤다는 것을 입증해줄 무언가를 찾으려는
것처럼 서재 안을 둘러보았다. 회계장부와 모네 복제화, 책상, 모든
사정을 홀리에게 설명한 그의 편지가 보였다.

"문 좀 열어봐요!"

테드는 여전히 브라우닝을 머리 가까이에 들고 있었다. 총의 무
게 때문에 팔이 점점 아파왔다. 현관문 앞에 선 남자가 총소리를
듣고 경찰에 신고하면 계획은 틀어지고 말 것이다. 홀리는 딸들과

함께 디즈니랜드에 있다. 아내가 집에서 그렇게 멀리 떠나 있는 상황에서 소식을 듣게 하고 싶지는 않았다. 그럴 수는 없었다.

초인종 소리가 멈췄다. 이젠 문을 쾅쾅 두드리는 소리가 들렸다.

"빨리 열어요! 들여보내줄 때까지 안 갑니다!"

권총이 흔들리기 시작했다. 테드는 팔을 내리고 권총을 무릎에 내려놓았다. 그러고는 왼손으로 머리를 쓸어 넘기면서 불청객을 욕했다. 잡지라도 팔러 왔나? 집집마다 다니는 외판원은 이 동네에서는 환영받지 못하는 존재였다. 이 친구처럼 무례하게 굴 때는 더더욱.

고함과 문 두드리는 소리가 몇 초 동안 들리지 않았다. 테드는 다시 천천히, 아주 천천히 총을 들어 관자놀이에 댔다.

이젠 지쳐서 갔겠지 하고 생각하는 순간, 고함과 문 두드리는 소리의 폭격이 다시 시작되면서 그의 생각이 틀렸음을 입증했다. 그러나 테드는 문을 열지 않을 작정이었다. 적어도 저자에게는. 기다릴 것이다. 조만간 저 망할 자식도 포기하겠지, 안 그래?

그때 책상 위에 놓인 것이 그의 눈길을 끌었다. 그가 홀리에게 남긴 유서와 마찬가지로 두 번 접은 종이였는데, 다만 이 종이에는 아내의 이름이 적혀 있지 않았다. 바보같이 깜박하고 처음 쓴 걸 버리지 않은 것일까? 불청객이 문 밖에서 고래고래 소리를 지르는 동안, 테드는 이 예상치 못한 훼방꾼이 적어도 한 가지는 좋은 일을 했다며 자기 자신을 위로했다. 그러고는 쪽지를 펴서 읽었다.

섬뜩한 기분이 들었다. 테드 자신의 글씨였다. 그런데 그에겐 이 글을 쓴 기억이 전혀 없었다.

문을 열어.

그게 네 유일한 탈출구야.

지금은 기억나지 않는 어떤 상황에서 쓴 글일까? 이를테면 신디나 나딘과 놀이를 하다가? 그는 쪽지가 거기 있는 이유를 찾을 수 없었다. 어떤 미친놈이 현관문을 두들겨 부수려고 하는 지금 같은 상황에서는. 그렇지만 분명히 어떤 합리적인 이유가 있을 것이다.

그냥 좋을 대로 생각해.

오른손에 쥔 브라우닝의 무게가 1톤은 되는 듯 느껴졌다.

"빨리 문 열어요, 테드!"

그는 깜짝 놀라 고개를 들었다. 방금 자기 이름을 들은 거 맞나? 테드는 이웃들과 친하지 않았지만 그래도 목소리 정도는 구분할 수 있었다. 저자의 목소리는 어떤 이웃의 목소리와도 비슷하지 않았다. 테드는 벌떡 일어나 권총을 책상에 내려놓았다. 도대체 어떻게 된 일인지 알아보는 수밖에 없었다. 잠깐 생각해보니 그런다고 크게 문제될 것도 없을 것 같았다. 누군지 모를 저 망할 자식을 쫓아버린 후 서재로 돌아와 생을 마감하면 될 것이다. 몇 주 전부터 준비한 일을 잡지 혹은 허섭스레기를 팔러 다니는 얼간이 때문에 막판에 취소하는 일은 없을 것이다.

테드는 단호히 일어섰다. 책상 귀퉁이에 오래된 펜과 클립, 반쯤 쓴 지우개 등을 담아두는 작은 도자기 병이 있었다. 그는 재빨리 도자기 병을 뒤집어 2분 전 자신이 떨어뜨린 열쇠를 찾았다. 다시는 볼 일이 없을 줄 알았던 열쇠를 집으니 묘한 기분이 들었다. 지금쯤이면 손가락에 총기 발사 잔여물을 묻힌 채 등받이가 조절되는 안락의자에 널브러져 있어야 했다. 그 잔여물이 빛을 향해 부유하는 가운데.

스스로 목숨을 끊기로 결심하면—그 결심에 망설임이 있든 없든— 마지막 몇 분이 의지력을 시험한다. 테드는 조금 전 이러한 교훈을 얻었고, 이 모든 과정을 다시 겪어야 한다는 게 너무도 싫었다.

그는 짜증을 내며 서재 문으로 걸어가 자물쇠에 열쇠를 넣고 돌려서 문을 열었다. 문 바깥쪽, 눈높이 바로 위에 자신이 붙여둔 쪽지를 보자 또다시 묘한 기분이 들었다. 홀리에게 경고하는 쪽지였다. "홀리, 서재 열쇠 복사한 것 냉장고 위에 뒀어. 애들은 들이지 마. 사랑해." 잔인해 보일지 몰라도, 오랫동안 깊이 생각해서 쓴 것이었다. 머리에 구멍이 뚫린 채 책상 뒤 의자에 쓰러져 있는 자신을 딸들이 보게 하고 싶지 않았다. 그래도 서재에서 죽는 것이 제일 나았다. 강물로 뛰어들거나 멀리 떠나 철길에 뛰어드는 것을 두고 심각하게 장단점을 고민했는데, 그런 불확실성이 가족들을 더 힘들게 할 거란 생각이 들었다. 특히 홀리를. 그녀는 그를 눈으로 직접 보고 확인해야 할 것이다. 그…… **영향**을 직접 느껴야 할 것이다. 홀리는 젊고 아름다우니 새로 시작할 수 있다. 잘 살 것이다.

문이 부서질 듯 두드리는 소리.

"나가요!" 테드가 외쳤다.

소리가 멈췄다.

문을 열어. 그게 네 유일한 탈출구야.

서재 문 옆에 난 길고 좁은 창문 너머로 낯선 자의 옆모습이 보였다. 테드는 마지못해 하는 것처럼 느릿느릿 거실을 가로질러 걸어갔다. 걸어가면서, 조금 전에 열쇠를 관찰했듯 거실 안의 모든 것을 다시 한 번 훑어보았다. 커다란 평면 TV, 15인용 식탁, 도자

13

기 꽃병이 보였다. 그는 나름의 방식으로 이 모든 세속적인 것들과 이별했다. 그래 놓고 다시 나와 좀비처럼 집 안을 돌아다니고 있는 것이다.

그가 갑자기 걸음을 멈췄다. 혹시 이것이 그의 영혼이 몸을 떠난 후에 보고 있는 장면은 아닐까?

한순간 그는 서재로 달려가 자신의 몸이 책상 뒤에 널브러져 있는지 확인하고 싶은 강렬한 욕구를 느꼈다. 팔을 뻗어 소파 등받이를 어루만졌다. 가죽의 부드럽고 서늘한 촉감이 느껴졌다. 너무나 생생해서 상상일 수 없었다. 그러나 그걸 어떻게 확신할 수 있을까?

그는 문을 활짝 열었다. 문간에 서 있는 청년을 보자, 그렇게 예의가 없는데도 외판원으로 살아남은 비결을 금방 알 수 있었다. 청년은 스물다섯 살쯤 되어 보였고, 밝고 다채로운 가로줄무늬가 있는 폴로셔츠에 흰 바지, 뱀가죽 허리띠로 흠잡을 데 없이 차려입고 있었다. 외판원이라기보다는 골퍼처럼 보였지만, 오른손에 들고 있는 낡은 가죽 서류가방이 고급스런 옷차림과 충돌했다. 금발을 어깨까지 기르고 눈은 하늘색이었으며 쾌활한 미소를 짓고 있었다. 홀리나 이웃의 다른 여자들이 이자가 권하는 허섭스레기를 군말 없이 사들이는 모습이 쉽게 그려졌다.

"뭔진 모르지만 관심 없어요." 테드가 말했다.

미소가 더 활짝 피어났다.

"아, 뭘 팔러 온 게 아닌데요." 청년은 우스워 죽겠다는 듯이 말했다.

테드는 낯선 청년의 어깨 너머를 살펴보았다. 앞쪽 보도 연석이나 설리번 대로 어디에도 주차된 차가 보이지 않았다. 더위가 한풀

꺾이긴 했지만 오후의 태양 아래를 걸었다면 이 파렴치한 자의 얼굴에 흔적이 남았을 텐데, 전혀 보이지 않았다. 게다가 그렇게 멀리 주차할 이유가 뭐란 말인가?

"겁내지 말아요." 테드의 마음을 읽은 것처럼 청년이 말했다. "파트너가 이 앞에 내려줬어요. 이웃에게 의심 사지 말라고."

공범이 있다는 말에도 테드는 당황하지 않았다. 강도에게 살해당하는 편이 스스로 총을 쏘는 것보다 훨씬 더 그럴듯해 보일 것 같았다.

"나 바쁘니까 가요."

테드가 문을 닫으려 하자 청년이 팔을 뻗어 그를 막았다. 그러나 적대감이 느껴지는 행동은 아니었다. 애원하는 눈빛이었다.

"내 이름은 저스틴 린치입니다, 매케이 씨. 잠깐만……."

"내 이름을 어떻게 알지?"

"잠깐 들어가서 10분만 시간을 주세요. 다 설명할게요."

한순간 긴장감이 흘렀다. 테드는 이 친구를 안으로 들일 생각이 없었다. 그것만큼은 확실했다. 그러나 그가 왜 거기 있는지 호기심이 생겼다는 걸 인정하지 않을 수 없었다. 결국 그의 이성이 승리했다.

"미안하지만, 지금은 그럴 때가 아니라서."

"틀렸어요. 지금이 딱 좋은……."

테드는 문을 쾅 닫았다. 린치의 마지막 말은 문에 막혀 소리가 작아졌지만 또렷하게 들렸다. "지금이 딱 좋은 때예요." 테드는 그 뒤로 말이 이어질 것을 알고 있기라도 한 것처럼 문을 향해 귀를 기울였다.

그리고 정말 그랬다. 린치는 훨씬 더 크게 말했다.

"당신이 서재에 놓아둔 9밀리미터 권총으로 뭘 하려던 중인지 다 알아요. 한 가지 약속하죠. 그 일을 말리지는 않을게요."

테드는 문을 열었다.

테드는 극도로 치밀하게 자살을 준비했다. 삶이 잘 풀리지 않아 괴로워하다가 막판에 충동적으로 한 결심이 아니었다. 애처롭게 관심을 호소하면서 일을 망치는 한심한 자살미수자는 되지 않을 작정이었다. 적어도 테드 자신은 그렇게 생각했다. 그러나 그렇게 신중했다면 린치가 어떻게 그의 계획을 알았겠는가? 완벽한 옷차림을 하고 환하게 웃는 이 낯선 청년은 테드가 가진 권총의 구경과 권총을 놓아둔 장소까지 정확히 알고 있었다. 테드가 자살하려 한다는 말이 즉흥적으로 한 말은 아니었겠지만, 혹시 그냥 던진 말이었다면 상당히 운 좋게 맞아떨어진 것이다. 그러나 린치는 조금도 망설임 없이 그렇게 말했다.

그들은 탁자를 사이에 두고 마주 앉았다. 테드는 아드레날린이 솟구치며 한기가 들었다가 이윽고 신경이 예민해지며 눈앞의 적을 물리치는 데 온 정신을 집중하게 되는, 특유의 오래되고 익숙한 느낌이 들었다. 체스 대회에 참가하지 않은 지 수십 년이지만 틀림없었다. 테드는 유쾌함마저 느꼈다.

"트래비스가 시켰군, 내가 뭐 하는지 지켜보라고." 테드가 말했다.

린치는 가죽 서류가방을 탁자에 놓고 열려다 말고 깜짝 놀란 표정으로 테드를 보았다.

"당신의 동업자는 이 일과 아무 관련이 없어요, 테드. 테드라고 불러도 되죠?"

테드가 어깨를 으쓱했다.

"아이들 사진이 안 보이네요, 나딘과 신디." 린치가 가방 속의 내용물을 바라보면서 말했다. 뭔가 찾고 있는 것 같았다.

정말로 가족사진이 한 장도 없었다. 테드가 거실에서 모두 치워버렸다. 충고 하나. 자살할 생각이라면, 사랑하는 사람들의 사진부터 눈에 안 보이게 치울 것. 가족이 당신의 어깨 너머로 지켜보고 있지 않을 때가 일을 계획하고 실행하기 더 수월하다.

"내 딸들 이름 함부로 입에 올리지 마."

린치가 활짝 웃으면서 두 손을 들어 보였다.

"여담으로 신뢰를 얻으려고 했던 건데. 전에 애들 사진을 본 적이 있거든요. 지금 둘 다 엄마와 함께 플로리다에 있는 걸로 아는데요. 외갓집에 갔죠?"

마치 갱 영화 대사 같았다. **허튼 수작 하지 마라. 네 가족이 어디 있는지 다 아니까.** 그래도 린치의 친해지려고 노력하는 듯한 태도에서는 진실성이 엿보였다.

"자네를 집 안으로 들였잖아. 그럼 이미 어느 정도의 신뢰는 얻은 거 아닌가?"

"다행이군요."

"내 가족에 대해 뭘 알고 있지?"

서류가방 위에 두 손을 올려놓고 앉아 있던 린치가 그런 말 말라는 듯 한 손을 내저었다.

"아, 뭐, 별로 없어요. 우린 필요 이상으로 끼어드는 거 안 좋아하거든요. 금요일에 돌아온다는 정도? 그럼 우리 일을 끝내는 데 사흘의 시간이 있다는 얘긴데, 그 정도면 차고도 넘쳐요."

"우리 일?"

"물론이죠, 우리 일!"

린치는 서류가방에서 얇은 서류철 두 권을 꺼내 탁자 한쪽에 놓았다. 그러고는 서류가방을 옆으로 밀어서 치웠다.

"테드, 살인청부업자 해볼 생각 없어요?"

단도직입적이란 말은 이럴 때를 두고 하는 말인가!

"경찰이야? 경찰이면 먼저 신분을 밝혔어야지."

테드가 일어섰다. 분명 서류철에는 끔찍한 사진이 가득 들어 있을 것이다. 경찰이 그를 살인용의자로 보고 있으며 그의 자살 계획이 그의 혐의를 입증하는 결정적인 증거라고 생각한 것이다. 린치가 집 안으로 들어오겠다고 고집을 부린 것도 그때문이었을 것이다. 아니면 이 친구, FBI 요원인가?

"경찰 아니에요, 테드. 앉아요."

"내 집에서 나가, 지금 당장." 테드는 린치가 나가는 길을 모르는 것처럼 문을 가리켰다.

"우리가 당신의 자살 계획을 어떻게 알게 됐는지 이야기하기도 전에 나가라고요? 정말?"

이 친구, 예리하다. 테드는 그 경위를 정말 알고 싶었다.

"설명할 시간 5분 주지."

테드는 앉지 않았다.

"좋아요." 린치가 말했다. "지금 설명할게요. 나는 당신 같은 사람에게 이 서류철에 있는 부류의 사람들을 소개하고 싶어 하는 사람들을 위해서 일하고 있어요." 그가 서류철 위에 한 손을 올려놓았다. "파일을 잠깐 펴보도록 허락해주실래요? 그럼 무슨 말인지 금방 알 수 있을 텐데요. 당신은 똑똑하니까."

린치는 서류철을 펼쳐 탁자 가운데에 놓고 테드를 돌아보았다. 테드는 여전히 두 손으로 엉덩이를 짚고 서 있었다.

첫 장은 경찰 수사 기록 사본이었다. 한 귀퉁이에 30대로 보이는 남자의 정면과 옆모습을 찍은 사진 두 장이 스테이플러로 찍혀 있었다. 사진 속 남자는 구릿빛 피부에 머리는 깔끔하게 빗어서 젤을 발랐다. 턱을 약간 쳐들고 옅은 파란색 눈을 크게 뜬 채 카메라 렌즈를 도전적으로 응시하고 있었다. 사진 설명에 따르면, 그의 이름은 에드워드 블레인이었다.

"블레인은 사소한 절도와 폭행 등 전과가 몇 건 있어요." 린치가 페이지를 넘기며 말했다. "이번에는 여자친구를 살해한 혐의를 받고 있죠."

테드의 예상이 한 가지는 들어맞았다. 서류철에는 끔찍한 사진이 가득했다. 지금 그가 보고 있는 사진은 잔혹하게 살해당해 침대와 서랍장 사이의 좁은 공간에 누워 있는 여자를 찍은 것이었다. 벌거벗은 몸통에 칼에 찔린 상처가 적어도 일곱 군데는 되는 것 같았다.

"피해자 이름은 아만다 허드먼. 정식으로 약혼이나 결혼을 한 건 아니고 블레인과 만났다 헤어졌다를 반복하는 사이였어요. 블레인이 그녀에게 값싼 약을 구해다 줬고, 가끔은 둘이 좀 더 센 약을 시도하기도 했어요. 하지만 양쪽 친구들 얘기를 들어보면, 둘은 줄곧 싸우고 화해하기를 반복했다더군요. 허드먼이 자신의 아파트에서 주검으로 발견되자 경찰은 블레인부터 잡아다 족쳤어요. 그는 질 투심에 사로잡혀 허드먼과 싸운 건 인정하지만 칼로 찌르지는 않았다고 주장했고요. 근데 기가 막힌 게 뭔 줄 알아요? 경찰이 아무것도 입증하지 못했다는 거예요. 그래서 결국 블레인을 풀어줄 수밖에 없었죠."

어느새 테드는 의자에 앉아 있었다. 사진에서 눈을 뗄 수 없었다. 린치가 페이지를 넘기자, 아만다의 부은 눈과 가슴에 난 깊은 자상, 몸 곳곳의 멍을 찍은 근접촬영 사진이 있었다.

"결백했어?" 테드가 혼란스러워하며 물었다.

"워낙 용의주도해서 주먹으로 여잘 때리진 않은 거죠. 당연한 거겠지만, 흉기도 발견되지 않았어요. 집 안 곳곳에 놈의 지문이 찍혀 있었지만 피해자의 몸에는 전혀 없었고요."

"하지만 싸웠다고 인정한 게 사실상 자백한 거잖아."

"놈의 변호사들은 그 자식이 강압수사에 못 이겨 허위자백을 했다고 주장했고, 입증해냈어요. 형사들이 강압수사한 것도 어느 정도는 사실이고요. 놈을 풀어준 결정적인 증거는 법의학자의 사망시각 분석이었어요. 검찰 측 전문가가 사망시각을 저녁 7시에서 10시 사이로 추정했는데, 다수의 증인이 그 시간대에 블랙 솜브레로라는 싸구려 술집에서 블레인을 봤다고 증언한 거죠. 그곳에서 가능한 한 많은 사람의 눈에 띄려고 놈이 꽤나 신경을 쓴 거 같아요. 믿을 만한 증인이 서른 명이 넘어요. 거기 주차장에 달린 보안 카메라에도 잡혔고."

테드는 서류철의 페이지를 휙휙 넘겨보았다. 허드먼의 시신을 찍은 사진이 몇 장 더 있었고 강조 표시가 된 문단들이 있는 기록

물 사본도 들어 있었다.

"이제 좀 이해가 가죠?"

테드는 이해하기 시작했다.

"자네 쪽 사람들은 블레인이 이 여자를 죽였다는 걸 어떻게 확신했지?"

"내가 소속된 조직은 사법제도 안에 정보원을 많이 심어두었죠. 물론 범죄자를 뜻하는 건 아니에요. 범죄자들과는 되도록 거래하지 않는다는 게 우리 원칙이니까. 우리 정보원은 살인사건에서 수상한 낌새가 있을 때 바로 알아차리는 능력이 있는 변호사와 판사, 보좌관 들이에요. 우리의 임무는 그 의혹을 모두 **불식**시키는 거고요. 블레인의 경우는 한마디로 말해, 놈에게 뜻밖의 행운이 찾아든 케이스였죠. 우리는 전문가를 고용해 사망시각을 계산할 때 어떻게 그런 중대한 실수를 할 수 있는지 조사했어요. 전문가가 말하길 법의학자들이 하는 검사는 시신이 발견된 순간 측정한 사망자의 체온을 바탕으로 한다더군요. 시체의 체온은 시간이 갈수록 떨어져……."

테드가 그의 말을 막았다. "그건 알아. 나도 CSI 보거든."

린치가 웃었다.

"그럼 바로 본론으로 들어갈게요. 범죄 현장에 가보니 어떻게 된 일인지 알겠더라고요. 1층에 있는 아만다 허드먼의 아파트는 현재 비어 있는데, 그 바로 아래, 지하에 세탁소가 있어요. 건조기의 주배기관이 시신이 발견된 지점 바로 밑을 지나고요. 그때문에 시신이 따뜻하게 유지될 수 있었고 일반적인 경우보다 체온이 더 느리게 떨어진 거죠."

"달리 말하자면, 그자가 여자를 그날 그보다 이른 시각에 죽였다는 거로군.”

“바로 그거예요. 여섯 시간에서 여덟 시간 일찍. 살인은 밤에 일어난 게 아니라 한낮에 일어난 거죠. 블레인이 술집에 가기 전에.”

“수사를 재개할 방법은 전혀 없고?”

“이미 재판에서 무죄 평결을 받았어요. 그렇다고 사법제도를 탓하진 않아요. 개자식들이 허술한 법망을 뚫고 빠져나가는 경우가 종종 있으니까. 슬프게도 그 반대의 경우도 일어나죠. 부당한 사법제도에 무고한 개인이 희생당하는. 하지만 지금 어느 쪽이 더 위중한가를 따져볼 필요는 없겠죠.”

테드는 더 들을 필요가 없었다.

“그러니까 내가 블레인을 죽여주기를 바라는 거로군, 안 그래?”

린치가 활짝 웃자 완벽한 치아가 반짝였다.

“내가 말했죠? 당신은 똑똑한 사람이라고.”

3

테드는 냉장고를 바라보며 서 있었다. 깜빡하고 떼어내지 않은 홀리의 사진이 사과 모양 자석에 고정되어 냉장고 문에 붙어 있었다. 딸들이 반짝이 색종이로 모양이 같고 크기가 다른 직사각형을 여러 개 오려서 겹쳐 붙이고, 그 안에 사진을 붙여서 가장자리를 장식해놓았다. 사진 속의 홀리는 테드가 옛날부터 좋아한 빨간색 비키니를 입고 바다에서 해변으로 뛰어오고 있었다. 웃으면서 고개를 한쪽으로 갸웃하고, 긴 금발은 햇빛을 받아 불타오르는 것 같았다. 한쪽 다리가 무릎 뒤로 완전히 사라진 순간에 사진이 찍혀서, 다른 쪽 다리로만 몸을 지탱하고 선 모습이 기본적인 균형의 법칙에 어긋나는 것처럼 보였다.

그 사진은 오랫동안 냉장고에 붙어 있었다. 테드는 자기가 부엌에 온 이유를 잊은 채 사진을 노려보고 있었다. 그러다가 사진의 한 귀퉁이를 잡고 냉장고에서 떼어냈다. 홀리의 웃음 소리가, 그다음에는 우는 소리가 들리는 것 같았고, 곧이어 서재 문 앞에서 그녀가 토해내는 가슴 찢어지는 절규도 들리는 것 같았다. 자기가 나

24

한테 어떻게 이럴 수 있어?

그는 아무 서랍이나 열고 익숙지 않은 조리 도구들 사이에 사진을 놓았다.

냉장고에 맥주가 두 병 남아 있었다. 테드는 한 손에 한 병씩, 병목을 잡고 집어든 후 발로 냉장고 문을 닫았다. 그러고는 조리대에 기대어 섰다. 린치는 아직 거실에 있었다. 그에게 뭐라도 마실 것을 줘야겠다는 생각이 불현듯 들어 맥주를 꺼냈는데, 지금은 후회가 되었다. 낯선 청년의 계획을 듣자마자 설명할 수 없는 짜릿함이 테드의 온몸을 휩쓸었고, 그는 잠시 혼자서 상황을 정리해보고 싶었다. 그는 사적 정의라는 개념을 좋아하지 않았지만 블레인 같은 기생충이 사라지면 세상이 더 살기 좋아지겠다는 생각은 분명히 들었다. 그러나 사람을 죽인다는 생각이 그에게 동기를 부여하지는 않았다. 심지어 그는 사형제도에도 찬성하지 않았다. 거기에 대해 질문을 받을 때마다 그렇게 말했다. 때로는 사격연습장에서 자신을 향해 다가오는, 판지로 만든 사람 모양 표적의 미간을 정확히 맞히면서 비열한 범죄를 저지른 '나쁜 놈'을 쓰러뜨리는 상상을 하기도 했다. 그는 고개를 끄덕였다. 린치는 그의 예상처럼 외판원은 아니었지만, 테드가 제안을 진지하게 생각해보도록 설득하는 데 성공했다.

테드는 사과 모양 자석을 뚫어지게 바라보았다. 홀리의 사진이 보이지 않으니 생각이 또렷해졌다. 린치의 제안은 매력적이었다. 깊고 결정적인 무언가가 있었다. 테드가 나쁜 놈을 죽이면, 홀리와 딸들이 자기를 겁쟁이가 아닌 영웅으로 볼 거란 확신이 들었다.

거실로 돌아가면서 그는 거실에 가면 아무도 없을 거라는 미친 생각을 했다. 린치가 이미 가버렸거나, 더 심각하게는 린치와의 만남이 자신의 상상에 불과했을 거란 생각.

그러나 린치는 아직 거실에 있었고, 탁자 위에는 서류철 두 개가 놓여 있었다. 그가 일어서서 테드가 건네는 맥주를 받아들고 병목 부분을 기울여 감사를 표했다. 그러고는 길게 한 모금 벌컥벌컥 마셨다.

테드가 다시 앉았다. "자네 쪽 사람들이 어떻게 알았지?"

"자살 계획에 대해서?"

테드가 고개를 끄덕였다.

"우리만의 방법이 있죠. 그걸 당신과 공유하는 것이 신중한 선택인지는 확신이 안 서는군요."

"나더러 사람을 죽이랬잖아. 적어도 그 정도는 알 자격이 있다고 생각하는데."

린치는 다시 생각해보았다.

"그건 당신이 우리 제안을 받아들인 것으로 생각해도 된다는 뜻인가요?"

"어떤 뜻도 아니야. 일단 자네 쪽 사람들이 어떻게 알아냈는지 들어봐야겠다는 거지."

"지당한 말씀 같군요." 린치가 맥주를 한 번 더 벌컥벌컥 마시더니 탁자에 병을 내려놓았다. "지원자를 뽑는 방식에는 두 가지가 있어요. 첫 번째 방식은 가장 가능성이 있는 지원자를 뽑을 수 있는데, 문제는 효과가 가장 적은 것으로 판명됐다는 거죠. 애석하게도요. 우리의 대의명분에 동조하고 도와주는 정신과 의사들이 있어요. 그들이 자살할 가능성이 있는 사람들을 우리에게 알려줘요. 우리, 그러니까 의사와 다른 조직원 들이 환자의 비밀을 지킬 의무를 위반하고 있다는 건 알아요. 하지만 윤리적으로 판단하는 데 있어 약간의 재량권을 우리 자신에게 부여했죠. 하지만 누구에게도 강요하진 않아요. 내가 당신 집 앞에 나타난 것처럼 그냥 찾아가서 제안하는 거예요. 후보가 제안을 받아들이지 않으면, 흔적도 없이 사라지고요. 당신 경우에는 여기까지 들어오는 게 좀 더 극적이긴 했죠. 난 당신이…… 그러니까 내가 너무 늦게 왔나 하고 생각했어요."

"나를 감시하고 있었나?"

"그런 건 아니고요. 후보의 집에 도착하면 보통 주위를 한번 둘러보거든요. 당신의 경우에는, 아내와 딸들이 여행 중이라는 건 알았지만 예상치 못한 친구나 친척이 와 있을 수도 있을 것 같았어요. 아니면 방문객을 반기지 않는 개가 있거나. 상황이 어떤지 알아보려고 집 주변을 둘러보다가 서재 창문 안을 들여다보았는데, 당신이 총을 겨누고 있더군요."

"그러니까 나를 감시하고 있었다는 거잖아."

"미안합니다. 사생활 간섭은 최소화하려고 노력하는데."

"사람들을 뽑는 다른 방법은 뭐지?"

"아, 그 얘길 안 했군요. 많은 사람들이 조직에 굉장히 고마워하면서 어떤 식으로든 은혜를 갚아야 한다고 느끼더군요. 아까 언급한 전문가들 중 상당수가 이런 경우예요. 하지만 대체적으로는……."

"피해자와 관련이 있는 사람들이겠지." 테드가 서류철을 가리키며 말했다.

린치는 단도직입적으로 말하는 것보다는 넌지시 힌트를 주는 게 더 편한 것 같았다. 테드의 말에 불쾌한 듯 찌푸리는 표정이 잠깐 얼굴에 나타났다가 사라졌다.

마지막 소원을 실현시켜주기만 기다리고 있다고요."

"당신들이 직접 하지, 왜?"

린치는 눈 하나 깜빡하지 않았다. 그의 미소는 조금 전의 말처럼 그런 일을 하도록 다른 사람을 설득하는 것이 처음이 아님을 보여주었다. 그는 모든 질문에 대한 대답을 알고 있었다. 마치 준비된 대사를 읽는 텔레마케터 같았다.

"이 이야기에서 우리는 착한 사람들이에요, 테드. 살인을 한 자는 누구나 죽임을 당해야 한다고 믿고 있죠. 우리가 하는 일은 시스템을 기만한 사람들을 찾아서, 정의를 위해 목숨을 바칠 각오가 된 사람들에게 넘겨주는 거예요. 그래서 당신을 골랐어요. 이게 당신에겐 기회입니다. 당신에게 남겨진 유일한 탈출구이기도 하고요."

테드는 무릎을 내려다보았다. 책상에서 발견한 쪽지가 바지 주머니 밖으로 비죽 나와 있었다. 쪽지를 바지 주머니에 넣은 기억도 없었다. 린치가 그를 바라보며 최종 대답을 기다리는 동안, 그는 쪽지를 꺼내 청년의 손이 닿지 않는 곳에서 펼쳤다.

그게 네 유일한 탈출구야. 그는 쪽지의 글을 읽었다.

조금 전 린치도 거의 똑같은 말을 했다.

에드워드 블레인은 조용하고 막다른 골목에 혼자 살았다. 이웃들은 그를 증오했다. 그의 비사교적인 태도와 비밀스러운 경향이 이웃과의 관계를 서서히 파괴해, 이젠 이웃들 모두 이를 악물고 그를 참아내려고 애를 쓰고 있었다. 블레인은 쓰레기였다. 훨씬 더 심각한 것은, 그 자식이 그런 자신을 자랑스레 여기는 것 같다는 사실이었다. 그는 거치적거리는 이에게 반드시 시비를 걸었고, 미러 선글라스를 끼고 거만하게 웃으며 상대방을 빤히 보곤 했다. 이웃들은 그를 설득하려 했고 관계 개선을 시도하기도 했으며 심지어 협박도 해보았다. 그러나 어느 것도 효과가 없었다. 블레인은 벌써 삼십 대에 접어들었지만 마치 반항아처럼 자신에게 가까이 오는 사람을, 자기와 어떤 식으로든 타협하려 다가오는 사람을 괴롭히는 것이 취미인 것 같았다. 그는 평화로운 공동체를 위해 만들어진 모든 규범을 위반했다. 잡초가 무성한 잔디밭을 깎지 않고 내버려두었으며 무시무시한 로트와일러 매그너스를 마당 기둥에 잔인하게 쇠사슬로 묶어놓고 하루 종일 누가 지나갈 때마다 짖어대게 했다. 술친구들과 요란한 파티를 벌였고, 고막이 찢어질 정도로 음악을 크게 틀고 천둥 같은 소리를 내며 할리 데이비슨을 몰고 다니기도 예사였다. 술에 취하거나 약을 해서 몽롱해진 그가 매춘부들을 데리고 나타나도, 한밤중에 거리로 내몰린 그 불쌍한 여자들이 옷을 반쯤 걸친 채 비틀거리며 택시를 기다리는 모습을 보아도, 이제 누구 하나 놀라는 사람이 없었다.

블레인이 살인 혐의를 받고 있다는 사실이 알려졌을 때, 많은 이웃들이 샴페인을 터뜨렸고 그의 부적절한 행동에 대해 증언하겠다고 나서기까지 했다. 심지어 그가 여자친구를 그녀의 집에서 살해한 것이 유감이라며, 그의 집에서 죽였더라면 수많은 목격자들이 증언해서 그의 변호를 묵살하고 여생을 감옥에서 썩게 만들었을 텐데 하고 안타까워하는 사람들도 적지 않았다. 아무도 블레인이 살인범이라는 사실을 의심하지 않았다. 이웃들은 그가 재판을 받고, 불쌍한 아만다 허드먼을 살해한 혐의로 유죄 평결을 받으리라 생각하고 미리 자축했다. 그들의 오랜 꿈이 이루어진 것이다.

그러나 검찰은 블레인을 석방했다. 확실한 알리바이가 있기 때문이었다. 몇 명의 증인이 살인사건 발생 시각에 술집에서 그를 봤다고 증언했고, 다수의 보안카메라가 블레인이 살인을 저지를 수 없었음을 입증했다. 물론 이웃들은 동의하지 않았다. 그 개자식이 어떻게 사법제도를 기만했는지는 모르겠지만—어쩌면 놈한테 쌍둥이 형제가 있을지도 모를 일이다— 어찌 됐든 놈이 배심원단을 속인 게 분명하다고 생각했다. 이제 그들은 극도로 혐오스러운 건달인 동시에 살인자인 남자를 매일 보며 살게 되었다. 많은 이웃들이 심각하게 이사를 고려했다.

테드는 패스트푸드 식당의 구석 테이블에 앉아 햄버거를 먹으면서 린치에게서 받은 보고서를 철저히 분석했다. 에드워드 블레인을 그리워할 사람은 아무도 없을 것 같았다. 이웃들은 블레인과 말도 섞지 않고 지냈으니까, 테드가 놈의 집 현관을 통해 곧장 걸어 들어가도 아무도 알아차리지 못할 것 같았다. 그는 놈이 복사한 열쇠를 현관 앞 발판 밑에 놓아둔다는 것과 같은 필요한 사실들을 전부 암기했다. 개는 문제가 되지 않을 것이다.

테드는 햄버거를 야금야금 씹으며 단순한 계획을 세웠다. 콜라를 마시고 햄버거와 프렌치프라이를 먹는 동안, 한순간이지만 자신의 문제를 잊을 수 있었고, 그 사실이 그를 놀라게 했다. 아만다 허드먼의 처참한 사진을 보고 블레인의 과거와 현재에 관한 끔찍한 사실들을 읽은 후 테드는 진심으로 그를 죽이고 싶어졌다. 마침내 그는 시스템의 균열에 대한 린치의 말을 이해했다. 그 균열을 메우고 실수를 바로잡을 수 있다는 것이 고무적으로 느껴졌다.

그는 블레인의 집 1층에 있는 손님방 벽장 속에 숨었다. 그 속에 있는 상자들을 다시 정리해서 쌓아놓고 그 위에 편안히 앉았다. 머리 위 선반의 아랫면에 붙어 있는 버즈 라이트이어* 스티커가 어둠 속에서 반짝였다. 그는 스티커를 거기 붙여놓고 지금 자신이 하듯 벽장 속에 숨어 반짝이는 버즈를 보며 즐거워했을 소년을 상상했다. 버즈가 주인에게 잊힌 채 거기서 혼자 반짝이고 있었다고 생각하니 우울한 기분이 들었다.

네 시간 후 블레인이 귀가했다. 테드는 벽장에 숨기 전에 집 안을 둘러보았기에 매 순간 블레인의 위치를 알 수 있었다. 블레인은 휴대전화로 친구와 낄낄거리며 통화하면서 차고에서 집 안으로 걸

* 영화 〈토이 스토리〉에 나오는 장난감 로봇.

어 들어왔다. 그러고 나서는 샤워를 했다. 밤에 외출할 계획인 것 같았지만 테드는 아무래도 상관없었다. 기다리면 되니까. 그는 이미 벽장 속에 여러 시간 앉아 있었고 앞으로도 얼마든지 앉아 있을 수 있었다. 한두 번 깜박 졸기도 했다.

테드는 계획을 다시 점검했다. 할리우드의 제작자들이 그의 계획을 들었다면 하나같이 실망해 마지않았을 것이다. 대결도, 복수심에 불타는 저주도, 경고도 없다. 그는 블레인이 잠들 때까지 기다렸다가 벽장에서 나와 놈이 깨기 전에 해치울 것이다. 심지어 자비를 베푸는 것 같은 느낌마저 들었다.

9시 30분—테드는 가끔씩 휴대전화로 시각을 확인했다— 블레인은 거실에서 TV를 보면서 가끔씩 바보 같은 게임 프로그램의 참가자를 욕했고 저녁으로 뭔가 간단하게 먹는 것도 같았다. 블레인이 앞으로 무엇을 할 것인지는 확실하지 않았다. 술 마시러 나갈 수도 있는데, 그러면 기다림이 끝없이 길어질 것이다. 아니면 사람들을 집으로 부를지도 모른다. 그것도 아니면 조신하게 일찍 잘 수도 있다. 그런데 일을 복잡하게 만들 수 있는, 결코 사소하지 않은 문제가 발생했다. 블레인보다 테드가 먼저 알아차렸다. 테드는 즉시 귀를 쫑긋 세우고 그를 둘러싼 어둠 속에서 집중력을 최대로 발휘하여 게임 프로그램에서 나오는 웃음소리와 박수소리, 사회자가 꽥꽥거리는 소리 너머에서 들리는 소리를 들으려고 애썼다. 앞마당에서 쇠사슬에 매여 있는 매그너스가 애처롭게 낑낑거리기 시작했다. 테드는 좌절감에 얼굴을 찌푸리며 고개를 가로저었다. 개를 속여서 삼키게 만들었던 진정제가 일이 끝나기도 전에 효과를 다한 것이다.

별안간 TV 소리가 사라졌다. 긴 침묵이 있은 후, 현관문이 열렸다가 다시 닫혔다. 블레인이 통화를 하고 있었는데 목소리가 너무 작아서 무슨 말을 하는지 알아들을 수가 없었다. 거실 안을 돌아다니던 그의 목소리가 마침내 선명해졌고 곧 예상치 못한 일이 벌어졌다. 그가 테드가 숨어 있는 손님방으로 들어온 것이다. 블레인이 불을 켜고 문을 닫았다. 테드는 벽장 문을 빠끔 열어놓았었는데, 주의를 끌지 않고 문을 닫기에는 너무 늦었다. 바로 1~2미터 앞에서 블레인이 초조한 걸음걸이로 침대 쪽으로 향하면서 전화로 상대가 하는 말을 듣고 있었다.

"그렇다니까, 토니, 매그너스가 약에 취해 있다고. 거의 움직이질 않아. 이 동네 새끼들이 그랬을 거야. 어느 개새끼가 그랬는지 내가 아주 본때를 보여줄 거야. ……뭐? 아니, 아니, 아직 안 해봤어." 블레인은 말을 멈추고 벽장에 등을 돌린 채로 침대에 걸터앉더니 잠시 후 목소리를 한껏 낮춰서 말을 이었다. "그래, 맞아, 토니. 지금 당장 확인해볼게, 모든 게 제자리에 있는지. 그래, 알았어. 금방 전화할게."

그는 전등을 그대로 켜둔 채 방을 나갔다.

테드는 블레인이 복도를 살금살금 걸어가는 모습을 두 번 보았다. 두 번째는 블레인의 오른손에 뭔가 반짝이는 것이 들려 있다고 생각했다. 블레인이 손님방을 확인하러 오는 건 시간문제였다. 테드는 재킷 안주머니에 손을 넣어 잠든 블레인을 찌르려고 가져온 칼을 꺼냈다. 눈에는 눈, 그는 생각했다.

10분쯤 후 블레인은 권총을 지닌 채 문간에 서 있었다. 한순간 테드는 들켰다고, 블레인이 벽장을 보았으며 문이 열려 있는 것을 알아차렸다고 확신했다. 그러나 방 안으로 들어온 블레인은 벽장을 등지고 침대에 앉아서 두고 나갔던 전화기를 들었다.

"토니, 아무 이상 없어. 응, 아무 문제 없다고 말해주려고. 어떤 새끼가 매그너스에게 약을 먹였는지 내일 알아봐야겠어. 그래, 내일. 오늘 밤엔 너무 피곤해서 안 되겠어. 이틀 동안 한숨도 못 잤거든. 그럼, 물론이지. 응. 말했잖아, 그런다고. 걱정하지 마. 끊을게, 토니."

그가 다시 밖으로 나갔다. 이번에는 전등을 껐다.

테드는 칼을 계속 들고 있었다. 함정일까? 블레인이 왜 벽장을 확인하지 않았을까? 그는 30분 동안 꾹 참고 기다렸다가 블레인이 잠들었는지 확인하러 나갔다.

테드는 닫힌 문을 천천히 밀어 열었다. 손님방을 나가서 거실을 가로질러 걸어가 계단으로 향했다. 밖에서 어스름한 불빛이 창문을 통해 들어오고 있었다. 매그너스는 낑낑거리기를 멈췄고 거리에서는 차 소리가 전혀 들리지 않았다. 발을 헛디디거나 비틀거려서 아주 작은 소리라도 냈다가는 블레인이 알아차릴 것이다. 테드는 삐걱거리는 소리가 나는 걸 피하기 위해 최대한 벽에 가까운 부분을 밟으면서 매우 조심스럽게 계단을 올라갔다. 다행히도 나무에서 아무 소리도 나지 않았다. 가장 힘든 부분은 끝났군, 그는 생각했다. 2층에는 카펫이 깔려 있었다.

블레인의 침실은 좁은 복도의 맨 끝에 있었다. 테드가 살짝 들여다보니 하얀 시트 밑에 블레인이 누워 있는 윤곽이 보였다. 열린 창문을 통해 가로등 불빛이 흘러들어서 테드는 무언가에 부딪칠 염려 없이 방으로 들어갈 수 있었다. 그가 칼자루를 쥔 손에 힘을 주고 번쩍 들려는 순간……

"움직이면 대갈통을 날려버린다."

목소리는 뒤에서 들렸다. 총구가 테드의 뒤통수를 눌렀다. 불이 켜지자 눈이 부셔서 앞이 보이지 않았다. 다시 볼 수 있게 되었을 때 그는 시트 속의 블레인이 사실은 쌓아놓은 베개였음을 깨달았다.

지금이 기회야. 돌아서서 놈을 향해 칼을 던져. 놈이 네 머리를 쏘면, 네가 바라던 대로 되는 거잖아, 안 그래? 총알이 머리통을 날려버려도 머리통으로선 큰 유감은 없을 거야……

그는 책상에서 주운 쪽지를 바지 주머니에 넣고 다녔다. **그게 네 유일한 탈출구야.**

"칼을 떨어뜨려." 블레인이 말했다. "잘했어. 돌아서지 마. 두 손 들어."

블레인은 할리우드 영화를 많이 봐서 대사를 외운 것 같았다.

테드는 긴장하지 않았다. 블레인이 아직 총을 쏘지 않은 것을 보면, 의심을 품고 있는 것이 분명했다. 자기를 죽이려는 자가 누군지 궁금한 것이다. 총성을 울려 이웃을 깨우는 건 물론이고, 자기 집에서 시체가 발견되는 상황도 절대 바라지 않을 것이다. 테드는 마치 지금이 세상에서 가장 일상적인 상황인 듯 여러 가지 생각이 꼬리를 물고 이어지는 것이 놀라웠다. 슈퍼히어로가 된 기분이었다. 그리고 머릿속에서 이런 합리적인 논쟁이 이어지는 동안 자기가 이자의 손에 죽고 싶지는 않다는 것을 깨달았다. 블레인의 손에 죽는다는 것은 왠지 말이 안 되는 것 같았다. 등에 총이 겨누어진 무방비 상태에서 그는 그 사실을 깨달았다. 린치의 조건에 동의해서 낯선 사람에게 죽임을 당하고 가족들의 비통함을 어느 정도까지 덜어주기로 결심은 했지만 블레인에게 살해된다? 글쎄. 어쩌면 생존 본능이 작용하고 있는 건지도 모른다. 아마도.

"나를 봤지?" 테드가 차분한 목소리로 물었다. "방에 들어와서 통화할 때, 나를 봤잖아."

"누가 보냈어?"

"왜 누가 보냈다고 생각하지?"

"보낸 사람이 없으면 없다고 말해. 지금 당장 죽여줄 테니까. 누가 보냈는지 말하면 조금 더 사는 거야. 이러거나 저러거나 살아서 이 방을 나가지는 못하겠지만."

"나한테 그리 유리한 거래는 아니군."

테드가 아주 천천히 돌아서기 시작했다.

"움직이지 말라고 했지!"

테드가 동작을 멈췄다.

"미안. 나를 보여주고 싶었어. 우리 서로 아는 사이거든."

의심의 순간.

"목소리는 모르겠는데."

"그렇겠지. 내 얼굴을 보는 순간 알게 될 거야. 내 말 믿어."

이젠 테드가 승기를 잡았다. 블레인이 미끼를 덥석 물었다. 이제 남은 일은 그를 물에서 끌어올리는 것뿐이다. 블레인은 흥미를 보이면서 테드의 얼굴을 보려 했고, 수수께끼를 풀려고 머리를 굴리고 있었다.

"좋아." 블레인이 말했다. "돌아서. 천천히! 손은 계속 올리고 있어."

테드는 최대한 천천히 돌아서기 시작했다. 그는 반쯤 들어 올린 두 팔이 일직선상에 놓이는 정확한 순간을 계산했다. 간단한 속임수. 블레인은 테드의 얼굴에 온 관심을 집중하고 있었고, 테드는 의도적으로 얼굴을 몸의 다른 부분보다 천천히 돌렸다. 한순간 테드는 자신의 얼굴을 블레인에게 보여주었고, 그와 동시에 뒤에 숨겨진 팔을 슬쩍 내려 브라우닝을 넣고 다니는 재킷 주머니에 손을 집어넣었다. 블레인이 낌새를 챘을 땐 테드가 권총을 가슴 높이에 들고 블레인을 겨누며 돌아서서 머뭇거림 없이 유연한 동작으로 총을 발사한 후였다. 불편한 높이에서 굽힌 팔로 어렵게 쏘았지만 블레인의 이마 한가운데를 맞혔다. 총성이 밤의 고요를 갈기갈기 찢어놓았다. 그 총알은 나를 위한 거였는데. 줄이 끊어진 꼭두각시 인형처럼 쓰러지는 블레인을 보면서 테드는 생각했다.

테드는 다른 주머니에서 아만다 허드먼의 사진을 꺼냈다. 그 사진을 블레인의 가슴에 놓았다.

그러고는 그 자리에 가만히 서 있었다. 시신에서 눈을 뗄 수가 없었다. 블레인은 즉사하지 않았다. 몸이 몇 초간 경련을 일으키다가 이윽고 잠잠해졌다.

거실에서 소리가 들려 테드는 정신이 번쩍 들었다. 정확히 무슨 소리인지 알 수 없었다. 의자를 움직이는 소리 같았다. 그는 브라우닝을 집어넣고 칼을 들었다. 복도를 걸어 계단 난간으로 가서 조심스럽게 몸을 숙이고 1층을 둘러보았다. 눈 앞에 펼쳐진 광경에 너무 놀라서 숨으려는 반사반응조차 나오지 않았다. 실험복을 입은 마른 흑인 남자가 거실 중앙에 서 있었다. 테드가 바로 그 순간에 난간 위로 몸을 숙이고 내려다볼 줄 미리 알았던 것처럼 그를 올려다보고 있었다. 남자가 섬뜩한 미소를 지었다.

"안녕, 테드." 그가 손을 흔들면서 낮은 목소리로 인사했다.

테드는 그가 자기 이름을 알고 있는 것에 그리 놀라지 않았다. 요즘은 낯선 사람들이 다들 그의 이름을 알고 있는 것 같았다.

테드는 남자에게서 눈을 떼지 않은 채 아래층으로 내려갔다.

"그들 밑에서 일해?" 테드가 아래층에 이르러서 물었다. 그는 브라우닝을 옆으로 내리고 난간에 기대어 서 있었다. 왠진 몰라도 이

자는 위협적인 존재가 아니라는 생각이 들었다.

　창밖에서는 아무런 움직임이 없었다. 경찰이 도착하기에는 너무 일렀다. 매그너스가 가끔씩 낑낑거리는 것을 보면 집 안에 낯선 사람이 있다는 걸 알아차린 게 분명했다. 자기 주인이 죽었다는 것을 알까? 개는 그렇게 먼 거리에서도 피비린내를 맡을 수 있는 걸까? 아마도. 힘들게 낑낑거리던 매그너스가 컹컹 짖기 시작했다.

　"도대체 당신 누구야?"

　흑인 남자가 미소를 지었다.

　"로저잖아, 테드."

　"로저 뭐? 그냥 로저야? 다른 친구는 적어도 자기 성姓은 말해줬는데." 테드가 자유로운 손으로 이마를 비볐다. "이봐, 당신이 여기서 뭐 하고 있는지는 모르겠지만, 곧 경찰이 나타날 거야. 2층에 사람이 죽어 있고 밖에는 약에 취한 로트와일러가 있어. 난 여길 떠날 거야."

　로저가 아버지같이 인자한 미소를 지었다.

　"내 말 못 들었어?" 테드가 물었다.

　"앉아서 얘기 좀 할까?"

　테드는 놀라서 그를 물끄러미 바라보았다. 이자는 여기서 뭐 하는 거지? 왜 그를 감시하는 걸까?

　"황당하군. 당신 미친 거 아냐? 총소리 못 들었어?"

　"블레인이었지?" 로저가 컴퓨터 프로그램에서 나오는 대사처럼 말했다.

　"맞아. 아니면 누구겠어?"

　"당신이 쐈어?"

　남자가 총성을 들은 것이 틀림없었다. 테드는 대답하지 않았다.

"총을 갖고 있었다니 다행이군." 로저가 말했다.

"항상 휴대하고 있지. 언제 어디서 무슨 일이 있을지 모르니까."

이제 테드는 자신이 왜 도망가지 않는지도 알 수 없었다. 남자가 말하는 것을 들으니 서서히 최면에 걸리는 기분이 들었다.

"장갑도 끼고 있군." 로저가 테드의 손을 가리키며 말했다. "비상용으로 칼과 권총도 갖고 있고. 개에게 진정제를 먹였어?"

로저가 감탄한 듯 조용히 고개를 끄덕였다.

"놈이 죽기를 바랐잖아, 아니야?" 테드는 화가 났다.

"이번엔 시체 위에 사진을 놓아뒀어?"

이번엔?

"응." 테드는 체념했다. 이자가 자기를 지켜보고 있었는지 아니면 수정 구슬을 갖고 있는지 궁금해 한들 무슨 소용이 있겠는가? "괜찮다면 로저, 난 이제 떠날 거야. 괜찮지? 당신도 떠나야 하지 않을까 싶은데."

테드가 현관문으로 향했다. 뭔가 이상했다. 문에 달린 작은 창을 통해 그는 한 남자가 마당을 떠나 거리를 가로질러 차를 향해 전속력으로 달려가는 것을 보았다. 가로등 불빛이 그를 비추고 있었고 가로줄무늬 폴로셔츠가 보였다. 린치였다.

차에 시동이 걸리고 엔진 속도가 올라가다가 쌩하고 달려갔다.

그들은 왜 테드를 감시하고 있었을까?

테드는 대답을 요구하며 로저를 돌아보았지만 어떤 질문도 소리 내어 묻지는 못했다. 로저는 어깨를 으쓱했다.

5

주머니쥐는 절단된 다리를 먹기 완벽한 장소로 뒷마당의 피크닉 테이블을 택했다. 그것이 꼬리를 흔들자 현관 전등에 달린 동작감지기가 작동해서 머리카락이 쭈뼛해지는 그 광경을 집 안에서도 볼 수 있게 되었다.

테드는 뒤쪽 테라스 문 안쪽에 서 있었다. 주머니쥐가 바늘같이 날카로운 이로 죽은 살을 물고, 기계적이고 거의 무관심한 표정으로 사방을 두리번거리면서 홀리의 다리 살을 뜯는 것을 경악한 표정으로 보고 있었다. 그는 그것이 아내의 다리라는 것을 너무나 잘 알고 있었다. 발가락이 부었고 마라스키노 체리처럼 붉게 피범벅이 되어 있었다. 무릎 아래가 잘렸는지 울퉁불퉁한 단면에 엉킨 실타래처럼 붙어 있는 힘줄과 부러진 뼈가 보였다. 그러나 어쨌든 그는 그것이 아내의 다리라는 것을 알았다. 점이나 문신을 확인할 필요도 없었다. 그가 백만 번은 더 마사지하고 입을 맞추고 스타킹을 끌어내린 다리였다. 어디서라도, 심지어 꿈속에서도 알아볼 수 있었다. 이 빌어먹을 주머니쥐가 홀리의 다리를 갉아먹고 있는 것이다! 테드는 두 손으로 창유리를 쾅쾅 쳤다. 주머니쥐가 재빨리 고개를 돌려 창유리 뒤에 선 형체를 힐끗했지만, 위협을 느낀 것 같지는 않았다. 턱이 섬뜩한 립스틱을 칠한 것처럼 핏빛으로 얼룩덜룩했다. 주머니쥐는 호기심이 충족되었는지 다시 고개를 돌리고 다리를 갉아먹기 시작했다. 테드가 다시 창유리를 쾅쾅 두드렸지만, 이번에는 꿈쩍도 하지 않았다.

그때 그는 바다 소리를 들었다. 대서양은 그의 집에서 수 킬로미터 떨어져 있었지만, 그건 문제가 되지 않았다. 그가 팔을 뻗어 실외등을 켜자 과연 뒷마당에 바다가 보였다. 아침마다 테라스에 앉아 신문 경제란을 읽다가 가끔씩 고개를 들어 쳐다보곤 하던 완만한 언덕이, 거품이 일고 거세게 포효하는 바다로 바뀌어 있었다. 제라늄이 곳곳에 피어 있는 해변에는 홀리가 밀랍 조각상처럼 꼼짝도 않고 서 있었다. 주머니쥐가 종아리 살을 거의 다 뜯어먹어서 절단면의 반짝이는 둥근 뼈가 눈에 띄었다. 그녀는 테드가 좋아하는 빨간색 비키니를 입고 두 팔을 활짝 벌렸으며 몸을 왼쪽으로 살짝 기울이고 있었다. 머리카락이 뒤에서 펄럭이는 것이 마치 보이지 않는 손이 머리카락을 들고 있는 것 같았다. 다리가 절단된 걸 모르는지 기쁨에 찬 표정이었다.

테드가 테라스 문을 밀어 열었다. 주머니쥐는 테이블의 가장 먼 구석으로 물러났다. 이젠 테드의 존재에 관심을 갖는 것 같았지만 먹을 것을 남겨두고 도망갈 만큼은 아닌 듯했다. 주머니쥐는 쭈그리고 앉아 이를 드러내고, 필요하면 언제든 도망갈 준비를 하고 기다렸다. 테드가 위협적으로 사납게 한발 내디뎠지만 효과가 없었다. 그래서 그는 주위를 두리번거리며 던질 것을 찾았다. 그러다가 바비큐 그릴 옆에서 나무 상자를 발견했고 그것을 즉시 알아보았다. 어린 시절 이후로 보지 못한 것이므로 그걸 보고 놀라야 마땅했지만, 어른이 된 후에도 그것이 집 안 어딘가에 아무렇게나 놓여 있는 것이 지극히 당연하게 느껴졌다.

그가 다가가 상자를 유물인 양 집어 들었다. 어떻게 보면 유물이 맞긴 맞았다. 상자 겉면에 체스보드가 그려져 있었다. 뚜껑에 절반, 바닥에 절반이 그려져 있어서, 펼치면 완전한 체스보드가 되었다. 상자 안쪽에는 초록색 벨벳을 덧대었고, 말마다 각자의 자리가 있었다. 테드는 비숍을 꺼내서 던졌다. 빗나갔다. 3미터도 떨어지지 않은 곳에서 던졌는데 어떻게 주머니쥐를 맞히지 못할 수가 있을까? 그는 다른 체스 말을 집어 들고 다시 던졌다. 이번에는 필요 이상으로 힘이 많이 들어가서 역시 빗나갔다. 연달아 두 번 실패하니 당황스러웠다. 던진 물건이 예측할 수 없는 호를 그리며 날아가서 주머니쥐와 충돌하기 직전에 의도적으로 방향을 바꾸는 것처럼 보였다. 그러나 테드는 포기하지 않고 미친 듯이 체스 말을 던져댔다.

주머니쥐는 물리학의 법칙이 자신에게 이롭게 변형되고 있음을 알아차렸는지, 가증스럽게도 테이블 중앙으로 돌아가 다시 만찬을 즐기기 시작했다. 뭉툭한 흰 꼬리가 뒤에서 뱀처럼 꿈틀거렸다. 테드는 물건을 백 개도 넘게 던졌지만 한 번도 성공하지 못했고, 결국 포기하고 상자를 떨어뜨렸다. 땅에 놓인 상자를 보니 모든 체스 말이 제자리에 있었다.

그는 홀리를 바라보았다. 그녀에게 자신이 어떤 기분인지 말해 주고 싶었다. 그녀의 다리를 되찾기 위해 할 수 있는 일은 다 했다고 말해주고 싶었다. 아내를 지키지 못하다니, 어디 이런 남편이 있을까? 그는 너무도 괴로워서 주저앉아 통곡하고 싶었지만 그 순간, 아직 방법이 있다는 것을 깨달았다. 왜 그걸 깨닫지 못했을까? 오른팔이 점점 더 무거워졌고, 그는 자신이 브라우닝을 쥐고 있음을 깨달았다. 그는 권총을 들어 올려 매료된 시선으로 총을 점검했다. 그러고 나서 두 손으로 총을 쥐고 신중하고 시적인 동작으로 주머니쥐를 겨냥한 후 총을 발사하기 직전의 짧은 순간을 음미했다. 주머니쥐는 마지막 순간이 다가왔음을 느끼기라도 한 듯 고개를 들었다. 총알이 주머니쥐의 등에 정확히 명중했고, 주머니쥐는 피와 내장이 가득 든 풍선이 터지듯 폭발했다. 테드는 총을 떨어뜨리고 테이블로 달려가면서도 홀리의 다리에서 눈을 떼지 않았다. 그는 이식할 장기를 다루는 외과의처럼 조심스레 다리를 집어 들었다. 가까이서 살펴보니 상상했던 대로 다리 끝은 나삿니가 있는 볼트의 형태였다. 다 잘될 거야, 그는 생각했다. 그 다리를 홀리에게 가져가 나사를 돌려 맞추면 된다. 그러면 그는 완벽한 남편이 될 것이다.

그는 현관에서 두 계단을 달려 내려가서 정면을 바라보았다. 홀리는 아직 거기 있었다. 하지만 지금은 반짝이는 노란색의 거대한 액자 틀이 그들 사이에 걸려 있었다. 틀의 바닥이 땅에서 50센티미터 정도 떨어진 공중에 떠 있었고, 테드는 그 틀을 쉽게 넘어갈 수 있다는 걸 알았지만, 그렇게 하기 전에 잠깐 멈춰 서 있었다. 홀리 뒤로 10미터쯤 떨어진 바다에서는 파도가 거세고, 그녀에게 다리를 돌려주고 그녀를 안고 싶다는 욕구는 도저히 참을 수 없을 정도가 되었다. 그는 한 다리를 들고 노란 틀을 넘어갔다. 통과할 수 없을 거라는 터무니없는 불안이 잠깐 엄습했지만, 건너가는 데 성공했다. 액자 틀을 건드리지 않는 한 문제가 없을 것 같았다. 노란 틀을 건넜더니 두 번째 틀이, 이번에는 초록색 틀이 기다리고 있었고, 그는 그 틀도 넘어갔다. 그가 다시 고개를 들었을 때 홀리는 같은 위치에서, 여전히 10미터 떨어진 곳에서 그를 기다리고 있었다. 또 다른 틀, 그리고 또 다른 틀, 빨간색, 보라색. 이젠 틀을 건너기전에 자세히 살펴볼 필요도 없었다. 눈 감고도 건널 수 있었지만, 그렇다고 눈을 감진 않았고, 정면을 보면서, 홀리를 똑바로 보면서넘었다. 이번에는 노란색 틀이 나왔고, 그다음에는 하늘색이 나왔다. "이제 거의 다 왔어, 자기야." 아직도 홀리는 10미터 떨어진 곳에 있었고, 밤처럼 까만 액자 틀이 앞에 걸려 있었다. "홀리……." 테드는 이제 걷지 않았다. 그는 달리고, 끊임없이 나타나는 틀을뛰어 넘었으며, 장애물 달리기 선수처럼 결코 멈추지 않고, 홀리, 결코 멈추지 않고, 홀리…….

그리고 마지막 액자 틀이 그를 통째로 집어삼켰고, 다른 어딘가에서 고함소리가 들리자 그를 뱉어냈다.

그는 소파에 누워 있었다.

그가 깜짝 놀라서 일어나 앉았다. 그러고는 걱정스러운 듯 다리를 더듬었다. 다리가 거기 있었다. 다리를 잃는 꿈을 꾸었나? 꿈이기억 속에서 빠르게 사라지고 있었다. 그는 어두운 방 안을 둘러보았고, 입고 있는 주름진 티셔츠와 불편한 재킷을 내려다보았다. 그는 일어서서, 이유도 모른 채, 뒷마당을 향해 열려 있는 테라스 문을 향해 걸어갔다. 문 앞에 서서 밤의 어둠에 녹아드는 작은 언덕을살펴보았다. 유리에 가까이 가자 동작감지기가 전등을 켰고, 피크닉 테이블과 의자가 불빛 속에 드러났다. 테드는 절단된 다리가 떠올라 오싹했다. 홀리가 다리를 잃는 꿈을 꾼 걸까? 그는 미소 지었고, 오늘 오후에 홀리를 만나면 들려줄 생각으로 메모해두었다. 지금이 몇 시인지 궁금했다. 해가 뜨지 않았으니 아직 7시가 안 됐을 것이다. 그는 본능적으로 손목을 보았지만 손목시계는 거기 없었다.

그가 문을 열자, 하나의 기억이 화살처럼 날아와 그의 마음이 펼치고 있던 은혜로운 망각의 담요를 꿰뚫었다. 그는 재빨리 돌아서서 그릴 아래쪽을 살폈다. 체스 상자는 거기 없었다. 그러나 기억이 너무도 생생했다. 홀리가 다리를 잃는 악몽을 꾸긴 했지만, 그를 오싹하게 만든 건 다리가 아니라 체스 상자였다.

세상을 떠나기를 미루고 있다면 평소처럼 살아가는 것이 나았고, 테드의 일정에는 정신과의사 로라 힐과의 상담이 포함되어 있었다. 세월이 흐름에 따라 그녀와의 관계가 좋아졌기 때문에 어떤 면에서 그는 행복했다. 내과의의 지시로 시작된 몇 차례의 상담이 즐겁다고 말할 수 있는 경험이 되었다. 닥터 카마이클이 강요하지 않았다면 테드는 정신과의사에게 상담하는 것에 동의하지 않았을 것이다. 카마이클은 매우 끈질기게 그를 설득했다. "이런 일을 겪는 사람이라면 누구나 관리받을 필요가 있어요, 테드." 카마이클이 그렇게 말했다. 테드는 이 말을 "수술 불가능한 뇌종양을 앓고 있는 사람은 조만간 자기 머리통을 날려버릴 것을 고민하게 될 거요"라는 말로 알아들었다. 그리고 카마이클의 말이 옳았다.

엄격히 말해서 진정 수술 불가능한 종양은 아니었다. 말하자면 테드가 30미터 떨어진 곳에서 슛을 쏘아 바스켓에 골을 넣을 가능성 정도의 수술 성공률이었다. 닥터 카마이클은 자기 말을 통해 희망의 불길을 지피려고 노력하는 사람이었기 때문에 이런 비유를 하지 않았지만, 분석적이고 현실적인 테드가 재빨리 파악한 바로는 그랬다. 그는 선택해야 했다. 수술에 모든 것을 걸고 기적을 바랄 수도 있었고, 아무 일도 없었던 것처럼 평소대로 살아갈 수도 있었다. 테드가 심사숙고해 결론을 내리기까지는 그리 오래 걸리지 않았다. 사실, 이미 오래전에 내린 결론이었다. 두통이 시작되기도 전에, 의사들이 청천벽력 같은 소식을 환자에게 전할 때 흔히 사용하는 어조로 닥터 카마이클이 검사 결과를 전하기 전에. 어쩌면 수십 년 전 〈뻐꾸기 둥지 위로 날아간 새〉의 마지막 장면에서 맥이 줄 끊긴 꼭두각시 인형처럼 머리를 움직이는 것을 보았을 때 결심한 건지도 모른다. 아니면 다른 때였을 수도 있다. 그런 건 중요하지 않다. 그는 남은 몇 달을 존엄성 있게 살다 갈 생각이었다. 그가 닥터 힐과 첫 상담을 하러 간 것은 모든 것이 계획대로, 자신의 계획대로 진행되고 있다고 카마이클이 믿게 하기 위해서였다. 다른 좋은 의사들처럼 카마이클도 인간의 생명을 최대한 연장하기 위해 할 수 있는 일은 다 해야 한다고 믿었다. 그것이 30미터, 혹은 300미터 밖에서 숏을 쏘는 일이라고 해도.

로라 힐은 이십 대로 보였다. 처음 보았을 때 그녀는 사각형 안경을 끼고 머리를 뒤로 넘겨 묶은, 상냥한 태도와 차분한 미소를 보였다. 테드는 이제 막 정신과의사 일을 시작한 이 아가씨에게 연민을 느꼈다. 그냥 의사 놀이 하는 거겠지, 그는 생각했다. 나중에 그녀가 사십 대라는 걸 알고 깜짝 놀랐다. 정확한 나이는 알지 못했다. 그녀가 말해준 적이 없었다.

로라는 첫 상담에서 젊은 미모와 천진난만한 분위기, 솔직함으로 테드를 무장해제시키는 데 성공했다. 그는 상담 때마다 그녀가 놓은 덫을 비켜가고 싶은 유혹을 느꼈다. 물론 그의 마음에서 움트고 있던 자살이라는 주제에 대해 얘기해봐야 한다는 생각이 그녀에게는 전혀 떠오르지 않았을 것이다. 카마이클도 그랬을 것이고.

"안녕하세요, 테드." 로라가 말했다. "사업 파트너와의 낚시 여행이 취소됐다면서요."

"그러게요. 이렇게 시간 내줘서 고마워요."

"여행이 취소되어서 유감이에요." 오늘 로라는 적갈색 머리를 묶어서 틀어올렸다. "기분은 어때요?"

어제 사람을 죽였어요. 놈의 집에 가서 벽장 속에 숨어 놈이 귀가하기를 기다렸다가 죽였죠. 세상은 놈을 그리워하지 않을 겁니다.

그 말의 맛이 느껴지는 것 같았다. 그런 말을 로라 힐에게 하면 그녀의 표정이 어떻게 변할지 상상했다. 사실 그 자신도 사람을 죽였다는 사실이 믿기지 않았다. 하물며 살인을 즐긴다는 건 상상도 못할 일이었다.

"어젯밤에 또 악몽을 꿨어요." 테드가 말했다. 그는 악몽 이야기를 자주 했다. 기본적으로 말도 안 되는 내용이라고 생각했기 때문이었고, 뭔가 진실을 보여준다고 생각되는 것은 빼고 안 할 수 있었기 때문이었다. "새로운 게 등장했죠."

로라의 진료실에는 하나뿐인 창문 옆에 책상이 있었는데, 그녀는 상담 중에는 책상 앞에 거의 앉지 않았다. 오늘은 흔들의자에 앉아 테드를 바라보고 있었다. 두 사람 사이에는 작은 커피 테이블이 있었고 물이 든 플라스틱 컵이 하나 놓여 있었다. 테드는 그 물을 마신 적이 한 번도 없다.

"어떤 꿈인지 얘기해봐요."

"난 거실에서 뒤쪽 테라스를 바라보고 있었어요. 주머니쥐 한 마리가 테이블 위에 앉아서 홀리의 다리 하나를 먹고 있더군요. 홀리는 거기 없고 다리만 있었지만 그게 홀리의 다리라는 걸 알았죠. 밖으로 달려 나가서 놈을 쫓아버리려고 놈에게 던질 것을 찾아 두리번거리는데 땅바닥에 놓인 상자 하나가 보이더군요. 보자마자 그게 뭔지 알아봤죠. 내가 옛날에 쓰던 체스보드였어요.”

로라가 중요한 사실은 전부 수첩에 메모하는 의사였다면, 테드의 심각한 어조 때문에라도 이 부분을 메모하지 않을 수 없었을 것이다. 그러나 그녀는 메모를 하지 않는 부류의 사람이었다. 대신 비상한 기억력을 갖고 있었다.

“주머니쥐에게 체스 말을 계속 던졌지만 한 번도 맞히질 못하겠더라고요.” 테드가 말을 이었다. “어찌된 일인지 하나같이 빗나가고 말았어요. 아무리 던져도 체스 말도 줄어들지 않았고요. 그때마당에 서 있는 홀리를 보았어요. 홀리의 뒤에는 바다가 있었고. 희한하지 않나요, 인간의 마음이 만들어내는 게?”

테드는 브라우닝으로 주머니쥐를 날려버린 일은 말하지 않았다. 린치가 없었다면 자신의 머리에 했을 일과 너무도 비슷해 보였기 때문이었다. 이런 세세한 일은 혼자만 알고 싶었다.

“주머니쥐를 죽이진 않았어요?” 로라가 물었다. 그녀가 놀라운 육감을 보여준 것이 이번이 처음은 아니었다.

“안 죽였어요.”

그녀가 고개를 끄덕였다.

“체스와 관련된 꿈을 마지막으로 꾼 게 언제였죠?”

“한 번도 없어요.”

그녀는 생각하는 표정으로 말을 멈추었다. 적절한 말을 찾는 것 같았다.

"테드, 당신 인생에서 그 시기에 일어난 일에 대해 얘기해야 돼요. 체스에 천부적인 재능을 가진 소년이 그렇게 갑자기 체스를 그만둔 이유가 뭔지 나한테 말해줘야 한다고요. 그 후로 다시는 체스를 두지 않았나요?"

"진지하게 한 적은 없어요. 딸들을 가르치고 함께 두세 게임 한 적은 있죠. 이젠 저들 둘이서 하지만."

"왜 그만뒀는지 말해봐요."

로라는 전에도 테드에게 이 이야기를 해보라고 권유한 적이 있다. 그러나 테드가 싫은 기색을 보이자 더 강요하지 않았다. 그러나 지금은 그 시기에 관해 이야기하는 것이 그리 꺼려지지 않았다. 그래서 그는 의자에 편안히 등을 기대고 이야기를 시작했다.

"체스는 아버지한테 배웠습니다. 일곱 살쯤엔 아버지를 쉽게 이길 수 있게 됐죠. 아버지는 자기가 젊었을 때 상당히 유명했던 체스 선수가 은퇴하고 윈저 록스라는 고향으로 내려가 산다면서 나를 그 노인한테 데려갔어요." 테드가 잠깐 말을 멈췄다. 자기 스승에 대해, 평생 동안 유일하게 존경했던 어른에 대해 이야기하자니 향수와 비애가 한꺼번에 몰려왔다. "밀러라는 분이었어요. 전에도 이분 이야기는 한 적이 있는 것 같은데. 처음 봤을 때 내가 만난 사람들 중에 가장 늙은 사람이라고 생각했죠. 머리는 하얗고 길게 길렀고 얼굴은 온통 주름투성이였거든요. 그땐 말도 별로 안 했죠. 차고에 체스보드를 펴고 마주 앉아 게임을 했어요. 이웃 아이들한테 차고에서 체스를 가르치느라 체스보드를 항상 차고에 둔다더군요. 아버지는 옆에서 지켜보고 있었고. 몇 수 두고 나서, 아마 20수도 안 되게 두고 나니까 밀러 선생님이 아버지를 따로 불러서 자기들끼리 이야기를 나누더군요. 난 거기 앉아서 기다렸고요. 그땐 선생님이 이 아이는 재능이 없다고 말하는 거라 생각했어요. 아버지와 집으로 돌아가면 그걸로 끝일 거라고. 그런데 아니더군요. 그후로 내가 열다섯 살이 될 때까지 일주일에 두세 번은 그분을 만났습니다."

"두 사람이 말편자* 의식을 거행하곤 했고요, 그렇죠?"

테드는 말편자 이야기를 한 것이 기억나지 않았다. 그의 정신과의사의 기억력이 얼마나 놀라운지 보여주는 또 하나의 불편한 증거.

"맞아요. 밀러 씨가 내 선생님이 되었죠. 우린 몇 시간이고 동시에 여러 개의 체스보드를 펴놓고 앉아서 다양한 수를 연습했어요."

로라가 입을 샐쭉 오므렸다.

"유감스럽게도 난 체스를 잘 몰라요."

"체스 게임의 오프닝 방법은 굉장히 많은데, 그중 상당수는 그 방법을 대중화한 선수의 이름으로 불립니다. 그리고 오프닝 이후 게임을 풀어가는 방법도 다양한데, 그건 변형이라고 불리지요. 주요 도로가 하나 있고 그 도로에 연결된 여러 개의 샛길이 있다고 칩시다. 그 길을 다 연구해서 쓰는 것이지요. 체스에서 배우는 것들의 일부가 바로 이런 샛길들이죠. 체스는 논리의 게임일 뿐만 아니라 기억력의 게임이기도 해요. 밀러 선생님과 나는 유명한 경기의 모든 수를 분석하면서 다시 두어보곤 했어요. 하지만 그때 난 어린아이였고, 체스를 좋아하긴 했지만 한 자리에 가만히 있지 못하고 굉장히 산만했죠. 밀러 선생님은 내가 계속 집중할 수 있게 만들 방법을 찾아야 했어요. 그래서 내게 여러 체스 선수들에 대

---

* 말굽에 대어 붙이는 U자 모양의 쇳조각.

해서, 그리고 유명한 경기들에 대해서 이야기를 해줬어요. 언젠가는 1927년 부에노스아이레스에서 열린 세계 체스 선수권 대회 시합에 대해 이야기해주더군요. 호세 라울 카파블랑카라는 쿠바인과 알렉산드르 알레힌이라는 러시아인이 결승에서 만났다고요. 밀러 선생님은 그 경기들에 매료되었고 당신의 열광하는 마음을 내게 고스란히 옮겨주었어요. 카파블랑카는 세계 챔피언이었고, 다들 천하무적이라고, 혁명적인 천재라고 생각했죠. 도전자인 알레힌은 학구적이고 꼼꼼한 선수였는데 그의 승리를 점친 사람은 거의 없었어요. 혹시 너무 지루해요?"

"전혀요. 어린 시절의 열정이 아직도 당신을 움직이는 것을 보니 참 좋네요. 계속하세요. 뛰어난 천재와 꼼꼼한 도전자의 대결이 어떻게 끝났는지 알고 싶군요. 그걸 모르면 너무 무지한 건가요?"

테드가 소리 내어 웃었다.

"아니, 전혀요. 1927년 이야기인걸요! 당시엔 세계 체스 선수권 대회의 운영 규정이란 게 명확하게 없었어요. 6승을 먼저 거두는 사람이 다음 챔피언이 된다고만 합의되었을 뿐. 하지만 체스 경기는 무승부로 끝나는 경우가 많기 때문에 그들은 6승을 거두기 위해 많은 경기를 치러야 했어요. 결국에는 34차전까지 치러졌지요. 73일에 걸쳐서!"

"누가 이겼어요?"

"놀랍게도 도전자 알레힌이 이겼어요. 두 선수는 항상 사이가 좋지 않았는데, 그 시합이 끝난 후에는 훨씬 더 안 좋아졌죠. 알레힌과 카파블랑카는 세계 선수권 대회의 재시합 조건에 합의하지 못했고, 15년 후 카파블랑카가 사망했어요. 어쨌든 당시의 승부 결과는 모든 이를 충격에 빠뜨렸고, 여기에 말편자가 등장하죠. 부에노스아이레스에 도착한 알레힌은 거리에서 말편자를 발견했습니다. 그는 미신을 믿는 사람이었고, 말편자가 행운을 상징한다는 걸 알 았죠. 그래서 시합에 따라온 아내에게 편자 얘기를 했고, 그 물건을 행운의 부적으로 간직하기로 결심했어요. 신문을 사서 말편자를 조심스럽게 쌌다더군요. 그러고는 아내에게 말했대요. '이게 나를 기다리고 있었어'라고."

테드가 먼 곳을 응시했다. 마음이 먼 옛날로 돌아간 것 같았다. 밀러는 그에게 그 이야기를 천 번도 넘게 했고 백만 가지의 현실적인 디테일로 이야기를 꾸몄다. 밀러는 심지어 당시의 신문기사들을 오려 앨범에 보관하고 있었다. 그중 일부는 아르헨티나 신문 기사를 스크랩한 것이었는데, 그는 신문을 어렵게 입수해 그 작고 아름다운 손 글씨로 번역을 해놓았다.

"밀러 선생님은 말편자를 벽에 걸어놓았어요." 테드가 허공을 응시하면서 말했다. 마치 거기에 뭔가 있기라도 한 것처럼. "그 편자가 알레힌이 부에노스아이레스에서 주운 바로 그 편자라고 하더군요. 경매에서 샀다고. 내가 주 정부 주최 체스 선수권 대회에 처음 참가했을 때, 우린 말편자를 내려서 신문지에 싼 다음 가지고 갔어요. 보통 아버지가 운전을 했지만 그 말편자에 대해서는 아버지도 몰랐죠. 밀러 선생님과 나만 아는 비밀이었으니까요. 대회에서 나는 꽤 좋은 성적을 거뒀어요. 돌아와서는 밀러 선생님의 차고 벽에 편자를 다시 걸어놓았죠, 의식을 치르듯."

"밀러 선생님에 대해서 굉장히 자랑스럽게 말하네요. 당신에게 매우 중요한 인물이었던 것 같군요."

"물론이죠. 밀러 선생님께 배우는 수년간 아버지는 우리 집에서 차로 한 시간 이상 걸리는 선생님 댁으로 나를 태우고 갔어요. 거기서 밀러 선생님과 세 시간을 있었는데, 시간이 금방 가버리더군요. 외판원이던 아버지는 간 김에 그 지역에서 영업을 했고요. 사실, 우리 집은 결코 편안한 안식처가 못 되었죠. 어머니는 치매가 악화되고, 난 부모님의 부부싸움을 견딜 수 없었고요. 그런 내게 윈저 록스는 여러 면에서 탈출구였습니다."

"밀러 선생님은 어떻게 됐죠?"

"처음 만났을 때 밀러 선생님은 아마 일흔 살 정도 되었을 거요. 아니면 그보다 한두 살 적었던가. 그러니까 8년 후에는 거의 여든을 바라보고 있었죠. 그때 난 열다섯 살이었고, 반항아 기질을 잠재울 수 있는 건 체스뿐이었어요. 나는 밀러 선생님 댁 차고를 나서자마자 충동적인 문제아로 돌변했죠. 완전히 다른 두 얼굴을 갖고 산 셈인데, 그런 식으로 얼마나 더 지낼 수 있었을지 모르겠어요. 나는 부모를 증오하고 아버지하고는 말도 하지 않는 편협한 십대였고, 학교에서는 무례하게 말대답이나 하는 문제아였죠. 하지만 밀러 선생님과 오후를 보내면서 선생님의 이야기를 듣고 체스 경기를 분석하는 것을 너무도 좋아하는 소년이기도 했습니다."

테드는 잠깐 말을 멈췄다. 밀러 선생님에 대해서는 홀리에게도 이만큼은 이야기하지 않았다. 지금부터 하려는 이야기를 하지 않은 것은 물론이었다. 그가 목소리를 가다듬었다.

"밀러 선생님이 돌아가시던 날, 나는 선생님과 함께 있었어요. 우리는 한 달에 한두 번 시합을 했는데, 그날도 게임이 종반으로 치닫는 와중에도 꽤 팽팽했죠. 선생님 차례였어요. 선생님은 생각할 땐 항상 같은 자세로, 탁자 위에 두 팔꿈치를 대고 주먹에 턱을 괸 모습으로 앉아 계셨죠. 나는 보통 두 손을 탁자 밑으로 내리고 몸을 앞으로 기울이며 앉고요. 그날도 그렇게 앉아 있었는데, 밀러 선생님이 갑자기 체스보드 위로 푹 쓰러졌어요. 두 팔을 쭉 벌리고 머리는 납으로 만든 추처럼 푹 떨어지면서 체스 말이 사방으로 흩어지더군요. 나는 깜짝 놀라 벌떡 일어섰어요. 밀러 선생님은 홀아비였고, 아들이 가끔 찾아오긴 했지만 그땐 집에 우리 둘뿐이었습니다. 가까이 다가가서 반응을 보이는지 흔들어보고 무슨 일이 일어난 건지 파악했어야 하지만 나는 너무 당황하고 무서워서 꼼짝도 할 수 없었어요. 선생님은 심각한 뇌졸중으로 돌아가셨으니 그래봤자 바뀌는 건 없었겠지만요. 나는 탁자 옆에서 아주 오랫동안 얼어붙어서 숨을 몰아쉬고 있었어요. ……그러다가 마침내 도움을 구하려고 차고에서 달려 나왔어요. 이웃의 어느 집으로든 달려가면 됐을 텐데, 무슨 터무니없는 이유에선지 아버지를 찾으러 가야겠다는 생각이 들더군요. 아버지의 머스탱이 진입로에 없었지만 놀라지 않고, 사방팔방 뛰어다녔어요. 사거리로 뛰어가서 마음 내키는 대로 오른쪽으로 방향을 꺾었고 한 번도 쉬지 않고 계속 내달렸죠. 그러다가 다행히도 멀리, 2백 미터쯤 떨어진 어느 집 앞에 서 있는 아버지의 차를 보았어요. 그곳에서 잡지든 통신 수업이든, 당시 팔고 있던 어떤 물건이든 팔고 있겠다 싶었죠. 그다음엔 어떻게 됐을지 짐작할 수 있겠어요?"

"그럴 것 같군요."

"나는 그 집으로 뛰어 들어갔고, 아버지가 그토록 여러 해 동안 나를 데리고 밀러 선생님한테 온 것은 내게 체스를 가르치기 위해서나 어머니로부터 벗어나기 위해서가 아니었다는 것을 알게 되었어요. 그 이유뿐만이 아니었다는 거죠. 그 집에 사는 여자는 아버지의 첫 여자친구였어요. 아버지가 나중에 설명하더군요."

"그 집에서 무엇을 보았나요, 테드?"

"아버지와 그 여자는 침실에 있었어요. 보진 못했지만 소리가 들리더군요. 나는 거실에, 꺼진 TV를 향한 의자에 조용히 앉아 있었어요. 그들이 웃는 소리가 들렸죠. 차고에 쓰러져 있는 밀러 선생님을 떠올리며 끔찍한 생각을 했어요. 지금도 생생하게 기억납니다. 나는 밀러 선생님이 죽기를 바랐어요. 만일 그가 죽지 않는다면 난 그 마을에 다시 돌아갈 수 없을 테니까. 그리고 죽어야 모든일이 아버지의 잘못이 되기 때문이죠. 그 순간 내가 하고 싶던 것은 아버지를 증오하는 일밖에 없었어요."

시끄러운 전화벨 소리에 두 사람은 화들짝 놀랐다. 상담 중에 로라를 방해하는 사람은 아무도 없었는데.

"실례할게요, 테드. 이 전화는 받아야 해서." 그녀가 일어서서 책상으로 걸어갔다.

테드는 고개를 끄덕였다.

로라가 수화기를 들고 상대방의 말을 들었다. 한순간 그녀의 얼굴이 긴장하는 것 같더니 곧 긴장이 풀리면서 미소를 지었다.

"네, 물론이죠. 좋고말고요. 보낼게요."

그녀가 전화를 끊었다.

"아들이 보이 스카우트거든요." 그녀가 테드에게 설명했다. "캠프 참가 신청서에 부모 서명이 필요한데 이 녀석이 알림장을 깜빡하고 안 보여준 거예요. 친절하게도 담당 선생님이 전화로 물어보네요."

로라가 다시 앉았다.

"방해해서 미안해요, 테드." 그녀가 다시 사과했다.

"괜찮아요. 이제 거의 다 끝났습니다. 난 그 일에 대해서 아버지와 이야기를 나누지 않았어요. 단 한 번도. 아버지는 틈만 나면 집을 나갔고, 나는 집에 남아 아버지를 증오하고 어머니를 견뎌냈죠. 결국 두 분은 이혼했고, 나는 체스를 영원히 그만두었죠."

7

테드는 관목림 뒤에서 무릎을 꿇었다. 모기가 득실거리는 숲을 1.5킬로미터 남짓 걸어온 참이었다. 그는 모기를 쫓으려고 고개를 흔들고는 길 앞에 놓인 것에 집중했다.

휘파람으로 부르는 노래가 새들의 지저귐과 아름답게 어우러졌다. 테드는 호수와 배와 배에 탄 유일한 사람을 보았다. 웬델이 낚싯대를 들고 평화롭게 앉아 다가올 운명을 차분하게 기다리고 있었다.

테드는 두 손으로 소리 나지 않게 박수를 쳐서 모기 한 마리를 압사시킨 후 호수를 등지고 앉아 주변을 둘러보았다. 그때였다. 소나무 숲속으로 스며든 햇빛을 받아 반짝이는 것이 보였다. 말편자 모양이었다. 2~3미터 떨어진 곳에 있었다. 그는 살금살금 기어가서 두 손으로 조심스럽게 말편자를 집었다. 놀랍게도 그것은 밀러 선생님이 차고 벽에 걸어두던 것과 똑같아 보였다. (마음 깊은 곳에서는 그것이 밀러 선생님의 편자라는 것을 알고 있었다.)

이게 왜 여기 있지? 그는 말편자를 오랫동안 바라보다가 주머니에 넣었다.

길은 웬델의 주말 별장으로 이어졌다. 커다란 창문이 있는 현대식 콘크리트 블록 건물의 한쪽 면에 나무 베란다가 있었는데, 그 베란다가 호수를 향해 쭉 뻗어나가 호숫가를 지나고 호수 안으로 2~3미터 들어가 있어 좁은 부두의 역할도 했다. 테드는 어떻게 할지 고민했다. 웬델이 낚시를 끝내면 분명히 저 좁은 부두에 배를 대고 베란다를 따라 집으로 걸어올 것이다. 가장 합리적인 선택지는 집 안에서 그를 기다리는 거였다. 모기가 없으면 그래도 편안하게 기다릴 수 있을 것이다. 그는 또 한 마리를 잡아챈 후 만족한 얼굴로 꼭 쥔 주먹을 바라보았다. 그러나 손을 폈을 땐 비어 있었다.

테드는 탁 트인 사유지 길을 따라 걸었다. 현대식 별장은 다가갈수록 더욱 웅장해 보였다. 앞마당에 주차된 검은색 날렵한 자동차는 람보르기니 컨버터블이었다. 테드는 가까이 가서 구경하고 싶은 유혹을 물리칠 수 없었다. 그가 꿈꾸던 차였다. 그는 웬델을 동정하기 시작했다. 람보르기니의 실내를 구경하려고 몸을 숙이는데 브라우닝의 무게 때문에 재킷이 벌어졌고, 자신이 맡은 막중한 임무가 다시 생각났다. 그는 재킷을 여몄지만 단추를 잠그지는 않았다. 견디기 힘들 정도로 무더웠고, 총을 쉽게 꺼낼 수 있는 편이 더 안전하기 때문이었다. 그가 몸을 일으키는 순간 차 창문에 빨간 불빛이 반짝였다. 처음에는 계기판 불빛 중 하나라고 생각했는데, 머리를 약간 움직이고 보니 반사된 불빛이라는 것을 알 수 있었다. 그는 돌아서서 나무에 부분적으로 가려진, 기둥에 달린 램프를 올려다보았다. 높이 달린 보안카메라가 그가 선 지점을 향해 있었다. 작은 빨간 불빛이 깜박였다. 테드는 섬뜩한 느낌이 들었다. 린치의 서류철 속 이 집에 관한 보고서 어디에도 보안 시스템에 관해서는 언급되지 않았고, 린치가 경고해주지도 않았다. 그들이 이런 사실을 놓치다니 있을 수 없는 일이다.

빨간 LED 불빛이 계속 깜박이는 동안, 테드는 누가 카메라 화면을 보고 있는 것은 아닌지 궁금해졌다. 어쩌면 폐쇄회로 시스템이라 린치가 언급할 가치를 못 느꼈을 수도 있었다. 그렇다면 린치와 그 조직원들이 녹화분을 없애버릴 것이다. 테드는 안도감을 느끼며 돌아섰다.

그는 현관문으로 걸어갔다. 예상했던 대로 잠겨 있지 않았다. 인도산인 것 같은 카펫이 그를 맞아주었다. 웬델의 집은 그가 상상한 그대로였다. 넓고, 여러 개의 발코니와 구름다리가 있으며, 모두 스테인리스 스틸과 유리로 되어 있고, 반짝이는 흰색이었다. 주말 별장이 아니라 기업 본사의 로비 같았다. 두 개의 반짝이는 목조 계단은 마치 공중에 떠 있는 것 같았다. 얇고 둥근 기둥이 많이 있었다. 테드는 천천히 오른쪽으로, 한 번도 사용한 적 없는 것 같은 짙은 색 유리 상판이 깔린 커다란 테이블을 향해 걸어갔다. 웬델을 기다리기에 최적의 장소는 부엌 바로 안쪽 벽이라는 사실을 직감했다.

그곳으로 향하고 있을 때 별안간 누가 자기를 지켜보는 듯한 느낌이 강하게 들었다. 그는 걸음을 멈추고 주위를 둘러보았다. 실내에서 카메라는 한 대도 못 봤지만 그래도 틀림없이 몇 대 있을 것 같았다. 거실 저 맞은편에 거대한 평면 TV와 가죽 안락의자 몇 개, 벽난로와 그 위 선반에 놓인 사진 액자들이 보였다. 테드는 의심에 찬 눈으로 주변을 유심히 살폈다. 감시당한다는 느낌이 사라지자 다시 숨을 곳으로 향했지만, 불안감을 완전히 지울 수는 없었다. 뭔가 이상했다. 그게 뭘까?

사람을 죽이려고 한다는 사실 빼고?

응.

그가 고개를 가로저었다. 아니야.

사람을 한 명 더 죽이려고 하는 거겠지.

부엌 안으로 들어서면서 그는 재킷 주머니에서 브라우닝을 꺼냈다. 손에 든 권총의 무게감이 느껴지자 희한하게도 안도감이 밀려왔다. 넓은 전망창 너머로 호수의 전경이 보여서 웬델의 움직임을 감시하기에 딱 좋았다. 조금 전에 배가 있었던 정확한 지점을 안다고 생각했는데, 지금 보니 배는 거기에 없었다. 걱정이 돼서 숲 뒤를 보았지만 아무것도 보이지 않았다. 그때 선체 바깥에 달린 모터에서 나는 시끄러운 소음이 들려왔다. 웬델이 집으로 오고 있었다.

테드는 권총 손잡이로 이마를 톡톡 치면서 부엌 안을 서성거렸다. 시간이 얼마나 있지? 많지는 않았다. 그건 확실했다. 일을 빨리 끝내는 게 그에게는 가장 좋았지만, 실행에 옮길 시간이 다가오자 강렬한 전율이 온몸을 휘감았다. 그는 확신이 없었다. 웬델이 그를 기다리고 있는 게 아니라면? 보안카메라 문제처럼, 상황이 린치가 말해준 것과 다르다면? 그는 걸음을 멈추고 부드럽고 신속한 동작으로 벽에 걸린 달력을 향해 총을 겨누었다. 달력에는 산호초를 탐험하는 스쿠버다이버의 사진이 실려 있었다. 그는 중앙에 있는 숫자 15를 조준했다. 자, 어디 해보자…… **흔들리지 말고**……. 균형을 잡기 위해 두 손으로 총을 들고 있는데도 총열이 약간 떨렸다.

"자, 힘내." 그가 중얼거렸다.

모터에서 나는 우르릉 소리가 더욱 더 시끄러워졌다. 웬델은 이제 곧 배를 대고 베란다를 걸어올 것이고, 베란다에서는 전망창을 통해서 부엌 안을 들여다볼 수 있을 것이다. 그래도 테드는 침착해야 했다. 마음이 완전히 차분해질 때까지는 움직이지 않을 생각이었다. 에어컨이 켜진 집 안으로 들어온 후 땀이 다 식었는데, 관자놀이와 손바닥이 다시 축축해지기 시작했다. 그는 한 번에 한 개씩 손가락을 구부렸다 폈다 하고 사격연습장에서 자주 취하던 총격자세를 취했다. 그리고 두 눈을 감았다.

웬델도 너만큼 절실하게 이 총알을 필요로 하는 거야.

테드는 눈을 뜨고 창에서 뒷걸음질쳤다. 복도 쪽으로 돌아갔을 때 모터 소리가 잦아들었다. 웬델이 현관문까지 오려면 2분 정도 걸릴 것이다. 테드는 총을 점검했고, 안전장치를 제거했는지 확인했다. 웬델이 현관문을 닫자마자 테드는 총을 들고 부엌을 나가 빗맞힐 가능성을 최소화하기 위해 두세 걸음 앞으로 걸어가서 쏠 계획이었다. 웬델이 쏘지 말라고 외치면 멈출 것이다.

"자, 어서, 웬델, 문을 열어." 테드가 숨죽여서 말했다.

1분 이상 지난 뒤에야 나무 베란다를 걸어오는 발소리가 들렸다.

자, 어서, 웬델······.

문이 열렸다가 닫혔다.

3, 2, 1.

테드는 부엌에서 나가 테이블을 돌며 권총을 들어 올렸다.

웬델이 테드에게 등을 보이며 문 옆에 서 있었다. 발소리가 들리자 웬델이 돌아보았다. 그의 표정이 완전히 바뀌었다. 놀라는 표정이었지만 아무 말도 하지 않았다. 이마에 완벽한 동그라미가 생겼고, 그는 쓰러졌다.

평소 사격연습장에서 귀마개를 착용하던 테드는 총성이 들리자 이를 악물었다. 그는 시신을 향해 천천히 걸어갔다. 웬델은 두 팔을 벌린 채 카펫 위에 널브러져 있었고 얼굴에는 경악하는 표정이 그대로 남아 있었다. 기분 좋게 낮잠을 자는 것 같았지만, 테드는 자신의 총격이 완벽했고 총알이 두개골 안을 헤집고 돌아다니며 거의 고통 없이 두뇌를 곤죽을 만들어 놓았다는 것을 알았다.

테드가 떠나려는 순간 웬델의 외투에서 휴대전화가 울리기 시작했다. 테드의 휴대전화도 웬델과 똑같은 귀에 거슬리는 벨소리여서 좀 당황스러웠다. 그는 무릎을 꿇고 웬델의 외투 앞주머니에서 아이폰을 꺼냈다. 액정화면에 뜬 이름이 롤리였다. 테드는 경악해서 비명을 지를 뻔했다. 테드가 홀리를 처음 만나서 좋은 관계로 발전하고 있을 때 그녀에게 붙여준 별명이 롤리였다. 우연의 일치가 너무 많았다. 그리고 그게 최악이 아니었다. 웬델은 아내나 여자친구가 없다고 했었다. 린치는 웬델이 세상에 남겨놓고 가는 사람이 하나도 없을 거라면서 그를 설득했었다.

전화벨이 울리다가 멈췄다.

롤리가 누구지? 린치는 왜 그 여자 이야기를 안 했을까?

그 의문들에 대한 해답이 마법처럼 나타났다. 테드는 손바닥에서 한 번의 짧은 진동을 느꼈다. 롤리가 보낸 문자메시지였다.

우리 거의 다 왔어. 오늘 낚시는 이제 그만 끝내시지. ^^

우리?

테드는 전기충격을 받은 듯 움찔하며 전화기를 놓쳤다. 전화기가 웬델의 가슴 위로 떨어졌다.

"롤리가 누구지? 생각해. 생각해. 생각해."

웬델이 파티를 열려고 했었나 보다. 손님들이 속속 도착하고 있는 것이다. 테드는 더 생각해보지도 않고 전화기를 집어 들고 답장

65

을 보냈다.

파티 취소됨. 여기 너무 바쁨. 정말 미안.

메시지가 또 왔다.

아유, 웃겨라. 내가 운전 중에 문자 주고받는 거 얼마나 싫어하는지 알지? 2분 후에 만나, 자기야.

자기야……

웬델에게 여자친구가 있었다. 린치가 이런 것을 놓쳤을 리 없는데.

카펫에 생긴 피 웅덩이가 웬델의 머리 주위에 빨간색 후광을 만들고 있었다.

"빌어먹을."

롤리는 2분 뒤에 도착한다고 했다.

롤리 홀리.

금방 만나자는 말은 상징적으로 한 것이 틀림없다. 그게 아니라면……. 테드는 웬델의 전화기를 재킷 주머니에 집어넣은 후 브라우닝을 챙겼다. 어느 쪽이 됐든, 서둘러야 했다. 롤리가 경찰에 신고하기 전에 시신을 치우고 최대한 빨리 이곳을 빠져나가야 했다. 남은 일을 잘 처리하면, 상황은 기본적으로 아무것도 바뀌지 않을 것이다. 그는 웬델의 여자친구에 대해 모르고 있었다는 게 화가 났다. 어쩌면 그래서 린치가 여자친구를 비밀로 한 건지도 모른다. 린치는 웬델이 죽고 싶어 한다는 사실은 분명히 확인했을 것이다.

테드에게 그랬듯이. 웬델은 자신의 죽음이 사랑하는 사람들에게 어떤 영향을 미칠지 많이 생각했을 것이다. 테드가 자신의 부재가 가져다줄 영향을 생각해보았듯이.

롤리 홀리.

그만해! 지금은 시신을 어디에 유기할 건가 하는 문제에 집중해야 한다. 실내에? 아니면 바깥에? 시간이 얼마나 있는지 모르는 상태로 결정하기가 힘들었다. 그는 공기 중에서 답을 찾으려는 듯 주위를 둘러보았다. 그러다가 누가 뒤통수에 총구를 갖다 댄 것처럼 갑자기 멈춰 섰다. 물론 뒤에는 아무도 없었다.

그는 자신이 알고 있는 상황과 맞지 않는 것이 있다는 것을 깨달았다. 자기 발 앞에 죽어 있는 남자에 대해 알고 있던 것과 일치하지 않는 세부 사항을 간과했다는 것을 깨달았다. 커다란 거실의 벽난로 위 선반에 사진 액자가 즐비했다. 그는 방을 가로질러 달려갔다. 의자들을 에두르고 공간을 여러 층으로 나눈 계단을 뛰어 내려갔다. 그러고는 벽난로 3미터 앞에서 멈춰 섰다. 사진을 가까이에서 보고 싶지 않았다. 여기서 보는 것만으로도 충분했다. 웬델이 배에서 여자와 포옹하고 있었다. 웬델이 말을 타고 있었다. (테드는 주머니에 넣어둔 말편자를 만져보았다.) 테드의 딸들과 거의 같은 나이일 것 같은 두 여자아이를 찍은 사진도 여러 장 있었다. 테드는 눈앞이 아찔했다. 그는 쓰러지지 않으려고 기둥을 잡았다. 방 안이 핑핑 돌았다.

우리 거의 다 왔어.

웬델에게 딸이 있었다고? 린치가 거짓말을 한 것이다!

그때 자동차 소리가 들렸다. 테드는 사진에서 고개를 돌려 시신을 보았다가 다시 고개를 돌려 현관문을 바라보았다. 자신에게 벌어지는 일을 어떻게 처리할지 알 수 없어서 마비된 듯 서 있었다. 그러다가 현관 앞으로 달려가 재빨리 커튼을 치고 밖을 엿보았다. 미니밴이 포장되지 않은 진입로를 천천히 달려오더니 람보르기니 뒤에 멈춰 섰다. 모든 일이 너무 빨리 벌어지고 있었다. 움직여! 그러나 테드는 움직일 수가 없었다. 미니밴의 문 세 개가 동시에 열렸다. 롤리가 운전석에서 내렸다. 반대쪽에서는 꽃무늬 원피스를 입고 분홍색 배낭을 멘 아이들이 뛰어내렸다. 소녀들이 현관문을 향해 쏜살같이 달려왔다. **아빠! 우리 왔어!**

테드는 두 눈을 비볐다. 마음이 그에게 농간을 부리는 것이 틀림없었다.

테드가 스스로 목숨을 끊기로 결심했을 때—그 생각은 전속력으로 그의 마음에 들어와 자리를 잡았다— 특정한 문제들을 맡아 처리해줄, 믿을 만한 사람이 있어야 한다는 사실을 깨달았다. 모든 것을 비밀로 해줄 사람. 매일 보는 친구 그룹에 속하지 않는 사람. 그러자 아서 로비차우드가 바로 떠올랐다.

테드는 로비차우드를 수십 년간 보지 못했다. 같은 고등학교에서 3년을 함께 지냈지만 졸업 후에는 연락이 끊겼다. 완벽했다. 게다가 로비차우드 법인의 변호사들은 이 도시에서 최고였다. 더 나아가, 로비차우드를 만나러 간 테드는 변호사와 의뢰인 사이의 비밀조항보다 훨씬 더 끈끈한 유대감이 두 사람의 사이에 있음을 느꼈다. 고등학교 시절, 로비차우드는 거의 주목받지 못하며 공립학교를 다녔고, 인기 있는 남녀 학생들로부터 무시당했으며, 두세 명씩 짝을 지어 점심을 먹는 친구들에게 자리를 구걸했고, 때로는 혼자 앉아 먹기도 했다. 이렇게 조롱과 따돌림을 당하는 고통스러운 세월을 이겨내고 성공할 수 있다고 자신을 다독인 로비차우드 같은 사람에게는 본인도 모르는 욕구가 있는 것 같았다. 그 후의 삶이 어떻게 풀렸는지와는 상관없이, 얼마나 훌륭한 직업을 갖고 성공했느냐와는 상관없이, 혹은 축 늘어진 살덩어리인 몸을 근육질의 멋진 몸으로 바꾸기 위해 체육관에서 얼마나 오랜 시간 땀을 흘렸는지와는 상관없이, 로비차우드 같은 패배자는 세상의 테드 매케이들에게 순종하려는 원초적인 본능을 갖고 있었다. 그 중요한 사실은 아무리 해도 바뀌지 않았다. 주목받고 싶은 욕구, 다른 사람들에게 받아들여지고 싶은 욕구는 그들이 학교 운동장에서 단 1초라도 주목받기 위해 굽신거렸던 학창시절에 생겨난 잠복기의 바이러스처럼 아서 로비차우드 같은 사람들 마음속에 항상 도사리고 있는 것 같았다.

웬델의 별장에서 그 불쾌한 사건이 있고 나서 테드는 로비차우드를 다시 만나기 위해 그의 집으로 찾아갔다.

로비차우드가 직접 테드를 맞았다. 그는 고급스러운 폴로셔츠를 입고 마티니를 들고 있었다.

"테드, 와줬구나!"

누가 왔는지 보려고 집 안 깊숙이 있는 거실에서 몇 사람이 현관쪽을 돌아보았다. 손님들은 거실 곳곳에 흩어져 있었는데, 몇 명은 바에, 다른 몇 명은 흔들의자에 앉아 있었다. 대부분 커플이었다. 테드는 이 모임이 로비차우드의 생일파티라는 것을 지난 몇 주 동안 본인의 입을 통해 대여섯 번은 들었는데도 까맣게 잊고 있었다. 뭣 하러 내가 죽은 다음에 일어날 일에 대해 생각하며 시간을 낭비한단 말인가.

"할 얘기가 있어서 왔어, 아서. 둘이서만. 중요한 문제야."

생일을 축하하러 온 게 아니라는 말은 덧붙일 필요가 없었다. 그의 얼굴 표정이 모든 것을 말해주고 있었다.

"좋고말고. 어서 들어와."

테드는 잠깐 망설였다. 손님들은 이미 그가 파티에 참석하러 온 게 아니라는 것을 눈치챘고, 그가 온 이유를 알리는 자세한 정보가 나오기를 조용히 기다리고 있었다. 차려입고 유리잔을 하나씩 든 그들은 위스키 광고에서 방금 빠져나온 것 같았다. 특권의식의 악취가 풍겼다. 테드는 그들을 혐오했다. 그들을 더 잘 볼 수 있게 되었을 때, 그는 고등학교 동창생 상당수가 자리한 것을 보고 깜짝 놀랐다. 세상에나, 이건 뭐 동창회 수준이었다!

테드는 애써 미소 지으며 안으로 걸어 들어갔다. 로비차우드는 유치한 자부심을 숨기지 못한 채 그를 이끌고 거실을 통과했다. 오늘 그는 서른일곱 살이 되었고, 테드와 동갑이었다. 그러나 머리는 이미 오래전에 벗어져서 대머리가 되었고, 여전히 땅딸막했으며, 약한 턱을 염소수염 뒤로 숨긴 것이 마치 윌리 울리* 같았다. 고등학교 때 끼던, 눈이 핑글핑글 돌아가는 알 두꺼운 안경을 벗었다고 외모가 크게 개선된 것 같지는 않았다. 그가 테드를 우상숭배하듯 하는 것을 보니 그 옛날 학창시절의 로비차우드로 돌아간 것 같았다.

일반적인 환영의 인사말을 몇 마디 나눈 뒤, 그들은 집의 다른 쪽 끝에 있는 서재로 갔다. 가면서 로비차우드가 테드를 아내에게 소개했는데, 그녀가 불안한 미소를 띠는 것을 보니 그의 이름을 들어본 적이 있는 것 같았다. 테드는 정신이 딴 곳에 가 있는 채로 그녀와 악수했고 이름을 듣자마자 잊어버렸다.

---

* 1950년대에 만들어진 장난감으로, 캐릭터 얼굴에 만능 연필로 추가적인 특징들을 그려 넣는 것.

"무슨 일이야, 테드? 걱정 있는 얼굴인데." 로비차우드 변호사가 말했다.

그들은 책이 빼곡하게 꽂힌 책장 옆 가죽 의자에 앉았다. 그리 크진 않지만 고급스럽고 품위 있게 꾸며진 서재였다. 테드는 옛 동급생 뒤의 창밖을 물끄러미 내다보았다. 창밖으로 뒷마당과 거기서 뛰어노는 아이들이 부분적으로 보였다. 집 가까이에는 타이어 그네가 달린 나무가 한 그루 있었다. 실내 장식하고 안 어울리는데, 아서.

"테드? 괜찮아?"

테드는 타이어 그네에서 눈을 뗄 수 없었다. 어울리지 않았기 때문일까?

"괜찮아. 자네의 도움이 필요해."

변호사가 의자에서 몸을 움직였다. 한순간 순종하고자 하는 원초적인 본능이 다시 나타났다.

"뭐든 말만 해, 테드."

"자네의 서비스가 또 필요해. 이번에는 유언장 작성 문제가 아니야. 좀 더 복잡한 일이지. 지금 이 순간부터, 자넨 내 변호사고 내가 말한 모든 내용은 변호사와 의뢰인 사이의 기밀유지 의무에 해당하는 거야."

로비차우드는 움찔하지 않았다. 그런 모습을 보니까 안심이 되었다. 초조한 학생보다는 성숙한 변호사를 상대하는 게 나았다.

"듣고 있어."

"내가 사람을 죽였어."

몇 초 동안 들리는 소리라고는 거실에 있는 손님들의 말 소리뿐이었고, 그마저도 서재 문이 닫혀 있어 작게 들렸다. 로비차우드는 자기도 모르게 집게손가락으로 안경의 코받침을 밀어 올리는 시늉을 했다. 그러나 그는 안경을 끼고 있지 않았다.

"사고가 있었어, 테드?"

"그런 게 아니고. 이봐, 아서. 있었던 일을 세세하게 다 설명할 생각은 없어. 적어도 지금은 아니야. 내가 할 수 있는 말은, 앞으로 48시간 안에 모든 것이 분명해질 거라는 거야."

로비차우드가 이마를 찌푸렸다.

로비차우드는 테드의 말을 이해하지 못했다. 변호사는 너 미친 거 아니냐는 표정으로 테드를 보고 있었다. 테드는 몸을 앞으로 기울여 로비차우드의 무릎에 손을 얹었다. 로비차우드는 여전히 믿기지 않는다는 표정으로 그 손을 바라보았다.

"아서, 미친 소리처럼 들린다는 거 알아." 테드가 말했다. "자네가 날 믿어줘야 돼."

"테드, 무슨 일인지 사실대로 말해주지 않으면 자네를 도울 수가 없어."

테드는 고개를 가로저었다. 가능한 한 정보를 주지 않을 생각이었건만, 구체적인 정보를 주지 않으면 로비차우드의 도움을 받지 못할 것이 분명했다. 로비차우드를 어디까지 믿을 수 있을까? 이제까지 테드는 위험부담을 판단해볼 시간이 없었다. 사실 뭔가를 해볼 시간이 없었다. 웬델의 집에서 정신없이 도망쳐 나온 이후로, 그의 머릿속은 뒤죽박죽이었다. 자꾸만 웬델의 딸들이 생각났다. 그 아이들이 분홍색 배낭을 메고 포니테일로 묶은 금발을 팔랑이며 현관 계단을 즐겁게 뛰어 올라가는 모습이 떠올랐다. 아이들이 현관 홀 카펫 위에 놓인 아빠의 시체를 발견하는 모습을 목격하기 전에 급히 옆문으로 빠져나왔지만, 마음속으로는 마치 영원히 끝나지 않는 영화를 보듯 그 장면을 자꾸만 불러내고 있었다. 나중에는, 그가 마치 사냥개에게 쫓기듯이 숲속을 달려가고 있을 땐, 머릿속에 떠오르는 내용이 살짝 바뀌었다. 이젠 양쪽 눈썹 사이에 완벽하게 동그란 구멍이 뚫린 시체를 발견하는 사람이 웬델의 딸들이 아니라, 신디와 나딘, 그러니까 자신의 딸들이었다. 그리고 시체의 얼굴은 웬델이 아니라 테드 자신의 얼굴이었다. 딸들이 그런 충격을 받게 할 것인가? 그 일이 딸들에게 얼마나 큰 상처를 줄지 깨닫게 하기 위해 사람을 죽이는 일이 필요했던 것일까?

"괜찮아, 테드?"

로비차우드는 1분도 안 되어 같은 질문을 반복했다.

테드는 머리를 두 손으로 감싸 쥐고 바닥을 노려보고 있었다. 그런 자세로 얼마나 오래 있었는지 알 수 없었다. 맞은편 의자에 앉아 있는 로비차우드가 진심으로 걱정스러운 표정으로 그를 보고 있었다.

"난 괜찮아, 아서. 자네한테 도움을 청할 게 있어."

"말해봐."

"사람을 찾아야 해. 이름은 저스틴 린치. 스물 몇쯤 된 것 같고, 변호사나 그 비슷한 직업을 가졌을 것 같아."

"사건과 관련이 있는 사람이야?"

"응, 관련이 있어. 하지만 어떤 식으로 관련이 있는지는 말 못하고."

"인터넷으로 찾아봤어? 바보같이 들릴지 모르지만, 인터넷으로 찾을 수 있는 게 생각보다 많아."

"아무것도 찾을 수가 없었어." 테드가 거짓말을 했다. "자네가 운이 더 좋을 것 같은데. 도움이 될 만한 수사관들을 섭외할 수도

74

있을 거고."

"물론이지. 내일 팀원들한테 그 일부터 처리하라고 할게."

테드는 한순간 얼어붙은 듯 가만히 있었다.

"지금 해줘야겠어, 아서."

그는 일부러 권위적으로 말했다. 테드는 자신의 어조가 어떤 심오한 기제를 작동시켜 아서로 하여금 그를 기쁘게 하기 위해 노력하도록 만드리라는 걸 알고 있었다. 변호사는 오늘이 자기 생일이고 오후를 함께 보내기 위해 온 손님들이 집 안에 가득하다는 명백한 사실들을 지적하면서 미약한 반항을 시도했다. 그러나 테드가 고집을 부릴 필요도 없었다. 당장 몇 군데 전화를 걸어 린치에 대해 알아봐달라고 부탁하겠다고 아서가 스스로 선언했다. 린치가 젊은 변호사이거나 형사라면 금방 찾을 수 있을 거라고도 했다.

"얼마나 고마운지 몰라." 테드가 말했다. 그가 옛 급우의 무릎에 다시 손을 얹었다.

"별 말씀을."

서재 문이 열렸다.

"여기 더 있을 거예요?" 로비차우드의 아내가 물었다. 그녀는 질문하면서 날카로운 눈초리로 테드를 보았다.

"아니야. 자기야, 몇 분만 더."

그녀의 얼굴이 사라지고 문이 닫혔다. 그러나 비난하는 표정은 떠나지 않았다.

"노마는 좋은 여자야." 로비차우드가 변명하듯 말했다.

테드가 손사래를 쳤다.

"자, 그럼 시작해볼까." 로비차우드가 말했다. "지금 당장 몇 군데 전화를 걸어볼게. 이 저스틴 린치라는 친구가 주민들과 교분이 있는 변호사라면 금방 찾을 수 있어. 그리고 사립탐정과 내 파트너들과도 의논해볼게. 일부는 지금 여기 와 있거든. 저스틴 린치가 실명인지 아닌지 알아?"

"아니."

"전혀 도움이 못 되는구먼, 테드."

"그러게."

로비차우드가 머리를 긁적거렸다.

"내일은 좀 더 솔직해주었으면 해. 그나저나 정당방위였어? 그것만 말해줘."

"미안해. 약속할게, 내일 다 설명할게."

로비차우드가 고개를 끄덕였다.

"밖에 나가서 친구들과 한잔하고 있어." 로비차우드가 말했다. "난 전화한 다음에 노마와 얘기 좀 하고 나갈게. 나를 가르치러 곧 돌아올 거거든." 그가 재빨리 덧붙였다. "하지만 걱정하지 마. 내가 잘 달랠 수 있어."

테드는 서재를 나가고 싶지 않았다. 사람들과 어울릴 기분이 아니었다. 아서가 통화하는 동안 옆에서 듣고 싶었다. 그러나 아서가 혼자서 일하고 싶어 한다는 것을 알았고, 테드는 부담을 주지 않기로 했다.

테드의 원래 의도는 로비차우드의 거실 가장 구석진 곳으로 가서 창밖을 보는 척하며 시간을 죽이는 거였다. 그러나 그의 계획은 아서의 서재를 나서는 순간 무산되었다. 노마가 다가와 억지 미소를 지으면서 차가운 맥주를 건넸고 커피 테이블 주위에 둘러앉아 대화를 나누는 두 쌍의 남녀에게 그를 데려갔다. 다행히도 그들은 테드가 아는 사람들과 멀리 떨어져 있었다. 그는 노마가 왜 이 사람들을 골랐는지 약간 궁금해졌다.

여자들은 자기들끼리 사적인 대화를 나누고 있었고, 짧은 침묵으로 새로 온 사람을 환영해주었다. 여자들의 대화에 형식적으로 참여하며 고개를 끄덕이거나 때때로 맞장구를 쳐주던 남자들은 고개를 들고 테드를 반갑게 맞았다. 그러나 테드는 자리에 앉을 생각이 없어 계속 서 있었다. 이때 테드는 남자들 중 하나가 예전에 같은 반이었다는 것을 알아차렸다. 그는 덥수룩한 검은색 턱수염을 자랑하고 있었다. 테드는 그 하늘색 눈을 보고 누군지 알아보았는데, 그를 고등학교 복도에서 본 것이 어렴풋이 기억났기 때문만이 아니라, 조금 전 로비차우드의 눈에서 본 복종의 빛이 그의 눈에도 떠올랐기 때문이었다. 이 파티에 온 사람들 중 동창생이 아닌 사람은 없는 건가? 테드는 지금까지도 이렇게 만나서 즐기며 사는 이 아웃사이더들의 모임이 가슴 저릿할 정도로 부러웠다. 테드의 고등학교 친구들은 모임을 갖지 않은 지 여러 해가 되었다.

"바닥 온도가 그자를 구해준 거야." 한 여자가 말했다. 턱수염과 하늘색 눈을 가진 남자의 아내가 한 말이 즉시 테드의 관심을 끌었다. 그는 맥주 캔을 입으로 가져가면서 슬쩍 다가갔다.

"이해가 안 가네." 다른 여자가 말했다.

"당신이 설명해봐, 바비."

바비 펜더개스트! 테드는 과거에서 날아온 화살에 맞은 것처럼 갑자기 그의 이름이 기억났다. 예전부터 모든 것에 대한 해답을 알고 있어서 작은 천재라고 불렸던 친구. 고등학교 2학년 때 영재학교로 전학갔다는 사실이 기억났다.

"펜더개스트, 너였구나." 다른 무엇보다도 그를 기억하고 있다는 사실에 자부심을 느끼면서 테드가 말했다.

네 명 모두 약간 충격을 받은 얼굴로 테드를 돌아보았다. 바비가 아무 말 없이 고개를 끄덕였다. **왜, 이건 답을 모르겠어, 바비?** 테드는 탁자 주위에 있는 딱 하나 남은 빈 의자에 앉기로 결심했다. 다른 손님들의 이야기가 배경으로 들려서, 침묵이 그리 어색하지 않았다.

"나 테드 매케이야." 그가 손을 내밀면서 말했다.

바비가 소개를 맡았다.

"이쪽은 랜스 파이어스타." 테드가 한 번도 들어보지 못한 이름이 틀림없다. 잊을 수 있는 이름이 아니니까. 그는 마르고 머리가 빨간색인 남자의 주근깨 박힌 손과 악수했다. 그러고 나서 여자들과도 악수를 했다. "이쪽은 테레사, 이쪽은 트리시아."

트리시아의 손이 스펀지처럼 물컹했고, 무슨 이유에선지—그 이유를 알아내기 위해 바비 펜더개스트가 될 필요는 없었다— 테드는 웬델의 시신을 떠올렸다. 거실 카펫 위에서 치워졌을까?

"테드와 나는 고등학교 동창이야." 바비가 말했다.

테드는 대화가 딴 길로 새지 않기를 바랐다.

"조금 전에 그 살인사건에 대해서 이야기하는 것 같던데. 엿들을 생각은 아니었지만 듣게 됐습니다."

트리시아가 잠깐 이맛살을 찌푸리더니 기억해냈다.

"아, 네, 그랬죠! 그자가 무혐의로 풀려났는데, 피해자 가족은 이제야 그가 어떻게 그럴 수 있었는지 알게 된 거예요. 이젠 너무 늦었지만요. 어떻게 이 사건을 모를 수가 있어, 테레사."

"TV를 안 보거든."

"그럼 하나도 못 들었겠네. 어쨌든, 그자는 풀려났어. 히스패닉이라는 것 같아."

그녀가 업신여기는 말투로 '히스패닉'이란 말을 했다. 조금 전에 만난 남자가 대화에 참여하고 있다는 사실을 깨닫고는 얼굴을 약간 붉혔다. 테드는 이야기를 계속 듣고 싶어서 심각한 표정으로 체념한 듯 고개를 끄덕였다. 마치 자신을 비롯하여 이 테이블 주위에 있는 사람들은 기회를 찾아 이 땅에 온 이민자의 후손이 아닌 것처럼.

"아까 말했잖아. 바닥 온도." 트리시아는 비밀을 이야기하듯 속삭였다. "지하에 세탁소가 있었어."

테드의 심장이 덜컹 내려앉았다.

"이해가 안 가." 테레사가 말했다.

그녀의 남편은 아내가 뭔가를 이해하지 못한다는 사실이 전혀 놀랍지 않다는 듯 눈을 굴리며 고개를 저었다.

"인상 쓰지 말아요." 테레사가 남편을 보지도 않고 말했다. 랜스는 두 손을 들어 항복을 표시했다.

"경찰은 시신의 체온을 측정해서 사망시각을 추정해요." 바비가 전문가다운 목소리로 말했다.

"그자에게는 완벽한 알리바이가 있었어." 트리시아가 끼어들었다. "그 불쌍한 아가씨가 살해당했을 거라고 전문가들이 추정한 바로 그 시각에, 그는 술집에 있었어. 그걸 증언해줄 증인이 많았고. 그래서 풀려난 거야."

테드는 다른 차원의 공간에서 대화가 이뤄지고 있는 것처럼 대화를 따라가고 있었다. 최악의 우려가 확인되었다. 린치의 이중성은 도대체 어디까지일까? 바비 펜더개스트가 이야기를 이어받아 계속하는 동안 테드는 자신에게 이 질문을 던지고 또 던졌다.

"단서를 찾기 위해 피해자 가족이 고용한 전문가에 의하면, 지하 세탁소 건조기의 배기관이 아파트 바닥을 따뜻하게 만들었다는군요. 그래서 시신의 체온이 일반적인 경우보다 훨씬 더 천천히 떨어졌고, 그때문에 법의학전문가들이 사추시를 잘못 계산한 거죠."

"무슨 말인지 알아듣게 말을 해, 바비!"

"미안해, 자기야. 사망추정시각을 틀리게 계산했다는 거죠."

"그자 이름이 뭔지 기억나세요?" 테드가 끼어들었다.

펜더개스트 부부가 서로를 보았다.

"라미레즈요." 트리시아가 망설임 없이 대답했다.

"아냐, 라미레즈가 아니야." 바비가 말했다. "그리고 라틴계도 아

니고. 다른 뉴스하고 혼동했나 봐, 자기야. 그자 이름은 블레인이었
어. 에드워드 블레인."

"아니야, 자기가 틀린 거야."

"아니야."

"라미레즈야, 바비. 집에 돌아가자마자 증거를 보여줄게. 내가
맞다는 걸 알면 자꾸 도전하지 마."

바비가 눈을 내리깔고 고개를 끄덕였다.

에드워드 블레인.

린치는 어째서 대중적인 지식이 된 수사 내용을 마치 자기들만
아는 기밀인 양 말했을까? 어쩌면 린치와 그의 조직이 그 정보를
가족에게 전달하려고 조처를 취한 것인지도 모른다. 하지만 그건
터무니없는 추측이었다. 테드는 지난 24시간 안에 일어난 일들을
정당화하기 위해 가장 타당성 없는 설명들을 받아들이는 데 지쳐
버렸다. 진실은 훨씬 단순했다. 린치가 그를 속인 것이다.

너, 누굴 죽인 거냐?

테드는 의자에 등을 기대고 앉아 전망창 밖을 내다보았다. 아서
는 왜 이렇게 오래 걸리지?

바깥 풍경이 펜더개스트 부부와 파이어스타 부부의 대화보다 더 흥미로웠다. 그들은 이제 새로운 이웃들 흉을 보는 데 열을 올리고 있었다. 테드는 일어서서 창가로 가는 건 너무 무례할 것 같아 비스듬히 고개를 돌리고 창밖을 내다보았다. 크고 관리가 잘되어 있는 아서의 마당에는 정글짐과 미끄럼틀, 그리고 뱅뱅이가 있었다. 그중에서도 뱅뱅이가 테드의 관심을 끌었다. 노마를 쏙 빼닮은 사내아이가 뱅뱅이 가운데에 있는 핸들을 점점 더 빠르게 돌리고 있었다. 여자아이 둘이 자기 좌석을 힘껏 붙들고 깔깔 웃으면서 소년에게 그만하라고, 제발 그만하라고 소리치고 있었다. 아이들의 목소리가 멀리서 들려왔다. 그 아이들보다 어린 아이들이 강력한 차장을 향해 응원의 함성을 지르고 팔짝팔짝 뛰면서 자신들의 차례를 기다리고 있었다. 강력한 팔과 기계적인 집중력을 가진 차장은 거의 빛의 속도로 기구를 돌리고 있었다. 여자아이 하나가 티모시에게 그만하라고 간청했지만, 즐겁게 깔깔거리는 것을 보면 뱅뱅이가 멈추는 걸 결코 원하지 않는 것도 같았다. 티모시 로비차우드는 그 나이 때 소심하고 수줍음을 많이 타던 자기 아버지와는 다른 미래를 살 것이다.

소녀들의 뱅뱅이 탑승이 끝났다. 소녀들은 현기증에 비틀거리며 내려와서 티모시를 기쁘게 해주었다. 티모시는 중앙의 핸들을 계속 돌리기 위해 뱅뱅이에 남아서 하나도 안 어지러운 척하면서 자신의 강철 체력과 원심력의 다음 희생자를 기다리고 있었다. 가히 뱅뱅이의 신이라 할 만했다. 먼저 탄 여자아이들보다 몸집이 작은 남자아이 하나와 여자아이 하나가 티모시 양쪽의 좌석을 차지했다. 잘 들리지 않았지만 티모시가 아이들에게 주의사항을 일러주는 것 같았다. 꼬마들은 길게 이어지는 주의사항을 들으면서 웃음이 사라졌다. 마치 위험한 롤러코스터를 처음 타려는 아이들 같았다.

테드가 앉아 있는 곳에서는 서재에서 그의 관심을 끌었던 타이어 그네가 있는 나무도 보였다. 마당의 다른 부분과 비교하니 낡은 고무 타이어는 아까보다도 훨씬 어색해 보였다. 이 집 안주인을 잘 안다고 할 수는 없었지만, 손님들을 대접하는 모습 같은, 잠깐 본 모습으로 미루어볼 때 그녀는 남들 눈에 비치는 겉모습에 무엇보다도 신경을 쓰는 것 같았다. 그렇다면 거실의 모든 창문에서 내다보이는 저 타이어 그네는 완벽함을 자랑하는 집과는 어울리지 않는 소품이었다. 그때 타이어 그네가 부드럽게 앞뒤로 흔들렸다. 나무에서 2~3미터 떨어진 곳에, 여자 둘이 벤치에 앉아 있었다. 아이들을 지켜보려는 목적이겠지만, 실은 둘이 나누는 대화에 훨씬 더 관심이 있는 것 같았다. 두 사람이 고개를 돌려 서로를 보고 있었기 때문에 테드에게는 옆모습만 보였다. 돌이 지났을까 말까 한 여자아기가 빨간 물방울무늬가 있는 흰 원피스를 입고 넘어졌다 일

83

어섰다 하면서 그들 주위를 아장아장 걷고 있었다.

테드는 흔들리는 타이어와 걸음마를 배우는 아기를 번갈아 바라보았다. 아기는 벤치를 붙잡고 있거나 공기를 잡는 시늉을 하며 뒤뚱뒤뚱 앞으로 내디디다가 엉덩방아를 찧곤 했다. 그러면 까르르 웃으면서 엄마가 듣든 말든 엄마에게 뭐라고 옹알거렸다. 타이어가 더 세게 흔들리는 것 같았다. 어떻게 그럴 수가 있지? 건드린 사람이 아무도 없는데.

아기가 작은 꽃을 향해 곧장 걸어가서 오랫동안 살펴보더니 그 옆에 무릎을 꿇었고 입술을 움직이는 것이 따도 되느냐고 물어보는 것 같았다. 마침내 조심스럽게 따서 통통한 손가락으로 그 가느다란 줄기를 움켜쥐었다. 아기가 그 꽃을 엄마에게 주자 엄마는 제대로 보지도 않고 받았다. 꽃이 아니라 불이 붙은 다이너마이트였다고 해도 똑같은 미소로 받아 들었을 것 같았다. **고마워, 아가야!** 이 최소한의 격려에 만족한 아기는 원피스를 매만지더니 새로운 여정을 시작했다.

타이어가 훨씬 더 큰 호를 그리며 움직이고 있었다. 저 정도로 흔들리려면 바람이 꽤 거세게 불어야 할 텐데, 집 안에서 봐도 바람이 거의 불지 않는다는 것을 알 수 있었다. 무언가가 타이어에 매달려 있었다. 아까는 거기 없었던 것. 처음에 테드는 뱀이라고 생각했지만, 타이어 구멍을 통해 밖을 훔쳐보는 주머니쥐가 보였다. 꼬리가 축 늘어져 있었다. 주머니쥐가 테드를 빤히 보았고, 테드는 자기도 모르게 벌떡 일어섰다. 트리시아 펜더개스트가 그를 보며 얼굴을 찌푸렸다. 테드는 휴대전화를 꺼내 확인한 뒤 주머니에 다시 넣으면서 휴대전화 때문인 척했다. 다시 타이어를 보다가 그 사악한 유해동물과 눈이 딱 마주쳤다.

주머니쥐가 창문에서 그리고 테드에게서 눈을 떼지 않은 채 그 작고 날카로운 이로 타이어를 갉는 것을 보자 꿈에서 본 것들이 되살아났다.

아기는 그 작은 두 팔을 앞으로 내밀고 넘어질 듯 위태롭게 그 동물 옆을 돌아다니고 있었다. 테드는 벌떡 일어서서 단 두 걸음만에 창가에 다다랐다. 그는 걸음을 멈췄다. 거실의 대화가 중단되었고 몇 명이 그를 돌아보았다. 이제 주머니쥐는 타이어 위에 올라가 앞발로 타이어를 꽉 붙잡고 있었다. 발톱이 무섭게 길었다. 아기가 타이어에서 2미터 정도 떨어진 곳에서 걸음을 멈춘 것을 보면 주머니쥐를 본 것 같았다. 그러나 그게 뭔지 잘 몰라서인지 비틀거리며 두세 걸음을 갔다. **제발, 아가, 제발, 엄마한테로 돌아가.** 저런 동물은 매우 위험하다. 온갖 병균을 옮기고 사람을 공격할 수도 있다. 아기가 주머니쥐를 고양이나 다른 무해한 동물로 착각하고 다가가서 쓰다듬으려 할 수도 있다. 드디어, 잠깐 망설인 후에, 아기가 용기를 내어 타이어를 향해 돌진했다. **오 하느님!**

테드가 손바닥으로 유리창을 쾅쾅 쳤다.

"조심해!"그가 소리쳤다.

그 순간 사방이 쥐죽은 듯 조용해졌고 모두 그를 돌아보았다. 성질 급한 손님이 창가로 달려왔고 두세 명은 테드 뒤에 섰다. 몇 명은 자기 자리에서, 무슨 일인지 알지 못한 채 사방을 둘러보았다. 노마가 부엌에서 달려와서 무슨 일이냐고 물었다. 밖에서는, 벤치에서 대화를 나누는 두 여자도 놀고 있는 아이들도 모두 테드의 경고를 듣지 못한 것 같았다. 특히 그 어린 여자아기도. 아기가 타이어를 향해 비틀거리며 마지막 몇 걸음을 내디디고 있었다. 테드는 창문과 씨름했다. 밀어서 여는 창문 위아래가 걸쇠로 잠겨 있었다.

"무슨 일입니까?" 옆에 선 남자가 물었다.

"아기가 위험해요!" 테드가 그를 돌아보지도 않고 말했다. "타이어 위에 커다란 주머니쥐가 있어요!"

테드의 극심한 공포가 다른 사람들에게 전염되었다. 여자들이 벌떡 일어나서 달려왔고, 비명을 지르는 여자들도 있었다. 아아, 어떡해! 어떻게 그런 일이 있을 수 있지?

"안 보이는데요!" 한 여자가 소리쳤다.

아니, 바깥에 타이어 그네가 몇 개나 있다고 안 보입니까? 부인.

다른 손들이 유리창을 두드리기 시작했고 마침내 수다를 떨고 있던 엄마들의 관심을 끌었다. 그녀들이 걱정스러운 표정으로 집을 보았다. 수십 개의 얼굴이 창문에 붙어 필사적으로 주의를 끌려는 것을 보고 분명 깜짝 놀랐을 것이다. 저 안에서 무슨 일이 있나? 두 여자는 무슨 일인지 이해하지 못하는 것 같았다. 다행히도 이 소란 때문에 아기도 걸음을 멈췄다. 아기가 뻗은 팔이 흔들리는 타이어에서 50~60센티미터 떨어진 곳에 있었다.

마침내 테드가 창문을 열었다.

"아기!" 그가 외쳤다. "타이어 안에 주머니쥐가 있어요!"

모성 본능이 즉각적인 행동으로 나타났다. 한 엄마가 벤치에서 벌떡 일어나 아기에게 달려갔다.

"로즈!"

수십 초 전까지만 해도 거실에 앉아 있던 남자들이 이제 밖으로 나가 타이어를 향해 달려가고 있었다. 선두에 선 남자가 빗자루를 휘둘렀다. 아기 엄마는 로즈의 허리를 잡고 번쩍 안은 다음 홱 돌아서서 폭발 직전의 폭탄에서 도망치듯 타이어에서 멀어졌다.

전망창 세 개가 모두 열렸고, 다들 창가에 서서 밖에서 벌어지는 일을 숨죽이며 지켜보았다. 주머니쥐는 타이어 안에 숨어 있으니 도망갈 곳이 없었다. 주머니쥐가 뛰어내려 도망가려 할 때 과연 빗자루로 막을 수 있을까, 테드는 의문이 들었다.

"얘들아!" 급조된 사냥꾼들 중 하나가 뱅뱅이 옆에 선 아이들에게 외쳤다. "그 위로 올라가. 너희 모두!"

아이들이 여덟 명 있었다. 뱅뱅이에는 자리가 네 개뿐이었지만, 모두 끼어 탔다. 현명한 조치였다. 사람들이 몰아내면 주머니쥐는 위협을 느끼고 누군가의 발목을 물 수도 있다. 두 여자도 같은 생각을 했는지 로즈를 안고 벤치 위로 올라갔다. 이제 풀밭에 남은 사람은 남자 네 명뿐이었고, 그들은 빗자루 한 개로 무장한 채 다이아몬드 대형으로 그녀를 향해 나아갔다.

"저기, 스티브." 빗자루를 든 남자가 말했다. "가서 좀 더 확실한 것 좀 찾아봐, 삽이나 뭐 그런 거."

맨 뒤에 있던 남자가 총총걸음으로 사라졌다. 남아 있는 세 명은 앞으로 계속 나아갔다. 뱅뱅이 위의 아이들과 벤치 위의 여자들, 창가의 손님들이 모두 그들의 행동을 숨죽이며 지켜보았다. 빗자루를 든 남자가 타이어 그네에서 3미터쯤 떨어진 곳에 멈춰서 쭈그리고 앉아 손잡이가 앞으로 오도록 빗자루를 쥐고 휘두르며 최대한 멀리까지 찔러댔다.

"스티브가 돌아올 때까지 기다려요!" 창가에서 한 여자가 소리쳤다.

남자가 싫다고 고개를 가로저었다. 타이어의 움직임이 멈췄다.

빗자루 끝이 부드럽게 타이어를 밀자, 타이어가 원을 그리며 흔들렸다. 그때 스티브가 돌아왔다. 삽을 찾진 못했지만 야구방망이를 가져왔다. 다들 그 새로운 무기를 인정하는 분위기였다. 빗자루를 든 남자가 스티브에게 반대편으로 돌아가라고 지시했고, 그동안 그는 빗자루 손잡이로 타이어 안을 찔러대며 주머니쥐를 밖으로 유인했다.

그들은 타이어를 에워싸고 이쪽에선 빗자루 손잡이로 타이어 안을 찌르고, 저쪽에선 기다렸다. 주머니쥐가 타이어 속 빈 공간을 돌아다니고 있을지도 모를 일이었다. 그렇다면 쫓아낼 방법이 없을 수도 있다. 그들은 타이어 안을 들여다보려고 천천히 한 걸음 한 걸음 다가갔다.

주머니쥐는 없었다.

빗자루를 든 남자가 두 손으로 타이어를 들고, 조금 전까지 비둘기가 숨어 있던 실크해트를 뒤집어 비어 있음을 보여주는 마법사처럼 창가에 선 관객들에게 보여주었다. 모두의 눈길이 타이어에서 테드에게로 옮겨졌다. 동시에 아직 뱅뱅이 위에 서 있던 아이들은 도무지 믿기지 않는다는 표정으로 이 소동에 책임이 있는 듯한 낯선 남자를 보았다. 어른들도 마찬가지였다. 거실 안, 그의 주위에 서 있던 손님들은 그의 광기가 옮을까 봐 겁이 나는 것처럼 황급히 자리를 떴다.

테드는 그들의 반응을 거의 인식하지 못했다. 그네에서 눈을 뗄 수가 없었다. 분명히 거기 있었는데. 주머니쥐가 사람들 눈에 띄지 않고 도망갈 수 있는 방법이란 없다. 창문의 걸쇠를 풀기 위해 아주 잠깐 눈을 돌렸을 뿐이었고, 그때도 다른 사람들은 타이어를 지켜보고 있었다. 그가 주위를 돌아보았다. 방 안이 무거운 침묵에 잠겨 있었다. 모두 그를 빤히 보고 있었고, 무슨 설명을 기대하는 것 같았다. 랜스와 테레사는 그를 못마땅한 듯 보았고, 바비 펜더개스트는 실망한 표정이었다. 노마는 그를 날카롭게 노려보았다.

어느 순간엔가 소동에 이끌려 서재를 나온 아서 로비차우드가 제일 먼저 테드에게 다가가 그의 어깨에 한 손을 얹었다. 테드는 꿈쩍도 하지 않았다.

"린치 건은 운이 좋았어." 아서가 말했다. 테드는 그가 무슨 말을 하는 건지 알아차리지 못했다. "변호사가 맞았어. 개업해서 혼자 활동하고 있더군."

그는 테드에게 뭔가가 적힌 색인카드를 건네주었다.

"내 소식통이 그의 사무실 주소와 전화번호를 알아냈어. 도움이 되기를 바라. 나중에 전화 좀 줘, 어떻게 됐는지. 그리고 자넨 이제 가는 게 좋겠어."

테드는 동의하지 않을 수 없었다.

린치의 사무실이 있는 건물은 시 외곽, 노쇠한 교외에 있는 퇴락한 벽돌 건물로, 주차장과 버려진 건물들과 위험한 뒷골목과 녹슬어가는 차체와 넘쳐나는 쓰레기에 둘러싸여 있었다. 저녁 7시였지만 사람 그림자도 보이지 않았다. 유일하게 불이 켜진 창문은 7층에 있었고, 린치의 사무실은 5층이었다. 테드는 휴대전화를 꺼내 색인카드에 적힌 전화번호로 다시 전화를 걸었다. 이번에도 나이든 여자의 피곤한 목소리가 법률사무소의 영업시간은 월요일부터 금요일까지, 오전 8시부터 오후 4시까지라고, 삐 소리가 나면 메시지를 녹음하라고 말했다. 테드는 아무 말 없이 전화를 끊었다. 이렇게 늦은 시각에 린치를 발견할 거라는 기대는 별로 하지 않았지만, 어쨌든 한번 와서 보기는 해야 했다. 어쩌면 린치가 늦게까지 일하는 유형일지도 모를 일이었다.

지는 해의 마지막 빨간 상처가 건축 테러 같은 건물 뒤의 수평선에서 점차 희미해지는 동안, 테드는 내일 다시 오자고 계획을 세웠다. 집으로 가는 동안 그는 아무 생각도 하지 않으려고 애썼다. 그러나 집에 도착하자마자 뭔가 이상하다는 것을 느끼고 즉시 경계 태세에 들어갔다. 현관문이 약간 열려 있고, 집 안은 온통 난장판이었다. 책들이 바닥에 나뒹굴고 방석이 찢겨 있고 파일 박스가 뒤집혀 있었다. 테드는 그 풍경에서 노골적인 적의를 느끼고 분노했다. 침입자들은 특별히 뭔가를 찾고 있었던 게 아니고 최대한 난장판을 만들어놓고 가려고 애쓴 게 분명했다. 장식품들이 산산조각났고, TV 화면은 강하게 가격당해 금이 갔으며, 벽에는 음식 얼룩이 잔뜩 묻어 있었다. 테드는 일상의 물건들이 부서져 나뒹구는 지뢰밭을 건너갈 엄두가 나지 않아 관자놀이를 비비며 서 있었다.

그의 발길이 자동적으로 서재로 향했다. 서재에는 더욱 광범위하고 참혹한 참사가 벌어져 있었다. 책장에는 단 한 권의 책도 남지 않았고, 컴퓨터는 우주 폐품이 되었으며, 책상 서랍은 바닥 여기저기에 놓여 있었다. 흥미롭게도 모네 복제화는 건드린 흔적 없이 그대로 있었다. 테드는 그림 앞으로 다가가, 이제까지 자주 그래왔듯이, 그림을 내리고 금고를 바라보며 생각에 잠겼다. 이런 어리석은 비밀 장소는 마음이 급한 사람 눈에는 보이지 않을 수 있지만 이런 잔혹행위를 저지른 사람들의 눈을 피해갈 수는 없을 거라는 생각이 들었다. 자물쇠 한가운데에 난 5밀리미터 정도의 완벽한 구멍이 그의 의심이 맞았음을 증명해주었다. 손잡이를 당기자 금고 문이 활짝 열렸다. 비상시를 위해 비축해둔 약간의 돈은 사라졌지만 린치에게서 받은 서류철 두 권은 테드가 둔 자리에 그대로 놓여 있었다. 웬델에 관한 서류철을 펼쳐보니 몇 페이지만 남아 있을 뿐 나머지는 사라지고 없었다.

가짜 정보.

넌 누구를 죽인 거냐?

"그들이 뭔가 빠뜨린 게 틀림없어." 테드가 소리 내어 말했다. 숨겨진 마이크 같은 건 없다고 거의 확신했지만, 누가 자기 말을 듣고 있기를 바라는 마음도 있었다.

내일 린치와 끝장을 봐야지.

린치가 그들에게 고용된 하수인이라고 해도 테드는 개의치 않았다. 그럴 가능성을 예상했고 그럴 가능성이 높다고 생각했었다. 하수인이 아니라면 그 잘생긴 변호사가 왜 실명을 사용했겠는가? 가명을 쓰지 않고? 테드는 매우 단순한 이유를 생각해냈다. 테드가 제안을 갖고 찾아온 사람의 뒷조사를 할 거라고 예견한 것이다. 그런 경우 실명보다 더 좋은 위장법이 있을까? 테드가 적극적으로 나서서 로비차우드를 통해 혹은 다른 어떤 방식으로든 린치에 대해 미리 알아봤다면 그에 대한 정보를 매우 쉽게 알아냈을 것이고, 그러면 이야기의 나머지 부분에 대한 신뢰가 커졌을 것이다.

테드는 다시 거실로 향하다가 계단 앞에서 잠시 멈췄다. 2층으로 올라가 자신의 침실과 딸들의 침실은 어떤지 확인하는 힘든 일이 남아 있다는 생각에 얼굴을 찌푸렸다. 그러나 2층에서도 파괴 공작이 계속됐는지 살펴야 했다. 그는 소파로 가서 그 위에 있던 피자 상자와 장신구, 램프, 베개 두 개 등 모든 것을 단번에 쓸어내렸다. 그러고는 소파에 털썩 주저앉아 할 일 목록을 마음속으로 점검했고 집 안 청소와 정리를 목록에 추가했다. 그가 죽고 나면 아내가 처리할 일이 많을 테니, 깨끗하게 정돈된 집 안에서 처리할 수 있도록 정리해주는 것이 아내에 대한 최소한의 예의일 것 같았다.

그는 그 말이 너무 어리석게 들려서 피식 웃었다. 그러고는 휴대전화를 꺼내 액정화면을 톡톡 건드려 전원을 켰다. 지난 화요일 아침 홀리와 마지막으로 통화할 땐 눈물을 참으면서 평소처럼 목소리를 내려고 애를 썼다. 아내와 딸들이 돌아올 때까지 며칠간 트래비스의 배를 타고 낚시를 갔다 올 거라고 했었다. 홀리는 급한 미팅이 잡혀 함께 디즈니랜드에 못 간다고 해놓고 낚시를 가느냐고 잠시 그를 비난했다. 미팅 이야기는 물론 그냥 둘러댄 거였다. 그는 일주일은 족히 매달려야 할 거라고 다들 예상했었는데, 고객과 점심 한번 같이하며 이야기하다 보니 거래가 성사됐다고 대답했다. 홀리는 유감이라면서도, 어쨌든 덕분에 플로리다에 있는 남자친구와 더 많은 시간을 함께 보낼 수 있게 됐다고 말했다. 신디가 그 이야기를 듣고 있었던 모양인지 플로리다에 엄마 남자친구 없다고 바로 뒤따라 외치며 아빠를 바꿔달라고 요구했다. 테드는 신디와 통화한 후 나딘과도 통화를 했는데 나딘은 언제나처럼 언니가 엄마를 하나도 안 도와준다고 흉을 본 다음 그날 일을 자세하게 보고했고, 테드는 기쁜 마음으로 그 이야기를 들었다.

홀리는 전화 한 통 할 수 있는 거리에 있다. 테드는 그녀의 이름이 나올 때까지 주소록을 밀어 올리다가 멈췄다. 액정화면이 희미해지다가 거의 어두워졌지만 그녀와 이야기를 나누고 싶다는 그의 바람은 약해지지 않았다. 그가 엄지손가락으로 화면을 톡톡 쳤다.

홀리의 목소리는 물에 빠져 죽어가는 사람에게 공급된 신선한 공기 같았다.

"낚시 여행은 어떻게 됐어?"

"아가씨들이 막판에 우리를 바람맞혔어."

홀리가 깔깔대며 웃었다.

"놀랍지도 않아. 당신들 사진을 봤나 보네."

잠깐 침묵. 테드는 전등을 켜지 않았다. 바깥에서 스며드는 햇빛이 점점 희미해지고 있었다. 그늘진 거실의 혼돈스러운 분위기와는 달리 홀리의 목소리는 차분하고 단정했다.

오, 내가 당신을 얼마나 그리워하는지.

"안녕, 자기야."

"안녕, 테드. 오늘 정말 무더웠어. 애들은 당신한테 얘기 안 하겠지만, 이 끔찍한 무더위에 다들 지쳐가기 시작했어."

배경으로 신디의 소리가 들렸다.

"거짓말이야, 아빠!"

"내가 보고 싶은 모양인데." 테드가 말했다. 그러고는 즉시 후회했다.

"그건 아닐걸. 애들은 당신 얘기 별로 안 해."

또다시 들려오는 신디의 목소리. "거짓말이야, 아빠!"

"트래비스와 나는 오늘 오후에 돌아왔어." 테드가 낚시 여행으로 화제를 돌렸다. "5제곱미터도 안 되는 선실에서 동업자의 코 고는 소리를 들으면서 하룻밤을 더 견뎌야 한다고 생각하니 견딜 수가 없었어."

"우린 이제 저녁 먹으려고 해. 애들이 밖에 나가고 싶지가 않대. 룸서비스를 시켜달라더라고, 영화에서처럼. 근데 사실은 에어컨 곁을 떠나고 싶지 않은 거야."

"엄마!"

이번에는 나딘이었다.

"왜?"

엄마와 딸들 사이의 짧은 대화가 이어지더니 곧 홀리가 돌아왔다. "테드, 식사가 왔어. 나중에 통화해."

"햄버거 맛있게 먹어." 무엇을 시켰냐고 물을 필요가 없었다. 그는 딸들이 햄버거를 시켰다는 걸 알았다.

"안녕, 테드. 애들아, 아빠한테 인사해야지."

"안녕, 아빠!"

테드도 안녕이라고 말했지만, 아무도 그의 말을 듣지 않았다. 휴대전화를 들고 있던 팔이 소파로 툭 떨어졌다. 이번에도 그는 홀리에게 적절한 작별인사를 하지 못했다. 자신이 그녀를 얼마나 사랑하는지를 말하지 못했다. 나중에 그녀가 서재에서 이마에 구멍이 뚫린 채 쓰러져 있는 그의 시신을 볼 때 떠올릴 수 있도록 그 말을 꼭 해주고 싶었는데. 그는 운명이 자신에게 어떤 메시지를 보내고 있는 것이 아닐까 하는 생각이 들었다.

방 안이 완전히 어두워져 있었다.

테드는 악몽에 시달리며 고작 서너 시간을 잤다. 그는 아래층에서 샤워한 후 전날 입은 옷을 다시 입고 새벽 5시에 먹을 것을 찾아 부엌을 뒤지고 있었다. 아침마다 잭 윌슨의 목소리가 배경으로 흘렀건만, 오늘은 채널4의 뉴스 진행자가 좋은 동반자가 되어줄지 의심스러웠다. 테드는 웬델 살인사건이 오늘의 주요 뉴스가 될 거라고 생각했고, 이런 이른 시간에는 오열하는 유족들 이야기가 집중적으로 보도될 것 같아서 두려웠다. 그는 체념하고 리모컨을 눌렀다. TV가 켜지는 순간 금이 간 화면이 눈에 들어왔다. 축구공 크기의 회색 얼룩이 뉴스진행자의 얼굴을 가렸다. 가슴이 깊게 파인 원피스를 입고 있는 걸 보니 잭 윌슨이 아니었다. 그녀의 모습 밑, 회색 얼룩 너머로 사건 현장인 호숫가 별장에 제일 먼저 도착한 경관이 이야기하고 있다는 내용의 자막이 흐르고 있었다.

"……지역을 순찰 중이었는데 상황실에서 무전이 들어왔습니다. 저는 평생을 그 지역에서 살아서 호수로 가는 지름길을 알고 있습니다. 그래서 10분도 채 안 걸려서 현장에 도착했죠."

테드는 딴 데 정신이 팔려 있었다. 조금 전 거실에서 뭔가 움직였다. 어두운 형체가 넘어져 있는 가구 뒤로 휙 사라지는 것을 곁눈으로 분명히 보았다.

"경관님, 살인범이 보안카메라에 찍혔을 수도 있다던데 사실입니까?"

전기스탠드가 요란한 소리를 내며 넘어졌다. 테드는 움찔했다.

이 빌어먹을 쥐새끼!

"수사가 진행 중이라, 제가 확인해드릴 수 있는 것은 집주인이 보안카메라를 설치해놓았다는 사실밖에 없습니다. 다른 것은 확실히 말씀드릴 수 없겠는데요."

옆으로 흐르는 자막이 '살인범 보안카메라에 잡혀'로 바뀌었다.

테드는 자신도 모르게 TV 앞으로 다가가 있었다. 뉴스에 빠져들었기 때문이기도 했고, 거실에서 일어나고 있는 일에 신경이 쓰였기 때문이기도 했다. 주머니쥐가 보이진 않았지만 쓰레기더미 속을 돌아다니는 소리가 또렷하게 들렸다.

뉴스 진행자가 말했다.

"······웬델 씨의 아내와 두 딸이 웬델 씨의 시신을 발견했다는 소식에 대해 가넷 경관의 증언을 들으셨습니다. 유족들은 방탄유리로 된 자동차 덕분에 목숨을 건질 수 있었다는데요. 이 비극적인 범죄의 동기는 아직까지 알려진 바 없······."

테드는 최악의 이야기가 나올까 봐 두려워했다.

"한 가정이 파탄 났습니다. 이 비극적인 사건으로 인해 웬델 씨의 아내 홀리와 그의 두 딸, 나딘과 신디의 삶은 완전히 바뀔 것입니다. 잠시 후에는 현장에 나가 있는 채널4 중계팀을 연결해 이 충격적인 사건에 대해 좀 더 자세한 소식을 생중계로 전해드리겠습니다." 잠깐 침묵. "다음 뉴스입니다. 채널4 기상센터는 자외선 차단제를 충분히 바르고 외출할 것을 권했습니다. 오늘 하루도 타는 듯한 무더위가 계속될……."

홀리, 나딘, 신디.

이날 아침 니나는 15분 늦게 출근했다. 그녀는 도넛을 가져왔고 린치가 비서의 지각보다 도넛에 더 관심을 가져주기를 바랐다. 여기서 근무한 지 6개월이 넘었는데도 어떤 일에 대해 린치가 어떤 반응을 보일지 전혀 예상할 수 없었다. 그녀에게 린치는 불가사의한 존재였다. 친구들은 조만간 그가 호감을 표시하고 추근대기 시작할 거라 장담했지만, 그는 아무런 움직임이 없었고, 그 사실이 그녀를 당황스럽게 만들었다. 그녀는 가슴이 깊이 파인 블라우스를 입어보고, 유혹적인 자세를 취해도 보고, 은근히 추파를 던져보기도 했지만, 아무런 효과가 없었다. 린치는 그녀보다 열다섯 살이 많았지만 잘생겼다. 니나가 지금 필요한 게 있다면 제대로 자리 잡은 남자였다.

그녀는 사무실 문을 열고 바닥에 내려놓았던 도넛 상자를 집으려고 허리를 굽혔다. 허리를 폈을 때, 오른쪽에 있던 어두운 그림자가 퍼지면서 그녀를 덮치는 남자의 형상이 되는 것을 알아차렸다. 1초도 안 되어 그가 그녀 뒤로 다가와 거대하게 보이는 권총을 내저었다.

"들어가." 테드가 명령했다. "상자와 핸드백을 책상에 올려놔. 아직 돌아서지 마. 시키는 대로 하면 다치지 않을 거야."

니나는 자신의 인생에서 이렇게 무서웠던 적이 있는지 기억이 나지 않았다. 너무 무서워서 남자의 얼굴을 볼 수 없었다. 보면 안 된다는 것도 알고 있었다.

"죽이지 말아요." 그녀가 간청했다.

"린치는 어디 있지?"

"모…… 몰라요."

"돌아서."

"안 그러는 게 낫겠어요."

테드는 이 상황이 전혀 마음에 들지 않았다. 린치를 기다리고 있었는데 여자가, 비서임에 틀림없는 이 여자가 나타났고, 그래서 본능에 따라 신속하게 행동할 수밖에 없었다. 지금 뭐 하고 있는 것인가? 무방비 상태의 비서를 권총으로 위협하다니. 그녀는 무서워서 덜덜 떨고 있다. 여자는 이 일과 아무 관계가 없다.

"총을 치우지." 그가 좀 더 차분한 목소리로 말했다. "비명을 지르지 않으면 해치지 않겠다고 약속할게. 내가 원하는 건 당신 상사를 만나는 것뿐이야. 생사가 달린 문제야."

그 말이 그녀에게 효과를 발휘하는 것 같았다. 그녀는 계속 두 손을 든 채 훌쩍거렸다.

"이름이 뭐야?"

"니나."

"이렇게 돼서 미안해, 니나. 이제 돌아서도 돼. 내 말 믿어. 내 얼굴을 봐도 상관없어. 당신 상사와 나는 서로 아는 사이야."

니나가 천천히 돌아섰다. 울고 있진 않았지만, 금방이라도 울음을 터뜨릴 것 같은 얼굴이었다. 그녀가 테드를 위아래로 훑으면서 정말로 총이 보이지 않는지 확인했다.

"첫인사가 무례해서 미안하군. 내가 너무 요령이 없었어."

그녀가 고개를 끄덕였다. 그러나 얼굴에서 두려움이 사라지진 않았다.

"걱정할 거 없어. 이게 당신 책상인가?"

"네."

"거기 앉아. 난 여기 앉을게. 우리 둘이서 런치를 기다리는 거야. 괜찮지?"

니나가 아주 천천히 책상을 돌아갔다. 그러고는 의자에 앉았다.

"두 손은 책상 위에 올려놔."

그녀가 시키는 대로 했다.

"런치 밑에서 일한 지 오래됐어?"

"아뇨. 몇 개월 전부터요."

"그렇군." 테드가 고개를 끄덕였다. "옆 사무실에는 누가 있긴 있어?"

니나가 대답을 망설였다.

"사실대로 말해, 니나."

"이 층에 있는 다른 사무실은 전부 비어 있어요."

"다행이군."

"아까 약속했죠……."

"해치지 않을 거야. 당신에게 다른 방식으로 내 소개를 했어야 했는데. 그걸 이제 알겠어. 그때 당신이 들어오리라고는 예상 못했어. 왠진 모르겠지만, 비서가 있을 거라는 생각이 안 들었거든. 어리석었지."

니나는 그 말에는 대꾸하지 않았다. "원하시면 도넛 드세요." 그녀가 턱으로 도넛 상자를 가리키며 말했다.

테드는 웃음을 참을 수가 없었다.

"아냐, 됐어. 고마워. 린치는 보통 9시에 출근하나?"

니나는 자기가 그런 말을 했는지 기억나지 않았지만, 아마도 한 모양이라고 생각했다. 마지막 몇 분은 사건들과 감정들이 마구 뒤엉킨 혼돈의 소용돌이로 머릿속에 등록되어 있었다.

"네." 그녀가 간결하게 대답했다.

테드는 의자에 등을 기대고 앉아, 총을 숨기기가 편하다는 이유로 선택한 스포츠재킷 주머니에 두 손을 찔러 넣었다. 그는 권총 손잡이를 만지면서 잠시 눈을 감았다. 그리고 조금 전 자기 자신에게 던진 질문을 다시 던졌다. **너 도대체 뭐 하고 있는 거냐?**

린치는 니나의 책상에서 던킨도너츠 상자를 보고 다가가 집게손
가락으로 뚜껑을 들었다. 그러고는 살짝 찌푸린 얼굴로 도넛을 바
라보았다. 니나가 화장실에 갔나 생각하던 중에 사무실에서 나는
소리를 들었다. 거기서 뭐 하는 거지? 그런 게 아니기를 바랐다. 만
일 그녀가 저 안에서 뭘 하고 있다면, 비서의 의무와 제약에 관해
서 불편한 대화를 나눠야 하기 때문이었다. 문을 열자 그의 책상
앞에 앉아 있는 니나가 보였다. 나무판자처럼 뻣뻣한 자세로 눈을
크게 뜨고 그를 보고 있었다. 오늘 그녀는 도발적인 옷을 입지 않
았고 창백한 얼굴은 그를 유혹하려는 게 아님을 분명히 보여주었
다. 린치는 니나의 눈길이 사무실 구석으로 향하는 걸 보고 그곳을
보았다. 그곳에 한 남자가 서 있었다.

"이게 무슨 일이야?" 린치가 물었다.

테드가 그를 유심히 바라보았다. 믿을 수가 없었다. 놀라웠다. 분
명 린치였지만, 그의 집에 찾아왔던 청년이 아니라 10년은 더 나이
가 들어 보이는 모습이었다. 이마에 머리숱이 줄어들고 머리는 희

끗희끗해지고 있었다. 잘생긴 외모는 그대로였다. 세월이 그를 비켜간 것 같았다. 그러나 청년다움은 완전히 사라지고 없었다. 테드는 한 손을 들어 잠깐 자기 눈을 가렸다가 뗐는데도 아무것도 변하지 않았다.

"총을 가졌어요." 니나가 말했다.

"하지만 뽑을 생각은 없어. 우리가 문명인 대 문명인으로 대화를 나눌 수 있다면."

"당신을 다치게 했어?" 린치가 비서에게 물었다.

"아뇨."

"앉아." 테드가 명령했다.

린치는 책상을 돌아가 니나 옆에 있는 의자에 풀썩 주저앉았다.

"오늘 아침 뉴스 봤어?" 테드가 문으로 걸어가 문을 잠그고 두 인질에게 의도적으로 등을 보이면서 물었다.

린치가 히죽히죽 웃었다. "나한테 묻는 거야, 니나한테 묻는 거야?"

"지금부터 내가 하는 모든 질문은 자네한테 하는 거야. 이 아가씨는 애꿎은 피해자고."

"니나는 가라고 하고 우리끼리 얘기하는 게 어때?"

"그럴 수도 있지. 어떻게 되어가는지 봐서."

테드가 사무실 문에 기대 섰다.

"뉴스 못 봤어." 린치가 말했다.

"웬델이 죽었어." 테드가 변호사의 표정을 살폈지만 놀란 흔적은 전혀 찾아볼 수 없었다. "살해됐지."

"우리 둘이 문명화된 신사 대 신사로 얘기해보는 게 어때?" 린치는 니나가 앉은 오른쪽을 흘깃하며 말했다.

"허튼 수작은 꿈도 꾸지 마."

"입 다물고 있을 거야." 린치가 지적했다. "그렇지, 니나?"

니나는 대화의 일부는 놓쳤지만 열심히 고개를 끄덕였다.

"한마디도 안 할 거예요."

"우리가 서로 아는 사이라는 걸 알았으니 경찰에 신고한다거나 할 이유가 전혀 없는 거야." 린치가 말을 이었다. "테드와 내가 해결할 문제가 좀 있어."

테드도 생각해보았다. 니나가 곁에 있으면 웬델의 죽음에 대해서 터놓고 이야기할 수 없었다. 완전히 낯선 사람 앞에서 살인을 자백할 수는 없었다.

"나가. 집에 가." 테드가 불쑥 말했다.

니나가 의자에서 벌떡 일어나 책상을 돌아서 달려가 테드 앞에 멈췄다. 그가 아직 문을 막고 서 있었다. 니나는 핸드백을 꼭 쥐고 애원하는 눈으로 그를 보았다. 테드는 계속 린치를 보고 있었고, 린치는 테드가 무슨 생각을 하는지 알아차렸다.

"니나, 이 일에 대해서는 누구에게도 한마디도 하면 안 돼." 린치가 말했다. "테드와 내가 해결해야 할 일이니까."

테드가 옆으로 비켜섰다. 니나가 달려 나갔고 문을 닫으려고도 하지 않았다. 테드가 대신 닫아주었다.

"이제 진실을 전부 말해야 할 거야, 린치. 네가 나한테 덫을 놓았지, 이 개자식아."

"정보를 일부 숨겼다는 건 인정해. 하지만 그럴 필요가 있었어, 진짜로."

테드가 앞으로 튀어나갔다. 두 팔로 책상을 짚고 린치의 얼굴 앞에 자신의 얼굴을 들이댔다.

"그럴 필요가 있었어?' 하! 넌 웬델이 결혼했고 딸이 둘 있다는 사실을 일부러 말하지 않았어. 내가 그 사실을 알고, 그 가족이 우리 가족이라는 생각이 들어서 얼마나 괴로웠는지 알아?"

"그에게 아내와 아이가 있다는 말을 했으면, 자넨 그 일을 하지 않았겠지." 린치가 차갑게 말했다.

테드가 재킷 주머니에서 브라우닝을 꺼내어 들었다.

"그럼 너는, 린치? 처자식이 있어? 신중하게 대답해야 할 거야. 언제라도 네 머리통을 날려버릴 수 있으니까."

"제발, 테드, 총 내리고 내 설명 좀 들어봐."

"설명은 이미 했잖아, 개자식아." 테드가 머리를 긁적거렸다. "너무 혼란스러워……."

"무슨 얘길 하는 거야?"

테드는 총을 내리더니 주머니에 다시 집어넣었다. 그러고는 파일 캐비닛 옆에 있는 의자를 끌어다 놓고 털썩 앉았다.

"얘기할 게 있으면 다 얘기해, 린치. 얼렁뚱땅 넘어갈 생각일랑 말고."

변호사가 고개를 끄덕였다.

"실명을 알려줬잖아, 테드. 자네가 조만간 날 찾아오리라는 걸 알고 있었어." 린치는 의자에 등을 기대고 앉아서 충격적인 이야기를 했다. "이젠 정직해져야 할 것 같군. 웬델은 자살을 원하지 않았어."

린치가 그 말을 하자마자, 파일 캐비닛 안에서 뭐가 움직였다. 좀 더 정확히 말하자면 맨 밑의 서랍에서. 테드가 본능적으로 돌아보았다. 소리가 사라졌다. 린치의 표정을 보니 그 소리를 못 들은 것 같았다.

"웬델과 나는 대학 때 만나서 절친한 친구가 됐어." 린치가 말했다. "당시는 조직이 자리를 잡는 시기였고, 곧 웬델이 조직에 참여했지. 사실 웬델은 조직의 주춧돌이었어. 하지만 정의를 실현하는 데에는 관심이 없었지. 웬델은 냉혹한 살인마야. 수십 년 동안 수많은 사람을 죽였어."

테드는 이맛살을 찌푸렸다. 린치가 말을 이었다.

"최근 들어서야 웬델의 비공식 활동에 대해 알게 되었어, 그것도 거의 우연히. 어떤 면에서는 나 또한 항상 의심하면서도 알고 싶진 않았던 것 같아."

"왜 고발하지 않았어?"

"웬델이 어떻게 사는지 못 봤어? 권력과 연줄이 엄청나잖아. 최고의 변호사들을 댈 수 있고. 웬델은 전에도 여러 번 곤경에 빠졌지만 항상 극복하고 재기했어. 구체적인 사안으로 꼼짝 못하게 할 수도 없었고."

"네가 말해주지 않은 게 아내와 딸들 얘기만이 아니었어. 보안카메라 얘기도 까먹었더군."

"미안해."

"미안하다고?" 테드가 침울하게 말했다. "내가 아무것도 잃을 게 없는 사람이라고 생각해서 그런 거야?"

"곧 모든 걸 이해하게 될 거야. 기다려봐."

"그럼 블레인은? 블레인에 관해 나한테 준 정보는 하찮은 휴지 조각 같은 거였잖아. 놈이 유죄라는 건 모두가 알고 있었어. 웬델이 네 표적이었다면, 블레인은 왜 죽이게 만든 거야?"

파일 캐비닛에서 소리가 또 들렸다. 아까보다 컸다. 안에서 주먹으로 금속 상자를 쾅쾅 두드리는 것 같았다. 테드가 소스라치게 놀랐다.

"저건 뭐야?"

"뭐가?"

테드의 가슴이 쿵쾅거렸다.

"뭐 좀 보여줄까?" 린치가 물었다. "여기 서랍 속에 있는데."

테드가 다시 브라우닝을 꺼내 린치를 겨눴다.

"천천히 열어."

"물론이지."

린치가 가운데 서랍을 열었다.

"이 서류철." 그가 말했다.

"꺼내."

린치가 책상 위 테드의 손이 닿는 곳에 서류철을 올려놓았다.

테드가 의자에 등을 기대고 편안히 앉았다. 서류철은 린치가 그의 집에서 건넨 것들과 똑같아 보였다. 그걸 펼치려 하자 린치가 막았다.

"그걸 펴기 전에, 먼저 설명부터 좀 들어. 아까도 말했듯 나는 최근 들어서야 웬델의 활동에 대해, 그가 살인을 저지르고 다닌 것에 대해 알게 됐어. 웬델은 오랜 친구였지만, 웬델이 끼친 피해가 너무 컸어." 그가 잠시 말을 멈췄다. "이제 펴봐."

테드가 브라우닝을 주머니에 넣었다.

"이 안에 뭐가 있는지 말해." 그는 서류철을 건드릴 엄두가 나지 않았다.

"홀리가 오랫동안 자네를 속이고 있었어." 린치가 더 뜸 들이지 않고 말했다. "그 서류철엔 반박할 수 없는 증거들이 들어 있지. 사진, 통화기록, 호텔 영수증 같은 것들."

테드는 경멸하듯 얼굴을 찌푸렸다. 그럴 리가 없었다. 팔을 뻗어 서류철을 펼치려던 그는 마지막 순간에 멈췄다. 얼굴 표정이 바뀌었다.

"홀리가 이혼을 요구했지." 린치가 말을 이었다. "당신들은 오래전부터 사이가 안 좋았고."

"무슨 개소리야."

"한번 생각해봐……."

테드는 웬델의 집에 있는 홀리를, 분홍색 배낭을 메고 웃으면서 현관문으로 달려오는 딸들을 다시 떠올렸다. 지난 몇 달 동안 있었던 홀리와의 일들이 머릿속으로 쏟아져 들어왔다. 전반적으로 마주치기를 피하고, 일을 핑계로 가족들과 소원하게 지낸 사람은 테드 자신이었다. 그는 서류철을 펼치고 싶지 않았다.

"웬델을 조사하다가 홀리의 외도 사실을 우연히 알게 됐어. 말하자면 길어." 린치가 말했다.

서랍 속의 쿵쾅거림이 다시 시작되었다.

"그만해!" 테드가 금속 서랍을 향해 소리쳤다.

린치가 깜짝 놀란 얼굴로 그를 보았다. 테드는 벌떡 일어서서 파일 캐비닛으로 달려갔다. 캐비닛을 힘껏 걷어찼다.

"조용히 해!"

테드가 책상으로 돌아왔고, 갑작스러운 분노에 압도되어 서류철을 휙 쓸어버렸다. 서류철이 파일 캐비닛 옆에 떨어졌고 쏟아진 내용물 중에는 사진도 한 장 있었다. 테드가 소리를 지르며 부분적으로 가려진 사진 옆에 무릎을 꿇고 풀썩 주저앉아 놀란 얼굴로 사진을 바라보았다. 식당 밖에서 찍은 사진이었다. 창문 안에 홀리의 옆모습이 보였다. 테이블 위로 몸을 살짝 기울이고 있었고 웃으면서 입을 벌려 맞은편에 앉은 사람이 건네주는 것을 받아먹으려 하고 있었다. 남자는 팔의 일부만 보였다. 테드는 일어섰다. 사진에서 눈을 떼지 않은 채 뒷걸음질을 치다가 캐비닛에 쾅하고 부딪쳤다. 캐비닛 안에서 우르르 쾅쾅 거리는 소리가 연속으로 들렸다.

테드가 허리를 굽히고 서랍을 열었다. 그는 두 손으로 입을 막아 비명이 터지는 걸 막았다.

"뭐야?" 린치가 물었다.

주머니쥐가 서랍 가장자리에서 밖을 훔쳐보고 코를 킁킁거리며 사무실의 냄새를 맡고 있었다. 로비차우드의 집 타이어 그네에서 그랬던 것처럼. 서랍 벽을 타고 기어올라 앞발이 공중에 뜨자 핑그르르 돌면서 쿵하고 바닥으로 떨어졌다.

테드는 휘청거리며 사무실에서 달려 나갔다. 총을 들고 있다는 것도 잊고, 총은 팔의 연장인 것처럼 같이 떨리고 있었다. 그는 복도를 달려가면서 나오는 문마다 쾅쾅 부딪치고 뒤로 물러나곤 했다. 빌어먹을 엘리베이터는 어디 있는 거야? 머리를 두 손으로 감싸 쥐고 복도 끝에 다다른 그는 좁고 형편없는 계단을 뛰어 내려가기 시작했다. 내려가는 동안 계단은 점점 더 좁아졌다. 두 번이나 넘어질 뻔했다. 1층은 전등이 켜진 곳이 없어서 캄캄했고, 많은 사무실 문 앞에 밟힌 우편물이 쌓여 있었다. 그는 문을 한 개 골라 억지로 열고 들어갔다. 오랫동안 사용하지 않은 빈 사무실이 그를 집어삼켰다. 사무실 주인조차 굳이 가져갈 생각을 안 하고 버려둔 커다랗고 낡은 파일 캐비닛이 놀란 표정으로 그를 맞았다. 서랍 한 개는 사라지고 없었다. 테드는 그 캐비닛을 껴안고 힘없이 주저앉았다. 그러고는 열린 문을 노려보았다. 주머니쥐가 금방이라도 들이닥칠 것을 알고 있었다.

KILL

THE

NEXT

ONE

PART 2

테드 매케이가 자기 머리에 총알을 박아 넣으려는 순간 초인종이 울렸다. 끈질기게.

그는 눈을 떴다. 서재 창문을 통해 흘러들어오는 자연광에 눈이 부셨다. 곧 문을 두드리는 소리와 함께 그에게는 낯선 사람이었어야 할 방문객의 목소리가 들렸다.

그가 일어서자 왼쪽 바지 주머니가 묵직하게 느껴졌다. 그는 손가락으로 주머니 속의 물건을 만져보았다. 이 반원형의 물체를 다른 것으로 착각할 수는 없었다. 그것은 말편자였다. 테드는 그것을 찬찬히 만졌다. 도무지 믿기지가 않았다. 그의 기억 속에서 완전히 뒤집어지고 난장판이었던 서재가 이제는 정상으로 돌아와 있었다. 책상은 깔끔하게 정돈되었고, 책은 모두 제자리에 꽂혀 있었으며, 컴퓨터는 컴퓨터 책상에 놓여 있었다. 린치가 문 열라고 소리치는 동안(테드는 방문객이 린치라는 것을 알았다), 테드가 할 수 있는 일이라고는 손가락을 들어 컴퓨터의 전원 버튼을 누르는 것뿐이었다. 마치 그 행동이 이 모든 일이 실제로 일어나고 있다는 확실한 증

112

거라도 되는 것처럼. 컴퓨터는 늘 그랬듯 윙 하는 소리와 깜박이는 불빛과 함께 켜졌다. 겁나기도 하고 짜증도 났던 테드는 버튼을 세게 한참 동안 눌러서 컴퓨터를 강제로 꺼버렸다. 나딘의 경고가 들리는 것 같았다. **그렇게 끄는 거 아니야, 아빠. '시작'에서 종료를 클릭해야 해. 엄마가 그랬어.** 테드는 몸이 떨렸다. 홀리에게 보내는 편지가 책상 위에 놓여 있었다.

"문 좀 열어봐요!"

방문객의 외침이 계속되는 동안 테드는 작은 도자기 병에서 열쇠를 찾으려고 더듬거렸다. 그는 곧 나올 린치의 요구를 기다리고 있었다.

"빨리 문 열어요, 테드!"

자네가 내 이름을 알고 있는데도 왜 나는 놀랍지가 않은 거지, 린치?

테드가 서재 문을 열었다. 그리고 홀리에게 보내는 메모를 읽었다. '홀리, 서재 열쇠 복사한 것 냉장고 위에 뒀어. 애들은 들이지마. 사랑해.' 다른 사람이 써놓은 것 같은 느낌이 들었다. 식당에서 찍힌 홀리의 사진이 머릿속에서 지워지지 않았다. 애인이 주는 음식을 받아먹으려 테이블 위로 몸을 기울이던 홀리. 어떻게 아직 일어나지도 않은 일을 기억할 수가 있지?

"나가요!" 테드가 소리쳤다.

거실에 다다른 테드는 창밖에 보이는 검은 윤곽을 알아보았다. 이번에도 그는 주위의 모든 것을 비상한 관심을 갖고 살펴보았다. 이 물건들을 다시는 못 볼 거라고 생각하고 작별을 고했기 때문이 아니라, 그의 마지막 기억 속에서는 모두 부서지고 엉망이 되어 있었기 때문이었다.

그가 문을 열었을 때 린치가—친절한 모습의 린치가— 밝은 색의 가로줄무늬가 있는 폴로셔츠를 입고, 어울리지 않는 서류가방을 들고 환한 미소를 지으며 서 있었다.

"뭘 파는지는 모르겠지만, 관심 없어요." 테드는 다른 자아가 한 말을 살짝 바꿔서 말했다.

"아, 뭘 팔러 온 게 아닌데요."

대화가 계속되는 동안 린치는 전에도 이 대화를 나눴다는 사실을 알고 있다는 기색을 보이지 않았다. 그는 너무나 자연스럽게 행동했다. 이번에도 테드는 린치의 면전에서 문을 닫았지만, 이번에는 거기 우두커니 서서 자신이 책상 위에 올려놓은 권총으로 무엇을 하려는지 다 알고 있다는 린치의 말을 듣지 않았다. 그는 부엌으로, 냉장고로 달려갔다. 해변에서 찍은 홀리의 사진이, 달려가다가 특이한 자세로 찍힌 사진이, 신디와 나딘이 반짝이 색종이로 장식한 액자에 붙은 사진이 거기 있었다. 그는 안도하며 잠깐 거기에 서 있었다. 그는 사진에 나온 아내의 몸을 손가락 하나로 어루만졌다. 마치 인화지의 매끈한 표면을 느껴볼 필요가 있는 것처럼, 그래서 정말 거기 있는 것을 확인할 필요가 있는 것처럼.

그는 주머니에 한 손을 찔러 넣었다. 말편자는 정말 거기 있었다. 그는 편자를 꺼내지 않고 꽉 쥐었다. 그러나 그때 손끝에 종이가 만져졌다. 그는 못 미더워 하면서 꼬깃꼬깃해진 쪽지를, 자신의 손 글씨가 적힌 쪽지를 꺼냈다. **문을 열어. 그게 네 유일한 탈출구야.**

그는 거실로 돌아가 끈질긴 방문객을 안으로 들였다. 린치는 아직 거기, 한낮의 태양 아래서 웃으면서 서 있었다.

테드는 쭈그리고 앉아 있었다. 두 손으로 머리를 감싸 쥐고 몸을 천천히 앞뒤로 흔들면서 발치에 가져다 둔, 해변에서 찍은 홀리 사진을 보고 있었다. 도무지 이해할 수가 없었다.

뇌종양입니다…….

닥터 카마이클은 두통이 재발할 수 있으며 심지어 어지럼 발작이 일어나거나 환각을 느낄 수도 있다고 말했었다. 아니, 그런 말을 하지 않았던가?

말했었다. 닥터 카마이클은 그가 환각을 경험할 수 있다고 했다. 그러나 지금 같은 일을 겪는 것은 땅속 요정이 뒷마당을 뛰어다는 걸 보거나, 화장실에서 무지개를 보거나, 그와 비슷한 심리학적 환영을 보는 것과는 다른 문제다.

테드는 억지로 일어섰다. 일어서면서 말편자의 무게가 느껴지자, 적어도 한 가지는 변했다는 생각이 다시 들었다. 그는 주머니에서 말편자를 꺼내 오래도록 찬찬히 살펴보았다. 웬델의 사유지 진입로에서 그것을 주운 기억이 생생했다. 그 별장이 세세하게 기

억이 났다. 그리고 한동안 주머니에 넣고 다녀서 꼬깃꼬깃해진 쪽
지도 있었다.

그는 잠깐 허리를 굽히고 말편자를 사진 옆에 놓았다. 거기 그대
로 둘지 갖고 다닐 것인지는 나중에 결정할 생각이었다. 지금은 홀
리와 이야기를 나누는 게 급했다. 그녀는 금요일에 이혼서류에 서
명하러 돌아올 테니 그때 다시 이야기하자고 했었다. 어떻게 그걸
잊고 있었을까? 변호사가 서류를 준비하려면 며칠 시간이 필요하
다고 그가 말하자 그녀는 예상했던 대로 딸들과 함께 친정에 가겠
다고 했다. 그들은 거실에서 마지막으로 우호적인 대화를 나눴고
우호적인 작별인사를 나눴다. 마치 한순간이지만 예전의 홀리와
테드가 되살아난 것처럼.

그러나 그러한 착각은 미온적인 미소를 지으며 살짝 껴안았다
떨어지는 순간까지만 지속되었다. 지난 몇 달간의 사건들이 모든
것을 파괴했다. 재건할 수 있는 것이 아무것도 없었다. 테드는 자
신에게 일부 책임이 있다는 것을 인정했다. 사실 거의 전적으로 그
의 책임이었다. 나중에 로라 힐에게 털어놓은 것처럼, 그는 자신이
가족에게서 얼마나 멀어지고 있는지 깨닫지 못한 채 일에만 몰두
했었다. 그는 또 한 번 십 대 때의 테드가 되었다. 반항아이자 인정
받지 못하는 아이, 가족에 대한 사랑으로 극복하기 이전의 모습이
되었다. 두통이 시작되고 우울한 기분이 지속되었다. 딸들마저 아
빠의 눈치를 살피기 시작했다. "너무 두려워요, 로라. 자식이 자기
를 두려워한다는 사실을 깨닫는 것보다 더 끔찍한 일은 없을 거예
요. 마치 다른 이에게 딸들을 빼앗긴 기분이랄까." 그가 카마이클
에게 기대기 시작한 것이 바로 그 무렵이었다. 하루에 한 번 정도
찾아오던 두통이 하루에 서너 번으로 찾아졌고, 통증도 점점 더 심

해졌다. 테드는 악성 종양이 생긴 최악의 상황을 두려워했다. 한편으로는 자신의 못된 행동을 악성 종양세포 덩어리 탓으로 돌릴 수 있어서 안심이었다.

그가 뇌종양을 앓고 있다는 소식은 그를 절망으로 몰아넣기는 커녕 자신의 운명을 분명히 볼 수 있게 도와주었다. 로라 힐이 그를 도왔다. 인정하지 않을 수 없었다. 그녀는 그가 너무나 오랫동안 품어온 확신들을 떨쳐낼 수 있게 도와주었다. 딸들과의 관계도, 홀리와의 관계도 좋아졌다. 그제서야 그녀가 이혼을 요구했다. "오래전부터 이혼에 대해서 당신과 이성적으로 이야기해보고 싶었어."

그들은 예의 바르게 대화를 나눴다. 그녀는 그런 식이 더 좋다고, 처음 시작했을 때처럼 끝도 좋게 끝날 자격이 있다고 말했다. 테드도 동의했다.

이제 테드는 아내가 이혼을 요구한 동기를 훨씬 더 잘 이해할 수 있었다.

"안녕, 테드." 수화기에서 홀리의 목소리가 들렸다.

"안녕……."

자기야.

그는 갑자기 가슴이 찢어질 듯 아팠다. 그가 좋아하는 빨간 비키니를 입고 해변에서 웃고 있는 홀리의 사진이 발치에 있었다.

"괜찮아?" 그녀가 물었다.

"응. 전화해서 미안해."

"괜찮아. 서류에 무슨 문제라도 있어?"

"아니. 서류는 거의 다 됐어."

침묵.

"홀리, 부모님 댁에 있어?"

아니면 애인 집에?

"대답할 의무는 없는 것 같은데."

"우리 딸들을 데리고 있으니 의무가 있다고 생각하는데."

그 말이 입에서 나오자마자 다시 주워 담고 싶었다.

"미안해."

"왜 전화했어, 테드? 나 바빠."

테드는 몹시 혼란스러웠다. 홀리가 정말로 그를 속이고 외도 중이라면, 지금 위험한 상황일 수도 있다. 웬델은 위험인물일 수 있으니까.

당신은 웬델을 잘 몰라.

"몸조심해, 홀리."

"항상 조심하고 있어. 근데 어쩐 일이야? 내가 알아야 할 일이라도 있어?"

전화를 건 핑계를 대기 위해 뭐든 지어내야 할 것 같았다.

"이상한 전화를 몇 번 받고 걱정이 돼서 전화했어."

"이상한 전화? 무슨 전화? 경찰에 신고했어?"

"그럴 필요는 없는 것 같지만. 당신 이름을 말하더라고. 그래서 걱정돼서 해본 거야."

"내 이름?" 홀리는 이제야 귀가 솔깃해진 모양이었다.

"당신을 걱정시키고 싶진 않지만, 내가 전화 건 이유는 알겠지?"

"응. 알겠어."

"그러니까…… 몸조심해."

"그럴게. 고마워."

테드는 이 최소한의 감사 표시에도 미소가 절로 피었다.

118

"잘 있어, 홀리."

"금요일에 봐, 테드."

"오늘, 자살할 뻔했어요." 테드가 무심한 어조로 말했다.

그는 로라 힐의 진료실에서 늘 앉던 소파에 앉아 커피 테이블 가운데에 놓인 플라스틱 물컵을 물끄러미 바라보고 있었다. 그가 고개를 들었다.

"별로 걱정 안 된다는 얼굴이군요." 그가 엷은 미소를 지으면서 정신과의사에게 말했다.

"어쨌든 안 죽고 여기 왔잖아요." 그녀가 미소로 화답하면서 대꾸했다.

"정말 기가 막힌 아침이었어요. 어디서부터 이야기하면 좋을지 모르겠군요."

"우리, 시간 많잖아요."

테드는 몇 분 전부터 로라와 이야기를 나누고 있었지만 마음이 동요한 탓에 그녀의 외모 변화는 알아차리지 못했다.

"머리를 풀어 내렸네요." 그가 말했다.

로라가 얼굴을 붉히며 고개를 젖히자 머리카락이 그녀의 뺨을 살짝 건드렸다. 머리 색깔이 예전보다 약간 밝아져 있었다.

"어제 머리 했어요. 스타일 좀 바꿔보고 싶어서."

최근의 환각에서 로라는 미용실에 다니지 않았다. 뇌종양이 여자의 화장까지는 신경 쓰지 않는 것이 분명했다.

환각이 아니었어! 오늘 아침에 린치가 널 찾아 왔었잖아.

테드의 미소가 사라졌다. 지난 며칠 동안의 일이 진짜로 일어난 일이라는 증거가 더 필요하다면, 그 증거는 그의 주머니 속에 있었다. 그는 그 말편자를 웬델의 별장 근처에서 발견했다. 평생 동안 한 번도 가본 적 없지만 너무도 생생하게 기억나는 그곳에서.

"오늘 아침에 무슨 일이 있었는데요, 테드?"

"서재에서 머리에 브라우닝을 갖다 대는데, 갑자기 누가 현관문을 미친 듯 두드리기 시작했어요. 그제야 정신이 들어서 내가 어디 있는지, 무엇을 하려던 중이었는지 알아차렸죠."

로라가 이해할 수 없다는 표정을 지었다.

"총을 집어든 기억은 안 나요?"

"그 정도면 다행이게요. 지난 며칠이 하나도 기억나지 않아요. 그건 지금도 마찬가지고. 단편적인 기억 몇 개가 뒤죽박죽 섞였을 뿐, 그렇게 된 부분적인 이유는…… 흠, 설명하기 어려워요. 내 머릿속에 다른 기억들이 자리하고 있어요. 마치 뇌종양이 모든 것을 엉망으로 섞어버린 것처럼."

"오늘 아침에 있었던 일, 계속 이야기해봐요. 당신은 서재에 있어요. 현관문을 두드리는 소리가 들리죠. 그다음에는 무슨 일이 일어나죠?"

"책상 위에 홀리에게 보내는 편지가 놓여 있더군요. 내 손으로 쓴 유서요. 또 서재 문에는 아내에게 보내는, 딸들을 안으로 들이지 말라는 내용의 메모도 붙어 있었어요. 내가 이 모든 걸 계획한 게 분명해요. 이런 사실들을 하나하나 발견하면서, 과거의 정보가 내 머릿속에서 서서히 밝혀지는 것 같아요."

"정말로 방아쇠를 당기려 했다고 생각해요?"

테드는 고개를 숙이고 관자놀이를 비볐다. 로라가 팔을 뻗어 그의 어깨를 꽉 잡았다.

"테드, 정신 차려요. 나를 봐요. 좋아요. 누가 문을 두드리고 있었죠?"

"린치라는 남자요." 테드가 말했다. "뭘 팔러 왔다고 생각하고 쫓아 보내려고 했는데, 내가 서재에서 뭘 하려던 중인지 안다더군요. 총에 대해서 말했어요. 잘 기억은 안 나지만 꽤 구체적으로. 진짜 기막힌 것은, 그 상황 전체를 이미 한 번 겪은 기억이 난다는 거예요. 린치가 내게 무슨 말을 할지, 무엇을 제안할지 미리 다 알고 있었단 말이죠. 마치 여러 번 봐서 대사까지 다 외운 영화를 다시 보는 느낌이랄까."

"전에도 그와 같은 경험을 실제로 했다고 믿어요?"

"아뇨." 테드가 말했다. "뇌종양 때문이에요, 로라. 닥터 카마이클은 내 경우와 같은 종양은 환각을 일으킬 수 있다고 했어요. 뇌의 일부에 압력이 가해져서 그게……."

"잠깐만요, 테드. 필요하다면 나중에 닥터 카마이클과 함께 얘기해보도록 하죠. 내가 정말 알고 싶은 건 당신이 다른 때에 린치를 만났을 가능성이 있는가 하는 거예요. 과거에, 이를테면, 그가 더 젊었을 때."

"그 말을 들으니 재미있군요."

"왜요?"

"왜냐면 환상 속에서 내가 당신한테 말했거든요. 며칠 후에 린치를 다시 봤는데, 그사이에 나이가 들어 보이더라고. 10년에서 15년은 더 늙어 보이더라고요." 테드가 손가락을 맞부딪쳐 소리를 냈다. "사람들이 순간적으로 모습이 바뀌는 꿈에서처럼."

테드는 갑자기 뭔가를 기억해냈다. 그가 고개를 가로저으며 허허 웃었다.

"뭔데요?" 로라가 물었다.

"여기에 당신과 함께 있던 게 기억이 나서." 테드가 주위를 둘러보며 말했다. "당신이 헤어스타일을 바꾸기 전의 모습이었어요. 내 종양은 당신이 헤어스타일을 바꿨는지 어떤지 알 길이 없었겠죠. 하지만, 오 하느님…… 사소한 사실들이 기억나요. 그런 게 가능하다고 생각해요? 그런 걸 상상하는 게?"

"우리가 무슨 얘기를 하고 있던가요? 상담 때겠죠, 물론."

테드는 두 손을 주머니에 집어넣었다. 그러고는 한 손으로 반원형의 말편자를 만졌다.

"내가 체스를 그만둔 이유에 대해서." 테드가 말했다.

로라가 놀라는 표정이었다.

"주머니 속에 뭐가 있죠?"

테드는 말편자를 꺼냈다. 그것을 두 손으로 받쳐 들고 복잡한 문제를 풀려고 애쓰는 사람 같은 표정으로 한참을 관찰했다. 로라가 그에게 부드럽게 말했다.

"당신이 체스를 그만두기 전에 밀러 선생님이 준 거로군요, 그렇죠?"

테드가 즉시 고개를 들었다. 로라가 부드럽게 미소를 지었다.

"나 기억력 좋다니까요." 로라가 말했다. "당신이 밀러 선생님과 말편자에 대해서 이야기할 때 그게 당신에게 중요한 의미가 있다는 걸 알았어요. 아직도 갖고 있는 줄은 몰랐지만."

"아, 이건 밀러 선생님이 주신 말편자가 아니에요. 하지만 상당히 비슷하게 생겼죠. 어디서 주웠는데…… 정확히 어딘지는 기억이 안 나는군요. 기억이 안 나요." 테드는 거짓말을 했다.

웬델의 호숫가에서 주웠잖아!

"아까 이 린치라는 사람이 뭔가를 제안했다고 했는데, 뭘 제안했죠?"

"아, 정말 말도 안 되는 건데……. 자기는 나 같은 사람들을 모집해 법망을 교묘히 피해 처벌받지 않은 살인범들에게 사적인 정의를 구현하는 비밀 조직의 일원이라고 했어요. 대신 처리해주는 대가로 나를 일종의 자살 클럽에 가입시켜주겠다고 했고요. 정확하게 '자살 클럽'이라는 표현을 쓴 건 아니지만."

"그렇게 되면 가족들과 친지들이 당신의 자살로 인해 괴로워하지 않게 되겠군요." 로라는 약간 놀란 듯이 말했다.

"바로 그거죠."

"기발하지 않다고는 못하겠네요. 섬뜩하기도 하고. 그런 얘기 그때 처음 들었어요?"

"물론이죠."

"누구를 죽여달라던가요? 아니, 처리해달라던가요?"

"에드워드 블레인이라는 남자였어요. 여자친구를 살해하고도 무혐의로 풀려났죠."

"아, 맞아요. TV에서 봤어요. 피해자의 언니가 경찰 측의 실수를 이유로 들면서 재심을 요구하던데."

테드는 아서 로비차우드의 집에서 트리시아 펜더개스트가 그 사건을 설명하던 것이 떠올랐다.

"그 아파트 지하에 세탁소가 있어서 건조기 배기관에서 나오는 열이 시신의 체온을 유지해주었죠."

"환상 속에서 무슨 짓을 했어요, 테드?"

"환상이라. 너무 어처구니없게 들리는군요."

"그러게요."

"로라, 이런 기억들이 정말로 내 과거에서 오는 거라고 생각해요?"

"일부 요소들은 그럴 수 있다고 생각해요. 하지만 지금은 당신이 기억하는 일에 집중합시다. 블레인에 대해서 어떤 느낌이 들었어요?"

"놈을 죽여야 한다는 느낌이 들었어요. 오늘은 그게 세상에서 가장 터무니없는 생각 같지만, 그 다른 현실 속에서는 블레인을 죽이는 게 완벽하게 합당한 일로 보였어요. 자살만큼이나 합당한 일요. 그래서 그의 집으로 갔어요. 집 안 내부가 상세하게 기억이 나요. 거기 가본 적이 전혀 없었던 게 확실한데도. 벽장 속에 숨어서 놈이 잠들기를 기다렸죠. 그러고는 침실로 가서 죽였어요."

"당신이 블레인을 죽였군요. 무참하게?"

"아니, 무참하게는 아니고. 내가 거기 있는 것을 블레인이 알아차리고 일을 힘들게 하더군요. 하지만 어쨌든 내가 죽였어요."

"그다음엔 어떻게 됐어요?"

"그다음엔 일이 점점 더 꿈같이 느껴지기 시작했죠. 내가 죽이기로 되어 있는 또 다른 남자의 집에 갔어요. 웬델이라는 남자였는데, 나를 기다리기로 되어 있었죠. 그도 자살 클럽 소속이라고 들었어요. 한적한 숲속, 자기 소유의 호수 옆에 있는 대저택에서 살더군요. 웬델은 미혼이고 자녀가 없다고 알고 있었는데. 린치가 그렇게 말했거든요. 근데 몇 분이 지나자, 한 여자가 여자아이 둘을 데리고 나타난 거예요."

"분명 웬델은 자식이 없다고 들었던 거죠?"

"그랬죠. 린치가 그 정보를 숨긴 거였어요. 처자식이 있는 걸 알았다면 그를 죽이는 데 내가 절대로 동의하지 않으리라는 걸 알았기 때문에."

"그건 어떻게 알았죠?"

"나중에 린치한테 들었어요."

"그럼 린치를 다시 만났군요."

"만났죠. 그가 나를 속였다는 의심이 들어서, 고교 동창인 아서 로비차우드라는 변호사의 도움을 구했어요. 로비차우드는 수십 년 만에 다시 만났죠. 학교 다닐 때 그는 누구와도 잘 어울리지 못하는 수줍음 많은 친구였어요. 난 그를 괴롭히던 못된 친구들 중 하나였고요. 그런 사실은 평생을 가더군요. 내가 그의 집에 갔을 땐 마침 그의 생일이었어요. 거기서 다른 동창들을 봤는데, 다들 아서처럼 별 볼일 없던 애들이었죠. 어쨌든 난 그 친구들을 잘 못 알아보겠더군요."

"잠깐만요." 로라가 끼어들었다. "당신 회사에도 당신 밑에서 일하는 변호사가 여러 명 있을 텐데, 왜 그들에게 도움을 청하지 않았죠?"

"그 전에도 유언장 작성을 아서가 도와줬거든요." 테드는 그 말을 하자마자 자신이 전에 한 말과 맞지 않다는 사실을 깨달았다. 환상 속에서 그는 두 사람이 수십 년간 만나지 않은 것을 당연하게 여겼고 아서도 그렇게 행동했다. 하지만……

"당신이 린치를 찾는 걸 로비차우드가 도와줬어요?"

"도대체 이 모든 일 배후에 뭐가 있는 걸까요, 로라?" 테드가 다시 머리를 감싸 쥐었다. "꼭 내가 공상 속에서 사는 것 같아요. 지금 생각해보니, 로비차우드의 집에서 열린 생일파티 때…… 동물이 하나 있었어요. 주머니쥐. 놈이 계속 나타났죠."

로라가 긴장하며 자세를 고쳐 앉았다.

"주머니쥐요?"

"네. 몇 번 봤어요. 처음에는 우리 집 뒤쪽 테라스에 있는 피크닉 테이블에서. 똑같은 놈이었는지는 잘 기억이 안 나요. 그다음엔 아서의 집 마당, 낡은 타이어 그네 속에 숨어 있었죠. 그리고 린치를 찾아갔을 때 린치의 사무실에서 다시 봤어요."

"그의 사무실에서요?"

"파일 캐비닛에서 기어 나왔어요." 테드가 고개를 절레절레 저으며 소리 내어 웃었다. "세상에, 그렇게 바보 같은 꿈을 꾸다니. 그냥 꿈이었기를 바라는 마음뿐이에요."

"일단은 진짜 그런 일이 있었다고 칩시다. 린치의 사무실에 갔을 때 무슨 일이 있었는지 얘기해봐요."

"린치가 나이를 먹었더군요. 내 나이 또래, 혹은 그보다 더 나이가 들어 보였어요. 내가 위협하니까 웬델에게 아내와 딸 둘이 있다고 인정하더군요. 그리고 훨씬 더 충격적인 이야기도 해줬죠."

"그게 뭔데요?"

"웬델이 자살을 원하지 않았다는 말. 웬델은 조직에 소속되어 있었어요." 테드의 눈길이 물컵에 고정되어 있었다. "그런데…… 엇나갔다더군요."

"독자적으로 사람을 죽이고 있었대요?"

테드가 깜짝 놀랐다. 로라의 추측이 얼토당토않은 것 같았지만 사실이었다.

"그래요. 그래서 그를 막아야 했다더군요."

"그런데 왜 당신이죠?"

이제 문제의 핵심을 다룰 때가 되었다. 그의 망상과 현실 사이에 접점이 있다면, 유감스럽지만 홀리의 외도일 것이다. 나머지는 그의 무의식이 그 충격적인 현실을 숨기기 위해 덮어씌운 소름끼치는 포장지일 뿐이다.

"린치가 웬델을 뒤쫓다가 그에게 애인이 있는 걸 발견했는데……."

테드는 문장을 끝맺지 못했다. 그는 두 손으로 말편자를 꽉 쥐었다. 그리고 자기도 모르게 양끝을 잡고 잡아당기고 있었다. 마치 잡아당겨서 곧게 펴겠다는 듯이.

"홀리였죠?"

테드가 조용히 고개를 끄덕였다.

"물 좀 마실래요, 테드?"

"아뇨, 괜찮아요."

"오늘 홀리와 통화했어요?"

"응. 꽤 우호적이었어요, 드디어. 홀리에게는 이런 얘기 전혀 안 했어요."

"오늘은 여기까지 하죠."

테드는 그녀의 말을 듣고 있지 않은 것 같았다.

"이게 다 뭐죠, 로라? 내가 그 사실을 알고 있었다는 게 가능한 가요? 그러니까 홀리에 대해서요. 이제 와서 생각해보니 신호들이 있었어요. 그리고 어쩌면……."

"자, 이제 그만하죠. 오늘은 여기까지."

"좋아요."

"이제부터 매일 만나죠, 테드."

"좋아요."

"좀 쉬세요."

테드가 일어섰다. 로라도 따라 일어섰다.

"테드?"

그가 그녀를 보았다.

"집을 떠나지 말아요, 알았죠?"

"알았어요." 테드가 말했다. 그때 갑자기 기억나는 게 있었다. 다른 기이한 현실에서 알게 된 사실 하나. "아들이 보이 스카우트인가요?"

"네."

"내 환상 속에서는 당신 아들이 캠핑 여행에 관한 부모 동의서를 받는 데 문제가 있었어요. 우리 상담 중에 누가 전화를 걸어서 당신한테 그 얘기를 했고요."

로라가 미소를 지었다. 그녀가 전화기를 가리켰다. 그 전화기는 테드가 상담을 위해 이곳에 오기 시작한 후 단 한 번도 울린 적이 없었다.

"다행히도, 아무 일 없었어요." 로라가 말했다.

테드가 문으로 걸어갔다. 그는 여전히 말편자를 꼭 쥐고 있었다.

"카마이클이 옳았어, 심리치료가 도움이 될 거라더니." 그 말은 정신과의사가 들으라고 한 말이 아니라 혼잣말에 가까웠다.

4

테드는 말편자를 발견한 정확한 지점을 바라보았다. 그는 웬델의 집으로 이어지는 흙길에 서 있었다. 멀리, 나뭇잎들 사이로 그집이 언뜻 보이자, 더 잘 보려고 고개를 들었다. 전에도 이곳에 온적이 있다. 그건 확실했다. 좀 더 가까이 가면, 안으로 들어가 저택안을 돌아다니면, 자신의 기억이 현실과 뒤섞여 구분할 수 없게 되리라는 걸 그는 알고 있었다.

그는 로라에게 집에서 쉬겠다고 약속했지만, 알고 싶다는 욕구가 너무나 컸다. 그는 두 눈을 감고 깊은 심호흡을 몇 번 한 후 기억해낼 수 있는 모든 세세한 사실들을 떠올렸다. 웬델 개인 소유의부두, 호수 풍경이 내다보이는 커다란 거실, 집 뒤의 놀이터. 그런데 이곳에 발을 내디딘 게 이번이 처음이어야 한다니.

물론 넌 여기 왔었어! 웬델을 죽였잖아. 웬델이 홀리의 애인이라는 걸알고 총을 쏴서 죽였잖아. 그렇게 간단히 말이야. 그러고 나서 그 이상한클럽에 가입했지. 그러면 진실에 직면하지 않아도 되니까.

그게 사실인지 아닌지 곧 알게 될 것이다. 150미터만 더 가면 웬델의 호숫가 별장이 있다. 그는 일부러 브라우닝을 집에 두고 나왔다. 오른손에 말편자를 쥐고 있었다. 혹시라도 싸움이 발생하면 방어용으로 사용할 수 있을 것이다. 하지만 지금은 용기를 잃지 않기 위해 꼭 쥐고 있었다.

테드는 람보르기니가 같은 장소에 주차되어 있는 것을 보고 웬델이 호수에 나가 평화롭게 낚시를 하나 보다 생각했다. 물론 그렇지 않겠지만. 테드는 부두 옆에 서서 호수를 살펴보았다. 주황색 구명조끼를 보게 될 것을 예상했다. 그런데 웬델의 모습이 보이지 않았다. 어쩌면 배를 타고 호수 반대편을 돌고 있는지도 몰랐다. 주위를 둘러보던 테드는 많은 보안카메라 중 한 대를 발견했다. 그는 그 카메라를 향해 웃어 보였다.

현관문이 잠겨 있었다. 이전 방문 때와 다른 점이었다. 테드는 창문으로 걸어갔다. 선팅이 되어 있어서 두 손으로 눈 주위를 가리고 안을 들여다보아야 했다. 웬델이 거기 서 있는 자신을 본다 해도 개의치 않았다. 사실 그가 봐주기를 바랐다. 테드는 현관에 깔린 카펫을 홀린 듯이 바라보았다. 지난번에 웬델이 그 위로 쓰러져서 피를 엄청나게 쏟았는데, 지금은 작은 핏자국 하나 보이지 않았다. 이런 세부사항이 그를 화나게 했다. 이 호숫가 집에 왔던 걸 기억하지 못하는 건 받아들일 수 있는데, 웬델이 카펫 위에서 죽어 있는 이미지는 도대체 어디서 난 것일까?

테드는 집 안으로 들어갈 다른 방법이 있나 알아보려고 집 주위를 돌아보았다. 그냥 문을 두드리거나 초인종을 누를 수도 있었지만, 웬델과 맞닥뜨리기 전에 주변을 살펴보고 싶었다. 린치의 말이 사실이라면, 웬델은 위험한 살인자였다. 애인의 남편이 무기를 소지하지 않고 혼자 찾아온 걸 보면 무슨 짓을 할지 상상하기 어렵지 않았다. 테드는 충분히 생각하고 브라우닝을 두고 오기로 결심했지만, 순간 총을 가져오지 않은 것이 후회가 되었다. 그는 킬러가 아니었다.

웬델은 호수 건너편에도 없었다. 배는 부두에 매여 있었다. 테드는 다시 집으로 달려와 자동차 대여섯 대가 너끈히 들어갈 거대한 주차장의 문을 열려고 애써보았다. 역부족이었다. 말편자로 창문을 깨볼까 생각하고 있는데 집 뒤 야트막한 언덕에 있는 놀이터가 눈에 들어왔다. 원목으로 만들어진, 예쁜 분홍색 장난감 성이 있었다. 엄청나게 비쌀 것 같았다. 양옆으로 돌을 늘어놓아 테를 두른 흰 자갈길이 성으로 이어졌다. 테드는 성을 주시하면서 언덕을 올라갔다. 장난감 성은 높이가 2미터 조금 넘어 보였고, 네 모퉁이마다 탑이 있었으며 벽에는 디즈니 공주들이 그려져 있었다. 벨, 티아나, 에리얼. 테드도 아는 캐릭터였다. 그는 열린 창문 안으로 들여다보고 싶은 유혹을 이길 수 없었다. 안에는 작은 플라스틱 테이블과 작은 의자 두 개가 놓여 있었다.

"누구요?" 뒤에서 누가 소리쳤다.

웬델이었다. 웬델의 목소리를 들어본 적이 없지만 놀랍게도 너무나 익숙한 목소리였다. 그 사실이 많은 것을 폭로하는 것 같았다. 테드는 해를 끼칠 생각이 전혀 없다는 표시로 두 손을 들고 창가에서 천천히 물러났다.

"내가 테드야." 그가 돌아서면서 말했다. 사실 소개를 할 필요도 없었다. 웬델이 그를 보자마자 누군지 알아차렸을 것이기 때문이다. 이미 그가 누군지 알아봤으면서도 모른 척 연기하고 있었던 게 아니라면.

그러나 웬델은 눈이 휘둥그레지고 당황한 표정을 지었다. 그는 숲가에 서 있었고 테드가 기억하는 옷을 입고 있었다. 청바지에 파란색 플란넬 셔츠, 오렌지색 구명조끼. 왜 숲에서 구명조끼를 입고 있을까?

"내 집에서 뭐 하는 거야? 당신 혼자야?" 당황한 그의 표정은 분명 연기가 아니었다. 목소리만 들어도 알 수 있었다.

당신이 왜 이렇게 친숙해 보이는 거지?

"응, 혼자야."

또다시 당황한 표정. 웬델은 계속 주위를 살폈다.

"린치가 보냈나?"

테드가 미소를 지었다. 이제야 이야기에 진전이 있었다.

"이봐, 테드." 웬델이 말했다. "당신이 누군지는 모르겠지만. 린치가 나를 죽이라고 보낸 거라면, 린치는 바보 멍청이로군. 당신은 파리 한 마리 해칠 수 없어."

마치 마술을 부린 듯 웬델의 오른손에 권총이 나타났다. 그의 얼굴만 보고 있던 테드가 고개를 숙이자 권총이 보였다.

"홀리가 내 아내야." 테드가 자신을 방어하기 위해 말했다.

웬델의 표정이 싹 바뀌었다. 그는 자유로운 손으로 턱을 비볐다.

"재미있군……. 들어가지."

테드가 장난감 성을 가리켰다.

"여기?"

"물론이지. 내 집으로 들이지는 않을 거거든." 웬델이 권총을 가리키며 말을 이었다. "이건 호신용이야. 우리가 말이 통해서 서로 이해하게 되면 당신은 여길 걸어서 나갈 거야. 내 딸들의 성을 망치고 싶진 않거든."

성에는 작은 소녀가 몸을 숙이지 않고 드나들 수 있을 정도로 큰 양여닫이문이 있었지만, 테드는 무릎을 꿇고 기어서 들어가야 했다. 바닥은 고무로 되어 있었다. 플라스틱 식탁과 의자 외에도, 찻잔 세트가 놓인 선반이 있었다. 두 사람이 의자에 앉으니 작은 요정의 집에 침입한 거인들 같았다. 실내 공기가 바깥보다 몇 도는 높았다. 환기가 안 되는 모양이었다. 웬델이 자동권총을 테이블에 놓았다.

"정말 기가 막힌 상황이군." 테드가 말했다.

"그러니까 홀리가 당신 아내라고." 웬델은 조금 전과 마찬가지로 놀란 어조로 말했다. "그리고 린치가 나를 죽이라고 당신을 보냈고. 이렇게 된 거로군. 당신 아내와 내가 연인 사이라고 린치가 그랬지? 안 그래?"

"다른 얘기도 했지."

"그랬군."

웬델은 잠깐 생각에 잠겼다.

"린치가 나에 대해 한 얘기, 전부 말해봐."

"그럴 일은 없을 거야."

"재미있군." 웬델이 말했다. "총을 가진 사람이 나라는 걸 나도 잠깐 잊고 있었네."

테드는 한숨을 쉬었다. 머리가 지끈거리기 시작했다. 그는 웬델이 죽지 않았다는 것을 확인하려고 이 호숫가 집에 왔는데, 웬델과 마주앉은 지금은 어떻게 해야 할지 알 수가 없었다. 한 가지 분명한 것은 이자가 위험한 인물인지 아닌지 알아야 한다는 거였다. 홀리를 위해서라도.

"린치가 조직에 대해서 얘기해줬어. 시스템이 만든 실수들을 바로잡는 일을 하고 있다고. 정의를 실현하고 있다고. 그런데 당신이 길을 잃고 조직의 규칙을 벗어나 멋대로 행동하기 시작했다고. 그러니까 나더러 당신을 죽여달라고 했어."

웬델이 고개를 저었다. 그의 얼굴이 분노로 서서히 일그러졌다.

"망할 놈의 자식." 웬델이 혼잣말을 했다.

"왜?"

"조직 같은 건 없어, 테드." 웬델이 화가 나서 말했다. "난 린치를 대학시절부터 알았는데, 그건 린치의 어리석은 생각이었어. 대학 다닐 땐 꽤 친했지. 하지만 그건 20년도 더 전의 일이야. 졸업 후에도 몇 년간은 가끔씩 만나곤 했지만, 우정은 서서히 식어갔어. 그러다가 몇 달 전에 린치가 갑자기 나타나서 과거에 있었던 어떤 일을 두고 나를 협박하기 시작했어. 그게 뭔지는 중요하지 않아. 그런 짓을 하다니 린치도 참 어리석었지. 왜냐면 그의 결점을 찾아내는 건 더 쉬웠거든. 똑똑한 친구이긴 한데 자기 앞가림을 못했어. 무슨 말인지 알겠나?"

"아니."

"당신 아내의 연인은 린치야, 내가 아니라."

"뭐?"

"사람을 둘 고용해서 린치의 뒤를 캤어." 웬델이 설명했다. "린치가 유부녀와 사귄다는 사실을 알아냈고, 사진을 엄청나게 찍어 왔더라고. 난 그 사진을 린치에게 보냈고 나를 다시 협박하려 들면 상황이 아주 더러워질 거라고 얘기했어. 그랬더니 연락이 끊기더군."

"어떤 사진들이었는지 설명해봐."

"왜?"

"그냥 해봐."

"잘 몰라. 자세히 안 봤거든."

"식당 안에서 찍힌 사진이 있었어?"

"밖에서 창문을 통해 찍은 연속 사진이었어. 남녀가 테이블에 마주보고 앉아 있고, 남자가 여자에게 뭔가를 먹여주는 모습이었어."

테드는 사진 속 장면이 떠올랐지만, 그가 본 사진은 남자 쪽이 가려져 있었다. 웬델의 말이 사실이라면, 그 사진에서 홀리와 함께 있었던 남자는 바로 린치였다.

"모르겠어?" 웬델이 물었다. "린치가 당신을 찾아가 조직이니 뭐니 말도 안 되는 얘기로 당신을 미혹시킨 거야. 두 마리 토끼를 잡으려고."

일리가 있었지만 웬델을 맹목적으로 믿고 싶진 않았다. 린치를 맹목적으로 믿었지만 좋은 게 없었기 때문이었다.

"린치가 왜 당신이 죽기를 바라겠어?" 테드는 작고 불편한 의자에 등을 기대며 물었다.

"내가 그의 불륜을 폭로할 수도 있다는 사실을 제외하고? 자세히 설명해주지. 저스틴 린치는 처음 만난 순간부터 나를 질투했어. 그 질투심은 세월이 갈수록 더욱 심해지고 노골적이 되었지. 나에 대한 린치의 반감이 우리의 우정을 좀먹었고 결국에는 파괴했어. 내가 사는 집을 봐. 내 차와 가족을 보라고. 내 회사는 1년에 수억 달러를 벌어들이고 있어. 린치의 사무실을 봤어? 초라한 건물에 있는 허름한 사무실 하나 빌려서 보잘것없는 사건이나 맡아서 하고 있잖아. 바람난 남편 문제로 오는 아내들의 소송 같은 것들. 내가 처음부터 그를 돕지 않았다고 말할 사람은 아무도 없을 거야. 하지만 내가 올바른 선택을 한 번 하면, 린치는 잘못된 선택을 두 번 하곤 했지. 이 정도면 살인 동기로 충분하지 않을까? 근데 이 겁쟁이는 그 일을 자기 손으로 해치울 용기조차 없었어. 그래서 당신한테 손을 내밀었고 조직이라는 말도 안 되는 헛소리를 떠벌린 거야."

테드는 웬델의 말을 곱씹어보았다. 아직도 풀리지 않은 중요한 의문이 몇 가지 있었다. 린치는 그의 자살 계획을 어떻게 알았을까? 린치가 즉석에서 자살 클럽 이야기를 지어낸 것 같지는 않았다. 그의 자살 계획에 대해서 미리 알았던 게 틀림없다. 하지만 어떻게? 그리고 알았다면 왜 테드가 계획대로 하게 내버려둬서 홀리와 자신의 장애물을 제거하지 않았을까?

넌 자살하고 싶지 않았던 거야.

"무슨 생각해?" 웬델이 물었다.

"너무 혼란스러워."

"아주 단순한 거야, 내 말 믿어. 저스틴은 감히 내 앞에 나타나서 방아쇠를 당기지 못할 거야, 절대로. 그럴 용기가 없어. 그래서 대신 해줄 사람이 필요했는데 당신이 있었던 거지. 린치가 당신이 할 수 있다고 생각했다는 게 놀랍군. 진짜 사람 볼 줄 모른단 말이야."

우습게도 테드는 기분이 나빴다. 환상 속에서 전문 살인청부업자처럼 블레인과 웬델을 죽였는데. 블레인이 기르는 개에게 약을 먹여 무력하게 만들기까지 했는데!

불행히도 현실에서 테드가 쏜 것이라고는 사격연습장 과녁밖에 없었다. 웬델의 말이 옳았다. 그는 사람을 죽일 수 있는 위인이 못 되었다.

웬델의 이론에도 결점이 하나 있었다. 테드와 웬델이 정말로 서로 모르는 사이였다면, 테드는 어떻게 이곳, 그의 집에 와본 기억이 있는 걸까?

그건 기억이 아니라 환상이야. 네가 여기 온 건 이번이 처음이야.

그런 생각을 하자니 또 화가 치밀었다. 그는 여기 도착해서 집으로 이어지는 흙길을 걸으며 느낀 것을 믿고 싶었다. 그때 그는 대저택에 이르기도 전에 집 안의 세세한 것들을 기억해낼 수 있었다. 그런 생각이 진짜였다. 그런 생각을 믿어야 했다. 갑자기 말편자가 떠올랐다. 그것을 손에 쥘 수 있다면 모든 의심이 사라질 것 같았다. 그는 주머니에 손을 넣었다.

웬델이 경계태세를 취했다. 번개처럼 빠르게 권총을 잡았다.

그러나 웬델은 테드가 말편자를 꺼내려 한 행동에 반응한 게 아니었다. 웬델은 그에게 총을 겨누면서 장난감 성의 창밖을 노려보고 있었다.

"혼자 온 거 아니었어?" 웬델은 창문에서 눈을 떼지 않은 채 테드를 비난했다.

"혼자 왔어."

"그럼 미행당했군."

테드가 앉은 곳에서는 웬델이 누구를 얘기하는지 보이지가 않았다. 테드는 앞으로 살짝 몸을 기울이고 창밖을 바라보다가 깜짝 놀라 얼어붙었다. 흰 실험복을 입은 흑인이 집 옆을 걷고 있었다. 테드가 블레인의 집에 갔을 때 본 낯선 남자, 로저였다.

"저 친구 알아?" 웬델은 여전히 총으로 테드를 겨누고 있었다. "저자가 내 집에서 뭐 하는 거지?"

"긴가민가해."

"긴가민가하다니?"

로저는 주머니에 두 손을 넣고 태평하게 걷고 있었다. 집 모퉁이에 다다른 그는 모퉁이를 돌아서 호수 쪽을 향해 걸어가며 그들의 시야에서 사라졌다.

"가는 것 같은데." 테드가 말했다.

"어딜 가는데? 양방향으로 3킬로미터 이내에는 아무것도 없어. 저자가 여기서 뭐 하는 거야?"

로저가 웬델의 집 주위를 배회하는 것을 본 것이 그의 '환상'(테드는 그 표현을 좋아하지 않았지만, 뭐 어쩌란 말인가?)과 현재와의 직접적인 연관성을 보여주는 또 하나의 증거였다. 다른 증거는 말편자와 책상에 놓여 있던 쪽지였다.

웬델이 테드를 장난감 성에서 말 그대로 밀쳐냈다.

"저자를 알아, 몰라?"

"알아. 어딘가에서 만난 것 같아."

웬델은 한숨을 쉬더니 테드의 행동에 대한 단서를 하늘에서 찾으려는 듯 하늘을 올려다보며 눈알을 굴렸다. 그가 테드의 멱살을 잡았다.

"정신 차려!" 웬델이 테드의 얼굴 앞에 얼굴을 바짝 들이대고 그의 눈을 노려보았다. "저자가 당신을 미행한 거야, 아니면 무작정 돌아다니면서 당신을 찾고 있는 거야?"

"무작정인 것 같은데."

웬델이 테드를 놓아주었다. 웬델은 턱을 비비면서 성 옆을 흘깃하더니 고개를 돌려 놀이터에 있는 흰 자갈을 물끄러미 바라보았다.

"나와 같이 가."

둘은 숲으로 걸어 들어갔다.

"어디 가는 거야?"

"내 차에 있는 것을 보여주고 싶어. 하지만 저자한테 들키지 않는 게 좋을 것 같아서."

그들은 모습을 숨기고 이동할 수 있을 만큼 숲속 깊이 들어갔다가 집을 빙 돌아 사유지 도로로 나왔다. 이 정도의 시간이면 로저는 집의 반대쪽 끝에 있을 것이고, 그들이 들킬 염려는 거의 없었다. 그들은 자동차 짐칸으로 향했고 만지기도 전에 짐칸이 자동으로 열렸다.

짐칸에는 파일 상자들이 잘 정리되어 놓여 있었다. 웬델이 상자하나를 골라 뚜껑을 열었다. 그러고는 서류철 한 권을 꺼내 테드에게 내밀었다.

"이게 뭔데?"

"움직이자." 웬델이 서류철을 흔들며 그를 재촉했다. "내 집 주변을 배회하는 자가 있어. 시간이 얼마 없다고."

테드가 서류철을 받았다. 린치한테서 받은 것과 똑같은 서류철이었다. 그는 서류철을 펼쳤다. 첫 장에는 식당 사진이 들어 있었다. 웬델이 거짓말한 게 아니었다. 사진에서 음식을 포크로 찍어홀리에게 건네는 남자가 린치라는 것을 테드는 분명히 알 수 있었다. 홀리의 머리색이 밝고 길이가 짧아진 것으로 보아 최근에 찍힌사진이 분명했다. 테드는 다음 사진으로 넘어갔다. 두 사람이 행인들로 붐비는 거리를 걷고 있었다. 손을 잡고! 세 번째 사진에서는……

웬델이 테드의 손에서 서류철을 낚아챘다.

"더 볼 필요 없어."

테드는 어안이 벙벙해서 서류철을 그대로 들고 있는 것처럼 두 손을 펼쳐 들고 서 있었다.

"이제 알겠어? 조직이란 건 없어. 진실은 그것보다 훨씬 더 단순해. 린치가 당신 눈을 속인 거야. 당신이 나를 살해하게 함으로써 당신까지 제거하려고 한 거야. 때가 되면 린치하고 해결을 보자고. 하지만 아직은 아니야."

테드는 아무 말도 하지 않았다. 웬델은 그를 붙잡고 흔들어서 다시 현실로 불러왔다.

"내 말 잘 들어. 저쪽으로 걸어가. 숲을 가로질러 가면 고속도로가 나올 거야. 많이 둘러가는 길이지만, 저자한테 들키지 않으려면 그게 좋겠어. 저자 이름이 뭔지 알아?"

"로저." 테드가 중얼거렸다. "로저인 것 같아."

"알았어. 우리 친구 로저는 내가 처리할게." 웬델이 권총을 빼 들었다.

테드의 눈이 휘둥그레졌다.

"어쩌려고 그래?"

"내 사유지에 침입했잖아." 웬델이 미소를 지었다. "걱정하지 마. 겁만 줄 거니까. 나중에 전화하지."

테드는 숲을 향해 걸었다. 마지막으로 어깨 너머로 돌아보니 웬델이 걸어가고 있었다. 전화번호를 알려주지 않았다는 생각이 퍼뜩 들었다. 그러자 웃음이 터졌다. 어쨌든 웬델은 그걸 곤란한 문제로 보지는 않을 거라는 생각이 들었다.

거실에서 집 뒤쪽 테라스로 통하는 유리문이 있었던 자리에는 나무판자를 붙인 벽이 있었다. 거실 안에서는 작은 창문밖에 안 보였지만, 테드는 바깥벽이 분홍색으로 칠해져 있고 디즈니 공주들 그림으로 장식되어 있다는 걸 알았다.

그는 어둠 속에서 손으로 더듬거리며 나아갔다. 밤이었고 네모난 불빛이 그를 인도했다. 들리는 소리라고는 마당에서 치는 파도 소리뿐이었다. 철썩철썩, 최면을 거는 소리. 그는 창문에 이르러 웬델의 집에서 그랬던 것처럼 허리를 굽히고 밖을 내다보아야 했다.

포말이 이는 바다의 혀가 집 뒤쪽에 있는 언덕까지 덮쳐와 날름거렸다. 거대한 바닷물을 가로질러 달려오는 흰 물결이 달빛 속에서 환하게 빛났다. 테드가 열린 창밖으로 팔을 내밀고 손을 흔들자 마침내 동작감지기가 작동해서 현관 등이 켜졌다. 주머니쥐나 홀리의 모습은 보이지 않았다. 그러나 나무로 된 체스 상자는 아직도 바비큐 그릴 발치에 놓여 있었다.

테드가 팔을 최대한 뻗자, 손가락 끝에 나무 상자의 뚜껑이 닿았다. 잡으려고 했지만 오히려 4~5센티미터 밀어내고 말았다. 그는 무릎을 꿇고 자세를 조정한 후, 한쪽 어깨를 창밖으로 완전히 내밀고 팔을 다시 뻗었다. 그러자 나중에는 목과 갈비뼈가 창틀에 닿았다. 다시 상자를 끌어당기려고 했지만, 얼굴이 창밖으로 나가지 못하고 거실 안의 어둠만을 볼 수 있었던 탓에 이번에는 무작정 더듬거릴 수밖에 없었다. 수색하던 손가락이 상자의 모서리를 찾아내서 긁다가 조금 가까이 끌어당기는 데 성공했다. 자신이 왜 이렇게 체스 상자에 관심이 있나 생각해본 적은 없었지만, 마음은 온통 그걸 가져와 열어야 한다는 생각뿐이었다. 이젠 상자가 좀 더 가까워졌을 텐데, 만질 때마다 같은 자리에 있는 것 같았다. 상자가 뒷걸음질하는 모습이, 상자가 거대한 바다 위에 떠 있는 모습이 머릿속에 그려졌다. 그리고 그 상자를 만질 때마다 팔이 믿을 수 없을 정도로 쭉쭉 길어져 장난감 성의 창문 밖으로 나가 상자가 있는 곳까지 쭉쭉 뻗어나가는 모습이 상상되었다. 아무리 애를 써봐도, 아무리 팔을 늘여봐도, 상자는 항상 조금 더 멀어졌고, 그가 할 수 있는 일이라고는 그것을 스치듯 만지는 것밖에 없었다.

그는 열심히 평형을 연습하는 사람처럼 체스 상자를 세게 때리고 또 때렸고, 그러자 손가락이 발톱으로 변해서 상자 모서리를 잡으려 했지만 잡을 수가 없었다. 그는 무력감을 느꼈다. 창틀이 욱신거리는 몸으로 파고 들어오는 것 같았고, 뺨은 벌써 감각이 무디어져 있었다.

지쳐버린 그는 팔을 떨어뜨렸고, 그러자 팔은 즉시 정상적인 크기로 되돌아왔다. 한동안 그는 창문에, 몸은 한쪽에 팔은 다른 쪽에 매달려 있었다. 호흡은 정상으로 돌아왔다. 그가 다시 밖을 내다보았다. 아직도 그릴 옆에, 늘 있던 자리에, 뚜껑이 전혀 건드려

지지 않은 상태로 놓인 체스 상자가 보였다.

갑자기 들린 커다란 소음에 테드는 깜짝 놀라 고개를 들었다. 어두운 물체가 바다에서 툭 튀어나오고 있었다. 물이 뚝뚝 떨어지는 차체를 그는 금방 알아보았다. 어렸을 때 타던 아버지의 빨간 머스탱이었다. 자동차의 뒷면이 천천히 나타났다. 해조류에 덮인 노쇠한 고물 자동차였지만 알아볼 수는 있었다. 바닷물에 반쯤 잠긴 채 차가 멈추었다. 그때 마법처럼 트렁크가 열렸고 테드는 본능적인 공포를 느꼈다. 트렁크 안에 뭐가 있는지 보고 싶지 않았다.

로저가 집을 돌아서 나타나 다가왔다. 그가 머스탱 트렁크 앞에 이르러 같이 춤추자고 초대하듯 팔을 내밀었고, 트렁크 안에서 손이 뻗어 나와 그의 손을 잡았다. 홀리가 트렁크에서 힘겹게 일어나고 있었다. 물론 다리 하나가 없었다. 테드가 좋아하는 비키니, 냉장고 문에 붙인 사진에서처럼 비키니를 입고 있었는데, 빨간색이 윤기가 없어지고 색이 바랜 것 같았다. 피부가 창백하고 매끄러웠다. 초췌한 얼굴에서 인간의 흔적은 사라지고 없었다. 다리 하나가 없어서 정상적으로 움직일 수 없을 것 같았다. 로저가 그녀를 도와주었다.

그들은 현관에 다다라 힘겹게 계단을 올라왔다. 바로 그 순간 홀리가 앞에 있는 분홍색 벽을 알아본 것 같았다. 공주들을 차례로 알아보면서 그녀의 입술에 힘없는 미소가 떠올랐지만, 창문에 눈길이 가는 순간 행복감이 순식간에 사라졌다. 테드를 본 그녀는 원망하듯 비난하듯 그를 노려보았고, 그는 어디로 숨고 싶은 충동을 느꼈다. 물론 숨느냐 마느냐는 그가 내릴 수 있는 결정이 아니었다. 홀리는 오래도록 그를 노려봄으로써 그를 비난했고, 한참 후엔 여전히 로저의 도움을 받으면서 그릴 쪽으로 걸어갔다. 로저는 테드에겐 전혀 관심이 없고 홀리를 에스코트하는 임무에만 관심이 있는 것 같았다.

홀리가 로저에게 체스 상자를 가리켰다. 로저가 허리를 굽히고 두 손으로 그것을 조심스럽게 집어 들었다. 그가 엄숙한 표정으로 그것을 홀리에게 건네자, 홀리는 갓 태어난 아기를 안듯 그것을 가슴에 꼭 안았다. 누구에게도 뺏기지 않겠다는 듯 안고서 테드를 또 한 번 노려보았다. **이 체스 상자는 내 거야!** 그녀가 돌아서서 로저의 조심스러운 부축을 받으면서 천천히 자리를 떴다. 테드는 자신이 기억하는, 활력 넘치고 근육질이던 홀리의 몸이 너무나 야위고 힘 없어진 것을 보고 깊은 슬픔을 느꼈다.

홀리와 로저는 바다로 돌아갔다. 홀리는 다시 머스탱 트렁크 안으로 들어갔다. 머스탱은 입을 떡 벌린 금속 괴물처럼 같은 자리에 서 있었다. 트렁크 뚜껑이 닫히기 전에 홀리가 테드를 돌아보며 냉혹하게 한 번 더 노려보았다.

테드는 숨을 수밖에 없었다. 그리고 잠이 깼다.

7

"딸들의 장난감 성에요?" 로라가 깜짝 놀라서 물었다.

"그래요." 테드가 말했다. 정신과의사가 그 사소한 사실에 주목하는 것이 놀라웠다. "이유는 모르겠지만 거기 갔어요. 아마도 성이 내 눈길을 끌었고 내 딸들도 저런 성을 갖고 있으면 얼마나 좋아했을까 하는 생각이 들었기 때문이겠죠. 웬델이 나타나더니 성 안으로 들어가자고 했어요. 근데 그게 왜 그렇게 흥미로워요?"

로라가 소리 내어 웃었다.

"나도 모르겠어요. 당신이 누군지 몰랐기 때문에 웬델이 당신을 자기 집에 들이지 않은 것은 이해할 만한 일인 것 같군요."

"그거야 그렇죠."

"그 성이 어떤 모습이었는지 얘기해줄래요?"

테드가 이맛살을 찌푸렸다.

"그게 중요해요?"

"장난감 성부터 먼저 갔다는 게 흥미로워서요. 당신 말대로라면 집에서 꽤 멀리 떨어져 있는 것 같은데."

"그렇죠, 50미터 정도 떨어져 있었으니까요. 숲가에 놀이터가 있었죠. 장난감 성은 눈에 확 띄었어요. 여자애들이 좋아하는 분홍색 벽에 디즈니 공주들이 나란히 그려져 있었죠. 모서리마다 탑이 하나씩 있고 탑마다 뾰족지붕에 동굴처럼 생긴 창문이 있고. 세세한 거 하나까지 디즈니의 성을 그대로 재현했더군요."

"조금 전에 당신 딸들도 저런 성을 가졌으면 좋아했겠다고 생각했고, 그 성으로 걸어가면서 딸들 생각을 했다고 했는데. 왜 그런 성을 가지고 있지 않다고 생각하죠?"

"내 딸들도 장난감은 많이 있어요. 내가 그런 거엔 쩨쩨하게 굴지 않았거든요."

"그런데 그런 성은 없었어요? 왜죠?"

이날 상담은 평소와는 다른 방향으로 흘러가고 있었다. 테드는 혼란스러웠다.

"다르게 표현해보죠." 로라가 말했다. "당신은 부유하니까 신디와 나딘에게 온갖 장난감을 사줬을 거란 말이죠. 근데 이 장난감 성을 보고는 딸들이 이런 건 가져본 적이 없다고 생각했다면서요."

"그게 왜 그리 중요한지 모르겠네요. 그냥 장난감 성을 보고 애들을 떠올린 거죠. 그리워하고 있으니까, 그래서 성으로 가는 것이 딸들에게 다가가는 길이라고 생각했어요. 애들이 그 성을 보면 뭐라고 할까 상상했죠. 전적으로 타당한 생각의 흐름이라고 보이는데요."

로라는 가만히 듣고 있었다.

"모르겠어요, 로라. 난 우리가 다른 부분에 대해서, 린치와 홀리에 대해 이야기할 거라고 생각했는데." 테드가 고개를 절레절레 저었다. "내가 이해할 수 있도록 당신이 좀 도와주면 좋겠군요."

"그래요, 당신 말이 맞아요. 그들에 대해서 얘기해보죠." 로라가 매력적인 미소를 지었다. "그래서 웬델이 말하길, 그 조직이란 게 자기와 린치가 대학 다닐 때 생각했던 황당한 아이디어이고, 세월이 흐르면서 둘은 사이가 소원해졌다고 했다고요."

"그래요. 무엇 때문인지는 몰라도 린치가 웬델을 협박하려 했고, 그래서 웬델이 뒷조사를 했다고 하더군요. 그러다가 홀리에 대해서 알게 되었다고 했어요."

"그리고 당신은 그의 말을 믿었고요? 당신 말을 들어보면 웬델이 아주 믿을 만한 사람은 아닌 것 같은데."

"믿을 필요가 없었어요. 장난감 성에서 나를 데리고 나와서 사진을 보여줬거든요. 의심의 여지가 없었죠."

"당신을 집 안에 들였다고요?"

"아니. 사진은 차에 있었어요."

로라는 잠시 침묵하다가 물었다. "그걸 보니 기분이 어때요, 테드?"

"화가 나느냐 안 나느냐를 묻는 거라면, 화가 나진 않아요. 우리 결혼이 깨진 건 내 잘못이니까. 어젯밤엔 홀리에 대한 또 다른 꿈을 꾸었어요."

다음 2분 동안 테드는 뒤쪽 테라스가 나온 꿈 이야기를 했다. 그가 분홍색 장난감 성 이야기를 하니 로라가 즉시 관심을 보였다. 눈이 반짝이는 걸 보니 자신의 생각이 옳았다고 확신하는 것 같았다. 그 성에 뭔가 특별히 중요한 게 있는 게 틀림없었다. 그 꿈에서 테드가 숨기고 말하지 않은 유일한 사실은 홀리가 바다에서 일어나 나오도록 도와준 남자 이야기였다. 테드는 아직은 로저에 대해서 이야기할 준비가 되어 있지 않았다.

"체스 상자가 나오다니 흥미롭군요." 로라가 주목했다. "체스 상자는 당신의 과거와 밀접한 관련이 있는 건데. 그러니까 홀리가 그 상자를 들고 당신을 의심스럽게 보더라는 거죠, 자기가 그 상자를 보호하는 것처럼?"

"그래요. 그리고 정말 끔찍한 기분이 들었어요."

"정확히 어떤 느낌이었는데요?"

"체스 상자가 홀리의 것이고, 내가 그걸 훔치려다가 홀리한테 들킨 것 같은 기분이었어요. 홀리는 그걸 한 번도 본 적 없는데. 나 자신도 그걸 마지막으로 본 지 수십 년이 넘었는데 말이죠. 하지만 그래요, 그것이 내 과거를, 그 옛날의 내가 어떤 인물이었는지를 상징한다고 생각해요. 홀리는 그게 내게 얼마나 큰 의미를 갖는지 알고 나서 나를 의심하게 된 것 같고. 다 오래된 꿈일 뿐이에요. 오늘날의 현실은 상당히 다르죠, 유감스럽게도."

테드는 대화에 몰두해 있어서 이 순간까지 진료실을 둘러보지 않았다. 화창한 날이었고, 강한 아침 햇살이 창문을 통해 들어와 방 중앙에 기다란 빛의 직사각형을 그리고 있었다. 로라는 오늘 커튼을 쳐놓지 않았다. 테드가 창밖을 내다보았다. 유리에서 굴절된 햇빛 때문에 눈이 부셨다. 고개를 돌리는데 검은 정사각형이 로라의 얼굴에 겹쳐져 있다가 서서히 희미해지는 것이 보였다.

"그리고요? 체스 상자 이야기를 하던 중이었잖아요."

테드가 고개를 끄덕였다.

"그건 할아버지가 쓰시던 거였어요. 직사각형의 상자인데, 크기는 이 정도." 테드는 그 상자를 무릎 위에 올려놓고 있는 것처럼 두 손으로 크기를 재어 보여주었다. "열대목으로 만들어졌고, 짙은 갈색이고, 반짝반짝 윤이 났죠. 상자를 절반으로 나누어 양쪽 면에

상감기법으로 새긴 체스보드가 절반씩 있었어요. 그걸 책처럼 펼치면 온전한 체스보드가 되죠."

테드는 흐뭇한 표정으로 체스보드를 떠올리며 자세하게 설명했다.

"체스 말은 그 상자 안에 보관되어 있었어요." 그가 말을 이었다. "각자 자기 자리가 파여 있었고 그 자리에 두꺼운 펠트 천이 깔려서, 살짝만 눌러도 딸각 하고 들어갔죠. 근데 무슨 이유에선지 한 자리는 넓혀져 있었던 게 기억나는군요. 백색 폰 자리였는데. 그래서 흰 말들이 바닥으로 오게 들고 체스보드를 펴야 했어요. 난 항상 그 폰부터 먼저 꺼냈어요. 오른쪽 두 번째 폰."

"체스 이야기를 하니 얼굴이 밝아지는군요."

"그럴 거예요. 체스가 행복했던 어린 시절과 관련이 있을 테니까요. 밀러 선생님이 돌아가시고 나서는, 체스를 완전히 그만두었고 가정생활은 고문이 되었거든요. 어머니는 날이 갈수록 병세가 악화됐고, 아버지는 그런 어머니를 학대했고. 그러다가 애인과 살겠다고 집을 나가버렸죠. 난 계속 집에서 어머니와 살았고, 어머니의 병은 나날이 깊어졌어요. 너무 외로웠어요. 힘겨운 시기였지요. 그런 변화가 너무 잔혹했죠."

"아버지가 당신을 버렸군요?"

"사실상 버린 거나 마찬가지였죠. 처음에는 아버지가 계속 연락을 시도했는데, 내가 만나기를 거부했어요. 세상에 대해 화를 내고 반항하던 십 대였거든요. 최악은 집에 있는 어머니는 내가 화를 내든 말든 전혀 모르는 상태였다는 거예요. 어머니는 자기만의 세상에서 살았으니까요. 어머니도 여러 가지 다른 이유로, 말하자면 반란을 꾀한 셈이죠. 난 항상 아버지의 외도가 어머니로 하여금 삶을 포기하게 만들었다고, 병이 마음과 몸을 갉아먹고 어머니를 지배하게 만들었다고 생각했어요. 그 몇 년은 정말이지 끔찍했죠. 나중에는 어머니가 요양병원에 가게 되었지만."

테드가 말을 멈췄다. 그리고 알 수 없는 미소를 지었다.

"당신은 정말 유능한 심리치료사예요, 로라." 그가 우호적인 목소리로 말했다. "상대방이 입을 열게 하려면 정확히 어디를 눌러야 하는지 알고 있으니까요."

그녀도 미소를 지었다.

"그 체스 상자는 그동안 어디 있었죠?"

"처음에는 우리 집 어딘가에 치워져 있었어요. 지금도 기억나는데, 어느 날 학교에 갔다 오니 거리 옆 앞마당에 온갖 쓸모없는 물건들이 쌓여 있었어요. 체스 상자도 거기 있더군요. 거기 있던 물건들 중 상당수는 아직 쓸 만했는데, 몽땅 치워버려야 한다는 생각이 그날 어머니의 머릿속에 침입한 거죠. 어머니는 항상 그런 식이었어요. 물건들 속에 해충이 알을 품고 있다면서 죄다 버리곤 했지. 난 체스 상자를 다시 갖고 들어와서 어머니가 찾을 수 없게 내 방에 숨겼어요. 근데 나중에 찾아냈던 모양이에요. 그 후로 다시는 볼 수 없었으니까요."

"어머니가 요양원에 가셨다고 하셨죠."

"맞아요. 내가 열여덟 살 생일을 맞기 직전이었죠. 그때 난 반항아 생활을 청산하고 대학에 입학했어요. 집에서 나와 있으니 그 끔찍한 세월에서 회복할 수 있었어요. 공부도 잘했고, 심지어 어머니와 화해도 했죠. 요양원으로 어머니를 만나러 가는 것이 이제까지와는 완전히 다른 평화와 기쁨을 주더군요. 요양원에서는 어머니를 잘 통제하고 약을 먹게 했거든요."

"예전에도 체스 상자에 대해서 꿈꾼 적이 있는지 기억나요?"

"아니, 전혀. 하지만 똑같은 꿈을, 거의 똑같은 꿈을 꾼 것이 이번이 처음이 아니에요. 아무래도 우리 집 뒤쪽 테라스에서 무슨 일이 있었던 게 분명해요, 내가 기억해내지 못하는 무슨 일이."

테드가 애매모호한 어조로 말했다. 그는 자꾸만 반복되는 꿈에 대해서만 생각하는 게 아니었다. 뭔가 더 깊은 것이 있었다.

"왜 그렇게 생각하죠?"

"내 기억에 구멍이 있어요, 로라. 그래서 내 마음이 반복되는 기억으로, 현실의 이런저런 조각들로 그 구멍을 채워왔던 것 같단 말이죠. 아, 잘 모르겠어요." 테드는 무력감을 느끼며 두 손으로 머리를 감싸 쥐었다. "우리 집 테라스에서 무슨 일이 있었고, 난 그 일이 웬델과 관계가 있다고 생각해요. 전에도 그의 집에 간 적이 있어요. 확실해요. 내게 필요한 건……."

"진정해요, 테드. 당신이 기억을 정리하게 도울게요."

테드는 오싹한 느낌이 들었다. 그가 고개를 들고 놀란 눈으로 로라를 쳐다보았다.

"왜요, 테드? 내가 무슨 말을 했는데요?"

"기억을 정리하는 거." 테드가 그녀가 한 말을 반복했다. "내게 필요하다고 생각한 게 바로 그거였거든요. 당신은 종양이……."

로라가 손목시계를 확인했다.

"오늘은 여기까지 하죠."

테드는 거대한 주차장에서 웬델을 기다렸다. 40여 년 전까지만 해도 이곳은 수천 대의 타자기를 생산하며 번창한 공장이었다. 지금 남아 있는 것이라고는 빈껍데기 같은 건물 한 채뿐이지만.

웬델이 테드를 보고 깜짝 놀라 멈춰 섰다. "여긴 어쩐 일이야?"

테드는 어깨를 으쓱했다. "당신하고 얘기 좀 하려고."

"어떻게 나를 찾아냈지?"

"당신이 여기 주인이잖아, 안 그래?"

사실 웬델은 거간꾼을 통해서 이 공장을 샀다. 주위 벽을 1~2미터 더 높였고, 그 위에 가시철조망을 둘렀으며, 출입문은 모두 맹꽁이자물쇠로 걸어 잠갔다. 공장은 외진 지역에 있었지만, 주차장 곳곳에 깨진 병조각이 널렸고 벽은 낙서로 덮여 있었다.

"여기서 뭐 하는 거야, 테드?" 웬델이 체념한 듯 물었다. 그는 컨버터블 운전석 문 옆에 서 있었다.

"말했잖아. 얘기 좀 하려고 왔다고."

웬델이 사방을 둘러보았다.

"실험복 입은 남자도 같이 왔어?"

"아니, 혼자."

웬델이 고개를 끄덕이더니 건물 모퉁이로 걸어갔다.

"따라와."

테드는 잠깐 망설이다가 따라나섰다. 모퉁이를 돌아가자, 웬델이 금속 문 앞에서 허리를 굽히고 스무 개 이상의 열쇠가 달린 커다란 열쇠꾸러미를 들고 열쇠를 고르고 있었다. 하나를 자물쇠에 넣어봤는데 열리지 않자, 그는 문을 발로 차면서 숨죽여 욕을 중얼거렸다. 테드는 그 모습을 보자 아버지가 생각났다. 아버지도 테드가 어렸을 때 차고 문을 그렇게 발로 차곤 했다. 마침내 웬델이 맞는 열쇠를 찾아내 안으로 들어갔고, 테드가 따라 들어올 수 있도록 문을 약간 열어놓았다.

테드가 안을 들여다보았다. 처음에는 어둠의 직사각형 속에서 웬델의 얼굴만 희미한 윤곽으로 보였다. 눈이 어둠에 적응되자 화장실 정도 크기의 창고 안이라는 것을 알 수 있었다. 물건들이 가득한 작업대가 하나 있었고, 사방 벽에 붙어 있는 선반에는 여러 가지 병과 페인트 깡통과 다른 잡다한 것들이 먼지를 뒤집어쓴 채 늘어서 있었다. 테드가 들어가기 전부터, 여러 용액 냄새와 너무 오랫동안 밀폐된 채 있었던 데서 오는 답답함이 그를 쓰러뜨릴 지경이었다. 그는 코를 찡그렸다. 웬델이 스위치를 켜자 알전구 한 개에 불이 들어왔다.

"들어와." 웬델이 명령했다.

이 자식은 왜 이렇게 황당하고 불편한 장소만 고르는 거야? 이 창고 안에 서 있을 공간이 어디 있다고!

"문을 닫을 거야?" 테드가 물었다.

웬델은 몸을 기울여 문손잡이를 잡는 것으로 대답을 대신했다. 자연광의 직사각형이 좁아졌다가 완전히 사라졌다. 몇 초가 지나자 희미한 전등 불빛 아래 실내가 드러났다.

톡 쏘는 악취 외에도 실내가 불편할 정도로 더웠다. 웬델은 가죽 재킷까지 입고 있으니, 쪄죽을 것 같은 느낌일 것이다.

"뭘 알고 싶은데, 테드?" 웬델은 입술을 거의 움직이지 않은 채 물었다. 돌 조각상 같은 얼굴 표정이었다.

그들은 50~60센티미터 정도 떨어져 서 있었다. 테드는 쓰러질까 봐 겁이 나서 선반에 등을 기대고 서 있었다.

"바로 본론으로 들어가지. 당신이 거짓말한 거 알아. 이유를 알고 싶어서 왔어. 어제 당신은 날 모르는 척했어. 하지만 우리는 전에 만난 적이 있어."

"아, 진짜? 어디서?"

"그 물음에 대한 대답이 나한테 없다는 거 알잖아. 당신은 자기 마음대로 하려고 나를 모르는 척했어."

"미안한데, 당신 말이 틀렸어."

"아니야." 테드가 말했다. 사실 그에게는 자신의 주장을 뒷받침할 구체적인 증거가 아무것도 없었다. 그러나 웬델을 시험하려면 어느 정도 위험을 감수해야 했다. 체스에서도 어떤 수가 자신에게 분명한 이익을 가져다줄지 파국으로 이끌지 알지 못하는 상태에서 공격을 감행하는 때가 있다. 중요한 것은 확신이 없다는 것을 적에게 들키면 안 된다는 것이다. "기억이 돌아오기 시작했어."

웬델의 표정이 바뀌었다. 반신반의하는 표정이 떠올랐다.

"계속해." 웬델이 한 걸음 물러섰다가 선반에 부딪쳤다. 선반이 단단하지 않았는지 그 위에 놓인 물건들이 흔들렸지만 떨어지지는 않았다.

"전에 내가 당신 집에 들어간 적이 있다는 거 알아." 테드가 그를 떠보았다.

웬델은 여전히 경계하는 표정이었다.

"그리고 내 집 뒤쪽 테라스에서 있었던 일도 알고." 테드가 말했다.

이번에는 웬델이 분명한 반응을 보였다. 불쾌한 듯 얼굴을 찌푸리고 입술을 굳게 다물고 콧구멍이 벌렁거렸다. 그리고 잠시 후 폭발적인 반응이 뒤따랐다. 그가 주먹으로 작업대를 내리쳤다.

"빌어먹을! 네가 모든 걸 망치고 있어."

"집어치워, 웬델. 이제 속고 속이는 것도 진절머리가 나. 솔직하게 말할게. 내 기억에 구멍이 있어. 어떤 일들이 뒤죽박죽 섞여 있는 것 같아."

웬델이 고개를 절레절레 저었다.

"누가 말해줬어? 닥터 힐?"

이젠 테드가 놀랄 차례였다.

"닥터 힐을 알아?"

"테드, 제발, 모든 걸 있던 자리에 그대로 내버려두는 게 어때? 당신한테 제일 좋은 길은 저 문을 열고 나가서 가버리는 거야. 그게 좋다고. 난 이제까지 당신을 보호하기 위해서 애써왔어."

그들은 꽤 오랫동안 서로 노려보았다.

"내 생각을 말해줄까?" 테드가 떨리는 목소리로 물었다.

웬델이 양 손바닥을 펴 보이며 천장을 올려다보았다. 마치 싫다고 말할 이유가 없겠다고 말하는 것 같았다.

"나는 조직이 실재한다고 생각해." 테드가 말을 이었다. "그리고 내가 그 조직에 소속되어 있었다고 생각하고. 린치가 나를 끌어들인 것 같아, 오래전에, 내가 더 젊었을 때……."

"그 말도 안 되는 조직 이야기는 그만 좀 해!" 웬델의 외침이 좁은 방 안에 울려 퍼졌다. "전에도 말했잖아. 그건 린치가 대학시절 생각해낸 거라고. 문예창작 수업에 제출할 단편소설로. 그건 우리하고 아무런 관계가 없어."

테드는 한쪽 벽에 걸린 선반과 그 위에 놓인 공구들을 유심히 바라보았다. 공구 하나를 집어 웬델을 제압해 알고 있는 것을 모두 털어놓게 할 수도 있었다.

"왜, 내 목에 드라이버를 찔러 넣으려고?"

테드가 콧방귀를 뀌었다.

"당신이 알고 있는 걸 말해줘, 웬델. 속고 속이는 게임은 그만하고. 무엇으로부터 나를 보호하고 있는 건지 말해줘."

웬델은 고개를 가로저었다.

"절대로 포기하지 않을 사람이군. 이 정도로 포기할 거라면 여기 오지도 않았겠지." 웬델이 잠깐 말을 멈췄다. "어제 내 집에서 본 남자 기억해?"

"로저."

"그들이 당신을 주시하고 있어, 테드. 그 로저라는 친구와 로라 힐이라는 의사. 그런데도 당신은 바보같이 그녀에게 모든 걸 털어놓았지. 하지만 당신을 비난하지는 않아. 그들이 당신을 속여서 그렇게 하게 만든 거니까."

"잠깐만. 무슨 말인지 이해가 안 가는군. '그들'이 누군데? 그리고 로라는 어떻게 알아?"

"로라 힐과 카마이클은 유명인사야."

"카마이클?"

"그래. 이봐, 테드, 기억상실이든 뭐든, 자네가 앓고 있는 증상은 사실 축복이었어. 자네 말이 맞아. 우린 만난 적이 있어. 자네는 내 집에 백만 번도 넘게 왔지. 린치도 그랬고. 린치, 그 바보 새끼가 홀리와 얽히기 전까지는 모든 게 괜찮았지. 문제는 거기서부터 시작된 거야."

웬델이 갑자기 엄지손가락을 홱 움직여 그의 뒤를 가리켰다. 테드는 그의 말에 열중하고 있어서 그 손짓에 크게 주목하지 않았다.

"린치와 우리가 무슨 짓을 했는데?"

"그건 그 어리석은 조직과는 아무 상관도 없는 일이었어. 조직 생각은 이제 버려. 그 불쌍한 자식의 머릿속에 황당한 아이디어가 얼마나 많았는지 몰라. 자네 부인과 엮이는 게 유일한 아이디어는 아니었다고."

"린치에 대해서 말할 때 과거시제로 말을 했는데, 왜지?"

"린치는 내게는 이미 죽은 인간이니까."

테드가 고개를 끄덕였다.

"이봐, 테드. 자네 머리에 정보가 들어 있어." 웬델이 몸을 앞으로 기울이고 테드의 이마를 가리켰다. "자넬 곤란에 빠뜨릴 수 있는 정보. 그건 나를 곤란에 빠뜨릴 수 있는 정보이기도 하지. 부인하지 않을게. 예전에는 좋았어. 걱정할 게 없었지. 근데 홀리가 자넬 속이고 린치와 바람이 났고, 자네가 그걸 알게 됐고…… 그리고 그것 때문에 자네는…… 나사가 하나 빠진 거야."

테드는 맞장구를 쳐주기로 했다.

"한번은 내가 자살을 계획했던 것 같아." 테드가 말했다. "하지만 홀리의 불륜 때문은 아니고. 나 뇌종양이야, 웬델. 아까 나사가 빠졌다고 했는데, 그게 사실 빌어먹을 뇌종양 때문이야."

웬델이 뇌종양 소식에 놀랐다면, 그걸 감쪽같이 잘 숨기고 있었다.

"로라 힐은 자네 머릿속에 든 그 정보를 찾고 있어." 웬델이 거의 속삭이는 소리로 말을 이었다. "상담 때마다 그래왔어. 그들은 자네가 스스로 그 정보를 찾아낼까 봐 두려운 거야. 그래서 자넬 주시하고 있는 거지."

"그러니까 그게 뭔데? 그게 뭔지 알아야 그들로부터 나를 보호할 수 있다고 생각하는 게 더 논리적이지 않아?"

"내가 알고 있다고는 안 했어."

눈싸움. 마침내 웬델이 입을 열었다.

"이렇게 하는 게 좋겠어, 테드. 내 충고를 따라줘. 로라 힐을 만나지 마. 그녀를 한순간도 믿지 말라고. 자네가 자길 의심한다는 걸 눈치채는 순간 어떻게 할지 알아? 미치광이들이 날뛰는 라벤더 메모리얼 정신병원에 자넬 처넣을 거야. 그 여자한텐 그럴 만한 힘이 있어. 자넨 벌써 위험한 짓을 했어. 여기로 날 쫓아왔잖아. 이미 너무 멀리 간 것 같군."

"로라에 대해서는 어떻게 그렇게 많이 알지?"

"자네 머릿속에 든 비밀이 나와 린치까지 파괴할 수 있으니까. 우린 자네가 이렇게 멀리까지 따라오지 못하게 하려고 최선을 다했어. 물론 실패했지만."

테드는 이마의 실핏줄이 팔딱팔딱 뛰는 것을 느꼈다. 두통이 진짜로 시작되었다. 그가 무슨 말인가 하려는 순간, 끼익 하고 브레이크 밟는 소리가 그를 막았다. 두 사람의 얼굴에 나타난 놀란 표정으로 보아 둘 다 방문자를 예상하지 못했던 게 분명했다. 웬델이 문을 빠끔 열자 햇빛이 쏟아져 들어왔다. 그들은 팔뚝으로 눈을 가려 보호하면서 창고에서 뛰어나갔지만, 웬델은 건물의 앞쪽으로 향하지 않았다. 앞으로 갔으면 적어도 두 개의 자동차 문이 동시에 쾅 하고 닫히는 소리를 들을 수 있었을 것이다. 2~3미터 떨어진 곳에 외부에서 지하실로 가는 출입구인 해치*가 있었다. 웬델은 그 해치 열쇠를 찾으려고 묵직한 열쇠 꾸러미를 뒤졌다. 방문객들이 곧장 안으로 들어가지 않고 건물을 빙 둘러 왔다면 해치 옆에서 테드와 웬델을 맞닥뜨렸을 것이다. 그러나 그들은 그렇게 하지 않았고, 1분도 채 안 되어 테드와 웬델은 곧 부서질 것 같은 계단을 뛰어 내려가 그림자의 세계로 다시 한 번 몸을 던졌다.

* 마루나 천장에 만든, 위로 젖히는 출입문.

지하실은 타자기의 무덤이었다. 일부는 테이블이나 선반 위에, 먼지와 거미줄을 뒤집어썼지만 멀쩡한 상태로 놓여 있었고, 다른 일부는 방 구석구석에 각기 다른 정도의 부패된 상태로 아무렇게나 쌓여 있었다. 나무나 쇠를 절단하는 기계와 저울 같은 옛 기계들도 꽤 있었다. 천장 근처에 난 길고 좁은 창문들은 너무 더러워서 빛이 거의 들어오지 않았다.

그들은 폐철 조각에 걸려 넘어지기도 하고, 거미줄을 헤치고, 먼지에 재채기도 하면서, 온갖 고물로 된 미로를 더듬거리며 나아갔다. 테드는 웬델의 불평을 무시하고, 창문에 다다르기 위해 벽 옆에 있는 테이블에 올라섰다. 옷소매로 열심히 유리를 닦았으나 별로 깨끗해지지 않았다. 그는 얼룩진 창유리 너머에서 두 사람이 공장 건물을 향해 나란히 걸어가는 것을 보았다. 둘 다 실험복을 입고 있었는데, 그중 리더 격인 사람은 흑인이었다.

"로저야." 테드가 중얼거렸다.

"내가 뭐랬어?" 웬델이 그의 팔을 잡아당겼다. "거기서 내려와.

그리고 다시는 그런 짓 하지 말고."

테드와 웬델은 기이한 형태와 더러운 복도, 먼지로 묵직해진 공기로 이루어진 초현실주의적인 풍경 속을 끝도 없이 걸은 후에 드디어 나무 계단 앞에 이르렀다.

웬델이 먼저 올라갔다. 그는 기록적으로 짧은 시간 안에 맞는 열쇠를 찾아내 문을 열었다. 그러나 문지방을 건너기 전에 돌아서서 팔을 뻗어 테드를 막았다.

"자넨 여기 있는 게 좋겠어. 내가 나가서 해결할 일이 있어. 그런 다음에 자네 친구들을 처리할게."

테드는 도구 창고에서 웬델이 린치 이야기를 하면서 보여준 손짓이 기억났다. 그가 엄지손가락을 홱 젖혀서 공장 내부 쪽을 가리켰었다.

"창밖을 내다보지 마." 웬델이 문을 닫기 전에 주의를 주었다.

테드는 딸깍 하고 걸쇠가 걸리는 소리를 들었다. 그는 굳이 손잡이를 잡고 열려고 애를 쓰지도, 웬델에게 내보내달라고 소리치지도 않았다. 그는 돌아서서 난간을 붙잡고 천천히 계단을 내려가기 시작했다. 무언가가 그의 관심을 끌어서 중간에 걸음을 멈췄다.

지하실 구석에서, 탑처럼 쌓여 있던 고물이 귀청이 찢어질 듯한 금속성 소음과 함께 콘크리트 바닥으로 무너져 내렸다. 테드의 생각이 틀리지 않았다. 그늘 속에서 뭔가가 움직이고 있었다.

그는 고철더미가 무너져 내린 곳에 시선을 고정한 채 계단을 내려갔다. 바닥에 이르러서 곧 무슨 일이 벌어질까 걱정하며 몇 걸음 다가갔다. 낡은 쇠붙이 절단기가 발 앞에 있었는데 겁이 나서 허리를 굽히고 그 뒤에 뭐가 있는지 볼 수가 없었다. 그는 피할 수 없는 일이 일어날 때까지 무서워하면서 체념한 채 기다렸다. 기계 옆으로 주머니쥐가 뾰족한 고개를 내밀고 코를 킁킁거리더니 하품을 했고 그 튼튼한 몸뚱이를 테드 앞에 드러냈다.

주머니쥐의 눈이 지하실 안 사방을 두리번거렸고 꼬리가 뱀처럼 지그재그로 움직이며 몸뚱이를 따라갔다.

테드는 뒷걸음질치다가 조금 전 밖을 내다보기 위해 밟고 올라갔던 테이블에 부딪쳤다. 주머니쥐가 밑에서 그를 인내심 있게 관찰하고 있었다.

뭘 봐?

테드가 돌아서서 테이블 위로 올라갔다. 창밖을 보니 로저와 다른 남자가 아까 있던 곳이 아니라 훨씬 더 가까운 곳으로 다가와 있었다. 그들은 이야기를 나누고 있었고 뭔가를 기다리고 있는 것 같았다. 잠시 후 틀림없는 웬델의 모습이 그들과 합류했다. 모두 악수를 했고 짧은 대화를 나누었다. 웬델이 건물을 가리키며 손짓했다.

로저와 파트너가 고개를 끄덕였다.

테드는 풀썩 주저앉았다. 테이블 위에 앉아서 두 다리를 세워 가슴에 대고 머리를 움켜잡고 있는 힘껏 소리를 질렀다. 주머니쥐가 뒤로 물러나 그를 유심히 지켜보았다. 테드는 더 견딜 수 없었다. 그는 눈을 감았다.

그는 자신의 서재를 보았다. 브라우닝의 무게를 느꼈다. 문을 두드리는 소리.

그는 눈을 떴다.

또다시 어두운 지하. 주머니쥐.

그는 주머니에 손을 넣었다. 말편자를 꺼내 두 손으로 꽉 쥐고 살펴보았다.

문이 열렸다. 로저가 다른 간호사를 대동하고 들어왔다. 주사기를 들고 있었다. 주머니쥐가 그들을 위해 자리를 비켜주었다.

KILL

THE

NEXT

ONE

PART 3

보스턴 지역 정신병원인 라벤더 메모리얼에는, 마흔 명의 가장 위험한 환자들이 별관에서도 현대적으로 개조된 C동에 격리되어 있었다. 테드 매케이는 그곳으로 실려와 휠체어에 앉혀졌고 고개를 한쪽으로 축 늘어뜨리고 입가로 침을 흘리고 있었다. 수간호사인 로저 코너스가 휠체어를 밀었고, 그가 신뢰하는 조수들 중 한 명인 키 크고 강단 있으며 엄격한 얼굴을 한 앨릭스 맥매너스라는 여자 간호사가 그 옆에서 따라가고 있었다. 병실은 입구 반대쪽 끝에 있었고, 거기 가기 위해서는 경비원이 지키고 있는 출입문을 통과해야 했다. 그들이 다가오는 것을 보고 근무 중인 경비원이 눈을 치켜뜨며 한 팔을 들어 그들을 막았다.

"이 환자는 누구죠?"

"시어도어Theodore 매케이." 로저가 대답했다.

경비는 읽고 있던 신문을 내려놓고 머리 위에 달린 보안카메라 모니터를 흘끗 올려다보았다. 경비실을 나갈 때마다 그렇게 하는 것이 규칙이었다. 그는 신입환자 일행에게 다가가며 문 반대편에 있는 그들을 관찰했다.

"입원 서류를 못 봤는데요, 로저." 그가 다소 불안한 표정으로 말했다. 그는 이 병원에서 근무한 지 아직 1년이 안 되었고, 그래서 규칙을 항상, 예외 없이 지키고 있었다.

"닥터 힐이 지금 닥터 그랜트와 얘기 중이야."

닥터 마커스 그랜트는 C병동 책임자였다.

경비는 무슨 말을 해야 할지 난감했다. 그가 낮 근무를 할 때 입원환자를 받은 경우는 네다섯 번밖에 안 됐고, 매번 며칠 전에 미리 통지를 받았다.

"서류가 없으면 들여보낼 수 없습니다. 미안합니다."

"여기서 기다리지 뭐."

경비가 고개를 끄덕이고는 이런 상황이 불편해 고개를 돌리고 테드를 유심히 살펴보았다. 테드의 고개는 아직 한쪽으로 축 늘어져 있었고 눈꺼풀은 반쯤 감겼으며 침이 턱에서 5센티미터 아래까지 축 늘어져 매달려 있었다. 규정된 회색 환자복을 입고, 손발이 묶여 있었다. 한순간 그의 눈동자가 경비의 눈에 초점을 맞추는 것 같았지만, 주사한 진정제가 앞으로도 대여섯 시간은 더 그를 이 몽롱한 가수상태로 묶어놓을 것 같았다.

"이 남자는 왜 이런가요?" 경비가 물었다.

이 병동 환자들 상당수는 살인범이거나 강간범이거나 둘 다이거나 했다. 언론의 주목을 받은 사람도 몇 명 있었다. 하지만 시어도어 매케이라는 이름은 영 생소했다.

"병실로 먼저 데려가도 되지 않을까요?" 맥매너스가 눈에 띄게 짜증을 내며 물었다. 처음으로 입을 연 거였다. 휠체어를 잡고 있던 로저가 못마땅한 표정으로 그녀를 흘낏했다.

169

"닥터 힐 환자거든." 로저가 설명했다.

"저건 못 갖고 들어갑니다." 테드가 두 손으로 꼭 쥐고 있는 말 편자를 가리키며 경비가 말했다.

"글쎄, 그것도 두고 봅시다."

마커스 그랜트는 C병동의 책임자로, 쉰 살이었고 언젠가는 라벤더 메모리얼 병원의 병원장 자리에 오를 가능성이 큰 것으로 점쳐졌다. 그런 가능성이 동기가 되어 그는 날마다 열심히 일했다. 자식 없는 독신남이었고, 미래에 아이를 갖겠다는 계획도 없는 것 같았다. 슬프게도, 라벤더 메모리얼의 최고책임자 자리에 오르겠다는 것이 그의 유일하고 현실적인 포부였다. 결혼하고 싶은 여자를 만날 가능성을 완전히 포기한 건 아니었지만 세월이 흐를수록 차츰차츰 멀어지는 꿈인 것 같았다.

그는 인연이 아닌 여자들과 지속적인 관계를 맺은 적이 몇 번 있었다. 예를 들어 현재 만나고 있는 애인 카르멘만 해도 그랬다. 카르멘은 그보다 한 살 어렸고, 이혼녀이며, 이십 대인 아들 둘은 대학에 다니고 있었다. 밝고 유쾌하고 자유로운 영혼을 가진 여자였다. 중년이었고, 자식들을 떠나보낸, 이른바 '빈 둥지'를 지키고 있으며, 대출금을 다 갚은 집을 소유했고, 헤어스타일리스트라는 비교적 자유로운 직업을 갖고 있어서인지 매 순간을 즐기고 '새로운 것을 시도'할 준비가 된 여자였다. 그렇게 하기를 원했고, 할 수 있는 능력을 갖추고 있었다.

그러나 마커스는 섹스와 가끔씩 기대고 위로받는 순간들이 있어서 그녀를 만나는 것일 뿐 그녀에게 진심으로 관심이 있는 것은 아니었다. 카르멘은 생각이 얕았고 야망이라고는 없었으며 무엇보다도 일이 마커스의 삶에서 왜 그렇게 중요한지를 이해하지 못했다.

"너무 열심히 일한다, 자기야! 미용실에서 내가 했던 대로 해봐. 쫙 정리해서 아래 사람들 시키고 물러나는 거야. 그랬더니 이젠 시간이 남아돌아 처치 곤란이라니까."

미래가 없는 관계.

"들어가도 돼요?" 로라 힐이 마커스의 사무실 열린 문 사이로 고개를 들이밀었다.

그녀를 본 마커스가 고민을 털어버린 듯 얼굴이 환해졌다.

"이게 웬일이야! 어서 들어와."

마커스가 일어서서 책상을 돌아서 그녀에게로 갔다. 로라의 뺨에 입을 맞추는 인사를 하려는데 그녀가 어색하게 서 있어서, 앉으라고 의자를 내어주는 것밖에 할 수 있는 일이 없었다. 그 순간은 항상 점잖은 마커스에게는 불편한 순간이었지만 그녀 쪽에서는 자기 의사를 분명히 표시한 거였다.

"벌써 점심 드셨어요?" 로라가 물었다.

마커스가 다시 의자에 앉으려는 찰나였다.

"아니, 아직." 그가 희망이 살아나는 것을 느끼며 말했다. "뭐 좀 먹으러 갈까?"

"아뇨. 난 그냥 건너뛰려고요. 내 말은…… 지금 당장 할 말이 있다는 뜻이에요."

마커스는 고개를 끄덕였고, 낙담하면서 자리에 앉았다. 로라는 항상 이런 식이었다. 당근을 흔들어대다가 재빨리 거둬들였다. 이런 짓을 백 번도 넘게 했는데, 매번 그는 당근을 덥석 물려고 덤벼들곤 했다. 아니, 어쩌면 그 자신이 문제인지도 몰랐다. 마커스 혼자 당근을 상상하고 있었던 것인지도 몰랐다.

최근 들어 둘 사이에 긴장감이 어느 정도 고조되었다. 직접적으로 얘기하진 않았지만 마커스가 로라에게 관심이 있는 것만은 분명했다. 그러나 그녀는 그에 대해 같은 느낌을 갖고 있지 않은 것 같았다.

카르멘과의 관계가 파탄 직전이 되자, 마커스는 여자친구와의 갈등을 언급하면서 로라 힐에게 조금씩 다가가기 시작했다. 그러자 어느 화창한 날 로라도 그에게 암시를, 당근을 주기 시작했다. 의미 있는 눈길을 던지면서 미소 짓기도 했고, 엉덩이를 흔들며 걸어가기도 했으며, 등을 토닥이는 그녀의 손이 평소보다 한 박자 더 길게 그의 등에 남아 있곤 했다. 한두 번은 좀 더 진도를 나가보려고 애를 써봤다. 함께 저녁을 먹으러 가자거나 퇴근 후 만나자고 제안했다. 그러나 그때마다 그녀는 분명한 거절은 아니지만 이 핑계 저 핑계를 대곤 했다. 마커스는 로라가 이렇게 행동하는 것은 전남편을 잊으려 애쓰고 있기 때문이라고, 그 이유밖에 없다고 생각하게 되었다.

그러나 다른 각도에서 볼 수도 있었다. 마커스는 그렇게 생각하지 않으려고 애썼지만, 로라가 그와의 관계를 이용하고 있다고 생각할 수도 있었다. 그녀는 병원에서 승진을 거듭했고 병원장 맥밀스 박사와 담판을 지을 일이 있으면 자기 대신 마커스가 나서게 하기도 했다.

로라가 마커스의 눈을 똑바로 응시했다.

"당신한테 간곡히 부탁할 게 있어요, 마커스."

그녀는 전에도 그에게 부탁을 많이 했지만, 간곡한 부탁은 아직 한 번도 없었다.

"내가 할 수 있는 일이라면 들어줘야지."

"환자 한 명을 C병동에 입원시켜야겠어요." 그녀가 단도직입적으로 말했다.

마커스는 긴장을 풀었다.

"그게 뭐 큰일이라고. 남은 병실이 다섯 개나 있는데. 지금 당장 세라한테 서류를 보낼게. 그럼 세라가……."

"지금 입원해야 해요."

로라가 메두사 같은 눈빛으로 마커스를 노려보았다.

"'지금'이라니?"

신입 환자 입원수속은 보통 며칠이 걸린다. 마커스가 영향력을 행사하여 그 기간을 최대한 단축시킬 수는 있지만, 그렇다 하더라도……

"우리 수간호사가 지금 C병동에 와 있어요, 그 환자를 데리고. 당신이 입원을 허가해주면 좋겠어요."

실수하지 마, 마커스. 틀린 대답을 하지 마.

안 그러면 저 여자가 너를 돌로 변하게 할 거야……

"로라, 미쳤어? 지금 병동에 와 있다니?"

"입원 수속실에요. 나를 대신해서 왔다고 얘기했는데도 경비원들이 들여보내질 않는대요."

"당연히 그래야지!" 마커스가 벌떡 일어섰다. "믿어지지가 않는군. 그들이 거기 있으면 내 얼굴이 뭐가 되겠어. 지금 즉시 내 병동에서 나가라고 해."

마커스는 2층 사무실에 있는 유일한 창문 앞으로 성큼성큼 걸어가서 병원 안마당을 내려다보았다. 안마당에는 낙엽을 긁어모으는 잡역부 외에는 아무도 없었다. 그는 관자놀이를 비볐다. 돌아서고 싶지 않았다. 그녀를 보면 굴복해버리고 말 것 같았다. 그녀가 요구하는 것은 미친 짓이었고, 중대한 해고 사유가 될 수 있었다. 그는 로라가 일어서는 소리를 들었고, 그녀의 달콤한 향수 냄새를 맡았으며, 그녀의 목소리가 그의 귀에 대고 속삭이는 말을 들었다.

"나를 좀 봐요, 마커스. 내가 설명할게요."

그가 돌아섰다.

역시나, 그녀가 그윽한 눈으로 그를 바라보고 있었다. 그녀의 손가락이 그의 손등을 부드럽게 어루만지고 엄지손가락은 부드럽게 원을 그리며 그의 손등을 애무했다.

"내가 당신한테 얼마나 많은 것을 요구하고 있는지 잘 알아요." 로라가 아주 낮은 목소리로 말했다. "당신이 내 유일한 희망이라고 생각하지 않았다면 당신한테 기대지 않았을 거예요."

"로라, 제발." 그가 말했다. 그러고는 둘 사이에 책상이라는 장벽을 놓기 위해 급히 책상 뒤로 돌아갔다. 그녀는 눈으로는 그를 따라갔지만 움직이지는 않았고, 너무도 쓸쓸한 표정으로 창가에 서 있어서 그는 다시 돌아가 그녀를 위로해주고픈 생각이 들 지경이었다. 그녀는 은근히 추파를 던지는 여자에서 한없이 연약한 여자로 눈 깜짝할 사이에 바뀌어 있었다.

"당신이 나를 믿어주지 않아서 유감이에요."

"믿지, 당연히! 하지만 적어도 환자가 누구인지는 얘기해줘. 왜 이렇게 급하게 입원시키려고 하는 거야?"

"특별한 환자라서요."

"이해가 안 가는군. 아는 사람이야?"

"아뇨." 로라가 의자에 등을 기대고 앉았다. "이야기를 전부 다 해줄 수는 없어요, 적어도 아직은 안 돼요. 너무 오래 걸릴 거예요. 그리고 아까도 말했지만, 지금 로저가 그 환자와 함께 C병동에 있어요. 치료를 위해서 즉시 입원시키는 게 매우 중요해요. 안 그러면 발작을 일으킬 수도 있어요."

"아, 이런 세상에, 로라." 마커스도 의자에 앉았다. 그는 책상 위에 두 팔꿈치를 대고 눈을 감고 머리를 움켜쥐더니 머리를 앞뒤로 흔들었다.

그가 고개를 들었을 때 로라의 입술에 미소가 언뜻 떠올랐다가 금세 사라졌다.

"뭐가 그렇게 재미있어, 로라?"

"당신이 하는 몸짓요. 신경 쓰지 말아요. 개인적인 거니까."

"당신 환자처럼."

"바로 그거예요."

마커스는 결심을 굳히고 있었다.

"이 환자가 일반 병동에 머물 수 없다면, 그리고 그런 판단에 대해 당신의 전문가적 의견을 의심할 아무런 이유가 없으니까. 세라가 이해해줄 거라고 믿어. 지금 세라한테 가서 상황을 설명하자고. 당신을 전적으로 지지하지만, 내가 해줄 수 있는 건 거기까지야."

로라는 잠시 그의 말에 대해 생각해보았다.

"세라는 의료위원회의 심사를 거칠 때까지 C병동 입원은 절대로 허락해주지 않을 거예요. 잘 알잖아요."

"뭐라 할 말이 없군. 그럼 나도 어쩔 수가 없어."

"이렇게 하죠." 그녀가 심각하게 말했다. "당신 서명이 있는 입원허가서를 주세요. 내가 내용을 기입해서 C병동으로 직접 갖고 갈게요. 누가 문제를 제기하면 내가 당신 사무실에서 들고 왔다고 말할게요."

마커스는 깜짝 놀랐다.

"왜 그렇게까지 하려는 거지?"

"내가 내 일에 대해서 어떻게 생각하는지 알잖아요, 마커스. 난 서류절차라든가 이 형편없는 병원에서 출세하는 일이라든가 그런 것에는 아무 관심 없어요. 내가 관심 있는 건 내 환자들이에요. 특히 이 환자. 오늘 그를 C병동에 넣지 못하면, 당신과 내가 쌓아온 탑이 와르르 무너져버릴지도 몰라요, 물론 그러지 않기로 결심은 했지만."

"그가 내 병동에 있을 거라면, 어떤 친군지 얘기를 해줘야지."

"해줄게요. 내게 두 시간만 내줘요. 그럼 원하는 건 다 말해줄 테니까."

"세라한테는 언제 말할 거야?"

"최대한 빨리요. 입원허가서는 어디 있죠?"

그들은 함께 사무실을 나왔다. 마커스의 비서는 다행히도 점심 식사를 하러 나가고 없었다.

"자, 여기." 그가 파일 캐비닛에서 서식을 꺼내 그녀에게 건넸다. "내가 어디서 꺼냈는지 봤지?"

그녀는 고개를 끄덕였다. 그러고는 서식을 책상 위에 놓았다.

"서명해줘요, 마커스."

"뭐? 아까는 내 서명을 위조할 거랬잖아!"

"아뇨, 그건 나중에, 허가서에 대해서 변명할 일이 생길 때 그렇

177

게 얘기할 거고요. 지금 당장은 병동에서 아무도 의심하는 사람이 없게 해야 돼요. 그리고 내가 당신 서명을 어떻게 위조해요, 못해요. 싫으면 그냥 X자라도 써넣어요. 그 정도로도 충분하니까."

마커스가 또 한 번 속아 넘어간 것이다.

"지문 전문가라면 쉽⋯⋯."

"마커스, 말했잖아요, 내가 위조했다고 말할 거라고! 지금 위험한 건 나예요. 자세한 이야기가 그렇게 듣고 싶다면, 나중에 다 해줄게요. 그리고 입원허가서도 내가 훔쳤다고 말할 거예요. 자기한테 불똥 튈까 봐 그렇게 걱정하는 걸 보니 당신도 관료가 다 됐네요."

아, 이런.

"서명해줄게." 마커스가 비서의 책상에서 펜을 집었다.

그는 자신의 서명이 있는 입원허가서를 그녀에게 건넸다.

"당신이 도와줄 줄 알았어요." 로라가 눈웃음을 치면서 말했다. 그녀가 조금씩 다가와 그에게서 30센티미터 정도 떨어진 곳에 이르렀다. 그에게 키스를 하려는 것일까? 그녀의 눈동자가 바삐 움직이며 그의 얼굴을 살펴보았다.

로라는 그에게 키스하지 않았다.

3

로라 힐이 입원허가서를 황급히 경비에게 건넸다. 경비가 우선 원무과에 가져가야 한다고 말을 시작했지만, 그가 문장을 끝맺기도 전에, 그녀는 그건 나중에 하겠다고, 지금은 환자를 병실로 데려다놓는 게 더 급선무라고 말했다. 경비는 더 말하지 않았다.

로라와 로저와 맥매너스 간호사는 테드를 데리고 병실을 향해 출발했다. 중간에 보안검문을 두 번 더 거쳐야 했고 휴게실을 지나기도 했는데, 휴게실에서는 대여섯 명의 환자가 그들을 흥미롭게 지켜보았다. 거기서 그들은 C병동 수간호사 로버트 스콧을 만났다. 스콧은 로저에게 친절했다. 스콧은 그들에게 형식적으로 인사를 한 뒤 병실은 준비되어 있다고 지체 없이 알려주었다. 그는 상황을 알고 있었고 아무 질문도 하지 않았다. 닥터 힐과 병동 책임자인 닥터 그랜트가 규정을 조금 어기기로 자기들끼리 합의했다면, 그가 막고 나설 이유는 없었다.

병실은 현대식이었다. 방마다 한쪽 면은 전면이 유리로 되어 있었다. 문은 원격 조종이나 비밀번호 입력으로 열렸다. 스콧이 카드

꽂는 곳에 자신의 ID카드를 꽂고 비밀번호를 입력했다. 부드럽게 공기를 빨아들이는 것 같은 소리와 함께 문이 열렸다. 로라가 휠체어를 밀고 안으로 들어갔다. 로저와 맥매너스가 테드를 부축해서 침대에 눕혔다. 말편자가 그의 무릎에서 미끄러져 땡그랑 소리를 내며 타일 바닥으로 떨어졌다. 로라는 허리를 굽히고 편자를 집어든 후 잠깐 생각하다가 테드의 손에 다시 쥐여주었다. 진정제의 약효가 떨어지고 있어서 그는 그 쇠붙이의 한쪽 끝을 손가락으로 감아쥘 수 있었다.

"잠깐만 둘이 있게 해줘."

로저와 맥매너스는 불안한 듯 서로를 보았지만 결국에는 지시에 따랐다. 테드는 손과 발이 쇠사슬에 묶여 있어서 손가락 하나 들기도 힘들 것이다.

두 간호사는 복도에 있는 스콧에게 합류했다. 스콧은 병실의 유리벽을 뚫을 듯 노려보고 있었다. 닥터 힐에게 무슨 일이 생기면 그건 그의 책임이었고, 사실 이 환자에 대해 아무것도 아는 게 없었다. 그가 약에 취한 척하고 있다가 기회가 생기자마자 의사에게 달려들어 목을 조르려 할 수도 있다. 이 병동에는 경계심을 약간만 늦춰도 달려들어 그런 짓을 아니 그보다 더한 짓을 할 환자들이 많았다.

유리벽 반대쪽에서는 로라가 테드에게 다가갔다.

"내일 얘기해요." 그녀가 말했다. "쉬려고 애써봐요. 여기서는 정말 괜찮을 거예요."

테드의 눈은 아직도 반쯤 감겨 있었고 초점이 없었다. 로라가 돌아서서 방을 나가자 그가 고개를 약간 들고 그녀가 방을 나가는 것을 지켜보았다.

나중에 맥매너스가 돌아와서 다른 간호사의 도움을 받아 테드를 새 환자복으로 갈아입혔다. 테드는 옆으로 누웠다. 침대는 비교적 편안했다.

그는 밤에 여러 번 깼고, 혼란스러웠다. 침대에서 보니 어두운 복도와 그 너머에 있는 방이 보였다. 그 방 안에서는 쉰 살 가량의 남자가 증오로 일그러진 얼굴로 테드를 노려보며 서 있었다.

"이봐요! 여기 좀 와봐요, 지금 당장!"

테드는 두 손 손바닥으로 유리벽을 또 한 번 쾅쾅 두드렸다. 린치가 자기 집 현관문을 그렇게 심하게 두드렸던 것이 기억났다.

그가 돌아섰다. 말편자가 침대 위에 있었다. 좋아하는 테디 베어를 꼭 끌어안고 자는 아이처럼 편자를 쥐고 잠이 들었던 것이다. 그는 방탄유리가 틀림없는 유리를 편자를 이용해서 깰 수는 없지만, 그걸 들고 유리를 치거나 비명을 지름으로써 더 큰 소음을 만들어낼 수 있다는 걸 알았다. 그가 침대로 가서 편자를 가져와 유리를 두드리기 시작하려는 순간 복도 건너 맞은편 방에 있는 남자가, 줄곧 침대에 앉아서 책 속에 얼굴을 파묻고 있었던 남자가, 고개를 약간 들고 말했다.

"그래봤자야." 그가 차분하게 말했다. 둘 사이에 유리벽 두 개가 가로막혀 있어서 목소리가 작게 들렸다.

"어이구, 말을 할 줄 아는 거네." 테드가 말했다. 이 말도 안 되는 짓거리를 시작하기 전에 그는 그 이웃 남자의 관심을 끌어보려 했였지만 남자는 그를 철저히 무시했다.

"15분 후에 간호사들이 올 거야." 남자가 아까와 똑같이 멀리서 들리는 것 같은 목소리로 말했다.

테드가 지난 밤에 보았던, 증오심에 일그러진 얼굴로 유리 뒤에 서 있던 남자의 모습이 나쁜 꿈이 되살아나듯 테드를 공격했다. 저렇게 평온하고 입가에 미소까지 머금은 모습은 지난 밤과는 지극히 대조적이었다. 그는 구릿빛 피부에 희끗희끗해지기 시작한 짧은 머리, 깔끔하게 정리된 턱수염이 있는 잘생긴 남자였다. 세상에서 가장 악의 없고 믿을 만한 사람으로 보였다.

"15분? 그걸 어떻게 알아?"

남자는 책을 한 손으로 들고 자유로운 팔을 쭉 뻗었다. 회색 환자복 소매가 올라가면서 손목시계가 보였다.

"시계를 볼 수 있거든."

"우와, 대단한데."

"7시가 세면시간이야. 간호사들이 오기 전에 이 챕터를 끝내고 싶었는데, 자네가 아침 대화를 그렇게 요란하게 할 줄은 몰랐지." 그가 책을 옆으로 치웠다. "난 마이크 도슨이야."

"세면시간이 7시라고? 나 오줌 마려운데! 이놈의 침실에는 어째 화장실도 없어."

마이크가 껄껄껄 웃었다.

"뭐가 그렇게 재밌는데?"

"여길 침실이라고 불러서. 진짜 침실은 이 건물의 다른 쪽에 있어. 여긴 우리가 못된 짓을 저지르면 끌려오는 곳이야."

잠시 침묵이 흘렀다. 또 다른 유리 감옥에서 땅딸막하고 머리가 벗어진 남자가 테드를 흘끔흘끔 훔쳐보고 있었다. 테드가 바라보자 그는 뒤로 물러섰다.

"난 테드야."

"라벤더에 온 걸 환영해, 테드. 그리고 걱정하지 마. 못된 짓을 저질러서 여기 온 게 아니야, 나는. 그냥 밤이 되면 약간 흥분하는 경향이 있을 뿐이지."

"그들이 나를 여기로 데려왔을 때 당신은 여기 없었어?"

"응. 와보니 자넨 벌써 누워 있더군."

"닥터 힐을 알아?"

도슨은 잠깐 생각하다가 대답했다.

"응, 하지만 그 여자, 여긴 자주 안 와. 주로 본관에서 머물지."

"오늘은 올 거야, 분명히."

"뭐 그렇다고 하니까 그런 줄 알아야겠지."

테드는 말편자를 어떻게 할까 고민하다가 잠깐 망설인 후 침대로 다시 던졌다.

"그게 뭐야?"

"아무것도 아냐. 기념품."

"그런 것들은 여기서 아주 유용하게 쓸 수 있어. 근데, 충고 하나 해줄까? 너무 자랑하고 다니지는 마. 저쪽 사람들이 그게 자네한테 중요한 거라는 걸 알게 되는 순간, 그게 그들에게도 중요해질 거야. 여기 돌아가는 방식이 그래. 그걸 잃으면 절대로 다시 찾을 수 없어. 저 사람들이 잘 아는 게 있다면, 그런 물건을 숨겨둔 장소를 찾아내는 방법이야."

마이크 도슨이 한 손가락으로 자신의 관자놀이를 가리키더니 손가락을 돌려 동그라미를 그렸다.

"명심할게. 중요해서는 아니고. 난 저쪽 사람들을 알아나갈 계획이 없어. 오늘 여길 나갈 거거든."

마이크가 일어섰다. 침대 옆에서 팔과 다리를 쫙 벌리고 스트레칭을 했고 등을 한껏 젖혔다. 그러고는 하품을 하면서 유리 벽 앞으로 다가왔다. 전구의 불빛이 그의 얼굴을 밝게 비추었다. 도슨은 테드가 그날 밤 꿈에서 본 남자 같았다.

"여기를 떠날 날을 스스로 결정할 수 있는 사람은 아무도 없어, 테드." 그가 자못 심각한 어조로 말했다.

5

　7시 정각에 간호사 두 명이 나타났다. 문이 열렸고 환자들은 조용히 그들을 따라갔다. 테드는 그 모습을 보고 깜짝 놀라서 유리벽을 쾅쾅 두드리며 설명을 요구했지만 돌아오는 건 아무것도 없었다. 이웃 환자들이 그를 흥미롭게 보며 지나갔고, 그중에는 땅딸막한 대머리 남자도 있었다. 그 남자만 유일하게 손발에 족쇄를 차고 있었다. 도슨은 테드에게 고개를 까딱하며 작별인사를 했다.

　테드는 고요 속에 혼자 남았다. 어쩌면 그들은 그가 유리벽을 두드리며 고함을 치기를 바라는 건지도 몰랐다. 그는 침대에 앉아 구겨진 시트에서 말편자를 집어 들었다. 그러고는 가득 찬 방광과 고함치고 싶은 욕구를 참아가며 영원 같은 시간을 기다렸다.

　테드가 침대에 벌러덩 누워 있는데 간호사가 나타났다.

　"좋은 아침입니다."

　테드가 벌떡 일어나 앉았다.

　"누구세요?"

　"앨릭스 맥매너스예요. 당신이 C병동에 머무는 동안 당신을 담당하는 간호사죠. 하나만 물어볼게요, 테드. 이런 것들이 필요하겠어요?"

그녀가 족쇄를 들어 보였다.

"닥터 힐은 어디 있어요?"

"나중에 보러 오실 거예요. 그렇게 전해달랬어요."

"나중이 언젠데요?"

"그야 나도 모르죠."

테드가 유리벽으로 다가갔다. 그리고 속삭이는 목소리로 말했다.

"뭔가 착오가 있어요, 앨릭스. 앨릭스 맞죠? 어떻게 된 일인지 모르겠어요. 그들이 나를 잡아다가 이리로 데려다놨어요. 내 동의 없이. 아내와 딸들이 오늘 여행에서 돌아오는데, 어서 여길 나가야 해요."

맥매너스가 허리를 굽히고 족쇄를 바닥에 내려놓았다. 문 옆 계기판에서 비밀번호를 입력한 후, 허리에 사슬로 연결된 열쇠로 잠긴 문을 열었다. 복도 맞은편 끝에서 어떤 목소리가 소리치자 맥매너스는 그 방향을 향해 손짓했다. 문이 열렸다.

"닥터 힐이 오늘 상담하신대요, 아마도 오늘 오후가 되겠네요."

테드가 입을 열었다. "그 전에 와야……."

"잠깐만요." 맥매너스가 끼어들었다. "내가 하는 말에 토 달지 말아요. 그러면 상황은 더 안 좋아질 거고 당신한테 좋을 게 하나 없으니까. 지금은 화장실로 갈 거예요. 그다음엔 다른 환자들이 있는 곳으로 데려갈 거고요. 서너 시간 후에는 힐 박사가 보러 올 거니까 하고 싶은 질문은 그때 해요. 괜히 나한테 입 아프게 말하지 말고."

테드는 고개를 끄덕였다.

그들은 복도 끝을 향해 함께 걸어갔다. 잠긴 문 앞에 이르자, 맥매너스가 테드에게 등을 돌리고 서서 열쇠로 문을 열었다. 그들은 휴게실로 들어갔다. 휴게실에는 꺼져 있는 TV 한 대와 테이블 몇 개가 있고, 책이며 메모가 붙은 상자들이 있는 책장도 몇 개 있었다. 화분도 두 그루 있고 네 개의 커다란 창문을 통해 자연광이 들어와서 상당히 아늑하게 느껴졌다.

"다들 어디 갔어요?"

맥매너스가 황당하다는 표정으로 그를 보았다.

"아침식사하고 있죠."

테드는 책장을 보고 있었다.

"방에 뭘 놔두고 왔는데." 갑자기 그가 걱정스러운 어조로 말했다.

"걱정 말아요. 돌아가면 거기 그대로 있을 거예요."

테드는 라벤더에서는 물건이 참으로 쉽게 사라진다던 마이크 도슨의 말이 떠올랐다.

그들은 샤워장으로 들어갔다. 녹색 유니폼을 입은 남자가 그들을 맞아들였고 테드에게 수건 한 장과 갈아입을 옷을 주었다. 맥매너스는 샤워 칸막이의 낮은 벽 위로 테드를 감시할 수 있도록 나무 벤치에 자리를 잡고 앉았다.

"어딜 가나 날 따라다녀야 해요?"

맥매너스가 어깨를 으쓱했다.

테드는 차분히 옷을 벗어서 잘 갠 다음 나무 벤치 위 갈아입을 깨끗한 옷 옆에 놓았다. 그러고는 칸을 골라 들어가 물을 틀었다. 수온이 딱 적당했다.

"로저가 당신과 함께 일해요?" 얼굴로 쏟아지는 따뜻한 물을 맞으면서 테드가 물었다.

"네. 좀 있다가 들를 거예요."

"그가 며칠간 나를 감시했는데."

맥매너스는 아무 말도 하지 않았다. 테드가 비누칠을 시작했다. 그는 간호사를 보지 않고 말했다.

"그건 몰랐죠, 안 그래요?"

"뭘 몰라요?"

"로저가 나를 미행했다는 사실. 두 번이나 나한테 들켰죠. 내 집에도 다녀갔을 거예요."

이번에도 아무 대꾸가 없었다.

"그것만으로도 그를 고소할 충분한 사유가 되죠." 테드가 말을 이었다. "내 변호사들이 좋아할 거예요. 난 내 권리를 알고 있고, 나를 약에 취하게 만들어 한밤중에 여기로 끌어다놓은 것은 명백한 인권침해라는 것도 알고 있거든. 내가 닥터 힐을 만나겠다고 한다면, 그건 그녀가 왜 그런 짓을 했는지 내 앞에서 직접 얘기해주길 바라기 때문이에요." 그가 잠깐 말을 멈췄다. "아무 말 안 할 작정인가요?"

"무슨 말을 해야 할지 모르겠는데요. 내게 내려진 지시사항은 처음 몇 시간 동안 당신을 잘 지켜보라는 게 전부였어요. 개인적인 지시사항은 하나도 없었고. 어느 환자한테나 이렇게 해요, 우린."

"난 환자가 아닌데."

"마음대로 생각해요. 우린 병동에 입원한 환자들 모두를 똑같이 대하고 있어요. 근데 변화에 적응 못하는 사람들도 제법 있어요. 새로운 얼굴들이 보인다는 것은 그들이 익숙한 세상에 변화가 생겼다는 의미죠. 이제 아침 먹으러 가서 새로운 친구들을 만나볼 차례입니다."

벽에 흥미로운 샴푸 통이 붙어 있었다. 반구체의 통이 벽에 박혀 있어서, 분해하기도 힘들 것 같고 집어던져 누구에게 상해를 입히기도 불가능할 것 같았다. 테드가 통을 누르자 분홍색 샴푸가 가느다란 줄기처럼 흘러 나왔다.

"이미 맞은편 방에 있는 친구를 만나는 기쁨을 누렸지요." 테드는 샴푸를 머리에 바르고 문지르면서 말했다.

"누구요?"

"도슨."

"아, 그 사람은 여기 있은 지 10년도 넘었어요. 도슨과 친하게 지내면, 다른 환자들하고도 아무 문제가 없을 거예요."

"내가 계속 여기 있을 것처럼 말하는군."

테드가 물을 껐다. 그는 재빨리 벤치로 걸어가 수건으로 몸을 감쌌다.

"그들이 나를 계속 여기 가둬놓을 거라고 확신하죠, 안 그래요?"

"이미 말했잖아요. 당신에 대해서는 아무것도 모른다고."

"좋아요."

테드는 조용히 옷을 입었다. 다 입고 나서 벤치에 앉았다. 맥매너스는 5미터쯤 떨어져 있는 다른 벤치에 앉아 있었다.

"준비됐어요?" 간호사가 물었다.

"이건 어쩌지?" 테드가 벗은 옷을 가리켰다.

맥매너스가 빈 세탁물 바구니를 가리켰다.

샤워장을 나온 후 테드는 맥매너스에게 말편자를 가지러 자기 방부터 먼저 들르자고 요청했다.

테드가 휴게실에 들어서자 모든 대화가 중단되었다. 사람들의 얼굴에 놀람과 불신이 떠올랐다. TV 오락 프로그램의 사회자만이 이런 긴장감을 무시하고 우스갯소리 같은 질문을 계속 던졌다.

C병동 수간호사인 로버트 스콧이 테드를 다른 환자들에게 소개했다. 그런 다음 문제가 생기는 건 딱 질색이라고 환자들에게 말하고 방을 나갔다. 맥매너스는 옆방에서 철망유리를 단 창문을 통해 계속 그들을 지켜보고 있었다. 그 옆에 간호사가 한 명 더 있었다.

휴게실의 환자들은 보기에도 명확히 구분되는 세 개의 집단으로 나뉘어 있었다. 하나는 가장 큰 집단으로, TV 주위에 모여 있었다. 다른 두 집단은 테이블 앞에 앉아 있었는데, 한 집단은 체스를, 다른 집단은 카드놀이를 하고 있었다. 혼자 있는 환자는 마이크 도슨뿐이었는데, 넓은 창가에 앉아서 책을 읽고 있었다. 그가 테드를 보고 손을 흔들어 인사하더니 곧바로 책 읽기에 몰두했다. 마치 테드가 거기 없는 것처럼. 테드는 방 중앙으로 걸어갔다. 체스하는 사람들 옆에 가볼까 하는 생각이 문득 들었지만 그게 좋은 생각인지 확신이 없었다.

환자들이 관심을 테드에게서 딴 데로 돌리자, 소음의 데시벨이 다시 올라갔다. 카드 게임하는 사람들은 쉬지 않고 말했고, TV 시청자들은 질문에 동시에 소리쳐 대답하거나 서로 입씨름을 벌이기도 했다. 테드는 책장으로 가서 책을 살펴보면서 한편으로는 체스하는 사람들과 훈수꾼들을 주목하고 있었다. 그들과 3미터 정도 떨어져 있었지만 그는 잠깐 체스보드를 살펴볼 수 있었다. 게임이 시작된 지 얼마 안 된 것 같았다. 일반적인 오프닝은 아닌 것 같았지만, 그리 놀라운 일도 아니었다. 그는 소설 제목들을 읽는 척하면서, 머릿속으로 게임의 수를 쭉 읽었다. 흑이 이겼다.

카드 게임을 하던 사람들 중에서 키가 크고 산만해 보이는 남자가 테드가 책에 관심이 있다는 사실을 제일 먼저 알아차렸다. 그가 떨리는 손가락으로 테드를 가리키자 테이블에 있던 다른 사람들이 그를 돌아보았다. 그들은 한동안 그를 물끄러미 보면서 소리 내어 웃기도 하고 조롱도 하다가 게임으로 돌아갔다.

20분쯤 후, 테드가 방에서 보았던 땅딸막한 남자가—알고 보니 그의 이름은 레스터였다— 다른 환자와 함께 정원에서 안으로 들어왔다. 그는 족쇄를 차고 있지 않았고, 휴게실에서 테드를 보자, 흥분해서 날뛰기 시작했다.

"저 자식이 내 장비를 훔쳐갔어!" 그가 목청껏 소리를 질렀다.

테드가 돌아보았을 때, 레스터가 방을 가로질러 그를 향해 달려오고 있었다. 마이크 도슨이 창가 구석 자리에서 벌떡 일어서서 그를 가로막았다. 작은 부속실에 있던 간호사들이 동요했다. 일부 환자들은 신나게 웃으면서 금방이라도 터질 것 같은 싸움을 부추겼다. 레스터는 같은 비난을 계속 반복하고 팔다리를 허우적거렸지만 테드에게 다가올 수는 없었다. 마이크가 레스터와 테드 사이에 끼어들어 딱 버티고 서 있었고, 레스터를 막기에는 그것만으로도 충분했다.

"아무도 네 것을 훔치지 않았어, 레스터." 마이크가 차분하게 말했다. "여기서 나가."

"저 자식 죽여버릴 거야! 저 자식이 내 장비 가져갔어!" 레스터의 머리는 벌겋게 달아올랐고 목에는 힘줄이 돋아났다. 그는 두 팔을 마구 휘저었고 공격할 기회를 노리는 복싱선수처럼 뛰었다.

맥매너스와 함께 있던 간호사가 돌아서서 부속실을 나와 지친 모습으로 휴게실로 들어왔다. 그녀는 두 손을 들어 환자들을 진정시켰다. 그녀는 바이킹족처럼 거구였고 그 작은 남자가 아무리 미쳐 날뛰어도 한 손으로 제압할 수 있었다. 그러나 상황을 통제하고 있는 사람은 마이크 도슨이었다.

"진정해." 마이크가 명령했다.

"저 자식이 어젯밤에 들어왔어." 레스터가 우리에 갇힌 동물처럼 서성거리면서 말했다. "내가 봤어. 저 자식이 내 장비를 훔쳐가서 이제 난 통신할 방법이 없어."

테드는 모두의 눈이 자기에게 쏠린 것을 느끼면서 책장 옆에 그대로 서 있었다. 그가 무의식적으로 주머니에 손을 넣어 말편자를 만진 것은 아마도 "훔쳤다"는 말 때문이었을 것이다. 레스터가 그의 행동을 알아차리고 폭발했다.

"저기, 저 주머니 안에 있어! 확인해봐!"

간호사가 아니라고 고개를 저었다. 마이크가 레스터를 향해 한 걸음 다가가 그의 가슴을 손가락으로 찌르면서 호되게 야단쳤다.

"아무도 네 장비 가져가지 않았다고." 마이크가 엄격하게 말했다. "그러니까 나 책 좀 읽자. 힘든 일 겪고 싶지는 않겠지."

위협이 효과를 발휘했다. 레스터는 계속 꿈틀거렸지만 그건 신경발작 때문이었다. 그의 목소리가 갈라졌다.

"하지만 마이크, 장비가 없으면 보고서를 제출할 수가 없어. 그들이 내 보고서를 기다리고 있는데. 잘 알면서."

"난 관심 없어. 그게 그렇게 필요하면 밀레니엄 팰콘*더러 와서 가져가라고 해. 그리고 자넨 정원으로 돌아가. 이 근처에는 얼씬도 하지 마. 알았어?"

레스터는 고개를 끄덕였다. 하늘 높은 줄 모르고 치솟던 분노가 어디로 사라졌는지 흔적조차 남지 않았다. 그는 낙담한 채 자리를 떴다.

마이크가 간호사를 향해 싱긋 웃으면서 손을 들어 보였다. **괜찮아, 뭘 이런 걸 가지고……**. 그러고는 테드에게 눈을 찡긋하더니 창가 자리로 돌아가서 다시 책을 읽기 시작했다.

테드는 체스 게임이 거의 끝나가며 점점 더 재미가 없어지는 테이블로 다가갔다. 백을 쥔 사람이 불리한 입장이었는데, 그는 마치 염력으로 말을 움직일 수 있기라도 한 것처럼 말들이 놓인 상황을 뚫어지게 바라보고 있었다. 상대는 긴장을 풀고 자기 차례를 기다리면서 체스보드에서 눈을 들어 몇 명 안 되는 구경꾼들을 둘러보고 뒤를 돌아보았다. 테드가 곁에 있는 것이 거슬리는 것 같았지만 아무 말도 하지 않았다.

"빨리 좀 해, 스케치. 온종일 기다리게 하는구먼! 스콧한테 말해서 이중 시계라도 갖다달라고 할까 봐. 스케치 기다리면서 딴 친구

---

* 영화 〈스타워즈〉에서 한 솔로가 타던 우주선.

들하고도 한 판 더 두게."

아직도 게임에 열중해 있던 스케치는 그의 말을 못 들은 척했다. 기술이 좀 있는 상대를 만나면 그는 이길 가능성이 전혀 없겠다고 테드는 생각했다. 하지만 나이트를 f5에서 h6로 옮기면 희망이 생길 수도 있었다.

훈수를 두던 세 명 중 한 명이 더 못 참고 참견을 시작했다.

"자네가 이겼지, 로로?" 그가 주먹 쥔 한 손으로 다른 손 손바닥을 때렸다. "코가 파리처럼 납작해지겠는데, 스케치."

"입 좀 닥쳐." 다른 구경꾼이 말했다. "말을 움직이는 법도 모르면서. 이건 체스야, 알아?"

빈축을 산 사람을 제외한 모두가 유쾌하게 웃었다. 아직도 체스보드에 집중해 있던 스케치는 마침내 말을 움직이려고 무릎에 놓인 손을 들었다. 그의 손가락이 f5에 있는 나이트를 만졌다. 그 나이트를 움직여 갈 수 있는 곳이 두 군데 있었다. h6로 움직이면 실낱같은 희망이 생길 것이고 h4로 가면 그대로 침몰하고 말 것이다.

그는 h4를 택했다.

"넌 내 적수가 못 돼, 스케치!" 로로가 왕위를 차지하려고 폰을 위협적으로 한 칸 움직이면서 말했다. "이 난국에서는 또 어떻게 빠져나오는지 한번 볼까?"

스케치는 다시 생각의 늪에 빠져들었다.

테드는 자리를 떴다. 로라를 얼마나 더 기다려야 할지 아득하기만 했다.

테드는 문을 향해 걸어가다가 마이크 도슨이 책을 내려놓고 자신을 보고 있음을 알아차렸다. 잘하는 일인지 어떤지 알 수 없었지만 테드는 그가 앉아 있는 곳을 향해 걸어갔다. 레스터를 막아줘서 고맙다고 인사라도 해야 할 것 같았다.

"자넨 알고 있었지? 나이트가 h4로 가면 안 된다는 거." 마이크가 테드를 놀라게 했다.

그 순간 테드는 그가 무슨 말을 하는지 알지 못했다가 곧 무슨 말인지 깨닫고는 어깨를 으쓱했다.

"어렸을 때 체스 좀 했어."

"나도. 전문가라고 할 수는 없고." 마이크가 말했다. "언제 한 게임 할까?"

마이크가 테드를 시험하고 있었다.

"그러지." 테드가 다시 걷기 시작했다.

"잠깐만."

마이크가 그를 물끄러미 보았다.

"같이 가자. 레스터가 아직 밖에 있을 거야."

그때서야 테드는 휴게실이 다시 한 번 고요해져 있음을 알아차렸다. TV 진행자를 제외한 모두가 마이크 도슨과 그의 대화를 엿듣고 있는 것 같았다. 테드는 아까 샤워할 때 맥매너스 간호사가 한 말이 기억났다. **도슨과 친하게 지내면, 다른 환자들하고도 아무 문제 없을 거예요.**

화단과 잎이 무성한 나무들과 숲길이 있는 정원은 아주 넓었고, 하루 중 이때쯤엔 혼자 있기를 좋아하는 환자들 서너 명만이 고독을 즐기고 있었다. 레스터는 농구 코트 구석에 모여 있는 소규모 집단 속에서 찾을 수 있었다. 몇 명은 벤치에 앉아 있고 다른 사람들은 서 있었다. 마이크와 테드가 정원으로 나오자 그들이 즉시 두 사람을 돌아보았다.

"그러니까 자넨 자네가 여기 왜 와 있는지 모르는 거지?" 마이크가 물었다.

테드는 믿기지 않는다는 표정으로 그를 보았다. 아침 햇살 속에 서 있는 마이크는 세상에서 가장 정신이 온전한 사람으로 보였다. 전날 밤 광기어린 눈으로 자신을 노려보는 그를 보지 못했다면, 그가 라벤더에 왜 와 있는지 이해하기 힘들었을 것이다.

당신과 마찬가지지 뭐, 당신도 여기 있잖아.

그들은 커다란 소나무 밑에 있는 외따로 떨어진 벤치로 걸어갔다. "안 그래?" 자리에 앉은 후 마이크가 대답을 강요했다.

"모르는 건 아니고." 테드가 어느 정도 체념하면서 말했다. "지난 몇 주 동안 닥터 힐에게서 치료를 받아왔어. 내가…… 수술 불가능한 뇌종양에 걸렸거든. 주치의가 상담치료를 받으면 뇌종양에 대처하는 데 도움이 될 거라고 해서 시작했어. 객관적으로 말해서, 주치의의 생각이 옳았어. 닥터 힐과 상담해봤자 좋을 게 하나도 없을 거라고 생각했는데, 도움이 됐어. 도움이 많이 됐지. 근데 이젠 닥터 힐이 너무 앞서 가버렸어."

레스터와 그의 친구들은 농구 코트에서 농구를 하고 있었다. 공이 시멘트 바닥에 부딪치며 쿵쿵 튀었다.

"자네 의사와는 상관없이 닥터 힐이 자넬 여기 집어넣은 거야?"

"응."

마이크가 주머니에 손을 넣어 담배 한 갑을 꺼냈다. 그가 한 개비를 내밀었지만 테드는 거절했다.

"나도 예전에는 담배 안 피웠어." 마이크가 도금된 라이터로 담배에 불을 붙이면서 말했다. 그는 담배를 길게 한 모금 빨았다. 그러고 나서 손가락 사이에 낀 담배를 관찰하며 아리송한 말을 덧붙였다. "때로는 내가 지금의 나를 예전의 나와 분리시키기 위해 담배를 피우는 것 같다는 생각이 들어."

테드는 아직도 라이터를 보고 있었다. 마이크가 그 사실을 알아차리고 말했다. "사람들이 나를 더 많이 믿게 만들수록 상황은 좋아지는 것 같아. 지금 여기서의 내 삶은 꽤 평화로워. 나를 고문하는 건 밤이지."

"당신은 왜 여기 있는 거야?"

"간호사들이 말 안 해줬어?"

테드는 고개를 가로저었다.

마이크는 고개를 숙였고, 마음이 침울해진 것이 입을 열기도 전에 보였다.

"제일 친한 친구의 가족을 죽였어."

멀리 농구장에서 농구공이 쿵쿵 튀어 오르고 있었다.

"나는 깊이 병들어 있었어." 마이크가 말을 이었다. 이제 그는 어깨가 축 처지고 쪼그라든 모습으로 두 팔뚝을 무릎에 댄 채 땅을 노려보고 있었다. "여기서 대규모의 탈옥이 일어난다고 해도, 무슨 말도 안 되는 이유로 병원 측이 나를 내보내준다고 해도, 난 퇴원을 거부할 거야." 그가 씁쓸히 덧붙였다. "친구의 딸이 살아남았어. 내가 나무에 목매달아 죽어도 그 아이의 원한은 풀리지 않겠지. 너무 쉬운 해결법이고."

테드는 아무 말 없이 듣고 있었다.

"이거 알아? 미친다고 해서 상황이 완전히 바뀌지는 않아." 마이크가 말을 이었다. "면죄부를 주지는 않는다고. 감옥에 보내는 대신 이런 정신병원에 가두겠지. 하지만 너의 일부는 항상 책임이 있는 거야. 다른 일부를 막지 못한 책임. 너의 일부는 알고 있으니까. 모든 것을 알고 있으니까."

이제 테드의 머릿속에는 웬델이 떠올랐다. 버려진 공장의 지하실에서 보았던 웬델.

여기, 네 머릿속에 정보가 있으면 그것 때문에 문제가 생길 수 있어.

마이크는 잠깐 말을 멈추고 하늘을 올려다보면서 생각에 잠겼다. 그를 평화롭게 두지 않을 과거의 세세한 일들을 떠올리는 게 분명했다. 그는 관자놀이를 만지면서 눈을 크게 뜨고 테드를 노려보았다.

"마음은 마술 상자야. 속임수가 가득하지. 우리에게 경고할 방법을 항상 찾아내. 우리에게 탈출구를 제시할 방법, 문을 제시할 방법을……."

문을 열어. 그게 네 유일한 탈출구야.

테드는 시야를 가린 소나무를 보면서 마이크 도슨의 몸이 나뭇가지에 매달려 부드러운 산들바람에 흔들리는 모습을 상상했다.

"자네 말이 맞는 것 같아."

마이크가 미소 지었다. 또다시 보게 된, 친절하고 도와주는 사람의 표정.

"어쩌면 자네 말대로, 내일은 자네가 여기 없을지도 모르지. 아니면 내일도 이 벤치에 앉아 있을지도 모르고. 우리 모두 조만간 그 문을 열어야 돼."

로라는 평가실에서 테드를 기다리고 있었다. 테드는 손이 묶인 채 평가실 밖에 서서 맥매너스 간호사가 방 열쇠를 찾아내기를 기다리고 있었다.

"열려 있어요." 방 안에서 목소리가 들렸다. 테드는 누구의 목소리인지 금방 알아차렸다.

로라는 엷은 미소를 머금고 있었다. 옆에 앉은 로저는 그녀와는 대조적으로 눈을 크게 뜨고 냉정한 표정이어서 마치 심각함의 화신 같았다.

"닥터 힐, 드디어 만나는군요." 테드가 말했다.

"계속 로라라고 불러도 돼요."

"로라, 그렇지 물론. 어젯밤에 나를 이 힐튼 호텔에서 묵게 해줘서 고마워요. 아주 관대한 사람이더군요, 당신."

맥매너스가 닥터 힐이 앉아 있는 테이블로 그를 데려갔다. 테드는 의자에 앉기 전에 두 손목을 묶어놓은 쇠사슬을 들어 보였다.

"앉아요, 테드." 로라가 말했다. 쇠사슬에 대해서는 아무 말도 하지 않았다.

테드는 방 안을 둘러보았다. 볼 것이 많아서 그런 것은 아니지만. 칙칙하고 우울한 초록색의 벽 타일, 그들 앞에 있는 포마이커 상판을 깐 테이블, 모든 그림자를 없애버린 여섯 개의 형광등, 짙은 색 유리로 된 창문. 그 창문 뒤에서는 틀림없이 비디오카메라가 작동 중일 것이다. 테드는 맥매너스가 고개를 가로저으며 무언가 신호를 하고 떠나는 것을 이 창문에 반사된 모습으로 보았다.

"기분이 어때요, 테드?"

"아니, 아니, 아니. '기분이 어때요, 테드?' 어쩌고 하는 건 이제 그만해요. 기분은 어차피 더러우니까. 내가 여기서 뭐 하고 있는 건지 알고 싶어요. 지금 당장."

로라는 몇 초 동안 고개를 숙이고 바닥을 내려다보다가 앞에 놓인 서류철을 펼쳤고 목소리를 가다듬었다.

"그건 곧 설명할게요. 그 전에 먼저, 내가 알아야 할 게 몇 가지 있어요. 로저와 나는 당신을 돕고 싶은 마음뿐이에요. 그리고……."

"그래요, 그래, 쓸데없는 소리는 빼고. 뭘 알고 싶은데요?"

로라가 심호흡을 했다.

"어제 당신이 로저에게 그랬잖아요, 우리가 당신을 라벤더 메모리얼에 가둘 거라고. 당신이 이미 모든 걸 알고 있다고도 했고요. 그게 무슨 말이죠?"

"거기에 설명이 더 필요할 것 같진 않은데. 말 그대로니까요." 테드는 사슬에 묶인 두 손을 다시 보여주었다.

"누가 말해줬죠?"

"누가 말해줬느냐 하는 게 중요한가요? 그게 사실인데도?"

"웬델?"

침묵.

테드는 버려진 공장의 창고에서 웬델과 나눈 이야기를 떠올렸다.

미치광이들이 날뛰는 라벤더 메모리얼 정신병원에 자넬 가둘 거야. 그녀에겐 그럴 만한 힘이 있어.

"그만해요, 로라. 이젠 당신이 얘기할 차례예요."

로라와 로저가 눈길을 교환했는데, 테드는 그게 무슨 뜻인지 알 수 없었다. 로라가 고개를 끄덕이더니 앞에 놓인 서류철을 펼쳤다. 그러고는 예전에 린치가 테드의 거실에서 그랬듯이 그가 볼 수 있도록 서류철을 반대로 돌려놓았다. 그러나 이번 서류철에는 범죄자 정보가 아니라 테드의 뇌를 찍은 MRI 사진이 들어 있었다. 그의 주치의 닥터 카마이클이 자기 진료실에서 보여준 사진들이었다. 사진마다 한쪽 구석에 그의 이름이 적혀 있었다.

"뭔지 알겠어요?"

"물론이죠. 종양이 저기 있군요." 테드는 다른 부분보다 약간 진하게 나온 부분을 가리켰다.

"종양 없어요, 당신."

이 말을 듣고도 왜 놀랍지가 않지?

로라가 몸을 돌려 짙은 색 창문을 보며 손짓을 했다. 잠시 후 문이 열렸다.

"안녕하세요, 테드."

카마이클이 두 손을 주머니에 찔러 넣고 나쁜 소식이 있는 것처럼 슬프거나 회한에 젖은 표정으로 서 있었다.

카마이클도 이 일에 관련되어 있구나.

"닥터 힐의 말이 맞아요." 그가 여전히 문간에 서서 말했다.

카마이클이 천천히 들어와 테이블을 돌아 자리에 앉았다. 이제 3대1이었다.

"닥터 카마이클에게 라벤더로 와서 직접 말해달라고 부탁했어요." 로라가 설명했다.

카마이클이 엄숙하게 고개를 끄덕였다.

"처음부터 종양은 없었습니다." 카마이클이 차분하게 설명했다. "처음 사진들이 나왔을 때, 당신의 두뇌는 완벽하게 건강하다고, 두통에는 다른 이유가 있는 것 같으니 이제까지 당신이 앓은 모든 질병에 그래왔던 것처럼 함께 원인을 찾아보자고 말했죠. 그랬더니 당신이 마구 화를 냈어요. 다시 MRI를 찍어보자고 하니까 비로소 진정했고요. 나는 그러면 시간을 좀 벌 수 있겠다고 생각했죠. 당신의 뇌에 종양의 흔적은 없었고 다음번에도 같은 결과가 나오리라는 걸 알았으니까요."

테드는 당황한 기색을 감추고 그들을 바라보았다.

"닥터가 말한 거, 정말 아무것도 기억이 안 나요?" 로라가 물었다.

"검사 결과를 바꿨군. 저 사진들이 정말 내 뇌를 찍은 거라는 건 어떻게 알죠?"

"죄송합니다." 카마이클이 사과했다.

"그럼 두통은 어떻게 된 거죠? 혼란의 시기는?" 테드는 처음으로 절박한 마음을 내비쳤다. "어쩌면 종양이 작았을 수도 있잖아요. 아니면 MRI가 찍을 수 없는 곳에 있거나. 어딘가에서 그런 얘기를 읽은 적이 있어요. 나를 속이려 하지 말아요."

"우린 당신을 돕기 위해 치료를 계속할……."

"나를 돕는다고? 아직도 이해를 못하는군요, 로라. 지난 두세 번의 상담은, 내가 상담을 갔다는 것 자체가 기적이었어요. 일이 계획대로 됐다면, 나는 지금 내 집 서재에서 머리에 총알이 박힌 채 죽어 있겠죠." 테드가 신경질적으로 웃었다. "이거 정말 기가 막히는군. 그 빌어먹을 린치가 없었다면, 난 이미 일을 저질렀을 거예요."

그는 손가락으로 권총을 만들어 관자놀이에 댔다. 그러고는 '빵' 하고 소리를 냈다.

의사들이 서로 바라보았다.

"어떻게 된 거죠?" 테드는 인내심을 잃었다. "날 미친놈 취급하지 말고!"

그가 벌떡 일어서자 의자가 뒤로 넘어졌다. 누구도 눈 하나 깜짝하지 않았다. 그들은 둥그렇게 원을 만들며 서성이는 그를 지켜보았다.

"도무지 믿어져야 말이지." 테드가 혼잣말로 중얼거렸다. 그는 두 손을 배 위에 올리고 리놀륨 바닥을 노려보면서 서성였다.

"말편자, 가지고 있어요?" 로라가 물었다.

테드가 갑자기 걸음을 멈추더니 바지 주머니를 열심히 더듬었다. 딱딱한 말편자 모양이 거기 있었다. 그는 주머니에서 편자를 꺼내 들고 영험한 부적을 보듯 바라보았다.

"기억하죠? 나한테 말편자 얘기했던 거?" 로라가 말을 이었다. "체스를 가르쳐준 밀러 선생님에 대해서. 부에노스아이레스에서 있었던 카파블랑카와 알레힌의 경기에 대해서."

어느 순간엔가 로저가 테드에게 다가와 의자로 데리고 가서 앉혔다. 테드는 그것을 별로 의식하지 못하는 것 같았다. 그의 눈은 아직도 말편자를 보고 있었다.

"웬델의 집 근처에서 발견한 거예요." 테드가 말했다. 이 굽은 철

조각에 놀라고 매료된 것 같은 표정이었다.

"테드, 나 좀 봐요." 로라가 말했다.

그가 고개를 들었다.

"이곳은 규칙이 엄격한 곳이에요. 그 말편자 같은 둔탁한 금속물체를 지니는 것은 규정위반이죠. 하지만 그걸 갖고 있게 해줄게요. 그러니까 머리가 혼란스러워지면, 그 편자에 집중하고 밀러 선생님과 체스를 생각해요. 알겠어요?"

"좋았던 옛 시절을 생각하라는 말이죠." 그가 중얼거렸다.

"바로 그거예요." 로라가 기뻐하며 말했다. "좋았던 옛 시절을 생각해요."

테드가 분노 발작을 일으킨 흔적은 전혀 남아 있지 않았다. 그는 다시 고개를 숙이고, 말편자에서 고개를 돌렸다. 말편자는 그의 한쪽 무릎에 놓여 있었고 그는 여전히 그것을 어루만지고 있었다.

"이 모든 게 홀리 때문이었나요?" 그가 말했다. "홀리는…… 린치와 바람을 피웠어요. 웬델이 아니라 린치와. 사진 봤어요. 식당에서 찍힌 사진."

"그런 건 지금 생각하지 말아요, 테드. 당신이 왜 자살하려 했는지 모르겠어요. 그렇지만 곧 알아낼 거예요."

테드는 야단맞는 어린아이 같았다. 그때 갑자기 뭔가가 생각난 것처럼 그의 표정이 바뀌었다. 로라를 바라보는 그의 눈에 극심한 공포가 어려 있었다.

"홀리와 애들은 괜찮아요?"

"잘 있어요. 플로리다에 있는 홀리의 부모님 댁에."

"금요일에 돌아오기로 되어 있었는데. 오늘이 무슨 요일이죠?"

로라는 대답하지 않았다. 그녀는 테이블 위에 놓인 서류철을 덮었다. 닥터 카마이클은 할 일이 있어서 먼저 가겠다면서 나가는 길에 테드에게 고개를 끄덕여 보이며 다음에 한번 보러 오겠다고 약속했다. 좋은 곳에서 관리받고 있으니 건강하게 요양 잘하라고 도 했다.

테드의 눈 속에서 공포가 사라지지 않았다.

"이 모든 기억은 뭐죠, 로라?"

"나중에 얘기해요. 유감스럽게도 내가 모든 질문에 대한 대답을 갖고 있진 않아요. 지금으로서는 당신에게 과한 부담을 지우고 싶 지 않아요. 당신은 내가 말한 모든 걸 이해하고 따라줘야 해요. 내 일 모레 올게요, 그때 얘기해요. 다음번엔 예전 상담 때처럼 우리 둘만 있을 거예요."

로라가 정답게 미소 지었다.

"홀리가 나를 여기에 가둔 건가요? 바보 취급하지 말아요. 여기 입원시키려면 홀리의 동의가 필요했을 텐데. 홀리도 알아요? 내가 서재에서 무슨 짓을 하려 했는지?"

"몰라요."

"다행이군요."

"당신, 여기서 며칠 머물러야 한다는 사실은 이해하죠?"

"그런 것 같군요."

아니, 이해 못하지. 그래도 동조하는 척해야지 별 수 없어. 모든 것이 웬델이 예상했던 대로 흘러가고 있어. 너에게 정직했던 사람은, 너에게 진 짜 증거를 보여준 사람은 웬델밖에 없었어.

"오늘 밤에는 1인 안정실에서 자야 할 거예요. 하지만 내일부터 는 일반실에서 지내게 해줄게요. 거기선 훨씬 더 편히 지낼 수 있 을 거예요. 맥매너스 말로는 도슨과 잘 지낸다던데, 아주 좋은 소식이에요. 굉장히 까다로운 사람인데."

"'잘 지낸다'는 말이 맞는 표현인지 모르겠군요. 정원에서 만나 잠시 얘기했어요. 자기가 왜 여기 있는지 말해주더군요. 그게 전부예요."

"대다수의 사람들이 그에게서 평생 들은 말보다 더 많은 말을 들은 거예요, 당신은. 단 하루만에."

테드는 어깨를 으쓱했다. 광적인 살인마와 사이좋게 지내는 것이야말로 그가 가장 하고 싶지 않은 일이었다.

늦은 밤. 격리병동 복도에서는 말소리가 끊어진 지 오래였다. 테드는 두 팔로 팔베개를 하고 침상에 누워 천장을 노려보고 있었다. 이 병원을 나가야겠다는 열망은 사라지고 없었다. 그는 로라가 전적으로 솔직했는지 아니면 숨기는 게 있었는지 알지 못했다. 하지만 처리해야 할 미지의 일들이 너무 많았다. 뇌종양은 정말 그가 상상한 것일까? 그의 마음속에는 두 개의 단편적인 현실이 공존했다. 그중 하나에서는 그가 웬델을 죽였다. 다른 하나에서는 웬델을 죽이지 않았을 뿐만 아니라 그와 대화를 나누었다. **분홍색 장난감 성에서!** 분명 해결할 문제가 많았다. 그걸 왜 부인하겠는가?

그리고 블레인을 잊지 마. 넌 그의 집에 숨어서 그를 기다렸어. 그가 널 발견했지만 한 번의 신속한 움직임으로 그를 살해했지.

잠을 좀 자고 나서 이런 일들을 차분히 곱씹어봐야 했다. 가슴에 놓인 말편자의 묵직함에서 위안을 느꼈다. 그는 눈을 감고 잠에 빠져들 준비를 했다. 그러나 곧 다시 눈을 떴다. 침대 가장자리에 일어나 앉았다. 그러는 바람에 말편자가 가슴에서 굴러 바닥으로 떨어지면서 종소리 같은 땡그랑 소리가 고요한 병동에 오래도록 울려 퍼졌다. 복도 저 끝에 있는 누군가가 조용히 하라고 쉿 소리를 냈다. 테드는 유리벽으로 다가갔다. 맞은편 마이크 도슨의 방 옆방에서 레스터가 그를 지켜보고 있었다.

"잠도 안 자, 레스터? 빨리 자!" 테드가 핀잔을 주자 대머리 환자는 깜짝 놀라는 표정을 지었다. "마이크, 자?"

이번에도 누가 쉿 소리를 냈다.

"입 닥쳐, 바보야!" 어두운 복도 저 아래에서 누군가가 소리쳤다.

마이크의 방, 침대 옆에 있는 스탠드에 불이 들어왔다. 마이크가 일어섰다. 그도 아직 잠들지 못하고 있었던 것이다.

"목소리 좀 낮춰." 그가 충고했다.

테드가 고개를 끄덕였다.

"잤어?"

마이크는 고개를 가로저었다.

"불면증이 있어. 그래서 대답은 '아니다'야. 무슨 일이야?"

"물어볼 게 있어."

"물어봐."

"휴게실에 있는 체스 세트 말이야……. 꽤 새것처럼 보이던데. 특히 둘둘 마는 체스보드."

"6개월쯤 전에 갖다놓은 것 같던데." 마이크가 말했다. "2년 전엔 다른 체스보드가 있었는데, 그건 어떻게 됐는지 모르겠어."

6개월 전!

그가 카마이클에게 첫 진료를 받기도 전이다.

테드는 그 체스보드가 자기를 위해서 구비된 거라고 확신했다. 그를 편안하게 지낼 수 있게 하는 데 체스 세트보다 더 좋은 게 뭐란 말인가? 그는 아직도 바닥에 놓여 있는 말편자를 바라보았다.

"닥터 힐이 갖다놨어?" 테드가 물었다.

"모르겠어. 물어볼 게 그거야? 과연 너무 중요해서 아침까지 기다리기는 어려웠겠군."

마이크는 다시 눕더니 불을 껐다.

잠시 후 테드도 침상에 누웠다. 그러나 지금 그는 결론에 도달했다. 그 체스 세트는 그를 위해 마련되어 있었다. **6개월 전부터.**

9

다음 날 아침 맥매너스 간호사가 테드를 새 병실로 데려갔다. 새 병실은 C병동 2층에 있었다. 그들은 카펫이 깔린 복도를 걸어 그곳으로 향했다. 유리벽이 늘어서 있고 차가운 대리석이 깔린 격리 병동 복도와는 딴판이었다. 테드는 지급받은 회색 환자복을 입고 있었지만 이젠 손과 발이 묶여 있지 않았다. 상황이 조금씩 좋아지고 있었다. 옆문에서, 스케치가—테드가 전날 체스 게임을 구경할 때 지고 있던 그 남자였다— 도무지 이해할 수 없다는 표정으로 지켜보고 있었다.

"충고 하나 하죠." 그들이 복도 끝에 이르기 전에 맥매너스가 말했다. "이걸 기회로 삼아요. 어리석은 짓은 하지 말아요. 똑똑한 사람인 것 같으니까 무슨 말인지 잘 알 거예요."

진심으로 하는 충고 같았다. 테드는 진지하게 고개를 끄덕였다. 방에 들어갔을 때 그는 간호사가 한 말의 뜻을 좀 더 잘 이해할 수 있었다. 그가 지난 이틀 밤을 보낸 허름한 침상과는 달리, 이곳은 그야말로 힐튼 호텔 객실이었다. 그는 로라에게 했던 농담이 생각나 미소를 지었다.

방은 컸다. 커다란 창문을 통해서 햇살이 호사스럽게 쏟아져 들어왔다. 침대가 두 개 있었고, 침대 옆에는 책상과 작은 책꽂이가 있었다. 화장실 문을 제외하고는 모든 것이 대칭으로 배열되어 있었다. 그 공간의 절반은 새 룸메이트인 마이크 도슨의 공간이었는데, 책과 신문 스크랩과 사진으로 가득 차 있었다. 방을 나름 아늑하게 만드는 데 필요한 것은 다 있었다. 맥매너스는 마이크가 지난 수년 동안 다른 사람과 방을 함께 쓴 적이 한 번도 없었다고 설명했다.

시트가 덮여 있지 않은 매트리스 위에 검은색 마커로 테드의 이름이 적힌 판지 상자가 하나 놓여 있었다.

"훌륭하군! 벌써 네 물건을 갖다놨네."

내 물건?

맥매너스가 떠나고 테드 혼자 남았다. 그는 도슨의 안정되고 다채로운 세계와, 그 안에 뭐가 들었을지 모르는 판지 상자를 제외하고는 아무것도 없는 황폐한 자신의 세계를 나누는 상상의 경계선을 따라 창가로 걸어갔다. 정사각형의 햇빛이 그들의 너무나 다른 우주를 하나로 연결하고 있었다. 햇빛에 눈이 부셔서 실눈으로 바라보자 농구 코트와 정원 속 가로수길이 서서히 그 모습을 드러냈다. 한동안 그는 산책에 나선 환자들이 걸어가는 불규칙한 길들을 눈으로 따라가보았다.

그는 뒤로 물러나 룸메이트의 소지품들을 둘러보았다. 책상 위에 놓인 포스터판에 테이프로 붙여놓은 신문 스크랩이 그의 관심을 끌었다. 그는 그곳으로 한발 내디디다가 멈춰 섰다. 그러고는 화장실 문 쪽으로 걸어갔다.

"마이크?"

"왜?" 문 반대쪽에서 목소리가 들렸다.

"나 테드야. 간호사들이 여기 내 침대 위에 놔둔 상자의 테이프를 잘라야 하는데 펜이나 뭐 그런 뾰족한 게 필요해서. 자네 책상에서 가져가도 될까?"

침묵.

"마이크?"

"빌어먹을, 가져가라고 가져가. 똥 누면서 평화롭게 책 좀 읽자."

"미안해."

무반응.

마이크 도슨은 사람들이 말하는 것처럼 그렇게 무섭고 못된 사람이 아니었다. 테드는 책상으로 걸어갔다. 이번에는 기사의 제목이 눈에 들어왔다.

안드레아 그린, 베니스 비엔날레 특별상 수상

테드는 펜을 쥐고 자기 자리로 갔다. 그 순간 마이크가 화장실에서 나왔다면, 막 좋은 출발을 한 둘의 관계가 틀어져버렸을 것이다. 그는 펜 끝으로 판지 상자에 붙은 테이프를 자른 후 상자 뚜껑을 열었다. 상자에는 깔끔하게 개킨 옷 몇 벌과 몇 권의 책, 밀봉된 비닐봉지 여러 개, 너무나 눈에 익은 테이블 램프가 있었고…… 분홍색 촉수가 꿈틀거리다가 사라졌다.

테드는 움찔했다. 뚜껑을 떨어뜨리고 비틀거리며 뒤로 물러나다가 마이크의 침대에 부딪쳐 쿵 하고 주저앉았다. 그는 상자에서 눈을 뗄 수가 없었다. 안에서 뭔가 움직이고 있었다. 그가 직접 눈으로 보았을 뿐만 아니라 그것이 상자 안에서 물건들과 부딪치며 내는 소리를 분명히 들었다. 그리고 테드는 그게 무엇인지 알았다. 그것은 촉수가 아니었다. 주머니쥐의 분홍색 꼬리였다.

그는 숨 쉬기가 힘들어졌다. 숨을 쉴 수가 없었다. 주머니쥐를 보는 건 악몽에나 나오는 일이어야 하는데……

확실해? 아서 로비차우드의 집에서도 확실하다고 하지 않았어?

바로 그때 마이크가 화장실에서 나왔다. 그는 뭔가 문제가 있다는 것을 금방 알아차렸다.

"상자 속에 뭐가 있어?" 마이크가 상자 쪽으로 걸어가면서 물었다. 상자를 만지려다가 마지막 순간에 생각을 바꿨다. "쥐?"

"응." 테드가 말했다. 상자가 움직임을 멈춘 상태였다.

마이크는 재빨리 뚜껑 하나를 열었지만 상자와는 거리를 유지하고 있었다. 그가 조심스럽게 상자를 살짝 끌고 와 손을 넣어 램프를 꺼냈다. 그다음에는 비닐봉지, 그다음에는……

"이 안에는 아무것도 없는데." 마이크가 놀란 표정으로 방 안을 둘러보았다.

"꼬리를 봤어. 상자가 움직이고 있었어."

마이크는 한쪽 눈을 치켜뜨고 테드를 바라보았다.

테드는 고개를 저으며 일어섰다.

"정말이야, 그 안에……"

마이크가 한 손을 들어 그의 말을 막았다.

"뭘 봤어?"

"아무것도."

"뭘 봤어?"

테드는 곰곰이 생각했다.

"주머니쥐를 봤다고 생각했어. 그런데 내 상상이었나 봐."

"오늘 처음 본 거야?"

그 질문이 테드를 놀라게 했다.

"무슨 뜻이야?"

"단순한 질문이잖아."

"응." 테드가 말했다.

마이크가 턱을 비볐다.

"주머니쥐라." 그가 생각에 잠겼다.

"왜 그래? 자네도 본 적 있어? 그러니까, 예전에."

"아니. 하지만 점심 먹고 나서 이 주머니쥐에 대해서 자세하게 얘기 좀 해봐."

마이크의 얼굴에서 불가사의한 표정이 사라졌다. 그는 화장실에서 나오면서 침대에 던져놓았던 책을 집어 들고 아무 말도 하지 않은 채 침대에 누워 책을 읽기 시작했다.

테드는 생선 커틀릿과 완두콩을 담은 점심식사 쟁반을 들고 가장 구석진 테이블로 가서 앉았다. C병동 식당은 그리 넓지 않아서 그가 바라던 것만큼 조용하지는 않았다. 옆 테이블에 있는 환자 네 명이 그를 유심히 보다가 친절하게 말을 걸어왔다. 테드가 지금 대화할 기분이 아니라고 하자, 그들은 그의 뜻을 존중해주었다. 사실 그는 생각을 정리해야 했다. 자신이 라벤더에 머물게 된 것을 너무 빨리 받아들였다는 생각이 들었고 그것 때문에 좀 화가 났다. 마치 마음 깊은 곳에서 갇혀 있을 필요를 인정하고 있었던 것 같지 않은 가 말이다. 그게 사실이라면? 그의 마음은 마구 섞인 퍼즐 같았다. 있지도 않은 종양 때문에 자살을 시도했다. 심지어 다른 두 명을 살해했을 수도 있었다. 그래서 그를 C병동에 가둔 건가? 그는 살인자인가, 도슨처럼? 너무나 많은 의문들이 있어서 그를 정신병원에 가둔다는 생각이 좋은 결정이었다고 인정하지 않을 수가 없다. 심지어 그는 홀리나 딸들을 만나게 해달라고 싸울 힘도 없었다. 물론 가족이 보고 싶었다. 특히 신디와 나딘이. 딸들 생각을 하면 어느 때보다도 고통스러웠다. 하지만 딸들에게 뭐라고 할 것인가? 홀리에게는 뭐라고 설명할 것인가? 머리에 종양이 있었던 게 아니라면, 왜 그런 행동을 했을까?

그는 생각에 잠긴 채 창밖을 멍하니 내다보면서 조용히 식사를 했다. 옆 테이블에 앉은 누군가가 또 말을 걸었지만, 그는 듣지 못했다. 아까 방에서 있은 사건 때문에 심란했다. 그런 일이 언제쯤 끝날까? 그는 상자 속에서 주머니쥐를 분명히 보았고, 마이크가 그에게 관심을 보일 때까지 상자에서 한순간도 눈을 떼지 않았다. 그런데 사라졌다. 로비차우드의 집에서도 똑같은 일이 벌어졌었다. 그 해로운 동물이 타이어 그네 안에 숨어 있었다. 그 역겨운 동물을 볼 때마다 그것이 진짜라고 생각했는데, 나중에 보면 그가 꿈을 꾼 것이거나 환영을 본 거라는 결론만 나왔다. 그런데 이제 무엇을 생각하란 말인가?

그는 한숨을 쉬었다. 남은 생선을 체념한 듯 바라보다가 부러진 나이프를 보았다.

테드가 막 일어서려는데 레스터가 홀연히 나타나 그의 옆에 앉았다. 전처럼 흥분한 것 같지는 않았다.

"자네가 내 장비 훔치지 않았다는 거 알아." 레스터가 회유하듯 말했다. "찾았어."

"관심 없어."

레스터의 눈은 골룸의 눈처럼 크고 교활했고, 테드가 볼 때마다 점점 더 커지는 것 같았다. 저 툭 튀어나온 눈에 부러진 나이프를 꽂으면 어떻게 될까?

"어젯밤에 자네가 도슨하고 얘기한 거 다 들었어." 레스터가 말을 계속했다. "체스 세트에 대해서 물었잖아."

테드는 일어나다가 다시 앉아 고개를 끄덕였다.

"내 방에서도 자네 목소리 다 들렸어." 땅딸막한 남자가 말을 이었다. "도슨에게 그들이 언제 체스 세트를 갖다줬느냐고 물었지. 그랬더니 도슨이 6개월 전이라고 했고."

마이크가 그렇게 말했다. 거짓말이었나?

"사실이야?"

레스터가 턱을 비볐다. 마음속으로 이해타산을 맞춰보는 것 같았다.

"응, 사실이야. 하지만 난 누가 그걸 가져왔는지 알지."

"누군데?"

"그게, 사실……."

"누구냐고!"

테드가 레스터의 멱살을 잡고 끌어당겼다. 환자 몇 명이 돌아보았다. 다른 테이블에 앉아 있던 수간호사 로버트 스콧이 고개를 들고 그들을 주시했다. 잠시 후 테드는 손을 놓고 사이좋게 대화하는 중이었다는 듯한 몸짓을 했다.

"누구냐니까, 레스터?" 테드가 다시 물었다.

전날 과시했던 야단스러운 행동을 전혀 보여주지 않는 것을 보면, 이 땅딸막한 남자는 테드의 눈에서 무언가를 본 것이 틀림없다.

"닥터 힐이었어. 어느 날 닥터 힐과 흑인 남자 간호사가 와서 스콧에게 건네주고 갔어. 내가 봤어."

테드는 그의 얼굴을 지긋이 바라보았다.

"믿을 수 없어. 그때 자넨 어디 있었는데?"

"복도에. 그들이 복도에서 그걸 스콧에게 줬어. 모두 볼 수 있는 곳에서. 사실 모두가 본 건 아니야. 거기엔 나밖에 없었으니까. 어

218

쨌든 그 사람들은 나한테는 신경도 안 썼어. 닥터 힐은 여기 자주 오는 편이 아닌데, 올 땐 항상 그 간호사랑 함께 오더라고. 이름이 로저라는 것 같던데. 닥터 힐이 스콧에게 체스 세트를 줬어. 물론 처음에는 난 그게 체스 세트인지도 몰랐어. 스콧을 따라 휴게실에 갔더니 선반 위 다른 게임판들 옆에 놓더라고."

"그리고 그게 6개월 전이었고."

레스터가 힘차게 고개를 끄덕이더니 덧붙였다. "나도 의심했어."

"뭘 의심했는데?"

"어제 자네가 도슨에게 물어봤던 거. 그들이 어떻게 6개월 전에 자넬 여기로 데려올 거라는 걸 알았을까 물어봤잖아."

"신경 끄시지. 자네와는 상관없는 일이니까."

"당연히 상관 있지. 그들은 많은 것을 알아. 초소형 카메라와 마이크를 곳곳에 설치해뒀어."

테드는 고개를 절레절레 저었다. 이 미치광이와 이야기를 계속할 이유가 없었다. 그는 다시 일어서려고 했지만, 이번에는 레스터가 그의 팔을 잡았다. 쉽게 뿌리치고 자리를 뜰 수도 있지만, 비탄에 잠긴 레스터를 보자 안된 마음이 들어 속마음을 털어놓으면 들어주려고 다시 앉았다.

"그들이 체스 말에 도청장치를 심었다고 생각해?"

"아니, 레스터. 그 체스 말에 마이크 따위는 들어 있지 않아."

레스터의 얼굴이 당황스러움과 공포로 일그러졌다.

"어떻게 그렇게 확신해?"

이 대화를 이어갈 이유가 전혀 없었다.

마이크가 소나무 아래 벤치에서 테드를 기다리고 있었다. 이번에는 담배를 피우거나 책을 읽지 않았다. 그는 테드가 자기 옆에 와서 앉을 때까지 눈으로 계속 테드를 따라왔다.

"레스터가 또 말썽이야? 자꾸 그렇게 귀찮게 하면⋯⋯."

"내가 알아서 할 수 있어." 테드가 끼어들었다. "나한테도 비장의 무기가 몇 개 있거든."

"그래, 그렇다고 들었어."

농구 코트가 비어 있었다. 코트의 파란색 페인트가 벗겨지며 얼룩덜룩해진 곳이 오후의 햇살 속에서 물웅덩이처럼 보였다. 마이크가 골대 하나를 가리켰다. 뚱뚱한 환자가 골대를 붙들고 빙빙 돌고 있었다.

"저 친구가 에스포지토야. 저 친구도 봤대."

순간 테드는 룸메이트가 무슨 말을 하는지 알 수가 없었다. 그가 어떤 특정한 사람들을 봤다는 건가 싶어 주위를 둘러보았다.

"누구를 봤다는 거야?"

"동물." 마이크가 엄숙하게 말하면서 에스포지토를 바라보았다. 에스포지토는 지금은 최고 속도로 농구 골대를 빙빙 돌고 있었다. 그 표정은 티모시 로비차우드가 거의 초음속으로 뱅뱅이를 돌릴 때 짓던 표정과 흡사했다.

"자넨 어떤 동물을 봤어?" 마이크가 물었다.

"말했잖아, 주머니쥐라고. 하지만 꿈이었던 게 확실해. 침대에 누워서 1초간 눈을 감았더니……."

"꿈이 아니라는 거 우리 둘 다 잘 알잖아, 테드. 주머니쥐가 확실해?"

"아니면 그 비슷하게 생긴 거. 자네도 본 적 있어?"

"주머니쥐는 아니고. 난 쥐와 메뚜기를 봤어. 저기서 팽이처럼 뱅글뱅글 돌고 있는 우리 친구 에스포지토는 큰 동물을 두 종류 봤다더군. 하이에나와 스라소니. 전에 여기 있던 친구 두 명도 동물을 몇 마리 봤다고 했어. 하지만 주머니쥐를 봤다는 사람은 자네가 처음이야."

마이크는 마치 풀 수 없는 문제를 두고 고민하는 것처럼 자꾸만 농구 코트를 보았다.

"마이크, 자넨 이런 동물들이 존재하지 않는다는 걸 깨닫고 있지, 안 그래?"

"그런 눈으로 보지 마. 그런 동물들이 이 안에 있다는 걸 알고 있어." 그가 자신의 머리를 톡톡 치면서 말했다. "하지만 그렇다고 그 동물들이 존재하지 않는다는 뜻은 아니지."

테드는 혀를 찼다. 일어서서 자리를 뜨려는데 마이크가 그의 무릎을 가볍게 만졌다.

"기다려."

"빌어먹을 주머니쥐는 잊어버리고 싶어, 마이크. 정말이야. 생각을 정리해야 해. 어제 닥터 힐과 상담했는데 모든 게 더 뒤죽박죽이 되고 있어. 지금 내게 가장 필요하지 않은 게 있다면, 여기에 혼란을 더하는 거야."

"알겠어. 근데 들어봐. 이 병원 원장은 맥밀스라는 여자 의산데, 처음부터 쭉 내 담당의사였어. 입원하고 2~3년 후에, 맥밀스 박사한테 동물이 보인다고 털어놨더니 유쾌하게 웃더라고. 요즘도 가끔씩 동물 이야기를 하는데, 맥밀스는 질문을 별로 안 해. 똑똑한 여자야. 병원장이 되기 전에는 환자를 많이 치료했지. 내가 하나 확신하는 건, 맥밀스는 동물이 진짜라는 걸 안다는 거야. 그리고 지난 2~3년 동안 동물이 안 보이더라고."

"언제부터 동물이 보이기 시작했어…… 정확히? 그때부터야?"

"살인을 했을 때? 그래, 맞아."

그럼 넌 누굴 죽인 거냐, 테드? 웬델? 블레인? 둘 다?

"메뚜기는 항상 보였어." 마이크가 말했다. "일반적인 메뚜기보다 훨씬 더 크고 용감했지. 당당하게 나를 향해 걸어왔거든. 메뚜기가 갑자기 달려들어 내 입속으로 쏙 들어갈 것 같은 이상한 느낌이 들었어. 그런 생각만 해도 구역질이 났고. 처음에는 아예 신경을 안 쓰려고 애썼는데, 나중에는 내가 **내 길을 벗어나려고 할 때마다** 메뚜기가 나타난다는 걸 깨달았어. 마치…… 수호자 같다고 할까. 쥐도 그렇긴 했는데 쥐는 더 무서웠고."

테드는 한기를 느꼈다. 그는 주머니쥐가 무서웠다.

"농구 코트를 봐." 마이크가 말했다. "코트에는 양쪽 편이 있어. 경계가 확실한 두 팀이 중앙에 있는 선에 의해서 나뉘지. 현실과 광기의 세계도 마찬가지야, 테드. 우린 정상이거나 미친 거지, 중간은 없어. 이쪽 팀에서 뛰거나 저쪽 팀에서 뛰는 거야. 그리고 우리가 여기 갇혀 있다면 운이 좋은 거야. 약이 효과를 발휘하면, 의사가 올바른 진단을 내리고 올바른 치료를 하면, 한 팀에서 다른 팀으로, 적어도 당분간은 트레이드될 수 있는 행운이 찾아올 수도 있어. 하지만 두 팀 모두에서 뛸 수는 없는 거야. 알겠어?"

"나는 이게 광기라고는 생각 안 해."

"아냐, 그렇게 생각해야 돼, 광기가 맞으니까. 이건 다른 차원에 있는 것과 비슷해. 나름의 규칙이 있는 세상. 마치 꿈과 같이. 꿈 같고 있지 않아?"

"동물들이 다른 세상에 속한 거라고 생각하는구나."

"아니, 그런 게 아니고. 저기 코트 중앙에 있는 원이 보여? 그게 중간지대야. 내가 이래서 비유를 좋아하지. 이것도 방금 생각난 게 아니야. 난 종종 여기 앉아서 이런 생각을 해. 저 원은 두 세계를 연결하는 문이라고. 우린 동시에 저 두 세계에 있을 수는 없어. 말했듯이 동시에 두 팀에서 뛸 수는 없으니까. 하지만 문간에서 필요 이상으로 오래 머무는 사람들이 있어. 자네나 나, 에스포지토 같은 사람들. 물론, 그래서 좋을 건 없고." 마이크는 잠깐 숨을 고른 후 불길한 어조로 덧붙였다. "저 원은 위험해. 두 세계가 공존하는 곳이라서."

에스포지토는 뱅글뱅글 돌기를 멈췄고 이젠 어지러움을 즐기면서 앞뒤로 서성이고 있었다. 두 팔을 쫙 펴고 고개를 들어 하늘을 보면서, 통통한 비행기처럼 미끄러지듯 나아가고 있었다.

"우리에게 겁을 줘서 중앙의 원에서 쫓아내려고 동물들이 거기 있는 거야, 테드." 마이크가 말했다. 여전히 그는 세상에서 가장 정신이 멀쩡한 사람처럼 보였다.

"왜 일부 사람들에게만 보이는 거야?"

"모르겠어."

"마이크, 내 말을 고깝게 생각하지 마. 저 원이 나쁘다고 했는데. 그게 사실이라고 치자. 근데 아무리 나빠도 완전히 미친 것보다 더 나쁘겠어?"

"하나 물어볼게, 테드. 자넨 주머니쥐를 몇 번 봤어?"

"두세 번."

"하나만 설명해봐."

"꿈에서였어. 내가 우리 집 거실에 앉아 있는데 뒷마당에 있는 뭔가가 내 관심을 끌었어. 테라스 문 밖을 내다보니까 마당에 내 아내가 수영복을 입고 현실에서는 불가능한 자세로 가만히 서 있었어. 그리고 다리 하나가 없었어. 주머니쥐가 테라스 테이블 위에서 아내의 절단된 다리를 갉아먹고 있었고."

테드는 그 모습을 떠올리며 치를 떨었다.

"별 거지 같은 꿈을 다 꿨군." 마이크가 말했다. "그 후로 아내를 본 적 있어?"

"그건 무슨 뜻으로 하는 말이야?"

"그게 가장 좋은 사례가 아닐지도 모르니까."

테드는 인내심을 잃고 마이크의 팔을 붙잡았다.

"왜 그 후로 아내를 본 적이 있느냐고 묻는 거야? 뭐 아는 거라도 있어?"

마이크는 냉정을 잃지 않았다. 그는 테드가 팔을 놓을 때까지 기다렸다가 침착한 어조로 말했다.

"나는 이런 주제에 관한 전문가도 그 무엇도 아니야. 내가 아는 건 전부 내 경험을 통해서 얻은 것이거나 여기 있으면서 알게 된 것들이지. 에스포지토 이전에 리치라는 친구가 있었어. 5년 전에 저세상으로 갔지." 마이크가 고개를 들어 하늘을 보았다. "동물들과 저 코트 중앙의 원에 대해서 처음 말해준 사람이 리치였어. 아까 내가 한 말과 똑같지는 않지만. 난 그가 하는 말을 한마디도 믿지 않았어. 지금 자네가 내 말을 믿지 않듯이. 근데 그때 메뚜기가 갑자기 생각나더라고. 무슨 이유에선지 잊고 있었는데. 그러니까 많은 일들이 이해되기 시작했어. 내 친구와 그런 일이 일어났을 때⋯⋯." 마이크의 표정이 잠깐 어두워졌다. "내가⋯⋯ 그런 일을 했을 때, 내 머릿속은 온통 뒤죽박죽이었어. 그 후로 몇 달이 지난 뒤에도 실제 일어난 일과 그렇지 않은 것을 구분하기가 힘들었지. 증거가 바로 내 앞에 있는데도 나는 그걸 보기를 거부했어. 한 증거는 내가 내 친구의 가정부를 살해했다는 사실을 보여주었어. 로살리아라는 이름의 사랑스러운 여자였는데 나랑 알고 지낸 지도 오래 됐고 어린 아들을 두었지. 지금도 그 여자 생각을 하면 가슴이 너무 아파. 경찰은 그 여자 방에서 시신을 발견했고 내가 저지른 연쇄살인의 희생자 중 한 명이라고 판단했지. 나도 그게 사실이라고 믿었어. 말이 됐으니까. 그런데 나중에 무슨 기억이 갑자기 떠올랐어. 그때까지 꼭꼭 묻혀 있다가 갑자기 튀어나온 기억이었지. 내가 우리 집 베란다에 앉아서 혼자 맥주를 마시고 있었는데, 빌어먹을 메뚜기가 어딘가에서 툭 튀어 나와 내 무릎에 앉았어. 난 기절초풍했지. 손으로 휙 쓸었더니 문 옆에 앉더라고. 그러더니 안으로 들어가는 거야, 침착하게 걸어서. 따라오라는 뜻 같았어. 믿어져? 그 조그만 메뚜기가 내게 뭘 보여주려 한다고 믿고 곤충을 따라 집 안으로 들어간다는 게?" 마이크가 껄껄 웃으면서 고개를 가로저었다. "그렇게 안으로 들어가다가 비어 있는 침실 앞에서 메뚜기가 멈춰 섰어. 그 장면은 꼭 꿈에 나온 장면 같아. 자네가 아까 말한 것처럼. 방문이 평소에 보던 방문이 아니었어. 안을 들여다볼 수 있게 작은 구멍이 뚫려 있어서 들여다봤지. 거기서 나는 머리카락이 쭈뼛해지는 장면을 봤어. 내가 아는 어린 소년이 로살리아를 칼로 잔혹하게 찌르고 있었어. 나는 눈을 뗄 수가 없었어. 마치 꿈에서처럼. 시간이 끝도 없이 늘어지는 꿈에서처럼."

마이크가 말을 멈췄다. 이건 연기일 수가 없었다.

테드가 이야기를 끝맺었다. "그 여자는 칼에 찔렸군."

마이크가 고개를 끄덕였다.

"그때의 기억들은 분명하지 않았고, 내가 그녀를 살해했을 가능성이 있다는 건 부인할 수 없어. ……하지만 뭔가가 내가 아니라고 말하고 있어. 그녀를 죽이지는 않았다고."

"그러니까 메뚜기가 나타났을 때, 그때 자네 집에서는……."

테드는 문장을 끝맺지 못했다. 그의 생각은 다시 홀리에게로 향했다. 뒷마당에서 한 다리가 잘린 채 매혹적으로 서 있던 아내.

"조금 전에 완전히 미치는 것보다 더 나쁜 게 뭐가 있겠느냐고 했지." 마이크가 말했다. "그 답은 자네도 잘 알고 있어. 내가 미치면, 모든 것이 여기 내 머릿속에 있는 거야. 근데 코트 중앙의 원 안에 있으면, 두 세계가 공존하는 곳에 있으면……."

테드가 들은 말을 재빨리 곱씹어 보았다.

"당신 말은 내가 아내가 다리를 잃는 꿈을 꾸면, 아내가 마법처럼……."

"그런 식으로 표현하면 황당하게 들리잖아. 내가 충고하고 싶은 것은, 다시 주머니쥐를 보거든 무조건 피하라는 거야. 아까도 말했지만, 동물들은 원 주위를, 두 세계 사이의 경계선을 돌아다니고

226

있거든."

그들은 한동안 말없이 앉아 있었다. 어느새 에스포지토는 가고 없었고, 레스터와 롤로, 스케치와 다른 몇 명이 농구 코트에 있었다.

"자넬 처음 봤을 때부터 난 자네도 동물을 본다는 걸 알고 있었어." 마이크가 중얼거렸다. 테드에게 하는 말이 아니라 혼잣말 같았다. "섬뜩했어."

로라가 평가실에서 테드를 기다리고 있었다. 그녀는 수첩과 노트북 컴퓨터를 갖고 있었다.

"이런 게 필요한가요?" 테드가 손을 묶은 사슬을 보여주면서 물었다. 이제 막 방 안으로 들어온 참이었다.

"유감이지만 필요해요."

테드는 의자에 풀썩 주저앉았다. 병실에서 그를 데려온 맥매너스 간호사는 조용히 방을 나갔다.

"지난번에 얘기한 거에 대해서 생각해봤어요, 테드? 종양이 없다는 거 이젠 믿어요? 사실대로 말해줘요."

"종양에 대해서는 별로 생각 안 해봤어요."

로라는 안경을 벗고 코끝이 가려워 죽겠다는 듯, 긁었다.

"맥매너스 말로는 다른 환자들 몇 명하고도 잘 어울린다던데."

테드는 잠자코 있었다.

"내게 하고 싶은 말이라도 있어요, 테드?"

"있죠. 휴게실에 있는 체스 세트, 그거 당신이 갖다놓은 거죠?"

미소 짓는 로라의 입술이 떨렸다. 한순간 진실이 그녀의 눈에 담겨 있었다.

"당신이 편히 있도록 도와줄 수 있을 것 같았어요." 그녀가 인정했다. "다른 환자들과 체스를 하면서 시간을 보낼 수 있잖아요."

테드는 고개를 저었다. 그는 1분 동안 천장을 올려다보았다.

"6개월 전에 갖다놓았잖아요." 그가 침착하게 말했다.

로라가 입을 열었지만 말이 나오지는 않았다.

"부인하지 말아요. 진실을 알고 있으니까. 내가 알고 싶은 건 내가 여기 올 거라는 걸 당신은 어떻게 6개월 전에 알았느냐 하는 거예요."

"진정해요, 테드."

"진정된 상태예요. 완벽하게 진정된 상태. 그러니까 말해줘요, 어떻게 나를 만나기도 전에 체스 세트를 여기다 갖다놓게 됐는지. 카마이클인가요? 혹시 카마이클이 얘기했나요? 이 모든 게 그의 계획의 일부인 겁니까? 사실대로 말해줘요, 이번 한 번만이라도."

그녀는 상황이 허락하는 한 테드에게 최대한 가까이 가려고 테이블 위로 몸을 기울였다. 그녀의 눈이 모든 것을 말해주었다. 테드는 경악했다.

"당신과 나는 7개월 전에 만났어요." 로라가 부드럽게 말했다. "당신은 그때부터 줄곧 병원에 있었고요."

이번에는 테드가 그녀를 관찰하면서 그녀의 말이 거짓임을 암시하는 몸짓을 찾았지만 헛수고였다. 그런 몸짓은 없었다. 그는 벌떡 일어나서 족쇄를 찬 다리로 방 안을 서성였다.

"아직은 받아들이기 힘들겠지만, 어차피 오늘 알려줄 생각이었어요."

"나는 여기 사흘 전에 왔어요." 테드가 주장했다.

"이리 와서 앉아요. 보여줄 게 있어요. 이것 때문에 노트북을 가져온 거예요." 로라가 컴퓨터를 펼치고 전원을 켰다. 그녀는 안경을 다시 끼고 노트북에서 폴더를 찾았다. 테드는 의자에 등을 기대고 앉아 기다렸다. 불안을 가라앉히기 위해서는 주머니에서 말편자를 꺼내 무릎 위에 놓고 꽉 쥐는 수밖에 없었다.

"오늘은 2013년 4월 18일 목요일이에요." 로라가 컴퓨터 화면에 시선을 고정한 채, 그리고 테드에게서 멀찌감치 앉은 채로 말했다. "당신은 작년 9월 20일에 입원했어요. 여기가 아니고 B병동에. 내가 병동 책임자로 있는 곳이죠. 내가 당신 담당의사예요."

그녀는 둘이 함께 볼 수 있도록 화면의 각도를 조정했다. 화면에는 방 구석에 있는 보안카메라가 찍은 영상이 나왔다. 유리벽이 없다는 것만 빼고는 테드가 있었던 격리병실과 매우 흡사했다. 테드는 손과 발이 사슬에 묶인 채 침상에 앉아서 리듬감 있게 몸을 앞뒤로 흔들기도 하고 허공에 대고 손짓하기도 하고 가끔씩 고개를 끄덕이기도 했다. 파란 셔츠에 파란 바지를 입고 있었다. 화면 한구석의 박스 안에 날짜가 나와 있었다. 물론 조작됐을 수도 있었지만, 테드는 왜 이런 일이 하나도 기억나지 않는 것일까?

"이때가 입원 초기예요, 테드. 유감스럽게도 처음에는 당신의 상태가 그리 좋지 않았어요."

테드는 화면에서 눈을 뗄 수가 없었다.

"내가 누구와 이야기하는 거죠?" 그가 화면에 나온 또 다른 자신을 가리키며 물었다.

"누가 알겠어요? 어쩌면, 린치?"

테드는 고개를 돌렸다가 잠시 후 애원하는 듯한 표정으로 다시 닥터 힐을 바라보았다.

"전혀 기억이 안 나요."

"알아요. 하나 더 보여줄게요. 그럼 이해하게 될 거예요."

로라는 동영상을 닫았다. 파일 창에 기다란 파일 목록이 나타났다. 그녀가 하나를 선택하자 새로운 동영상이 화면에 나타났다. 이번에는 장소를 금방 알아보았다. 로라의 진료실이었다. 책상과 책장, 그가 손도 대지 않는 물컵이 놓인 커피 테이블이 보였다. 테드는 파란색 환자복을 입고 족쇄를 차고 있었다. 갑자기 자신의 목소리가 들려서 테드는 깜짝 놀랐다. 이 동영상에서는 소리가 나왔다.

"이렇게 시간을 내줘서 고마워요, 로라." 동영상 속의 테드가 말했다. "사업 파트너와의 낚시 여행이 취소됐어요."

"유감이군요." 그녀가 대답했다. "만나서 반가워요."

"어젯밤에 악몽을 꿨어요."

짧은 대화가 오고 간 뒤 로라가 그에게 꿈 이야기를 해달라고 말했다.

"나는 거실에서 테라스 창문을 통해 테라스를 내다보고 있었어요. 주머니쥐 한 마리가 테이블 위에 앉아서 홀리의 다리 하나를 먹고 있더군요. 홀리는 거기 없었고, 다리만 보였지만, 난 그게 홀리의 다리라는 걸 알았어요……."

구석에 나온 날짜를 보니 2012년 9월에 찍힌 거였다. 로라가 스페이스바를 누르자 동영상이 멈췄다. 그녀는 영상을 닫고 같은 폴더에서 다른 파일을 골랐다. 바뀐 것은 로라의 옷밖에 없었다. 이제 그녀는 테드가 어렴풋이 기억하는 빨간색 스웨터를 입고 있었다.

"이렇게 시간을 내줘서 고마워요, 로라." 동영상 속의 테드가 말했다. "사업 파트너와의 낚시 여행이 취소됐어요."

테드는 눈이 휘둥그레졌다. 그는 절박한 눈으로 화면의 구석을 보았고 두려워하던 것을 확인했다. 그 동영상은 2013년에 찍힌 거였다. 아까 본 동영상보다 4개월 후에.

"어젯밤에 악몽을 꿨어요." 동영상 속의 테드가 말했고, 똑같은 장면을 묘사하기 시작했다.

"그만 됐어요." 살과 뼈를 가진 테드가 말했다.

로라가 동영상을 일시정지시켰다.

"저기가 B병동에 있는 내 진료실이에요. 우린 지난 7개월 동안 이틀에 한 번씩 상담을 했어요. 처음 석 달은 이른바 제1주기의 시기였죠. 당신의 마음이 편집증적 망상을 만들어냈고 모든 것이 그 안에 갇혀 있었어요. 린치를 만난 것, 린치가 블레인을 죽이고 자살 클럽에 들어오라고 제안한 것, 그다음에는 거래조건의 일부이기 때문에 웬델을 죽일 수밖에 없게 된 것."

테드는 그 모든 이야기를 로라에게 한 기억이 없었지만 그가 얘기한 것이 틀림없었다. 어느새 그는 말편자를 만지지 않았고, 편자는 그의 무릎 위에 거의 잊힌 채로 놓여 있었다.

"괜찮아요, 테드?"

그는 고개를 끄덕였다.

"좋아요. 제1주기에서, 당신은 블레인을 죽였고 나중에는 웬델의 집을 찾아갔어요. 호숫가에 있는 그의 집에서 웬델을 죽였고, 그 직후에 린치가 웬델의 가족과 관련하여 당신을 속였다는 사실을 알게 됐어요. 그래서 그를 쫓기로 결심하고 고등학교 동창인 로비차우드에게 도움을 청하죠. 여기까지는 기억나요, 테드?"

"네."

"린치는 사실 무명 변호사였지만, 당신은 그를 찾아내서 그의 사무실에서 맞닥뜨리죠. 그런데 린치가 그러는 거예요. 사실은 웬델이 조직에 소속되어 있었는데 위험인물이어서 제거해야 했다고. 이 대목에서 당신은 린치가 당신을 이용했다는 사실을 알게 되고, 그러면서 상황이 걷잡을 수 없이……."

"로라, 이건 정말 말도 안 되는 얘기로군요. 내가 그 코딱지만 한 감방 같은 곳에 갇혀서 이 모든 것을 상상해냈다는 말을 당신한테서 듣고 싶었던 건지 잘 모르겠어요. 내가 정말로 누군가를 죽였나요? 그래서 여기 있는 건가요?"

"끝까지 들어봐요, 테드."

"아니! 말해봐요. 내가 누구를 죽였나요?"

"아뇨." 로라가 말했다.

테드는 고개를 끄덕였다.

"그럼 아까 말한 그 어느 것도 현실이 아니라는 말인가요?" 그가 긍정의 대답을 기대하면서 물었다.

"미안하지만 그것보다 좀 더 복잡한 문제예요."

테드는 일이 이보다 더 복잡해질 수 있다는 게 도무지 상상이 가지 않았다.

"처음 석 달 동안은 당신을 제1주기에서 꺼내는 게 불가능했어요." 로라가 말을 이었다. "일주일이 걸리기도 하고 때로는 이틀밖에 안 걸리기도 했는데 그런 다음에는 다시 최초의 순간으로, 서재에서 자살을 시도하던 순간으로 돌아가버리곤 했죠. 그 일이 처음 일어났을 때 난 어떻게 반응해야 할지 몰랐어요. 그래서 제대로 대응하지 못했죠. 하지만 그 일이 계속 반복되니 점차 능숙해져서 당신에게 좀 더 정확한 질문을 던질 수 있었고 점차 모든 세부 사실들을 종합하게 되었죠. 제1주기가 열다섯 번 이상 반복됐어요. 어떤 때는 당신이 말이 좀 많았다가 또 어떤 때는 말수가 적기도 했고요. 그러고 나서 어느 날, 이 일이 일어났어요."

로라가 또 다른 동영상을 찾았다. 그것은 12월 19일 상담 때 찍은 거였다. 그녀는 2~3분쯤 빨리감기한 다음 재생을 눌렀다. 동영상 속의 테드가 말했다.

"그자가 내 현관문 앞에 나타났어요. 살면서 그를 한 번도 본 적이 없었는데도 난 그의 이름이 린치라는 걸 알고 있었죠. 낯선 사람이었는데도 전에 한 번 이와 똑같은 일을 겪은 기억이 나더군요. 그자가 내게 무슨 말을 할지 다 알고 있었고……."

로라가 동영상을 정지시켰다.

"당신이 주기에서 빠져나온 거예요." 그녀가 말했다. "처음에는 그 이유를 몰랐고, 그게 얼마나 지속될지도 몰랐어요. 나중에 보니 오래 지속되지는 않았더라고요. 다시 리셋되면서 제1주기의 처음으로 돌아갔죠. 다시 한 번, 맨 처음으로."

"오, 하느님. 로라, 도대체 무슨 일이 있었던 거죠?"

로라는 부드럽고 희망에 찬 미소를 지으려고 애썼다.

"닥터 카마이클이 당신한테 나를 찾아가보라고 권유했을 때 뭔가 심각한 일이 당신에게 벌어지고 있었어요. 아마도 그래서 자살을 시도했던 것 같아요. 종양 때문이 아니라. 이유가 정확히 뭔지는 나도 모르겠어요. 당신은 그 기억을 차단하고 다른 기억들로 대체시켰어요. 그리고 그 대체된 기억을 자꾸만 되살리고 있는 거예요."

"그 차단한 기억을 되찾아야겠군요."

"나는 우리가 상당한 진전을 이루었다고 생각해요. 제2주기 동

234

안에는 당신이 그 전 주기를 자각하고 있었고, 그래서 상황이 달라졌어요. 린치가 당신을 속였다는 것을 알았고, 그래서 웬델의 집에 찾아갔을 때, 그를 쏘는 대신 그와 이야기를 나눴어요. 어디서였는지 기억해요?"

"물론이죠. 그의 딸들의 분홍색 장난감 성 안에서."

로라가 생각하는 표정으로 고개를 끄덕였다.

"그 부분이 항상 흥미로워요. 웬델은 거기서 자신과 린치가 대학 때 만났고, 그 유명한 조직은 존재하지 않으며, 그건 자기를 제거하려는 린치의 음모라고 주장했어요."

"웬델이 사진을 보여줬어요." 테드가 말했다. 이 특정한 부분은 훨씬 더 자세히 기억났다. "식당에 있는 홀리와 린치. 그 기억은 실제인 게 틀림없어요."

로라가 고개를 끄덕였다.

"아마 그럴 거예요. 각 주기는 현실에 대한 왜곡된 모습을 보여줘요. 조정하는 거죠, 현실을……."

"덜 고통스럽게 만들려고." 테드가 문장을 맺었다.

"맞는 말이에요."

테드는 고개를 가로저었다.

"한 가지 이해할 수 없는 게 있어요. 홀리가 나를 속이고 린치를 만났다 해도 그것 때문에 홀리를 비난하진 않았을 거예요. 어차피 우리 사이는 이미 틀어져 있었으니까. 생각할수록 내가 그 사진 때문에 이 모든 것을 지어내지는 않았을 거라는 확신이 점점 더……." 그가 갑자기 말을 멈췄다.

"왜요?"

"홀리와 얘기해봤어요, 로라? 그동안 홀리를 만나봤을 거 아니예요. 이…… 7개월 동안. 맞다고 하던가요? 외도에 대해서?"

"그건 나중을 위해 남겨놓는 게 좋겠어요. 이해해줘요. 당신이 마침내 악순환의 고리를 끊었고 그 주기가 반복되지 않으리라고 확신하지만, 굳이 위험을 무릅쓸 필요는 없으니까요. 이 사실에 대해서는 굳은 땅을 골라 디디며 천천히 접근해야 해요. 이 최초의 시기가 매우 중요한 것도 다 그 때문이에요. 당신에게 한꺼번에 너무 많은 정보를 주입하고 싶진 않아요. 돌아가서 오늘 우리가 여기서 나눈 이야기를 천천히 되살려봐요. 다음 상담 때는 그 전의 날들에 대해서 살펴볼 거예요."

"가족을 볼 수 있나요?" 테드가 예상치 못했던 질문을 던졌다. "가족들이 너무 보고 싶은데요."

"그럴 거예요, 테드. 나도 엄마라서 당신 기분 잘 알아요."

"정말…… 너무 긴 시간이 흐른 것 같아요."

"걱정할 필요 없어요, 테드."

테드는 고개를 끄덕였다. 바로 그때 하나의 퍼즐 조각이 제자리를 찾아 맞춰졌다. 그는 처음으로 로저를 떠올렸다.

"로저, 그 간호사 말인데, 몇 번 봤어요. 블레인의 집에서 그리고 웬델의 집에서."

"당신이 그렇다고 하기에 처음에는 걱정했어요. 그게 좋은 일인지 나쁜 일인지 모르겠어서요. B병동에서 보낸 일상의 어느 부분도 당신의 망상에 끼어들지 않았거든요, 로저만 빼고. 아마도 로저가 당신과 밀접한 관련이 있기 때문이 아닐까 생각해요. 그의 역할은 여기 맥매너스 간호사의 역할과 같았어요. 며칠 동안은 다른 간호사에게 당신을 돌보게 했는데 변화를 못 느끼겠더라고요. 내 생각엔 당신의 마음이 이 기억들을 가지고 만들어낸 그림에 로저를 한 부분으로 그려 넣은 게 아닌가 싶어요."

"그 기억들이 너무도 현실적이에요, 로라." 테드가 거의 믿어지지 않는다는 표정으로 말했다. "그래서 너무 힘들어요."

"이런 기억의 대부분은 진실의 중요한 구성요소예요, 테드. 다만 당신이 그 기억들을 변형시켜 당신의 마음에 맞게 정리한 것뿐이죠."

"내가 웬델을 두 번째로 만났을 때, 그가 그랬어요, 당신들이 나를 여기에 가두려 한다고."

"그리고 그게 우리의 행운이었죠."

"이해가 안 가는군요."

"내가 설명할게요." 로라가 노트북을 덮더니 옆으로 밀었다. "당신이 어렵게나마 제2주기로 들어갈 수 있었던 건 두세 번뿐이었어요. 거의 항상 제1주기로 돌아가서 다시 시작했죠. 정말 맥 빠지는 일이었어요. 당신을 제2주기로 들어가게 하는 게 뭔지 알 수가 없었어요. 그러던 어느 날, 우연히 그걸 알게 되었죠. 열쇠는 당신의 과거에 있었어요, 테드. 당신이 제2주기로 들어간 건 항상 상담 때 당신의 과거, 당신의 어린 시절, 특히 밀러 선생님과의 체스 수업에 관한 이야기를 나누고 난 다음이었다는 사실을 깨달은 거죠. 마치 과거의 무언가가 당신을 앞으로 전진하도록, 연쇄살인의 제1주기에서 벗어나, 당신이 사람을 죽이지 않는, 당신의 결혼생활이 불행했지만 수긍하고 받아들였던 제2주기로 들어가게 하는 것 같았어요. 이해가 되나요?"

테드는 밀러 선생님을 떠올렸다. 체스 선생님을 생각하니 분명히 행복한 기분이 들었다.

"그래서 당신이 밀러 선생님에 대해 이야기하도록 유도했어요."

로라가 말을 이었다. "그리고 어느 날 당신은 밀러 선생님이 당신을 가르치던 차고에 걸어둔 말편자 이야기를 했고 시합 나갈 때 행운의 부적으로 지니고 다녔다는 말도 했어요. 또 부에노스아이레스에서 있은 알레힌과 카파블랑카의 세계 선수권 대회 결승전 이야기도 했고요. 어찌나 열정적으로 얘기하던지……. 그때 생각했죠. 당신이 그 과거를 붙잡고 있을 수만 있다면 그 악순환의 주기에서 영원히 벗어날 수 있겠다고."

테드는 무릎에서 말편자를 들어 로라도 볼 수 있게 책상 위에 올려놓았다.

"체스의 중요성은 처음부터 거기 있었는데 내가 못 본 거예요." 로라가 설명했다. "당신이 말해준 꿈속에 항상 있었는데."

"이 말편자는 웬델의 집에서 주운 건데."

"아뇨, 로저가 당신한테 준 거예요. 그리고 당신이 그것을 환상 속으로 집어넣은 거죠. 당신에겐 너무나 중요한 거라서 옆으로 치워버릴 수가 없었으니까. 그리고 효과가 있었어요. 남은 건 이제 앞으로 어떻게 될까, 당신이 제2주기에서 어떻게 벗어날까를 지켜보는 일뿐이었죠. 그런데 어느 날 저녁 때 로저가 당신을 식당으로 데리고 가려고 병실에서 데리고 나왔을 때, 당신이 이 모든 걸 알고 있다고 로저한테 얘기한 거예요. 우리가 당신을 속이려 하고, 당신을 라벤더 메모리얼에 집어넣으려 한다는 걸 다 안다고 말이죠."

테드는 절로 웃음이 나왔다.

"생각해보니 재미있군요."

로라도 웃었다.

"로저가 즉시 나에게 보고했고, 우린 당신의 환상을 현실과 결합

할 가능성을 보게 됐죠. 몇 군데 부탁을 해야 했어요. 이 병동의 책임자가 내 친구라 구구절절 설명하지 않고도 몇 가지 장애물을 제거할 수 있었죠. 그렇게 당신을 이곳으로 데려왔고 두 세계가 만나게 된 거예요."

두 세계.

그 말은 마이크 도슨의 특이한 이론과 너무나 흡사한 것 같았다.

"말편자가 열쇠였어요, 테드. 그러니까 어디를 가든 항상 지니고 다녀요."

"이젠 어떻게 되는 건가요?"

"당신이 억압과 부인의 위험한 악순환에서 빠져나오긴 했지만, 아직도 갈 길이 멀어요. 당신의 삶의 그 마지막 날들을 되살려서, 실제로 무슨 일이 있었는지, 당신이 무엇을 잊기로 결심한 것인지 알아내야 해요."

테드는 잠깐 침묵하다가 입을 열었다. "그동안 지내온 곳을 보고 싶어요. 그리고 당신 진료실도."

로라가 깜짝 놀랐다.

"동영상으로요?"

"아뇨. 직접."

"그게 좋은 생각인지 모르겠네요."

"내 눈으로 직접 봐야겠어요."

13

마커스는 카르멘과 헤어졌다. 그가 전화로 통보하자 그녀는 이해한다고, 걱정할 것 없다고 말했다. 원하면 언제라도 전화하라고, 만나서 잠깐 즐거운 시간을 갖자고도 했다. 이런 일에 화내지 말라고, 일을 너무 심각하게 받아들일 필요가 없다고도 했다. 삶은 즐기라고 있는 거라고도 했다. 간단히 말해, 그녀는 헤어져도 아무상관없다는 뜻이었다.

마커스는 좋아하는 드라마 시리즈 〈브레이킹 배드〉의 2회분을 다운받아두었다. 늦은 오전, 그는 전자레인지로 팝콘을 튀기고 냉장고에서 맥주 한 캔을 꺼내 들고는 헤벌쭉 웃으면서 영화를 보는방으로 들어갔다.

그는 조명을 어둡게 하고 스크린을 켰다. 은색 직사각형의 스크린이 기분 좋은 윙 소리와 함께 내려왔다. 스크린이 막 바닥에 닿았을 때 휴대전화가 울리기 시작했다.

액정화면에 뜬 로라라는 이름을 보자 짜증이 온데간데없이 사라졌다.

"이게 웬일이야!"

"안녕하세요, 마커스."

바로 따라온 짧은 침묵이 그를 불안하게 했다.

"라벤더에 무슨 문제라도 있어?"

"아뇨, 그냥…… 바빠요, 지금?"

"아니, 전혀."

"점심 같이 먹을래요?"

마커스는 활화산처럼 터져 나오는 희열을 감추려고 잠깐 기다려야 했다.

"좋지."

"테드 매케이 건에 대해서 몇 가지 당신과 의논할 게 있어요. 그리고 당신이 이 작은 노력에 함께해주기를 바라고요."

"아무렴. 그렇게 말하니까 궁금하잖아."

"좋아요. 그 말은 우리의 데이트를 취소하거나 하진 않을 거란 얘기겠죠?"

데이트.

"한 시간 후에 태우러 갈까?" 그가 물었다.

"좋아요."

마커스는 전화를 끊고 텅 빈 스크린을 바라보며 멍하니 10분 동안 앉아 있었다.

마커스는 휘몰아치는 생각의 회오리바람에 흔들리며 로라의 집
으로 차를 몰았다.

그녀가 점심식사에 초대했다! '데이트'라고 말했어.

"그렇지만 반어적으로 말했어." 그는 백미러로 자신의 눈을 보
며 말했다. "그거 못 알아차렸냐?"

**그녀는 자기가 널 좋아한다는 걸 알고 있어. 너한테 전화한 건 네가 최
근에 그녀한테 접근을 안 해서야. 자기 결혼생활이 완전히 끝났다고 알려
주기까지 했잖아.**

그건 사실이었다.

마커스는 정오가 되기 전에 로라의 집에 도착했다. 로라는 그를
안으로 들이지 않고, 2시까지 가야 할 데가 있어서 가능한 한 빨
리 점심부터 먹어야 하니 곧장 출발하자고 말했다. 그녀는 그의 뺨
에 가볍게 입 맞춘 후 그를 현관 계단 앞에 남겨두고 먼저 차로 걸
어갔다. 마커스는 꽃이나 뭐 그런 어리석은 걸 사오지 않아서 다행
이라고 생각했다. 흰 모직 바지에 하늘색 리넨 셔츠를 입고 늘 쓰

고 다니는 중산모를 쓴 그의 옷차림조차 청바지에 체크무늬 남방을 입은 그녀에 비하면 지나치게 격식을 차린 것이었다. 로라는 머리를 묶어 틀어올렸고 평소보다 화장도 덜 하고 있었다.

뭔지 알고 싶어? 그녀가 알려줬잖아. 이건 낭만적인 데이트가 아니야. 그녀는 매케이에 대해서 너와 의논하고 싶고 네가 어딘지도 모르는 곳을 자기와 함께 가주기를 바라는 거야.

그들은 뉴튼빌로 가는 길에 있으며 발코니에서 찰스 강이 내려다보이는 로마넬리라는 식당에서 점심을 먹었다. 둘 다 참치 샐러드를 주문했다.

"그래서 매케이는 좀 호전됐어?" 마커스가 말했다. 차 타고 오면서 화제를 여러 차례 바꾸며 대화를 시도했지만, 그 어떤 것도 길게 가지 못했다. 로라는 자신이 집중하고 있는 환자에 대해서 이야기하고 싶은 게 분명했다.

"네! 할 얘기가 진짜 많아요. 악순환에서 벗어난 게 거의 확실해요. 기억이 돌아오는 것도 시간문제이고요. 그렇다고 확신해요."

"그 동영상 보여줬어? 그 사무실에서 찍은 거…… 그 누구더라……."

마커스는 이름을 잊어버리고 헤맸다.

"린치요? 아뇨, 아직. 적절한 때가 아닌 것 같아서요. 우선 라벤더의 자기 방에서 찍은 동영상이랑 상담 때 찍은 걸 몇 개 보여줬어요. 받아들이기 힘들어서, 이러다가 출발점으로 돌아가겠다 싶더라고요. 근데 아니에요, 꽤 잘 받아들인 것 같아요."

"다행이군. 좀 먹어, 로라. 샐러드에 손도 안 댔잖아."

그녀는 샐러드가 있는 걸 몰랐다는 듯 접시를 보았다. 그러고는 참치 한 조각을 찍어 천천히 입으로 가져갔다.

"화내지 말고 들어줘, 로라. 내 생각엔 당신이 이 환자에게 너무 집착하는 것 같아."

로라가 깔깔 웃더니 어깨를 으쓱했다.

"그런 말 할 줄 알았어요." 그녀가 경쾌하게 말했다. "그에 대해서 책을 한 권 써볼까 생각중이에요."

마커스가 미심쩍은 표정을 지었다.

"정말?"

로라가 진지해졌다. 좌우를 살피더니 몸을 앞으로 살짝 기울였다.

"고백 하나 해도 돼요?"

마커스는 긴장했다.

드디어 나오는구나.

"내가 당신을 안으로 들이지 않은 것은 시간이 없기 때문이 아니었어요. 아니, 물론 시간이 많은 건 아니죠. 그래도 잠깐이라도 들어오게 할 수는 있었어요. 그러려고 했고요. 당신한테 전화를 걸고 나서, 거실 청소부터 해야겠다고 생각했어요. 테드에 관한 자료가 사방에 널려 있었거든요. 사진이랑 서류, 신문 기사 스크랩 같은 것들." 로라가 짓궂은 소녀처럼 다시 깔깔거렸다.

"그렇더라도 안으로 들일 수는 있었겠지."

"알아요. 우린 친구니까. 하지만 진짜 폭탄 맞은 것 같았다니까요. 월터는 하루 종일 아빠랑 같이 있을 예정이라서, 난 나 자신에게 좋아하는 일에 몰두할 기회를 주었어요. 집 안에 나 혼자 있다는 이점을 충분히 활용했죠."

"무엇에 그렇게 주목하는지 말해주겠어?"

"물론이죠! 그래서 여기 온 건데."

로라는 샐러드를 몇 번 더 집어 먹은 후에 펠레그리노 탄산수 두 모금으로 썼어 내렸다. 이야기를 시작하고 싶어 안달이 난 것 같았다.

"십 대 때 체스를 그만두긴 했지만 테드는 체스 신동이었어요. 체스 선수는 절대로 버릴 수 없는, 그들만의 생각하는 방식이 있는 것 같아요." 로라가 말했다. 자신의 설명에 완벽하게 만족하지 못하는 표정이었다. "최근 몇 달 동안 다큐멘터리를 많이 봤어요. 전기도 몇 권 읽고. 어젠 바비 피셔에 관한 다큐멘터리를 다시 봤어요. 당신은 누군지 알 것 같은데, 맞죠?"

"물론이지. 당신은 아기 때였는데, 1972년에 피셔가 그 러시아인하고 세계 선수권 대회 결승전을 치를 때 언론에서 아주 난리가 났었지."

"스파스키요."

"맞아. 이름이 생각 안 났어. 냉전이 한창일 때 소련과 미국이 맞붙은 엄청난 사건이었어. 난 경기는 못 보고 신문이며 방송에 나온 기사는 본 기억이 나. 피셔가 국가적인 영웅이 되었지. 그에게 무슨 일이 있었어?"

"간단히 얘기해줄게요. 정말 믿기 힘든 이야기예요. 세계 선수권에 출전한 1972년 무렵에는 피셔가 이미 편집증 증세를 보이고 있었어요. 스물아홉 살 때였는데 그때까지는 기이한 천재로 여겨졌지만 병세가 점점 더 완연해졌죠. 게임을 하기 전에 과도한 요구를 했고, 게임을 포기하고 안 나타나기도 했고, 정말 특이한 것들에 대해서 끊임없이 불평했어요. TV 카메라가 자기를 해치려고 방사선을 내뿜고 있다고 주장했고 심지어 러시아인들이 자신의 집중력을 떨어뜨리기 위해 무슨 기술을 사용한다고도 주장했죠. 경기는 수주에 걸쳐 계속됐어요. 물론 피셔가 이겼고 세계 챔피언이 되었죠. 그러고 나서는…… 사라졌어요."

"사라졌다고?"

"20년 동안 다시는 체스를 하지 않았어요! 완전히 잊힌 거죠. 그는 여러 곳에서 은둔생활을 했고 단 한 번도 공개석상에 모습을 드러내지 않았어요. 그래서 죽었다는 소문까지 돌았죠. 한창 최고의 기량을 발휘하고 최고의 유명세를 타고 있을 때 뿅 하고 사라진 거잖아요. 나라의 영웅이었는데. 체스가 삶 그 자체였고, 항상 체스에만 몰두했고 다른 건 거의 해보지 않은 사람인데. 세계 챔피언이 되자마자, 그런 식으로 그만 뒀으니."

"몰랐어. 그럼 20년 후에 체스로 돌아온 거야?"

"바로 맞혔어요. 어느 백만장자의 후원으로 스파스키와의 재대결이 성사됐거든요. 1992년 유고슬라비아에서 경기가 열렸죠. 이번에도 피셔가 승리했고요. 짧은 컴백이었죠. 그는 세계 챔피언 타이틀 방어에는 전혀 관심을 보이지 않았어요. 세계 체스 기구가 지정한 조건하에서 경기하기를 거부해서 챔피언 자격을 박탈당했죠. 그때쯤엔 그는 이미 맹렬한 반유대주의자가 되어 있었고 가끔씩 라디오 인터뷰를 통해서 유대인과 미국에 대해 독설을 퍼부었어요. 스파스키와의 재대결 경기가 유고슬라비아에서 열린다는 발표가 나오자, 미국 정부는 그곳에서 경기하는 것은 통상금지조처 위반 행위이고 따라서 계획대로 강행할 경우 수감될 수도 있다고 경고하는 편지를 피셔에게 보냈어요. 그는 전혀 개의치 않았죠. 기자회견을 열어서 누가 뭐래도 자기는 경기를 할 거라고 발표했고 기자들 보는 앞에서 연방정부의 통지서에 침을 뱉었어요. 내리막길로 접어든 거죠. 유대인과 미국인에 대한 증오가 집착이 되어버렸던 거예요."

"참 슬픈 일이군. 그래서 감옥에 갔어?"

"정부가 여권을 취소시켰고, 그래서 일본에 머무는 동안 여권 미소지 혐의로 한 번 체포됐어요. 의지할 곳이 없었죠. 그때 아이슬란드 정부가 그를 불쌍히 여기고 시민권을 줬어요. 그가 처음으로 스파스키와 선수권 대회 경기를 치렀던 나라였죠. 레이캬비크로 이주해서 사는 모습을 상상하면 마음이 짠하기도 해요. 그는 2008년에 그곳에서 사망했어요."

"한 번도 치료를 안 받았나? 당신 말을 들어보면, 극심한 정신병을 앓고 있었는데."

"모르겠어요. 흥미로운 사실은, 영민한 체스의 대가들 중에서 심각한 편집증을 앓은 사람이 피셔만이 아니었다는 거예요. 여러 명이 더 있었어요. 물론 체스를 해서 발병한 건 아니지만, 이 체스 선수들의 정신 구조가 그런 질병에 대처하기에 이상적인 구조는 아닌 것 같아요." 로라가 예민하게 웃으면서 말을 이었다. "체스가 편집증을 유발하는 특성이 좀 있어요. 절대로 현실화되지 않을 수도 있는 위협을 항상 예상하고 있어야 하고 경우의 수가 정말 무궁무진하잖아요. 체스의 고수들은 그런 다양한 경우의 수와 가능한 대처방법들을 분석하고 각각의 움직임이 가져올 수 있는 파급효과를 예상하잖아요. 체스보드가 아닌 다른 곳에 그렇게 마음을 쓴다고 생각해봐요, 그 결과가 얼마나 끔찍하겠어요."

"이해가 안 가는군. 그런 일이 매케이에게도 일어났다고 생각하는 거야?"

"피셔 같은 체스 선수들에게서 반복적으로 나타나는 특징은 그들이 날마다 체스를 그만둔다는 거예요. 다른 선수들은 은퇴는 해도 아마추어로 게임을 계속하잖아요. 시범경기나 뭐 그런 것들. 근데 조현병이나 편집증 증세를 보이는 선수들은 아예 안 한다는 거예요. 그래서 나는 그들의 경우에는 일종의 전이가 일어나는 게 아닌가 의심하고 있어요. 마음은 계속 다양한 경우의 수를 계산하죠. 갑자기 중단할 수는 없으니까. 지금까지 해온 일이 그건데! 이 천재들은 어릴 때부터 체스를 시작했고, 더 할 게임이 없을 땐 아예 체스를 그만둬요. 테드의 이상한 점은 그가 십 대 때 그만뒀다는 사실이에요. 그러고는 20년간 정상적인 삶을 살다가 갑자기 이런 증세가 나타난 거죠."

"아마도 그런 증세가 잠복해 있었는데, 현실이 그로 하여금 같은 논리를 사용하게 이끄니까 예전의 사고구조가 다시 활성화됐을 거야. 어떤 문제가 있었는지 모르지만 그 문제가 사고의 메커니즘을 다시 작동시킨 것이 분명해."

"그럴 가능성이 높죠. 테드는 지난 몇 달 동안 두 개의 분명히 다른 주기를 거쳤어요. 한 주기가 다른 주기 안에 있는 구조이지만요. 각 주기는 몇 번씩 반복됐고요. 그리고 보니 '주기'가 적절한 표현이 아닌 것도 같네요. '변형'이 나을 것 같기도 하네요."

"이와 비슷한 사례에 대한 기록을 찾아봤어?"

"이론만 있지 그 이론들을 뒷받침할 만한 과학적 증거는 거의 없었어요." 로라가 반쯤 남은 샐러드를 바라보았다. 이야기에 열중해서 샐러드가 있다는 걸 또 잊고 있었다.

"그리고 당신은 그 말편자가 그를 그 주기에서 벗어나게 해줬다고 생각하는 거지. 현실에 내리는 닻이나 뭐 그런 것처럼."

"바로 그거예요. 테드는 제1주기에서 벗어난 후 제2주기를 상상했어요. 새로운 경우의 수를 생각한 거죠. 이것도 역시 비현실적이긴 했지만 이번에는 현실에 좀 더 가까워졌죠. 예를 들어, 제1주기에서는, 테드는 아내의 외도를 모르고 있었어요. 하지만 제2주기에서는 아내와의 사이가 별로 좋지 않았다는 것을 알고 있었죠."

로라는 손목시계를 보았다.

"갈까?" 마커스가 물었다.

"30분 후에 만나기로 했는데, 여기서 멀지 않아요."

"누구를?"

"가보면 알아요. 지금까지는 테드가 알고 있는 것에 관해서는 내가 테드보다 훨씬 더 많이 알고 있었어요. 테드가 아직 발견하지 못한 사실도 몇 가지 알고요. 하지만 내가 이해할 수 없는 것들도 많이 있는데, 그중 하나가 에드워드 블레인의 역할이에요."

"TV 뉴스를 보고 알게 된 정보를 이용한 거 아닐까? 유명한 사건이었잖아. 그 정보를 이용해서 자기가 죽여야 할 사람의 프로필을 만들어낸 거겠지."

로라가 고개를 끄덕였다.

"네, 나도 그렇게 생각했어요. 근데 오늘 상담 기록을 읽다가 눈에 들어오는 게 있었어요. 당신이 말한 대로인지 아니면 좀 더 복잡한 관계가 있는 것인지 확인할 수 있게 도와줄 어떤 것."

"그게 뭔데? 뜸 들이지 말고 말해봐!"

로라가 일어섰다.

"가죠. 가면서 설명할게요."

다른 모든 사람들과 마찬가지로 테드 역시 신문 기사와 텔레비전 보도를 통해 블레인 사건에 관한 세부사항을 알게 되었다고 생각하는 편이 합리적이었다. 아만다 허드먼 살인사건은 몇 주 동안 신문의 1면을 장식했다. 피해자의 언니이자 대중의 관심을 원하던 멜리사 헹겔러가 〈보스턴스타〉 기자를 구슬러서 자신의 인터뷰 기사를 싣게 했다. 그리고 그 내용은 순식간에 세상에 알려졌다. 그 기사에는 끔찍한 살인사건(처음에 경찰은 살인무기가 망치라고 했다)과 블레인의 무죄 평결이라는 예상치 못한 반전 등 매력적인 요소들이 다분히 들어 있었다. 평결 이후, 헹겔러는 전문가를 고용해 동생의 죽음을 조사하고 새로운 정보를 수집하며 기존의 증거를 철저히 다시 살펴보도록 했다. 전문가가 알아낸 사실은 머리카락이 쭈뼛해질 만큼 충격적이었다. 아만다의 아파트 바로 밑에 깔려 있는 세탁소의 열관이 시신을 따뜻하게 만들어서 사망시각 추정에 오류를 일으키게 했다는 가설 뒤에는 사실 이렇다 할 과학적인 근거가 없었다. 그럼에도 그 발견은 중요한 반전의 계기가 되었다. 사실이 폭로된 후 헨겔러 측 전문가와 블레인의 무죄석방을 위해 애쓰는 피고인 측 변호인들과 자기 앞가림에만 급급한 검찰이 서로를 향해 무차별 공격을 퍼부은 것이다. 여론은 분분했지만 대부분 언니의 주장을 믿었다.

블레인의 집이 매물로 나와 있었고, 로라는 그 집을 보기로 부동산 중개인과 약속했다. 그날 아침에 혹시나 싶어 전화를 걸었더니 부동산 중개인은 오늘 운 좋은 줄 알라면서 자기가 마침 근처에 있으니 오후에 집을 보여주겠다고 말했다. 로라는 좋다고 대답했고, 그가 그 근처에 나와 있다는 말은 거짓말일 거라고 생각했다.

"안녕하십니까! 조너선 하워드입니다." 부동산 중개인이 앞마당에 꽂힌 매물 표지판 속 사진에서처럼 환하게 웃으면서 인사했다.

로라가 그와 악수를 나눴다.

"안녕하세요. 로라 힐이에요. 이쪽은 제 남편 마커스고요." 그녀는 마커스를 돌아보며 장난스러운 미소를 살짝 지어 보였다.

"정말 잘 어울리는 부부십니다!" 하워드가 그들과 함께 집을 향해 걸어가면서 너스레를 떨었다. "보면 아시겠지만 정말 괜찮은 매물입니다. 자녀는…… 자녀가 둘인가요?"

"아뇨, 하나요." 로라가 즉시 대답했다.

"와우, 멋진데요. 이 근처 사세요?"

"아뇨. 하지만 이 집의 사연은 들었습니다." 마커스가 딴죽을 걸었다.

하워드는 잠깐 당황하는 기색을 보였지만, 곧 다시 미소 지었다.

"아, 그거요. 네, 그자는 여길 떠나야 했죠. 여기서 오래 살지도 않았고, 임차인이었을 뿐이고요. 다행히도 이웃 주민들이 참 좋습니다. 이해심도 넓고. 이 집이 요즘 세간의 관심을 받고 있긴 하죠.

뭐 어쨌든, 그런 불행한 사건이 일어난 곳으로는 보이지 않죠, 안 그렇습니까?"

긴장을 완화시키려고 로라가 끼어들었다.

"물론 그렇죠. 괜찮다고 계속 얘기하는데도 저렇게."

하워드의 말이 한 가지는 맞았다. 그 집은 아름다웠다. 비어 있었지만 대번에 알아볼 수 있었다. 블레인같이 비열한 인간이 여기 살았다는 것이 믿기지 않을 정도였다. 잠깐 동안 로라는 마음속으로 자신의 가구를 배치해보았다. 그들은 집 안을 재빨리 한번 둘러보았고, 로라와 마커스는 1층에 정말로 손님방이 있다는 사실을 우선 확인했다. 그렇다면 여기 왔었다는 테드의 진술이 사실일까? 그럴 수도 있다.

그들은 2층에 있는 주 침실로 향했다. 로라는 중개인을 주목하며 따라갔다. 중개인은 거대한 벽장을 향해 침실을 가로질러 걸어가면서 자기를 따라오라고 했다. 그가 드라마에나 나올 법한 몸짓으로 벽장을 열어 보이면서, 선반에 구두가 가지런히 놓이고 드레스와 옷들이 옷걸이에 걸려 있거나 선반에 깔끔하게 개켜진 모습, 거울 밑 보석 상자에 보석이 정리된 모습을 상상해보라고 흥분해서 말하는 걸 보면, 이 벽장이 로라에게 중요한 매력 포인트가 될 거라고 생각하는 게 분명했다. 로라의 눈은 그의 말을 들으면서 점점 더 커졌지만, 그가 생각하는 이유가 아닌 다른 이유에서였다. 언젠가 상담 때 테드는 침실에 숨을 만한 곳이 없어서 1층 손님방에 숨었다고 말했다. 그런데 안으로 걸어 들어갈 수 있는 거대한 벽장이, 숨어서 블레인을 기다리기에 더없이 완벽한 장소가 여기 이렇게 있다. 이 사실은 그녀가 항상 의심했던 바를 사실로 확인시켜주었다. 테드는 이 침실에 들어온 적이 없는 것이다.

"사진 좀 찍어도 되죠?" 로라가 가방에서 휴대전화를 꺼내면서 흥분한 목소리로 물었다. "언니한테 보여주고 싶어서요."

"네, 그럼요, 그럼요." 하워드가 말했다.

벽장 밖으로 나가려던 마커스가 로라에게 약간 놀란 표정을 지어 보였다.

다시 아래층으로 내려와서 로라가 마커스를 손님방으로 이끌었다.

"남편과 단둘이서 잠깐 얘기 좀 할 수 있을까요?"

"물론이죠!"

하워드가 밖으로 나갔다.

마커스가 로라를 보았다.

"사진은 또 뭐 하러 찍는 거야, 로라? 그리고 여기서 무슨 이야기를 해야 되는 거야?"

그녀가 방을 가로질러 걸어가 벽장 문을 열더니 무릎을 꿇고 앉아서 선반의 밑면을 올려다보았다. 그리고 한순간 얼어붙은 듯이 동작을 멈췄다.

"뭔데 그래?" 마커스가 다가와 그녀 옆에 무릎을 꿇고 앉았다.

버즈 라이트이어가 거기 있었다. 상담 때 테드가 묘사했던, 영화 〈토이 스토리〉의 주인공. 어둠 속에서 밝게 빛났다던 야광 스티커.

"문 좀 닫아봐요." 로라가 말했다.

마커스는 그녀가 시키는 대로 했다. 두 사람은 벽장 뒷벽에 바짝 붙어서 무릎을 꿇고 앉았다. 마치 술래잡기 놀이를 하는 아이들 같았다. 이러고 있을 때 부동산 중개인이 들어와 그들을 발견한다면 어떻게 여길지 생각할 겨를도 없었다.

벽장 안이 깜깜해지자, 버즈의 윤곽선이 부드럽게 빛났다. 로라가 벽장문을 열었다.

"이해가 안 가요." 그녀가 벽장을 나가면서 말했다.

마커스가 일어서서 그녀를 따라 나갔다.

"뭐가 이해가 안 가는데?"

"저 스티커요. 테드가 묘사한 그대로예요." 로라가 당혹스러운 표정으로 말했다. "저걸 보기 전까지는, 블레인 이야기는 그의 편집증이 만들어낸 거라고, 테드는 이 집에 와본 적이 없다고 확신했어요. 2층 침실에 관한 세부사항들이 테드가 말한 것과는 차이가 있었거든요. 근데 저 스티커는…… 저건 그가 정말로 여기 왔고 이 벽장 안에 숨었음을 입증하고 있잖아요."

"테드가 블레인을 살해했다고 말했다며. 근데 실제로는 그런 일이 일어나지 않았고, 분명히."

로라가 빈 방을 서성이며 곰곰이 생각했다.

"제1주기에서는 블레인을 죽였고, 제2주기에서는 죽이지 않았어요."

"죽일 의도는 있었던 건지도 모르겠군." 마커스가 추측했다.

"이건 말이 안 돼요." 그녀가 부드럽게 말했다. "테드가 이 집에 왔었다는 것은 다른 어떤 퍼즐 조각과도 맞지가 않아요."

그들은 문 두드리는 소리에 소스라치게 놀랐다.

"힐 씨, 힐 부인! 마음에 드십니까? 이 집에 관심이 있으면 가격은 충분히 낮춰볼 수가 있고요. 제가……."

로라가 문을 열고 화가 난 것처럼 중개인을 노려보았다.

"남편이 확신이 안 선대요." 로라가 화난 목소리로 말했다. "자기 의견만 중요한가 봐요."

그녀가 중개인 옆을 돌아서 현관문을 향해 쿵쿵거리며 걸어갔다.

"정말 미안합니다." 마커스가 말했다. 진심이었다.

"마음에 안 드는 부분은 해결할 수 있어요. 집주인이 굉장히 팔고 싶어 하거든요."

마커스가 중개인의 어깨에 한 손을 얹었다.

"시간 낭비하게 해서 미안합니다. 진심으로."

새 병실에서 도슨과 함께 지내게 된 첫날 밤이었다. 테드는 이 순간 혼자 있음에 감사했다. 그는 침대에 누워 미지의 영역에서 희미한 윤곽으로 보이는 물체들을 물끄러미 바라보고 있었다. 창문 양쪽에 놓인 두 개의 책상이 보였다. 그의 책상 위에 놓인 가족사진이 눈에 들어왔다. 3년 전 크리스마스 때 찍은 사진이었다. 홀리와의 관계가 소원해지기 전이었다. 액자의 윤곽만 보일 정도로 달빛이 희미했지만, 테드는 사진 속 장면을 세세하게 떠올릴 수 있었고 사진을 찍던 순간도 생생히 기억이 났다. 놀란 표정으로 한쪽을 가리키는 나딘을 제외하고 모두들 웃고 있었다. 카메라는 자동 촬영으로 설정되어 있었다. 테드가 타이머를 설정하고 자기 자리로 달려왔을 때, 나딘이 이웃집 고양이를 발견했다. 먹을 것을 찾아 자주 방문하는 고양이였는데, 그날은 생선 커틀릿 한 조각을 낚아채 입에 물고 도망갔다. 홀리가 저녁식사로 먹으려고 만든 튀김이었다. 나딘을 제외한 아무도 그 사실을 알아차리지 못했고, 나딘이 고양이의 갑작스러운 습격을 보고 깜짝 놀라는 모습이 사진에 고

스란히 담겼다. 테드는 그 사진을 줄곧 서재에 놓아두었다.

"이제 여기까지 왔구나." 그가 사진에게 말했다.

테드는 자신이 여기 있다는 사실을 믿을 수가 없어서 당혹스러운 눈으로 계속 주위를 두리번거렸다. 그러나 이곳에 대한 소속감을 전혀 느끼지 못하던 지난 며칠과는 달리 이제 자신이 있어야 할 곳에 있다는 느낌이 들었다. 평가실에서 로라가 보여준 몇 편의 동영상이 그에게 큰 영향을 미쳤다는 사실을 인정하지 않을 수 없었다. 그는 자신의 마음이 놓은 덫에 빠졌고, 그렇다고 자신을 비난할 수는 없었다. 하지만 지금은 좋아지고 있었다. 그렇지 않은가? 그러니까 로라가 동영상을 보여주었을 것이다.

어쩌면 전에도 수십 번도 더 보여줬는지 모르지.

그가 다시 사진에게 말했다. "아니야. 처음 보여준 거였어."

그는 붙잡고 의지할 것이 필요했다.

자신이 있어야 할 곳에 있다고 인정하는 것은 중요한 진전이었다. 이제 그는 그렇게 인정했다. 자신이 좋아지려면, 자신의 마음이 그런 대체현실을 만들어낸 이유를 알아내려면, 라벤더에 있을 필요가 있다고 느꼈다.

악순환.

그 주기들 뒤엔 무엇이 숨어 있을까?

문득 몇 달 동안 딸들을 만나지 못했다는 생각이 들었다. 익숙해지려면 시간이 필요한 생각들 중 하나였다. 어떻게 스스로 목숨을 끊을 생각을 했을까? **딸들을 남겨두고**……. 상상도 할 수 없는 일이었다. 이제야 그런 사실이 분명하게 보였다.

"아빠한테 무슨 일이 있었든, 아빠가 꼭 극복하고 빨리 나을게." 그가 앞으로 조금 몸을 기울여 사진을 똑바로 응시하며 말했다.

"너희를 위해서."

그가 미소 지었다.

그러나 잠시 후 미소가 사라졌다. 마법처럼. 테드는 공포에 질려 침대에서 벌떡 일어났다. 밸브가 열렸다……. 그는 문 밖으로 나가 복도를 달려갔다. 불이 다 꺼져 있었고 사방이 고요했다. 그는 목 청껏 맥매너스를 부르고 싶었지만, 그날 밤엔 당직이 아니라는 사실이 기억났다. 복도 끝 간호사실로 달려갔다. 당직 간호사가 TV를 보고 있었다. 처음 보는 간호사였다. 어쩌면 기억이 안 나는 것일 수도 있다. 테드가 거기 서 있는 것을 보고 그녀가 깜짝 놀랐다. 책상에서 무전기를 집어 들고 버튼을 눌렀다. 뭔가 보고하려는 것 같았다.

"아니, 아니." 테드가 빈 손바닥을 들어 보이며 그녀를 안심시켰다. "아무 문제없어요. 힐 박사를 만나고 싶어요. 아주 중요한 일로."

간호사가 무전기를 내려놓았지만 여전히 못 믿겠다는 눈초리로 테드를 바라보았다.

"내일 만나요." 그녀가 말했다. "지금은 침대로 돌아가요."

"기다릴 수 없어요. 힐 박사가 그랬어요. 만나야겠으면 언제든지 전화하라고. 그렇게 말했어요. 진짜로 그랬다니까."

간호사가 라벤더 메모리얼에서 근무해온 여러 해 동안 거의 본 적이 없는 간절함과 공포가 테드의 눈 속에 있었다.

로라의 거실은 난장판이었다. 오랫동안 청소를 안 한 것이 분명했다. 마커스는 파일과 신문 스크랩, 반쯤 마시다 만 커피가 든 컵 등이 카펫 위 아무데나 놓여 있는 것을 보고 눈이 휘둥그레졌다. 로라가 재미있다는 듯 깔깔 웃었다.

"말했잖아요. 월터가 자기 아빠랑 있다고. 월터가 아빠랑 있을 땐……." 그녀는 팔을 들어 방 전체를 빙 둘러 가리켰다.

"다 좋은데 왜 바닥에?"

그녀가 웃음을 터뜨렸다.

"어릴 적 습관이에요. 언니랑 방을 같이 썼거든요. 책상이 한 개뿐이었는데 언니가 공부한다고 책상을 차지해서, 난 바닥에서 공부했어요. 근데 그게 좋더라고요. 대학 때도 이렇게 바닥에서 생활했어요."

로라는 서류를 주섬주섬 챙겨 쌓아서 거실 테이블로 가져갔다.

"정말이지 이 사건에 집착하고 있군."

"커피 마실래요?"

"응."

몇 분 후 그들은 테이블에서 커피를 마시며 도넛을 먹고 있었다. 로라는 뭔가를 골똘히 생각했다.

"로라, 그 환자가 블레인을 살해했다는 환상을 어떻게 만들어냈는지 설명 좀 해줘. 당신한테 들은 것 중에서 가장 이해가 안 되는 게 그 부분이야."

"블레인의 집에서 그 스티커를 보기 전에는 블레인을 살해했다는 테드의 환상이 현실에는 전혀 근거하지 않은 것으로 확신했었어요." 로라가 설명했다. 그녀는 탁자 위에 쌓아놓은 서류철들을 뒤적였다. "그 사건에 대한 신문 스크랩이 얼마나 많은지 한번 봐요. 전부 테드가 입원하기 전에 나온 기사들이에요. 논리적으로는 테드의 마음이 뉴스에 나온 사건을 그대로 모방했다고 추론할 수 있겠죠."

"근데 그걸 어떻게 망상 속으로 끼워 넣었을까?"

"테드는 자신이 일종의 자살 클럽에 가입했다고 생각했어요. 자살하고 싶은 사람들을 위한 조직이죠. 그 조직의 제안으로 자신이 회원이 되었다고 생각했고요. 그 조직원들의 목표는 자신의 자살을 살인사건으로 보이게 함으로써 사랑하는 사람들의 슬픔을 완화시키는 거였어요. 각 조직원이 명단에 나온 다음 사람을 죽이는 거예요. 이 조직에 가입하기 위해서는 먼저 부당한 죽음에 대해 복수부터 해야 하고요. 일종의 가입비라고 할 수 있겠죠."

마커스가 코를 찡그렸다.

"꽤 복잡하군. 하지만 대단히 흥미로운데."

"그러니까요. 제1주기와 실제로 일어난 일을 연결시키는 특징적인 요소가 세 가지 있어요. 첫째는 자살이에요. 나는 테드가 어느 시점에선가 스스로 목숨을 끊으려 했다고 확신해요. 심지어 실제로 시도했을 수도 있고요. 그리고 두 번째는 가족의 슬픔이에요. 그가 그 점을 자꾸만 강조했어요. 자신의 자살이 가져올 결과에 대한 생각이 그에게 어떤 영향을 미쳤는지 보여주는 대목이죠. 세 번째 요소는, 이게 가장 헷갈리는 건데, 테드가 블레인의 집을 방문한 거예요. 지금 들어맞지 않는 대목이 바로 그 부분이고요."

"안 그래도 말하려던 참인데, 그 조직에서 나온 남자, 그 사람 이름이 뭐였지?"

"린치요."

"린치가 자살을 살인사건으로 위장하라고 제안했다면, 모든 게 말이 되는 건데. 왜 테드에게 다른 사람을 죽이라고 지시했을까?"

"모르겠어요. 그리고 테드가 제1주기에 있을 때 말한 대로 정말로 블레인의 집에 갔었고 거기 숨었던 걸 알게 됐잖아요. 그걸 어떻게 받아들여야 할지 모르겠어요. 무슨 이유에선지는 모르지만 거기 갔던 건 분명해요."

"당신 말을 들어보면, 이 두 개의 주기는 그가 입원하기 전에 일어났던 실제 사건들을 변형한 형태인 것 같아."

"바로 그거예요. 각각의 사건은 현실에 바탕을 두고 있어요. 그가 블레인의 집을 방문한 것도 그렇고. 그건 사실이라는 걸 이미 알게 되었고요."

"테드가 정말로 블레인을 죽이려고 찾아갔던 거 아닐까? 복수하기 위해서? 테드가 당신에게 말했던 것처럼 블레인의 집에 숨어서 기다렸지만 끝내 죽일 수는 없었던 건 아닐까?"

로라는 그 가능성에 대해 생각해보았다. 그들은 남은 커피를 마저 마셨다.

"그건 좀 말이 안 돼요. 그렇게 되면 모든 게 바뀌게 되니까." 로라가 코끝을 긁으면서 말했다. "그 문제는 다 해결됐다고 생각했는데."

"어쩌면 그 스티커는 크게 신경 안 써도 될지 몰라. 테드가 언젠가 오래전에 그걸 봤고, 그 이미지가 그의 기억 속에 선명하게 각인되어 있었던 건지도 모르지. 그 집 옛날 주인에 대해서는 뭐 아는 거 없어?"

"아까 부동산 중개인한테 물어볼걸 그랬어요." 로라가 아쉬워하면서 말했다. "지금 전화해서 물어볼 수 있겠지만, 아까 그렇게 하고 나와서 도와줄 것 같지 않네요. 하지만 대답은 바로 우리 코앞에 있다는 느낌이 들어요."

마커스는 아무 말도 하지 않았다. 로라가 천장을 노려보았다.

"지금까지 상담 때 테드가 말한 모든 이야기를 문서로 작성해서 편집하고 있어요. 내가 매번 다른 방향으로 질문했기 때문에 그걸 다 모으면 일종의 퍼즐이 완성될 것으로 기대하고 있고요. 제1주기에 대한 부분을 막 끝냈는데. 읽어볼래요?"

"물론이지. 지금 당신에게는 새로운 시각이 필요할지도 몰라."

로라는 흥미롭다는 듯이 그를 보았다.

"왜?" 그가 물었다.

그녀는 그 알 듯 말 듯한 표정으로 계속 그를 보았다.

"왜?" 그가 또 물었다. "입술에 도넛 조각이라도 묻었어?"

그가 손등으로 입을 닦았다.

"아뇨." 로라가 부드럽게 그의 손을 밀어냈다. "당신과 이렇게 이야기를 나누니까 정말 도움이 많이 되는 것 같아서요."

"다행이군."

마커스가 조금 더 다가왔다. 이 상황이 불편하게 느껴지지 않았다. 그가 목소리를 약간 낮췄다.

"내일 더 얘기하기로 하고 이쯤 해두지. 내일이 되면 상황이 좀더 분명하게 보일지도 몰라. 사실은 보기보다 단순한 일일 수도 있어. 아내가 그 친구랑 불륜을 저지르고 있다는 걸 테드가 알아차리고 자제력을 잃었던 거지. 그 친구는 좀 어때?"

"린치는 아직 혼수상태예요. 예후가 썩 좋진 않아요."

"테드도 알아?"

"아뇨. 아직도 웬델이 그랬다고 믿고 있어요."

"웬델이라." 마커스가 미소를 지었다. "재미있군."

"웃지 말아요." 로라가 짐짓 화내는 척하며 그를 나무랐다. "테드가 이 사실을 알게 되면 어떤 반응을 보일지 걱정돼서 죽겠는데. 그게 우리가 열어야 할 마지막 문이에요. 가장 위험한 문이기도 하고."

"테드를 당신 병동으로 다시 데리고 갈 계획이야?"

"당분간은 아니에요. 계속 좋아지고 있는데 후퇴하고 싶지 않아요. 게다가 도슨을 포함해서 여기 환자들 몇 명하고 잘 어울리는 것 같고."

마커스가 헉 소리를 내며 얼굴을 찌푸렸다.

"굉장한 룸메이트를 두었군."

"마커스?"

"응?"

"당신이 와서 기뻐요. 정말로."

로라의 손이 그의 손 위에 놓였다. 마커스는 어떡해야 할지 몰라 난감해하며 그 손을 바라보았다.

그가 그녀에게 몸을 기울이고 그녀와 키스할 순간이 있었다면, 그 순간은 울리는 전화벨과 함께 사라졌다. 로라가 전화를 받으러 뛰어갔고, 돌아왔을 땐 표정이 바뀌어 있었다. 그녀가 전남편과 통화만 해도 금세 기분이 안 좋아진다는 것을 마커스는 잘 알고 있었다. 누가 전화했는지 굳이 말해줄 필요도 없었다.

"월터가 곧 이리로 온대요." 그녀가 고개를 저으며 못마땅한 목소리로 말했다.

마커스가 일어섰다. 그 말이 이제 가달라는 말처럼 들렸다. 로라가 혼잣말처럼 말을 이었다.

"아빠라면서 아들과 단 하루도 시간을 못 보내나. 내가 부탁까지 해야 하느냐고요. 오늘도 데리고 가서 놀기로 했고, 오후에는 사촌들과 만나서 공원에서 놀 거라고 했으면 놀아야지. 이제 와서 직장에서 무슨 일이 생겼다니, 일요일에!"

"진정해, 로라."

"이해가 안 돼요. 정말로 이해가 안 돼. 그래봤자 하루예요. 자기 아들을 보는 것보다 더 중요한 일이 뭐가 있어요?"

마커스는 자기가 남아서 월터와 뭐라도 같이 해줄까 제안하려다가 너무 앞서가는 것 같아 그만두었다. 그는 로라를 진정시키려고 노력하고 우스갯소리로 관심을 딴 데로 돌리려고도 해봤다. 심지어 테드 이야기를 다시 해보려고도 했지만, 어느 것도 효과가 없었다.

"가끔은 이 사람이 일부러 그런다는 생각이 들기도 해요. 자기가 월터에게 아무런 관심을 보이지 않으면 내가 열받는다는 것을 알거든요. 아주 잘 알죠. 나한테 전화해서 예상치 못했던 급한 일이 생겼다고 말하는 걸 즐기는 것 같아요. 개자식!"

월터는 지적이고 예민하고 다소 숫기가 없는 아이였다. 주말이면 로라는 월터를 위해 거품 목욕을 준비해주고, 좋아하는 장난감을 욕조 속에 넣어주며, 욕조 옆에 앉아서 함께 이야기를 나누곤 했다. 월터가 좋아하는 장난감은 몇 년 전엔 고무 오리 인형이었는데 그다음엔 전함, 우주선, 트랜스포머로 바뀌었다. 몇 개월 전에는 아주 심각한 표정으로 이제 엄마가 옆에 있으면 벌거벗을 수 없다고, 수영복이라도 입겠다고 말했다. 로라도 똑같이 심각한 표정에 엄숙한 어조로 자기 생각도 그렇다고 대답했다.

그녀가 월터의 머리에 샴푸를 바르고 거품이 아들의 눈에 들어가지 않게 조심하면서 마사지하는 동안, 월터는 그날 아빠와 무엇을 했는지 신나게 자랑했다. 이야기를 들으면 스콧이 한 모든 일은 곧 힘센 영웅의 행동이었다. 월터는 아빠가 항상 급한 일이 생겨 회사에 가야 해서 슬펐다고 말했다. 로라는 입을 꽉 다물고 아들의 이야기를 들었다. 월터가 감탄한 어조로 아빠에 대해 이야기하는 걸 들으면 가슴 뭉클하면서도 슬펐다. 월터는 아빠가 얼마나 자주 자기를 실망시켰는지, 계획을 취소했는지, 학예회에 참석하지 않았는지, 약속을 어겼는지는 신경 쓰지 않았다. 월터는 항상 이해했다. 로라는 이런 문제들에 관해서 스콧과 몇 번 부딪친 적이 있는데, 둘 사이에 갈등이 생길 때마다 스콧은 월터가 항상 자기를 이해해주었다는 사실을 비장의 무기처럼 휘둘렀다. "월터는 다 이해하는데 당신이 왜 그래." 로라는 일곱 살배기 아들이 아버지를 우상처럼 여기고 어리석은 변명을 다 받아준다고 해서 아버지라는 사람이 그렇게 무책임한 얼간이처럼 행동해도 된다는 뜻은 아니라고 말했다. 하지만 이 길은 그동안 그들이 여러 번 걸었던 길이었고, 아무것도 바뀌지 않았다. 스콧은 어처구니없다는 듯 두 팔을 벌리고 하늘을 올려다보면서 퉁명스럽게 말했다. "심리학 어쩌고 하는 개소리는 집어치워. 개는 똑똑해. 상황이 어떤지 다 이해한다고." 이런 대화가 끝나갈 때쯤이면 로라는 항상 같은 생각을 했다. **내가 미쳤지. 저런 인간이랑 결혼하다니. 다음번엔 오토바이 타는 반항아한테 빠지지 마.**

다음번은 없을 거야.

"엄마, 물이 차가워져."

"나와야겠다, 그럼."

월터가 개수구 마개를 뺐고 둘은 거품이 이는 물이 빙글빙글 돌며 개수구로 빠져나가는 것을 지켜보았다. 로라는 샤워기를 틀어서 아들이 몸을 헹구게 했다. 그런 다음 수건으로 아들의 몸을 감싸고 머리를 말린 후 아들을 끌어안았다.

"엄마는 월터가 아주 자랑스러워." 그녀가 말했다.

"왜?"

네 아빠 같은 아빠한테도 불평하지 않아서.

"전부 다 자랑스러워."

한 시간 후 월터는 잠이 들었다. 로라가 로빈 쿡 소설에 빠져들려는 참에 휴대전화가 울렸다. 그녀는 본능적으로 손목시계를 확인했다. 10시가 넘었다. 로라는 부엌 식탁으로 뛰어가서 즉시 전화를 받았다. 병원에서 온 전화였다. C병동 당직 간호사가 피곤한 목소리로 말하길, 환자 한 명이 통화하고 싶어 하는데 환자 기록을 보니…….

"그래요, 그래요, 바꿔줘요."

"로라." 테드가 중얼거렸다. "다들 죽었죠, 그렇죠? 홀리, 신디, 나딘, 모두 죽었어요."

"테드, 어떻게 된 거예요?"

"기억이 떠올랐어요. 방에 있는데 진실이 내 머리를 치더군요. 그렇게 모든 것을 이해했죠. 모두 죽었다는 걸."

"당신 부인과 딸들은 죽지 않았어요." 로라가 그를 안심시켰다. "듣고 있어요, 테드? 이런 일로 내가 거짓말할 것 같아요?"

"모르겠어요."

"이런 일에 대해서는 절대로 거짓말하지 않아요."

"하지만 그때…….."

"다들 잘 있어요."

몇 초간 침묵.

"테드?"

"가족을 만나게 해줘요."

"내일 얘기할까요?"

"아니. 꼭 봐야겠어요."

"테드, 그럼 이렇게 할게요. 내일 일어나자마자 홀리와 통화할게요. 당신이 나아졌다고, 아내와 딸들을 보고 싶어 한다고 말할게요. 그러고 나서 홀리가 어떻게 나오는지 봐야죠."

또 침묵.

"나를 보고 싶어 하지 않을 이유가 있을까요?"

로라는 와인을 한 잔 마신 것을 후회했다. 술이 들어간 데다 너무 피곤하기도 해서 이 상황에 바라던 만큼 잘 대처하지 못하고 있었다.

"홀리는 당신이 딸들을 만나기 전에 완벽하게 좋아지기를 바라고 있어요." 로라가 말했다. "지금껏…… 내가 보여준 동영상들 기억나요?"

"예."

"당신은 점점 나아지고 있어요. 강해져야 해요. 상황을 홀리에게 설명하고 무슨 말을 하는지 들어볼게요. 당신이 딸들을 만나는 게 좋겠다고 설득도 해볼게요. 물론 가족들도 당신을 너무나 보고 싶어 할 거예요. 하지만 당신이 낫는 것이 그들에게 얼마나 중요한 일인지 이해하죠?"

대답이 나오지 않자 로라가 대답을 강요했다. "이해하죠, 테드?"

"집으로 전화해서 미안해요. 그런데 갑자기 다들 죽었어……."

"괜찮아요. 그리고 걱정하지 말아요. 내일 홀리와 통화하고 나서 대답을 들어보고 의논하죠. 어때요?"

"고마워요, 로라."

그들은 전화를 끊었다. 로라는 한동안 부엌에서 생각에 잠겼다. 이런 순간이 조만간 오리라는 것을 전부터 알고 있었다.

테라스 문은 거기 있었지만, 분홍색 성은 그때 있던 자리에 있지 않았다. 이젠 어느 정도 익숙해진 거대한 바닷물을 제외하고는, 모든 것이 정상으로 보였다. 그림 옆에 있던 체스 상자조차 보이지 않았다. 테드는 지난번 꿈에서 홀리가 로저와 함께 바닷물에서 나와 체스 상자를 집어 들고 화난 표정으로 그를 본 후 바다로 돌아간 것을 기억하고 있었다. 지금 테드는 지난번에 그랬던 것처럼 유리로 된 테라스 문을 향해 서서 문을 열려고 팔을 뻗었다. 꿈의 변덕 때문에 거실이라는 제한구역을 넘어가지 못할 것을 알고 있어서 그는 별 기대 없이 문을 밀었다. 그런데 문이 쉽게 열렸다. 현관등의 동작감지기가 켜지자 테드가 동작을 멈추고 주위를 돌아보았다. 바다는 잔잔했고 파도가 없었으며 산들바람에서 소금기도 느껴지지 않았다. 그가 감지할 수 있는 유일한 냄새는 습한 삼림지대의 냄새뿐이었다.

"아직도 이해가 안 돼?"

갑자기 들리는 목소리에 테드는 깜짝 놀랐다. 오른쪽을 돌아보왔다. 테라스가 그쪽으로 꽤 멀리까지 뻗어 있었다. 흰 실험복을 입은 로저가 접이식 해변 의자에 앉아서 하얀 이를 드러내며 환하게 웃고 있었다.

"뭐가?" 테드가 물었다.

간호사가 고개를 돌려 바다를 바라보았고 그의 얼굴은 밤과 어우러져 어두운 가면이 되었다. 그는 대답하지 않았다.

"뭐가 이해가 안 되냐니까?" 테드가 다시 물었다.

로저는 대답 대신 팔을 들어 천천히 호를 그리며 광활한 바다를 가리켰다.

아직도 이해가 안 돼?

현관 등이 꺼졌다. 테드가 전등을 다시 켜려고 팔을 흔드는 순간 바다에 떠 있는 작은 회색 반점이 눈에 들어왔다. 처음에는 거대한 배라고 생각했는데, 눈이 어둠에 익숙해지니 뭔지 알 수 있었다. 그가 본 것은 배도, 바다 위에 떠 있는 그 무엇도 아니었다. 그것은 다른 쪽 호반이었다.

아직도 이해가 안 돼?

그래서 이번에는 파도도 바닷바람도 없었던 것이다. 이것은 바다가 아니라 호수였다. 그런 생각을 하면서 둘러보니 긴 테라스도 사실은 부두였다. 물론 전에 본 적이 있는 부두였다. 그는 웬델의 집에 있었다. 부두 끝으로 걸어가서 내려다보았다. 거기 배가 묶여 있었다. 예전에 그자가 앉아 있던 그 배였다.

지난번엔 파도가 잔디밭까지 밀려오는 것을 보았다. 분명히 그랬다.

"지난번엔 내가……." 그가 로저를 돌아보았다.

그러나 로저는 거기에 없었다. 빈 의자만 남아 있었다. 테드는 천천히 그 의자로 다가가서 웬델의 초현대적인 저택을 처음으로 돌아보았다. 테드는 자기 집 거실에서 잘 알지도 못하는 이 남자의 집으로 자신을 이동시킨 책임이 있는 테라스 문을 바라보았다. 해변 의자에 다가가자 그 위에 뭔가가 놓여 있었다. 처음에는 간호사의 실험복이라고, 로저가 다른 곳으로 순간이동을 하면서 남겨놓은 것이라고 생각했다. 그러나 실험복이 아니었다. 그것은 홀리의 빨간색 비키니였다. 테드는 무릎을 꿇고 앉아 그것을 집어 들었다. 그의 전처가 조금 전에 벗어서 거기다 놔둔 것처럼 비키니가 젖어 있었다.

전처.

그는 심장이 힘차게 고동치는 것을 느끼면서 호수에서 그녀를 찾아보았다. 그는 벌거벗은 채 수영하는 그녀를 상상했다.

그러나 홀리는 거기 없었다. 비키니만 있었다. 테드는 의자에 풀썩 주저앉아 두 손으로 비키니를 마구 뭉쳐 공처럼 만들었다. 그것을 얼굴 앞에 들고 그 안에 코를 묻은 후 아내의 익숙한 냄새를 맡았다.

전처.

아직도 이해가 안 돼?

그는 오래도록 그렇게 앉아서 나무 사이로 불어오는 바람소리와 귀뚜라미 우는 소리를 즐기고 있었다. 이 숲은 왠지 익숙하고 편안했다. 잠시 후 그는 일어서서 나무로 된 산책로의 끝까지 갔고, 부드럽게 경사져 내려가는 마당을 걸어 내려가 호반으로 향했다. 그는 집 주위를 돌아갔다. 앞쪽에 검은색 람보르기니가 잠자는 커다란 야수처럼 조용히 웅크리고 있었다.

그때 그 집 창 안에서 움직임을 보았다고 그는 생각했다. 그림자가 획 지나가는 모습이 그의 눈에 띄었다. 어쩌면 로저가 아직 안 가고 있을…….

간호사와 맞닥뜨리고 싶은 건지 확신은 없었지만 그는 현관문을 향해 걸어갔다. 문손잡이를 돌리자 육중한 문이 활짝 열렸다.

그리고 그는 자기 자신을 보았다. 집 안에서 그를 기다리고 있던 테드가 인도산 카펫 한가운데에 서서 브라우닝으로 그의 머리를 겨누고 있었다. 한순간 그들은 서로의 눈을 노려보았다. 그들 중 한 명이 놀라서 헉 소리를 내뱉는 순간 총이 발사되었고 총알이 테드의 이마 정중앙을 뚫고 들어갔다. 그는 카펫 위로 폭 쓰러졌다. 흥미롭게도, 총알의 충격이 그를 쓰러뜨렸는데도 이마가 약간 따갑기만 했다. 이마를 만지려고 했을 때 그는 두 팔이 흐느적거리는 촉수로 변했음을 알아차렸다. 흐르는 피 때문에 오른 눈이 보이지 않았지만 다른 테드가 거실을 서성이는 모습은 볼 수 있었다.

그의 가슴께에서 진동이 느껴졌다. 다른 테드가 그 모습을 보고 그의 몸 위로 허리를 굽히고 재킷 안주머니에서 휴대전화를 찾아 꺼냈다. 한순간 화면이 보였는데 그 속에 홀리의 얼굴이 있었다.

다른 테드가 갑자기 그를 보았다.

"홀리가 누구야? 이것 때문에 내 계획을 망치는 건 아니겠지, 웬델?"

그는 공처럼 말아 쥔 축축한 홀리의 비키니를 느꼈다. 그는 그것을 꽉 쥐려고 애썼다. 마치 그렇게 하면 현실을, 기억을 붙잡을 수 있다는 듯이. 그러나 그의 손가락이 반응하지 않았다. 할 수 있는 일이라고는…….

다른 테드는 눈에 띄게 불안하고 흥분한 표정이었다. 그는 휴대전화에 뜬 문자메시지를 읽더니 안색이 변했다.

우리 거의 다 왔어. 오늘 낚시는 이제 그만 끝내시지.

밖에서, 친숙한 엔진 소리가 미니밴의 도착을 알렸다. 다른 테드가 창가로 가서 밖을 내다보았다.

"빌어먹을!"

몇 초 후 자동차 소리가 완전히 멈췄다. 카펫 위에 쓰러진 테드는 눈을 최대한 크게 떴지만 자기가 들어온 현관문을 볼 수가 없었다. 그러나 다른 테드가 거실을 가로질러 부엌으로 달려가 쪽문으로 빠져나가는 건 보았다. 이제 현관문 반대쪽에서 신디와 나딘의 목소리가 들렸다. 그는 아이들이 들어오는 것을 원하지 않았다. 아빠가 이마에 총알이 박힌 채 쓰러져 있는 모습을 발견하게 하고 싶지 않았다. 긴장되는 순간이었다.

"문에 붙어 있는 종이, 뭐야?" 신디가 물었다.

"메모야." 나딘이 대답했다. "엄마 이름이 있네, 여기."

테드는 머리에 총알이 박힌 채 바닥에 쓰러져 누워, 문 밖에서 들려오는 대화를 듣고 있었다.

"뭐라고 써 있어, 엄마? 우리도 알고 싶어."

침묵.

"왜 울어, 엄마?"

테드는 늘 앉는 벤치에 앉아 있었다. 아침식사를 일찍 마치고 혼자 나와 있었다. 얼마 지나지 않아 마이크가 따라 나와 테드에게 다가왔다. 그는 테드의 기분이 좋지 않은 것을 알아차렸다.

"이거 내가 좋아하는 벤치인데 같이 앉게 생겼군." 마이크는 책을 갖고 있었다.

테드는 아무 대답도 하지 않고 농구 코트를 바라보고 있었다.

"인생이 초콜릿처럼 달콤하다고 말할 얼굴은 아니네?" 마이크가 테드 옆에 앉으면서 말했다. "말할 기분 아니야?" 그는 책을 펴고 읽기 시작했다.

잠시 후 그는 무릎을 톡톡 치는 손길을 느꼈다. 마이크가 테드의 눈길을 따라 라벤더 정원 문 쪽을 돌아보니, 로저가 거기 서서 오라고 손짓하고 있었다.

"뭐야?" 마이크는 룸메이트의 반응을 이해할 수 없었다.

"안 보여?"

"누가? 저기 아무도 없는데, 테드." 마이크가 농담을 했다. 그러나 테드의 표정이 어두워지는 것을 보고는 지금은 농담할 때가 아니라는 것을 알아차렸다. "물론 보이지. 왜 안 보여. 당신 의사와 항상 같이 다니는 B병동 남자 간호사잖아. 로저 어쩌구."

테드는 기운을 되찾았다.

"괜찮아, 친구?"

"응, 괜찮아." 테드가 일어섰다. "나중에 봐."

테드는 로저에게로 걸어갔다. 어젯밤 꿈 때문에 마음이 심란했다.

아직도 이해가 안 돼?

로라가 평가실에서 그들을 기다리고 있었다. 테드는 고개를 숙이고 발을 질질 끌면서 안으로 들어왔다. 그녀는 가족의 소식을 애타게 기다리는 남자를 기대했는데, 오늘의 테드는 그런 남자가 아니었다.

로저가 손짓으로 그녀의 주의를 끌었다.

"정말 이거 필요없겠······." 로저가 쇠사슬을 들어 보였다.

로라가 고개를 가로저었다. 이젠 그런 거 없이 시작할 때가 됐다고 결정한 터였다.

"남아 있을까요?" 로저가 제안했다.

"그럴 필요 없을 것 같아."

간호사는 반신반의하는 것 같았지만, 결국에는 방을 나갔다. 테드는 늘 앉는 의자에 앉았다.

"테드, 나 좀 봐요. 나중에 얘기할까요?"

"아니, 아니. 다른 어느 때보다도 오늘은 꼭 당신과 이야기할 필요가 있어요. 난 지금 생각을 정리하고 있는 중이니까."

"오늘 약 먹었어요?"

"물론이죠. 당신 친구들이 내가 다른 선택을 할 수 있게 해주는

275

줄 알아요?" 그가 농담조로 말했다.

로라가 미소 지었다.

"진정제를 줬나 싶어서요. 기록에는 아무것도 없는데."

"진정제는 안 받았어요."

"당신이 홀리를 만나고 싶어 한다는 생각이 들어서 어쩌면……."

홀리라는 이름이 나오자 테드의 얼굴에 희망을 담은 미소가 떠올랐다. 그는 웃음을 참을 수 없었다.

"연락이 됐나요?"

"네. 홀리가 당신한테 꼭 전해달랬어요. 자기는 딸들이 아버지를 만나는 걸 막을 생각이 전혀 없다고. 당신이 애들을 얼마나 많이 사랑하고 애들도 당신을 얼마나 사랑하는지 잘 알고 있다고요. 신디와 나딘도 아버지를 무척 보고 싶어 하는데, 당신이 병원에서 회복 중이라서 잠시 못 만나는 거라고 이해하고 있대요."

"어제 당신이 한 말이 맞는 것 같아요. 좀 더 기다리는 게 나을 것 같아요. 난 그냥 다들 잘 있는지 궁금했을 뿐이에요."

"며칠 기다리는 게 가장 좋을 것 같아요. 지금 많이 좋아지고 있으니까. 장족의 발전을 했으니까요. 근데 왜 생각이 바뀐 거죠, 테드?"

"어젯밤에도 같은 꿈을 꿨어요. 내 집 뒤쪽 테라스가 나오는 꿈. 근데 이번에는 좀 다른 일이 일어났어요. 내가 테라스로 나가 바다로 향했는데, 그게 바다가 아니더라고요. 호수였어요."

로라가 휴대용 녹음기를 찾아 핸드백을 뒤졌다. 지금까지 테드가 꿈속에서 자기 집을 떠난 적이 한 번도 없었다. 그렇다면 이것은…….

그녀는 흥분이 고조되는 것을 느꼈다. 테이블 위에 녹음기를 놓고 테드에게 꿈에 대해서 가능한 한 상세하게 말해달라고 했다. 테드가 이야기를 시작했다. 꿈에서 깬 뒤에도 아무것도 사라지지 않았다. 모든 것이 방금 본 영화처럼 매우 생생하게 마음속에 남아 있었다.

그가 빼놓고 말하지 않은 것 하나는, 전체 맥락과는 아무 상관이 없고 그에게는 특히 고통스러워서 말하지 않고 넘어간 것, 해변 의자에서 홀리의 축축한 비키니를 발견한 사실이었다.

그가 이야기를 끝내자, 로라는 녹음기를 끄고 핸드백에 도로 넣었다. 그러고는 수첩을 집어 들고 몇 가지 메모를 했다.

"로라, 그동안 홀리를 만나보고 닥터 카마이클도 만나보고, 나와 관련이 있는 다른 사람들도 많이 봤을 텐데, 웬델은 찾을 수 있었나요?"

로라가 깜짝 놀라 침을 꿀꺽 삼켰다.

"테드, 어젯밤에 꾼 꿈이 당신이 진실을 볼 수 있게 도와줄 거예요."

"이해가 안 가는데요."

"단도직입적으로 말할게요, 테드. 당신이 웬델이에요."

로라는 웬델이 실존 인물이 아니라 테드가 자신을 투사해 만든 가상의 인물이라는 사실을 처음부터 알고 있었다. 홀리는 그 호숫가 저택이 자기들의 별장이고, 거의 매 주말을 그곳에서 보냈지만, 결혼생활이 삐걱거리기 시작한 후로 최근에는 주로 테드 혼자 그 별장을 찾곤 했다고 확인해주었다. 낚시를 좋아하는 사람도 테드였고, 검은색 람보르기니를 소유하고 자식처럼 애지중지한 사람도 테드였으며, 상담 때 자주 묘사한, 디즈니 공주의 성을 조립한 사람도 테드였다.

대학 때 린치를 만난 사람 역시 테드 자신이었다. 대학 다닐 때와 졸업 후에도 한동안 가까운 사이였다. 그 후로는 관계가 점점 더 소원해졌지만, 연락이 완전히 끊긴 적은 한 번도 없었다. 홀리는 로라에게 자기가 린치와 만나기 시작한 것은 테드와의 결혼생활이 이미 파경에 이르렀고 이젠 끝낼 때가 되었다고 서로 합의한 후였다고 자신 있게 말했다. 아직까지 이혼하지 않은 것은 딸들에게 알릴 적절한 때를 기다리고 있었기 때문이라고도 했다.

홀리와 린치는 매우 조심했지만, 딱 한 번 실수한 적이 있었다. 식당에서 저녁을 먹다가 카메라에 잡혔을 때였다. 그들은 몰래 숨어서 만나는 것 말고 떳떳하게 드러내놓고 하룻밤 데이트를 즐기고 싶었다. 그래서 그들은 15킬로미터 이상 떨어진 비벌리로 각자 차를 타고 가서 만나기로 했다. 완벽한 자유를 만끽하고 싶었던 탓에 창가 자리에 앉는 어리석은 실수를 저질렀다. 사람들이 지나다가 그들을 볼 때마다 그들은 농담을 하곤 했다고, 홀리가 후회하며 로라에게 말했다. 홀리도 린치도 보스턴에서부터 자신들을 미행해온 사립탐정이 있다는 걸 알아차리지 못했다.

홀리는 자기가 테드를 포기하기 훨씬 전부터 테드가 자기를 사랑하지 않았다고 주장했다. 홀리와 함께 있을 때 테드는 말을 거의 하지 않았고 흡사 은둔자 같았다. 그러나 몇 달 전부터는 더 심해져서 그녀와 거리를 두고 자신의 감정을 드러내지 않기 시작했다. 테드는 가능한 한 숨기려고 노력했지만, 아내로부터 멀어지는 것이 갈수록 분명하게 보였다. 부부관계도 점점 더 줄어들다가 결국에는 완전히 사라졌다. 그가 먼저 섹스를 요구하는 일이 사라졌고, 몇 달 동안은 그녀가 나서서 이끌어야 했다. 그녀는 파닥거리며 꺼져가는 모닥불에 기적의 장작을 던져 넣으면 다시 활활 불이 붙듯 그의 시들어가는 욕망도 되살릴 수 있다고 믿었다. 그러나 기계적인 관계라도 갖기 위해 구걸하다시피 하는 상황에 그녀는 모욕감을 느꼈다.

홀리는 자신을 속이려고 노력했고, 일이 너무 많다거나 딸들이 아직 잠들지 않았다는 등 부부관계를 피하려고 내놓는 테드의 변명을 믿으려고 애썼다. 하지만 현실을 직시하는 순간이 결국 찾아왔고, 분명히 느낄 수 있었다. 남편은 그녀를 원하지 않았다. 진실을 가리고 있던 눈가리개가 벗겨지는 순간이었다. 테드는 가장 중요한 고객들, 기업 대표로서 자신이 직접 만나야 하는 고객들을 만나러 한 달에 한 번, 어떤 때는 한 달에 두 번도 출장을 갔다. 이 고객들은 수백만 달러 규모의 거래를 하는 사람들이고, 정말 중요한 가치가 있는 고객들이라 투자 상황에 대해서 직접 보고해야 한다고 말했다. 적어도 사흘, 어떤 때는 일주일씩 출장을 갔고, 딸들에게 줄 선물을 들고 한결 좋아진 기분으로 돌아와서 행복한 가장으로서의 역할을 했다. 출장에서 돌아온 후 한두 번은 성욕이 다시 생겨나 아내와 잠자리를 갖기도 했다.

그러나 상황은 너무 빨리 평소로 돌아가곤 했다. 그는 다시 비사교적이고 변덕이 심한 사람이 되었고, 기회만 생기면 호수로 달려가 낚시를 하곤 했다. 홀리는 남편에게 여자가 있는지, 한 명이 아니라 여러 명의 여자가 있는지 어떤지는 알지 못했다. 그녀가 확실히 알았던 것은 남편은 집에서 멀리 있을 때 제일 행복하다는 사실이었다.

홀리는 남편의 출장이 사실인지 확인해야 한다는 의무감을 느꼈다. 그녀는 자존심을 꺾고 남편의 회사에 전화를 걸어 테드의 비서와 사업 파트너와 통화해서 모든 것을 확인했다. 테드는 모든 것을 매우 꼼꼼하게 계획했거나 아니면 외도를 하지 않는 거였다. 물론, 아무리 출장이라고 해도 일주일이나 무엇을 하겠는가? 테드는 출장 가서 시간 날 땐 낚시를 한다고 했고, 그래서 홀리는 덴버의 낚시 동호회에 문의해서 그의 말이 사실임을 확인했다. 테드가 아내를 속이고 외도를 하고 있었다면, 몇 주 후 세상 사람들이 다 볼 수 있게 식당 창가 자리에 애인과 함께 앉아 있던 그녀보다는 훨씬 더 용의주도했을 것이다.

결국 홀리가 패배를 인정했다. 궁극적으로 볼 때 테드가 외도를 하든 하지 않았든 중요하지 않았다. 이젠 다른 문제가 생겼다. 남편에게 정나미가 떨어지기 시작한 것이다. 몇 주가 지나자 그녀는 남편의 무관심을 환영하기 시작했고 유도하기까지 했다. 차라리 다른 여자가 있기를 바라게 되었다. 그러면 모든 일이 훨씬 더 쉬워질 테니까.

어느 날 저스틴 린치가 그들의 집을 방문했다. 테드와 딸들은 마침 집에 없었다. 홀리는 평소 저스틴과 잘 어울렸기 때문에 그를 안으로 들였다. 그들은 와인 한 잔을 나눠 마시면서 이야기를 했고, 단 두 시간 만에 홀리는 그에게 모든 것을 털어놓았다. 모든 것을. 저스틴은 테드와 홀리의 결혼생활에 그렇게 문제가 많았는지 몰랐다고 말했다. 하물며 테드에게 애인이 있는지 어떤지는 더더욱 알지 못한다고도 했다. 자기 친구는 그런 일에 대해서는 자기에게 아무 말도 하지 않았다고도 했다. 테드가 굉장히 내성적이잖아요, 저스틴이 변명하듯 말했다. 그러나 저스틴과 홀리는 서로 끌리는 게 분명했고, 그는 얼마 지나지 않아 그녀의 가장 친한 친구가 되었다.

상황이 도저히 견딜 수 없을 정도가 되자 홀리는 테드에게 이혼이 최선이라는 분명한 사실을 말하기로 결심했다. 테드는 처음부터 동의했다. 테드가 끔찍한 두통을 겪기 시작했고, 몸 여기저기에서 적신호를 보낼 무렵이었다. 홀리와 저스틴은 친구 사이로 계속 만났지만 날이 갈수록 서로에 대한 호감이 커져서 도저히 참을 수 없을 정도가 되었다. 서로에 대해 알면 알수록 같이 있고 싶은 마음이 커졌다. 홀리와 테드가 이혼하기로 합의하자 저스틴과 홀리는 자유롭게 만나고 사귀기 시작했다. 테드에게도 애인이 있을지 모른다고 의심한 것은 그들이 죄책감을 줄이기 위해 스스로 한 거짓말이었다.

뇌에 악성 종양이 퍼지고 있다고 확신한 테드가 이때쯤부터 닥터 카마이클의 진료를 받기 시작했다는 사실을 홀리는 알지 못했다. 하물며 삶을 이쯤에서 끝내자는 생각이 서서히 그러나 확실히 그의 마음속에 자리 잡고 있었다는 사실은 말할 것도 없었다.

홀리가 나중에야 알게 된 또 다른 사실은 사립탐정이 그녀를 미행하고 있었고, 이미 식당에서 사진도 찍었다는 사실이었다. 테드는 그녀나 린치에게 어떻게 된 일이냐고 따지지 않았다. 사진을 봉투에 담아 벽장 금고에 넣어두고 아무 일도 없었던 것처럼 생활했다. 그리고 이혼 사실을 딸들과 가까운 친척들에게 어떻게 알리고 설득할 것인가 결정할 때까지 과도기적 상태로 살아갔다. 아이러니하게도 이때가 그들이 가장 사이좋게 지낸 시절이었다.

홀리는 사진을 나중에야, 훨씬 나중에야 발견했다고 나중에 로라에게 말했다. 금고 열쇠가 없어서 강제로 열어야 했다고. 그러나 그것도 사진을 찍히고 한 달 후였다! 한 달 동안 테드는 그런 일 따위 전혀 중요하지 않은 것처럼 한마디 내색도 하지 않고 그녀와 한 지붕 밑에서 살았다.

테드는 왜 한 달을 기다렸을까? 한 달 후에 그는 린치의 사무실로 찾아가서—그 건물에서 린치를 제외하고는 거의 모두 퇴근하고 없을 때였다— 황동 램프로 린치를 흠씬 두들겨 팼다. 바로 아래층에 있던 누군가가 폭행 소리와 비명을 듣고 경찰에 신고했고, 경찰은 램프를 무릎에 올려놓고 친구의 피를 온몸에 묻힌 채 건물 로비에 앉아 있는 테드를 발견했다. 그를 발견한 경찰관이 이름을 묻자 그는 모른다고 말했고 잠시 후에는 자기 이름이 웬델이라고 말했다. 경찰은 그를 연행했고 그의 본명이 시어도어 매케이라는 것을 알아냈다.

그 폭행사건으로 인해 린치는 혼수상태로 병원에 누워 있게 되었다. 처음 며칠간은 의사들이 낙관적인 견해를 밝혔다. 손상된 동맥을 복원하는 응급 수술을 했고, 뇌의 유압을 완화시켜주는 삼투압요법을 병행하면 염증이 완화되어 의식을 되찾을 거라고. 그러나 그런 일은 일어나지 않았다.

홀리는 매주 병문안을 갔다. 저스틴에게는 가까운 친척이 거의 없었다. 항상 병원 침대에 혼자 누워서 오지 않을지도 모르는 기적을 기다리는 그를 보면 가슴이 무너졌다. 홀리는 자신이 그와 사랑에 빠졌었다고 말할 수는 없었지만, 그 방향으로 나아가고 있었다고 확신했다. 물론 그녀는 책임감을 느꼈다. 왜 좀 더 조심하지 않았을까? 그녀는 로라의 권고로 심리치료를 시작했고 정말로 큰 도움을 받았다. 테드처럼 평화롭고 대화의 창을 열어놓는 사람이 배우자의 부정을 알게 된 것을 한 달 동안 비밀로 간직했다가 베수비오 활화산처럼 폭발할 것을 누가 상상이나 했을까?

한편 테드는 긴장성 흥분상태에 있었다. 그는 라벤더 메모리얼 병원에 수용되었다. 닥터 로라 힐이 그의 치료를 맡자마자 그때까지 테드를 치료해온 닥터 카마이클에게 즉시 연락을 취했다.

테드는 로라의 말을 끊지 않고 끝까지 귀 기울여 들었다. 자신이 린치를 폭행했다는 이야기를 들었을 땐 약간 놀라는 것 같았지만, 그뿐이었다.

"아직도 혼수상태인가요?"

"유감스럽게도 그래요."

"내가 그랬다는 것에는 의심의 여지가 없는 거로군요, 그렇죠?"

로라가 고개를 끄덕였다.

"분명히 무슨 이유가 있을 거예요." 테드가 말했다. "왜 내가 친구를 두들겨 패서 혼수상태에 빠지게 했을까요? 분명히 말하지만 그가 내 아내와 합의하에 관계를 가졌다는 것만으로는 부족해요. 난 그렇게 누굴 때려본 적이 한 번도 없어요. 정말 화가 났겠지만, 그건 부인하지 않겠지만, 친구를 죽이고 싶을 정도는 아니었을 거예요. 그것 말고 뭔가 더 있을 거예요."

"그 답은 당신의 머릿속에 그리고 린치의 머릿속에 있는데, 린치는 당분간 우리에게 아무 이야기도 해줄 수가 없어요."

"오, 하느님."

"그렇게 행동했을 때 당신은 분명히 정상이 아니었어요. 그 전에도 마찬가지였고요. 홀리 말로는 레스토랑에서 찍은 사진을 당신이 한 달이나 몰래 간직하고 있었다더군요. 당신답지 않았다고요. 당신이 정상이었다면 그 일에 대해서 무슨 말이든 했을 거래요."

테드는 고개를 끄덕였다.

뭔가 다른 게 있는 것이 틀림없었다. 린치. 테드의 기억 속에 전혀 남아 있지 않은 그 친구에 대해서는 추측하기가 힘들었다. 어쩌면 테드에 관한 어떤 사실을, 홀리에게 상처를 줄 수 있는 어떤 사실을 린치가 알고 있었던 건지도 몰랐다.

로라는 테드의 걱정스러운 표정을 읽었다. "무슨 생각해요?"

"홀리가 린치에 관해서 무슨 말 안 했어요? 어떤 의혹이나 의심스러운 게 있다고? 홀리가 그와 관계를 가졌다면, 그건 그가 좋은 사람이라고 생각해서일 텐데, 당신도 알다시피 때때로 우리는 어울리지 않는 사람과 엮이기도 하잖아요."

"무슨 뜻인지 알아요. 솔직하게 말할게요. 홀리는 린치가 차분하고 친절하고 배려심 깊은 남자라고 했어요. 그와 홀리가 서로에게 호감을 갖기 시작했지만, 당신과 홀리가 이혼에 합의할 때까지 관계를 진전시키기를 거부했대요. 그리고 당신을 만나서 모든 것을 설명하고 싶어 했대요. 물론 그렇다고 다른 무엇이 없었다는 뜻은 아니지만요. 어쨌든 홀리는 린치를 그렇게 생각했어요."

"홀리는 매우 직관적인 사람이에요. 홀리가 그렇게 말했다면 아마 사실일 거예요."

"내 생각도 당신 생각과 같아요." 로라가 말했다. 그녀는 비닐 내지가 있는 서류철에서 뭔가를 찾고 있었다. "당신이 린치에게 그렇게 반응하게 된 뭔가가 분명히 있었을 거예요. 어쩌면 당신이 그를 미행할 때 알아낸 어떤 사실 때문이었는지도 모르죠. 나는 당신이 고용한 사립탐정을 만나지 못했는데 홀리는 만났대요. 탐정은 자신이 한 일은 린치와 홀리를 미행해 사진을 찍어서 당신한테 넘긴 게 전부라고 했대요."

"그 사립탐정 이름이 피터슨 아닌가요?"

"기억나요?"

"웬델이 그에 대해 얘기한 적이 있어요. 오, 하느님. 그동안 난 세상에 존재하지도 않는 사람에 대해 얘기하고 있었군요. 어떻게 그런 일이 가능하죠?"

"린치와의 우정, 홀리와의 관계, 호숫가 별장. 그런 것들이 모두 웬델의 일부예요. 당신의 마음이 그러한 정보를 구분해서 저장했고, 이젠 그 정보가 그에게 속하게 된 거죠. 어떻게 보면 당신은 그 정보에 접근권이 없다고 할 수 있어요. 당신의 머릿속에 자물쇠로 잠긴 방이 있는 거나 마찬가지죠."

문을 열어.

로라가 침착하게 말했다. 마치 한마디 한마디 할 때마다 테드가 정보를 완전히 이해할 능력이 있는지 시험하는 것 같았다.

"그건 뭐죠?" 테드가 물었다. 로라가 서류철에서 사진 한 장을 꺼내어 들고 있었다. 작은 사진이었고 오래전에 찍은 것 같았다.

사진 속에는 대학 기숙사 파티 때 우마 서먼이 나온 영화 〈펄프 픽션〉 포스터 옆에서 웃고 있는 젊은 테드와 린치가 있었다. 그 포스터를 보자 그 옛날의 기억들이 생생하게 되살아났다. 그 포스터는 기숙사 복도에 걸려 있었다. 흑갈색 머리의 우마 서먼이 도발적으로 담배를 피우고 있었다. 사진 속의 테드는 잘생겼고 말랐으며 어깨까지 내려오는 장발이었다. 액슬 로즈*처럼 두건을 두르고 있었고 손에는 플라스틱 컵을 들고 있었다. 그의 옆에서 린치는 테드의 망상 속에서 그의 집 초인종을 누를 때처럼 쾌활하게 웃고 있었다. 그의 잘생긴 외모는 사람을 확 잡아끄는 매력이 있었다.

"이 포스터는 생생하게 기억나는데 린치는 왜 안 날까요. 친했던 것 같은데."

로라가 고개를 끄덕였다. 그러고는 사진을 서류철에 도로 집어넣었다.

"꿈에서 호숫가 집과 관련해 새로운 게 있었어요." 테드가 말했다. "그 집이 익숙한 느낌이 들더군요. 그리고 오늘 아침에 일어났을 때 갑자기 깨달은 게 있어요. 웬델의 얼굴이 기억나지 않는다는 거. 그의 눈이 무슨 색이었는지도 모르겠더군요. 기억 속에 있는 그의 얼굴이 아주 희미했어요. 날씬했던가? 안경을 꼈나? 잘 모르겠어요."

"웬델에 관해서 물어보고 싶은 게 있어요." 로라가 말했다. "웬델이라는 이름이 당신에게 어떤 의미가 있나요?"

테드는 생각해보았다.

"그런 이름을 가진 사람을 알았느냐고 묻는 거라면, 대답은 '아니다'예요. 적어도 내 기억에는 없어요. 물론 현재로선 그 기억이 그리 멀리까지 도달하지 않지만."

로라는 고개를 끄덕였다.

"내가 한 사람을 혼수상태에 빠뜨렸다는 게 도무지 믿어지지가 않아요." 테드는 두 손으로 머리를 잡고 절레절레 흔들었다.

---

* 그룹 건스 앤드 로지스의 멤버.

"그런 생각은 하지 말아요, 테드. 당신의 정신병 중 그 부분은 린치와의 사건 이전에 시작됐다고 확신해요. 오래전에 시작됐죠. 웬델은 존재하지 않는다는 걸, 모습을 바꾼 당신의 일부라는 사실을 당신에게 말해주기 전에, 그것에 대해 많이 생각해봤어요."

"내가 그 주기들 중 어느 하나로 돌아갈까 봐 걱정돼요?"

"그럴 것 같진 않아요. 그러기에는 너무 멀리 왔거든요."

"너무 멀리?"

"그래요. 제1주기에 대해서 생각해봐요. 당신은 뇌종양 때문에 자살하려고 했어요. 하지만 대신 웬델을 죽여야 했죠. 홀리의 불륜에 대한 진실을 알고 있는 당신의 일부, 린치를 폭행한 책임이 있는 당신의 일부를요. 어떻게 보면 아주 완벽한 주기예요. 내 추측은 당신이 린치를 만난 후 자살을 계획했는데, 판단이 흐려져서 실행에 옮기지는 못했다는 거예요. 그러자 당신의 마음이 이 주기를 고안해냈고, 계속 반복하면서 웬델과 웬델이 대표하는 모든 것들을 죽인 거죠."

"무슨 말인지 알겠어요." 테드가 말했다. "그 주기에서는, 심지어 홀리와 아무 문제도 없었죠."

"완벽한 자살이었어요."

"그럼 블레인은? 어떤 맥락에서 블레인이 들어오는 거죠?"

로라가 두려워하던 유일한 질문이 나와버렸다. 그녀가 버즈 라이트이어 스티커를 발견한 후로 해답을 찾을 수 없었던 질문이었다. 하지만 아직은 그렇다고 말하고 싶지 않아서 이틀 전이었다면 했을 법한 대답을 해주었다.

"당신은 웬델을 살해한 걸 정당화할 방법을 찾아야 했어요. 그래서 서로 죽여주는 자살 클럽이라는 기발한 아이디어를 생각해낸 거죠. 생각해봐요. 자살하지 않게 설득하는 가장 좋은 방법이 뭘까요? 자살이 가족을 얼마나 힘들게 할지 알고 있는 그 마음에 호소하는 거 아닐까요? 그게 열쇠예요. 당신이 자살을 고민했을 때 똑같은 질문이 머릿속에 있었을 거예요. 내가 왜 제1주기를 완벽한 자살이라고 하는지 알겠어요? 그 주기에서 당신은 심지어 자살이 사랑하는 사람들에게 미칠 영향이라는 문제까지 해결했어요. 모든 게 완벽하게 맞아떨어졌죠. 그리고 당신이 라벤더에 입원하기 전, 며칠 동안 블레인 사건이 언론에 크게 보도되었어요. 나도 그 사건에 관한 신문기사를 엄청나게 많이 스크랩했죠. 아마도 당신은 그 사건을 이용해 주기를 구성한 걸 거예요. 그리고 또 한 가지 중요한 요소를 기억해야 해요. 린치는 당신에게 낯선 사람이었다는 사실. 웬델만이 그를 알고 있었죠."

"근데 왜 우리의 상담이 주기의 일부로 들어가 있죠? 왜 우리의 상담이 내가 전혀 기억하지 못하는 라벤더에서의 내 삶의 나머지 부분과 같지 않은 거죠?"

"처음에는 주기에 들어가지 못했어요. 우리의 상담이 주기로 끼어들어 주기를 부수고 문을 활짝 연 것은 우리가 당신의 과거를 탐험하기 시작하고 난 뒤부터였어요. 말편자 가지고 있어요?"

테드는 고개를 끄덕였다. 주머니 속 말편자의 무게가 느껴졌다.

"제1주기에서 처음으로 틈이 생기기 시작한 게 그때였어요. 딸들이 호숫가 집으로 이어진 길을 달려오는 기억. 당신의 무의식이 그런 목가적인 결말을 부수고 웬델의 가면을 벗길 방법을 찾으려고 애를 썼던 거죠."

테드는 놀라워하면서 고개를 끄덕였다. 무슨 말인지 이해가 되었다.

"그래서 제2주기에서는 웬델을 죽이지 않은 거군요." 그가 기억을 더듬으며 말했다.

"바로 그거예요. 제2주기에서는, 당신은 웬델과 린치가 서로 아는 사이라는 걸, 대학 때 룸메이트였다는 것을 이미 알고 있었어요. 그건 당신 자신의 역사였어요, 테드! 당신은 당신과 린치와의 관계를 파헤치려고 했어요. 그런데 웬델은 가면이 벗겨지길 원하지 않았죠. 벗겨지면 당신의 그 부분이 사라져야 하는 거라서, 웬델은 당신이 린치에게 화를 내게 만들려고 애썼어요. 식당 사진을 보여준 것도 그래서였죠. 기억해요, 제2주기에서 당신은 홀리와의 문제에 대해서도 알고 있었어요. 주기가 진화하면서 당신은 현실에 가까워졌어요."

"그래서 웬델이 나를 당신과 로저에게서 등 돌리게 만들려고 애쓴 거로군요. 오, 하느님, 아직도 그를 실존인물로 생각하고 있네, 내가."

이봐, 테드. 자네 머리에 정보가 들어 있어—웬델이 몸을 앞으로 기울이고 테드의 이마를 가리켰다—자네를 곤란에 빠뜨릴 수 있는 정보가. 그건 나를 곤란에 빠뜨릴 수 있는 정보이기도 하지. 부인하지 않을게.

"홀리가 나를 보고 싶어 하지 않는 이유를 이제야 알겠어요." 테드가 말했다.

"사실, 홀리는 당신을 보고 싶어 해요."

"정말?"

"홀리는 당신이 정상적인 상태였다면 절대로 린치를 해치지 않았으리라는 걸 알고 있어요. 당신이 여기서 받고 있는 치료가 당신을 예전의 모습으로 돌아가게 할 거라고 믿고요."

"홀리와 통화했어요?"

로라가 고개를 끄덕였다.

"당신과 약속한 대로 오늘 아침에 제일 먼저 홀리와 통화했어요. 이만큼 진전을 이뤘으니, 솔직히 말해서 당신이 딸들을 만나는 것도 좋을 것 같거든요. 홀리는 언제든 부르기만 하면 딸들을 데리고 올 준비가 되어 있다고 말했어요."

행복감과 근심걱정이 한데 섞여 그의 마음을 흔들어놓았지만, 딸들과 행복했던 순간들에 대한 기억이 다른 감정들을 몰아냈다. 나딘과 신디의 모습, 서로 끌어안고 잘 자라고 뽀뽀하고 침대 머리맡에서 동화를 읽어주던 기억들. 갑자기 눈물이 흘렀다. 그는 7개월 전 라벤더에 온 후 처음으로 울고 있었다.

마커스가 비서에게 아무도 들이지 말라고 지시하고 있을 때—서둘러 지출품의서를 검토해서 병원장에게 올려야 했다—로라가 복도에 나타났다. 그의 우선순위가 갑자기 바뀌었다.

"이게 웬일이야!" 그녀를 보고 그가 말했다.

그의 어머니보다도 그를 더 잘 알고 있었던 그의 비서는 둥근 안경테 너머로 그를 흘낏했다. 그 표정에는 비난과 연민이 섞여 있었다.

"바빠요, 지금?" 로라가 그의 사무실로 들어가면서 물었다.

마커스가 그녀를 따라 들어갔다. "평소보다 많이 바쁘지는 않아. 기분 좋아 보이는군. 무슨 일이 있었어?"

"그렇게 표시가 나요?"

"약간."

"기분 좋아요." 로라가 인정했다. "테드와 이야기를 했어요. 그가 린치에게 어떻게 했는지에 대해서, 웬델과 다른 모든 일에 대해서. 테드가 어젯밤에 흥미로운 사실을 드러내는 꿈을 꿨대요. 꿈에서 스스로 알아낼 뻔했더라고요. 때가 됐다고 생각했는데, 내 판단이 틀리지 않았어요."

"나도 기쁘군." 마커스가 책상 위에 어지러이 널려 있는 서류들을 옆으로 치웠다.

"정말 안 바빠요?"

"전혀." 그가 낮은 목소리로 말했다.

"이 모든 일의 진짜 원인에 근접하고 있는 것 같아요, 마커스."

"다행이야."

"당신도 이제 이야기의 일부예요. 내게서 벗어날 수 없어요." 그녀가 윙크했다.

마커스가 껄껄 웃었다.

"그게 좋은 일인지 나쁜 일인지 모르겠군. 하지만 책을 쓸 때 한 가지만 부탁할게. 매케이를 우리 병동으로 옮기기로 한 우리의 작은 거래에 대해서는 쓰지 말아줘."

"그러고 보니 고맙다는 말도 제대로 못했네요. 당신을 내 이상한 계획에 끌어들였는데 불평 한마디 없이 도와주어서 정말 고마워요."

"아까도 말했지만 도울 수 있어서 다행이야."

"그 말만 하려고 온 거 아닌데. 지출품의서 작성을 방해하려고 온 것도 아니고." 마커스가 옆에 쌓아놓은 서류를 가리키며 로라가 말했다. "내일 저녁에 우리 집에 와서 함께 저녁 먹을래요?"

"물론 좋지."

"좋아요. 7시 괜찮아요?"

"응. 7시까지 갈게."

"언니한테 월터 데려가라고 할게요. 이모 집에서 하룻밤 자면서 사촌 누나들하고 노는 거 엄청 좋아하거든요. 자기가 하자는 대로 뭐든지 다 해줘서."

마커스는 당황해서 즉시 반응을 보이지 못했다. 이거 데이트인가?

로라가 일어섰다. "내일 만나요." 그녀가 선언했다. "일하라고 봐주는 거예요."

그는 그녀에게 한 번 더 웃어 보이고 문을 닫았다. 밖으로 나온 로라는 새어나오는 웃음을 참고 있었다. 그렇게 초대하는 건 좀 짓궂은 짓이었다는 걸 그녀는 알고 있었다. 마커스는 일과 관련된 또 다른 부탁을 예상했을 터였다. 저녁 먹으러 오라는 초대가 아니라.

클라우디아가 로라의 장난기 어린 표정을 보고 경계하듯 그녀를 노려보았다. 로라는 즉시 냉정을 되찾고 비서에게 고개를 끄덕여 보인 후 자리를 떴다.

24

월터는 거실 소파에 앉아서 배낭과 신중하게 고른 장난감이 든 또 하나의 가방을 옆에 놓고 기다리고 있었다. 이모는 6시는 되어야 데리러 오기로 했지만, 월터는 미리 준비해야 한다고 고집을 부렸다. 디디 이모가 일찍 올 수도 있잖아. 사실 월터는 디디 이모와 그레이스와 미셸, 두 누나들이 있는 이모네 집을 제외하고는 다른 집에서, 심지어 아빠 집에서도 자본 적이 없었다. 월터의 아빠는 아들을 위한 침실조차 마련해놓지 않았다.

아래층으로 내려오던 로라는 배낭과 가방을 꽉 붙들고 초인종이 울리기만 하면 튀어나갈 태세로 소파에 앉아 있는 아들을 보고 마음이 짠해졌다. 제 아빠를 기다릴 때에도 똑같이 저렇게 앉아서 기다렸다. 제 아빠가 마지막 순간에 약속을 취소하는 습관이 월터의 자긍심을 해치는 게 분명했다. 전남편을 경멸할 또 하나의 이유라고 로라는 생각했다.

"이모 와, 엄마?"

로라는 월터 옆에 앉아서 아들의 뺨을 어루만졌다.

"물론이지."

월터는 안심한 표정으로 고개를 끄덕였다. 바로 그때 월터는 엄마가 입은 원피스와 화장한 얼굴을 알아본 것 같았다. 월터가 엄마를 위아래로 훑어보았다.

"마커스 아저씨가 엄마 남자친구야?"

로라는 무척 웃기고 귀여운 질문이라고 생각했지만 월터의 얼굴이 사뭇 진지한 것을 보고 표정 관리를 했다. 그녀가 부드럽게 미소 지었다.

"마커스는 엄마 친구야. 같은 병원에서 일하고 비슷한 점이 많아."

월터가 고개를 끄덕였다.

"엄마 원피스 입었네."

"예뻐?"

"응." 월터는 자기가 할 말을 생각하고 입을 열었다. "아빠한텐 여자친구 많아. 마커스 아저씨는 엄마 남자친구인 것 같고. 그레이스 누나도 남자친구 있지만, 그건 비밀이야. 디디 이모는 몰라."

"당분간은 엄마한테 남자친구는 없을 거야. 남자친구가 생기면 너한테 알려줄게. 알았지?"

월터는 허락하는 표정이었다.

그때 디디가 도착했다. 월터가 벌떡 일어나서 자기 짐을 들고 현관문으로 달려갔다. 아이는 이모가 초인종을 누르기도 전에 문을 열어서 이모를 놀라게 했다.

"내 사랑하는 조카, 잘 있었어?"

디디가 월터를 꼭 끌어안았다.

"이모 안 오는 줄 알았어. 누나들도 같이 왔어?"

"집에서 너 기다리고 있지. 이모가 먼저 들를 데가 있었어."

디디는 월터를 끌어안은 채 아이의 어깨 너머로 동생을 바라보았다. 로라가 입은 옷을 보고 입모양으로만 "우와" 하고 말했고 로라는 그 말을 놓치지 않았다.

"제시카 래빗*이 드레스 돌려달래." 디디가 말했다.

로라가 얼굴을 찌푸렸다.

"제시카 래빗이 누구야?" 월터가 물었다.

"아무도 아니야." 로라가 말했다. "이모가 잘난 척하는 거야."

"맞아, 이모는 아주 잘났어." 월터가 자매 사이의 농담을 못 알아듣고 진지하게 맞장구를 쳤다.

"자, 월터, 빨리 가자. 미셸 누나가 너 언제 오느냐고 아침부터 물었어."

"안녕, 엄마!" 월터는 웃음을 숨기지 못했다. 월터가 다가오자 로라는 쭈그리고 앉아서 아들에게 입을 맞췄다.

디디는 월터가 등을 보이는 때를 이용해 로라의 원피스를 가리키며 엄지를 척 들어 보였다.

"애들한테 안부 전해줘." 로라가 말했다. "즐거운 시간 보내!"

"너도!" 디디가 월터와 함께 집을 나가면서 대꾸했다.

로라는 앞마당에 서서 손을 흔들었다. 자동차가 엠버스 거리를 달려 사라진 뒤에도 1~2분 정도 그대로 서 있었다.

안으로 들어간 그녀는 요리가 어떻게 되어가는지 살폈다. 얼렁뚱땅 만들 수 있는, 비트와 감자를 곁들인 로스트비프를 만들고 있었다. 그 요리의 유일한 단점은 오븐에서 세 시간 이상 구워야 한

---

* 영화 〈누가 로저 래빗을 모함했나〉에 나오는 섹시한 여성 캐릭터.

다는 것인데, 이제 거의 다 되었다.

마커스는 제 시각에 도착했다. 가져오겠다고 고집을 부렸던 와인을 로라에게 건넸고 그녀의 원피스를 칭찬했다. 그 자신도 드레스 팬츠에 리넨 재킷을 입고 로라가 처음 보는 멋진 회색 중절모를 쓰고 있었다.

"어디서 아주 맛있는 냄새가 나는데!"

"미리 경고하는데 내 경쟁력은 요리가 아니에요. 물론 잘하는 요리가 몇 개 있긴 하지만. 이리 와요. 요리가 끝날 때까지 우선 와인 한잔해요."

식탁이 있었지만 그들은 거기 앉는 대신 거실 소파로 가서 한동안 한담을 나누었다. 월터 이야기도 하고 병원 이야기도 했다. 화제는 자연스럽게 영화로 흘러갔다. 두 사람은 서로의 취향이 비슷하다는 것을 이미 알고 있었다. 그러다가 마커스가 별 생각 없이 한 말이 그가 되도록 피하고 싶었던 화제로, 최근에 헤어진 카르멘과의 관계로 흘러가게 했다. 어찌 됐든, 그가 로라에게 호감이 있는 것은 분명했고, 그녀는 통찰력 있고 지적인 여성이었다. 방 안의 코끼리*에 대해 이야기하지 않는다고 해서 안 보이게 되는 것은 아니었다.

두 사람은 느긋하게 저녁식사를 했다. 로스트비프는 훌륭했고, 마커스는 그 순간을 즐겼다. 로라가 구운 비트를 포크로 찍어서 입으로 가져가는 동안 요즘 앉으나 서나 네 생각뿐이었다고 성급하게 고백하지는 않을 것이었다.

"제1주기에 관한 초고 읽어봤는데." 마커스는 로라가 이메일로

---

* The elephant in the room. 모두 알고 있지만 언급하지 않는 문제.

보낸 원고 이야기를 꺼냈다.

갑자기 로라의 얼굴에 생기가 돌았다. "어땠어요?"

"어제 앉은 자리에서 다 읽었어." 마커스가 말했다. 자신의 전문 분야에 대해 이야기하면 이렇게 금방 자신감이 생기다니 놀라운 일이었다. "대단히 흥미롭더군. 이젠 더 잘 이해할 수 있게 됐어, 당신의······."

"집착에 대해서?"

마커스가 껄껄 웃었다.

"헌신과 열정이라고 말하려고 했는데. 하지만 그 환자 건에 당신이 집착하고 있는 건 사실이야. 우선, 당신이 이야기를 풀어가는 방식에 동의한다는 말부터 해주고 싶어. 환자의 시각에서 풀어가는 거. 아주 적절해 보여. 각각의 주기가 테드에게는 현실이었잖아. 나중에 그 주기 대신 입원 초기 몇 달간의 그의 모습을 제삼자가 설명한 방식도 매우 유용했다는 생각이 들고. 사실 당신 글을 읽으면서 한 가지 흥미로운 사실이 떠올랐어."

로라의 눈이 커졌다.

"그게 뭔데요? 잠깐만요, 잠깐만요. 이거 다 부엌으로 옮기게 도와줘요. 커피 마시면서 얘기하죠. 나는 내가 잘 알아요. 중간에 멈출 수 없을 거예요."

그것이 바로 마커스가 우려했던 점이었다.

"좋아."

그들은 아무 말 없이 음식 접시를 들고 부엌으로 두 번을 왔다갔다했고, 중간에 마주치고 비껴가기도 했다. 마커스는 날마다 이렇게 신뢰하는 상대와 일상의 의식을 치르는 것을 꿈꾸었다. 그는 한기를 느꼈다. 자신이 참으로 어리석다는 생각이 들었다.

커피가 준비되자 그들은 거실로 돌아갔다.

"제1주기가 완벽하고 밀폐된 주기라는 당신의 생각에 나 역시 동의해." 마커스가 말했다. "웬델은 테드가 자신에 대해 혐오하는 모든 것을 대변하고 있어. 그러니까 웬델을 죽이기 위해서 웬델과 자신을 분리시킨 것은 합당해 보여. 우리가 블레인의 집에서 스티커를 확인한 이상 이 주기에서 일어나는 일련의 일들이 모두 현실에 바탕을 두고 있다고 추정하는 것이 논리적일 거야."

"맞아요." 로라가 동의했다.

"그런 일련의 일들을 쭉 한번 훑어볼 테니까, 현실에서 갈라지는 순간이 언젠지에 대해서 우리가 같은 생각인지 어떤지 보자고. 그 지점이 분석하기에 가장 흥미로운 부분일 테니까."

로라는 두 손으로 커피 컵을 꽉 쥐고 열중해서 듣고 있었다.

"우선 자살부터 시작하자." 마커스가 말했다. "젊은 린치가 끼어들어 유창한 언변으로 제안하는 부분. 거긴 쉬워. 테드가 어느 순간엔가 우리가 알지 못하는 어떤 이유로 자살을 원했고, 그걸 실행에 옮기려는 순간 무언가가 혹은 누군가가 그를 방해하고 나선 거지. 정말로 린치일 수도 있고. 테드가 기억하는 게 아닌 완전히 다른 이유로."

"린치는 아닌 것 같아요. 하지만 테드가 어느 순간엔가 스스로 목숨을 끊으려 했었다는 생각에는 나도 동의해요."

"다음은 블레인 살해. 테드는 블레인의 집에 가서 벽장 속에 숨어 있다가 그 스티커를 봤어. 분명히 블레인을 죽이려고 간 건 아닌데, 갔던 건 틀림없어. 그 스티커를 우리 눈으로 직접 봤으니까. 잘 들어맞지 않는 게 그 부분이고."

"그 문제에 대해 생각해봤는데요. 테드가 훨씬 이전에, 예를 들어 그 집에 다른 사람들이 살고 있었을 때 그 스티커를 봤다는 가능성은 배제시켜야 한다고 생각해요. 블레인이 나중에 그 집에서 살게 될 거라는 걸 테드가 어떻게 알았겠어요? 말이 안 되잖아요."

"좋은 지적이야. 그 스티커와 블레인에 관한 신문기사들을 연결할 방법은 없어. 그러므로 우린 테드가 최근에 그 집에 들어가 벽장 속에 숨어 있었다고 결론 지을 수 있겠지. 그 지점부터 현실이 갈라지는데, 어느 방향으로 가야 할지 모르고 있는 거지. 테드가 블레인을 죽일 의도가 있었다는 가능성은 배제하는 거야?"

"어떤 것도 배제하지 않아요. 테드가 램프를 가지고 린치에게 한 행동은 달라요. 그건 분명 계획한 게 아니에요."

"그래 맞아. 다음으로 넘어가자. 다음 에피소드는 테드가 고교 동창생 로비차우드 변호사를 찾아간 일. 로비차우드와 얘기해봤어?"

"네. 근데 그는 내가 원고에 쓴 것 정도밖에 얘기해주지 않았어요. 테드가 유언장을 작성하러 찾아왔대요. 로비차우드에게 자신은 평상시 만나는 사람들 무리에 속하지 않는 변호사를 원한다고 말했대요. 그때 상황을 고려하면 매우 합리적인 생각이었죠."

"어쨌든 로비차우드의 집에서 과거의 인물들을 만난 것, 그러니까 고등학교 졸업 이후로 한 번도 보지 못했던 동기들을 만난 것은, 그가 고등학교 시절에 대해 어떻게 생각하고 있는지 보여주고 있어. 그는 그 친구들 중 일부에게 못되게 행동한 것에 후회하고 있었어. 당신이 그를 현실로 불러오기 위해 과거를, 특히 체스를 강조한 것은 현명한 조처였어."

"고마워요. 체스는 그가 꾼 모든 꿈에서 항상 어딘가에 있었어요. 그를 단단히 끌어당길 낚시 고리처럼 말이죠. 좀 더 일찍 알아차렸어야 했는데 아쉬워요."

"그래봤자 바뀌는 것도 없었을 텐데 뭐. 심지어 아예 효과가 없었을지도 모르지."

"그럴지도 모르죠."

"시간표를 따라가면 그다음에는 테드가 린치의 사무실을 방문한 일이 나오지." 마커스가 말했다. "내가 자세히 보고 싶었던 게 그거야. 우리가 해야 할 중요한 일은 현실과 테드의 편집증 사이의 경계선을 설정하는 걸 거야. 우린 그가 사무실에 갔고 린치의 비서 니나를 만났다는 것을 알고 있어. 근데 지금은 니나가 자기는 그날 늦게 출근했다고 말하지. 그렇지?"

"그래요."

"근데 니나가 거짓말을 하는 거라면? 제1주기의 다른 모든 일들이 그랬던 것처럼 이 첫 번째 부분도 실제로 일어난 거라면?"

로라는 그 가능성을 생각해보았다.

"경찰이 그녀의 진술이 사실인지 확인했을까?"

로라가 고개를 가로저었다. 담당수사관은 칼 브라터라는 젊은 형사였고, 로라는 테드가 라벤더에 수용된 후 그를 두 번 만났다. 형사는 누가 폭행을 저질렀는가 하는 문제에만 관심이 있는 것 같았다. 테드가 린치를 죽을 만큼 두들겨 팼다는 데에는 의심의 여지가 없었다. 경찰은 범행 현장에서 피범벅이 된 채 램프를 쥐고 있는 테드를 발견했고, 사방에 그의 지문이 묻어 있었다. 그런 상황에서 피해자의 비서가 사소한 거짓말을 했는가 하는 문제에 신경을 쓰겠는가?

"내 말은 우리가 스티커를 발견하면서 확인했듯, 제1주기에 있는 일련의 사건들이 모두 현실에 뿌리를 두고 있다면, 테드가 그날 니나를 진짜로 봤을 가능성도 있지 않겠느냐는 거야. 그렇지 않았다면, 왜 굳이 그녀를 집어넣었겠어? 그녀는 어떤 그림과도 맞는 조각이 아닌데. 적어도 내가 볼 때는, 로비차우드의 집에서 어릴 적 친구들을 만난 것하고는 또 다른 문제거든."

로라는 테드가 니나를 만난 사실에는 별로 주목하지 않았고, 나중에 그가 린치와 나눈 대화에만 집중했다. 그런 각도에서 보지 않은 것이 자신의 잘못이었음을 이제야 깨달았다. 니나가 그날 늦게 출근했다면 테드는 왜 굳이 비서를 언급했을까? 무슨 목적이 있어서? 로라는 탐정소설의 열혈 독자였던 아버지가 자주 하던 말씀을 기억했다. 이야기에서 아무런 역할도 하지 못하는 것처럼 보이는 사소한 사실이 있다면 바로 그것에 주목해라. 그것이 분명히 중요한 단서가 되니까. 니나의 존재가 바로 그런 사소한 사실인 것 같았다.

"테드 본인 말로는 린치와 이야기를 시작할 때 니나를 풀어줬고, 니나에게 경찰에 신고하지 말라고 입단속을 한 사람이 린치였다고 했어. 이것이 테드의 망상이 시작되는 지점이라고 생각해보는 게 어때?"

로라는 놀라운 진실을 언뜻 볼 때마다 느끼던 긴장감을 지금 느꼈다. 마커스의 이야기가 아주 그럴듯했다. 그녀가 벌떡 일어섰다.

"왜?"

"잠깐만요."

1분 후 그녀는 파란색 서류철을 가지고 돌아왔다.

"경찰 수사 기록 사본이에요." 로라가 말했다. "치료에 중요한 역할을 할 수도 있다고 했더니 브라터 형사가 줬어요."

"그 친구 약간 경솔했군."

"상황에 따라, 필요하다면 내가 굉장한 설득력을 발휘하잖아요."
로라가 머리카락을 획 젖히더니 자리에 앉으면서 말했다. 그녀가
서류철을 폈다. "니나의 주소가 여기 있을 거예요, 진술서와 함께."

마커스는 로라가 서류에 집중하는 틈을 타서 대놓고 그녀를 물
끄러미 바라보았다. 로라는 린치의 사무실을 찍은 사진들이 들어
있는 페이지에서 멈췄다. 넓게 사무실 전체를 찍은 사진이 서너
장, 바닥에 쓰러진 피해자의 몸을 근접촬영해서 찍은 사진, 린치를
폭행하는 데 사용된 황동 램프, 린치의 머리에 난 상처, 얼굴에 난
상처…… 사본이라 화질이 형편없었다. 그중 한 장의 사진이 로라
의 관심을 끌었다. 그녀는 그 사진을 뚫어지게 바라보았다. 마커스
도 몸을 기울이고 보았지만 특별한 건 못 느꼈다. 니나의 책상이
보이는 대기실 사진이었다.

"저기 있다." 로라가 책상 구석을 가리키며 말했다.

던킨 도넛 상자가 있었다.

"그날 니나가 출근하면서 가져온 도넛이에요." 로라가 말했다.
"한 개를 테드에게 권하기까지 했어요."

"그렇군. 주목했어야 했는데 그냥 넘어갔던 거였어. 이건 니나가
테드와 함께 있었다는 뜻이잖아! 린치가 도착했을 때도 당연히 거
기 있었겠지."

"이럴 수가. 니나가 왜 아무 말도 하지 않았을까요?"

"일이 우리가 생각하는 대로 벌어진 거라면, 니나는 테드가 린
치를 폭행하기 전에 거길 떠났어. 친구 사이의 사적인 문제였던 거
지."

"하지만 테드가 총을 갖고 있었잖아요!"

"린치가 경찰에 신고하지 말라고 해서 아마 그의 지시에 따랐을

거야. 그리고 다음 날 경찰이 자기 상관이 혼수상태에 빠졌다는 걸 알리고 그렇게 만든 범인을 잡았다고 말했을 땐, 자기도 거기 있었다고 굳이 말할 필요가 없겠다고 생각했겠지. 뭐라고 진술했대?"

"개인적인 일로 그날 하루 휴가를 냈다고요. 브라터가 사실 확인도 안 했을 거예요." 로라는 서류철 속에 들어 있는 기록을 훑어보았다. "여기 있네요. 정확히 뭐라고 했냐 하면, 안과 예약이 되어 있었다고 했어요. 전화번호와 주소도 여기 있네요. 내일 니나부터 만나고 출근해야겠어요."

"나도 같이 가줄까?"

"그럴 필요는 없을 것 같아요." 로라가 자리에 앉았다. 이번에는 마커스 옆에 딱 붙어 앉았다. "이게 무슨 뜻인지 알아요? 니나가 그들의 대화를, 진짜 대화를 엿들었다면, 테드가 왜 린치를 그렇게 죽도록 때렸는지 알 수도 있다는 뜻이에요. 당신은 정말 천재예요, 마커스!"

로라는 희열을 숨기지 못하고 두 손을 들어 마커스의 두 뺨을 만졌다. 그러나 그의 눈을 잠깐 강렬하게 바라본 후에는 손을 내리고 물러났다.

그 후로는 별 다른 일 없이 그저 그렇게 시간이 흘렀다. 그들은 테드에 대해서, 다음 날 로라가 니나를 만나고 나면 일이 어떻게 풀릴지에 대해서 이야기를 나누었다. 마커스는 시간이 얼마 없다고, 무슨 행동이든 해야 한다고, 이 기회가 이렇게 사라지고 나면 감정을 표현하기가 더욱 더 어려워질 거라고 끊임없이 말하는 마음의 목소리를 들으며 갈등하고 있었다. 로라마저도 약간 실망한 기색이었다. 몇 번의 불편한 침묵이 있었고, 이해할 수 없는 야릇한 표정을 교환하기도 했지만, 그 어떤 것도 마커스가 미지의 세계

305

로 뛰어들기에 충분한 자신감을 주진 못하는 것 같았다.

마침내 로라가 좀 피곤하다고, 일찍 자고 일찍 일어나서 개운한 상태로 니나가 집에 있을 때 만나야겠다고 말했다. 마커스는 자기도 좀 피곤하다고 말했고, 다음 날 린치의 비서를 만나고 나서 어떻게 됐는지 전화해달라고 말했다. 그녀는 그러겠다고 했다. 두 사람은 묵묵히 현관을 향해 걸어갔다.

그는 현관 벽장 앞에 서서, 그녀에게 잘 보이려고 산 모자를 꺼내 무슨 중요한 질문이라도 생각하는 것처럼(사실 그랬다) 아주 천천히 모자를 썼다. 지금이 그의 마지막 기회였다.

"오늘 즐거웠어." 그가 말했다.

그는 움직이지 않았다. 로라는 인내심 있게 기다렸다. 그러다가 결국 그녀가 그에게 다가가 그의 어깨에 한 손을 올려놓고 뺨에 입을 맞췄다.

"나도 정말 즐거웠어요. 내일 전화할게요."

마커스는 어두운 잔디밭을 가로질러 가면서 두 번이나 돌아보며 그녀를 향해 손을 흔들었고, 후회와 자기혐오에 휩싸인 채 차를 향해 걸어갔다. 그리고 그녀는 그늘 속에서, 실망한 얼굴로 그를 보고 있었다.

로라는 토요일에는 니나가 출근하지 않을 거라고 추측했지만 혹시라도 못 만나는 일이 생길까 봐 아침 7시 30분에 메리맥에 있는 니나의 허름한 아파트 앞에 도착해 초인종을 눌렀다. 로라는 잠을 거의 못 잤다. 마커스와의 저녁식사가 그녀가 예상했던 방향으로 흘러가지 않았기 때문이기도 했지만, 주된 이유는 린치의 비서가 그녀에게 해줄 이야기가 있을 거라고, 진실을 보여줄 거라고 확신했기 때문이었다.

잠이 덜 깬 얼굴이 창밖을 엿보더니 사라졌다. 잠시 후 부스스한 차림의 니나가 로라와 퉁명스럽게 말을 주고받을 정도로만 현관문을 살짝 열었다.

"누구세요?"

"니나 존스 양?"

"누구신데요?" 젊은 아가씨가 물었다.

"닥터 로라 힐이에요. 테드 매케이 씨가 내 환자죠."

그녀는 니나에게서 어떤 반응을 보길 기대했다. 이른 아침 햇살

307

에 눈이 부셔 가늘게 뜨고 있던 니나의 눈이 살짝 커졌다.

"그런 사람 모르……."

"당신의 예전 상사를 혼수상태에 빠뜨린 남자요." 로라가 덧붙였다. 그러고는 왼손에 들고 있던 서류철을 흔들어 보였다. "브라터 형사에게는 매케이를 안다고 진술했던데. 형사가 내게 확인해 줬어요. 들어가도 돼요?"

문이 열렸다.

"아직 8시도 안 됐는데." 니나가 환영의 인사를 했다. 헐렁한 티셔츠에 반바지를 입고 있었다. 그녀가 돌아서서 빈 병과 플라스틱 컵, 일회용 접시 들이 가득 놓인 테이블로 걸어갔다. 로라가 그녀를 따라갔다. 그들은 소파에 앉았다.

"이름이 뭐라고 했죠?"

"로라."

젊은 여자가 고개를 끄덕였다. "린치 변호사님은 좀 어때요?"

"아직 혼수상태예요. 예후가 그리 좋지 않아요."

"안됐어요. 정말 안됐어요." 니나가 어린 소녀처럼 두 무릎을 세워 가슴에 대고 앉았다. "그분 밑에서 오래 일한 게 아니라서 잘 알지는 못했어요. 말수가 적고 좀 특이하긴 했어도 좋은 분이었는데. 폭행한 남자는 감옥에 가지 않았나요?"

"테드 매케이는 라벤더 메모리얼 병원 격리병동에 입원해 있어요."

니나는 고개를 끄덕였다. 진심으로 놀란 표정이었다.

"당신이 그날 거기 있었다는 거 알아요, 니나. 브라터 형사에게 왜 사실대로 이야기할 필요를 못 느꼈는지 이해하고, 또 지금 와서 이야기할 필요가 있다고 생각하지도 않아요. 하지만 내게는 얘기

308

해줘야 할 것 같군요."

니나는 자신 없이 부인했다. 로라는 최대한 설득해보다가 안 되겠다 싶으면 경찰에 넘기겠다 협박해야겠다고 미리 계획을 세웠지만, 무력하고 겁에 질린 아가씨를 보니 협박은 그리 좋은 접근방법이 아니라는 생각이 들었다. 니나는 경찰에 거짓 진술을 했다는 사실에 큰 부담을 느꼈고, 그것만으로 충분했다. 로라가 말을 이었다.

"경찰 수사 기록에 첨부된 사진에 당신이 그날 아침에 가져온 던킨 도넛 상자가 찍혀 있어요. 게다가 테드가 최근에 증세가 많이 호전되어 그날 일을 일부 기억해냈고요. 그가 사무실 문 옆에서 당신을 기다린 일, 당신을 위협해서 안으로 들어간 일, 당신과 함께 린치를 기다린 일, 당신을 권총으로 위협한 일, 이런 것들을 기억해냈죠."

이걸로 충분했다. 니나는 금방이라도 무너질 것 같았다.

"걱정 말아요." 로라가 그녀를 안심시켰다. "아까 말했듯이, 난 경찰이 아니에요. 의사죠. 이 자리에서 당신이 하는 말에 대해 전부 비밀을 지켜줄게요. 당신의 진술이 테드 매케이의 치료에 중요한 역할을 할 수 있을 것 같아서 그래요. 그가 왜 그런 짓을 저질렀는지 내가 이해할 수 있게 좀 도와줘요. 매케이와 린치는 대학 동창이었어요. 그건 알고 있었죠?"

"아뇨."

"니나, 그날 무슨 일이 있었는지 얘기해줘요."

"당신이 이미 거의 다 말했잖아요."

"린치가 도착하고 나서 무슨 일이 있었는지는 말 안 했잖아요. 세세하게 기억나는 거 전부 다 말해줘요."

니나는 얼굴을 비비며 한숨을 쉬었다.

"커피 좀 끓여도 될까요? 잠을 잘 못 자서."

로라가 고개를 끄덕였다.

"선생님도 한 잔 드실래요?"

"고마워요. 나도 잠을 잘 못 잤어요."

물을 끓이는 동안 니나는 화장실로 달려가서 양치를 하고 머리를 빗었다. 돌아왔을 땐 완전히 잠이 깬 얼굴에 다른 사람처럼 보였다. 그녀는 커피를 따라서 컵을 테이블 구석에 놓았다. 그러고는 테이블 위에 어지러이 놓인 빈 병과 플라스틱 컵을 재빨리 치웠다.

"너무 지저분해서 죄송해요. 룸메이트의 생일이었어요."

"괜찮아요. 애쓰지 말아요. 직장은 잡았어요?"

"네, 역시 비서직이에요. 다른 변호사 밑에서."

"다행이네." 로라가 바로 본론으로 들어갔다. "니나, 그날 무슨 일이 있었는지 얘기해줘요."

"우선, 내가 그날 아침 그곳에 있었다는 말을 경찰에게 하지 않은 것은 린치 변호사님이 그렇게 해달라고 부탁했고, 형사가 벌써 범인을 잡았다고 말했기 때문이에요. 사실 형사는 내가 하는 말에 별 관심도 없는 것 같았어요."

"이해해요."

"범인 이름이 뭐라고 하셨죠?"

"테드 매케이. 전에 사무실에서 그를 본 적이 있나요?"

"전혀요. 그날 매케이가 그늘 속에 숨어서 나를 기다리고 있었어요. 총을 들었고 흥분해 있었죠. 불쑥 나타나서 정말 너무 놀랐어요. 나를 해치지 않겠다고 했고, 다른 사무실은 상황이 어떤지 물었어요. 그러더니 린치와 할 말이 있어서 함께 린치를 기다려야 한다고 하더군요. 한동안 거기 있었어요. 한 5~6분? 정확히는 모르겠어요. 내가 아는 건 그 시간 동안 매케이가 바뀌었다는 거예요. 놀라게 해서 미안하다고 했고, 나한테는 아무 일도 없을 거라고 약속했어요. 처음에는 무서워서 그의 얼굴도 볼 수가 없었어요."

"'바뀌었다'니 무슨 뜻이에요?"

"한순간 그는 길을 잃은 것 같았고, 그렇게 나타난 걸 후회하는 것 같았어요. 그 사람이 미쳤다고 하니까, 이제야 이해가 되네요. 심지어 나보고 도넛을 먹어도 된다고도 했어요."

"테드는 절대로 당신을 해치지 않았을 거예요."

니나는 믿기지 않는 표정이었다.

"그럴지도요. 어쨌든 해치지 않았어요. 우리는 린치 변호사님 사무실에서 변호사님을 기다렸어요. 변호사님이 사무실로 들어오다가 내가 변호사님 책상 앞에 앉아 있는 걸 보고 무슨 일이 있다는 걸 알아차렸어요. 하지만 매케이가 파일 캐비닛 옆에 서 있는 걸 보더니 얼굴 표정이 싹 바뀌더라고요. 돌이 된 것 같았어요. 유령을 본 것도 같았고요. 그때쯤엔 난 긴장이 좀 풀려 있었는데, 변호사님 반응을 보니 아까보다도 더 무서워졌어요. 매케이한테서 눈을 떼지 못하시더라고요."

니나는 커피를 절반 정도 마시고 컵을 컵받침에 내려놓고 말을 이었다.

"린치 변호사님은 내가 거기 앉아 있다는 걸 잊고 있었다가 갑자기 정신이 들었다는 듯 나를 봤어요. 자기와 테드는 친구 사이이니까 걱정할 필요 없다고 하더라고요. 그땐 그 말을 믿지 않았어요. 나를 진정시키려고 하는 말이라고 생각했죠. 그러고는 변호사님이 매케이에게 나를 놓아주라고 했지만, 처음에는 매케이가 동의하지 않았어요. 사실 린치 변호사님 말이 들리지 않는 것 같았어

311

요. 변호사님은 그를 진정시키려고 애썼어요. 두 팔을 벌리고 그에게로 천천히 다가가면서 다 잘될 거라고, 후회할 일은 하면 안 된다고 말했고, 자기와 홀리라는 여자가 조만간 이야기하려고 했었다고, 적절한 때를 기다리고 있었을 뿐이라고도 했어요."

로라는 놀란 마음을 숨길 수 없었다.

"맞아요." 니나가 덧붙였다. "그때 바로 이해했죠. 린치 변호사님과 매케이의 아내가 불륜을 저지르고 있었고, 매케이가 그 사실을 알게 됐다는 걸요. 변호사님이 구체적으로 무슨 말을 했는지는 기억나지 않지만, 어느 것도 그보다 더 분명할 순 없었을 거예요. 의사 선생님도 그렇게 생각하시죠?"

사실 로라가 느낀 것은 실망감이었다. 테드가 린치의 사무실을 찾아간 동기가 린치와 홀리의 불륜을 따지기 위해서가 아니고 다른 동기 때문이었기를 바랐기 때문이다. 테드는 그 사실을 한 달 전부터 알고 있었다. 그런데 왜 갑자기 그 시점에 폭발했단 말인가?

"근데 매케이가 그 이야기를 하려고 온 게 아니라고 했어요." 니나가 말했다.

그럼 그렇지!

니나는 남은 커피를 단번에 마셔버리고 말을 이었다.

"린치 변호사님이 굉장히 불안해 했어요. 그런 모습은 처음 봤어요. 매케이에게 나를 보내주라고 요구했고, 나는 아무 관련이 없다고 말했어요. 그랬더니 매케이가 동의하더라고요. 그러고는 내가 경찰에 신고하면 상황이 더 나빠질 뿐이라고 했어요. 그래도 신고를 했겠지만, 변호사님까지 나서서 신고하지 말라는 거예요. 변호사님을 안 지 그리 오래되지 않았지만 진지하게 부탁하는 거라는 건 알 수 있었어요. 매케이를 속이려고 하는 연기가 아니었어요. 그들이 무슨 검은 거래에 관련되어 있었던 건지는 모르겠고 솔직히 알고 싶지도 않아요. 하지만 린치 변호사님이 경찰에 신고하지 말라고 했고, 그래서 안 했어요. 난…… 그다음에 무슨 일이 일어날지는 알 길이 없었으니까요."

"당신은 린치가 하라는 대로 한 것뿐이에요. 당신이 경찰에 신고했다면 분명히 린치는 죽었을 거예요."

"매케이가 바로 그렇게 말했어요! 경찰이 나타나면 그 자리에서 변호사님을 쏴버리겠다고요."

"니나, 테드가 자신이 거기 온 건 아내의 불륜과는 아무 관계가 없다고 말했다고 했는데 분명히 그렇게 말했어요?"

"네, 확실해요. 변호사님 사무실을 나와서 핸드백을 가져가려고 내 책상으로 갔을 때였어요. 문 반대쪽에서 매케이가 그렇게 말하는 걸 들었어요. 엄청 화를 냈어요."

"뭐라고 했어요?"

"'블레인의 집까지 날 미행했더라. 내가 봤어.' 그렇게 말했어요. 예전 남자친구가 블레인이라는 이름이 제목에 들어 있는 책을 갖고 있어서 그 이름은 확실히 기억해요."

　그 토요일, 테드는 처음으로 체스를 했다. 물론 그는 단 한 경기
도 지지 않았다. 뒤로 물러나서 상대방이 오프닝을 하라고 기다려
주고도 지지 않았다. 환자들 중 체스를 전략적으로 이해하는 사람
은 한 명도 없었다. 기본적인 수와 몇 가지 간단한 전술만 알 뿐이
어서, 테드는 조금도 힘들이지 않고 그들을 물리쳤다. 그는 자신의
월등한 기술이 그들에게 반감을 살까 봐 걱정이 되어 조심스럽게
체스를 뒀지만, 오히려 정반대의 효과가 났다. C병동에서 사실상
무적이었던 스케치가 테드에게 경이로움과 존경을 표한 것이다.
게임이 끝나고 쉴 때 테드는 그들에게 자기가 어렸을 때 체스 신동
이었다는 사실과 참가했던 체스 대회 이야기를 들려주었고 원한다
면 체스를 가르쳐주겠다고 했다. 모두 환영했다. 심지어 레스터까
지. 그는 외계인이라는 환각에 사로잡혀 있지 않을 땐 상당히 이성
적이었다.

　다음 날, 샤워실에서, 스케치는 B병동 환자들도 체스를 한다고
테드에게 말했다. C병동과 B병동이 체스 시합을 한 적이 한 번 있

었는데 C병동이 무참히 패했다고 말했다. 그 덩치 큰 남자가 온몸에 비누칠을 하고 헤벌쭉 웃으면서 다음에 시합할 때 테드가 같이 나가준다면 B병동 따윈 가뿐하게 이길 거라고 말했다. 스케치는 그 가능성을 상상하면서 발기했다.

테드는 라벤더에 금세 적응했다. 그는 성격이 분명히 다른 세 집단에 대해 알아가고 있었다. 체스파 이외에도 이른바 미친놈파가 있었다. 여러 해 동안 약을 먹고 갇혀 있어서 노쇠해진 사람들이었다. 그들 중 일부는 상태가 심각해서 하루 종일 TV 앞에 멍하니 앉아 있거나, 구석진 자리에 혼자 웅크리고 앉아 허공을 멍하니 응시했다. 세 번째 집단은 산책파였는데, 그들은 실외에 있는 것을 선호해서, 농구 코트에서 농구를 즐기거나 커다란 운동장에서 보통 둘씩 짝을 지어 걸었다.

마이크 도슨은 어느 집단에도 속하지 않았다. 그는 모든 환자들 위에 군림하는 것처럼 보였다. 테드는 애초에 자신이 왜 마이크에게 끌렸는지 궁금해지기 시작했다. 마이크는 다른 사람과 함께 방을 쓴 적이 한 번도 없었다는데 지금은……

마이크가 인사를 했다. 그는 늘 앉는 벤치에 앉아서 낡아서 너덜거리는 책을 읽고 있었다. 그날 아침에 읽고 있었던 책이 아니었다.

"책 읽는 기계로군."

마이크는 읽고 있던 페이지의 가장자리를 살짝 접은 다음 책을 덮어 옆에 놓았다. 그는 책갈피를 사용하지 않았다.

"여기서 벗어날 수 있는 유일한 탈출구거든." 그가 말했다.

테드가 그 옆에 가서 앉았다. 환자들 몇 명이 그들을 유심히 관찰하면서 그들이 서로 알아가는 의식에 주목하고 있었지만, 와서 어울리는 사람은 없었다.

"오늘은 체스 친구들하고 게임 안 해?" 마이크가 심각한 어조로 물었다. 테드는 그의 진지함과 썰렁함에 익숙해지고 있었다.

"오늘은 안 해. 체스는 우리를 다른 세계로 데려다주고 경기에 온전히 정신을 집중하게 만드는 능력이 있는데, 오늘은 내가 다른 일에 집중해야 해서."

"아직도 자네 친구에 대해 생각하는 거야?"

"응." 테드는 주머니에 손을 넣어 자신과 린치가 우마 서먼 포스터 옆에서 찍은 사진을 꺼냈다. "여기 있는 모든 게 기억이 나. 기숙사, 방, 이 포스터. 근데 이 친구만 기억이 안 나."

"밸브는 조만간 열릴 거야, 내가 장담해. 나도 겪어본 일이거든. 여기 있는 친구들 거의 모두가 겪어봤을 거야. 자네의 뇌가 밸브를 닫아놓는 거야, 그 압력을 견딜 수가 없기 때문에. 뇌가 치유되고 준비가 되면 다시 밸브를 열지. 그런 일이 곧잘 일어나."

"무서워 죽겠어. 친구를 죽도록 두들겨 패서 혼수상태에 빠지게 한 걸 무엇으로 정당화할 수 있겠어?" 테드가 고개를 저었다. "고 등학교 다닐 땐 문제를 일으키는 걸 즐겼어. 정서장애가 있었던 것 같아. 하지만 세월이 흐르면서 그런 기질에서 벗어났어. 난 평화로운 사람이야. 무슨 일이 일어난 건지 도무지 알 수가 없어."

"어쩌면 자네 아내가 이해의 실마리를 제공해줄 수 있지 않을까? 내일 온다더니, 맞지?"

"응. 아내랑 딸들이 온댔어. 바보같이 들릴지 모르겠지만 긴장이 돼. 혹시 아이가 있어?"

마이크는 공허한 눈으로 그를 바라보며 고개를 저었다.

"대자*가 있었어."

그들은 몇 분 동안 침묵했다.

"그래도 내 말 이해하지?" 테드가 집요하게 동의를 구했다. "어떻게 내 가족을 만나는데 긴장이 될 수가 있지? 딸들을 만나는데! 세상 어느 누구보다도 보고 싶은 내 딸들인데."

"이런 상태를 보여주는 게, 이렇게 갇혀 있는 것을 보여주는 게 쉽지는 않지."

"바로 그거야. 난 밖에 있어야 하는데. 그 아이들과 함께 있으면서 아이들이 커가는 걸 지켜봐야 하는데. 보호해줘야 하는데."

"다 잘될 거야. 두고 보라고."

그의 빌어먹을 인생에서 딱 한 번, 나약하기 짝이 없는 존재로서의 자신을 보여줄 때가 된 것 같다고 테드는 생각했다.

"이봐, 마이크, 그 주머니쥐 말인데……."

마이크가 그를 보았다. "또 봤어?"

"아니."

"이봐, 테드, 아까 내가 했던 말 사실이야. 자네의 뇌는 치유될 거고, 적절한 때가 오면 문을 열 거야. 그럼 자네의 친구를 기억하게 될 거고 왜 그를 그렇게 두들겨 팼는지 그 이유도 생각나겠지. 자네가 말한 이 모든 '주기'는 자네의 마음이 자네를 보호하기 위해 환각을 만들어내려고 시도한 거야. 연극에서 배경으로 사용하는 막 같은 거지. 하지만 막도 조만간 내려가고 그 뒤에 뭐가 있는지를 볼 수 있게 돼. 주머니쥐는 자네가 볼 준비가 되기도 전에 자넬 커튼 뒤로 데려갈 수도 있어. 그건 위험할 수 있고."

---

* 천주교에서 성세 · 견진 성사를 받을 때, 신친(神親) 관계를 맺은 피후견인의 남자.

　마커스는 로라와의 데이트를 하나부터 열까지 다시 떠올리며 스스로 고문하고 잃어버린 모든 기회에 대해 후회하느라 잠을 설쳤다. 점심 땐 구내식당에 가는 것밖에 달리 도리가 없었다. 그는 바로 부엌문 옆에 있어서 대다수의 사람들이 기피하는 작은 4인용 테이블을 골랐다. 그는 방해받고 싶지 않다는 뜻을 분명히 하기 위해 읽지도 않을 거면서 두꺼운 병리학 책을 갖고 왔다. 샐러드 빨리 먹기 신기록을 세워야겠다고 생각하면서, 가지고 온 샐러드 접시 옆에 책을 놓았다.

　바로 그때, 다른 사람들과 같은 시각에는 거의 점심을 먹지 않던 로라가 식당 안으로 들어와 사방을 둘러보았다. 마커스를 발견하자 손을 흔들더니 급히 그에게 걸어왔다.

　"할 말이 있어요."

　마커스는 그녀의 흥분한 표정을 보고 개인적인 문제가 아님을 알아차렸다.

　다행이군.

"뭐 먹을 것 좀 갖다줄까?"

"아뇨, 아뇨, 괜찮아요. 시간이 없어요. 오늘 아침에 니나를 만나러 갔는데……."

니나? 마커스는 몇 초 동안 혼란을 숨기면서 누구의 이름인지 기억을 더듬다가 생각해냈다. 린치의 비서.

"아, 정말? 무슨 말이라도 해?"

"네." 로라가 흥분을 감추지 못했다. "우리가 던킨 도넛 상자를 찾아낸 사진을 보여주고 나니까 쉽더라고요. 테드가 제1주기에서 말한 그대로였어요. 그녀는 그들이 보내줄 때까지 거기 있었어요. 그런데 그다음에 무슨 일이 있었는지 들어봐요."

로라가 테이블 위로 몸을 기울였다. 마커스의 얼굴 바로 앞에 그녀의 얼굴이 있었다. 마커스는 슬쩍 주위를 둘러보았고 동료 몇 명이 보고 있는 것을 알아차렸다.

"무슨 일이 있었는데?"

"니나가 떠나기 전에 문 안에서 테드가 린치에게 하는 말을 들었대요. 블레인의 집까지 미행한 거 자기가 알고 있다고 말했대요."

마커스는 이 조각을 퍼즐에 맞추려고 노력했다. 그 자신도 이 일에 점차 끌려들고 있었다. 이 단순한 진술은 두 가지를 말해주었다. 첫째, 린치도 블레인을 알았다는 것. 둘째, 테드가 블레인의 집에 찾아간 것이 두 친구 사이의 대결과 그에 따른 폭행의 원인으로 보인다는 것.

"어떻게 생각해요?" 로라가 물었다.

"테드가 블레인의 집에 갔다는 데에는 이제 의심의 여지가 없어. 그리고 내 의견을 묻는다면, 난 테드가 친절한 의도를 가지고 블레인의 집에 갔다고는 생각 안 해. 죽이려고 갔다는 말이 아니라, 적어도 흠씬 두들겨 패주려고는 했던 것 같아."

"진실에 점점 가까이 다가가고 있는 것 같아요, 마커스. 그날 밤 테드가 블레인을 찾아간 동기가 이 모든 것의 열쇠인 게 틀림없어요. 테드는 자살을 계획하고 있었는데, 우선 블레인과 해결할 일이 있었던 거죠. 그게 뭘까요? 린치가 거기까지 테드를 미행했고 테드의 계획을 엉망으로 만들었어요. 어쩌면 린치는 무슨 일이 생길 수 있다고 생각했는지도 모르죠. 어때요, 일리가 있는 것 같아요?"

"응, 상당히. 관건은 테드와 블레인이 무슨 관련이 있는지 알아내는 거야."

"우리가 진실에 아주 가까이 다가가고 있는 것 같아요."

그럼 좀 좋을까.

"테드의 가족이 테드를 보러 오기로 했어?"

"내일요. 좀 불안해요."

"다 잘될 거야."

로라는 고개를 끄덕였다. 그런 감성적인 만남은 대단히 생산적일 수도 있고 심각한 퇴보를 가져올 수도 있다. 그녀가 일어섰다.

"이 모든 정보를 가지고 이제 어쩔 거야, 로라?"

"다음 상담 때 다 풀어놔야 할 것 같아요. 카드를 모두 펼쳐 보여주는 거죠."

마커스가 고개를 끄덕여 찬성을 표시했다.

"로라……."

"네?"

"어젯밤에 정말 즐거웠어." 마커스가 말했다. 자신의 비겁함이 얼마나 당혹스러웠는지를 인정하는 것 같은 말이었다.

그녀는 동정하는 듯한 웃음으로 대답을 대신했고, 이것은 마커
스를 우울의 나락으로 밀어버리기에 충분했다.

테드는 아담하게 꾸며진 작은 휴게실에서 혼자 기다리고 있었다. 일곱 살 여자 아이가 상상하는, 감옥처럼 생긴 춥고 끔찍한 C병동 면회실 대신 이곳에서 가족을 만날 수 있도록 로라가 편의를 봐준 것이다. 테드가 면회실 말고 다른 곳에서 딸들을 만나게 해달라고 부탁했을 때 그녀는 흔쾌히 받아들였다. 로라는 그를 C병동에서 데리고 나오려면 특별 허가가 필요하고 그걸 받으려면 시간이 좀 걸리겠지만 생각해둔 방이 있다고 말했다. 세 명의 경비가 밖에서 그 방을 지키고 있을 예정이었다. 한 명은 문 옆에서, 두 명은 창가에서.

쇠창살이 없는 창밖을 내다보는 게 이렇게 좋구나, 테드는 생각했다. 그 어느 때보다도 긴장이 되었다. 그는 파란색 리넨 바지에 헐렁한 흰색 셔츠를 입고 있었다. 최근 몇 달 동안 살이 좀 빠졌다. 세월이 흐른 것을 보여주는 증거는 마른 몸만이 아니었다. 이젠 이 정도로 옷을 차려입는 것조차 자꾸 신경 쓰이고 짜증이 났다. 그는 손을 깍지 끼고 2인용 소파에 앉아 있다가 벌떡 일어나서 방 안을 서성였고 테이블을 빙 돌아서 나무의자로 가서 다시 앉았다. 금방 또 일어섰다. 구석에 소형 냉장고가 있었고 그 위에 있는 선반에 커피 컵이 몇 개 있었다. 그는 그 선반으로 다가가서 무심결에 컵 손잡이를 일렬로 정리하기 시작했다. 로라는 몇 분 전에 홀리와 딸들을 데리러 나가고 없었다.

문이 열렸다.

로라가 뒷짐을 지고 혼자 들어왔다. 뒤에 뭔가 숨기고 있었다.

"미안해요, 테드. 딸들은 올 수가 없어요. 당신 생각이 맞았어요. 당신이 아내와 딸들을 죽였어요. 그래서 여기 갇혀 있는 거예요. 하지만 당신을 보러 온 사람이 있어요……."

그녀가 재빨리 두 손을 앞으로 내밀었다. 한 손은 비어 있었다. 다른 손에는 털이 있는 가방이 걸려 있었는데 거기서 곧 주둥이와 털 없는 꼬리가 나오더니 몸을 비틀기 시작했다. 주머니쥐가 빠져 나가려고 애쓰고 있었지만, 로라가 조각상처럼 단단하고 큰 손으로 그 주머니쥐를 꽉 쥐고 있었다. 그러자 주머니쥐가 어린아이의 비명처럼 끼익 하고 새된 소리를 질렀다. 로라가 몸을 떨면서 쭈그리고 앉았다. 그리고 곧 벌떡 일어섰을 땐 다른 로라 힐이 환하게 웃고 있었다.

"방문객을 맞을 준비 됐어요?"

여자아이들의 재잘거리는 소리가 들리더니 곧 기쁨에 찬 외침이 그를 공격해 소파로 밀어붙였다.

"아빠아아아아아아아!" 딸들이 완벽한 하모니로 노래했다.

신디와 나딘이 테드의 몸에 달라붙었다. 그는 두 팔로 딸들을 감싸 안았다. 다시는 놓아주지 않을 작정이었다.

가져온 그림이 구겨질까 봐 걱정이 된 나딘이 먼저 떨어졌다. 나딘은 둘 중 더 내성적이고 조용하고 합리적이었다. 테드와 비슷했다. 신디는 개방적이고 극적인 것이 홀리의 판박이였다. 둘 사이에서는 신디가 주로 리더 역할을 했다.

"내 그림이야!" 나딘이 말했다.

"그게 어떻게 네 그림이냐. 아빠, 아빠 주려고 우리 둘이 그렸어. 아빠 왜 울어?"

테드의 눈이 젖어 있었다. 그가 손바닥으로 눈물을 닦았다.

"너희가 너무 보고 싶었단다."

신디가 다시 그를 끌어안았다.

"우리도 아빠 보고 싶었어!"

나딘은 자기도 같이 가서 끌어안을까 말까 망설였다. 두 손에 든 그림을 보더니 결국에는 잠자코 기다렸다. 테드는 언니의 어깨 너머로 나딘을 바라보며 웃어주었다. 그와 나딘 사이에는 특별한 유대감이 있었고 서로 바라보는 것만으로 많은 이야기를 나눌 수 있었다.

"우리가 그림 그렸어." 신디가 아빠에게서 몸을 떼면서 말했다. "아빠 줘 지금, 나딘. 봐. 우리 모두 해변에 있어. 여기가 엄마, 여긴 우리……."

"설명할 필요 없어." 나딘이 끼어들었다.

테드는 그림을 보고 있었다. 그림 속에서 가족 네 명은 바다 앞에 서 있었다. 테드는 낚싯대를 들고, 홀리는 빨간색 비키니를 입고, 딸들은 각자 돌고래 튜브를 들고 있었다. 돌고래 튜브는 하나밖에 없었는데, 이상했다. 그 전해에 하나를 샀는데 서로 갖겠다고 계속 싸워서 테드가 하나 더 사주자고 했지만 홀리는 하나를 나눠 쓰는 걸 배워야 한다고 주장했다. 물론 그녀의 말이 옳았다.

"너무 예쁘다. 고마워."

"어디다 놓을 거야?"

"여기 아빠 방 진짜 좋아. 벽에다 걸어놓고 매일 볼게."

"언제 집에 올 거야?" 신디는 에둘러가는 법이 없었다. 엄마에게서 물려받은 또 다른 면.

"모르겠어. 하지만 곧 돌아갈 거야."

신디는 포기하지 않았다.

"엄마가 그랬는데 여기는 할아버지가 있었던 병원하고는 다르대. 여기서 아빠 머리 안 아프게 해주는 거야?"

테드가 미소를 지었다.

"맞아. 아빠가 머리가 아프고 어지럽고 그랬는데, 여기서 지내면서 많이 좋아지고 있어. 이미 많이 좋아졌어."

신디가 안도의 한숨을 내쉬었다.

"나딘이 아빠 머리에 튜브가 붙어 있을 거랬어."

"내가 언제!"

테드가 나딘을 꼭 끌어안았다. 나딘이 소외된 느낌을 받게 하고 싶지 않았다.

"아빠는 너희가 물어봐줘서 기뻐." 테드가 말했다. "머리가 아프면 할아버지 엉덩이 뼈 붙일 때 받은 것 같은 수술로 고칠 수 없을 때도 있어. 그럴 땐 약을 먹어야 하고, 음…… 이야기를 많이 해야 돼."

"이야기?"

"응, 이야기. 그걸 상담치료라고 하는 거야."

"엄마가 좋아하는 TV 프로에서 하는 거!"

"맞아! 근데 여기서는 직접 만나서 서로 얼굴 보고 상담해. 엄마

325

가 좋아하는 프로그램처럼 인터넷으로 하는 게 아니고."

"그럼 우리가 힐 선생님한테 인터넷으로 상담해주세요, 하고 부탁하면 아빠가 집에 올 수 있어?"

테드가 웃음을 터뜨렸다.

"TV에서 보는 것처럼 그렇게 쉽지 않아. 중요한 건, 아빠가 곧 집으로, 너희 곁으로 돌아갈 거라는 거야."

아이들은 신이 나서 춤을 추었다. 테드는 딸들의 표정을, 아빠가 자기들과 함께 집에 있었으면 좋겠다는 소망의 표정을 마음속에 새겨 넣었다. 그가 정말로 자살을 시도했나? 무슨 생각을 했던 것일까? 친구를 폭행한 테드를, 일곱 살 난 두 딸을 엄마에게 남겨놓고 자살하려 했던 테드를 이해하기가 점점 더 힘들어졌다.

그는 자신이 이제 그런 테드가 아니라고 확신했다. 반드시 라벤더에서 나가 평소의 생활로 돌아갈 것이고 사업도 다시 시작할 것이다. 운이 좋으면, 린치가 혼수상태에서 깨어날 것이고 그러면 그를 찾아가 용서를 구할 것이다.

그들은 30여 분을 함께 보냈다. 아이들은 학교에 대해 이야기했고, 엄마가 사준 에리얼과 앨릭스 인형에 대해, 외할아버지네 동네에서 만난 새 친구에 대해서 이야기했다. 신디와 나딘보다 두 살 많은 새 친구 헤일리는 고등학생인 언니가 있어서 아는 게 정말 많았다. 화장하는 법을 알았고 신디와 나딘에게 가르치고 있었다! 하지만 그건 비밀이었다. 엄마가 알면 큰일이었다. 테드는 엄마한테 말하지 않겠다고 약속했다. 그는 어떤 것들은 변하지 않았고 앞으로도 영원히 변하지 않을 거라는 걸 깨닫고 울컥했다. 홀리가 항상 나쁜 경찰 역할을 하고 있었다.

그런데 홀리는 왜 딸들과 함께 들어오지 않았을까?

로라는 테드의 딸들에게 떠나기 전에 아빠를 다시 보게 해주겠다고 약속한 뒤 딸들을 데리고 나갔다. 그러고 나자 홀리가 그의 눈길을 피하면서 들어왔다. 머리는 더 짧아져 있었고 머리색은 전보다 많이 짙어져 있었다.

"안녕, 홀리." 테드는 아직도 2인용 소파에 앉아 있었다. 그녀가 더 다가오지 않는 것을 보고 그가 일어서서 테이블로 갔다.

"안녕, 테드. 좋아지고 있다니 다행이야." 홀리가 희미하게 미소지었다. 그녀는 나무 의자에 앉았다. 들고 있던 핸드백을 매우 조심스럽게 테이블 위에 놓았다.

"닥터 힐 만나봤어?" 테드는 둘 사이에 빈자리를 하나 남겨두고 앉았다.

"응, 지난 몇 달 동안 두세 번 봤어. 오늘도 봤고. 당신이 최근에 상당히 많이 호전됐다고 하더라고."

"사실이야. 2~3주 전까지만 해도 그때에 대해서는 아무 기억이 없었어. 마음이 없어진 것 같았어. 그런데 닥터 힐의 도움으로 기억이 돌아오기 시작했어."

홀리가 고개를 끄덕였다.

"로라가 당신과 내가 이야기를 나누는 게 도움이 될 것 같다고
했어." 홀리가 이마를 비볐다. "괜히 엄살떠는 거 같아 말하기 싫지
만, 그동안 나도 많이 힘들었어. 애들은 아빠 어디 갔느냐고 계속
묻는데, 뭐라고 말해야 할지 모르겠더라고."

"상상이 돼. 다 내 잘못이야. 내가 내린 나쁜 결정은 다 내 책임
이고. 그래서 내가 여기 있는 거겠지. 하지만 여길 나갈 거야, 홀리.
나가서 딸들에게 좋은 아빠가 될 거야. 금전적인 문제는 없었어?"

"아니, 아니." 홀리는 얼굴을 찌푸렸다. 마치 세상에서 가장 중요
하지 않은 것이 돈이라고 말하는 것 같았다. "트래비스가 돌봐줬
어."

홀리가 테드를 바라보며 반응을 기다렸다.

"아, 그럼, 트래비스 기억하지." 그가 말했다.

그녀가 고개를 끄덕였다.

한동안 둘 다 말이 없었다. 누군가 먼저 입을 열어야 했고 테드
는 자기가 그래야 한다고 생각했다.

"린치는 좀 어때?"

"저스틴이라는 이름을 기억 못하는 건 아닐 텐데. 예전에는 성으
로 부른 적이 없었잖아, 항상 이름을 불렀지."

테드는 어깨를 으쓱했다.

"아직 그대로야."

"내가 얼마나 미안해 하는지 당신은 모를 거야. 난…… 그닐 무
슨 일이 있었는지 도무지 모르겠어. 그 부분의 기억이 완전히 지워
졌어."

"응, 그렇다고 의사한테 들었어."

"당신이 알아챘으면 좋겠어. 난 당신과 린치가……."

"말하지 마, 테드, 제발. 중요한 건, 당신의 허락이 필요한 일이 아니었다는 거야."

"미안해."

"닥터 힐이 그때 우리 사이가 어땠는지 당신과 얘기해보라고 했어. 기억나?"

테드는 고개를 숙였다.

"상당히 안 좋았지." 그가 중얼거렸다. "내가…… 거리를 뒀지."

"그래도 그건 기억하네." 화난 목소리는 아니었지만 테드는 알고 있었다. 홀리는 화가 나 있었다. "테드, 당신은 항상 혼자 서재에 틀어박혔고, 틈만 나면 호숫가 별장으로 달려갔고, 계속 나를 피했어. 어쩌다가 우리 둘이 이야기를 나눌 때도 나 혼자 말했고 그것도 짧게 끝났지. 당신도 알다시피 나는 항상 단도직입적으로 꼭 필요한 말만 하잖아. 당신은 내가 곁에 있는 걸 귀찮아 했어. 그런 마음이 내 눈에도 보였고, 당신 눈에도 보였고, 심지어 애들 눈에도 보이기 시작했지."

"불행히도, 그 부분은 다 기억이 나."

"솔직하게 말할게, 그래야 할 자리인 것 같으니까. 그땐 당신한테 여자가 있는 줄 알았어. 툭하면 출장 가고 호숫가 별장에서 오래 머물기에 딴 여자랑 불륜을 저지르는 줄 알았어. 그러면 모든 게 말이 됐으니까. 그리고 어땠는 줄 알아? 난 차라리 그게 사실이기를, 너무 황당하게 들리겠지만, 정말로 딴 여자가 있기를 바랐어. 당신이 날 사랑하지 않는다는 걸 알고 있었거든."

"홀리, 난……."

"내 말 끝까지 들어줘. 처음에는 당신이 출장 가고 없을 때 몇 번 회사에 전화해서 트래비스나 당신 비서한테서 정보를 얻었어. 그 정보를 당신이 나한테 한 말과 비교해봤어. 장소, 시간, 고객, 이런 것들. 다 맞아떨어지더라고. 맞아떨어지지 않는 건, 평소와 달랐던 건 내 방식과 내 행동이었지. 내가 왜 이런 짓을 하고 있나 싶었어. 내 스타일이 아니었거든. 난 사립탐정처럼 당신 뒤를 캐고 싶진 않았어, 나중에 당신은 내 뒤를 그렇게 캐고 다녔지만……."

홀리가 말을 멈췄다.

"어떻게 해야 할지 모르겠더라고. 당신하고 대화하려고 하면 당신은 내 말을 귓등으로도 안 듣는 것 같았어. 당신에게 이혼을 요구해야 한다는 생각이 들었지. 그 생각에 익숙해지고 있었고, 먼저 말을 꺼낼 용기를 모으고 있었어. 저스틴에게 털어놓은 게 그때쯤이었어. 당신이 딴 여자를 만나고 있는지 그가 알고 있을 것 같아서도 아니고, 그가 자기가 알고 있는 것을 내게 얘기해줄 것 같아서도 아니었어. 그가 당신을 나만큼, 아니 나보다 더 잘 알고 있었기 때문에 내가 생각하는 바를, 당신이 변했다는 사실을 그의 입을 통해서 확인받고 싶었어. 분명히 당신에게 무슨 일이 일어났는데, 그게 뭔지 모르겠어서, 그걸 확인하고 싶었어. 안 그러면 내가 미……."

"미쳐버릴 것 같았겠지." 테드가 미소를 지으며 문장을 대신 끝맺었다. "걱정하지 마. 그렇게 나쁘지는 않아."

홀리는 고개를 끄덕였지만 웃지는 않았다.

"저스틴에게 말했더니 저스틴도 그러더라고, 자기도 당신과 거의 만나지 않는다고, 당신이 그를 밀어냈다고, 나를 밀어냈듯이. 우린 두세 번 더 만났는데 당신에 대해서, 당신에게 무슨 일이 일어나고 있는가에 대해서 이야기를 나누는 것 외에 다른 목적은 없었어. 그러다가 우리 관계가 시작된 거야. 물론 이상적인 상황은 아니었지. 우리가 상황이 심각해지고 있다는 걸 깨달았을 때쯤에는, 당신과 나는 말도 거의 하지 않고 지냈고, 당신은 아이들에게조차 거리를 두기 시작하고 있었어. 마침내 내가 용기를 내어 말했어. 이혼하자고 했지."

"기억나. 거실에서였지. 그러고 나서도 긴장된 분위기였거나 그러진 않았던 것 같은데."

"난 그때 당신이 진료를 받고 있었다는 걸 몰랐고, 동창한테 부탁해서 유언장을 작성했다는 것도 몰랐어. 저스틴과 내가 찍힌 사진을 금고에 보관하고 있었다는 사실은 더더욱 몰랐고. 당신은 그 사진들을 한 달이 넘게 가지고 있었어! 다 알고 있으면서도 내게 한마디도 하지 않은 거야. 내가 이혼을 요구했을 때조차도."

테드가 두 팔을 펼쳤다.

"내가 왜 아무 말도 안 했는지 모르겠어, 홀리. 정말 모르겠어."

그녀가 고개를 끄덕였다.

"당신 말을 믿고 싶어."

"내가 왜 린치를, 그러니까 저스틴을 폭행했는지 모르겠지만, 당신과는 아무 관련이 없다는 건 맹세할 수 있어. 당신들 둘의 관계와는 아무 관련이 없어. 그것만큼은 내가 알아. 난 당신이 행복하기를 바라. 당신과 아이들이."

이번에도 홀리는 고개를 끄덕였다.

"닥터 힐이 당신 상태를 계속 전해줬어. 당신한테 쉽지 않은 날들이었다는 거 알아. 당신이 일종의 환각 상태에서 살고 있다고 했어."

"맞아, 그런 거야. 끔찍해. 내가 여기 수용되기 전에 누군가가 내 마지막 기억들을 다 가져가서 뒤죽박죽 섞어놓은 것 같아. 꿈속에 사는 것과 굉장히 비슷한 느낌이랄까. 웬델이라는 이름이 있는데. 혹시 당신에게 무슨 의미가 있는 이름이야?"

"아니. 닥터 힐도 묻던데 대답을 못 해줬어. 웬델이 누구야?"

"나의 분신인 것 같아. 마치 내 마음 안에 내 기억의 일부를 따로 저장해놓는 창고가 있는데, 내가 그 창고 열쇠를 안 가지고 있는 것 같아. 창고가 웬델이야. 그자를 수십 번도 넘게 봤는데, 나중에 알고 보니까 그자가 나 자신이었어. 황당하게 들린다는 거 알아. 처음에는 같은 일이 끝도 없이 반복되는 이런 주기에 내가 사로잡혀 있었어. 하지만 닥터 힐의 도움으로 그 악순환에서 빠져나올 출구를 찾았지. 이제 진실에 가까이 가고 있다는 게 느껴져. 곧 웬델의 정체를 밝히고 말 거야."

테드는 홀리가 자신을 미친 사람 보듯 보고 있다는 것을 알았다. 달리 어떻게 보겠는가? 그리고 물론 그는 그녀에게 주머니쥐에 대해서, 테라스 문을 통해서 본 것에 대해서 말해줄 생각은 전혀 없었……

"왜 그래, 테드?"

홀리의 말이 거의 들리지 않았다. 그가 의자에서 벌떡 일어나 소파로 갔다. 그러고는 신디와 나딘이 그린 그림을 집어 들었다. 해변. 빨간색 수영복. 우연일까?

"아이들이 왜 해변에 있는 우리를 그렸지?" 테드가 물었다.

홀리가 이맛살을 찌푸렸다.

"몰라. 그게 중요해? 아빠한테 그림 그려서 선물하면 좋겠다고 했더니 자기들 방으로 올라가서 그린 거야. 예전에 갔던 휴가가 행복한 기억으로 남아 있어서 골랐겠지."

테드는 계속 그림을 바라보면서 의자에 앉았다. 진실을 말해줄 다른 세부적인 사항이 있을까? 처음에는 아무것도 보이지 않았다. 낚싯대, 돌고래 모양의 튜브. 진실을 보여줄 세세한 부분은 보이지 않았다. 그는 접는 의자들과 일광욕을 하는 사람들과 몇 그루의 야자수를 손가락으로 더듬었다. 어울리지 않는 것은 아무것도 없었다. 웅크리고 있는 주머니쥐도 없고 분홍색 장난감 성도 없었다. 그가 환각 속에서 본 모습을 상기시켜줄 만한 것은 아무것도 없었다.

"괜찮아, 테드? 해변이 무슨 큰 문제라고 그래?"

"아무것도 아냐. 며칠 전에 꿈을 꿔서 그래. 우연의 일치인지, 꿈속에서도 당신이 빨간색 비키니를 입고 있었어."

홀리는 전남편이 비키니를 입은 자신의 모습을 꿈에서 보았다는 사실이 편안하지는 않은 것 같았다.

테드는 그림을 옆으로 치웠다.

그들은 몇 분 더 함께 있으면서 지루한 가정사에 대해서 이야기했다. 테드는 대화에 집중할 수가 없었다. 딸들이 작별인사를 하러 돌아왔을 때에야 테이블 위에 있는 그림을 겨우 잊을 수 있었다. 그는 딸들을 한 명씩 안아주면서 빨리 라벤더를 나가서 딸들 곁으로 돌아가겠다고 약속했다.

물론, 하지 말았어야 할 약속이었다.

30

신디와 나딘이 그린 그림이 테드의 책상 위 코르크 메모판에 붙어 있는 유일한 게시물이었다. 네 귀퉁이가 테이프로 붙어 있었다. 복도를 걸어 마당으로 향하던 마이크는 그림을 보고 있는 테드를 발견하고 다가갔다. 그가 목소리를 가다듬었다.

"여기선 압정 못 쓰게 해." 그가 말했다. "압정을 못 쓰는데 게시판이 무슨 소용이냐 싶다면, 자네만 궁금해 하는 건 아니야."

테드가 바보 같은 미소를 지으며 돌아섰다. 압정을 생각하고 있었던 게 아니었다.

"저 배경 뒤에 뭐가 있는지 알아야겠어, 마이크."

마이크가 그의 말을 이해하기까지 몇 초가 걸렸다.

"가족이 왔다 가니 괴롭구나, 그렇지?"

"그런 게 아니야. 내 말은 그것만이 아니라는 거야. 진실을 알아내고 여기를 나가서 딸들과 함께 살아야겠어."

마이크가 동의했다.

"어떻게 하면 그 빌어먹을 주머니쥐를 찾을 수 있을까, 마이크?"

31

목요일 오후. 오전에 비가 내리더니, 두꺼운 구름이 하늘을 덮어 언제라도 비가 더 쏟아질 것 같았다. 봄이 한창인데 마치 늦가을 같았다.

거의 모든 환자들이 휴게실에 모였다. 스케치와 롤로가 체스를 두고 테드가 심판을 보고 있었다. 테드는 경쟁자가 아니라 무적의 체스신이나 지혜의 샘으로 여겨졌다. 경기가 끝나면 테드는 단 한 번의 실수도 없이 처음부터 끝까지 복기하면서 각각의 수를 분석했고, 지켜보는 동료들은 감탄을 금치 못했다. 그들은 다음 시합에서 B병동 친구들을 쳐부술 수 있다는 생각에 들떠 있었다. 적대적인 감정을 완전히 버린 레스터도 이들 무리에 합류했다.

마이크가 들어와 테드에게 잠깐 밖으로 나가자고 했다. 그는 동물을 볼 수 있다던, 말을 거의 하지 않는 작고 뚱뚱한 환자 에스포지토와 함께였다. 테드는 아무것도 묻지 않았다. 다른 사람들도 따라가려고 했지만, 마이크가 그들을 막았다. 처음에는 위협적으로 노려보았고 그래도 못 알아듣는 사람에게는 밖으로 나올 꿈도 꾸지 말라고 직접적으로 경고했다. 테드는 마이크가 완강하고 권위주의적인 모습을 보여주면 얼마나 무서운지 직접 보고 놀랐다. 스케치와 롤로와 레스터는 말없이 고개를 끄덕인 후 체스 테이블로 돌아갔다. 테드는 옷걸이에서 코트를 꺼내 입고 마이크와 함께 걸어 나갔다. 에스포지토가 땅 위에서 통통거리며 움직이는 거대한 풍선처럼 그들을 따라왔다.

그들 세 사람 말고 다른 환자 두 명이 마당을 거닐고 있었다. 마이크가 부르자 그들이 다가왔다. 마이크가 안으로 들어가라고 하자 그들은 아무 말 없이 복종했다. 마이크는 건물을 돌아보며 창문에서 그들을 지켜보는 사람이 없다는 것을 확인했다. 무슨 수상한 행동을 하려는 건 아니지만 구경꾼이 창문마다 다닥다닥 붙어서 있는 건 원하지 않는다고 그가 말했다. 그들은 늘 앉던 벤치로 향했고, 테드는 전에도 그랬듯이 거기 앉을 거라고 추측했다. 그는 이 작전이 주머니쥐와 관계 있다는 건 알았지만, 정확히 무엇을 할 것인지 그리고 에스포지토는 왜 데려왔는지는 알지 못했다. 에스포지토는 거대한 배를 출렁이며 어정어정 걸으면서 겁에 질린 눈으로 계속 마이크의 눈치를 살폈다. 벤치에 도착하자 마이크가 테드에게 벤치를 옮길 테니 한쪽 끝을 잡으라고 했다.

"빨리." 마이크가 테드와 에스포지토와 함께 벤치를 들면서 말했다. "누가 보고 있을지도 몰라. 우리 친구들이 아니라 위에 있는 누군가가. 그럼 경비한테 말하겠지. 경비가 아무도 안 보고 있다면 말이지. 빨리 날 따라오고 중간에 멈춰서지 마."

테드와 마이크가 벤치의 한쪽 끝을 들고 에스포지토가 다른 쪽 끝을 들고서 마당을 가로질러 농구 코트를 향해 갔다. 과연, 그들이 농구 코트 중앙에 있는 원에 거의 다다랐을 때, 건물 주 출입문이 열리더니 경비 한 명과 간호사 한 명이 뛰어나와 두 팔을 휘저으며 소리쳤다.

"이봐! 당신들 도대체 뭐 하는 거야?"

"계속 가." 마이크가 말했다. 1~2미터만 더 가면 되었다. "좋아. 여기 놓고 앉아. 자네도, 에스포지토."

세 사람 모두 벤치에 앉았다. 마이크와 테드가 양쪽 가에 앉고 에스포지토가 가운데에 앉았다. 그들은 건물을 등지고 앉아 있어서 경비와 간호사가 벤치를 돌아와 그들 앞에 설 때까지 다가오는 모습을 보지 못했다. 간호사는 맥매너스였다.

"당신들 도대체 뭐 하는 거야?" 경비가 말했다.

초현실적인 장면이었다. 세 남자가 무표정한 얼굴로 두 손을 주머니에 찔러 넣은 채 간호사와 경비의 눈을 피하면서 벤치에 앉아 있었다. 마치 농구 코트 중앙에 앉아 있는 것이 세상에서 가장 정상적인 일인 것처럼.

"응?"

마이크가 한 손을 들어 평화의 상징 수신호를 보여주었다. 괜찮아. 내가 설명할게. 그는 벤치의 원래 자리 옆에 서 있는 나무를 가리키며 천천히 고개를 가로저었다.

"저기 아주 끔찍해." 그가 경악한 얼굴로 말했다. "바람이 가지를 어찌나 흔들어대는지 비가 쏟아지는 것 같아. 아주 별로야. 안 그래, 친구들?"

"헛소리 집어치워, 도슨!" 경비가 말했다. "내가 다 보고 있었거든. 거기 앉으려고 하지도 않았잖아."

마이크가 웃으면서 고개를 끄덕였다. 허, 어떻게 알았지! 그는 다시 평화의 수신호를 보내더니 다른 변명을 하려고 애썼다. 그는 앞으로 몸을 약간 기울이고 한 손을 둥글게 말아 입에 갖다 댔다. 쉿, 이건 비밀인데.

"이 두 친구는 여기가 정상이 아니야." 마이크가 자기 머리를 가리키며 말했다. "무슨 생각을 하고 있었는지 모르겠어."

"이런, 세상에, 도슨, 헛소리 집어치우라니까. 집기를 마음대로 갖고 돌아다니면 안 된다는 거 알잖아. 벤치를 제자리에 갖다놔. 지금 당장."

"이봐, 마이어스, 벤치는 벌써 여기 갖다놨어." 마이크가 말했다. 위협적인 어조도 약간 느껴졌다. "우린 잠깐 여기 앉아서 쉴 거야. 당신도 잘 알다시피 우리 같은 사람들은……."

경비는 고개를 절레절레 저었다. 맥매너스가 처음으로 입을 열었다.

"마음대로 하세요. 나는 들어갑니다." 짜증이 난 목소리였다.

마이어스가 한숨을 쉬었다.

"이번이 마지막인 게 좋을 거야, 도슨. 당신이 무슨 일을 하면 다들 따라한다는 거 알잖아. 다들 단체로 물건을 옮기고 돌아다니는 건 못 봐."

"알았습니다, 대장님. 이제 괜찮다면, 해가 있을 때 햇볕 좀 쪼이고 싶은데. 선크림 가져온 사람?"

경비가 포기하고 자리를 떴다. 마이크는 농담조를 버리고 테드를 돌아보았다.

"이게 효과가 있으면 좋겠다, 친구."

코트를 나누는 중앙선이 테드의 발에서 10센티미터도 안 되게 떨어져 있었다.

마이크는 그것이 현실 세계와 광기의 세계의 경계선이라고 말했었다.

"우리 여기서 뭐 하는 거야, 마이크?"

"보고 싶다고 했잖아, 안 그래?"

에스포지토가 몸서리를 쳤다. 두 사람에게 그 떨림이 느껴질 정도인 걸 보면 그들의 말뜻을 알아차린 것이 분명했다.

"얌전히 앉아 있어, 에스포지토."

"그래, 보고 싶긴 보고 싶어." 테드가 말했다. "하지만……."

"이게 그 선이야." 마이크가 백색 선을 가리켰다. 물웅덩이 밑에 있어 거의 보이지 않았다. "선 옆에 있으면 볼 가능성이 커질 거야. 빌어먹을. 책을 안 가져왔다!"

테드는 더 이상 말이 안 나와서 몸을 움츠리고 앉아 있었다. 그 순간 그는 마이크의 본모습을 분명히 보았다. 항상 책을 읽고 기발한 이론을 펴고 가끔은 세상에서 가장 합리적인 사람으로 보이는 위협적인 남자가 아니라, 라벤더 메모리얼 평생 회원권을 가진 미친 환자를 보았다. 테드는 주위를 둘러보면서 이 얼마나 터무니없는 짓인가 생각했다.

"믿어야 해." 에스포지토가 불쑥 말했다. 테드는 그의 목소리를 처음 들었다.

"입 닥쳐, 에스포지토." 마이크가 핀잔을 주었다.

그럼 이렇게 하면 주머니쥐를 볼 수 있단 말인가? 어리석게도 테드는 나무들과 벤치가 있는 마당 뒤쪽을 흘끔거리면서 그 끔찍한 동물을 찾고 있는 자신의 모습을 발견했다. 그는 아무것도 보지 못했다.

"마이크, 미안한데." 테드가 말했다. "우리 여기 백만 번도 넘게 왔었잖아. 심지어 이 중앙선 옆에도 왔었고. 그런데도 아무것도 못 봤어. 이번에는 왜 다를 거라고 생각해?"

"여기 이 친구가 있잖아." 마이크가 에스포지토의 등을 두드리며 말했다. "이 친구는 항상 본다고 말하지 않았어? 에스포지토는 강력한 조명등 같은 존재야. 곤충만 빼고 온갖 동물들이 모여들지. 안 그래, 에스포지토?"

"마지막으로 본 지 오-오-오래 됐는데."

마이크가 너털웃음을 터뜨렸다.

"거짓말도 덩치처럼 참 통 크게 한다. 어쨌든 우리 셋 다 동물을 봤잖아. 본 사람이 많이 모일수록 좋아." 마이크가 몸을 기울이고 남의 기를 죽이는 강렬한 눈빛으로 테드를 바라보았다. "이봐, 볼 거야 말 거야? 다 자네 때문에 하는 일인데."

테드가 고개를 끄덕였다.

"당신 말이 맞아. 미안해."

아무려면 어때? 잃을 게 뭔데? 미친놈 두 명과 함께 농구 코트 한가운데에 앉아 있는 것이 진실을 발견하게 도와준다면, 해보는 거지 뭐, 안 그래?

"준비됐어." 테드가 확신을 갖고 말했다. "부탁해, 에스포지토. 자네의 아쿠아맨* 파워를 이용해서 놈들을 불러줘. 이리로 오라고 얘기해줘."

"그렇게 하는 거 아니야." 에스포지토가 새된 목소리로 대답했다.

그럼 어떻게 하는 거냐고 아무도 묻지 않았다.

그들은 침묵 속에서 기다렸다. 그 장면은 건물 안에서 보면 기이하기 짝이 없었을 것이다. 병원을 등지고 농구 코트 한가운데에 놓

* 슈퍼히어로 캐릭터. 바다 동물들과 교감할 수 있다.

인 벤치에 앉아 있는 세 남자. 무슨 버디 무비의 포스터 같았을 것이다. 〈세 남자와 주머니쥐〉 개봉박두.

　20분이 지난 후에도 그들은 말 한마디 하지 않고 같은 자세로 앉아 있었다. 테드가 갑자기 미소를 지었다. 주머니쥐를 보진 못했고, 딸들에 대해 생각하고 있었다. 딸들은 가끔 '먼저 말하는 사람이 지는' 놀이를 했는데, 항상 나딘이 졸라서 하곤 했다. 언니의 끊임없는 참견과 수다에 지친 나딘은 이런 게임을 통해서 언니를 평소보다 더 오래 조용하게 만들곤 했다. 테드는 지금 이 세 남자가 그 놀이를 하면 누가 먼저 말할지 생각해보았다. 인생의 매 순간마다 먼저 말하는 사람이 지는 놀이를 하는 에스포지토는 먼저 말할 것 같지 않았다. 도슨은 도무지 무슨 생각을 하는지 알 수 없는 몽상 속으로 빠져든 것 같았다. 테드만이 그들이 하는 일에 대해 생각을 멈출 수가 없었다. 이런 어리석은 짓을 하고 있다니.

　두꺼운 외투를 입었는데도 한기가 들었다. 벤치에 등을 기대는데 주머니에 묵직한 말편자가 느껴졌다. 그거였다! 그 순간 그는 분명히 깨달았다. 말편자를 갖고 있는 한 주머니쥐는 절대로 가까이 오지 못할 것이다. 그는 벌떡 일어나서 주머니에서 말편자를 꺼내 동료들에게 보였다. 아무 말도 하지 않았지만 그들은 이해한 것 같았다. 그는 말편자를 최대한 멀리 던져버릴까 생각했지만 맥매너스와 경비가 다시 나타나 분란을 일으킬 것 같아서, 코트의 가장자리로 걸어가서 거기에 말편자를 놓았다.

　"덮어놔." 에스포지토가 말했다.

　"뭐로 덮어?" 테드가 벤치로 돌아가면서 말했다.

　"외투로." 마이크가 끼어들었다. "덮어."

　테드는 한숨을 쉬었다. 환상적이군. 이제 꼼짝없이 감기에 걸리게 생겼다. 하지만 무슨 미친 이유에선지는 몰라도 말편자를 덮는 것이 세상에서 가장 합리적인 일이라는 사실을 인정하지 않을 수 없었다. 그는 외투를 벗어서 그것으로 말편자를 덮었다. 확인하니 창밖을 내다보는 사람은 한 명도 없었다. 그는 두 손을 비비며 서둘러 벤치로 돌아갔다.

"옆으로 가, 에스포지토. 내가 가운데에 앉을게."

덩치 큰 남자가 순순히 옆으로 비켜 앉았다. "놈들이 오고 있어." 그가 비켜 앉는 것과 거의 동시에 말했다. 목소리에서 확신이 느껴졌다.

테드는 주위에 있는 모든 것에 신경을 곤두세웠다. 이상한 느낌은 전혀 없었다. 그러나 뭔가가 바뀌기 시작했다는 사실을 그 역시 알아차렸다. 그때였다. 경계선 너머에 있는 물웅덩이에 비친, 움직이는 물체가 그의 눈길을 끌었다. 빨간색 물체였다.

"빨간색은 내가 좋아하는 색인데." 에스포지토가 뜬금없이 선언했다. 그의 목소리는 평소보다 더 단호해졌을 뿐만 아니라 더 깊어졌다.

"뭐?" 테드가 물었다.

또 물에 반사된 모습이 보였다. 이번에는 확실했다. 빨간색 비키니를 입은 홀리의 날씬한 몸이 물웅덩이 속에 나타났고, 바람이 물의 표면을 휩쓸고 가자 그녀의 몸이 흔들리더니 사라졌다. 그러나 분명히 거기 있었다고 테드는 확신했다. 그는 고개를 들다가 너무 놀라 얼어붙어버렸다.

코트 구석에 디즈니 공주의 성이 있었다. 물에 비친 모습이나 반투명한 유령의 모습이 아니었다. 진짜 성이었다. 테드가 그것을 가리켰다.

"우리도 보여." 마이크가 선언했다.

"내 딸들의 성이야." 테드가 떨리는 목소리로 말했다.

테드가 일어서서 성을 향해 혼자 걸어갔다. 절반쯤 가다가 돌아보니, 마이크는 걱정스러운 표정으로 그를 보고 에스포지토는 고개를 어깨 밑으로 한껏 수그리고 그 거대한 몸을 줄여보려고 애쓰고 있었다. 마치 세상에서 가장 무서운 롤러코스터를 타고 있는 것 같았다. 그러나 테드는 그들에게 돌아가 그들과 함께 안전한 벤치에 앉고 싶은 욕구와 필요를 느꼈다.

그들 너머로, 라벤더 건물의 유리 출입문 안에서 맥매너스의 윤곽이 보였다. 맥매너스가 성을 보지 못했을 리 없었다. 테드는 다시 걷기 시작했다.

성은 농구 코트와 숲의 경계선에 서 있었다. 성 앞에 도착한 테드는 무릎을 꿇고 옆 창문으로 안을 들여다보았다. 안으로 들어갈 생각은 없었다. 만지는 것조차 좋은 생각이 아닌 것 같았다. 무슨 이유에선지 그는 그 안에서 주머니쥐를 보게 될 거라고 확신했는데, 보이지 않았다. 성은 완전히 비어 있었다. 그는 머리를 긁적거리며 뒤로 물러섰다. 백설공주, 신데렐라, 에리얼과 포카혼타스가 한쪽 벽에서 그를 바라보고 있었다. 이제 어쩔 거야? 그는 성 주위를 걸었다. 앞쪽 벽에 에스메랄다와 그 옆에 잠자는 숲속의 공주가 있었다. 테드는 공주의 본명이 생각나지 않았다. 그때 어떤 이미지가 떠올랐다. 토이저러스에서 신디와 손을 잡고 이것과 똑같은 성주위를 돌고 있는 자신의 모습. 어린 신디가 그에게 공주들의 이야기를 들려주고 있었다.

오로라!

신디의 목소리가 그에게 대답해주었다. 잠자는 숲속의 공주의 이름은 오로라였다. 그는 전율했다. 이것은 그가 웬델로부터 훔쳐 온 최초의 기억이었다. 그는 계속 성 주위를 돌았다.

"저 언니는 벨이야." 신디가 말했다.

"〈미녀와 야수〉에 나오는." 테드가 덧붙였다.

"응. 그리고 저 언니는 포카혼타스, 이 언니는 뮬란."

뒤쪽에는 공주 그림이 없었다. 합판에 그려놓은 벽돌 벽뿐이었다. 테드는 그 벽을 물끄러미 바라보았다. 좀 넓은 시각에서 보려고 몇 걸음 뒤로 물러섰을 때 오른발에 딱딱한 것이 밟혔다. 주머니쥐! 그는 저도 모르게 펄쩍 뛰었고 옆으로 비켜섰다. 그러나 그것은 주머니쥐가 아니고 육류용 칼이었다.

"라벤더에 있는 게 아냐, 아빠. 그냥 성이야."

테드는 몸을 구부리고 칼을 집어 들었다. 손잡이에 빨간 얼룩이 묻어 있었다.

빨간색은 내가 좋아하는 색인데.

이 칼이 왜 여기 있는 거지? 그는 마이크와 에스포지토가 멀리서 그에게 대답해줄 수 있는 것처럼 그들을 바라보았다. 그들은 대답해주지 않았을 뿐만 아니라 아까와 같은 자세로 그대로 얼어붙은 것 같았다. 테드는 그들에게 손을 흔들어서 그들도 손을 흔들게 해볼까 생각했지만, 굳이 그러지 않기로 했다. 어차피 손을 흔들어주지도 않을 것을 알았다. 게다가 그 순간 2~3미터 떨어진 풀숲에서 바스락거리는 소리가 났고, 이번에는 주머니쥐라는 것을 직감했다. 주머니쥐가 어슬렁어슬렁 돌아다니고 있었다. 주머니쥐는 테드에게 관심이 없는 것 같았다. 여기저기 킁킁 냄새를 맡고 돌아다니고 가끔씩 고개를 들 뿐, 어느 것에도 관심이 없는 것 같았다. 테드는 자기가 밀렵꾼처럼 아직 칼을 들고 있다는 사실을 깨닫지

344

못한 채 주머니쥐를 따라갔다.

테드는 라벤더 숲으로 들어섰다. 한 번도 보지 못한 낯선 곳이었고, 몇 분 안에 친구들의 모습이 완전히 보이지 않게 되었다. 그는 가로수 길을 걷고 있었다. 주머니쥐가 앞장서서 그를 안내하며 걸어갔다.

공터 가에 이르러서 주머니쥐는 옆으로 비켜서더니 그 악마 같은 생물이 만들어낼 수 있는 환한 웃음에 가까운 표정을 지으면서 그를 보았다. 꼬리가 다부진 몸 뒤에서 뱀처럼 구불거렸다. 몇 미터 더 걸어간 테드는 주머니쥐가 웃고 있는 이유를 알게 되었다. 공터에 시신이 있었다. 테드는 죽은 사람이라는 것을 알았다. 얼굴을 바닥으로 해 엎드렸고 팔은 아무렇게나 늘어져 있었으며 매사추세츠 주립 대학교^{MSU} 후드티셔츠를 입고 MSU 야구 모자를 쓰고 있었다. 테드는 그 옷차림을 즉시 알아보았다. 자신을 포함한 대학 친구들 모두 백만 번은 더 입었을 티셔츠와 모자였다. 피해자의 얼굴은 보이지 않았고, 솔직히 보고 싶지도 않았다.

그때 그는 자신이 칼을 쥐고 있다는 사실이 기억나서 본능적으로 시신을 좀 더 자세히 살펴보았다. 목에 가로로 길게 난 칼자국의 일부가 보였다. 피가 풀을 물들이고 땅을 짙은 색으로 바꾸어놓았다.

넌 누구냐?

그는 시신 주위를 돌기 시작했다.

시신을 뒤집어야 했다. 얼굴을 보려면.

"테드." 뒤에서 누가 불렀다.

테드가 돌아보았다.

맥매너스였다. 마이크와 에스포지토가 그녀 뒤에 서 있었다. 세 사람 모두 걱정스러운 표정이었다. 테드는 자신이 본 것들이 사실인지 확인하려고 다시 고개를 돌렸다. 숲속에 누워 있는 매사추세츠 주립 대학생의 시신은 없었다. 하물며 웃고 있던 주머니쥐는 말할 것도 없었다. 테드는 항복의 표시로 두 손을 들었다. 들고 있던 칼은 어디로 갔을까?

그들은 조용히 돌아가기 시작했다.

"주머니쥐 봤어?" 마이크가 물었다.

테드는 고개를 약간 끄덕였다.

"근데 그 배경 뒤에 무엇이 있는지는 못 본 것 같아, 마이크. 솔직히 내가 본 게 뭔지 모르겠어."

죽은 학생의 모습이 아직도 그의 기억 속에 새겨져 있었다. **누구였을까?**

그들이 라벤더 메모리얼 병원의 평가실에 들어온 지 30분이 넘어가고 있었다. 로라는 린치의 비서 니나를 만난 이야기를 흥미진진하게 풀어놓았다. 그러나 그 젊은 아가씨가 마지막에 폭로한 내용은 아직 말하지 않고 있었다.

"경찰이 니나를 조사하지 않았대요. 하지만 당신이 린치의 사무실로 들어가기 전에 자기가 거기에 당신과 함께 있었다고 했어요, 테드."

테드의 마음은 딴 곳에 있었다. 가족의 방문과 병원 마당에서의 기이한 경험 때문에 마음이 어지러웠다.

"그게 무슨 중요한 의미가 있을까요?"

"아직 이야기 끝까지 안했는데. 하지만 대답 먼저 하죠, 그래요, 중요한 의미가 있어요. 제1주기에 있는 모든 사건이 현실에 바탕을 두고 있다는 걸 증명하기 때문이에요. 그것이 당신의 마지막 날들을 재구성하는 데 도움을 줄 수 있고요."

"그게 사실이라면, 내가 왜 블레인 같은 자를 찾아갔을까요?"

"내가 묻고 싶었던 게 바로 그거예요. 니나가 린치의 사무실을 나가면서 들었는데, 당신이 블레인의 집에 가는데 린치가 미행했다며 화를 냈대요."

이 마지막 말이 테드의 관심을 끌었다. 그는 천천히 그 말을 반복했다.

"내가 그자랑 무슨 관련이 있었는지 전혀 모르겠어요."

"하지만 이제 당신과 블레인이 서로 아는 사이였다는 건 알았잖아요. 둘의 관계에 대해서는 아마 아무도 모를 거예요, 심지어 홀리조차도. 어쨌든 당신은 린치가 따라온 걸 알고 불같이 화를 냈어요."

로라는 묘한 표정을 짓고 있었다. 가끔 그녀가 테드를 날카로운 눈으로 보았다. 어쩌면 테드의 눈에만 그렇게 비쳤을 수도 있었다.

"잠깐만, 로라. '둘의 관계'라니 무슨 뜻이죠?"

"특별한 뜻 없어요. 서두르지 말자고요. 하지만 어떤 관계였는지 알아내는 게 중요하다고 생각해요. 테드, 무슨 문제라도 있어요?"

그가 고개를 숙였다.

"사실, 있어요. 부탁이 있어요. 딸들을 보고 난 이후로……."

"네?"

테드는 낙담한 표정이었다. 신디와 나딘을 생각하니 아이들과 떠나기 전에 했던 약속이 떠올랐다.

"테드, 무슨 말이든 해도 돼요. 홀리와 딸들을 만났을 때 어떤 기분이 들었는지 듣고 싶어요. 그것도 여기서 다루어야 할 문제예요."

그가 솔직하게 털어놓았다. "여기서 나가야겠어요, 로라. 하루이틀만이라도. 호숫가 별장에 가서 내 물건들을 보고, 내 집에 있어봐야겠어요. 내가 기억할 수 없는 현실과의 관계를 어떻게 찾아낼 수 있겠어요. 오해하지 말아요, 여기 있는 게 내게 큰 도움이 되는 건 맞지만 이제 이 모든 일이 시작된 장소로 돌아갈 때가 된 것 같아요."

"테드, 지금은 적절한 때가 아닌 것 같아요. 지금 상당한 진전을 보이고 있는데."

"알아요, 그리고 당신에게 진심으로 고맙게 생각하고. 내 딸들을 볼 수 있게 해준 것도 정말 고마워요. 하지만 난 기억을 되살려내야 하고, 열쇠는 호숫가 집에 있다는 확신이 들어요."

"왜 그런 확신이 들었죠?"

그녀를 설득하려면 병원 마당에서 본 것을 말하는 수밖에 다른 도리가 없었다.

"아주 이상한 꿈을 꾸었어요. 꿈이라기보다는…… 환상이랄까. 제일 먼저 기억나는 것은 딸들의 분홍색 장난감 성이에요. 그 성으로 걸어가서 자세히 살펴보다가 성 뒤로 난 길을 발견했어요. 딸 신디가 나와 함께 있었는데 어느 순간 돌아보니 떠나고 없더군요. 그 호숫가 별장 뒷길을 나 혼자 걸었어요. 얼마나 오래 걸었는지는 몰라도 계속 걸었어요. 중요한 건 걸으면서 들었던 느낌이에요. 그 끝에 가면 엄청난 진실을 발견하게 될 거라는 확신이 들었죠. 이 모든 일을 이해하게 해줄 열쇠를 발견하게 될 거라는 확신."

로라는 어느새 수첩을 들고 뭔가를 맹렬히 휘갈겨 쓰고 있었다.

"그때 시신을 발견했어요. 매사추세츠 주립 대학교 학생이더군요. MSU 후드티를 입고 모자를 쓰고 있었거든요. 시신 밑에는 피웅덩이가 있었어요. 얼굴은 볼 수 없었고요."

"그 꿈을 언제 꿨어요?"

"어제."

테드는 그때 자기가 깨어 있었다거나, 마이크와 에스포지토가 농구 코트에서 자신을 지켜보고 있었다는 이야기는 하지 않을 생각이었다. 여길 나갈 수 있는 실낱같은 희망이라도 있다면, 환상 속의 주머니쥐가 나타나 그 시신이 있는 곳으로 그를 안내했다고 털어놓는 바보 같은 짓은 하지 않을 생각이었다.

"또요?"

"그게 다예요. 성이나 시신이 무엇을 의미하는지 모르겠어요. 내가 기억하지 못하는 무언가일 텐데. 확실한 건 호숫가 별장 뒷길에 중요한 해답이 숨어 있다는 거예요. 그 느낌이 너무 강해서, 꿈을 꾼 이후로는 다른 생각을 할 수가 없었어요."

"테드, 그게 꿈의 특징이에요. 꿈에서는 너무나 확신하는 일이었지만 깨어보면 사실이 아닌 경우가 얼마나 많은데요."

"알아요. 하지만 이건 달라요. 어떤 면에서는 마치…… 마치 나의 일부가 내가 찾고 있던 대답을 해주는 것 같았달까요."

테드는 자신이 과장하고 있다는 것을 알았다. 하지만 확신에 찬 것처럼 보여야 했다. 로라의 표정을 살펴보니 그의 이야기가 적어도 호기심을 자극한 것 같았다.

로라는 계속 메모를 하고 있었다.

"당신이 그 길에서 본 것이 어떤 식으로든 당신의 대학시절을 떠올리게 했나요?"

"그런 건 아닌 것 같아요. 후드티셔츠와 모자가 거기 있었던 건 어떤 이유가 있을 거예요. 하지만 사실 내 대학시절에 대해서는 기억이 흐릿한 부분이 많아서. 어떤 부분들은 선명하게 기억해요. 교수들, 포커 게임, 아르바이트. 하지만 전혀 기억이 안 나는 것들도 있어요. 린치와 관계된 일들은 전부. 그가 내 룸메이트였고 거기서 우리가 친구가 되었다면, 그와 함께한 일들을 잘 기억하지 못하는 게 말이 된다고 생각하는데요."

로라는 고개를 끄덕였다.

"그래서, 로라? 내가 호숫가 집에 좀 다녀와도 되겠어요?"

닥터 힐은 부드럽게 고개를 가로저었다. 눈에는 약간의 슬픔이 어려 있었다.

"아직은 때가 아니에요, 테드. 미안해요. 가까운 미래에 치료를 위한 외출을 할 가능성은 열어둘게요. 도움이 된다고 판단될 때 가끔 외출하기도 하거든요."

테드가 일어섰다. 그의 팔과 다리는 묶여 있지 않았다. 물론 옆방에 있는 맥매너스는 한시도 그에게서 눈을 떼지 않고 있겠지만.

"알겠어요, 로라. 당신을 믿어요. 그래도 다시 한 번 생각해달라고 부탁하고 싶군요. 그 길이 존재하지 않거나 그 길에서 아무것도 발견하지 못하더라도, 잃을 건 없잖아요."

테드는 자리에서 일어나 배운 것을 암송하는 학생 같았다. 로라는 돋보기안경 너머로 그를 보고 있었다.

"고려해보겠다고 약속할게요. 하지만 결정은 내가 내리는 게 아니에요. C병동 책임자가 아니라서."

테드는 의자에 앉았다.

"알겠어요. 당신이 고려하리라는 걸 안 것만으로도 충분해요."

"그래요, 고려해볼게요. 약속해요."

마커스는 병원 식당에서 잠깐 점심을 함께한 이후로 로라를 만나지 못했지만 그녀를 한순간도 마음에서 지울 수 없었다. 그녀가 사무실로 전화를 걸어 테드 매케이 일로 의논할 게 있다고 했을 때, 마커스는 만나자고 동의하고 전화를 끊은 다음 굳게 결심했다. 단 1초도 망설이지 않고 그녀에게 자신의 마음을 고백할 것이다. 핑곗거리를 만들어내는 데에도 지쳤다. 테드 매케이는 좀 기다리라고 할 것이다. 세상은 좀 기다리라고 할 것이다.

로라가 들어갔을 때 마커스는 창가에 있는 두 개의 작은 흔들의자 중 하나에 앉아 있었다.

"앉아도 돼요?"

"그럼."

로라는 반대편 흔들의자에 앉았다. 그들은 직각으로 마주하고 있었다. 마커스는 창밖을 내다보며 적절한 말을 찾고 있었다. 아니, 용기를 내려고 애쓰고 있었다.

"어디 안 좋아요, 마커스?"

"그래 보여? 사실 좀……."

그녀가 몸을 살짝 앞으로 기울이고 그의 말을 들을 준비가 되어 있음을 보여주었다. 마커스는 마음속으로 할 말을 연습하고 심호흡을 했다.

"당신 생각을 멈출 수가 없어." 마침내 그가 말했다.

로라는 만족감과 연민이 뒤섞인 미소를 지었다.

"요전날, 당신 집에 갔을 때, 당신한테 키스하고 싶어 미치는 줄 알았어."

로라가 그의 팔뚝에 손을 얹었다.

"잠깐만요. 그럼 제대로 해요, 우리. 이번 토요일에 나를 당신 집에 초대하면 어때요? 당신이 현관문을 여는 순간부터 새로 시작하는 거예요. 이미 지나간 일 얘기할 필요 없이."

그가 고개를 끄덕였다.

"데이트예요." 그녀가 말하더니 일어섰다.

"그런데 할 얘기가 있어서……."

로라가 그의 사무실을 나갔다. 문이 닫혔다가 다시 열렸다.

"닥터 그랜트? 잠깐 이야기 좀 나눌까요?"

마커스가 껄껄껄 웃었다.

로라가 책상 맞은편에 있는 의자에 앉자, 마커스가 늘 앉던 책상 뒤 자리로 돌아와 앉았다.

"당신 비서가 미쳤다고 생각할 거예요, 나." 로라가 킥킥 새어나오는 웃음을 참으면서 말했다.

"그럴지도 모르지." 마커스가 말했다. 그러고는 잠깐 침묵했다가 그들이 조금 전에 앉아 있던 창가 자리를 가리키며 덧붙였다. "고마워…… 그렇게 말해준 거. 그건 그렇고 무슨 얘길 하고 싶었던 거야?"

로라의 표정이 순식간에 바뀌었다.

"테드가 과거의 일 몇 가지를 기억해냈어요. 그를 좀 더 밀어붙일 때인 것 같아요."

로라는 테드가 꿈속에서 보았다던 매사추세츠 주립 대학 학생 이야기를 해주었다. 그리고 분홍색 성 뒤에 난 길 이야기도 했다.

"테드가 호숫가 집에 가고 싶어 해요." 로라가 설명했다. "그 길이 기억을 되살리는 데 도움이 될 거라고, 어쩌면 그 길이 자신에게 중요한 어떤 장소로 자신을 데려가줄 거라고 생각하고 있어요. 한번 시도해보고 싶어요, 마커스."

그는 잠깐 생각했다.

"적절한 때라고 확신해?"

"솔직히 말하자면, 아니에요. 하지만 지금까지 아주 합리적이라는 판단이 서서 한 일은 아무것도 없었잖아요. 요전날 테드의 딸들이 왔었어요. 꼬맹이들이 얼마나 사랑스러운지 몰라요. 테드가 마지막 문을 열기 위해서 필요한 게 이거라면, 한번 시도해봐야 한다고 생각해요. 최악의 경우에는 아무 효과도 없이 빈손으로 돌아오면 되는 거고요."

"당신이 알아서 해, 로라. 당신도 알다시피 내가 이 병동의 책임자니까 이 안에서 일어나는 일은 모두 내 책임이야. 하지만 당신이 담당 의사이니까. 신청서를 작성하면 내가 허가할게. 언제 가게 하려고?"

"토요일?"

마커스가 깜짝 놀라 눈을 크게 떴다.

로라가 깔깔거렸다.

"나 그날 하루 쉬어요." 그녀가 설명했다. "월터와 걔 아빠는 할아버지 댁에 갈 거예요. 나한테는 완벽한 하루 휴가죠. 그날 아침엔 테드를 데리고 외출했다가 오후에 일찌감치 돌아와서 예쁜 옷으로 갈아입고 데이트하러 나갈 거예요. 내가 결정할 일이라는 거 알지만 당신의 의견이 내겐 중요해요."

"이 환자의 경우에는 당신의 직감이 지대한 영향을 미쳤잖아. 과거와의 연결고리로 체스를 선택한 것, 말편자를 이용한 것, 환자를 C병동으로 옮기는 일까지, 모든 일이 다 당신의 공이지. 매케이가 당신에게 중요한 환자라는 거 알아. 당신의 직감이 지금이 적절한 때라고 말한다면, 한번 해봐."

"고마워요."

"로버트에게 말해놓을게. 보스턴 경찰국에 있는 내 친구 말이야, 기억해?"

로라는 고개를 끄덕였고 웃음을 참으려고 손으로 입을 틀어막았다.

"로버트 듀발*. 어떻게 잊겠어요."

마커스도 소리 내어 웃었다.

"이름도 하필. 하지만 그를 보면, 절대로 성과 이름 다 붙여서 부르면 안 돼. 이 살인사건에 대해 알아보라고 할게. 실제로 일어난 사건인지 아닌지부터. 매케이가 언제 대학에 다녔지?"

"1993년에 입학해서 1997년에 졸업했어요. 당시에 거기서 살인사건이 있었는지 알아내면 큰 도움이 될 것 같아요."

"외출 건에 관해서는, 최대한 안전 및 예방조치를 하는 조건으로

* 미국의 배우.

허락할 거야. 항상 손과 발을 묶어야 하고 무장한 경비가 동행할 거고."

"좋아요."

"당신이 무슨 말을 할지 아는데, 나도 가고 싶지만……."

"당신은 나를 너무 잘 안단 말이에요. 이번에는 그에게 익숙한 얼굴과 가는 게 좋을 것 같아요."

"그날 누가 당직인지 알아볼게. 누구든 잠깐 바람 쐬러 가자면 좋아할 거야."

"편도로 세 시간은 달려야 하는 거리예요." 로라가 말했다. 이 정보를 끝까지 쥐고 있다가 이제야 내놓았다.

그녀의 꿍꿍이를 마커스도 알아차렸다.

"당신은 구제불능이야, 로라."

"우리 약속 시간까지는 맞춰서 돌아올게요." 그녀가 일어서면서 말했다.

"외출 신청서 보내줘, 오늘 허가할 테니."

"정말 고마워요."

"토요일 전에도 보겠지만, 그렇지 못할 경우에 대비해서, 행운을 빌어."

"토요일엔 이 일 이야기는 안 할게요." 로라가 사무실을 나가기 전에 말했다. "약속해요."

"당신을 믿어야 할지 모르겠군."

그녀가 미소 지었다.

"그리고 당신, 현관문을 열었을 때 뭘 헤아 하는지 잊지 마요."

"절대로 안 잊을 거야."

KILL

THE

NEXT

ONE

PART 4

1993

1993년 매사추세츠 주립 대학교에 등록된 학생은 2만 명이 넘었다. 상당수의 학부생들은 50개의 캠퍼스 기숙사 중 한 곳에서 두세 명이 한 방을 썼고, 룸메이트는 저마다의 성격을 고려하기 위한 일련의 절차를 통해 정해졌다. 신입생들은 대학 당국이 '완벽한 룸메이트를 찾아주는 최첨단 시스템'이라고 부르는 자세한 설문지를 작성했다. 대학은 잠재적 지원자들에게 보내는 학교 안내 책자에 이 시스템을 MSU의 주요 장점 중 하나로 선전했다.

테드 매케이가 대학에 입학하고 룸메이트를 처음 만났을 때 제일 먼저 든 생각은 기숙사 행정실 사람들이 자기네가 무슨 일을 하는지 전혀 모르고 있다는 것이었다. 달리 설명할 방법이 없었다. 어떻게 그와 저스틴 린치가 어울릴 거라 생각할 수 있단 말인가? 한번 보기만 해도 두 사람이 완전히 다른 세계에서 살아왔음을 알수 있었다. 기숙사 행정실 입장에서 생각해보면, 테드와 저스틴은 같은 장학금 제도의 수혜자로, 평점을 일정 수준 이상으로 유지해야 하고 특별히 지정된 '학업 우수 장학생' 기숙사 세 곳 중 한 곳에서 살아야 한다는 공통점이 있었다. 그들에게 지정된 기숙사의 공식 명칭은 셰퍼드홀이었지만, 다들 '상자'라고 불렀다. 그 이유는 누구나 1초 만에 알 수 있었다. 그러므로 그들을 2인실, 그러니까 상자 503호에 던져넣은 이유는 두 사람의 불우한 가정형편 때문일 것이다. 빈곤, 위대한 평등의 수호자! 그 외에 그들의 공통점이라면 둘 다 너바나의 팬이라는 사실뿐이었다. 그러나 1997년 졸업생 중 절반은 너바나 팬이었을 것이다.

저스틴 린치는 출중한 외모를 자랑하는 청년이었다. 키가 크고 다부진 체격에 각진 턱을 가졌고 눈이 파란색이었다. 긴장된 분위기에서 서로 알아가던 처음 몇 주 동안 테드가 알아낸 바에 따르면, 저스틴의 머리가 항상 완벽한 모양이었던 것은 그가 이발소에 살다시피 하면서 공을 들였기 때문이 아니라 머리카락이 자라면서 스스로 의지를 가진 듯 새로운 스타일을 완성했기 때문이었다. 린치는 곧 캠퍼스에서 주목받는 존재가 되었다. 학년을 불문하고 수많은 여학생들이 셰퍼드홀의 남학생 전용 공간인 5층으로 몰려와 503호 근처 복도나 휴게실에서 어슬렁거렸다. 때로는 복도에서 테드를 불러 세우고 그의 룸메이트에 대해서 온갖 질문을 던졌다. 대담성이 조금 떨어지는 여학생들은 저스틴에게 여자친구가 있느냐 같은 기본적인 정보를 물었다. 다른 여학생들은 좀 더 직접적인 행동을 취했고, 기회가 있었다면 503호로 곧장 쳐들어가서 직접 질문을 던졌을 것이다.

이성과 좋은 관계를 유지한 적이 한 번도 없던 테드에게 가장 거슬렸던 것은 저스틴의 바람둥이 기질이었다. 정확히 말하자면 테드가 룸메이트를 질투한 것이 아니라—사실 조금 샘이 나기는 했지만— 다른 문제가, 보다 심각한 문제가 있었다. 테드가 호색한을 혐오하게 된 것은 어느 날 갑자기 그렇게 된 것이 아니다. 그의 아버지가 원인이었다. 난봉꾼. 기숙사 지원서에 첨부한 지면에 그런 이야기를 길게 써내지 않았었나? 물론 다 써서 제출했다. 설문지에 '기숙사 행정실이 고려해주기를 바라는 사항이 더 있다면 써주세요'라고 적혀 있었다. 테드는 룸메이트가 되고 싶은 사람과 되고 싶지 않은 사람의 특징에 대해 깊이 생각한 후, 자신의 현재 형편과 가족사, 부모님의 이혼, 이혼 사유 등을 솔직하게 에세이 형식으로 적었다. 또한 그는 아내나 여자친구를 속이고 바람을 피우는 개자식들을 제일 혐오한다고도 적어놓았다. 그런데 행정실은 도대체 왜 그가 경멸하는 모든 것을 대표하는 녀석과 그를 같은 방에 넣은 것일까. 그는 분노했다. 그리고 한 가지 확실히 결심했다. 여학생들이 다 나가면, 룸메이트와 대화를 해볼 것이다. 물론 유쾌한 대화는 아닐 것이다. 저스틴은 고향에 여자친구가 있다고 했고, 여자친구 사진을 벽에 걸어놓기까지 했기 때문이었다.

린치가 테드에게서 받은 인상도 썩 좋진 않았다. 가죽잠바를 입고 무례하게 행동하는 불량 청소년 같은 태도 때문만은 아니었다. 테드가 순리를 거스르려고 고집을 부리는 것이 린치의 눈에는 한없이 한심하고 유치하게 보였다. 테드는 심지어 녹슨 닷선 자동차 범퍼에 '범법자^{OUTLAW}'라는 스티커를 붙이고 다니기까지 했다. 진짜 문제는 그게 아니었다. 린치를 정말로 열받게 한 것은, 린치 자신은 학업에 진지하게 임하면서 도서관에서 근로장학생으로 일하며 눈이 뻐근해질 때까지 공부하는데, 조니 뎁의 저질 버전 같은 테드는 수업도 수시로 빼먹고, 학생식당에서 하는 아르바이트도 게으름을 피우며 시간이나 때우고, 6층에서 장시간 포커 게임이나 한다는 사실이었다. 테드는 주로 6층에서 포커를 하며 시간을 보냈다. 린치가 밤늦게까지 공부하고 있으면 룸메이트가 담배 냄새를 풍기면서 담배 연기로 빨갛게 충혈된 눈을 하고 살그머니 기어들어오곤 했다. 어쩌다 테드가 수학이나 회계학 책을 펴고 앉아 있기도 했지만, 30분쯤 지나면 책을 베개 삼아 옷도 그대로 입은 채 곯아떨어지곤 했다. 린치는 유지 규정이 더 엄격한 장학금을 받은 테드가 중간시험 이후에도 살아남는다면 기적이라고 생각했다. 어떤 면에서 린치는 이 룸메이트를 쫓아내고 새 룸메이트를 맞고 싶어서 중간시험을 기다렸다.

처음 두 달 동안 테드와 린치는 교류가 거의 없었다. 린치의 스테레오에서 너바나나 펄 잼의 음악이 흐를 때에만 대화를 조금 나눴다. 오로지 음악에 대해서만 잠깐 대화한 것 빼고는 아무런 친분도 없었다. 아르바이트 이야기를 하지도 않았고 식당에서 같은 테이블에 앉지도 않았다. 심지어 두 사람이 사귀던 친구들조차도 공통점이 전혀 없는 것 같았다.

행정실 사람들이 대단한 천재들이었을지도 모른다는 사실을 먼저 깨달은 사람은 테드였다. 그는 자신이 린치를 너무 성급하게 판단했다고 생각했다. 그가 예상했던, '린치의 여자들'의 행렬은 실현되지 않았다. 사실 10월 중순 이전에 그들의 방에 들어온 여자는 딱 한 명, 테드가 초대한 여학생뿐이었다. 린치는 고향에 있는 여자친구를 속이는 일에 전혀 관심이 없어 보였을 뿐만 아니라 여자들이 접근할 때마다 심하게 당황하는 것 같았다. 그는 모든 남자들이 부러워할 매력을 지녔다. 그보다 훨씬 매력이 덜한 남학생이라도 5분마다 한 번씩 침대를 삐걱거리게 할 수 있었을 것이다. (당시에는 그것이 MSU 학생들이 사용한 은어였다. 기숙사 침대의 오래된 스프링 매트리스는 매우 편안했지만 굉장히 삐걱거렸다.) 린치는 처음 몇 주

동안 단 한 번도 침대를 삐걱거리게 하지 않았다. 원한다면 언제든 그렇게 할 수 있었는데도. 테드는 룸메이트가 동성연애자인 게 틀림없고, 벽에 붙여놓은 사진은 그냥 아는 여자일 거라고 생각하기 시작했다. 그러나 린치가 통화하는 것을 몇 번 들었는데, 여자친구랑 통화하는 척한다고 상상하기에는 너무나 생생했고 많은 이야기가 오갔다. 그러니까 이 친구는 여자친구에게 성실한 것이다. 어떤 여자라도 쓰러뜨릴 매력을 가졌으면서도 그 매력을 사용하는 데에는 관심이 없는 것이었다. 이상한 놈이었다. 룸메이트에 대한 테드의 호기심이 점점 더 커지고 있었다.

10월 중순에 치른 첫 중간시험에서 린치는 B+ 한 개와 A- 네 개를 받았다. 그는 만족했다. 그러나 규칙위반을 일삼는 룸메이트의 성적을 보고는 충격에 빠졌다. 전부 A였고 그중 두 과목은 A+였다. 있을 수 없는 일이었다. 뭔가 부정이 있었던 것이 틀림없다. 그는 테드를 줄곧 보아왔기 때문에 얼마나 공부를 안 했는지 잘 알았다. 하루에 한 시간도 안 했다. 린치는 룸메이트가 학생식당에서 아르바이트를 하면서 틈틈이 공부를 했나 생각했다. 그러나 그는 책을 가져가지도 않았었다! 그렇다면 비결이 무엇이었을까? 비결은, 린치가 그 후 몇 달 동안 서서히 발견하게 될 터이지만, 테드가 매우 영민하며 사진으로 찍는 듯 놀라운 기억력을 갖고 있다는 사실이었다. 그래서 테드는 주로 암기를 요하는 분석 과목에 특히 더 강했다. 속독의 대가이기도 해서 두꺼운 자료를 다른 학생들보다 서너 배는 빠르게 후딱 읽어냈다. 그런데도 어느 것 하나 기억해내지 못하는 것이 없었다.

린치는 테드가 위층에서 포커를 하는 것 외에도 캠퍼스 밖에 있는 도박장에 자주 출입하면서 거기서 딴 돈으로 생활한다는 사실을 알게 되었다. 둘이 친해진 후 테드는 포커를 싫어하지만 너무나 인기 있는 게임이라 크게 의심 사지 않고 여러 집단을 돌아다니며 게임을 할 수 있어서 하는 거라고 인정했다. 지는 경우는 거의 없이 계속 이기는 사람은 도박장에서 조만간 쫓겨나기 마련이다. 테드는 카드를 완벽하게 외워서 단 몇 초 만에 통계적으로 복잡한 결정을 내릴 수 있었고, 그래서 일반적인 승률보다 약간 높은 승률을 유지했다. 기숙사에서 하는 게임은 잔돈푼이 오가는 정도였지만, 테드는 내기 밑천을 조금 걸고 학교 장학금이 해결해주지 못하는 어머니의 병원비를 충당할 만큼 충분한 현금을 모았다.

결론은 기숙사 행정실 사람들이 일을 아주 잘한 거였다. 테드와 저스틴 린치는 곧 친구가 되었다.

1993

　테드와 저스틴은 서로 존중하는 마음이 깊어지면서 우정으로 발전했다. 테드는 대학에서 친구를 별로 사귀지 못했다. 포커 친구들은 분명히 그를 친구로 생각했지만, 테드는 그들이 기대하는 말과 행동을 하면서 친구인 척 맞춰줄 뿐이었다. 그는 어느 환경에서나 잘 어울리는 법을 배웠지만 감정이 아닌 이성에 따라 행동했다. 저스틴은 그가 진심으로 관심을 갖게 된 최초의 인간이었다. 우정은 테드에게는 완전히 새로운 느낌이었다. 그는 고등학교 시절에도 우정을 나눌 친구를 만들지 못했다.

　한편, 저스틴은 전에도 몇몇 친구들과 우정을 나누었지만 점차 그들을 떠나 보내고 자기만의 세상으로 들어가 문을 걸어 잠갔다. 그는 천성적으로 혼자 있기를 좋아하는 사람이었지만, 자기를 이해해주는 친구를 갖게 되자 진정한 자기 자신이 되기 위해 필요한 자신감이 생겼다. 이렇게 갑자기 내면의 자아를 받아들이고 삶이 바뀌었고, 대학에 입학한 첫 해 동안 변화는 점점 더 두드러졌다.

　크리스마스 이전의 어느 추운 날 오후, 저스틴은 문예창작수업

숙제로 나온 수필 쓰기에 집중하려고 애쓰고 있었다. 배경으로 커트 코베인*이 거친 목소리로 노래했다. 테드는 벌써 공부를 끝낸 상태였다. 30분 동안 침대에 누워서 미적분학, 통계학, 또 다른 교재들의 책장을 학구적인 문어처럼 동시에 휙휙 넘겼다. 테드가 '공부'하는 것을 보면 누구라도 낙담할 수밖에 없다. 이제 테드는 6층으로 올라가려고 하고 있었다. 포커 게임은 날이 갈수록 점점 더 늦게까지 진행되었다. 테드는 다른 사람들의 실력이 향상되고 있다고 말했다. 게다가 그들 중 두 명은 그를 이기려고 둘이 미리 짜고 몰래 신호를 보내는 작전을 구사하고 있었다. 테드는 그 사실을 이미 알고, 그 암호까지 해독한 상태였다. 계속 이기기만 하면 조만간 반격이 시작되기 마련이다. 그는 당분간 그 상황을 관리할 수 있다고 생각했고, 관리할 수 있기를 바랐다. 캠퍼스 밖의 도박장에서처럼 속이는 사람들이 있는 테이블을 피해 다니거나 다른 포커판을 찾아볼 수도 있었다.

테드는 6층으로 올라가기 전에 시간이 좀 있어서 전부터 룸메이트가 물어봐주기를 기다리고 있었으리라 짐작되는 질문을 던져보았다. 저스틴은 항상 어머니 이야기는 했지만 아버지에 대해 이야기한 적은 한 번도 없었고, 오늘 오후에는 과제에 집중도 못하는 것 같았다. 계속 창밖을 내다보거나 방 안을 서성거리거나 테니스공을 벽에 던졌다가 받고 있었다. 그래서 테드가 나서서 오랫동안 미뤄두었던 것을 물어보았다. 테드는 저스틴의 아버지가 죽었거나 그가 어렸을 때 그를 버렸을 거라고 추측했는데, 알고 보니 테드의 추측이 틀렸다.

* 그룹 '너바나'의 기타리스트이자 보컬.

저스틴의 아버지는 멀쩡하게, 린치 부인과 다른 아들과 함께 디어필드에서 살고 있었으며, 저스틴은 아버지를 깊이 경멸하고 있었다. 또 다른 우연의 일치!

"우린 거의 대화를 안 해." 저스틴이 말했다. "왜 안 하는지는 아무도 몰라." 그는 매사추세츠 주립 대학교 후드티셔츠를 입고 창문을 열었다. 얼음같이 차가운 바람이 불어와 방 안을 순식간에 얼어붙게 했다. 그는 창턱에 걸터앉아 담뱃불을 붙였다. 그는 기계적으로 행동하면서 담배연기 구름에 휩싸여 과거를 바라보았다. "아버지는 왜 우리가 서로 말을 안 하는지 아직도 그 이유를 몰라. 믿어지냐? 내가 이유를 말 안 했거든. 언젠가는 해야겠지."

테드는 자기 침대에 걸터앉았다. 포커 게임에는 좀 늦어도 괜찮았다.

"나도 그래. 내 아버지도 얼간이야."

저스틴은 고개를 끄덕였다. 그는 추위에 저항하며 창 쪽으로 고개를 돌리고 있었다.

"아버지는 내 나이 때문이라고, 사춘기라서 그렇다고 생각해. 좀 더 나이가 들면 안 그럴 거라고 생각하지. 어머니도 그렇게 생각해. 내가 어머니한테는 완전히 다르게 행동하는데도, 적어도 다르게 행동하려고 노력하는데도 말야. 아버지는 진짜 멍청해. 자기가 뭔가 잘못했을지도 모른다는 생각은 전혀 안 드나 봐. 내가 어렸을 때 우린 서로 떨어질래야 떨어질 수 없는 사이였어. 아버지가 내 우상이었지. 난 아버지처럼 되고 싶었어. 내 눈에 비친 아버지는 완벽했거든."

저스틴은 담배를 다 피우고 재빨리 창문을 닫았다. 그러고는 두 손을 비비며 라디에이터 옆에 서 있었다.

"내가 아버지를 판에 박은 듯 닮았거든." 그가 체념한 듯한 표정으로 말했다. "아버지 복제인간 같아. 30년 전의 아버지 사진을 보여주면 나라고 생각할걸? 조종사 선글라스와 나팔바지만 빼면. 어쨌든 난 그게 우리가 너무 가깝다는 사실과 관계가 있다고 생각해. 아닐지도 모르지만. 모르겠어. 아버지와 나 사이에는 특별한 연대감이 있었어. 예를 들어 내 동생하고는 그렇지 않았어. 혹시 형제나 자매가 있어?"

테드가 고개를 가로저었다.

"미안해, 이런 얘길 계속 지껄이고. 가야 하지 않아?"

"걱정 마. 계속해봐."

"아버지는 전기기술자야. 자영업자이지. 어렸을 때 나는 방학을 손꼽아 기다렸어. 아버지 따라다니려고. 우린 승합차를 타고 곳곳을 돌아다니면서 자재를 사고 공사를 했어. 아버지는 내가 아버지 조수라고, 언젠가는 자기처럼 될 거라고 말하곤 했어. 내가 듣고 싶었던 말은 그게 전부였어. 당시에 누가 네 꿈이 뭐냐고 물으면 난 항상 전기기술자라고 대답했어. 한 치의 망설임도 없이. 정말 그랬어."

저스틴은 두 손가락을 맞부딪쳐 딱 소리를 냈다.

"아버지가 단골로 거래하는 상점이 서너 군데가 있었어. 아버지는 그중 두 군데에 있는 여직원들과 시시덕대고 희롱했어. 나한테도 농담을 하면서 어머니한테는 아무 말도 하지 말라고 했어. 물론 아무 말도 안 했지, 한 번도 안 했어. 우리가 공사를 하러 가정집을 방문했을 때도 마찬가지였어. 아버지는 항상 그랬어. '엄마한테는 아무 말 하지 마라, 저스틴. 엄마가 어떤지 알잖니. 이런 거 알면 슬퍼할 거야.' 아버지는 그렇다고 어머니를 사랑하지 않는다는 뜻은 아니라고 했어. 남자들은 원래 다른 여자들한테 추파를 던지는 걸 좋아한다고도 했고." 저스틴은 고개를 저었다. "지금 생각하면 어리석은데 그땐 그게 사실이라고 생각했지. 아버지는 나한테 아무 거리낌 없이 말했어. '그 여직원이 내 이두박근 바라보는 거 봤냐? 잘 보라고 일부러 구부려줬지.' 예쁜 여자가 TV에 나오면, 그리고 어머니가 보고 있지 않으면, 그 여자를 가리키면서 나에게 여자의 미모에 감동한 표정을 우스꽝스럽게 지어 보이곤 했어. 고작 여덟 살한테! 항상 그런 식이었어. 근데 내가 열두 살이 될 무렵부터는 희롱에만 그치지 않았어. 그런 여자들 몇 명하고 바람을 피우고 돌아다녔지."

테드는 상대방의 말에 어느 때보다도 열심히 귀를 기울이고 있었다. 그러면서 별별 생각이 다 들었고, 그와 저스틴이 룸메이트가 된 건 바로 이런 사연 때문이라는 확신이 들었다. 행정실 직원들이 업무를 아주 훌륭히 수행한 것이다.

"더 충격적인 게 뭔 줄 알아?"

"뭔데?"

"내가 열여섯 살이 되면서부터 아버지처럼 행동하기 시작했다는 거야. 남자라면 그렇게 행동해야 되는 거라고 확신했기 때문에. 난 내가 똑똑하다고 생각해, 테드. 너만큼은 아니지만!" 저스틴이 소리 내어 웃었다. "최소한 어리석지는 않다고 생각해. 그런데 말이야, 그런 내가 아버지가 내게 가르친 것에 대해서 한 번도 의문을 제기한 적이 없어. 단 한 번도. 아버지의 말을 신의 말씀처럼, 진리인 것처럼 생각했던 거지. 그때쯤 바보가 아닌 이상 어머니도 아버지가 돌아다니며 하는 일에 대해 상당한 의심을, 의심 이상의 뭔가를 갖고 있었다는 걸 깨달았어. 그리고 난 어머니를 사랑해, 이 세상 어느 누구보다도. 그런데 어떻게 어머니에게 상처를 줄 수 있는 일에 대해서 한 번도 문제를 제기하지 않았을까?"

"그래도 늦기 전에 깨달았잖아. 그게 중요한 거야."

"그래, 그럴지도 모르지."

어느새 〈네버마인드〉*가 끝나 있었다. 기숙사의 금요일 밤치고 굉장히 조용했다. 소음 규제 정책이 꽤나 엄격했지만, 주말에는 다들 조금씩 느슨해졌는데.

"희한하지." 저스틴이 말했다. "이런 이야기 아무한테도 안 했거든. 가장 비슷하게 한 게 대학입학지원서에 아버지와 나의 관계는 재난이었다고 쓴 거야. 거기도 그 말밖에 안 했어. 내가 왜 아버지를 경멸하는지 누구한테도 말하지 않았는데."

테드는 할 말이 떠오르지 않았다. 그는 깊이 감동받았다. 아니 감동을 받았다고 생각했다.

"처음에는 내가 왜 거리를 두려 하는지 아버지가 이해를 못했어." 저스틴이 말을 이었다. "그렇다고 지금은 이해한다는 뜻은 아니고. 이젠 받아들이게 된 거 같아. 하지만 나와 가까워지려고 애처로운 시도를 계속하더라고. 항상 여자 이야기를 하면서 가까워지려 하는 거야. 그게 우리가 유대관계를 맺을 가장 쉬운 방법이라고 생각하는 거지. 그게 너무 슬퍼. 작년에 여자친구를 집에 데려간 적이 있었어. 가족한테 소개하는 첫 여자친구였지. 이름이 라일러라고, 언제 얘기한 것 같은데." 그가 벽에 붙은 그녀의 사진을 가리켰다. "보다시피 라일러가…… 한눈에 뿅 가는 그런 여자는 아니야. 문제는……."

* 1991년에 발매된 너바나의 명반.

369

저스틴이 벌떡 일어서서 머리를 두 손으로 감싸 쥐었다.

"세상에, 내가 왜 이러고 있지? 끝도 없이 주절거리고 있었네. 네가 나를 어떻게……."

테드가 일어나 저스틴의 어깨에 손을 얹었다.

"괜찮아. 언젠가는 내 아버지에 대해서도 충격적인 이야기를 들려주지." 테드가 말했다. 그러나 진짜로 자기 이야기를 할 생각은 전혀 없었다. "얼간이들의 대격돌이 될 거야, 분명히. 그나저나 라일러를 집에 데려가서 그다음엔 어떻게 됐어?"

저스틴은 생각에 잠겨 꼼짝도 안 하고 서 있었다.

"라일러가 돌아간 다음에 아버지가 내게 오더니 더 괜찮은 여자를 만나라고 했어." 저스틴이 말했다. "나에게 윙크하면서 웃었어. 믿어져? 라일러는 친구를 통해서 우연히 만나게 됐어. 근데 그거 알아? 라일러를 소개받고 난 다음에 제일 먼저 든 생각이 아버지가 그녀를 보면 뭐라고 할까 하는 거였어. 그리고 아버지는 정말 내가 상상한 그대로 말했어. 그런 걸 그렇게 잘 알고 있으니 부전자전인 게지."

"어쩌면, 네가 그녀에게 빠지게 된 것도 그래서인지도 모르겠다."

"그럴지도 몰라. 근데 실은, 라일러와 나는 공통점이 별로 없다."

저스틴이 소리 내어 웃었다.

"최근 들어 대화가 좀 냉랭해졌어. 그리고 너무 떨어져 있어서…… 글쎄, 잘 모르겠어." 그가 갑자기 말을 멈췄다. "올라가서 멍청이들 삥 뜯을 시간 아니야?"

테드가 어깨를 으쓱했다.

"하루 휴가를 주지 뭐." 그가 대답했다. "어제 많이 뜯었거든. 맥주 마시러 갈래? 내가 살게."

"좋지!"

테드는 가죽잠바를 입고 귀덮개가 달린 모자를 썼다. 저스틴이 먼저 상자의 503호를 나갔고 테드가 그 뒤를 따랐다. 아직 확신하기에는 이르지만 그는 저스틴과의 사이에 진정한 우정이 싹트기 시작했다고 생각했다.

진정한 우정. 평생 처음으로.

1994

1994년의 혹독한 겨울은 저스틴 린치의 생애에서 전환점이 되었다. 그는 짧은 통화 끝에 라일러와 헤어졌고 학업은 나락으로 치달았다. 한 사건이 다른 사건의 원인이 된 것은 아니지만, 두 사건의 기원은 같았다. 그는 자기가 대학에 입학한 유일한 이유가 아버지처럼 빌어먹을 전기기술자가 되고 싶지 않았기 때문이라는 사실을 깨닫기 시작하고 있었다. 대학 교육을 받는 것은 아버지를 벌하는 방법이자 아버지가 이해할 수 없는 방식으로 행동하는 것이었다. 라일러도 마찬가지였다. 비록 그녀의 경우에는 그의 의도가 보다 투명하게 드러나긴 했지만. 그는 디어필드의 카사노바인 아버지가 자신을 위해서나 자기 아들을 위해서 절대로 선택하지 않았을 여자친구를 택했다. 저스틴의 대학 생활도 마찬가지였다. 말도 안 되는 짓거리를 하고 있는 거였다. 그의 아버지는 블랙홀처럼 주변에 있는 모든 것을 끌어당겨 나락으로 떨어뜨리고 있었다. 저스틴이 아버지를 기쁘게 하기 위해서 행동하든 증오를 사기 위해서 행동하든, 우주는 여전히 아버지를 중심으로 돌았다.

좀 늦은 감은 있었지만 저스틴은 무엇을 하면서 살고 싶은지 고민하기 시작했다. 정말로 영문학을 공부하고 싶은 건가? 독서는 이 우울한 세상에 저 멀리서 비치는 희미하고 아름다운 구원의 빛처럼 그에게 다가온 몇 안 되는 활동 중 하나였다. 그러나 그가 확신하지 못했던 것은 영문학 전공필수 과목을 기꺼이 들을 의향이 있느냐 하는 거였다. 시험은 또 어떻고! 대학의 리듬에 맞춰 살아갈 자신도 없었다. 그는 이런 문제를 피하기 위해 학과 공부는 나 몰라라 하고 커리큘럼과 관계없는 작품들을 탐독했다. 카프카나 멜빌, 보르헤스, 러브크래프트의 작품에 흠뻑 빠져 있었다. 실비아 플라스라는 시인은 매사추세츠 주에서 자랐고 디어필드 근처에 있는 대학을 나왔으며 생애의 대부분을 우울증으로 고생하다가 결국에는 자살을 택했는데, 저스틴은 집착에 가까울 정도로 그녀에게 매료되었다. 물론 이것은 날이 갈수록 절망의 입 속으로 미끄러져 들어가는 사람에게 최적의 도서목록은 아니었다.

테드는 저스틴의 타락을 목격했고, 유일하게 그를 도우려고 애썼다. 그는 면도를 하라거나 샤워를 하라고 채근하는 등 사소한 일부터 저스틴이 수업받는 강의실까지 같이 가면서 충고를 해주는 것 같은 보다 중요한 일에 이르기까지 자기가 도울 수 있는 일을 다 했다. 그러나 별 효과가 없었다.

저스틴은 일기를 쓰기 시작했고 자신의 생각과 설익은 시상과 절망이 넘치는 난해한 글들을 쏟아냈다. 그는 어디를 가나 그 공책을 갖고 다녔다. 밤에는 긴 산책에 나서서 캠퍼스 안을 돌아다니다가 아무 데나 누워 있기도 했고 공원 벤치에서 잠들기도 했다. 그의 야행성 습관은 학교 경비들과도 마찰을 빚었다. 테드가 생활비 마련을 위해 6층에서 열심히 일하다가 새벽녘에 방으로 돌아오면 그때까지도 저스틴이 돌아오지 않은 경우가 가끔 있었다.

그러던 어느 날 밤 테드는 녹초가 된 채 침대에 누워서 비어 있는 친구의 침대를 물끄러미 바라보았다. 어릴 때부터 다른 사람을 위해 의미 있는 일을 한 기억이 전혀 없었던 그는 그날 밤엔 그런 일을 하고 싶다는 생각이 들었다. 삶의 내리막길을 걷고 있는 저스틴을 끄집어 올리고 싶었다. 그는 일어나서 옷을 입었다. 룸메이트가 한밤의 산책에 나서서 어디로 갔을지 짚이는 데가 있었다. 한 시간이 채 안 되어 테드는 저스틴을 찾아냈다. 저스틴은 도서관 뒤쪽, 관리가 안 되어 잡초가 무성하고 조명이 없어 어두운 구석에 있는 벤치에 앉아 있었다. 담뱃불이 없었다면 어둠 속에서 그를 못 보고 넘어갔을 것이다.

테드는 아무 말 없이 저스틴 옆에 앉아서 그의 어깨에 손을 얹고 한동안 가만히 있었다.

"이제 내 수는 빤히 읽히나 보지?" 저스틴이 말했다. 하얀 입김이 뿜어져 나왔다. 매섭게 추웠고 언제라도 눈이 쏟아질 것 같았다.

그때 테드는 처음으로 자기 아버지에 대해 이야기했다. 자세하게 늘어놓지는 않았다. 다만 가족을 학대하는 아버지를 가졌다는 것이 어떤 것인지 자기도 이해한다는 것을 저스틴에게 알려주는 데 필요한 정도만, 최소한으로 이야기했다. 테드는 체스를 배우러 밀러 선생님의 집에 다닌 일과 아버지의 이중생활에 대해 짧게 이야기했다. 저스틴은 상당히 충격받은 것 같았다. 이야기 때문이 아니라 테드가 마음의 문을 열고 개인적인 일을 털어놓았다는 사실 때문인 것 같았다. 그 순간까지 테드의 삶은 저스틴에게는 풀기 힘든 수수께끼였다.

"나도 아버지를 증오해." 테드가 말했다. "그리고 인생이 그렇게 엿 같은 건 아니라고 널 설득할 생각도 없고, 그러지도 않을 거야. 왜냐하면 인생은 정말 엿 같으니까. 그리고 네 아버지나 내 아버지 같은 사람들이 죄가 있다면, 매일 밤 나랑 같이 앉아서 포커를 치는 게으름뱅이들도 마찬가지로 죄가 있는 거야. 응석받이로 자란 남자애들도. 멍청한 놈들. 모두 책임이 있는 거야. 내가 어떻게 아냐고? 왜냐면 나도 느끼니까. 그 공허함. 나도 느끼니까."

테드는 입을 다물었다. 그들은 한동안 침묵하며 앉아 있었다.

"절망이 그 끔찍한 입을 떡 벌리고 우리를 기다리게 만든 것은 다 그치들 책임이야." 테드가 좀 더 침울하게 말했다. "문제는 우리가 어떻게 반응할 거냐 하는 거지."

"난 모르겠어. 어머니한테 거짓말하는 것도 이젠 진력이 나. 학교를 그만둘까 생각중이야."

"절대 해서는 안 되는 일이 바로 그거야. 왜냐면 그렇게 하면 그들이 이기니까. 모르겠어? 그들이 원하는 게 그거야. 너를 똥구덩이에 처박는 거. 포기하는 게 더 쉬울 수 있다는 거 알아. 나도 잘 알지. 하지만 이겨내고 살아나갈 방법을 찾아야 돼. 난 이 빌어먹을 대학을 졸업할 거야. 결혼도 할 거고, 자식도 낳을 거고, 큰 집도 살 거야. 어쩌면 주말 별장도. 난 부자가 될 거야!"

저스틴이 빙그레 웃었다.

"나도 너처럼 자신감이 있었으면 좋겠다, 테드 매케이."

"이봐, 저스틴. 그래, 난 빌어먹을 교과서를 달달 외울 수 있어. 그게 내 강점이지. 누구나 자기만의 강점이 있는 거야. 너의 강점을 내가 모를 것 같냐. 그 강점을 이용해서, 야수를 달랠 방법을 찾아. 그리고 그 야수를 길들이며 살아갈 방법을 배워."

"되게 단순한 것처럼 말한다."

"단순하니까! 진짜야, 단순해. 이 어둠은…… 항상 너와 함께 있을 끔찍한 기생충 같은 거야. 그것한테 산채로 잡아먹힐 수는 없잖냐."

저스틴은 담배를 발로 밟아서 껐다.

"네가 말했던 여자애 누구더라?" 테드가 물었다. "문예창작 수업 같이 듣는 애."

"드니스 개릿."

"걔랑 어떻게 되어 가냐?"

"모르겠어. 가끔 이야기를 나누는 정도. 하지만 최근에는 내가 수업에 잘 안 들어가서."

"저녁을 같이 먹자거나 영화를 같이 보자고 해. 그게 새로운 삶의 시작이 될 수 있어."

저스틴이 고개를 끄덕였다.

"그리고 이제 가자. 귀가 언 것 같아." 테드가 말했다. "잊어버리고 모자를 안 쓰고 나왔어, 빌어먹을."

그들은 상자로 돌아오면서 좀 더 편안하게 이야기를 나누고 웃고 두 손을 주머니에 찔러 넣은 채 서로의 어깨를 비비기도 했다.

"그러니까 내가 공부는 좀 못해도 잘생기긴 했지." 저스틴이 말했다.

"바로 그거야. 그것도 모를까 봐 걱정했는데."

"미친놈."

"사랑이 넘치는 미친놈이다, 이 자식아."

1994

봄이 되자 상황이 나아지기 시작했다. 저스틴은 마음을 잡고 공부를 시작했고 상당 시간을 투자했다. 그리고 일주일에 이틀은 도서관에서 아르바이트를 했다. 아직 드니스 개릿에게 데이트 신청을 하진 못했지만 곧 할 생각이었다. 테드는 수업을 같이 듣는 여학생과 사귀고 있었고, 그들이 함께 있는 모습을 보면서 저스틴은 용기를 얻었다. 하지만 드니스에게 이미 남자친구가 있는 것 같다는 느낌을 받았다. 그녀는 직접적으로 그렇게 말하지는 않았지만 고향에 남자친구가 있다는 뜻을 넌지시 비쳤다. 그녀는 이상하게 행동했다. 특히 저스틴과 함께 수업을 들을 때, 그가 옆에 있는 것이 왠지 불편한 것처럼 행동했다. 테드는 저스틴에게 걱정하지 말라고, 그에게 관심이 있는 여학생들 명단을 펼치면 그의 팔 길이만큼 될 거라고 말했다.

그러나 저스틴이 완전히 안정을 찾은 것은 아니었다. 그는 아직도 실비아 플라스의 시를 읽고 종말론적인 관념들로 노트를 빼곡 채우곤 했으며 밤에 혼자 산책에 나서곤 했다. 하지만 지금은 적어도 자신이 상황을 통제하고 있다고 느꼈고, 자기 삶에 있어 다른 모든 것은 나아지고 있다고 느꼈다. 어쩌면 테드의 말이 맞는 것 같았다. 얼어 죽을 것 같았던 그날 밤 테드가 뭐라고 했더라? 마음속의 야수를 달래야 한다고, 그러면 모든 일이 다 잘될 거라고 했었다. 그의 말이 옳았다. 물론 그렇겠지! 테드는 천재니까.

그러나 그날, 1994년 4월 8일, 끔찍한 소식이 매사추세츠 주립대학교 캠퍼스와 전 세계를 뒤흔들었다.

테드는 학생 식당에 있었다. 그날은 설거지 당번이었는데, 그가 싫어하는 일이었지만 헤드폰을 끼고 새로 산 디스크맨으로 노래를 들으면서 일할 수 있다는 장점이 있었다. 그는 평소에 교류가 없던 다른 근로 장학생들과는 대화를 하지 않은 채 지난 한 시간 동안 그렇게 노래를 들으면서 일했다. 어느 순간엔가 다른 학생들이 거대한 부엌의 한구석에 모여 있었다. 뭔가에 흥분한 것 같았지만 테드는 조금도 신경 쓰지 않았다. 관리자가 할 말이 있다면 찾아와서 직접 할 것이다. 테드가 사운드가든의 앨범에 실린 곡들을 흥얼거리며 일하고 있을 때, 저스틴이 나타나 그의 어깨를 잡았다. 흥분했거나 화가 난 것 같았다. 저스틴은 테드가 일하는 곳으로 찾아온 적이 한 번도 없었다. 테드는 헤드폰을 벗고 물기를 닦던 유리컵을 내려놓았다. 저스틴이 자자하게 퍼진 소문을 들려주었다. 아니 이젠 사실로 확인된 뉴스라고 했다.

커트 코베인이 시애틀 자택에서 권총자살을 했다는 것이다.

쉽게 예상할 수 있듯이, 처음 몇 시간 동안에는 여러 가지 가설이 돌아다녔지만, 가장 일반적인 것은 자살설이었다. 나중에는 커트가 약물중독치료센터에서 도망쳐 나와 연락을 끊고 며칠을 혼자 지내다가 이런 극단적인 선택을 했다고 경찰이 발표했다. 그가 남긴 유서는 MSU 학생들에게, 특히 저스틴 린치에게 지대한 영향을 미쳤다. 그해 봄, 상자의 모든 방에서 커트의 노래가 다른 어느 때보다도 더 자주 흘러 나왔다.

비극적인 소식이 전해지고 일주일 후, 테드는 몇 주 전부터 사귀기 시작한 조지아 매켄지라는 여학생과 영화를 보러 갔다. 둘의 관계는 상당히 진전되고 있었다. 조지아는 예쁘고 자유분방했으며 보통의 학생이어서 새 남자친구를 잘 이해할 수 없었지만, 어쩌면 그렇기 때문에 그와 사랑에 빠진 것일지도 몰랐다. 그녀는 남자친구의 생활이 자신을 중심으로 돌아가기를 바라는, 요구가 많은 여자가 아니었다. 테드와 조지아는 주말에는 침대를 삐걱거리게 만들면서 두세 시간을 함께 지냈고 주중에는 가끔 만나 키스하고 나란히 앉아 공부하곤 했다. 그게 전부였다.

토요일, 테드는 조지아를 그녀의 기숙사 건물 현관까지 데려다주었다. 그녀는 MSU에 남아 있는 여학생 전용 기숙사 건물 세 곳 중 한 곳에서 살고 있었다. 테드는 늘 그렇듯 절박하고 다급하게 조지아의 입술을 찾았고 그녀의 방으로 자기도 따라 올라가게 해달라고 간청했다. 그녀는 약간 저항하는 척하다가 동의했다. 그녀는 도전과 일탈을 즐기는 사람이었다. 남자친구를 방에 몰래 들이는 것은 그 두 가지 욕구를 모두 만족시켜주었다. 짧지만 강렬한 정사를 나눈 후 테드는 그녀의 방을 빠져나왔다.

테드가 자기 방으로 들어섰을 때 갑자기 전율이 온몸을 휩쓸고 지나갔다. 뭔가 이상했다. 작은 화장실에 불이 켜져 있고, 화장실 문이 열려 있었으며, 무엇보다도 저스틴의 노트가 침대에 펼쳐진 채 놓여 있었다. 테드는 자기 집 거실 바닥에 쓰러진 커트 코베인의 시신이 머릿속에 떠올랐다. 테드는 침대 위로 몸을 숙이고 두 페이지에 걸쳐 손 글씨로 빼곡하게 써내려간 저스틴의 글을 보았다. 받는 사람이 적혀 있지 않아서인지 처음에는 유서처럼 보이지 않았다. 재빨리 훑어보니 페이지 아래쪽에 "보다^{Boddah}"라는 단어가 눈에 띄었고, 그것을 보는 순간 오싹 소름이 돋았다. 코베인은 자신이 상상해낸 보다라는 이름의 어릴 적 친구에게 유서를 썼다. 테드는 두 걸음에 화장실 앞에 이르렀다. 그는 욕조에 누워 있거나 천장 파이프에 매달려 있는 친구의 시신을 보게 될 것을 예상하고 마음을 단단히 먹었다. 몇 초 안 되는 그 짧은 순간에 그의 머리가 바삐 돌아가고 있었다. 저스틴이 우울증이 있긴 했지만, 그렇다고 자살할 정도였나?

화장실은 비어 있었다. 저스틴은 왜 불을 켜놓았을까?

잊어버린 거지 뭐. 어디 한두 번이야?

노트는 뭐야?

보다는 뭐고?

기숙사 건물 전체를 뒤지러 나가기 전에 그 노트에 있는 글부터 읽어야 했다. 그는 저스틴의 침대로 돌아가 침대 위로 몸을 숙이고, 마치 노트를 만지고 싶지 않은 것처럼 침대를 두 손으로 짚고 몸을 받치고 섰다. 그러나 페이지를 넘기기 위해 어쩔 수 없이 노트를 만져 글을 끝까지 읽었다. 글이 길긴 했지만 20초도 안 되어 끝까지 읽었다.

그것은 유서라기보다는 미완의 단편소설에 가까웠다. 그러나 그 주제는 테드를 조금도 진정시키지 못했다. 자살을 하려는 남자에 관한 이야기였다. 그가 계획을 실행에 옮기기 직전에, 방아쇠를 당기려는 바로 그 순간, 보다라는 이름의 낯선 사람이 현관 앞에 나타나 제안할 게 있다고 말했다. 그는 매우 설득력 있게 말했고, 주인공이—그의 이름은 나와 있지 않았다— 무엇을 하려 했는지 알고 있는 것 같았다. 그는 그 주인공과 같은 사람들을 많이 알고 있다고 했고, 그들이 힘을 합하면 그들의 가족이 슬픔을 견딜 수 있게 도와줄 수 있을 뿐만 아니라 세상을 더 나은 곳으로 만들 수 있다고 말했다. 보다는 주인공에게 비열한 인간을 죽여야 한다고 설명하기 시작했다. 이야기는 거기서 갑자기 끝났다.

저스틴은 페이지 맨 위쪽 네모 칸에 소설의 제목을 써놓았다. 〈더 나은 세상〉. 그의 글씨는 서툴렀고, 첨가한 부분이나 줄을 긋고 삭제한 부분이 곳곳에 있어서 어지러웠다.

테드는 잠깐 생각해보았다. 이것은 저스틴이 최근에 일어난 일련의 사건에 영감을 얻어 쓰고 있는 단편소설일지도 몰랐다. 그것도 상당히 잘 쓴 단편소설. 아니면 테드가 이해할 수 없는 어떤 미완의 경고일 수도 있었다. 그는 방에서 뛰어나갔다. 옆방에 사는 느리고 말수가 적은 어빙 프로서를 복도에서 만났다. 테드가 다급한 목소리로 그에게 저스틴을 보았냐고 물었다. 어빙은 머리를 긁으면서 천장을 올려다보며 뜸을 들였다. 마치 두뇌에 시동을 거는 것 같았다.

"최근에 저스틴을 보았느냐고?" 프로서가 물었다.

"응!"

테드가 프로서를 몰랐다면, 장난친다고 생각했을 것이다. 그러나 프로서는 그냥 둔할 뿐이었다.

"잠깐마아안. 한 시간쯤 전에 저스틴이 방을 나가는 거 봤어. 난 그때……"

테드는 이웃이 문장을 끝맺기도 전에 자리를 떴다. 그는 한 번에 두 계단씩 뛰어 내려갔고 만나는 사람마다 붙잡고 같은 질문을 했다. 다들 저스틴을 알고 있었다. 환생한 제임스 딘을 룸메이트로 둔 이점이 분명히 있었다. 상자로 들어오던 한 학생이 도서관 근처에서 저스틴을 봤다고 말했다. 테드는 도서관으로 달려가면서 만난 지 1년도 안 된 사람에 대해 자신이 이렇게 걱정하고 있다는 사실에 놀랐다. 진심으로 걱정이 되었다. 그 감정이 너무나 생소해서 그는 자신이 완전히 다른 사람이 된 것 같은 기분이 들었다.

테드는 도서관 뒤 늘 앉는 벤치에 앉아 있는 저스틴을 발견했다. 그 벤치는 환한 대낮, 봄날의 신록이 더해가는 나무 밑에 있으니 훨씬 덜 위협적으로 보였다.

"테드!" 저스틴이 그를 보고 놀라면서 헤드폰을 벗었다. "여기서 뭐 해?"

테드는 그의 옆에 앉았다.

"무슨 일 있었어?" 저스틴이 물었다.

"아니." 그 순간 테드는 자기가 생각했던 것을 저스틴에게 말하지 않기로 결심했다. 저스틴은 기분이 상당히 좋아 보였다. "6층엔 나중에 올라갈 거라, 물어보고 싶은 게 있었어."

"응, 물어봐."

"어젯밤에 델타 타우* 동아리 얼간이들하고 포커 게임을 두세 차례 했어. 기본적으로 적대적인 환경이긴 했는데, 가까스로 내가 이겼거든. 근데 그 친구들이 오늘 동아리 파티가 있다면서 나를 초대했어."

저스틴은 테드가 썩은 입냄새를 내뿜기라도 한 것처럼 얼굴을 찌푸렸다.

---

* 대학 내의 남녀학생 사교 클럽.

"동아리 파티? 너를?"

테드가 유쾌하게 웃었다.

"그 델타 타우 친구들이 누군지 난 전혀 모르겠는데." 저스틴이 말을 이었다. "네가 1학년인 거 알아? 파티에 들어가려는 외부인한테는 입장료를 엄청나게 부르지 않아?"

"어떻게 보면 걔네들 주머니에서 돈이 나가는 건데 뭘." 테드는 자기 주머니를 손가락으로 톡톡 치면서 그들의 돈이 어디로 흘러 들었는지를 알려주었다. "사실, 난 그 친구들 경멸해. 하지만 거기 가면 술과 여자와 음악이 있잖아. 우리 같이 가자. 가서 원하는 대로 마시고 즐기다가 빠지자고. 이런 광란의 파티가 없으면 대학 생활이 무슨 재미가 있겠냐?"

"맞아. 근데 정말 그것 때문에 온 거야?" 저스틴이 말을 멈추고 미소 지었다. "미안해. 고맙기도 하고. 네가 요즘 너무 잘해주는 것 같다, 매케이. 이렇게 내 걱정도 해주고. 고마워. 파티는 정말 멋진 생각 같아. 그래, 같이 가자."

잠시 둘 다 말이 없었다. 저스틴의 목에 걸린 헤드폰에서 너바나의 기타 연주가 흘러나왔다. 저스틴이 주머니에 손을 넣어 워크맨의 정지 버튼을 눌렀다.

"야." 테드가 말했다. "침대에 노트 펼쳐놓고 나갔더라……."

저스틴이 그 말의 의미를 즉시 알아차리고 깜짝 놀랐다.

"진짜 좋더라, 저스틴." 테드가 그를 안심시켰다.

"오, 하느님, 부끄러워 죽겠다. 그냥 연습 삼아 끼적여보는 거야."

"아주 잘 썼던데."

저스틴이 고개를 끄덕였다.

"고마워, 테드."

"진짜야."

"진짜 그렇게 좋다면 주인공에게 네 이름을 붙일게."

저스틴이 테드에게 윙크했다.

5

현재

토요일 오전 9시, 승합차 한 대가 라벤더 메모리얼을 떠나 버몬
트 주 도버로 향했다. 리 스틸웰이 운전하고, 로라는 조수석에 앉
았으며, 테드 혼자 뒷좌석에 앉아 있었다. 리는 평소 무뚝뚝하고
계획대로 정년퇴직할 날만을 손꼽아 기다리는 것 같은 경비였지
만, 지금은 기분이 굉장히 좋아 보였고 심지어 수다스럽기까지 했
다. 물론 나름의 이유가 있었다. 이 출장을 다녀오는 수고료로 급
료의 세 배를 받기로 되어 있었기 때문이다. 게다가 그는 운전하기
를 즐기는 편이었다. 끔찍한 의사 가운을 입고 있지 않은 닥터 힐
을 보면 눈이 즐거워진다는 사실은 말할 것도 없었다.

테드는 목적지까지 가는 내내 침묵을 지켰다. 승합차의 뒤쪽 칸
과 앞좌석을 나누는 작은 플렉시글라스 창문을 통해 대화하기도
쉽지 않았고, 더군다나 몸을 앞으로 기울이면 그를 금속 차체 바닥
에 연결한 쇠사슬이 당겨져서 고통스러웠다. 테드가 앉아 있는, 바
닥에 고정된 불편한 벤치에서는 바깥 풍경이 하나도 보이지 않아
서, 테드에게는 이 여정이 끝도 없이 지루하게 느껴졌다. 그는 승

385

합차 안에서는 기다리는 것밖에 달리 할 일이 없는 게 분명하니까 그곳에 도착해 어떤 일이 벌어질지 생각해보는 게 낫겠다고 결론지었다. 앞좌석에서는 경비가 대화를 독점하고 있었다. 로라는 몇 번이나 고개를 돌려 실망과 체념을 담은 눈으로 플렉시글라스를 통해 테드를 보곤 했다. 그렇게 돌아볼 때마다 그녀의 눈은 안전조치에 관해 자신이 할 수 있는 게 아무것도 없었다고 말하는 것 같았다.

그들은 2번 주간고속도로를 타고 서쪽으로 달리고 있었다. 교통량이 적었고 사방에 숲이 펼쳐져 있어 조용히 사색에 잠기게 하는 분위기였다. 쇠창살과 보안문과 보안카메라가 사방에 있는 라벤더의 직원에게는, 이날 아침 펼쳐진 거대한 푸른 하늘과 초록의 숲이 숨 막히는 감동으로 다가왔다. 특히 리 스틸웰이 그 풍경에 매료된 것 같았다. 그는 전방의 고속도로를 주시하면서, 이런 외딴곳에 집을 사서 여생을 보내는 게 평생의 꿈이었다고 말했다. 그는 항상 이 꿈을 갖고 살았고, 그의 아내도 마찬가지였다. 그러다가 이제 정년퇴직이 가까워졌는데, 그 꿈을 이룰 형편이 못 된다는 사실을 깨달았다. 그 사실이 그를 너무나 슬프게 했다. 그는 저축을 거의 하지 못했고 조금이나마 모아둔 돈도 여기저기 필요한 데가 생겨서 다 쓸 수밖에 없었다. 그는 지난 30년 동안 꿈을 이룰 수 있다고 진심으로 믿으면서 살았는데, 그 꿈에 조금도 가까이 가지 못한 것이다.

"어쩌면 중요한 게 그건지도 모르지." 그가 운전대를 잡은 손에 힘을 주면서 말했다. "언젠가는 꿈을 이룰 수 있다고 믿는 거."

이렇게 고백한 후 그는 입을 다물었다. 미러 선글라스 속의 눈에서 금방이라도 눈물이 떨어질 것만 같았다. 그가 이런 이야기를 누구에게 한 것도 이번이 처음일 것이다.

"나같이 늙은이가 되면, 사실 그런 것도 옛날만큼 중요하지 않아."

"아저씨가 어디 늙었다고 그래요."

그는 고개를 가로저었다.

"내 꿈이 이루어지지 않을 거라는 걸 알 만큼 늙었지. 그 꿈을 잊을 만큼 늙지는 않았고."

그들은 한 시간 이상 차를 타고 있었는데, 처음으로 테드가 입을 열었다.

"나는 꿈도 있었고 주말 별장도 있었는데, 이것 봐요, 이렇게 갇혀 있잖아요. 어느 날엔 미치는 것밖에 더 좋은 할 일이 없었으니까."

리는 대꾸하지 않았다.

"아내를 사랑합니까?" 테드가 물었다.

리는 테드와 대화할 생각이 별로 없는 것 같았다. 아니면 무산된 꿈을 떠올리고 자신이 아내 마르타를 얼마나 실망시켰는지에 대해 생각하고 있는지도 몰랐다.

"그럼, 사랑하지." 잠시 후에 리가 대답했다. 그리고 그것은 진실이었다.

"그럼 모든 걸 가진 거죠."

테드는 양 팔꿈치를 무릎 위에 올려놓고 두 손으로 머리를 감싸쥔 채 신발 앞코 부분을 노려보았다. 사슬 하나가 승합차의 움직임에 따라 흔들리며 그의 얼굴 앞에서 달랑거렸다. 다른 사슬은 그의 발치에 냉혹한 뱀처럼 똬리를 틀고 있었다. 그는 더 아무 말도 하지 않았다.

11시가 조금 지난 후 그들은 91번 주간고속도로로 빠져나왔다.

"하긴, 그래도 집 뒤에 목공소를 갖고 있긴 해." 리는 포기하지 않았다.

"병원장님한테 선물한 의자 봤어요." 로라가 말했다. "아주 우아하던데요."

"고마워. 목공일을 아주 좋아해. 퇴직한 다음에는 그 일이나 해야겠어. 이제 머지않았군."

리는 취미인 목공일에 대해 계속 얘기하면서, 병원 일에서 얻지 못했던 만족감을 나무를 깎고 형태를 만드는 데서 얻는다고 말했다. 그러고는 자신이 한 말에 대해 로라에게 곧바로 사과하고 자기가 병원에서 만족감을 못 느낀 것은 라벤더의 잘못이 아니라 자신의 잘못이라고 말했다. 그가 문제였다. 조금도 좋아하지 않는 일을 하게 됐는데 어쩌다보니 제때 빠져나가지 못했다. 우연히 경비 일을 시작했을 땐 생활비라도 벌면서 더 나은 일을 찾아보자는 생각이었다. 그러다가 달이 가고 해가 가고 수십 년이 흐른 것이다. "그리고 이렇게 세월이 흐르면 떠나기가 더욱 더 힘들어져. 그러다보면 자기도 모르는 사이에 어느덧 정년퇴직을 바라보는 나이가 되고, 뒤돌아보면 계획한 것을 하나도 이루지 못했다는 걸 깨닫는 거지."

로라는 리 스틸웰의 말을 귀 기울여 들었다. 인생이 모래처럼 손가락 사이로 스르르 빠져나가버린 이 남자의 불행을 충분히 이해할 수 있었다. 로라는 자기 일을 사랑했고 라벤더에서 시간을 낭비하고 있다고 생각하지 않았지만, 이런 느낌을 잘 알았다. 사실 이혼한 후에 비슷한 걸 느낀 적이 있었다. 그때 그녀는 무슨 이유에선지 자신의 애정 생활은 이제 끝났다고 생각했다. 이제 막 마흔

줄에 접어든 여자가 그렇게 생각하다니 어리석기 짝이 없었지만, 처음에는 정말 그런 생각이 들었다. 그러다가 세월이 흐르면 시야가 넓어지고 새로운 가능성에 마음을 열게 된다는 것을 나중에 가서야 이해하게 되었다. 그녀는 그날 밤에 만나기로 되어 있는 마커스를 생각했다.

여행의 막바지에 이르러 그들은 내비게이션의 도움을 받아 복잡한 길을 찾아갔다. 리는 테드에게 길을 묻지 않았다. 그들은 주간 고속도로를 빠져나와 한참을 달려 드디어 차량 통행이 드문 비포장도로로 들어섰다. 3킬로미터쯤 가자 호숫가의 저택이 눈앞에 나타났다. 리가 시동을 끄자 차 안에 정적이 흘렀다. 아무도 차에서 내리지 않았다. 리는 무표정한 얼굴로 눈앞에 펼쳐진 인상적인 풍경을 물끄러미 바라보았다. 그가 꿈꾸던 환상 속의 집보다도 훨씬 더 훌륭한 집이 틀림없었다.

경비가 승합차에서 내렸다. 그는 유니폼 대신 청바지에 가벼운 재킷을 입고 있었다. 재킷 속에는 베레타 권총을 지녔고 테이저건은 허리띠에 꽂고 있었다. 그는 승합차 뒤쪽의 양쪽으로 여닫는 문을 열고 테드가 나올 수 있도록 맹꽁이자물쇠를 풀어주었다.

"아까 내가 했던 말은 사실이야." 리가 말했다. "내 일을 좋아하진 않아. 하지만 일을 잘하긴 하지. 닥터 힐한테서 항상 2미터 이상 떨어져 있어. 뭐가 필요하면 나한테 말해. 자네 바로 뒤에 있을 거고, 항상 자네를 주시하고 있을 테니까. 이제까지 테이저건은 딱 두 번 뽑아봤고, 업무 중에 권총을 뽑은 적은 없지만 매주 연습하고 있지. 10미터 밖에서도 이 사슴을 맞힐 수 있어. 놀라운 일도 아니지만. 알았지?"

테드는 고개를 끄덕였다. "아무 문제 없을 겁니다." 그가 말했다.

그 순간, 로라가 승합차에서 내렸다.

테드는 승합차를 돌아서 걸어갔다. 발에 매인 쇠사슬은 행동에 약간의 자유만 허용해주었다. 경주할 정도는 아니지만 합리적인 보폭으로 걸을 수는 있었다. 그 집을 보았을 때 그는 낯선 친숙함을 느꼈다. 그가 기억하던 집과는 다르게 보였다. 좀 더 방치된 느낌이었다. 홀리와 딸들이 그동안 이곳을 한 번도 방문하지 않은 것이다. 물론 람보르기니 컨버터블은 흔적도 보이지 않았다.

"홀리가 열쇠를 줬어요." 로라가 열쇠꾸러미를 들어 보이며 말했다. "집 안을 둘러보는 게 좋을 것 같은데, 안 그래요?"

테드는 대답하지 않았다. 그는 호기심 가득한 어린아이처럼 모든 것을 유심히 보고 있었다. 나무들, 솔잎에 덮인 땅, 산들바람에 잔물결이 이는 호수 수면. 공기에서 다른 냄새가 나는 것 같았다. 그는 깊이 숨을 들이쉬고 내쉬기를 반복했다. 산소에는 그를 치유하고, 잊힌 기억들을 되살려주고, 시간을 되돌리는 힘이 있다는 느낌이 들었다.

저 멀리 숲가에 서 있는 분홍색 성이 눈에 들어오자, 그의 눈길이 온전히 거기에 쏠렸다.

해답.

"자, 어서요, 테드. 우선 집 안부터 둘러보자고요."

테드는 고개를 끄덕이고 현관문을 향해 걸어갔다. 리가 바로 뒤에서 따라갔다.

테드는 조심스럽게 안으로 들어가서 인도산 카펫 위를 한 걸음 한 걸음 조심스럽게 내디뎠다. 그의 기억 속에서는 웬델이 테드의 총에 맞고 그 카펫 위로 쓰러졌다. 그 기억이 너무도 생생해서 웬델의 얼굴을 떠올리려고 해보았지만 머릿속에는 그의 얼굴 대신 커다란 물음표가 떠올랐다. 테드는 1층을 돌아다니면서 곳곳에 걸린 사진 앞에서 걸음을 멈췄다. 사진들 중 상당수는 그가 찍은 거였다. 그는 부엌으로 이어지는 복도를 걸어가다가 달력을 보고 한 장 한 장 넘기며 산호초를 탐험하는 스쿠버다이버를 찾아보았다. 그러나 스쿠버다이버는 거기 없었다. 어느 달에도 보이지 않았다. 풍경사진뿐이었다.

"여기서 그를 기다렸어요." 테드가 말했다. 로라는 달력을 넘기는 그를 흥미롭게 보고 있었다. "처음에 그가 이 옆을 지나는 걸 보고⋯⋯."

테드가 갑자기 말을 멈췄다.

"저기에 창문이 있었는데." 테드가 양문형 냉장고와 조리대 옆의 벽을 가리키며 말했다. "웬델이 호수에 있을 때 그 창문을 통해 웬델을 지켜봤어요."

로라는 테드의 표정을 보고 그가 혼란스러워 하고 있다는 것을 알아차렸다. 아직도 그 일이 실제로 일어났을 가능성을 붙잡고 싶은 마음도 있는 것 같았다. 웬델이 자기 마음의 창작물이 아니라 실제 인물이기를 바라는 마음도 있는 것 같았다.

"2층으로 올라가죠, 테드. 당신한테 보여주고 싶은 것이 있어요."

"그게 뭐죠, 로라?"

그녀는 대답하지 않았다.

그는 고개를 끄덕였다.

그들은 거실로 돌아가서 계단으로 걸어갔다.

넓은 전망창을 통해 들어오는 자연광에 모든 것이 일광욕을 하고 있는 1층과는 달리, 2층으로 올라가니 갑자기 어둠 속으로 던져진 것 같았다. 리가 1층 계단 옆에 있는 스위치를 켰지만, 아무런 변화가 없었다.

"전기가 차단됐나 봐요, 리." 로라가 말했다. "올라가서 창문을 열게요."

그녀가 가볍게 뛰어 올라갔다. 테드는 계단을 절반쯤 올라가서 기다렸고, 리는 그의 바로 뒤에 있었다.

잠시 후 로라가 위에서 아래를 내려다보면서 올라오라고 신호했다. 테드는 전혀 기억이 나지 않는 복도에 서 있는 자신을 발견했다. 그는 몇 걸음 더 걸어가서 로라가 열어놓은 창문 앞에 섰다. 거기서 보니 분홍색 성이 완벽하게 보였다. 성이 2~3미터만 옆으로 갔더라도, 나뭇잎에 완전히 가려져 보이지 않았을 것이다. 그러므로 이 창문에서는 딸들을 지켜보는 것이 가능했다. 자신이 거기 서서 얼마나 자주 이 창밖을 내다보며 딸들이 잘 놀고 있는지 확인했을까 하는 생각이 들었다.

"그 문을 열어봐요." 로라가 말했다.

테드가 돌아보았다. 과연 창문 맞은편에 닫힌 문이 하나 있었다. 그가 문을 열었다.

그가 본 것은 그를 놀라게 함과 동시에 깊은 슬픔에 빠지게 했다. 그의 기억이 얼마나 못 믿을 것인지를 보여주는 또 하나의 증거가 거기 있었다.

그곳은 그의 서재였다. 책상, 책장, 금고를 숨기고 있는 모네 복제화. 그는 방 안에 있는 모든 물건들을 알아보았다. 감히 안으로 들어갈 용기가 나지 않았다.

로라가 뒤에서 그에게 말했다.

"시내에 있는 당신 집에는 서재가 없다고 했어요, 홀리가."

테드는 서재를 둘러보았다. 1분 이상의 시간이 흘렀다.

"내가 그 일을 하려고 했던 데가 여기예요, 로라. 저 의자에 앉아서."

"들어가볼래요?"

"그게 도움이 될까요?"

"모르겠어요. 마음 내키는 대로 해요."

테드는 들어가고 싶지 않았다.

"장난감 성 뒤에 있는 길을 확인해보고 싶군요."

"좋아요. 그럼 가요."

그들은 리의 감시를 받아가며 아래층으로 내려갔다. 그러고는 집 뒤로 돌아가서 분홍색 성을 향해 조용히 걸음을 옮겼다. 성은 푹신한 낙엽 매트에 둘러싸여 있었다.

성 뒤에 숲으로 이어지는 길이 진짜로 있었다.

"여기 있군." 테드가 엄숙하게 선언했다. 눈빛이 차가워져 있었고 이 좁은 오솔길에 도전장을 내미는 것처럼 보였다.

"자, 그럼 가보죠." 로라가 말했다. 그녀의 목소리에서 불안감이 느껴졌다.

1994

테드와 저스틴은 파티장에 가기 위해 제멋대로 뻗어나간 캠퍼스의 익숙지 않은 구역을 1.5킬로미터 이상 걸었다. 다행히도 테드의 머릿속에는 캠퍼스 전체 지도가 들어 있었고, 더욱이 그의 방향감각은 흠잡을 데 없이 완벽했다. 그는 저스틴에게 지금 자기들이 가고 있는 이 구불구불한 길이 남학생 동아리로 가는 최단거리 직선 코스라고 장담했고, 그의 말이 맞았다. 요란한 음악이 그들이 맞는 방향으로 가고 있다는 것을 증명했고, 오래지 않아 그들은 델타 타우 기숙사 뒷마당을 에워싼 나무 울타리 앞에 도착했다.

10시가 넘은 시각이었고 파티는 막 시작되었다. 현관문 위에 붙은 커다란 그리스 문자 간판에 화려하게 불이 켜져 있었다. 테드와 저스틴보다 덩치가 확실히 큰 두 남자가 사나운 표정으로 그들을 맞았다. 테드는 그중 한 명을 바라보며 자기들의 이름을 말했다. 그때 건물 앞 주차장으로 자동차가 한 대 들어왔다. 여학생 세 명이 튀어나오더니 경비들에게는 한마디도 하지 않고 집 안으로 들어갔다. 여학생들은 깔깔거리면서 하던 대화를 중단하지도 않고 고개만 까딱하고 들어갔다. 테드는 자신의 가죽잠바와 저스틴의 외투를 바라보았다. 저스틴은 검은색 긴 트렌치코트를 입고 있었는데, 봄날 밤 옷차림으로는 누가 봐도 과했다. 짧고 몸에 딱 죄는 탱크톱에 짧은 치마를 입은 여학생들을 보고 나니 테드 자신도 어색한 느낌이 들었다. 파티 참가자 명단을 들고 있는 남자가 그들의 이름을 발견하고 다른 경비에게 들여보내라고 했지만, 다른 남자는 그래도 미심쩍었는지 신분증을 요구했다. 저스틴이 지갑에서 학생증을 꺼내 마지못해 그들에게 보여주었다.

"너 말고." 다른 경비가 그는 보지도 않은 채 말했다. "네 친구."

그때 테드는 돌아서서 그냥 돌아올 수도 있었을 것이다. 물론 저스틴은 친구를 따랐을 것이고. 그다음에 벌어진 일을 생각하면, 그렇게 하는 것이 그의 인생에서 가장 현명한 결정이었을 것이다.

그러나 테드는 신분증을 꺼냈고, 곧 그들은 마당으로 들어섰다.

파티에 온 손님 대다수가 실내에 있었고, 나머지는 두세 명씩 무리를 지어 마당 곳곳에 서서 술을 마시거나 음악소리를 누르기 위해 고함을 지르며 대화를 나누고 있었다. 웅웅 울리고 쿵쾅거리는 베이스 음이 너무 시끄러워서 그들은 가까이 가지 않았다. 저스틴과 테드는 마당을 가로질러 현관으로 걸어가 실내로 살짝 들어갔다. 꽤 많은 사람들이 펄쩍펄쩍 뛰고 몸을 흔들어대고 있었고—그걸 댄스라고 부르는 건 지나치게 관대한 처사일 것이다— 나머지는 빨간색 커다란 플라스틱 컵을 들고 집 안을 돌아다니고 있었다. DJ가 작은 연단 위에 서서 쌍둥이 턴테이블로 음악을 틀어주었다. 두 개의 테이블 위에는 술이 든 컵들이 정교한 탑처럼 쌓여 있었다. 아이스박스가 다섯 개 있었고 그 안에는 키스톤 캔맥주가 가득 들어 있었다. 실내가 너무 더워서 그들은 외투를 벗었다. 그러고 나니 이젠 뭘 해야 할지 알 수가 없었다. 이 파티에 온 다른 신입생은 아무도 없었다. 그건 확실했다.

테드는 음료 테이블 주위에 서 있는 사람들 속에서 댄 노리스를 발견했다. 동아리 친구들과 함께 테킬라를 마시던 노리스는 테드를 이 파티에 초대해준 얼간이였다. 다행히도 그는 테드를 못 본 것 같았고, 테드는 저스틴에게 다른 데로 가자고 제안했다. 그들은 각자 맥주 한 캔을 들고 옆문으로 나가서 베란다로 갔다. 그곳은 훨씬 더 조용했다. 한 커플이 구석에서 열정적으로 키스하고 있었고, 다른 커플은 해먹에서 섹스를 하고 있었다. 와트 수가 낮은 알전구 하나가 이곳을 비추고 있는 게 다여서 사방이 어둠침침했다.

베란다 한구석에 캔맥주가 더 담긴 아이스박스가 놓여 있었다. 그들은 그곳으로 가서 난간에 걸터앉았다. 거기에서는 열린 창문을 통해 집 안이 들여다보였다. 그들은 각자 맥주 한 캔을 마시고 또 한 캔을 집어 들었다. 그러고 나서 또 한 캔. 둘 다 폭음을 해본 적이 없었기에 맥주 세 캔은 그들을 어지럽게 만들기에 충분했다.

"먼저 뭘 좀 먹고 시작했어야 했는데." 테드가 말했다.

저스틴이 동의했다.

"문예창작 수업 같이 듣는 드니스하고는 어떻게 되어가?"

테드는 난간에서 뛰어 내렸고, 맥주를 한 캔 더 가지러 아이스박스로 가다가 균형을 잃었다. 그는 보드 위에서 파도를 타는 사람처럼 두 팔을 쫙 벌리고 다시 균형을 잡았다. 베란다가 흔들림을 멈춘 뒤 그는 아이스박스로 걸어갔다. 맥주 두 캔을 집어 들고 한 캔을 저스틴에게 던졌는데, 물론 그는 그 캔을 잡지 못했다. 캔이 그의 가슴에 맞고 바닥으로 떨어졌다. 그 모습에 그들은 폭소를 터뜨렸다. 얼마나 웃긴지 1분 이상이나 배를 움켜잡고 웃는 것밖에 다른 일을 할 수가 없었다.

테드가 떨어진 캔을 주워 저스틴에게 건넸다. 저스틴이 그 캔을 따자 누런 맥주 줄기가 얼굴로 솟구쳤고, 그걸 입으로 막아보려고 했지만 소용이 없었다. 이것이 또 다른 웃음 폭탄을 선사했다.

"그래서?" 테드는 다시 난간에 걸터앉았고, 뒤로 넘어가지 않으려고 특별히 신경을 썼다.

"드니스하고는 아무 일도 일어나지 않을 거야, 다행히도." 저스틴이 말했다. "임자가 있거든."

"남자친구 없다고 말하지 않았냐, 네가?"

"지금은 있대. 자기가 마이클 조던 같은 선수가 될 거라고 생각하는 아주 오만한 친구래. 드니스가 그렇게 말했어. 내가 드니스와 엮이지 않은 것이 다행이라고 말하는 이유를 알겠지?"

저스틴의 얼굴이 갑자기 어두워졌다. 그는 테드에게 여자친구 조지아에 대해서 물어보려고 했다. 예의상 그렇게 해야 되는 것 아닌가? 그러나 저스틴은 2주 전에 조지아에 대해 알게 된 사실을 숨길 수 없을까 봐 걱정이 되었다. 한편으로는 아무 말 안 하는 것이 더 나쁜 것은 아닐까 하는 걱정도 있었다. 테드는 지성의 화신이라 뭔가 이상하다는 것을 눈치챌지도 몰랐다. 그들이 항상 서로의 연애에 대해 의논하는 것은 아니었지만, 저스틴이 테드의 연애에 관심을 보이지 않는다면 의심을 살 수 있었다. 분명히 그럴 것 같았다.

저스틴은 한밤의 산책을 포기하지 않았다. 그는 기숙사 창문에서 불이 하나둘씩 꺼져가는 모습에 익숙했다. 그는 눈에 보이지 않는 관찰자가 되어 남자들이 뒷창문으로 몰래 빠져나와, 자기는 들키지 않았을 거라고 생각하면서 그늘 속을 움직여 자기 기숙사로 돌아가는 모습을 보았다. 또한 사적인 공간을 찾아 숲속을 헤매는 커플도 보았고, 손을 잡고 산책하는 커플도 보았다. 저스틴이 특별히 남들 일에 참견하기를 좋아해서가 아니었다. 이런 의식들은 부엉이가 울고 너구리가 어슬렁거리고 돌아다니는 것처럼 밤의 일부였다.

저스틴은 어느 날 밤 도서관 뒤에서 조지아 매켄지가 다른 남자를 만나는 것을 보았다. 그녀는 건물 모퉁이에서 남자를 기다리고 있었는데, 그곳이 너무 어두워서 처음에는 저스틴이 그녀를 알아보지 못했다. 몇 분 뒤 남자가 나타나 활기차게 걸어왔다. 남자는 대학 후드티셔츠를 입고 야구 모자를 쓰고 있어서, 누군지 알아보기가 거의 불가능했다. 저스틴은 처음에는 여자가 조지아라는 사실조차 깨닫지 못했다. 며칠 뒤에도 같은 장면이 재현되었는데, 다만 이번에는 여자가 늦게 나타났다. 그들은 늘 하던 대로 열정적으로 오랫동안 키스했고, 잠깐 이야기를 나눈 후에, 제 갈 길로 갔다. 만남이 10분 이상 지속된 경우는 한 번도 없었고, 학생들이 흔히 그렇듯이 섹스를 갈망하는 모습도 보이지 않았다.

저스틴이 그들을 세 번째로 보았을 때 그는 그 남자를 쫓아가 누군지 알아내겠다고 굳게 결심했다. 그러고 나서 테드에게 알릴 생각이었다. 테드가 어떻게 나올지 별로 걱정되진 않았다. 사실 테드는 그녀에게 그렇게 관심이 있는 것 같지 않았다. 그리고 저스틴이 도서관 뒤에서 본 것을 토대로 판단해보면, 서로 좋아서 만나는 게 분명했고, 조지아는 테드보다는 그 의문의 남자에게 진정으로 끌리는 것 같았다. 그래서 저스틴은 의문의 남자가 도서관을 돌아서 중앙행정관 옆 주차장으로 이어지는 오솔길을 걸어가는 것을 지켜보면서 멀찍이서 따라갔다. 그런데 남자가 걸어가면서 이상한 행동을 했다. 후드티셔츠를 벗어서 잘 접더니 어깨에 멘 가방에 넣었다. 그러고 나서 모자를 벗었는데, 머리카락이 보통의 대학생들보다 훨씬 적었다. 그 모습을 보자 저스틴은 짚이는 게 있었다. 그의 예감은 남자가 교수주차장으로 들어설 때 확인되었다. 주차장 불빛 속에 드러난 남자는 조지아보다 훨씬 더 나이가 많아 보였다. 그러나 탄탄한 체격이어서 언뜻 보는 사람은 젊은이로 오해할 수도 있을 것 같았다. 그가 차를 타고 학교를 떠났다.

저스틴은 그를 즉시 알아보았다. 토머스 타일러, 그의 문예창작 교수였다.

유감스러운 첫 발견 이후로 4주가 흘렀다. 저스틴은 그 후에도 그들을 몇 번 더 보았고 그들이 진심으로 사귀고 있다고 확신했다. 그렇지 않으면 그렇게 위험을 무릅쓸 이유가 뭐란 말인가? 그동안 저스틴은 테드가 조지아와 헤어졌다고 말하기를 바라고 있었다. 그러면 조용히 고개를 끄덕여주고 말면 될 일이었다. 왜 아직까지도 헤어지지 않았을까? 저스틴은 자신이 이 문제를 계속 피할 수는 없다고 생각했다. 이런 일을 감출 이유가 무엇인가? 조지아는 왜 테드한테 직접 말하지 않을까?

지금 테드는 기분 좋게 술이 오른 상태로 저스틴을 물끄러미 보고 있었다. 다행히도 어떤 여자가 창문에서 그들을 소리쳐 불러서 테드의 관심이 그곳으로 옮겨갔다. 돌아보니 여학생 두 명이 플라스틱 컵을 들고 그들을 아는 것처럼 손을 흔들고 있었다. 테드와 저스틴은 혼란스러운 표정으로 서로를 바라보았다. 둘 다 모르는 여학생들이었다. 잠시 후 두 여학생이 밖으로 나와 곧장 그들에게로 달려왔다. 한 아가씨가 다른 아가씨를 끌고 왔다. 리더 격인 키작은 아가씨가 달려오자 풍만한 가슴이 좌우로 흔들렸다. 예쁘고 짧은 머리였고 계속 웃고 있었다. 그녀가 들고 있으니 빨간 플라스틱 컵이 너무 커 보였다.

"안녕, 친구들!"

같이 온 친구도 예뻤지만, 자기 친구가 낯선 남학생들과 인사하자 얼굴이 토마토처럼 빨개지는 것을 보니 친구만큼 자유분방하지는 않은 것이 분명했다. 그녀는 친구보다 머리 하나만큼 키가 더 컸고, 매우 말랐으며, 가슴이 조심스럽게 파인 탱크톱을 입고 있었다.

"나는 테사, 이쪽은 마리아. 내 사촌이야."

테드와 저스틴도 자기소개를 했고 여학생들과 악수를 나눴다.

테사가 아직 난간에 걸터앉아 있는 저스틴에게로 다가가 그 앞에 왼 다리를 옆으로 벌리고 섰다.

"너 1학년이지?"

"응."

"잘됐네! 마리아도 1학년인데."

마리아가 고개를 끄덕여 맞다고 확인해주었다. 그들은 아직 마리아의 목소리를 듣지 못했다.

"그래서, 저스틴." 테사가 오랜 친구사이인 것처럼 말했다. "내 사촌한테 네가 좀 멋져 보인다고 말했어. 그렇지, 마리아?" 테사가 무게 중심을 왼다리로 옮기고 이젠 저스틴의 다리 사이로 들어가서서, 자신의 가슴을 그의 사타구니에 대고 은근히 비볐다.

한편 마리아는 테드와 조심스러운 거리를 유지하고 있었다.

"빌어먹을." 자기 컵이 빈 것을 보고 테사가 투덜거렸다. 그녀는 컵을 구겨서 관목숲으로 던졌다. 돌아서서 두 걸음 뛰어가 아이스박스 앞에 이르렀다. 캔맥주 두 개를 가지고 돌아와 하나를 저스틴에게 건넸다.

다섯 캔째인데…….

"언니, 괜찮겠……." 마리아가 입을 열었다.

"물론이지! 걱정하지 마. 언니 아직 멀쩡하거든."

그들은 한동안 같이 술을 마시면서 대학 생활과 고향 이야기를 했고, 남자친구 여자친구 이야기는 한마디도 하지 않았다. 이따금 씩 테사가 아이스박스로 뛰어가 캔맥주를 한 아름 들고 와서 물어 보지도 않고 그들에게 나누어주곤 했다. 이러기를 백번은 더 했을 것이다. 어느 순간에는 난간에 앉아 있는 저스틴의 팔을 잡아끌어 서, 그는 가까스로 두 다리를 벌리고 착지했다. 그 바람에 베란다 가 공해에서 흔들리는 배처럼 몇 초간 위태롭게 흔들렸다. 그러고 나서 저스틴은 일종의 반사반응처럼 캔맥주를 꿀꺽꿀꺽 마셨다. 액체가 목으로 넘어가는 것이 느껴지자마자 다시, 이번에는 더 오래 벌컥벌컥 마셨다. 테사가 마당 저 멀리에 있는 계단으로 저스틴 을 끌고 갔다. 계단이 몇 개 있었더라? 3개? 4개? 80개? 저스틴이 두 번째 계단에 발을 올려놓았을 때 그 빌어먹을 계단이 몇 센티미 터 밑으로 푹 꺼져서 넘어질 뻔했다. 테사가 그의 팔을 잡아 받쳐 주었다. 그녀의 한쪽 가슴이 그의 갈비뼈에 밀착되어 있었다. 그는 술이 취해 정신이 몽롱하긴 했지만 이 기분 좋은 감각을 온전히 느 낄 수 있었다.

그들은 마당을 가로질러 불빛 없는 으슥한 곳을 향해 걸어갔다.

"날 어디로 데려가는 거야?" 저스틴이 물었다. 그는 자신의 의 지와는 상관없이, 말 그대로 끌려가는 것 같은 느낌이 들었다. 불 가능한 일이었지만. 이 아가씨는 키가 160센티미터도 안 되어 보 였다.

테사가 소리 내어 웃으면서도 그를 놓아주지 않았다.

"걱정하지 마. 덮치진 않을 테니까." 그녀가 깔깔거리며 말했다.

그들은 건물에서 벗어나 20미터쯤 걸어갔다. 음악소리가 나무들에 막혀 아주 작게 들렸다. 거기까지 따라온 건 맥박 같은 요란한 비트였다. 그들은 미끄러지듯 관목 뒤로 갔고, 테사가 저스틴에게 자신의 캔맥주를 건네주었다. 저스틴은 혼란스러운 표정으로 한 손에 한 개씩 캔맥주를 들고 서 있었다. 그들은 작은 언덕의 기슭 같은 곳에 서 있었다. 테사가 쭈그리고 앉아 치마를 엉덩이 위로 올렸다. 그러고는 아주 자연스럽게 팬티를 내리고 다리를 90도로 벌리고서 오줌을 누었다. 두껍고 노란 오줌 줄기가 완벽한 호를 그리며 뿜어져 나갔다.

"화장실 줄이 계단 아래까지 쭉 이어지는 거 있지? 참을 수가 있어야지." 테사가 말했다. 그녀는 오줌 줄기가 가늘어지자 한숨을 쉬었다.

저스틴도 갑자기 오줌을 누고 싶은 급박한 욕구를 느꼈다. 그러나 그 순간 성기가 강력하게 발기되면서 그 작은 친구의 우선순위가 바뀌었다. 테사의 자유분방한 태도에 그의 호르몬 수치가 하늘까지 치솟은 것이다. 마침내 방광을 다 비운 테사가 육감적으로 골반을 흔들어서 저스틴을 더 미치게 만들었다.

테사가 치마를 내리고 솔잎 담요 위에 편안히 앉았다. 그녀가 눈오줌이 은색 시냇물처럼 언덕 아래로 흘러가고 있었다. 그녀가 또 한 번 만족스러운 한숨을 쉬었다. 그 길고 낮은 신음소리에 저스틴은 더 저항할 수가 없었다. 그는 그녀 옆에 앉아 그녀에게 맥주를 건넸다. 그는 이제부터 어떤 일이 일어날지 아주 잘 알고 있었다.

"변태 같은 말 좀 해도 돼?" 그가 말했다.

"음……, 변태 같은 말이라." 관심이 있는 것 같았다. "들어보자."

"아까 되게 섹시했어."

테사가 웃음을 터뜨렸다. 옆에 나란히 앉아 있어서 둘의 얼굴이 어느 때보다도 가까이 있었다.

"그건 변태 같은 게 아니야, 바보야. 우리가 그 위에서 그 짓을 하면 그게 변태 같은 거겠지." 그녀가 흙 속으로 사라지는 오줌 줄기를 가리키며 말했다.

저스틴은 말문이 턱 막혔다. 라일러는 그에게 단 한 번도 이런 식으로 말한 적이 없었다. 그가 보는 앞에서 오줌을 눈다는 생각만으로도 라일러는 충격에 몸서리를 칠 것 같았다.

"너 진짜 잘생겼어." 테사가 저스틴의 얼굴을 어루만지면서 말했다. 그녀는 세 사람이 마신 것을 합한 것보다 더 많이 마셨는데도 아주 멀쩡한 것 같았다.

저스틴은 그녀의 손가락에서 톡 쏘는 냄새를 맡고 더 흥분이 되었다. 솔잎이 깔린 숲속, 불편하기 짝이 없는 환경이었다. 뭔가 원초적이고 거친 느낌이 드는 환경이 그를 이제까지 그가 알지 못했던 상태로 이끌어갔다.

"넌 정말 아름다워." 서스틴이 말했다. 그리고 더 이상 자신을 억제할 수 없게 되어 그녀의 그 풍만한 가슴 한쪽을 잡았다. 손을 최대한 넓게 폈는데도 그 가슴을 한 손에 모아 쥘 수 없었다. 심장이 곧 터져버릴 것만 같았다.

1994

테드는 마리아와 즐거운 대화를 나누었다. 알고 보니 그녀는 그와 한 과목을 같이 듣고 있었고, 그에 대해서는 소문을 들어 좀 알고 있었다. 그가 공부를 뛰어나게 잘한다고 알고 있었는데 파티에서 보게 되어 놀랐다고 했고, 자기는 사촌 언니의 강요에 끌려왔다고 했다. 테드는 거의 기계적으로 대꾸했다. 지금 들고 있는 맥주가 마지막 맥주라고 스스로에게 약속하며 마리아의 이야기를 들으면서 조금씩 홀짝였다. 마리아는 자기는 정말 열심히 공부하는데 항상 B밖에 못 받는다고 했고, 천재적인 기억력을 갖고 있는 테드조차도 두세 시간 후엔 기억해내기 힘든 그런 사소한 일들에 대해서도 이야기를 늘어놓았다. 중간에 테사가 두 번 나타나 그들을 방해했다. 테사는 관목숲에서 맥주를 더 가지러 뛰어왔다가 깔깔거리고 웃으면서 젖가슴을 흔들며 다시 뛰어가곤 했다.

새벽 1시쯤 되자 파티 분위기가 최고조에 달했다. 테드는 이제 그만 이 불편한 소음을 뒤로 하고 박스로 돌아가 밤의 고요에 젖어들고 싶었다. 하지만 저스틴을 버리고 먼저 가고 싶지는 않았다.

"언니가 좀 많이 들이대는 스타일이야." 마리아가 거의 변명조로 말했다.

"저스틴이 알아서 하겠지."

"아, 물론이지. 그런 뜻으로 말한 거 아닌데." 마리아는 얼굴이 붉어졌다. 불쌍한 친구. 얼굴에 모든 것이 다 드러났다.

베란다는 아까보다 훨씬 더 붐볐다. 갑자기 사람들이 옆으로 비켜서서 길을 터주었고 근육질 남학생 두 명이 살인청부업자처럼 당당하게 걸어갔다. 그중 한 명이 댄 노리스였다.

"여어, 매케이!" 댄이 큰 소리로 테드를 불렀다.

댄이 환하게 웃으면서 테드에게 다가오더니 테드의 등을 툭툭 치면서 재빨리 끌어안았다가 떨어졌다. 가슴과 등을 동시에 툭툭 쳤다고 해야 맞을 것 같았다.

"잘 왔어!" 댄이 말했다. 그러고는 친구를 돌아보며 덧붙였다. "내 얘기 좀 들어봐, 팀. 여기 이 친구가 포커의 귀재야."

팀은 별 감흥이 없는 표정이었다. 목이 두꺼웠고 머리를 아주 짧게 깎았다.

"시간이나 보내려고 왔어요." 테드가 억지로 한마디 했다. 노리스에게 초대해줘서 고맙다고 말할까 하다가 그냥 입을 다물었다. 이 상급생들이 자기를 친절하게 반기려고 다가온 게 아니라는 것을 이미 알아차렸다. 별 문제 없이 자연스럽게 여기를 벗어나고 싶었다.

마리아의 얼굴이 백짓장처럼 하얘졌다. 댄과 팀은 3학년이었다. 그들이 여기서 뭘 하고 있는 것일까? 몇몇 학생들이 그들을 돌아보았다. 금방이라도 무슨 일이 벌어질 것 같았다.

"진짜야, 팀." 댄이 거칠게 말했다. "너도 봤어야 하는데. 너무 잘

해서 속임수를 쓰고 있는 것처럼 보였다니까!"

"아, 그래?" 팀이 관심을 보였다.

"그렇게 여러 판을 연달아 이기는 애는 처음 봤다니까. 이 새끼가 내 돈을 30달러나 딴 거 있지!"

테드는 침착함을 유지하려고 애쓰고 있었다. 마리아는 금방이라도 울음이 터질 것 같은 얼굴이었다.

"비결이 뭐야, 매케이?"

"비결 같은 건 없어요." 테드가 어깨를 으쓱거리며 말했다. "연습이겠죠."

댄이 웃음을 터뜨렸다. 팀은 고개를 끄덕이고 가만히 있다가 또 끄덕였다.

"우리 뭐 할 건지 말해줄까, 매케이?" 댄이 말했다. "조금 있다가 2층으로 올라가서 포커할 거야. 같이 할 거지?"

"어, 글쎄요. 많이 늦었는데."

"늦었다고? 왜 이래, 친구! 내 돈을 다시 따올 기회를 줘야지, 나한테."

댄은 강력한 두 팔로 테드를 다시 한 번 힘차게 끌어안았다. 입에서 술 냄새가 진동했지만, 걸음걸이를 보니 그렇게 취한 것 같지는 않았다. 한편 테드는 마치 마법처럼 모든 감각이 완전히 되돌아와 있었다. 어지럽고 머리가 지끈거리던 증상이 사라졌고 평소처럼 예민한 정신상태로 돌아와 있었다. 두려움의 치유력이란 대단하군, 그런 생각을 하니 약간 유쾌한 기분마저 들었다. 댄과 포커를 하는 게 좋을 것 같다고 그는 생각했다. 어쩔 수 없이 포커를 해야 한다면, 몇 판 져주는 건 문제도 아니었다. 필요하다면 댄에게서 딴 30달러를 다 돌려줄 수도 있었다. 좋은 것 하나 배웠다. 다음부터는 상급생 돈을 딸 땐 너무 식은 죽 먹기처럼 보이면 안 된다는 교훈을.

"좋아요, 댄."

"좋아, 좋아!" 댄이 테드의 어깨를 점잖게 툭툭 쳤다. "그럼 이따 보자."

자리를 뜨면서 팀이 테드를 위협적으로 노려보았다. 테드는 창문을 통해서 댄과 팀이 다른 무리와 어울려 보드카 잔이 놓인 테이블로 가는 것을 보았다. 그 즉흥적인 무리가 반원형을 이루었다. 그들은 이구동성으로 건배사를 외치며 한 잔씩 마셨고 다 마신 잔을 목재 테이블에 탕 소리가 나게 내려놓았다. 댄은 1분도 안 되는 시간에 석 잔을 마셨다. 테드는 걱정할 거 없다고 스스로를 안심시켰다. 저런 속도로 계속 마시면 만취해서 곧 쓰러지고 말 것이다. 그날 밤에는 포커 게임이 없을 것이다.

"저 사람들 좀 미친 것 같아." 마리아가 두려움이 가시지 않은 얼굴로 말했다.

"응, 좀." 테드가 동의했다.

30분 후 테드는 마리아를 가까스로 떨쳐냈다. 저스틴과 테사는 어디 있는지 여전히 코빼기도 보이지 않았고, 테드는 친구 없이 혼자 먼저 가는 가능성에 무게를 두기 시작했다. 그러나 댄과 그 일당이 거실 한가운데를 점령하고 있어서, 그들의 눈에 띄지 않고 떠나기란 불가능할 것 같았다. 테드는 집 뒤로 돌아가서 빠져나가볼까 생각했지만, 재빨리 훑어보니 그것도 불가능할 것 같았다. 울타리가 뒷마당을 완벽히 에워싼 데다, 하나 있는 문은 맹꽁이자물쇠로 잠겨 있었다. 남학생 몇 명이 울타리 옆에서 오줌을 누었다. 그는 망설이지 않고 그 대열에 합류했다. 오줌 줄기가 나무판자 위로 후두둑 떨어지는 것을 보면서 그는 여기를 나가는 유일한 방법이 댄과 그의 친구들 옆을 지나가는 거라면, 좀 더 안전이 보장될 때까지 기다리자고 마음 먹었다.

기다림이 끝도 없이 이어졌다. 마침내 테드는 맥주를 더 마시고 싶다는 유혹에 굴복했다. 그는 베란다 계단에 앉아서 혼자 맥주를 마셨다. 다시 어지러워졌지만 이젠 몸이 붕 뜬 것 같고 마음이 가볍고 유쾌해져서 계속 마시게 되었다. 어느 순간, 아이스박스에 손을 넣고 30센티미터 깊이의 얼음물을 휘저었지만 아무것도 없었다. 아무도 아이스박스를 채워놓지 않은 것이다. 그는 일어섰다. 움직임이 서투르고 경련이 이는 것 같았다. 그는 댄에 대해서는 까맣게 잊고 집 안으로 들어갔다. 몽롱한 상태에서도 테이블에 맥주가 더 있을 거라는 생각이 들었다. 전에는 한 번에 맥주를 두 캔 이상 마신 적이 없었는데, 이제는 몸속으로 더 많이 들이붓고 싶다는 생각밖에 없었다.

거실에는 사람들이 꽉 들어차 있었고, 모두들 테드와 몸을 부딪치는 놀이에 열중한 것 같았다. 음료를 든 손들이 충돌을 피해 머리 위로 올라갔다. 그는 여학생 둘이 초록색 액체를 따르고 있는 테이블로 다가갔다. 테드가 되는대로 컵 하나를 들고 그들에게 내밀었다. 여학생들은 그가 아주 재밌는 사람이라고 생각했는지 웃음을 터뜨렸고 그중 한 명이 컵의 4분의 1 정도 음료를 채워주었다. 테드는 한 모금을 마시고 얼굴을 찌푸렸다. 이제까지 그가 맛본 음료 중 최악이었다. 도대체 이게 뭐야?

그는 아무 목적도 없이 거실 안을 돌아다녔다. 음악이 잭 해머처럼 머리를 때리자 갑자기 정신이 퍼뜩 들면서 여기서 뭘 하고 있는 건가, 왜 떠나지 않았나, 이 역겨운 음료를 왜 계속 마시고 있는 건가 하는 생각이 들었다. 하지만 그런 순간은 금방 지나갔고, 그는 초록색 음료를 마셔댔다. 그러다 갑자기 구역질이 나서 몸을 구부렸다. 다들 그를 멀찌감치 피해갔지만 그는 토하지 않았다. 천천히 몸을 일으키고 특별히 누구에게랄 것도 없이 히죽 웃었다.

"매케이!"

테드가 몸을 돌렸다. 고함소리가 너무나 커서 지축을 쿵쿵 울리는 음악을 뚫고도 그 소리가 들렸다. 댄이 그의 옆에 다가왔고 팀과 다른 남학생이 그의 뒤에 서 있었다. 완벽한 대형이었다.

"여어!" 테드가 말했다. 그는 댄의 어깨를 두드리려고 했지만 빗나갔다. 그의 손이 계속 원을 그리며 내려와 자신의 무릎에 닿았다. 다시 시도했지만 이번에는 댄의 티셔츠를 가볍게 스치고 지나갔을 뿐이었다.

"파티 재밌어?"

테드가 고개를 끄덕였다.

"이 형은 왜 이렇게 심각해요?" 테드가 팀을 가리키며 물었다.

"이봐, 매케이." 댄이 약간 혀 꼬부라진 목소리로 말했다. 테드는 옆에서 춤을 추고 있는 여학생의 가슴골로 눈길이 갔다. "매케이! 여기, 나를 봐. 나랑 내 친구들이 게임 몇 판 할 거야. 너도 와."

테드는 그의 말이 너무 우습다고 생각했다. 그래서 거침없이 웃기 시작했다.

"포커?" 그는 포커라는 말 자체가 너무나 웃긴 농담인 것처럼 대여섯 번 물었다.

"맞아, 포커. 너 나한테 빚진 거 있잖아. 가자." 댄이 테드의 한 팔을 잡았고 팀이 다른 팔을 잡았다. 그러고는 테드를 바닥에서 번쩍 들어서 2층으로 데리고 올라갔다. 테드는 이런 행동이 적대적이라는 느낌이 들지 않았다.

"고마워요, 형들. 여기서부터는 내가 걸을게요."

그러나 그는 걸을 수 없었다. 두세 명이 더 합류해서 이젠 테드를 포함하여 여섯 명이 위층으로 올라가고 있었다. 도대체 몇 명이나 있었던 거야?

"우와, 기차놀이 하는 거 같다!" 테드가 말하더니 자신의 농담에 스스로 웃음을 터뜨렸다.

그들은 소방관들이 구조한 자연재해 생존자를 보듯 테드를 바라보았다. 테드는 길을 잃은 느낌이 들었다.

2층은 1층만큼 붐볐다. 그러나 3층에 올라가니 갑작스러운 정적이 충격으로 다가왔다.

"매를 번 건 너야, 매케이." 댄이 말했다. 이제 그의 목소리는 느리고도 완벽하게 들렸다. 음악은 멀리서 들려오는 신음으로 바뀌었다. 그들은 복도 끝으로 걸어갔다. 팀이 잠긴 문을 열자 댄이 테드를 안으로 밀어넣었다. 다른 세 명도 뒤따라 들어왔다.

방 안에는 포커 테이블이 없었다.

테드는 갈비뼈를 강하게 가격당하고 바닥에 쓰러졌다. 그의 몸 위로 발길질이 쏟아졌다.

1994

　자비로운 동아리 남학생이 테드를 차에 태워 상자로 데려다주었다. 테드는 건물을 나와 빨간색 승용차에 실린 것만 단편적으로 기억이 났다. 차를 타고 오는 동안은 전혀 기억에 없었다. 그는 마치 마법처럼 침대에서 눈을 떴다. 옷을 그대로 입고 있었고 온몸이 쑤시고 아팠다.

　한편 저스틴은 테사의 몸에 토할 것 같은 기분이 현실이 될 것 같아서 서둘러 파티장을 떠나기로 결심했다. 테사는 저스틴에게서 곧 다시 만나자는 약속을 받아냈고(저스틴은 이런 약속을 하는 것이 행복했다), 저스틴은 여자와 이렇게 좋은 시간을 가져본 적이 한 번도 없었다고 취중진담을 했다. 떠나기 전 그는 자기 친구가 그 유명한 델타 타우 남학생 동아리 회원들에게 흠씬 두들겨 맞고 있다는 사실을 알지 못한 채 아래층, 위층으로 그를 찾아다녔다. 저스틴은 테드가 혼자 먼저 기숙사로 돌아갔을 거라고 생각했다. 저스틴은 돌아가는 길에 한 번 토했고 기숙사에 도착해서 또 한 번 토했다. 룸메이트는 침대에 없었다. 하지만 그런 일이 한두 번이 아니어서 걱정은 되지 않았다.

그러나 아침에 눈을 뜨고 옆 침대에 누워 있는 테드를 본 저스틴은 깜짝 놀랐다. 처음에는 테드가 죽은 줄 알았다. 얼굴이 온통 피범벅이고 퉁퉁 부어 있었다. 테드가 숨을 쉰다는 것을 확인하고 나서야 조금 진정이 되었다.

테드는 의무실에 가기를 거부했다. 사흘 동안 기숙사 방에 처박혀 꼼짝 않고 누워 있었다. 그동안 얼굴의 붓기는 거의 다 가라앉았고 미러 선글라스의 도움을 받아 다시 수업에 들어갈 수 있었다. 절뚝거리는 것도 시간이 흐르면서 사라졌다. 그의 룸메이트와 그를 두들겨 팬 다섯 명의 겁쟁이들을 제외하고는 어느 누구도 그날 밤 델타 타우 3층에서 무슨 일이 있었는지 알지 못했다.

1994

그 구타사건은 일련의 끔찍한 사건들을 야기했다. 그중 일부는 직접적인 결과였고 나머지는 간접적인 결과였다. 테드는 점차 말수가 줄었고 어느 때보다도 주변에 무관심해졌다. 이러한 변화는 카리스마와 사람의 마음을 조종하는 능력이 필수적인 무기인 도박장에서의 운에도 영향을 미쳤다. 또한 이러한 변화는 테드와 조지아의 관계를 파괴시켰다. 테드는 조지아와 서서히 거리를 두기 시작했다. 그러나 둘 중 어느 누구도 관계를 호전시키기 위한 노력을 하지 않았다. 저스틴은 질문 세례로 테드를 고문해서는 안 된다고 직감했다. 그는 그 전부터 테드의 변화를 감지할 수 있었다. 즉, 무의미한 심문으로 그를 괴롭혀서는 안 되는 때가 언제인지를 알고 있었다.

최악의 일은 닷새 후에 일어났다. 그날 테드는 아버지의 여동생인 오드리 고모로부터 전화를 받았다. 오드리 고모는 친가 쪽에서 테드가 가끔씩이라도 연락하고 지내는 유일한 친척이었지만, 그렇더라도 고모가 학교로 전화를 걸어온 일은 이번이 처음이었다. 수화기 너머로 고모의 목소리가 들렸을 때 가장 먼저 든 생각은 아버지에게 무슨 일이 생긴 것이 틀림없다는 거였다. 테드는 기쁨을 감출 수 없었다. 지난 5년간 아버지를 보지 않고 지냈는데, 앞으로도 계속 못 본대도 별 문제 없을 것 같았다. 하지만 프랭크 매케이가 끔찍한 사고로 사망했거나 부상당한 것이 아니었다. 단지 테드를 만나고 싶어서 오드리 고모에게 도움을 청한 거였다. 지난 10년 동안 프랭크는 농기구 판매상으로 성공했고, 이젠 아들과 교류하며 살려고 애처로운 노력을 다시 시작한 모양이었다.

무슨 어리석은 이유에서인지 테드는 아버지에게 전화를 걸었다.

아버지는 무슨 대회가 있어서 이 지역에 오게 되었는데 테드를 만나러 학교에 찾아오겠다고 말했다. 테드는 물론 단칼에 거절했고 아버지가 묵는 모텔로 자기가 가겠다고 말했다. 아버지를 캠퍼스에서 만난다는 생각만으로도 욕지기가 치밀었다. 그는 아버지를 찾아가서 올해의 아버지로 다시 태어나려는 이 한심한 수작들을 확실히 끝낼 작정이었다.

테드는 허름한 론섬 파인 모텔 앞에 차를 세웠다. 굳이 프런트를 찾아가지 않아도 되었다. 커튼이 쳐진 108호에서 물건을 쌓느라 왔다갔다하는 아버지의 윤곽이 보였기 때문이다. 테드는 한동안 창문을 바라보며 서 있었다. 땅거미가 질 무렵 찌르레기가 울어대는 소리가 그가 곧 저지르려는 실수의 전주곡처럼 들렸다. 문이 갑자기 활짝 열렸다.

"테드! 아들! 만나서 반갑다."

"안녕하세요."

아버지는 머리가 하얗게 세어 있었다. 완전히 센 것은 아니지만 테드가 마지막으로 보았을 때보다는 훨씬 더 세어 있었다. 그렇더라도 실제 나이보다 족히 10년은 젊어 보였다. 이목구비도 아직 뚜렷했고 살이 100그램도 찌지 않은 것 같았다. 피부는 외판원 시절만큼 보기 좋게 그을어 있었다. 그러나 테드는 그의 외모가 아닌 눈을 주의 깊게 보았다. 그가 십 대 때 배운 게 있다면 아버지가 무슨 말을 하든, 무슨 행동을 하든, 아버지의 몸에서 진실을 말하는 부분은 그 작고 밝고 파란 홍채밖에 없다는 사실이었다. 그리고 지금 그 눈이 그에게 말하는 바는 매우 단순했다. **내가 너보다 똑똑해.**

프랭크가 테드를 안으려고 다가왔다. 그러나 테드는 한 손을 들어 아버지를 멈추게 한 후 뒤로 한발 물러섰다.

"그러지 마세요."

프랭크는 항복의 표시로 두 손을 들고 조용히 포기했다.

"들어와라."

테드는 잠깐만 있다가 갈 계획이었다.

객실은 작았다. 테드가 창밖에서 본 것은 아버지가 여행가방을 푸는 모습이었다. 여행가방이 침대 한가운데에 거의 빈 상태로 놓여 있었다. 벽걸이 TV 밑에 작은 테이블과 의자가 두 개 있었다. 프랭크가 그중 한 의자에 앉더니 아들에게도 앉으라고 손짓했다.

"어서 와서 앉아라, 테드. 얘기 좀 해야 되지 않겠냐."

그건 맞는 말이었다.

테드는 그대로 서서 형편없는 그림을 보고 있었다.

"아버지가 학교로 찾아오는 건 원하지 않아요, 절대로."

프랭크는 즉시 반응을 보이지 않았다.

"원하지 않으면 안 가지 뭐."

"감사합니다."

또 한 번 불편한 침묵이 흘렀다. 테드는 아버지에게 하고 싶은 말이 뭐냐고 물어보고 싶지 않았다. 자발적으로 말하기를 바랐다. 이제까지 그의 입에서 나온 모든 말은 경쟁과 관련된 거라는 느낌이 들어 테드를 미치게 했다. 그러나 사실이었다.

"얼굴은 어떻게 된 거냐? 친구들과 주먹다짐이라도 했니?"

테드는 본능적으로 손을 들어 뺨을 가렸다. 왼쪽 뺨에 보일락말락 남아 있는 멍을 제외하고는 얼굴에 구타의 흔적은 남아 있지 않았다. 그는 오드리 고모에게 사건 이야기를 했는지 기억을 더듬어보았으나 그런 기억은 없었다.

"싸운 거 아니에요." 테드가 건조하게 대답했다.

"오드리 고모 말로는 성적이 아주 좋다던데. 고모가 네 여자친구 조지아 사진을 보여줘서 봤……."

프랭크는 테드의 반응을 보고 말을 멈췄다. 그는 다른 접근법을 시도했다.

"난 네 아버지다. 당연히 나도……."

"고모한테 자꾸 나에 대해 물으면, 고모하고도 연락 안 하고 살 거예요."

프랭크가 체념한 듯 한숨을 쉬었다.

"우리가 어쩌다가 이렇게 된 거냐, 테드?" 그가 몸을 앞으로 기울이며 말했다. 그의 손이 테드의 손을 향해 뻗어가다 중간에서 멈췄다. "우린 한 팀이었잖아, 안 그러냐?"

테드는 아버지의 면전에서 비웃어주고 싶었다. 그는 고개를 가로저었다.

"예전에 그, 체스 대회도 같이 다니고……."

"됐어요. 아버지와 옛날 얘기 하고 싶지 않아요. 그때 무슨 일이 있었는지, 아버지가 무슨 짓을 했는지 너무나 잘 알거든요. 엄마

몰래 그 여자랑 바람피운 얘기하는 거 아니에요. 결국에는 그 일 때문에 엄마가 절망하긴 했지만, 난 아버지가 우리에게 호의를 베풀었다고 생각해요."

"과거를 짚고 넘어가야 한다고 생각한다. 그러지 않으면 조각을 모아 현재를 만들 수가 없으니까."

"멋지군요. 포춘쿠키에서 나온 말인가요? 우리가 만들어야 할 '현재'라는 것은 없어요. 우리가 정리해야 할 건 딱 한 가지예요. 다시는 서로 만나지 않는 것. 아시겠어요?"

프랭크는 고개를 숙였다.

"언젠가는 과거를 정리해야 할 거다." 프랭크가 바닥을 노려보면서 말했다. "이젠 너도 다 컸잖니. 너한테 이래라 저래라 충고는 하지 않으마. 하지만 이젠 날 그만 용서해다오."

"모르겠어요? 이건 내가 아버지를 용서하느냐 마느냐의 문제가 아니에요. 내가 뭘 용서해주기를 바라나요? 엄마를 때린 거요? 아니면 나를 때린 거? 둘 중에 뭘 용서해야 하는데요?"

"그런 식으로 말하지 마라."

"달리 표현할 방법이 없잖아요. 그러니까 이건 아버지를 용서하느냐 마느냐의 문제가 아니에요. 난 그냥 엄마가 부엌에 소금을 흘렸다고, 병이 깊어져서 자기가 뭘 하는지도 모르는 상태에서 신발을 냉장고에 넣었다고 두들겨 패던 남자를 다시는 안 보고 살고 싶다는 거예요."

"그것보다 훨씬 심각했다는 거 알잖니." 프랭크가 고개를 들면서 중얼거렸다. 그의 눈에는 애원하는 마음과 억누른 분노가 섞여 있었다.

"물론 그것보다 심각했죠. 엄마는 환자였다고요!"

프랭크는 입술을 깨물었다. 그러다가 손을 들어 입으로 가져가서 손톱을 물어뜯기 시작했다.

"그거에 대해서는 내가 너한테 용서를 구했잖니. 그 외에 내가 뭘 더 할 수 있겠냐. 네 엄마는 아팠고 나는…… 나는 네 엄마를 어떻게 돌봐야 하는지 몰랐다. 그래, 분명히 못되게 굴었다. 하지만 내가 자랄 때는 다 그랬어. 집에서도 그렇게 배웠고. 문제를 해결할 다른 방법을 몰랐단 말이다."

테드는 고개를 가로저었다. 그의 아버지는 항상 이런 식으로 피해자 역할을 하려 했다.

"아버지, 일들이 왜 그런 식으로 일어났는지에 대해서는 난 관심 없어요. 아버지의 입장이 어땠는지도 관심 없고요. 그토록 오랜 세월을 엄마와 함께 살면서 날이 갈수록 악화되는 모습을 지켜본 사람은 나였어요. 그동안 아버지는 항상 집을 떠나서 어딘가 돌아다니고 있었죠. 엄마를 버린 것이 엄마에게 아무런 영향을 미치지 않았다고 믿고 싶겠지만, 틀렸어요. 영향을 미쳤어요. 아버지가 엄마를 때릴 때마다, 소리 지를 때마다, 그것이 병을 악화시키지 않았다고 믿고 싶겠지만, 아니에요, 병을 악화시켰어요."

프랭크가 침을 꿀꺽 삼켰다.

"네 말이 맞을 거다."

"맞고말고요."

프랭크의 눈에 일말의 희망이 어른거렸다.

"하지만 너한테는…… 너한테는 난 항상 노력했다……."

"아버지가 엄마를 때리는 소리를 처음 들은 게 언제였는지 알아요? 내가 일곱 살 때였어요!" 테드가 폭발했다. "이거 알아요? 이건 한 번도 말 안 했는데, 알고 있는 게 좋을지도 모르겠네요." 그가 아버지를 향해 삿대질을 했다. "아버지가 내게 어떤 짓을 했는지 알고 있는 게 좋을지도 모르겠네요. 아버지가 집을 나간 후에 난 악몽을 꿀까 봐 무서워서 잠을 잘 수가 없었어요. 지금도 악몽을 꿔요. 꿈속에서 무슨 일이 일어나는지 알아요?"

"테드, 제발. 이제 와서 이런 이야기 해봤자 무슨 소용이……."

"소용이 있죠, 물론! 물론 소용이 있다고요!"

프랭크는 이제 테드가 어렸을 때 너무나 잘 알던 그 냉혹한 눈길로 아들을 보고 있었다. 프랭크 매케이의 속마음은 반박당하는 걸 싫어했다. 한동안 양의 탈을 쓰고 용서를 구할 수는 있지만, 일이 자기가 원하는 대로 되지 않을 때, 무슨 일을 해야 하고 무슨 일을 하지 말아야 하는지 결정하는 사람이 자신이 아닐 때는 견디지를 못했다.

"그 악몽 속에서 아버지는 지금처럼 그렇게 앉아서 차분하게 담배를 피우고 있어요. 그러면서 내게 빨간색 머스탱으로 가라고 말하죠. 그 차 기억나요?"

프랭크의 표정이 바뀌었다.

"물론, 내 빨간색 머스탱 기억하지."

"꿈속의 나는 트렁크 근처에 가고 싶지 않아요. 그 안에서 무엇을 발견할지 알기 때문에. 그런데도 아버지는 가서 보라고 강요해요. 결국 그곳으로 다가가면, 그 앞에 이르기도 전에, 트렁크가 저절로 열려요. 그리고 그 속에 엄마가 누워 있어요. 손목은 묶이고 얼굴은 흉하게 일그러져 곤충에 뒤덮인 채로."

"테드." 프랭크가 중얼거렸다.

"나는 시신에서 눈을 뗄 수가 없어요. 꿈이 깰 때까지 계속 시신만 보고 있죠. 그때 아버지의 웃음소리가 배경으로 들리죠. 쾌감을 느끼면서 호탕하게 웃어젖히는 소리."

테드는 말하는 동안 단 한순간도 프랭크에게서 눈을 떼지 않았다. 이야기가 끝나자 모든 것을 쏟아내서 그런지 지쳐 쓰러질 것만 같았다. 이제까지 이 이야기는 누구에게도 하지 않았고, 아버지에게 한다는 건 상상도 하지 못했다. 그러나 모두 해버리고 나니 기분이 훨씬 좋아졌다. 무거운 부담을 벗었다는 안도감 때문만은 아니었다. 비난받아 마땅한 아버지에게 그 이야기를 다 한 데서 오는 만족감 때문이기도 했다. 아버지는 자신이 아들을 얼마나 고통스럽게 했는지 당연히 알아야 했다.

"때로는 엄마가 아니라 내가 좋아하는 여자나 우연히 알게 된 여자로 바뀌기도 해요. 여자들이 트렁크 안에 웅크리고 누워 있다가 갑자기 살아나서 내 팔을 잡고 애원하는 눈으로 나를 바라보죠. 마치 무슨 할 얘기가 있는 것처럼. 나머지는 항상 똑같아요. 빨간색 머스탱, 담배를 피우며 웃는 아버지. 항상 똑같아요.".

테드가 갑자기 벌떡 일어서더니 의자를 옆으로 차버리고 숨죽여서 욕했다.

"나는 여자를 볼 때마다 아버지가 엄마에게 한 일이 생각나요." 그가 울먹이며 말했다. "내가 왜 아버지를 내 인생에 들이고 싶지 않은지 이제 알겠어요?"

프랭크는 전혀 동요가 없어 보였다. 논쟁을 계속하고 싶지도 않은 것 같았다. 그는 침대 옆 테이블로 걸어가 사진 한 장이 삐죽 나와 있는 책을 집었다. 그러고는 사진을 꺼내 탁자에 놓았다.

테드는 아직도 서 있었다. 잠시 후 그가 테이블로 다가가 사진을 집어 들었다. 열두 살쯤 되어 보이는 사내아이의 사진이었다. 테드 자신과 꼭 닮은 얼굴의 여러 특징들과 작은 파란 눈이 그에게 모든 것을 이야기해주었다.

"네 동생이다." 프랭크가 말했다. 아까의 간청하던 어조는 온데 간데없이 사라졌다.

테드는 고개를 들고 사나운 표정으로 프랭크를 노려보았다. 그러다가 고개를 돌려 소년을 다시 살펴보았다. 소년은 잘생겼고 웃고 있었다. 테드는 기가 막혀 말이 안 나왔다.

"네 동생이다." 프랭크가 같은 말을 반복했다. "에드워드. 성은 제 엄마의 성을 따랐지. 블레인. 네가 나를 어떻게 생각하는가는 중요하지 않다. 그래도 동생하고는 알고 지내야. 내가 오늘 너를 보러 온 것은 그 때문이다."

테드는 블레인을 만나지 않았다. 그러나 여러 해가 지난 후 뉴스에서 여자친구 아만다 허드먼을 살해한 혐의를 받고 있는 피의자의 얼굴을 보았을 때 금방 알아볼 수 있었다.

현재

테드는 오솔길 초입에 조용히 서 있었다. 마치 결투를 앞둔 총잡이 같았다. 로라와 리가 그 뒤에 서 있었다.

"이 오솔길을 자주 걸었어요." 그가 낮은 목소리로 말했다.

리는 테드와 1~2미터 거리를 유지하고 있었다. 로라는 매케이가 위험하지 않다고 리에게 장담했지만, 리는 그가 한 남자를 혼수상태에 빠뜨렸다는 걸 알고 있었다. 그때 그가 신경쇠약 상태였든 발작을 했든 그런 건 관심 없었다. 그런 일이 한 번 일어났으면, 또 일어날 수도 있는 거였다. 수용된 환자가 병원 밖에 나와 있는 동안 환자는 오로지 그의 책임이었고, 따라서 리는 테드를 절대로 믿지 않을 작정이었다. 그가 닥터 힐을 공격하려 한다면 리는 1~2미터를 달려가 테이저건으로 쏠 것이다. 그가 필사적으로 도망치려한다면, 발에 저런 쇠사슬을 달고 멀리는 못 갈 것이기 때문에 상황을 종료하기가 훨씬 더 쉬울 것이다.

100미터를 갔는데도, 테드는 여전히 꿈꾸는 것 같은 상태였고, 갑자기 고개를 숙이더니 눈에 보이지 않는 흔적을 따라가는 것 같았다. 로라가 그에게 말을 걸었지만, 돌아오는 건 아주 간단한 대답뿐이어서 그냥 두고 보기로 결정했다. 한 가지는 확실했다. 이 길은 테드에게 특별히 중요한 의미가 있고, 길을 걷는 것이 그가 그 이유를 알아내도록 돕는 것 같았다. 로라는 휴대전화를 꺼내 신호를 확인했다.

안테나가 하나뿐이네.

때로는 테드가 TV에 나오는 영매 같아 보였다. 그는 자신에게 바른 길을 제시하는 진리의 계시를 기다리고 있다는 듯 걸음을 멈추고 주위를 둘러보고 발밑을 내려다보곤 했다.

"뭐가 이상해요?"

테드는 걸음을 멈추고 서 있었다. 그러고는 숲을 노려보면서 엄지손톱을 물어뜯었다.

"자전거가 기억나요." 그가 수수께끼 같은 말을 했다.

"이 길에서 자전거를 탔어요?"

"아니, 내가 아니라. 심지어 내 것도 아니에요."

로라는 더 묻지 않았다. 그러나 그녀는 흥분했다. 자전거가 별 의미 없는 사소한 것이라고 해도 자전거를 기억해낸 것은 새로운 성과였다. 망각의 막을 뚫고 들어온 최초의 기억. 그것이 모든 것의 시작일 수도 있다.

"자전거가 무슨 색이에요, 테드?"

"빨간색." 그가 곧바로 대답했다.

그는 자신이 소리 내어 내놓은 정보를 다시 생각해보는 모양이었다.

"빨간색 자전거." 그가 말했다. 그러고는 천천히 고개를 끄덕였다.

테드는 고개를 숙였다. 그러고는 조용히 다시 걸음을 옮기기 시

423

작했다.

세 사람은 좁은 오솔길을 계속 걸었다. 이젠 길이라고 하기도 어려웠다. 나뭇가지들을 헤치고 쓰러진 나무를 피해서 걷다보니 버려진 흙길이 나타났다. 잡초가 무성했다. 그리고 그 길 한쪽에, 누런 잡초들 속에 그것이 보였다. 빨간 자전거의 잔해. 바퀴 하나가 사라졌고, 온통 녹슬었지만, 언뜻언뜻 보이는 원래의 색깔은 빨간색이었다.

"버려진 자전거." 테드가 가까이 가면서 말했다. 자전거를 물끄러미 바라보았다.

"테드, 이거 정말 놀라운 일이군요!"

"그러게요." 그가 무덤덤하게 말했다.

"힘내요." 로라가 위로하려고 그의 어깨에 손을 얹었다. 리는 못마땅하게 보았지만 뭐라고 하지는 않았다. 리는 자전거가 놓여 있는 곳으로 걸어가 한쪽 눈썹을 추켜올리고 그것을 바라보았다.

"이 자전거는 사고가 났기 때문에 여기 있는 거예요. 몸체가 구부러져 있군요. 사라진 바퀴는 근처 어딘가에 있을 거예요." 리가 말했다.

'사고'라는 말이 그들 주위를 불길하게 맴돌았다.

"이 자전거에 대해 뭐 아는 거 없어요, 테드?" 로라가 물었다.

"없는데. 난…… 난 그냥 여기 있는 걸 봤을 뿐이에요."

길의 다른 쪽으로 숲이 더 펼쳐졌다. 테드는 잠깐 망설였다.

"숲을 가로질러 지름길로 갈 수 있어요." 그가 기계적으로 말했다. "아니면 계속 길을 따라 에둘러 가든가. 어느 쪽으로 가든 결과는 마찬가지, 같은 곳에 도착하게 될 거예요."

망각의 막을 뚫고 들어온 또 다른 기억.

"어디에 도착하게 되는데요, 테드?" 로라가 떨리는 목소리로 물었다.

"진실." 그가 말했다.

그러고 나서 그는 쇠사슬에 묶인 발을 질질 끌면서 그 흙길을 걷기 시작했다. 두 손은 계속 허벅지에 대고 있었다. 로라와 리가 그의 얼굴을 볼 수 없는 것이 다행이었다. 이 순간 새로이 드러난 진실의 무게에 눌려 그의 얼굴이 변하기 시작했기 때문이었다.

그들은 거의 2킬로미터를 걸어 드디어 목적지에 도착했다.

현재

마커스는 그 토요일만큼 행복했던 적이 없었다. 조깅을 할까 하는 생각까지 했다. 그날은 뭐든 할 수 있을 것 같았다.

현관 밖에 있는 신문을 가지러 가서는 걸음을 멈추고 문고리를 잡고 서서 바보처럼 실실 웃었다. 이제 몇 시간 후에 현관문을 열면 로라가 그 앞에 서 있을 거라고 생각하니 웃음이 절로 나왔다.

그리고 뭘 해야 하는지 잊지 말아요.

점심시간에 로라에게 전화해볼까 하는 생각이 불현듯 들었지만 참았다. 보스턴 경찰국에 있는 친구 로버트에게 전화하니 1993년에 발생한 살인사건부터 찾아봐주겠다고 했다.

오전에는 쇼핑을 했다. 우선 특제 소스를 만드는 데 필요한 재료를 사기 위해 슈퍼마켓으로 향했다. 마커스는 요리를 잘하지 못했다. 평소에는 주로 전자레인지에 데워 먹는 냉동식품과 피자, 테이크아웃 중국음식을 먹고 살았다. 하지만 그런대로 만들 줄 알게 된 요리도 몇 가지 있었다. 그중에서도 버섯과 양파를 넣은 링귀니는 그가 자랑하는 특별요리였다. 하지만 채소가게에 가기 전에 쇼

핑몰에 들러서 값을 꽤 치르고 새 옷부터 샀다. 옷 사는 걸 몇 주째 미루고 있었는데 새 옷을 사기에 이보다 더 완벽한 날이 없었다.

정오 무렵 마커스는 십여 개의 쇼핑백을 들고 집으로 돌아왔다. 필요한 모든 것을 샀다. 문을 닫는데 아침에 신문을 가지러 오면서 느낀 아찔한 행복감이 또 느껴졌다. 마커스는 미소를 지었다. 소스 만들기 전에 서너 시간 여유가 있어서 영화나 두 편 정도 보기로 결심했다. 그는 전자레인지에 팝콘 한 봉지를 넣었다. 첫 번째 옥수수 알이 튀겨지기도 전에, 초인종이 끈질기게 울려대기 시작했다.

창가로 가서 내다보니 현관문 앞에 로버트가 서 있었다. 오른손에 서류철을 들고 있었다. 왜 전화부터 하지 않고?

그는 문을 열었다. 운명에 또 한 번 보기 좋게 속아넘어간 것이다. 이 문을 열었을 땐, 운명의 여자가 거기 서 있어야 했는데, 배우의 이름을 가진 경찰이 아니라.

"로버트, 웬일이야? 뭐라도 찾아냈어?"

"응."

뭔가 심상치 않았다. 얼굴을 보니 그것만큼은 확실해 보였다.

"들어와, 어서."

그들은 거실로 들어갔다. 팝콘 튀겨지는 소리가 부엌에서 들렸다. 로버트는 자리에 앉으면서 친구의 눈을 바라보았다.

"매케이가 에드워드 블레인의 형이라는 거 알고 있었어? 여자친구를 살해한 혐의를 받은 친구."

마커스는 깜짝 놀라 몸이 굳어졌다.

"몰랐어."

"아버지가 같아. 어머니는 다르고." 로버트가 자리에 앉으면서 말했다. "하지만 그것 때문에 온 건 아니야. 그 정도라면 전화로 얘기했겠지."

마커스도 자리에 앉았다.

1994

MSU 캠퍼스는 살인사건 뉴스와 함께 잠에서 깨어났다. 처음에는 도서관 근처에서 학생의 시신이 발견됐다는 소문이 돌았다. 대학은 학생들에게 가능한 한 기숙사와 아파트에 머물러 있으라고 권고했고 모든 학내 활동이 일시 중단되었다. 소식은 지역 언론에도 대대적으로 보도되었다. 상자에 있는 모든 텔레비전이 켜졌다. 그러나 가장 최신 정보는 캠퍼스 안에서 나왔다. 희생자는 신원 미상의 학생이라고 TV 뉴스가 보도할 때, 학생들은 그렇지 않다는 것을 알고 있었다. 죽은 사람은 토머스 타일러. MSU에서 10년 가까이 강의해온 저명한 영문과 교수였다. 신원확인이 지체된 것은 무슨 이유에선지 그가 평상복 위에 대학교 후드티셔츠를 입고 야구 모자를 쓰고 있어서 그날 아침 시신을 발견한 두 여학생을 헷갈리게 했기 때문이다.

모순되는 소문들이 상자 안을 돌아다녔다. 5층에 사는 마크 맨가니엘로 혹은 마맨이라 불리는 남학생이 믿을 만한 소식통이었다. 그의 여자친구가 시신을 발견한 두 여학생 중 하나인 줄스 로

우린의 옆의 옆방에 살았다. 마맨에 따르면, 시신이 얼굴을 땅에 대고 엎드려 있어서, 두 여학생이 그를 바로 알아보지 못했다. 처음에는 학생이 술에 취해 자고 있는 줄 알았다. 그러나 가까이 가보니 시신 주위에 피가 흘러 웅덩이가 생겨 있었다. 목을 칼에 찔린 거였다. 불안에 떨던 처음 몇 시간 동안에는 타일러가 항상 가지고 다니던 값비싼 금제 라이터를 훔치려던 것이 살해 동기라는 소문도 돌았다.

드디어 피해자의 신원이 밝혀지자, 뉴스 프로그램들은 이 매혹적인 미스터리에 집중했다. 교수가 왜 학생이 입는 티셔츠를 덧입어 자기 옷을 감췄을까? 토머스 타일러는 쉰한 살의 유부남이었고 십 대인 딸을 둘 두었다. 뉴스 제작진이 유가족을 보려고 그의 집 주위에 진을 쳤다.

전국 언론의 관심이 MSU에 쏠렸다. 후드티셔츠는 아직 설명되지 않은 의혹이었다. 그러나 또 다른 것도 있었다. 기숙사에 파다하게 퍼져 있고, 경찰이 이미 들었을 가능성이 높은 소문이었다. 경찰이 안다면 기자들도 알고 있다고 추정하는 것이 합리적이었다. 타일러가 학생과 불륜을 저지르고 있었다는 소문이었다. 이것은 전국 시청자들의 흥미를 돋우기 충분한, 양념 같은 의혹이었다.

테드가 학생들의 시간 때우기 용도로 애용되는, 포커 게임장이 되어버린 6층에서 내려오고 있을 때 저스틴이 당황하고 놀란 표정으로 다가왔다. 그 모습을 보고 테드도 놀라서 그를 503호로 밀어 넣다시피 하고 문을 닫았다.

"무슨 일이야, 저스틴? 그런 얼굴을 하고 캠퍼스를 돌아다니면 어떡해. 특히 요즘 같은 때에."

"미안, 미안, 근데 더는 못 견디겠어, 테드." 저스틴이 방 안을 서성거렸다.

"잠깐 앉아봐."

저스틴이 자기 침대에 앉았다.

"네가 무슨 짓을 하진 않았잖아." 테드가 친구를 유심히 바라보면서 말했다. "했어?"

"물론 안 했지!"

"그럼 왜 그렇게 걱정스러운 표정이야? 그런 얼굴로 돌아다니면 안 된다니까."

"마맨 못 만났구나, 그치?"

"응. 방금 6층에서 내려왔어."

"실은 타일러가 몰래 만나고 있었던 학생이…… 조지아였어."

테드가 한쪽 눈썹을 추켜올렸지만 이성을 잃지는 않았다.

"어디서 들었어?"

"말했잖아, 마맨이라고. 별로 안 놀라는 거 같은데."

테드가 자기 침대에 앉았다.

"곰곰이 생각해보고 있어." 그가 인정했다. "경찰이 날 찾아오겠군, 조사하러. 너무 걱정하지 마. 다 잘될 거야."

"이미 알고 있었어? 둘 사이에 대해서?"

"아니. 우린 잘 안 되고 있었어. 엄밀히 따지자면 벌써 깨진 거지. 글쎄, 잘 모르겠다. 어쨌든 그렇다고 크게 달라지는 건 없을 거야. 경찰은 여전히 날 조사하고 싶어 할 거고. 긴장 풀어, 저스틴. 그리고 그런 표정 좀 짓지 마. 평상시처럼 행동해야 해."

"사실은…… 테드, 너한테 할 말이 있어."

"해."

저스틴은 언제라도 누가 달려 들어와 자신을 잡아갈 것처럼 닫

431

힌 문을 흘끔 보았다. 그가 침을 꿀꺽 삼켰다.

"난 조지아와 교수의 관계를 알고 있었어, 테드. 도서관 뒤에서 둘이 함께 있는 걸 봤거든. 한 번 이상. 사실 대여섯 번은 될 거야. 너한테 아무 말 안 한 건……."

"저스틴, 잠깐만. 네가 왜 나한테 말 안 했는지는 알겠어. 근데 문제는 경찰은 네가 나한테 얘기해줬을 거라고 생각할 거란 말이지."

"그렇게 생각하면 안 되지."

"그럼 네가 경찰한테 그런 말 하면 안 되는 거야." 테드가 친구를 뚫어지게 보았다.

"경찰한테 얘기할 생각 없었어, 테드. 하지만 밤마다 내가 도서관 뒤쪽에서 어슬렁거리는 걸 본 학생들이 셀 수 없이 많아. 그러니까 내가 계속 입을 다물고 있으면, 문제가 더 심각해질 수 있어."

테드가 일어서서 방 안을 오가기 시작했다. 그가 자기 생각을 말했다. "네가 그들을 봤다고 말하는 게 문제를 더 복잡하게 만들 거야."

그러고 나서 그는 한동안 말이 없었다.

"어제 너 어디 있었어?" 테드가 갑자기 룸메이트에게 물었다.

"10시 30분까지 휴게실에서 공부했어."

"그럼 너는 알리바이가 있는 거네."

"모르지. 그가 언제 살해됐는지 우리가 어떻게 알아?"

"그는 후드티에 야구 모자를 쓰고 있었어. 그런 옷차림을 한 이유는 조지아와 함께 있었기 때문이겠지. 그들이 함께 있는 걸 주로 언제 봤어?"

"8시 이후에는 한 번도 본 적이 없어."

"그것 봐. 게다가 조지아가 확인해줄 수 있겠지."

"그 이후에도 만났는데 내가 못 본 거라면?"

"저스틴, 내가 아는 조지아는 밤늦게 혼자서 캠퍼스 안을 돌아다니는 애가 아니야. 이번에도 분명히 다른 때와 마찬가지였을 거야. 조지아가 떠나고 교수는 잠시 교정에 남아 산책이라도 했겠지. 그들을 봤을지도 모르는 사람들을 떨쳐내고 차를 타고 떠나려고 했을 거야. 그랬을 거야, 분명히. 근데 그가 차에 이르기 전에 공격을 당해 죽은 거지. 그리고 넌 휴게실에서 공부하고 있었고 그것을 입증해줄 증인도 많고. 언제라도 나갔다 오진 않았지?"

"응."

"좋아. 경찰이 너한테 물어보면 그렇게 말해. 넌 도서관 주위를 자주 산책하긴 했는데 그들을 본 적은 한 번도 없어. 그러니까 내게 그들에 대해서는 한마디도 하지 않았지. 왜냐면 그런 사실을 몰랐으니까."

테드는 마지막 문장을 천천히 분명하게 발음하면서 특별히 강조했다. 저스틴은 고개를 끄덕였다. 얼굴을 보니 긴장이 약간 풀리는 것 같았다.

"아, 정말 자신 없어. 거짓말 탐지기 같은 거 있지 않나?"

"이봐, 저스틴, 날 봐." 테드가 그의 양 어깨를 움켜잡았다. "넌 그냥 네가 한두 번 본 일에 대해서 아무 말도 하지 않으면 되는 거야. 그렇게 하는 이유는 수사 방향이 괜히 너나 나한테로 돌려져서 시간낭비하지 않고, 진짜 살인범을 찾는 데 집중하게 만들기 위해서이지." 저스틴은 고개를 가로젓고 있었다. "들어봐. 우린 최악의 시나리오에 대비하는 거야. 아마도 경찰은 이미 용의자나 확실한 단서를 확보했을 거고, 넌 지금 쓸데없는 걱정을 하고 있는 걸 거야."

"응, 아마도."

"물론이지. 그리고 기억해, 넌 확실한 알리바이가 있다는 거. 요즘 들어 공부도 별로 안 하더니만 그 시간에 공부를 다 하고, 운이 좋았다, 야. 안 그래?"

처음으로 저스틴이 불안한 미소를 지었다.

"그러게 말이야. 어젯밤에 캠퍼스 안을 돌아다니고 있었다면 지금쯤 오줌을 질질 싸고 있겠지."

"바로 그거야. 그러니 걱정할 이유가 하나도 없어. 네가 밤에 도서관 주변을 배회하는 걸 좋아한다고 누가 경찰에 찌르면 사실이라고 말해. 그런데 그들을 보진 못했고 그들의 관계에 대해서도 아무것도 알지 못했다고. 그리고 어젯밤 알리바이에 대해서는 네가 한 일을 그대로 말해. 아무 일 없을 거야."

테드가 이런 식으로 말을 하니까, 모든 것이 너무나 쉬워 보였다. 하긴 쉽지 않을 이유라도 있는가? 저스틴은 타일러 교수를 죽이지 않았다. 뿐만 아니라 룸메이트에게 아무 말도 하지 않았다. 그러므로 테드도 교수를 죽일 수 없었을 것이다.

"넌 어때, 테드? 넌 어젯밤에 어디 있었어? 6층에?"

테드의 표정이 바뀌었다.

"응, 6층에 있었어. 근데 6시쯤 나왔어."

무거운 침묵이 그들을 짓눌렀다.

"그럼 그다음에는?" 저스틴이 걱정스러운 목소리로 물었다.

"방으로 돌아와서 공부했어. 내게는 확실한 알리바이가 없어, 유감스럽게도."

테드가 소리 내어 웃기 시작했다.

1994

    다음 날 타일러가 조지아 매켄지라는 여학생과 부적절한 관계를 맺고 있었다는 사실이 공식적으로 발표되었고, 사건에 쏟아지던 관심도 폭발적으로 커졌다. 언론은 끊임없이 보도를 내보냈다. 헬리콥터 두 대가 캠퍼스 상공을 선회하면서 영상을 찍었다. 대학은 사흘 동안 휴강했고 나중에는 닷새로 연장했다. 단란한 가정의 가장인 유부남 교수가 학생과 바람이 났다는 이야기는 너무나 흥미진진했다. 대담하고 비도덕적인 기자들은 심지어 조지아가 질투심에 사로잡혀 애인을 살해했다는 가설까지 보도했다. **교수와 희망 없는 사랑에 빠진 여학생, 교수가 헤어지려 하자 이성을 잃다.**

    세간의 관심은 곧 테드에게 쏠렸다.

14

1994

소문이 사실보다 빠르게 캠퍼스 안을 돌아다녔다. 테드는 조지아와 교수의 관계가 모두에게 알려지고 난 직후에 그녀의 기숙사로 찾아갔다. 조지아는 공포에 떨면서 자기 방에 숨어 있었다. 테드는 인사치레는 생략하고 곧바로 본론으로 들어갔다. 그는 그날 밤 그녀가 무엇을 보았는지 알고 싶었다. 조지아는 부모님이 변호사를 대동하고 오고 있어서 시간이 얼마 없다고 말했다. 그녀는 눈물이 그렁그렁한 채 떨리는 목소리로 그날 밤 타일러와 함께 있었을 뿐만 아니라 그가 살해되는 순간을 정확히 목격했다고 말했다. 테드는 경악했다. 그녀가 더듬더듬 들려준 이야기에 따르면 그녀는 도서관 뒤 벤치에 교수와 함께 앉아 있었다.

조지아는 교수와 헤어지기 위해 마지막으로 만나기로 약속했다. 그게 정말 마지막 만남이라고 생각하고 나갔다고 했다. 두 사람의 대화는 유쾌하지 못했다. 그들은 말다툼을 벌이게 되었다. 교수가 상처가 되는 말로(조지아는 그 말을 테드에게 옮기는 건 거부했다) 그녀를 모욕했고 그녀는 울기 시작했다. 타일러가 그녀를 안으려고 했

436

지만 조지아는 그를 뿌리쳤다. 잠시 후 그녀는 일어서서 실제로 할 의도가 전혀 없던 일을 하겠다고 협박했다. 자신을 그냥 내버려두지 않으면 아내에게 다 말하겠다고. 그러고는 돌아서서 자리를 떴다. 그러나 몇 걸음 걸어가면서 생각해보니 미안하다는 생각이 들어서 돌아섰다. 용서를 구하기 위해서가 아니라 그런 식으로 타일러를 협박하지 말았어야 했다는 생각이 들었기 때문이었다. 그리고 몇 미터 떨어진 곳에서 그녀는 모든 것을 보았다. 그림자 하나가 관목 숲에서 뛰어 나와 놀랄 정도로 민첩하게 교수의 목을 칼로 찔렀다. 타일러는 돌처럼 쓰러졌다. 비명을 지를 시간조차 없었다. 살인범은 잠깐 동안 꼼짝 않고 서 있었고, 그의 모습이 그림자들 사이에서 윤곽으로만 보였다. 살인범은 떠나기 전에 이상한 짓을 했다. 허리를 굽히고 교수의 몸을 수색했다. 그가 무엇을 찾아냈는지 조지아가 있는 곳에서는 보이지 않았지만, 그는 무언가를 주머니에 집어넣었다. 그러고는 유령처럼 홀연히 사라졌다.

테드는 숨소리도 내지 않고 조지아의 이야기를 들었다. 그녀는 침대에, 그는 의자에 앉아 있었다. 그는 위로하려고 하지도 않았다. 좋은 생각이 아닌 것 같았다.

"누군지 알아볼 수 있었어?" 그가 물었다.

"허리를 굽혔을 때 가로등 불빛에 얼굴이 거의 드러났는데, 누군지는 알 수 없었어."

"경찰한테 말할 거야?"

"모르겠어, 테드. 너무 무서워. 어젯밤에 들어와서 약을 왕창 먹고 잠들었어. 타일러가 살지 못할 거라는 생각이 들었어. 그래서 도망친 거야. 그게 최선이라고 생각했어. 목에서 피가 콸콸 쏟아지고 쿵 하고 쓰러지던 모습, 아마 상상도 못 할 거야. 마치……."

조지아가 와락 울음을 터뜨렸다. 가련하게 달달 떨면서 결코 오지 않을 구원의 포옹을 갈구하고 있었다.

"범인은 자기가 무슨 짓을 하는지 잘 알고 있는 것 같았어." 그녀가 결론지었다.

테드는 고개를 끄덕였다.

"나를 용서해줘."

그러나 테드가 대꾸하기 전에, 방문이 활짝 열렸고, 담당 형사인 세가라 형사와 두 명의 경찰관이 문 앞에 서 있었다.

다음 날 조지아가 경찰에서 참고인 조사를 받았고 그다음에는 테드가 조사를 받았다. 그들은 서로 만나는 것이 허용되지 않았다. 테드는 자기 방에서 저스틴에게 했던 말을 그대로 했다. 범죄가 발생하기 전인 그날 오후에는 기숙사 6층에서 포커를 했고 그런 다음 자기 방으로 내려와 공부를 했다고 말했다. 경찰은 그에게 사건 당일에 대해서뿐만 아니라 그 전에 대해서도 온갖 질문을 다 던졌다. 그를 혼란스럽게 만들기 위해 이것을 물어보다가 갑자기 저것을 물어보는 식으로 정신없이 질문했다. 그러나 테드는 모순되는 대답을 단 한 번도 하지 않았다.

사건을 취재하던 기자들이 어떤 경로를 통해서인지 조지아의 진술을 입수했고, 곧 그녀가 말한 사실이 공식적인 이야기가 되었다. 수십 명의 기자들이—그중 일부는 출입제한구역으로 잠입해 사건 현장 바로 앞에서— 학생과 교수의 밀회를 보도했고 그의 곁을 떠나고 몇 초 후에 뒤를 돌아본 그녀가 그의 죽음을 목격했다고 보도했다. 테드를 비롯하여 많은 사람들은 세가라 형사가 이런 정보 누설을 치밀하게 기획했다고 믿었다. 조지아는 살인범의 인상착의를 댈 수 없었지만, 자기 남자친구 테드는 아니었다고, 만일 그였다면 아무리 어두웠더라도 충분히 알아볼 수 있었을 거라고 주장했다. 온갖 추측이 난무했고 갖가지 가설이 나왔다. 어떤 사람들은 조지아의 주장 전체를 의심하면서 그녀가 살인을 저질렀을 거라고 추측했다. 조지아와 남자친구의 공모에 의한 살인이라고 추측하는 사람들도 있었다. 또 다른 사람들은 타일러의 아내가 벌인 복수극이라고 주장했다.

조지아의 변호인들이 그녀가 이미 한 진술을 상세하게 부연 설명하겠다고 제안하면서 테드의 입장은 더욱 곤란해졌다. 그녀는 이미 이 사건에 깊이 연루되어 있었고, 교수를 살해할 동기를 갖고 있었으며, 범죄 현장을 떠났고, 경찰에 즉시 신고하지 않았다. 물론 살인사건과 관련해 알려진 모든 사실은 그녀의 진술에서 나왔다는 것이 그녀에게 도움이 되기는 했다. 그런데 그것으로 충분할까? 조지아의 여자 친구들 중 적어도 두 명이 그녀의 비밀 연애에 대해 알고 있었고, 다른 누구라도 그녀가 타일러와 함께 있는 것을 보았을 수 있었기 때문에, 그녀가 살인사건에 대해 공개적으로 밝힌 최초의 참고인이었다는 사실은 일종의 연막일 수 있었다. 과연, 날이 갈수록 조지아를 의심하는 사람들이 늘어났다. 그녀의 변호인들은 그녀에게 그날 밤에 목격한 것에 대한 진술을 수정하라고 권고했다. 그곳이 너무나 어두워서 누구도, 심지어 테드까지도 배제할 수 없다는 내용으로 바꾸라는 거였다. 변호인들은 세가라 형사가 직접 목격한 바와 같이 사건 다음 날 테드가 조지아의 방으로 찾아와서 그녀를 위협했다고 주장했다. 그녀는 남자친구가 그런 짓을 할 수 있을 거라고 생각하지 않았기에 처음에는 그를 배제했지만, 사실 누가 타일러를 죽이고 죽이지 않았는지에 대해 아무 말도 할 수 없다고 주장했다. 심지어 남자였다고 확신할 수도 없다고 말했다.

현재

로라와 테드와 리는 원래의 색깔을 짐작하기 힘든 긴 둘레 벽 앞에 서 있었다. 벽 위에 회색 콘크리트 블록이 1미터 가량 더 올라가 있어서 총 높이가 3미터가 넘는 위풍당당한 벽이었다. 벽의 아래쪽 3분의 1 지점은 페인트가 뭉텅뭉텅 벗겨져 있어서 원래의 벽돌이 드러나 보였다. 나머지는 색이 바래거나 낙서로 덮여 있었다. 벽의 맨 꼭대기에는 가시철조망이 두 줄로 쳐져 있었다. 그 벽의 한가운데에 출입문이 있었는데, 육중한 사슬로 묶여 있고 맹꽁이 자물쇠로 잠겨 있었다.

"버려진 타자기 공장이로군요." 로라가 말했다. 질문이 아니었다.

"맞아요." 테드가 벽으로 걸어가서 두 손을 벽에 댔다. 마치 어떤 떨림을 느끼기를 기대하는 것 같았다. 어떤 면에서는 그런 떨림을 느꼈다고 할 수 있었다. "내 회사가 10년 전에 인수했어요."

"상담 때는 웬델이 인수했다고 말했는데." 로라가 말했다. 그가 어떻게 반응할지 궁금했다.

그녀가 누구 이야기를 하는 건지 테드가 알아차리기까지 약간 시간이 걸리는 것 같았다.

"내가 인수했죠, 내 회사를 통해서." 그가 다시 말했다. 그러면서 한 손을 벽에 그대로 댄 채, 벽을 따라 걷기 시작했다. "열쇠는 바로 저기에 있어요."

그는 지면과 거의 같은 높이에 있고, 잡초와 가시가 많은 이상한 관목 사이에 숨겨진 벽돌 하나를 가리켰다.

리는 테드에게 물러서 있으라고 말한 뒤 즉시 테드가 가리키는 곳으로 걸어갔다. 그러고는 힘들게 쭈그리고 앉아서 잡초 속으로 팔을 쭉 뻗어 벽을 만졌다. 그가 벽을 밀자 벽돌 한 개가 약간 움직였다. 그는 두 손으로 그 벽돌을 쥐고 힘껏 끄집어냈다. 빈 구멍 속에 열쇠꾸러미가 놓여 있었다.

"안으로 들어가야 해요." 테드가 말했다. "로라와 나만."

"어림도 없는 소리." 리가 말했다.

"테드." 로라가 중재에 나섰다. "그렇게는 할 수 없다는 거 알잖아요. 나한테 하고 싶은 말이라도 있어요? 리가 잠깐 우리 둘이 이야기하도록 자리를 비켜줄 수는 있어도, 완전히 우리 둘만 남겨둘 수는 없어요. 이해하죠?"

테드는 관자놀이를 비볐다. 완전히 수긍할 수는 없었다. 리와 로라는 기다렸다.

"간단해, 매케이." 리가 말했다. "셋이 같이 들어가거나, 아니면 셋 다 뒤돌아서 집에 가는 거야. 다른 대안은 없어."

"좋아요."

리가 문을 열러 갔다.

"열쇠꾸러미에서 가장 큰 열쇠입니다."

로라가 테드 옆에 서 있었다.

"지금 잘하고 있어요. 리한테 잠깐 우리 둘이 이야기할 수 있게 해달라고 할게요. 저 안에서 무엇을 발견하게 될지 알아요? 뭐 기억나는 거라도 있어요?"

테드는 아무 말도 하지 않았다. 눈빛이 낯설었다.

"아니, 모르겠어요."

그러나 그는 알고 있었다.

그들이 출입문을 통과해 들어가니 커다란 주차장이 나타났는데, 둘레 벽만큼이나 방치된 느낌이 났다. 잡초와 관목이 제멋대로 자라 있었다. 바스러져가는 콘크리트 인도가 그들이 걸을 수 있는 유일한 부분이었다. 오른쪽에 2층 건물이 있었는데, 창문과 대부분의 문에 합판이 덧대져 막혀 있었다. 예외는 한쪽 구석에 있는 문 하나뿐이었다. 세 사람은 그 문으로 향했다.

아까 숲길을 걸어오는 동안 그들은 남쪽에서 불어오는 바람에 구름까지 같이 몰려와 하늘을 덮고 있는 것을 보았다. 구름은 위협적이지는 않았지만 해를 가릴 만큼 두꺼웠다.

리는 열쇠 하나를 이용해 맹꽁이자물쇠를 땄고, 좀 더 작은 열쇠로 문을 열었다. 그들이 들어간 후 뒤에서 부드러운 '딸칵' 소리와 함께 문이 닫혔다. 그들이 들어선 곳은 아주 작은 방이었는데 완전히 비었고 서서히 부서지고 있었다. 어쨌든, 이곳은 주 출입구가 아니었다. 테드는 그들을 이끌고 옆문을 통과해 복도로 들어갔고 복도는 사무실 공간으로 이어졌다. 리는 창문에 못을 박아 덧댄 합판 틈으로 스며드는 희미한 불빛을 보충하기 위해 손전등을 켰다. 사무실은 완전히 비어 있는 것이 아니었다. 책상이나 파일 캐비닛 같은 것들이 있었다. 복도 중간쯤에서 테드는 걸음을 멈추고 옆문을 물끄러미 바라보았다. 그 문이 생각나지 않아서 그러는 것도 같

442

았고, 특별한 의미를 갖고 있어서 보고 있는 것도 같았다. 잠시 후 다시 걸음을 옮긴 그는 사무실 공간 끝에 있는 양여닫이문 앞에 이르렀다. 그들은 예전에는 조립라인이 있는 작업장이었던 거대한 공간으로 들어섰다. 일부 기계들은 아직 그대로 있었다. 건물의 가장 높은 곳에 천장이 있었다. 천장에는 채광창이 있었고 세월의 때가 묻어 더러웠지만 그래도 빛이 들어오기는 했다.

리는 손전등을 집어넣었다. 지금 그가 들고 있어야 하는 것은 테이저건이나 베레타 권총이었다. 그는 이곳이 마음에 들지 않았다. 너무 어둡고 숨을 장소가 많았다.

바로 그때 로라의 휴대전화가 울려서 세 사람 모두 화들짝 놀랐다.

"마커스?"

수신 상태가 형편없었다.

"……긴급……원으로 가고 있어."

로라는 본능적으로 뒤로 물러섰다. 그녀가 리에게 열쇠꾸러미를 달라고 하자 그는 군소리 없이 건네주었다.

"마커스, 무슨 말인지 하나도 못 알아듣겠어요. 라벤더에 응급상황이 발생했어요?"

"……듣고……가는 중…….""

무슨 말인지 알 수가 없었다. 로라는 지나온 미로를 되짚어 뛰어갔지만, 알고 보니 반대로 온 거였다. 그녀는 작은 열쇠 세 개를 넣어서 시도한 끝에 가까스로 밖으로 나왔다. 그녀가 다시 통화를 시도했다.

"이제 내 말 들려요?"

"응. 당신도 내 말 들려?"

"들려요. 건물 밖으로 나왔어요."

"무슨 건물?"

마커스가 놀란 목소리로 물었다.

"테드의 집 뒤에 있는 오솔길을 따라가니까 오래된 공장이 나왔어요. 거기서…….."

"로라, 내 말 잘 들어. 매케이가 리와 함께 있어?"

"네."

"손과 발이 묶여 있어? 경비가 잘 보고 있지?"

"네. 왜요?"

"당신 말 못 듣는 거 맞지?"

"네, 맞아요! 마커스, 걱정되잖아요. 무슨 일이에요?"

"지금부터 내 말 똑똑히 들어. 난 지금 로버트 듀발과 함께 있어. 내가 부탁한 것들을 조사했더라고. 1994년, 테드가 1학년이었을 때 MSU에서 살인사건이 진짜로 있었어. 토머스 타일러라는 교수가 목에 칼을 맞았지. 세간의 관심을 끈 사건이었어. 경찰이 테드 매케이와 저스틴 린치를 포함해 대여섯 명의 학생들을 조사했지만 아무 성과가 없었지. 그렇게 수사가 지지부진해지다가 미제사건으로 남고 말았어. 지금 내가 그 수사 기록을 들고 있어. 그리고 이거 알아?"

로라는 아무것도 알 수가 없었다. 이 새로운 정보를 처리하는 것이 그녀가 할 수 있는 최선이었다. 교수가 살해됐다고? 마커스의 다급한 목소리는 단 하나만을 의미했다.

"나머지 이야기도 해줘요, 제발."

로라는 다리가 후들거려 금방이라도 주저앉을 것 같았다. 그녀는 바닥에 한쪽 무릎을 꿇고 앉아 마커스의 말에 귀를 기울였다.

1994

토머스 타일러 교수 살인사건이 일어나고 닷새가 지났지만, 캠퍼스에는 아직 동요가 가라앉지 않고 있었다. 강의가 진행되었지만, 교수를 대상으로 한 범죄라는 것이 유일한 화제인 것처럼 보였다. 이젠 방송국 제작차량이 24시간 MSU에 머물러 있지 않았고, 헬리콥터가 두세 시간마다 캠퍼스 상공에서 윙윙거리며 영상을 찍어대지도 않았지만, 언론이 그 사건을 완전히 잊은 것은 아니었다. 전혀. 사랑의 삼각관계가 새로운 관심사였다. 언론이 타일러와 그 가족, 조지아 매켄지의 사진을 공개했고 테드의 사진도 두세 장(그중에는 고등학교 졸업 앨범 사진도 있었다) 공개했다. 조지아는 의사의 권고로 집으로 돌아갔고, 경찰은 그녀가 타일러 살인사건으로 조사를 받고 있지 않다는 사실을 언론에 공식 발표했다.

아침 7시, 상자에 사이렌이 짧게 세 번 울렸다. 그러고는 민방위 시절 이후로는 잘 사용하지 않던 유물인, 낡은 구내방송 스피커에서 치직거리는 잡음과 함께 목소리가 들렸다. 복도마다 방문이 모두 활짝 열렸다. 잠이 덜 깬 학생들이, 상당수는 잠옷 바람으로, 서로를 보며 방송에서 흘러나오는 말을 알아들으려고 애썼다. 목소리의 주인공은 학생처장이었다. 그가 학생들 모두 1층 강당으로 집합하라고 지시했다. 15분 후에 중대발표가 있을 거라고 했다.

대단히 이례적인 상황이었다. 예정에 없던 기숙사 학생 총회라니? 도대체 무슨 발표이기에 아침 7시에 학생들을 깨운단 말인가?

503호에서는 테드가 먼저 일어났다. 그의 룸메이트는 테드가 아는 사람들 중 가장 잠이 많은 사람이었다. 저스틴의 두뇌가 최소한의 기능이라도 시작하려면 2~3분의 예열이 필요했다. 발표가 살인사건에 관한 것일지도 모른다는 생각이 들자, 저스틴은 갑자기 긴장하는 것 같았다.

"서둘지 마, 저스틴, 제발. 천천히 옷 입고 내려가자."

5층에 사는 다른 학생들은, 그중 절반은 비몽사몽인 채로, 비틀거리며 복도를 걸어가고 있었다.

그들이 1층에 이르렀을 때, 중대발표가 살인사건과 관련된 것인가에 대한 의심이 확신으로 바뀌었다. 아직도 일부 학생들이 계단을 내려오고 있는데도 경찰관 10명이 계단을 뛰어 올라갔다. 강당은 학생들로 붐볐다. 문 옆에 학생처장과 세가라 형사가 서 있었다. 형사의 기자회견 장면이 텔레비전으로 방송되었기 때문에 다들 형사를 알아보았다. 그들 외에도 경찰관 서너 명과 학생처장의 비서 두 명이 있었다.

"이게 다 무슨 일이야?" 저스틴이 중얼거렸다.

"통상적인 절차겠지, 뭐." 테드는 애써 태연한 목소리로 말했다.

"안녕하십니까." 학생처장이 입을 열었다. "짧게 이야기하겠습니다. 여러분이 상상하는 바와 같이 지금 현재 경찰의 조사가 진행되고 있으니 여러분의 협조를 부탁드립니다. 세가라 형사와 여러 경찰관이 이 건물을 수색할 것입니다. 여러분은 수색이 진행되는 동안 이곳에서 기다려주시기 바랍니다."

웅성거림과 항의의 소리가 곳곳에서 터져나왔다. 세가라가 앞으로 나섰다.

"앞으로 두세 시간 동안에 꼭 필요한 물건이 있는 학생은 손을 들면 경찰관이 방까지 동행해서 가지고 나오게 하겠습니다." 그가 잠시 말을 멈췄다. "여기서 '꼭 필요한 물건'이란, 의약품을 의미합니다."

"이렇게 해도 되는 겁니까?" 누군가가 물었다.

학생처장이 대답했다.

"대학 변호사들이 지금 함께 자리해 있고, 법에 의거해 수색이 진행되고 있다는 것을 보장할 수 있습니다."

이제 누구도 이의를 제기하지 않았다. 세가라와 경찰관 두세 명이 위층으로 올라갔고, 두 명은 문을 감시하기 위해 1층에 남았다.

도대체 무슨 일이 벌어지고 있는 것인가?

캠퍼스 내의 모든 기숙사 중 지금까지 이 같은 수색이 실시된 기숙사는 상자밖에 없었다. 우연일 수도 있겠지만, 상자가 무작위로 선택된 것이 아니라고 생각하는 것이 논리적일 것이다. 한 건물에서 수색이 실시되면 캠퍼스 내의 모든 학생이 그 사실을 알게 될 것이고, 누가 이 사건 수사와 관련된 물건을 자기 방에 숨기고 있었다면, 두 번째 기숙사에 대한 수색이 시작되기 전에 그 증거물을 제거할 시간이 있을 것이다. 즉 다른 기숙사들은 수색할 필요가 없을 것이다. 경찰이 무엇에 관심이 있는지는 모르겠지만, 그것은 여기 상자 안에 있는 것이 틀림없었다.

저스틴과 테드, 그리고 다른 학생 서너 명이 함께 모여 있었다.

그들 중에는 마맨과 어빙 프로서도 있었고, 조 스틸웰이라는 남학생도 있었는데 얼굴이 백짓장처럼 하얘지고, 눈을 깜빡이는 방법을 잊은 것 같았다. 테드는 스틸웰이 함께 있어서 다행이라고 생각했다. 그가 곁에 있으니 저스틴이 두려움에 떠는 모습이 그렇게 두드러져 보이지 않았다.

"라이터를 찾고 있는 거 아닐까?" 마맨이 추측했다.

테드는 라이터에 대해, 그러니까 교수가 값비싸 보이는 금제 라이터를 쥐고 있는 것을 몇몇 학생이 보았다는 사실에서 비롯된 도시 전설에 대해서는 잊고 있었었다.

"라이터 같은 건 없어." 어빙이 말했다.

"그럼 뭘 찾고 있는 거야?"

테드는 그들이 무엇을 찾고 있느냐가 아니라 왜 수색을 하느냐에 관심이 있었다. 6층짜리 대학교 기숙사 전체를 수색하는 것은 아무리 세간의 주목을 받는 살인사건이라 하더라도 가볍게 취할 수 있는 조처가 아니었다. 학생처장이 몇 분 전에 협조적인 태도를 취하며 발표를 했지만, 그와 대학 변호사들이 강하게 반대했을 것이다. 판사가 우선 수색영장을 발부해야 한다. 그런데 기숙사 전체를 수색할 수 있는 영장을 발부해주었을까? 이것은 너무나 큰 작전이어서 구체적인 정보에 바탕을 두지 않을 수 없는 일이었다. 그 구체적인 정보가 무엇일까?

한 시간이 지난 뒤 세가라와 그의 팀이 강당으로 내려왔다. 테드는 그들의 수를 셌다. 세가라까지 합해서 모두 15명이었다. 테드가 내린 첫 번째 결론은 그들이 모두 일반 순경이나 형사일 뿐, 법의학팀이 아니라는 것이었다. 즉 판사의 영장이 지문이나 DNA 증거와 같은 다양한 범죄 증거에 대한 다각적인 수색이 아닌 특정 물건에 대한 제한된 수색을 허락한 것이라는 뜻이다. 이 사실은 수사의 진행상황에 대해서도 알 수 있게 해주었다. 두 번째이자 가장 중요한 결론은, 수사관 15명만으로 기숙사 내의 모든 방을 그렇게 짧은 시간 안에 철저히 수색하는 것은 불가능할 것이라는 점이었다.

자기 방으로 돌아가도 된다는 허락이 떨어지자마자 테드는 위층으로 뛰어올라갔다. 가면서 몇 개의 방을 잠깐씩 들여다보았다. 많은 방에 수색을 당한 흔적이 있었다. 그러나 할당된 시간을 고려해볼 때 방을 전부 다 수색한다는 건 불가능했다. 그는 수색이 어떤 식으로 진행됐는지 즉각적으로 이해했다. 팀원 두세 명은 모든 방을 조금씩, 의심이 가는 방은 조금 더, 뒤지는 임무를 맡았을 것이다. 나머지 팀원들은 그들이 진짜로 관심을 갖고 있는 방을 철저히 수색했을 것이다. 다른 가능성은 없다. 경찰 15명이 단 한 시간 동안 상자 전체를 제대로 수색할 수는 없을 것이다. 흉내만 낼 거라면 뭐 하러 수색하겠는가?

테드가 503호로 돌아왔을 때, 그가 추측했던 것들이 사실로 확인되었다. 방 안이 온통 난장판이었다. 매트리스가 바닥에 떨어져 있고 옷이 사방에 흩어져 있었다. 그들은 흔적을 숨기려는 노력조차 하지 않았다. 물론 한 사람이 이렇게 난장판을 만들어놓았을 수도 있다. 미세한 단서를 찾아 방 안을 둘러보던 테드는 책꽂이를 한번 흘낏하고 진정으로 공들인 수색은 책꽂이에서 이루어졌다는 사실을 알았다. 테드는 비상한 기억력을 발휘해 책들이 바른 순서로 꽂혀 있긴 하지만 그가 꽂아놓았던 것보다 훨씬 뒤로 밀려 들어간 것을 알아차렸다. 누군가가 천천히 한 권씩 차례로 빼서 살펴보고 도로 넣은 것이 틀림없다.

"눈에 띄는 거라도 있어?" 저스틴이 물었다.

"아니, 없어." 테드가 여전히 책들을 바라보면서 말했다. "곧 세가라가 우릴 부를 거야."

"무슨 말을 하는 거야?"

"정신 똑바로 차려야 해, 저스틴." 테드가 매우 심각한 어조로 말했다. "내가 한 말을 기억해. 그 형사가 너를 만나고 싶어 할 거야. 어쩌면 나도 다시 만나려고 할 거고. 나한테서는 새로운 걸 얻어내지 못할 거라는 걸 알겠지만."

테드는 세가라가 아무것도 발견하지 못했다는 사실을 알았다. 지금쯤 형사는 잘못된 조치를 취한 것을 후회하고 있을 것이다.

1994

    그 소식을 상자에 전한 사람은 마맨이었다. 요즘 그는 정보를 찾아 캠퍼스 안을 배회하는 것 외에 달리 할 일이 없는 것 같았다. 그는 캠퍼스의 비공식 뉴스 진행자로서의 새 역할을 진심으로 즐기는 것 같았다. 소문을, 정말 말도 안 되는 소문이라도, 서둘러서 퍼뜨렸을 뿐만 아니라, 최근의 상황에 대해 훤히 알고 있어서, 무슨 일이 벌어지고 있는지 알고 싶으면 다들 그를 찾곤 했다.

    "친구들, 새 소식이 있어!" 마맨이 5층 복도에서 선언했다. "그리고 이건 절대 소문이 아니야."

    어빙 프로서와 저스틴이 지대한 관심을 보였다.

    "방으로 들어가서 얘기하자." 테드가 말했다. 그가 그 작은 무리의 네 번째 일원이었다.

    마맨은 망설였다. 복도에서 이야기하면 더 많은 사람들이 자기 말을 들어줄 것이기 때문이었다.

    "그러지 말고, 들어가자, 마맨." 테드가 주장했다. "새로운 소식은 개인적으로 전해주는 게 더 좋잖아, 그렇게 생각 안 해?"

"아, 물론이지."

그들은 테드와 저스틴의 방 옆방인 504호로 들어가서 한 침대에 두 명씩 나눠 앉았다.

"정말 놀라운 소식이야. 세 명의 다른 소식통을 통해서 들었어." 마맨이 탐사보도 기자라는 새로운 역할을 시작했다. "첫 번째 소식통은 내 여자친구랑 같이 스터디하는 피오나 스미스야. 그 친구는 자기 아버지한테서 들었고, 그 아버지는 어젯밤에 이 사건 수사를 맡은 경찰인 자기 아버지한테서 들었대. 또 다른 소식통은 메러디스 맬런이라고 학생처장 비서의 여동생인데, 처장이 세가라와 통화하는 걸 비서가 들었대. 그리고 마지막 소식통은……."

"소식통은 넘어가고, 그 소식이 뭔지나 말해줘." 테드가 끼어들었다.

"그래." 어빙이 말했다. "본론부터 좀 들어보자."

"좋아. 경찰이 목격자를 찾았대." 마맨이 잠시 말을 멈추고 다른 세 사람의 반응을 살폈다.

"사건이 일어나는 걸 직접 본 사람?" 저스틴이 물었다.

"목격자라는 단어에 그거 말고 다른 뜻이 있냐?" 어빙이 말했다.

저스틴은 밤에 도서관 주변을 배회하는 습관을 가진 사람이 자기 말고 또 있다면, 어느 순간엔가는 자기를 보았을 것이고 경찰에 그 사실을 얘기했을지도 모른다고 생각했다.

"그래, 사건이 일어나는 걸 직접 본 사람이 있대." 마맨이 확인해주었다. "난 그 목격자 이름까지 알아. 웬델이래."

"또 다른 건?" 어빙은 그다지 감명을 받지 못한 것 같았다.

"피오나 말로는 자기 아버지가 웬델이 모든 것의 열쇠를 쥔 사람인 것처럼 말했대. 웬델이 중요한 정보를 제공하고 있다고. 살인사건이 발생했을 때 현장에 있었을 뿐만 아니라 살인범이 누군지 알아내도록 돕겠다고 했다는 거야. 세가라 형사는 학생처장한테 사건이 일주일 이내에 해결될 거라고 장담했대."

"우와. 근데 이 웬델이라는 작자가 누구야? 학생이야?"

"학생처에서 일하는 친구가 지금 찾아보고 있어. 현재로선 그런 이름을 가진 사람을 아는 사람은 아무도 없는 것 같아."

"학생이 아니라면 직원이겠지. 경비원이나 청소원이나 뭐 그런."

테드가 침착하게 말했다. "웬델이 누군지 알아야 해. 할 수 있겠어?"

"학생이라면 당연히 알아낼 수 있지." 마맨이 말했다. "근데 아닌 것 같아, 솔직히 말해서. 학생이라면 한 번쯤 들어봤을 텐데."

"나도 그렇게 생각해." 저스틴이 말했다.

테드는 503호로 돌아갔다. 생각할 게 있었다.

1994

    토머스 타일러 살인사건은 해결되지 못했다. 수사 기록은 그동안 모은 소량의 증거물과 함께 경찰국 미해결사건 파일 속으로 들어갔다. 그 기록은 그곳에서 십수 년 동안 있었다. 상자 기숙사 학생들 중 어느 누구도 웬델이 누군지 혹은 그가 사건 해결에 실마리가 될 어떤 중요한 정보를 제공했는지 알아내지 못했다.

    타일러 살인범은 그 후에도 살인을 계속했다. 한 번이 아니라 여러 번을.

현재

로라는 더러운 건물에 등을 기대고 땅바닥에 앉아 있었다. 공장을 에워싼 벽 위로 나무의 꼭대기 부분이 바람에 흔들리는 것이 보였다. 구름이 더욱 짙어졌고 산들바람이 세찬 바람으로 바뀌었다. 낙엽이 아스팔트 주차장에서 스케이트를 타고 있었다. 휴대전화 스피커에서 나오는, 금속성이 섞인 마커스의 목소리가 그나마 그녀가 정신을 완전히 놓지 않게 붙잡아주고 있었다.

"로라, 거기 있어?"

"네. 신호가 약해요. 너무 떨려요, 마커스."

"괜찮을 거야. 매케이가 쇠고랑을 차고 있고 아무것도 기억하지 못한다면, 걱정할 이유가 전혀 없어. 그리고 뭔가를 기억한다면 왜 당신들 둘을 그곳으로 데려갔겠어?"

"모르죠. 그건 그렇고, 이해할 수 없는 게 하나 더 있어요. 경찰 수사 기록에 웬델이라는 이름의 목격자가 있다고 했잖아요."

"응, 그런데 실존인물이 아니었어. 경찰이 지어내서 목격자를 찾았다고 소문을 퍼뜨린 거야. 범인이 대학생이라면 그 소문을 듣고

455

초조해서 실수를 저지를 거라고 예상한 거겠지. 난 수사 기록에서 그 이름을 보자마자 모든 걸 이해했어."

"난 안 되는데요."

"내 말 잘 들어봐, 로라. 자기를 속이고 있었던 여자친구 때문에 분노한 매케이가 교수를 죽였어. 웬델은 그의 정체를 폭로할 수 있는 유일한 사람이었지. 그래서 매케이는 웬델이 죽어줄 필요가 있었어, 주기에서처럼. 이해가 가?"

"이해하려고 애쓰고 있어요."

"로라, 로버트와 내가 그리로 갈 거야. 그러려면 정확한 좌표가 필요해. 로버트가 FBI에 연락했어. FBI 수사팀이 지금 그리 가는 중이야. 상황 속에 있을 때는 냉철하게 생각하는 게 쉽지 않다는 거 알지만, 내 말 믿어. 내가 처음에 당신한테 했던 얘기 생각해봐. 매케이와 블레인은 형제야. 블레인은 여자친구가 살해됐을 때 확실한 알리바이가 있었어. 하지만 매케이는? 매케이가 살해했을 수도 있겠지, 아주 쉽게. 우린 그들 형제의 관계에 대해 아는 게 아무것도 없잖아."

로라는 아직도 테드와 블레인이 형제라는 사실이 믿기지 않았다. 그 조각이 퍼즐에 어떻게 들어맞을까?

"마커스, 이제 끊을게요. 내가 빨리 안 돌아가면 무슨 일이 있다고 생각할 거예요. 여기 좌표는 문자로 보내줄게요."

"알았어, 로라. 조심 또 조심해야 해. 매케이가 교수를 죽이고 동생의 여자친구도 죽였다면, 그렇다면 우리가 대처해야 할 또 하나의 현실이 있는 거야. 그 두 살인사건 사이에 많은 세월이 흘렀어. 로버트는 살인사건이 더 있을 거라고 생각하고 있어."

로라는 아무 말도 하지 않았다.

"내가 이런 말을 하는 건 당신이 조심하겠다고 약속해주길 바라기 때문이야."

"조심할게요. 그만."

로라는 전화를 끊고 나서도 전화기를 귀에 대고 있었다. 충격과 놀라움이 서서히 줄어들고 두려움이 커져가고 있었다. 공장이 갑자기 위협적으로 보였다. 리 스틸웰은 그녀가 잘 모르는 경비였다. 심지어 그녀의 병동에서 근무하지도 않았다. 그러나 그녀는 자기편이 있다는 걸 느끼고 안심하고 싶은 마음이 너무나 커서 돌아가 그 경비와 함께 있는 것 말고 다른 것은 생각도 할 수 없었다.

그녀는 휴대전화에서 위치정보 기능을 켜고 좌표를 마커스에게 전송했다.

살인사건이 더 있을 수도 있어.

그녀는 테드와 관련하여 알고 있는 모든 사실을 정리하면서 공장으로 돌아갔다. 아직 마커스의 이야기를 들은 충격이 가시지 않았지만, 그녀는 그 사실들을 넘어서 그동안 테드를 조종해온 보이지 않는 끈들을 이해하기 시작하고 있었다. 제일 큰 문제는 테드가 지금 어느 정도까지 알고 있는지 알아내는 것이다.

로라는 사무실들을 지나가다가 아까 테드가 멈춰 선 문 앞에서 걸음을 멈췄다. 실내에 있는 문이 왜 맹꽁이자물쇠로 잠겨 있을까? 그녀는 두 번 생각할 것도 없이 열쇠꾸러미에 있는 가장 큰 열쇠들을 끼워보았다. 그중 하나가 찰칵 소리와 함께 자물쇠를 열었다. 방은 가구가 있는 사무실이었는데 완전히 난장판이었다. 전기 스위치를 올렸지만 불이 들어오지 않았다. 그래서 휴대전화의 손전등 기능을 켜고 방 안을 탐험했다. 나무 책상 하나와 부서진 의자한 개, 파일 캐비닛이 몇 개 있었다. 전반적으로는 쓰레기가 가득

하고 쇠락해가는 모습이었지만 누가 정기적으로 이 사무실을 방문했던 것 같았다. 로라는 책상 서랍을 열어보았다. 예상과 달리 쉽게 열렸다. 안에는 견고한 서류철이 몇 권 들어 있었는데 감히 만져볼 엄두가 안 났다. 왼쪽에 있는 다른 서랍을 열어보니 서류철이 더 있었다. 그녀는 그 안에 무엇이 있는지 알았다. 확신했다.

그녀는 첫 번째 서류철을 꺼내어 펼쳤다. 대여섯 장의 서류가 들어 있었다. 그녀는 한 손으로는 휴대전화를 쥐고 다른 손으로는 페이지를 넘겼다. 그녀의 생각이 맞았다. 그녀는 엘리자베스 가스라는 여자의 살인사건에 관한 신문 스크랩 기사를 보고 있었다.

그녀도 목에 칼을 맞고 죽었다.

로라는 자제력을 잃고 그 사건에 관한 기사 서너 개를 읽었다.

그러고 나서 서랍에 든 다른 서류철을 획획 넘겨보았다. 모두 합해 10개. 모두 여자였다.

살인사건이 더 있을 수도 있어.

현재

로라가 나가고 5분도 안 되어 리는 불편해지기 시작했다. 매케이가 차분하고 묘한 미소를 지으며 그를 바라보았다.

"도대체 여긴 뭐 하는 곳이야?" 경비가 물었다.

테드는 고개를 들더니 공중에서 답을 찾으려는 것처럼 좌우를 돌아보았다.

"은신처겠죠. 아니면 휴가지?"

리는 그리 놀라지 않았다. 버려진 공장 안을 돌아다니기를 좋아하는 부유한 친구보다 훨씬 섬뜩한 인간들을 라벤더에서 많이 보았기 때문이었다.

"그러니까, 이제 기억이 나는 모양이군." 리가 냉담하게 말했다. "닥터가 돌아오면 바로 나가자."

"안 돌아올 것 같은데요."

리가 눈을 가늘게 뜨고 그를 보았다.

"금방 돌아올 것 같지는 않다고요." 테드가 말을 이었다. "굉장히 심각한 긴급상황인 것 같던데."

"나가기 전에 말 몇 마디 한 거 갖고 어떻게 알아?"

"그래도 알죠."

테드는 철제 책상 가장자리에 걸터앉았다. 책상 위에는 녹슨 금속 조각과 페인트 깡통과 다른 쓰레기가 흩어져 있었다. 테드의 손은 앞으로 모아져 쇠사슬로 묶여 있었지만 리는 경계심을 늦추지 않았다. 이자가 밖에 있는 누군가에게 와서 탈출을 도와달라고 말을 전해놓았을지도 모른다. 닥터 힐은 그를 믿었지만 리가 생각하기에 그녀의 행동은 너무나 안전하지 않았다.

"라벤더에 갇히기 전에 나는 자살할 계획이었어." 화제와 말투가 갑자기 바뀜과 동시에 테드의 얼굴 표정도 눈에 띄게 달라져 있었다.

"어디 아파?"

"아니."

이번에도 꿈꾸는 듯한 표정.

"아직도 나는 날 죽이고 싶어, 리." 테드가 눈을 아주 크게 떴다. 미친 사람의 눈. 간청하는 눈. "세상의 그 어떤 일보다도 그 일을 하고 싶어."

리는 즉시 경계태세를 취했다. 권총을 향해 손이 미끄러져 내려갔지만 아직 권총을 꺼내지는 않았다.

테드는 앉은 자리에서 미동도 하지 않은 채 웃고 있었다.

"진정해, 리. 제안을 하나 하고 싶은데."

"무슨 제안?"

"닥터가 돌아오면 내가 탈출을 시도할게. 그럼 나한테 경고를 줘. 규칙에 따르라고. 멈추지 않으면 쏜다고. 그래도 난 못 들은 척하고 도망갈 테니까. 그때 날 쏴. 빵야빵야, 상황 끝."

"널 죽이진 않을 거야, 매케이. 규칙을 어기면 다리에 총알이 박힐 줄 알아."

"그러지 말고, 리. 1분만 내 말에 따라줘, 알았지? 닥터 힐이 완벽한 목격자가 될 거야. 당신이 내 다리를 겨누든 내 머리를 겨누든 아무도 신경 안 쓸 거야. 신경 쓴대도 증명할 수 없을 거고. 난 꽤 빨리 뛸 수 있어. 쇠사슬이 그렇게 팽팽하지 않거든. 그리 쉽게 쓰러뜨리진 못할 거야."

"널 죽이지 않겠다니까." 리가 아까 한 말을 또 했다. "내가 원하는 건 3시 전에 라벤더에 도착해서 집으로, 마누라한테 가는 거야."

"당신 마누라 얘기가 나와서 하는 말인데, 마르타가 마누라 이름 맞지? 상상해봐. 당신이 정말로 호숫가에 꿈에 그린 집을 가질 수 있다면? 멋지지 않아?"

리는 눈살을 찌푸리면서도 아무 말도 하지 않았다.

"상상해봐, 리. 4륜구동 픽업트럭을 살 수 있다면, 마르타와 함께 트럭을 몰고 인적이 드문 곳에 있는 당신의 별장으로 달려가다가, 필요한 물품을 모두 사고, 그곳으로 가서 이삼 일 머물 수 있다면. 상상해봐. 당신이 정년퇴직한 다음에 마르타와 함께 두세 달 동안 유럽 여행을 할 수 있다면. 아내와 유럽에 가본 적 있어? 상상해봐. 돈 걱정 없이 세상 구경을 할 수 있다면……."

"상상해봐, 상상해봐, 네가 무슨 존 레넌이야? 도대체 요지가 뭐야?"

"요지는 지금 당장 이 모든 것을 현실로 만들 수 있다는 거야."

"어떻게?"

"이 공장 밑에 거대한 지하실이 있어. 백만 달러가 거기 숨겨져 있지. 현금으로. 다 당신 거야."

리가 미소 지었다.

"백만 달러? 지하실에?"

"그렇다니까. 방금 내 주말 별장 봤잖아. 이 공장도 내 거고 그 외에도 재산은 많아. 내가 그 정도의 비자금쯤은 비상용으로 만들어놨을 거라고 생각 안 해?"

"그랬겠지. 하지만 아무나 가져가라고 여기 지하실에 아무렇게나 짱박아놨을 것 같진 않은데."

"그럼 내가 왜 당신들을 여기까지 데리고 왔을까?"

리는 한동안 테드를 관찰했다. 그러고는 문을 보며 아직 그들 둘만 있다는 걸 확인했다. 그는 닥터 힐이 이 대화를 듣는 걸 결코 원하지 않았다.

"네가 아무것도 기억하지 못한다고 생각했는데."

"사실이야. 근데 기억이 서서히 돌아오기 시작했어. 이것 봐, 리. 백만 달러가 저기 있어. 우린 그냥 지하실로 가서 한번 보기만 하면 되는 거야. 어려울 것 없잖아. 그 돈이 왜 거기 있는지, 어디서 난 돈인지 누가 신경이나 쓰겠어?"

경비가 흔들리고 있었다. 테드의 눈에는 분명히 보였다.

"누이 좋고 매부 좋은 일이야, 리. 다른 사람을 죽여달라는 게 아니잖아. 나만 죽여주면 돼. 내 이마에 총알이 박히는 게 여기 있는 모두에게 좋을 거라고."

"네가 도망가려 한다는 이유만으로 총을 쏠 수는 없어."

테드는 경비가 무엇을 암시하는지 이해했다.

"그럼…… 그럼 도망 말고 뭘 좀 더 할까? 닥터 힐을 공격할게. 목을 이렇게 움켜잡을게." 그가 허공에 대고 그녀의 목을 움켜잡는 시늉을 했다. "그럼 놓아주라고 고함을 쳐. 난 뒤로 물러서서 그녀를 공격할 뭔가를 집어 들려고 할 테니까. 테이블 위에 있는 거 아무거나."

"난 그런 말 한 적 없어."

"알았어. 그냥 상상해보는 것뿐이야. 당신이 로라 앞에서 나를 쏘면 로라는 당신의 대응이 정당방위였다고 생각할 거야. 총격이 완벽하게 정당화되는 거지. 경찰이 당신을 심문할 거고 진술서도 써야 할 거야. 그게 다야. 그러고 나서 나중에 여기로 와서 돈을 찾아가면 돼."

"어디 있는데? 한번 보기라도 해야 믿지."

테드가 싱긋 웃었다.

"저 지하실 문으로 들어가면 돼. 열쇠는 다른 열쇠들과 같이 꾸러미에 있지 않고, 저기 저 구멍 속에 숨겨뒀어."

지하실 문은 금속, 그것도 견고한 철로 만들어진 것 같았다. 리는 테드가 가리킨 곳에 있는 구멍을 더듬어 열쇠를 찾아냈다.

"닥터 힐이 돌아오면, 저 밑에서 소리를 들었다고 말할게. 산통 깨는 짓은 하지 마."

리가 열쇠를 자물쇠에 집어넣으려다 말고 돌아섰다.

"잠깐만. 돈을 보고 결정하기 전에 당신이 무슨 짓을 한 건지부터 먼저 알아야겠어."

"그건 내가 안고 가는 게 더 좋아."

"돈은……."

"돈은 그냥 비상금이었어. 내 거야. 걱정할 필요 없어."

"그럼, 좋아, 가자."

그들은 좁은 계단을 내려가다가 층계참에서 배전반을 발견했다.

"위층용 전기차단기 배전반이야."

리는 믿어지지 않는다는 표정으로 테드를 보았고 잠깐 망설인 후 주 스위치를 켰다. 불이 켜졌다. 그들은 다시 계단을 내려가기 시작했다. 테드가 앞장서서 쇠사슬에 걸려 넘어지지 않도록 조심스럽게 내려갔다. 리는 적절한 거리를 두고 조심스럽게 따라 내려갔다. 지하실에는 모든 것이 어지러이 널려 있었다. 낡은 기계와 거대한 나무 궤짝, 파일 캐비닛과 책상, 의자. 마지막으로 이삿짐을 뺄 때 가져가지 않은 것은 모두 이 잊힌 지하세계에 던져넣고 간 것이다. 위층에도 숨을 곳이 많았지만, 이 쓰레기와 버려진 잡동사니의 미로는 훨씬 더 심각했다. 벽 높은 곳에 나 있는 창문들은 벽돌로 가려져 있고, 전등은 너무 어두웠다. 뻗어 있는 그림자들이 언제라도 몸을 일으킬 것 같았다.

테드는 이 미로의 좁은 길을 편안하게 걸어갔다. 리는 조용히 그 뒤를 따라갔다. 지금 테드에게 경고해봐야 무슨 소용일까 싶었다. 저 자식은 총에 맞고 싶다는데.

진짜 총에 맞고 싶은 걸까?

그들은 쥐가 종종걸음하는 발소리를 두 번인가 세 번 들었다. 리는 쥐를 무서워하고 싫어했지만 아무 말도 하지 않았다. 그와 테드는 아주 오래된 타자기들이 줄지어 놓여 있고 먼지가 수북 내려앉은 키 큰 선반 앞에 서 있었다. 그 옆에는 짐짓 화려하게 꾸민 듯한 로비가 있었고 영광스러운 시절은 이미 오래전에 지나간 것 같은 쇠락한 초록색 코르덴 소파가 놓여 있었다. 테드는 소파를 옆으로 밀었다. 리가 신중하게 몇 미터 떨어져서 지켜보고 있을 때 쥐 한 마리가 바닥을 가로질러 달려가는 모습이 눈가로 언뜻 보였다. 적어도 닥터 힐에게 댈 좋은 핑곗거리가 생겼다고 그는 생각했다. 이 밑에서 정말로 이상한 소리가 났으니까.

소파 밑 바닥에 손잡이 없는 문이 있었다. 테드는 경비에게 그 문을 열려면 뭔가 날카로운 게 필요하다고 말했다. 리는 터지려는 웃음을 간신히 참았다.

"널 어떻게 믿고 날카로운 걸 줘." 경비가 비웃듯이 말했다. "뒤로 물러서서 가만히 있어."

리는 열쇠들 중 하나를 이용해서 바닥에 난 문을 들어올렸다. 그는 갑자기 흥분을 느꼈다. 부인할 수 없었다. 진짜로 돈이 있으면 어떡하지? 그의 머릿속에 계획이 형태를 잡아가기 시작했다. 매케이를 쏠 이유가 없었다. 닥터 힐이 돌아오면 빨리 이곳을 나가자고 주장할 것이다. 환자의 안전은 그가 책임지고 있었기에 닥터 힐도 그의 말에 반대할 수 없을 것이다. 매케이는 이젠 리가 너무 많은 것을 알고 있기 때문에 입을 꾹 다물고 있을 수밖에 없을 것이다. 그리고 나서 그는 나중에 다시 돌아와 돈을 가져갈 것이다. 그는 미소 지었다.

돈이 있다면.

문 밑의 공간에 커다란 금속 상자가 들어 있었다. 리는 양손 엄지손가락으로 두 개의 상자 뚜껑 버클을 밀어서 열었다. 찰칵 하는 부드러운 소리가 나면서 상자가 열렸다. 뚜껑을 들자 투명한 비닐에 싸인, 벽돌 두께의 백 달러 지폐 뭉치가 10개가 놓여 있었다. 리는 그렇게 많은 돈을 본 적이 한 번도 없었다. 마르타와 여행을 갈 수 있겠다고 생각하며 그는 흥분했다. 매케이가 그렇게 완벽한 계획을 제시한 걸 보면 텔레파시가 작동한 게 분명했다. 마르타는 늘 외국에 못 가본 것을 아쉬워했다. 그녀가 여행한 가장 먼 곳은 노스캐롤라이나였다. 자기 여동생네 집을 방문했을 때. 하지만 이젠 어디라도…….

그때 무언가가 밑에서 기는 듯하더니 놀라운 속력으로 금속 상자 밑에서 튀어나왔다. 크고 회색이고 커다란 이가 툭 튀어나와 있었다. 빛이 비치자 눈이 반짝였다. 바닥에 난 문 옆에 쭈그리고 앉아 있던 리는 깜짝 놀라 뒤로 자빠졌다. 동물이 바닥에 난 구멍 위로 고개를 내밀었다. 그 순간 테드 쪽에서 빠른 움직임이 있었고, 그게 리가 마지막으로 본 것이었다. 순간 그림자가 그를 집어삼켰고 머리가 폭발한 것 같은 느낌이 들었다.

그는 비명을 지르지도 못했다.

책장 전체가 넘어지면서 타자기가 그의 몸 위로 비 오듯 쏟아졌다.

현재

작업장으로 돌아오면서 로라는 많은 것을 상상했지만, 경비가 그곳에 없을 거라고는 전혀 상상하지 못했다.

테드는 그 거대한 방의 가운데에 서서 그녀를 기다리고 있었다. 두 팔은 자연스럽게 양 옆으로 내려가 있었다. 쇠사슬이 사라지고 없었다.

"리는 어디 있죠?"

"지하실에."

로라는 그 말이 경비가 아직 살아 있다는 뜻인지 궁금했다. 그러나 물어볼 용기는 나지 않았다.

침착해.

"쇠사슬로 묶어놨어." 테드가 두 손목을 들어 보이며 말했다. "나중에 풀어줄 거야. 하지만 당신은 지금 떠나야 해, 로라."

"떠나라고요? 왜요? 진전을 보이고 있다고 생각했는데. 라벤더로 데려다줄게요. 지금 무엇이 마음을 어지럽히든 걱정하지 말아요, 다 지나가게 해줄 게요. 가족을 생각해요, 그리고……."

"로라, 그동안 나를 위해 애써준 거 정말 고마워. 하지만 상담치료가 모든 것을 해결해줄 수는 없는 것 같아. 돌이킬 수 없는 사실들도 있으니까."

로라는 그와 거리를 유지하고 있었다.

"가." 테드가 퉁명스럽게 말했다. "나가서 우리가 왔던 길로 되돌아가, 내 집으로. 그리고 아무한테도 말하지 마."

"당신은 어떡할 건데요?"

그는 잠깐 망설였다. 갈등하는 표정이 그의 얼굴에 잠깐 나타났다가 사라졌다.

"나쁜 짓은 안 할 거야."

로라는 테드의 마음속에서 무슨 일이 벌어지고 있는지 이해하기 시작했다. 그가 혼란스러워한다는 것을 알았고, 로라 자신이 알고 있는 내용을 이용해서 도움을 주어야 한다고 생각했다.

"아까 누구 전화였어?" 갑자기 테드가 물었다. 그가 몇 걸음 다가왔다.

"C병동 책임자, 마커스 그랜트요. 환자 한 명에게 응급상황이 생겼어요."

"그렇군."

"그게 다예요."

"무슨 응급상황? 통화를 상당히 길게 하던데."

그가 두세 걸음만 다가오면 그녀를 잡을 수 있을 만큼 그들은 가까이 있었다.

"그들이 알고 있지, 안 그래, 로라?"

그녀는 얼굴을 찌푸렸다. 어떡하든 상황 통제권을 되찾아야 했다.

"당신이 서류철을 모아둔 방에 잠깐 들렀어요. 서류철을 보고 오느라고 오래 걸린 거예요."

"그럼 내가 한 일을 당신이 알고 있는 거로군." 그가 중얼거렸다.

테드가 무슨 소리에 놀란 것처럼 갑자기 고개를 들었다. 그러고는 다시 고개를 숙이고 구석을 오랫동안 노려보았다. 자기가 어디 있는지 잊은 것 같았다.

"테드, 유감스럽게도 상황은 당신이 생각하는 것보다 좀 더 복잡해요."

"나가." 그가 말했다. 그는 돌아서서 지하실을 향해 걸어갔다.

"나도 같이 가요." 그녀가 선언했다.

그는 돌아보지 않고 대꾸했다.

"그러면 무슨 일이 생길지 잘 알잖아."

그렇더라도 그녀는 그를 따라갔다. 지하실 계단을 반쯤 내려갔을 때, 휘발유 냄새를 맡았다.

현재

로라는 계단 아래 바닥에서 휘발유통을 적어도 다섯 통은 보았다. 테드와 함께 쓰레기가 즐비한 복도를 따라 걸어 가다보니 바닥에 난 문 옆에 놓인 낡은 소파와 낡은 타자기 더미가 있는 곳에 이르렀다. 빈 책장을 보니 로라는 여기서 무슨 일이 있었는지 알 것 같았다. 좀 더 자세히 살펴보니 바닥에 난 구멍 옆에 최근에 흘린 핏자국이 보였지만, 경비는 보이지 않았다.

"리는 어디 있죠?"

"저 속에." 테드가 무심하게 대답했다. 그는 2~3미터 떨어진 곳에 있는 사무용 가구를 가리켰다. 높이는 1~1.5미터 정도였고 앞쪽에 미닫이문이 있었다. 지하실에 있는 다른 모든 것과 마찬가지로 현대적인 디자인 감각이라고는 눈을 씻고 찾아봐도 없었지만, 무게가 족히 1톤은 나갈 것 같았다. 경비의 작업화가 한쪽 끝에 빼꼼 나와 있었다.

테드가 무릎을 꿇고 구멍에서 뭔가를 꺼냈다. 금속 상자였다.

"뭘 하려는 거예요, 테드?"

그는 대답하지 않았다. 로라는 그가 생각하느라 잠깐 말을 멈춘 사이에 먼지가 소복한 의자 두 개를 끌어다가 하나에 앉았다.

"여기서 마지막 상담을 해야겠어요." 로라가 선언했다.

테드가 돌아서서 빈 의자와 로라를 바라보았다.

"그들이 오고 있어?"

그녀가 고개를 끄덕였다.

"시간이 얼마나 있지?"

"글쎄요, 아마 한 시간쯤."

테드가 의자에 앉았다.

"좋은 생각이야. 당신이 홀리에게 말 좀 전해주면 좋겠어. 사람들이 끔찍한 이야기를 많이 할 거야. 대부분이 사실이고. 홀리가 나를 증오한다고 해도 그녀를 원망하지 않을 거야."

"만나서 얘기할게요, 약속해요."

"그리고 이 일에 대해서 책을 쓰고 싶으면, 써. 내가 허락할게. 내 허락이 필요한 건 아니겠지만."

로라는 책을 쓸 거라는 이야기를 테드에게 한 기억이 없었다.

"내 사건이 당신에게 중요한 의미가 있다는 걸 알아." 테드가 슬프게 웃으면서 말했다. "당신은 자신의 일을 잘해주었어. 그렇지 않았다면 우리가 여기 있지도 않겠지. 내 더러운 과거는 여전히 깊이 묻혀 있을 것이고."

"테드, 아까도 말했지만, 상황이 그렇게 단순한 것 같지 않아요."

"아니, 단순해. 내가 그 여자들을 죽였어." 테드는 몽상에 빠진 얼굴이었다.

쥐 한 마리가 그들 곁을 쏜살같이 달려가서 로라가 기절초풍하게 만들었다. 쥐들은 사방에 있었다. 휘발유 냄새에 다들 놀란 게 분명했다.

"테드, 블레인에 관해 얘기해볼까요?"

그가 고개를 끄덕였다.

"이젠 누군지 기억나요?"

"내 동생. 당신이 블레인 이야기를 꺼낼 때까지는 그에 대한 기억이 전혀 없었어. 근데 모든 것이 돌아오고 있어, 로라. 마치 손전등으로 머릿속을 들여다보는 느낌이야……. 예전에는 칠흑 같은 어둠이었는데, 이젠 볼 수 있게 되었어."

"잘됐군요."

테드는 동의하지 않았다.

"처음부터 알고 있었어? 블레인이 내 동생이라는 거?"

"아뇨. 경찰이 알아냈더라고요."

"경찰……." 테드가 혼잣말을 했다.

로라는 그 말을 한 것을 후회했다. 테드가 계속 치료에 집중하게 만들어야 했다. 그녀는 이런 특이한 환경에 있는 것만으로도 충분히 힘든데 여기서 경찰에 대해 그리고 테드의 미래에 대해 길게 토론까지 하고 싶지는 않았다.

"대학 1학년 때 알게 됐어." 테드가 말했다. "당시에 아버지가 가끔씩 나와 가까워지려는 시도를 하곤 했어. 오드리 고모를 통해서 내게 다가오려고 했지. 고모는 항상 나를 보살펴주었고, 자기 오빠보다 훨씬 괜찮은 사람이었어. 마지못해 아버지를 만났는데, 블레인 이야기를 하더라고. 심지어 사진까지 보여줬어."

"왜 그랬을까요? 그 특정한 순간에."

테드가 어깨를 으쓱했다.

"나더러 블레인과 연락하고 지내라고, 자기와 내 관계가 나쁘다

472

고 해서 블레인까지 피해를 볼 필요는 없지 않느냐고, 말도 안 되는 소리를 했어."

"맞는 말이잖아요."

"물론 맞는 말이지. 내 아버지는 항상 세상에서 사리분별을 제일 잘하는 사람처럼 행세했어. 하지만 당신 말이 맞아. 왜 그때 그런 말을 했을까? 난 대학생이었고 블레인은 고등학생이었는데. 진실이 뭔가 하면, 로라, 아버지는 내 인생을 망치기로 결심했고, 자기 머릿속에 제일 먼저 떠오른 생각을 꼭 붙잡고 있었던 거야. 그렇게 단순한 일이었지. 그 개자식이 정말로 신경 쓴 것은 자기 알리바이를 확실히 하는 것밖에 없었어. 아들들이 교류하며 지내든 말든 그런 건 알 바 아니었지. 그건 확실해."

"그럼 당신은 신경 썼어요?"

"블레인과 만나는 거? 물론 아니지. 그날, 항상 그랬듯이, 아버지와 대판 싸우고 나왔어. 동생을 만날 생각은 조금도 없었어."

"하지만 생각해봤어요? 당신 아버지 말이 맞잖아요. 블레인의 잘못이 아니라는 거. 물론 당신 잘못도 아니고. 근데 왜 그를 만날 생각조차 안 한 거죠?"

"깊이 생각해보진 않았어. 그해는 대학에서도 정신없이 흘러간 해여서. 아마도 블레인을 알게 되는 것은 아버지와의 관계를 완전히 끊지 못한다는 뜻이라고 생각했던 것 같아. 아버지를 내 삶에 맞아들이는 또 다른 방식이라고 생각했던 것 같고. 나중에 확인한 바이지만, 블레인을 만나지 않은 것이 더 좋았어. 블레인은 아버지처럼 아주 악랄한 개자식이었거든."

테드는 말을 끝내고 고개를 숙였다. 로라는 그가 무슨 생각을 하고 있는지 알았다. 그녀가 손을 뻗어 그의 턱을 잡았다.

"나를 봐요, 테드."

"나도 빠져나올 수 없을 것 같았어." 그가 말했다.

로라는 그의 턱을 놓지 않았다.

"당신 자신에 대한 이야기는 아직 하지 말아요. 당신 아버지에 대한 이야기도. 우선은 블레인에 관해 이야기해요."

로라가 그의 턱을 놓고 의자에 등을 기대고 편안히 앉았다.

"뭘 알고 싶어?" 테드가 물었다.

"블레인의 집에 갔잖아요. 왜 갔는지 기억해요?"

테드는 분명히 기억하는 것 같지는 않았다.

"여자친구 살인사건 뉴스를 봤을 때, 그가 내 동생이라는 걸 알아봤어. 내가 본 것은 십수 년 전에 본 사진 한 장뿐이었지만, 그 얼굴이 마음속에 각인되었거든. 아버지를 많이 닮았는데, 특히 이 부분이 그랬지." 테드가 자기 이마를 가리켰다. "하지만 동생이 맞다고 확실히 믿게 된 것은 그가 기자를 피해서 걸어가는 모습을 뉴스에서 봤을 때였어. 걸음걸이가 아버지의 걸음걸이와 똑같더라고. 어깨를 약간 구부정하게 구부리고 두 팔은 옆으로 쭉 뻗은 채 걷는 모습. 난 다른 사람이 그렇게 걷는 건 본 적이 없어, 그렇게 팔을 전혀 흔들지 않고 걷다니."

"그를 보았을 때 무슨 생각을 했어요?"

"모르겠어. 아마도 블레인이 죽였을 거라는 생각. 잘 기억이 안 나는군."

"지금은 어떻게 생각해요? 블레인에 대해서."

"대답해야 돼?"

로라가 고개를 끄덕였다.

"블레인은 내 동생이야. 우리의 DNA에 뭔가가 있는 것 같아. 잘

못된 유전인자 같은 것이.”

“그렇게 생각하면 기분이 좀 나아져요?”

“솔직히 말하면, 그래, 좀 나아지더군.”

“방금 당신은 블레인의 존재에 대해서는 대학 1학년 때 알게 됐지만, 워낙에 어수선한 해여서 생각해볼 시간이 별로 없었다고 했어요. 그게 무슨 뜻이죠?”

로라는 이미 답을 알고 있었지만, 테드의 입을 통해 직접 듣고 싶었다.

“그해에 내가 사람을 죽였어. 토머스 타일러라는 MSU 교수였지. 그자가 당시에 내 여자친구 조지아와 불륜관계를 맺고 있었어. 라벤더의 마당에서 환영으로 본 죽은 사람이 바로 그자였어.”

쥐가 찍찍거리는 소리가 그 말에 강조점을 찍는 것 같았다. 방 저 건너편에서 다른 쥐가 화답했다.

“어떻게 죽였어요?” 로라가 물었다.

“그들은 밤에 도서관 뒤에서 몰래 만나곤 했어. 난 조지아가 떠날 때까지 기다렸다가 그자 뒤로 몰래 다가갔어. 그의 목에 칼을 찌르고 도망갔지. 경찰이 수사를 했지만 아무것도 알아내지 못했어.”

테드가 그해에 일어난 사건들을 그렇게 기계적으로 말하는 것이 이상하게 느껴졌다.

“이상하군요. 저 위층에 당신이 모아둔 서류철에는 여자들만 있던데.”

“이건…… 사적인 문제였어.”

“조지아와 아주 가까운 사이였나요?”

그 질문에 테드는 깜짝 놀랐다. 그동안 조지아에 대해서 자주 생각했지만, 한 명의 등장인물로 여겼을 뿐 중요한 의미를 가진 개인으로 생각하지는 않았다. 사실, 그녀의 얼굴도 잘 기억나지 않았다.

"우린 공통점이 별로 없었어. 조금씩 사이가 멀어지다가 그 후에는 완전히 끊어졌지."

"그런데도 교수를 죽였군요."

"로라, 무슨 말이 하고 싶은 거야?"

"이제까지 우리는 복잡한 매듭을 풀려고 애썼어요. 그 매듭을 조금 헐겁게 풀었다 싶으면 다시 잡아당겨서 한 걸음 퇴보하곤 했었죠. 이젠 모든 미진한 부분들을 잡아당겨 풀 때예요, 테드. 당신 동생 블레인은 하나의 미진한 부분이죠. 타일러 살인사건은 다른 미진한 부분이고. 죽은 여자들도 마찬가지이고. 그동안 놓친 게 있어요. 연결해주는 실. 그리고 그것을 찾아낼 유일한 방법은 당신의 과거를 좀 더 깊이 들여다보고 조명해보는 거예요."

"무슨 뜻인지는 알겠지만, 그렇게까지 할 필요가 있을까? 결과는 어차피 똑같을 텐데."

"홀리와 딸들에게는 굉장히 다른 결과가 될 수 있어요."

"또 뭘 더 알고 싶어?"

"첫 번째 여자를 어떻게 살해했는지 말해줘요." 로라가 테드의 눈을 똑바로 보면서 말했다. "그리고 기억하는 건 모두 자세하게 얘기해주면 좋겠어요. 첫 번째 피해자 이름이 엘리자베스 가스였죠, 맞죠?"

"그게 알고 싶은 거라면."

테드는 잠깐 동안 그 일에 대해 생각했다. 그의 눈이 멍해졌다. 목소리는 과거 어느 때보다도 단조로워졌다.

"엘리자베스 가스는 젊은 미혼모였어. 스무 살이 넘었을까 말까 했고 내 고향에서 그리 멀지 않은 곳에 있는 하퍼필드라는 작은 마을의 극장에서 일했지. 두 살배기 아들이 있었고. 나중에 알게 된 사실이지만 그 아들은 뉴햄프셔 어딘가에서 외조부와 함께 살았어. 그녀는 나쁜 엄마는 아니었어. 빨리 성공해서 자기 손으로 아들을 키우고 싶어 했지. 그녀의 부모가 그녀에게 아기를 보여주지 않았다거나 그랬던 것도 아니고. 단지 그녀가 아기를 키울 형편이 못 된다고 판단하고 아기를 맡아서 키워줬을 뿐이지. 아기 아빠는 아기를 외조부모가 키우는 것에 심하게 반대했어. 아기 엄마와는 말도 안 하고 지냈으면서도. 그자는 그녀가 임신했다고 비난했고, 심지어 그녀가 살해된 후 아직 살인범을 찾고 있을 때도 자업자득이라느니, 더 나아가 그렇게 살해될 만했다느니 하는 악담을 서슴지 않았어."

테드가 고개를 가로저었다.

"하지만 그 여자가 빌미를 제공한 게 아니었어. 그녀는 금발이었고 아주 날씬했어. 연약했고. 다른 여자들처럼. 다만 잘못된 시각에 잘못된 장소에 있었을 뿐이지. 그녀는 같은 극장에서 일하는 여자들 두 명과 함께 아파트에서 살았어. 그들은 친구가 아니었고 사이가 그리 좋지 않았지. 그녀는 자기 아들을 그 작은 아파트에 데려와서 함께 사는 것은 상상도 할 수 없었어. 머릿속에는 항상 방을 얻어 나가야 한다는 생각밖에 없었지. 그래서 극장과 그 주변 상가에 손 글씨로 쓴 전단을 붙였어. '성숙하고 책임감 있는 여성. 청소를 포함한 모든 집안일 가능. 노인 돌봄 서비스 가능. 대가: 적절한 급료와 어린 아들과 함께 지낼 방.' 그러고는 '엘리'라고 이름을 적어놓았지."

"그래서 당신이 전화를 걸어서 그녀에게 거처를 제공하겠다고 했군요."

"바로 그거야. 정말이지 식은 죽 먹기였어. 여자가 그 아파트에서 나와 아들을 데려올 생각에 너무 절박했기 때문에. 그렇지 않았다면 그런 외딴 장소에서 낯선 사람을 만나기로 하진 않았겠지. 나는 경마를 좋아하는 사람들이 대저택을 짓고 모여 사는 마을의 외곽에 있는, 사실상 통행이 끊긴 도로를 골라서 그녀에게 거기서 만나자고 했어. 길가에 차를 세우고 기다리니까 일몰 직후에 그녀가 녹슨 고물 자동차를 끌고 나타나더군. 나는 그다음부터는 길이 복잡해지니까 함께 가자고 말했어. 물론 사실이 아니었지. 그녀가 볼 만한 것은 아무것도 없었고, 여자가 자기 차를 놔두고 내 차로 옮겨 탔어. 2부제 교대를 마치고 온 터라 피곤해 죽으려고 하더라고. 나는 일곱 살배기 아들 하나와 텅텅 빈 대저택을 가진 홀아비라고 나를 소개했어. 그녀는 자기 아들의 아빠 이야기를 했어. 어린 게 으름뱅이였다고, 단 한 번도 자기를 위해주지 않았다고. 난 금방 그녀의 신뢰를 얻었지.

하지만 어느 순간엔가 엘리자베스는 우리가 가는 방향으로는 집도 한 채 없고, 따라서 자기 모자를 위한 기회도 없다는 사실을 깨달았어. 그녀가 차에서 뛰어내려 숲을 향해 전력으로 달아나더군. 하지만 내가 쉽게 따라잡아서 공터로 데려갔어. 연약해서 제대로 저항 한번 못하더라고."

"칼로 찔러 죽였어요?" 로라가 세상에서 가장 자연스러운 질문을 한다는 듯 아무렇지도 않게 물었다. "목을 칼로 찔렀어요? 타일러에게 그랬던 것처럼?"

테드는 진심으로 후회하는 표정이었다. 금방이라도 울음을 터뜨릴 것 같았다.

그가 조용히 고개를 끄덕였다.

"내가 여기 오기 전에 본 스크랩 기사에는 그녀의 가슴에도 10군데 정도 칼에 찔린 자국이 있었다고 쓰여 있던데." 로라가 말했다. "가슴도 열 번이나 찔렀나요, 테드?"

이번에도 테드는 고개를 끄덕였다.

"하나만 더 물어볼까요?" 로라는 조금도 망설이지 않고 말을 이어갔다. "그녀의 전단을 읽고 한 번 통화를 한 뒤에 이 모든 것을 계획하고 준비했다는 건데, 그녀가 어떻게 생겼는지는 어떻게 알았죠? 그녀가 당신의 목적에 맞는 사람이라는 건 어떻게 알았어요?"

테드는 고개를 저었다. 슬슬 화가 나기 시작했다.

"모르겠어. 전단을 붙이는 걸 봤겠지, 아마도? 그런 게 중요한가?"

"그래요, 테드, 중요해요. 지금 당신이 엘리자베스 가스에 대해 말한 사실들 대부분은 조금 전에 내가 위에서 읽은 스크랩에 나온 그대로예요."

"정말로 그렇게 된 거니까."

"내가 저 방에서 본 것은 섬뜩한 기념품이 아니었어요." 로라가 위층을 가리키며 말했다. "그것은 수사 기록이었어요."

테드는 당황한 표정으로 그녀를 보았다. 로라가 말을 이었다.

"엘리자베스 가스는 1983년에 죽었어요. 당신이 일곱 살 때요, 테드. 일곱 살 때."

쥐들도 달리기를 멈추고 그녀의 이야기를 듣고 있었다.

"당신은 엘리자베스 가스도, 어느 누구도 죽이지 않았어요. 당신

479

은 토머스 타일러도 죽이지 않았어요. 당신은 아무도 죽이지 않았다고요! 이제 연결하는 실이 보이지 않아요?"

1983

테드가 자기 방의 낡은 카펫 위에 누워 작은 휴대용 체스보드를 들여다보고 있었을 때 엄마의 고함소리가 처음으로 들렸다. 그는 숨죽이고 가만히 있으면서 고함소리가 더 이어질지 기다렸고, 잠시 후엔 침대 밑으로 기어 들어갔다. 그곳에서는 문 아래 틈을 통해서 복도의 불빛을 볼 수 있었다. 엄마가 오면 알 수 있을 것이다. 아빠는 집에 없었다.

체스보드 옆에는 바비 피셔의 게임을 담은 오래된 팸플릿이 있었다. 그의 유일한 정보원이었던 이웃에게서 받은 선물이었다. 테드는 곧 그 게임들을 다 암기하게 될 것이었지만 당시에는 이 팸플릿이 최고의 보물이었다. 31개의 말이 있는 체스보드도 교회의 잘 모르는 신자에게 받은 선물이었다. 엄마는 알루미늄 포일로 사라진 말 대신 쓸 말을 만들어주었다. 엄마는 정말 놀라운 일들을 할 수 있었다. 약을 먹는 동안에는.

오늘은 엄마가 약을 안 먹은 게 분명했다. 최근에는 아빠가 엄마한테 강제로 약을 먹였다. 아빠가 집에 없으면 엄마는 약 먹는 걸 잊어버리거나 알고도 먹지 않았고, 그러면 엄마의 머리가 농간을 부리기 시작했다. 적수들을 속이고 자신의 진짜 계획을 숨겼던 바비 피셔처럼.

테드는 무서웠다. 그는 하루 종일 자기 방에서 바비의 게임을 보면서 시간을 보냈고, 이제야 자신이 중대한 실수를 저지른 것일지도 모른다는 사실을 깨달았다. 엄마는 식사 준비를 하지 않았고, 하루 종일 그에게 한마디도 하지 않았다. 테드도 아래층으로 물 한 잔 마시러 내려가지 않았다. 하루 종일 화장실에도 가지 않았다! 그런데도 엄마가 아들 걱정을 하지 않는다면, 그건 엄마의 머리가 이상해졌다는 뜻이었다. 테드가 좀 더 일찍 엄마와 대화를 시도했다면 엄마를 설득해 약을 먹게 했을 수도 있었을 것이다. 그러나 지금은 불가능하다는 걸 그는 알고 있었다. 최악인 것은, 상황을 해결할 수 있는 유일한 사람이 아빠라는 사실이었다. 아빠가 그렇게 자주 테드에게 설명한 것처럼. 문제는 요즘 들어 두 사람의 싸움이 갈수록 심해진다는 사실이었다. 아빠가 엄마를 이해시키기 위해서 심지어 엄마를 때리기까지 해야 했다.

"테디!"

엄마의 고함소리.

어떻게 해야 할까? 엄마한테 진짜로 무슨 일이 일어났으면 어쩌지? 그의 친구 리치의 할머니는 욕조에서 미끄러졌는데 이틀이 지나서야 발견되었다. 엄마는 할머니가 아니었지만 그래도 뭔가에 걸려 넘어질 수는 있었다. 테드는 즉시 도우러 가지 않은 자신에게 화가 났다.

테드는 용기를 모두 짜내 침대 밑에서 기어 나왔지만 엄마가 다시 부를 때까지 기다려야 할지 말아야 할지 알 수가 없었다. 리치의 할머니처럼 엄마의 머리가 깨지는 건 원하지 않았지만, 가끔 엄마가 굉장히 이상해진다는 것도 잘 알고 있었다. 그는 문손잡이를 잡고 부드럽게 돌렸다.

이제 고함소리는 들리지 않았고, 고요한 위층 복도에 서 있으니 침묵이 훨씬 더 불길하게 느껴졌다.

테드는 몇 개의 계단을 살그머니 기어 내려가 층계참에 이르러 나무 난간의 가로대 사이로 거실을 살펴보았다. 소파 뒤에 앉아 있는 크리스틴 매케이의 희끗희끗한 머리가 금세 보였다. 엄마가 소파 뒤에 등을 기대고 바닥에 앉아서 다리가 벽에 닿도록 쭉 뻗은 모습을 본 것은 이번이 처음이 아니었다. 무슨 이유에선지 엄마는 그 공간을 편안하게 생각했다. 테드는 계단을 내려가서 엄마에게 천천히 다가갔다.

"엄마?"

크리스틴이 돌아보았다. 엄마의 눈을 보자 테드는 어떤 상황인지 알 것 같았다. 그 눈에는 혼란과 절박함이 가득했다.

"숨어!" 크리스틴이 테드의 손을 잡고 바닥으로 홱 당겼다. 테드가 엄마 옆에 털썩 주저앉았다.

"왜 그래, 엄마?"

"집 안에 낯선 사람들이 있어." 엄마가 속삭였다.

여러 달 전이었다면 테드는 엄마의 말을 믿으려고 애썼을 것이다. 그래도 엄마잖아. 그의 마음속에는 엄마의 말을 믿어야 한다고 말하는 목소리가 있었다. 그러나 지금 테드는 집 안에 엄마와 자신, 둘밖에 없다는 사실을 알고 있었다.

"약 먹었어, 엄마?"

엄마는 한쪽 눈썹을 추켜올리고 그를 바라보면서 그의 머리를 쓰다듬었다.

"아주 조용히 해야 해, 테디."

"집에 누가 있어?" 그가 계속 낮은 목소리로 물었다. "엄마가 봤어?"

크리스틴이 고개를 끄덕였다.

"더듬이 인간."

테드는 그런 사람들 이야기를 들어본 적이 없었다. 그래서 엄마의 말을 듣자 너무 무서웠다. 크리스틴이 고개를 돌려 소파 위를 가리켰다.

"한 명이 부엌에 있어. 1분 전에 거실로 들어오는 걸 내가 여기서 봤어. 그들은 키가 굉장히 커, 테디. 문틀에 머리를 박을까 봐 다들 몸을 숙이고 들어와야 돼. 그리고 비쩍 말랐고 머리는 개미처럼 생겼고 기다란 더듬이가 있어."

"이미 갔을지도 몰라. 내가 나가서 찾아볼······."

"안 돼!" 크리스틴의 날카로운 손톱이 테드의 작은 팔뚝을 꾹 눌렀다. "너무 위험해. 말했잖아, 내가 봤다고."

"하지만 그 사람들이 왜 여기 있어, 엄마?"

그녀가 잠깐 머뭇거렸다.

"넌 똑똑한 아이야, 테디. 네가 물어봤던 그 알약, 그거 약이 아니야. 엄마한테 좋은 거 아니야. 아빠가 엄마한테 강제로 그 약을 먹게 하는 것은 엄마를 어디 안 보이는 곳으로 치워버리고 싶어서야. 아빠는 엄마가 약에 취해서 하루 종일 누워 있기를 바라거든."

"아빠는 우리를 사랑해." 테드가 말했다. 하지만 이제 겨우 일곱 살인 그의 마음속에서도 의심이 서서히 고개를 들었다.

"그 알약 엄마가 전부 부엌 싱크대에 버리고 물로 씻어 내려보냈어. 그래서 더듬이 인간들이 온 거야."

"전부 다?"

그 약은 아주 비싼 거였다. 테드의 아버지는 늘 약값이 너무 비싸다고 투덜거렸다. 가끔 크리스틴이 한두 알을 변기에 넣고 물을 내려서, 아버지의 끝도 없는 잔소리와 싸움을 자초하곤 했다. 그런데 이젠 약을 전부 버렸다고 했다.

"더듬이 인간들이 알아차린 거야. 더듬이로 알아낸 거지. 그래서 여기 온 거야."

테드는 더 견딜 수 없었다. 벌떡 일어나서 부엌으로 달려갔다. 엄마가 그를 잡으려고 했지만 너무 빨랐다.

"안 돼!" 크리스틴이 소리쳤다. 그녀는 몸을 돌려 두 무릎을 꿇고 앉아서 외동아들이 부엌으로 달려 들어가는 것을 지켜보았다.

"여기 아무도 없어!" 테드는 싱크대로 달려갔다. 싱크대 옆에 판지 상자들과 플라스틱 포장지들이 쌓여 있었는데 전부 비어 있었다. 엄마가 거짓말한 것이 아니었다. 알약이 전부 씻겨 내려간 것이다. 테드는 몸이 덜덜 떨리기 시작했다. 이렇게 약을 몽땅 버린 것이 어떤 결과를 가져올지 상상도 할 수 없었다. 생각만 해도…….

그는 아까처럼 재빨리 거실로 뛰어왔다. 엄마는 아직도 소파 뒤에 숨어 있었다.

"부엌에 더듬이 인간 하나도 없어, 엄마! 더듬이 인간 같은 건 없어. 엄마가 엄마 약 전부 버렸어!"

그녀가 기어가서 테드의 팔을 잡으려고 했다. 테드는 엄마의 손을 뿌리치고 물러섰다.

"아빠가 화낼 거야!"

"네 아빠는 우리를 싫어해, 테디. 아빠한테 딴 여자가 있어. 그래서 아빠가 나를 없애버리려는 거야. 그다음에는 네 차례야. 너를 고아원에 집어넣고……."

"그만해!"

크리스틴은 아들이 화내는 것을 모른 척하고 아들을 향해 기어갔다. 이번에는 몸을 숨기고 있던 소파를 벗어나서 기어와 다시 한번 아들의 팔을 잡으려고 했다. 그러나 헛수고였다.

"이게 다 엄마 잘못이야!" 테드가 말했다. "엄마 싫어!"

크리스틴의 표정이 바뀌었다. 그녀는 안전한 소파 뒤로 물러갔다. 그러고는 목소리를 낮췄다.

"넌 내 아들 테드가 아니야. 너도 더듬이 인간이지?" 크리스틴이 부엌을 가리켰다. "저기서 테드를 잡아먹었구나, 그렇지?"

테드가 흐느껴 울기 시작했다. 더는 참을 수가 없었다.

"날 속이려고 하지 마." 그녀가 말했다. "내 눈앞에서 사라져!"

"엄마……."

크리스틴은 눈을 크게 뜨고 소파 너머를 살피면서 계속 고개를 흔들고 있었다. 테드는 어떤 식으로든 상황이 안 좋아질 것이고, 자신이 할 수 있는 일은 더 없으리라는 걸 알았다. 그는 자기 방을 향해 바람처럼 달려가 문을 쾅 닫고 침대 밑에 숨었다. 체스보드와 바비 피셔 팸플릿이 아직 거기에 있었다. 그는 한 손으로 그것들을 휙 밀치고 두 팔에 얼굴을 묻었다. 그러고는 설움이 북받쳐서 엉엉 울었다.

영원같이 느껴지는 30분이 흐른 후 테드는 가장 두려워하던 소리를 들었다. 프랭크 매케이의 자동차가 집 앞에 멈춰 선 것이다. 테드가 벌떡 일어났다. 빨개진 눈이 방 안의 빛에 서서히 적응했다. 창가로 가보니 아버지가 차에서 내리고 있었다. 운전석 창문이 내려진 것이 눈에 띄었다. 아빠는 다시 외출할 계획이 있을 때 항상 창문을 내린 채로 두고 차에서 내렸다.

프랭크의 천둥 같은 목소리가 집 안에 쩌렁쩌렁 울렸다. 테드는 다시 침대 밑으로 숨을 수도 있었다. 물론 숨는다고 해서 1층에서 나는 소리가 안 들리지는 않을 것이다. 그러나 무슨 이유에선지 그는 문을 열고 계단으로 기어갔다. 뭔가 나쁜 일이 벌어질 수도 있었다. 무서웠다.

곧 프랭크가 부엌 싱크대 옆에서 빈 포장지를 발견하고 폭발했다. "이럴 수가!" 그가 고래고래 소리를 질렀다. "이 아무짝에도 쓸모없는 개 같은 년!"

남을 모욕하는 것이 프랭크의 장기였다.

크리스틴은 아무 말도 하지 않았다. 테드가 감히 보지는 못했지만, 소파 뒤에 앉아 있는 엄마의 모습이 상상되었다. 뭔가 바닥에 떨어져 산산조각이 났다. 유리 주전자 아니면 화분, 그것도 아니면 거실 램프일지도 몰랐다.

"이놈의 집구석 내가 나간다! 들리냐? 네가 할 일이라고는 빌어먹을 놈의 알약 두 알 삼키는 것밖에 없었어. 근데 그것도 제대로 못하냐! 이 개 같은 년아."

크리스틴이 처음으로 입을 열었다. "나한테 다가오지 마!"

"웃기고 있네. 그런다고 내가 물러날 것 같냐?"

"나 건드리지 마!"

"입 좀 닥쳐, 이 개 같은 년아."

"어디서……."

퍽 하는 소리가 크게 들린 것과 동시에 크리스틴의 말이 중단되었다. 그러고 나서 구타하는 소리가 두 번 더 들렸다. 프랭크는 남을 모욕하는 데에 창의력이 충만했을 뿐만 아니라 구타에는 한없이 관대했다.

"삼켜, 멍청아!"

"어디서……." 크리스틴의 입에서 말이 제대로 나오지 않았다.

"어디서 났느냐고? 어디서 났느냐고? 숨겨뒀지, 네년이 언젠가는 이 지랄을 떨 줄 알았으니까. 내가 널 이렇게 잘 알고 있단 말이다, 이 잡년아. 어떻게 하면 서방을 엿먹일까 그 궁리만 하지, 너는. 삼켜 지금, 이 개 같은 년아! 봐봐, 혀 내밀어봐! 물지 마, 이 씨팔년아!"

이번에는 찰싹 소리. 가죽 채찍으로 때리는 것 같은 소리가 나는 것으로 보아 손바닥으로 엄마의 뺨을 때린 것이 틀림없었다.

"하나 더 먹어. 그리고 미리 경고하는데 뱉어낼 생각은 하지도 마."

엄마가 한 번에 알약을 두 알씩 먹은 경우는 한 번도 없었다. 테드가 알기로 엄마는 여덟 시간마다 한 알씩 먹었다.

"그리고 이번에 먹으면 세 알이 되는 거야." 프랭크가 크리스틴을 흡족한 듯 노려보며 한마디 한마디 사납게 내뱉었다.

세 알! 테드는 경악했다. 엄마가 한 알을 안 먹고 건너뛰었다면 한꺼번에 두 알을 먹을 수도 있을 것이다. 하지만 세 알을 한꺼번에? 그 커다란 알약을 세 알이나 억지로 삼키게 하다니 아빠가 제정신일까?

"이놈의 집구석 내가 나간다, 크리스틴. 내 말 듣고 있어? 내가 다시 돌아오나 봐라. 그러면 주 정부가 보살펴 주겠지. 우와, 신난다, 안 그래?"

엄마한테서는 아무런 대꾸도 나오지 않았다. 평소보다 더 빨리 잠든 것 같았다. 세 알이나 먹었으니 그럴 수 있을 것 같았다. 그렇지 않나?

주 정부가 보살펴주겠지.

테드는 계단 아래쪽으로 다가오는 프랭크의 발소리를 듣고 깜짝 놀랐다. 재빨리 방으로 달려 들어가 조용히 문을 닫았다. 그러고는 침대에 뛰어들어 자는 척했다. 몇 초 후 그의 방문이 열렸다가 닫혔다. 아버지가 테드는 아무 소리도 못 들었을 거라고 생각해주길 바랐다. 그렇게 믿기는 어려운 일이겠지만.

잠시 후 샤워하는 소리가 들리자 테드는 침대에서 살며시 빠져나왔다.

아버지는 보통 아침에 샤워를 했다. 그런데 지금 또 샤워를 하고 있다면, 그건 외출할 거라는 뜻이었다. 그제야 테드는 이해가 되었다. 프랭크가 정말로 그들을 버리고 집을 나갈 작정인 것이다! 아까 그렇게 말하지 않았었나?

이놈의 집구석 내가 나간다, 크리스틴.

그 순간, 테드는 결심했다. 그는 베개를 침대에 세로로 놓아 자신이 자고 있는 것처럼 꾸민 뒤, 가방에 옷가지 몇 개를 쑤셔 넣었다. 그 가방을 침대에 올려놓고 아래층으로 내려가는 것이 과연 현명한 일인지 잠깐 고민했다. 그는 그렇게 해야 한다고 생각했다. 아빠는 아직도 샤워 중이었고, 그 사실을 생각하니 마음이 진정되었다. 테드는 1층으로 내려갔고 엄마가 소파 뒤에 다리를 벌리고 앉아서 고개를 한쪽으로 기울이고 졸고 있는 것을 보았다.

"테디……." 엄마가 한쪽 눈을 겨우 조금 뜨고 중얼거렸다.

테드는 엄마의 이마에 입을 맞췄다.

"나 엄마 안 싫어해."

주 정부가 보살펴주겠지.

크리스틴 매케이의 입가에 부드러운 미소가 피었다.

테드는 자기 방으로 돌아왔다. 체스보드와 바비 피셔 책을 챙겼다. 그러고는 창밖으로 나가 지붕에서 측벽으로 미끄러져 내려갔다. 백만 번도 더 오르락내리락한 길이었다. 프랭크의 머스탱이 그를 기다리고 있었다. 테드는 트렁크 열쇠를 갖고 있지 않았지만 그리로 들어가는 방법을 알고 있었다. 그는 열린 창문 사이로 쉽게 몸을 구기고 운전석으로 들어가 뒷좌석으로 넘어갔다. 거기서 다시 뒤의 트렁크로 넘어갔다. 야호!

그는 아빠와 함께 집을 나갈 생각이었다. 지금은 아빠가 화가 많이 났지만 화가 가라앉고 나면 이해할 것이다.

그리고 엄마는 그들이 없으면 더 잘 지낼 것이다. 테드는 주 정부가 뭔지, 주 정부가 어떻게 엄마를 돌본다는 것인지 아직 이해하지 못했지만, 프랭크 매케이가 돌보는 것보다는 나을 거라고 확신했다.

그는 트렁크 안에 옹송그리고 앉아서 기다렸다.

1983

일곱 살 아이에게 트렁크는 편안한 공간이었다. 어찌나 편안한지 놀랍게도 잠이 들어버렸다. 오히려 다행이었던 것은, 잠이 든 덕분에 아빠가 여행가방을 가져올 수도 있다는 생각을 하지 않을 수 있었다. 당연히 여행가방을 가져왔어야 하는 거 아닌가? 근데 왜 안 가져왔지? 테드는 차가 출발하고 나서야 그런 생각을 했고, 이미 출발했으니 걱정해봤자 아무 소용이 없었다. 아빠는 돈이 있으니까 필요한 건 무엇이든 살 수 있을 것이었다.

어디로 가는지 도무지 알 길이 없었다. 한동안 달린 후에, 테드는 뒷 창문 선반을 밀어 올리면 좁은 틈이 생겨서 그 사이로 차 안을 엿볼 수 있다는 것을 알게 되었다. 그 틈을 통해서 그는 꿈쩍도 하지 않고 운전석에 앉아 있는 프랭크의 윤곽과 그 너머로 펼쳐진 고속도로를 보았다. 그들은 이미 도시를 벗어나서 달리고 있었다.

그들은 한 시간 이상 달렸다. 어쩌면 테드에게만 그렇게 느껴졌을 수도 있었다. 테드는 어느 순간부터는 체스보드를 방패처럼 꽉 끌어안고 금방이라도 잠들려 하고 있었다. 여행이 아주 길어질 수 있겠다는 생각에 점차 적응되고 있을 때 머스탱이 속도를 줄이더니 멈춰 섰다. 테드는 그 무엇도 꿰뚫을 수 없는 어둠 속에서 눈을 크게 뜨고 잠깐 기다리다가 돌아앉아서 체스보드를 옆으로 치워 놓고 뒷 창문 선반을 매우 조심스럽게 밀어 올렸다. 한줄기 햇빛이 얼굴을 찔러서 그는 두 눈을 감았다. 프랭크가 차에서 내리는 건 못 봤지만 차문이 열렸다가 닫히는 소리는 들었다.

밖에서 두 사람의 목소리가 들렸다. 하나는 물론 프랭크의 목소리였고, 다른 하나는 여자 목소리였다. 그러고는 두 개의 차문이 열렸고 두 명이 동시에 차에 탈 때 그렇듯이 차가 앞뒤로 흔들렸다. 테드는 좁은 틈으로 다시 차 안을 살펴보았지만 조수석은 보이지 않았다.

다른 쪽을 밀어 올려보면 어떨까? 그는 최선을 다했지만 역부족이었다. 그쪽은 선반이 꽉 닫혀 있었다.

"늦어서 죄송해요." 여자가 말했다. "오늘 극장에서 2교대 근무를 하느라고요."

테드는 깜짝 놀라 얼어붙었다. 함께 여행할 사람이 있을 거라고는 예상하지 못했다. 아빠는 항상 자기는 남의 차를 얻어 타고 다니는 사람들을 싫어한다고 말했다. 방문판매원이던 아빠는 그런 사람들을 자주 봤고, 누구보다도 그들을 잘 안다고 했었다. 이 젊은 여자는(테드는 그녀가 아빠보다 훨씬 젊은 것 같다고 추측했다) 그렇게 차를 얻어 타는 여자가 아니었다. **늦어서 죄송해요.**

"괜찮아요." 프랭크가 말했다. "나도 사무실에서 엄청 바빴거든."

사무실에서?

"여기서 멀어요?"

"그리 멀지 않아요. 하지만 차를 두 대나 갖고 갈 필요는 없을 것 같은데. 그리고 한 대로 가야 서로 좀 더 잘 알게 되지 않을까?"

테드는 엿보기는 포기하고 뒷좌석에 한 귀를 대고 열심히 듣고 있었다.

엄마 말이 맞았나? 이 여자가 아까 오후에 엄마가 말한 딴 여자 일지도 모른다. 거실 소파 뒤에 널브러져 앉아 있는 엄마를 생각하니 갑자기 가슴이 저릿하게 아팠다. 엄마가 알약을 세 알이나 먹었다⋯⋯.

엄마가 먹은 게 아니야. 아빠가 강제로 먹인 거지.

그런 일이 일어났지만, 엄마는 분명히 남겨진 그 자리에 계속 앉아 있을 것이다. 심지어 밤이 되고 난 뒤에도. 그곳에서 눈을 뜨고는 어둠 속에서 혼란스러워하며 혼자 앉아 있을 것 같았다. 주 정부가 엄마를 제때에 찾아내지 못할 수도 있다.

테드는 몸이 떨렸다. 마음의 눈이 그에게 칠흑 같은 어둠에 잠긴 거실과, 머리를 한쪽으로 기울인 채 의식 없이 앉아 있는 엄마와, 엄마를 에워싸고 서서 의사들처럼 엄마를 검사하고 그 개미 같은 얼굴을 서로 보는 더듬이 인간 네 명의 모습을 보여주었다.

자동차 안에서, 프랭크는 젊은 여자를 엘리자베스라고 부르기 시작했다. 그들은 그녀의 어린 아들에 대해 이야기했는데, 그 아들은 어딘가에서 그녀의 부모님과 함께 살고 있었다. 그러나 테드는 자기만의 생각에 몰두한 나머지 그들에게는 별로 주의를 기울이지 못했다. 아직 인정할 준비가 되어 있지 않았지만, 엄마를 홀로 두고 떠난 것이 실수일지도 모른다는 생각이 들었다.

그것도 큰 실수.

"⋯⋯아이 아빠는 아이를 한 번도 안 봤어요." 엘리자베스가 말했다. "물론 아들이 있다는 건 알고 있죠, 내가 말했거든요. 근데도 전혀 신경 쓰지 않았어요. 아저씬 어때요?"

"아내가 죽고 나니 이젠 집이 너무 커 보여." 프랭크 매케이가 말했다. "테디는 일곱 살인데, 가끔은 그 아이가 혼자서 너무 외롭게 자라는 거 아닌가……."

아내가 죽었다고? '테디'? 아빠가 그를 테디라고 부른 적은 한 번도 없었다.

이게 도대체 무슨 일이지?

테드는 선반을 들어 올리고 앞쪽을 훔쳐보고 싶은 강렬한 호기심을 느꼈다. 자기 귀를 의심하지는 않았지만, 도저히 믿을 수가 없었다. 테드는 혼자 자라고 있지 않았다! 그에게는 엄마가 있었다! 그리고 그들이 살고 있는 집은 이웃집에 비해 작은 편이었다. 아빠가 하는 말은 어느 것도 이해가 되지 않았다. 테드는 엘리자베스를 보려고 옆으로 누워도 봤지만 보이지 않았다. 그쪽으로 가장 멀리 보이는 것이 백미러였다. 테드가 백미러를 보는 순간 자기를 보는 아빠와 눈이 마주쳤다. 아빠가 그를 보고 있었다!

테드가 선반을 떨어뜨리자, 선반이 쿵 하는 소리와 함께 뒷좌석에 부딪쳤다. 테드는 트렁크 바닥에 누웠다.

아빠가 널 본 게 아니야. 그냥 뒤쪽 도로를 보고 있었던 거야. 백미러는 그러라고 있는 거잖아, 안 그래?

"이게 무슨 소리예요?" 엘리자베스가 물었다.

"뭐가?"

"무슨 소리가 들렸는데. 지붕에서 났나요?"

"아무것도 아니야."

"아직 멀었어요?"

"그렇게 멀진 않아."

한동안 누구도 입을 열지 않았다. 테드는 시간 감각을 완전히 상실했다. 차를 타고 얼마나 왔는지도 알 수 없었다.

"잠깐만 차를 세울 수 있을까요?" 엘리자베스가 갑자기 물었다. "용무가 급해요."

"거의 다 왔어. 400미터만 더 가면 쾌적한 화장실이 당신을 기다리고 있어."

"참을 수가 없어요."

"무슨 소리, 다 참을 수 있어." 프랭크가 딱딱하게 말했다. 테드는 그 어조를 잘 알았다. 더 이상의 질문을 허용하지 않는 어조였다.

머스탱이 점점 더 속도를 냈다.

"차 문을 여는 것은 꿈도 꾸지 마. 알겠어?"

엘리자베스는 소름이 오싹 끼칠 정도로 비명을 질렀다.

"세워줘요!"

테드는 숨을 죽였다.

몇 초 뒤 차가 어딘가에서 멈춰 섰다.

"이거 보이지?" 프랭크가 차분하게 말했다. "문을 열면 이게 네 다리를 찌를 거야."

테드는 보지 않았다. 무슨 일이 일어나고 있는 건지 이해할 수는 없었지만 아빠의 이런 완강하고 권위주의적인 면은 아주 잘 알고 있었다.

"해치지 말아요." 엘리자베스가 애원했다. "아들이 있어요."

"그럼, 그럼."

프랭크가 점화장치에서 차 열쇠를 빼더니 무슨 이유에선지 열쇠들을 딸랑거렸다. 그가 운전석 문을 열고 내렸다. 그러고 나서 잠시 후 조수석 문을 열었다.

"차를 더럽히고 싶지 않아. 무슨 말인지 알지?"

"해치지 말아요." 여자는 완전히 낙담한 것 같았다. 떨리는 목소리의 애원이 긴 통곡으로 이어졌다.

"내려."

"제발."

"겁이 나?"

엘리자베스는 정신없이 흐느끼고 있었다. 프랭크가 그녀에게 무슨 짓을 했는데, 테드는 감히 볼 용기가 나지 않았다.

"알았어요, 알았어요, 따라갈게요." 엘리자베스가 발작적으로 말했다.

그녀가 차에서 내렸고, 몇 초 후, 가슴이 찢어지는 것 같은 비명이 들렸다. 테드는 그의 짧은 인생에서 이렇게 고통스러운 소리는 들어본 적이 없었다. 비명이 멈추지 않았고 테드는 양쪽 귀를 틀어막는 것밖에 달리 방법이 없었다. 하지만 그것으로는 충분치 않았다.

잠시 후 프랭크가 차로 돌아와 다시 출발했고 곧 좋아하는 노래를 휘파람으로 불기 시작했다.

현재

 방치된 타자기 공장의 지하실에서는 쥐들이 방향감각을 완전히 상실했다. 휘발유 냄새에 불안해진 나머지 자기들이 어디로 가는지는 전혀 신경을 쓰지 않았고 로라와 테드의 바로 앞을 가로질러 달려가기도 했다. 때로는 그들 바로 앞까지 걸어와서 지켜보기도 했다.

 "당신이 그 여자들을 죽인 게 아니에요." 로라가 말했다. "당신 아버지가 그랬지."

 테드는 혼란스러운 상태로 멍하니 그녀를 바라보았다.

 "아마도 의심은 하고 있었을 거예요." 그녀가 말을 이었다. "그러다가 프랭크가 죽고 난 후에는 의심이 확신이 되었고요."

 "그래서 자동차 트렁크 안에 있는 여자 꿈을 꾼 건가." 테드가 말했다. 로라에게 하는 말이 아니라 자신에게 하는 말 같았다. 그 생각을 하던 중에 갑자기 냉엄한 진실이 그의 머리를 때렸다. 그는 눈이 휘둥그레져서 고개를 들었다.

 "왜요?"

"아버지가 나를 죽이려고 했어." 테드가 경악한 표정으로 말했다.

로라도 이미 같은 결론에 도달한 상태였다.

"아버지를 마지막으로 만났을 때 난 대학 1학년 때였어. 아버지가 블레인이 내 동생이라고 했어. 그때 난 아버지가 어머니와 나에게 했던 행동들에 너무 화가 나서 처음으로 그 꿈 얘기를 했어. 머스탱 트렁크 안에 여자가 누워 있는 꿈을 꾼다고."

테드는 말을 멈췄다.

테드는 좁은 틈으로 다시 차 안을 살펴보았지만 조수석은 보이지 않았다.

"내가 그 꿈 얘기를 하니 조만간 모든 걸 기억해낼 거란 생각이 들었던 게 틀림없어. 그날 밤 그 개자식이 학교에 와서 나를 찾아다닌 거야."

로라는 그 말에 대해 생각해보았다. "타일러가 당신 여자친구와 함께 있었죠. 대학교 후드티를 입고."

테드가 벌떡 일어섰다. 바닥에 난 구멍 속에서 그를 지켜보고 있던 쥐 한 마리가 깜짝 놀라 몸을 숨겼다.

"그 개자식은 죽을 때까지 운이 좋았어. 내가 좀 더 일찍 기억해냈더라면 좋았을 텐데. 이젠 누구에게도 전혀 위로가 못 되겠군."

"테드, 제발 좀 앉아요. 그리고 그렇게 말하지 말아요. 많은 피해자 가족들이 해답을 얻게 됐잖아요."

테드는 의자에 풀썩 주저앉았다. "아, 물론 그렇겠지. 연쇄살인마가 자기 딸들을 위협해서 죽이고 시신을 훼손했다. 참으로 아름다운 해답이군. 그 작자는 죽었어, 로라. 암에 걸려서. 자기 집 침대에서 자다가 죽었어. 이것보다 더 불공평한 일이 있을까?"

"없을 것 같아요. 하지만 그 어느 것도 당신 잘못은 아니에요."

침묵.

"좀 더 일찍 기억해냈더라면……."

"이 순간이 오기까지 우리 정말 열심히 노력했어요, 테드. 치료와 약물의 도움을 받았지만 결국 당신 자신이 해낸 거예요. 당신이 홀리와 딸들을 위해 해낸 거라고요."

테드는 고개를 끄덕였다. 그의 가족이 저 멀리, 은하계 저편에 있는 것처럼 느껴졌다.

"아버지가 범인이라는 사실을 어떻게 알게 됐는지 기억나요, 테드? 당신의 꿈을 통해서였나요?"

"아니." 테드는 완벽하게 확신하는 것 같지는 않았다. "꿈들은 항상 거기 있었어. 내 생각에는 블레인 때문이었던 것 같아. TV에서 그를 보고 내 동생이라는 걸 알아차렸을 때, 어쩌면 아버지가 블레인의 여자친구를 살해했을 수도 있겠다, 아들에게 일종의 친절을 베푼 것일 수도 있겠다 하는 생각이 들었어. 그냥 생각일 뿐이었지. 무의식적으로 불현듯 든 생각. 글쎄, 잘 모르겠어. 아버지가 말기암 진단을 받았을 때였을 거야. 아버지가 그랬을지도 모른다는 생각이 들더군."

"그랬군요. 한번 그런 생각을 하고 나니까 여러 가지 의심이 고개를 들기 시작한 거로군요."

"응, 그랬던 것 같아. 그래서 블레인을 쫓아다닌 거야. 그에 대해 조사하고 그가 살인사건에서 무슨 역할을 했는지 알아야 했어. 그때쯤에는 아버지가 범인이라는 걸 이미 알고 있었어. 체스 대회가 열쇠였어, 로라. 그때부터 일어난 모든 살인사건을 확인할 수 있었지. 아버지는 대회 참가를 위한 여행을 이용해서 무방비 상태의 여자들을 죽이고 다녔던 거야."

"나를 봐요, 테드. 이제 우린 모든 것을 알아요. 당신 아버지는

499

죽었고 당신의 가족은 당신을 필요로 해요. 나를 봐요."

"일이 그렇게 쉽지 않다는 거 알잖아. 내가 그들을 다치게 했는데." 테드의 눈에 눈물이 가득 맺혀 있었다. "저스틴은 좀 어때?"

"아직도 혼수상태이긴 해요. 하지만 의사들이 낙관하고 있어요."

"내가 그 친구를 거의 죽일 뻔했어."

"그때 당신은 안개 속에 있었잖아요, 테드. 그 많은 사람들을 죽였다는 죄책감이 당신을 압도했고요. 당신은 책임감을 느꼈고 비이성적으로 반응했어요. 어찌된 영문인지는 모르겠지만 저스틴이 사실을 알아냈기 때문이었죠. 안 그래요?"

"응, 그런 것 같아. 저스틴이 나를 미행하고 있다는 걸 알았어. 블레인의 집에 몰래 들어간 밤 저스틴을 봤거든. 그는 바깥에, 차에 앉아 있었어. 그래서 난 사립탐정을 고용해서 미행시켰어. 그렇게 해서 저스틴과 홀리가 만나고 있다는 사실을 알게 된 거야." 테드가 체념한 듯 미소 지었다. "그 불쌍한 탐정은 자기가 큰 건을 했다고 생각했겠지만 사실 두 사람의 불륜은 나에게는 큰 의미가 없었어. 내게 큰 문제였던 것은 저스틴이 나를 미행해서 여기까지 왔었다는 거였지. 아까 당신이 들어간 방에 내가 모아둔 것을 저스틴이 봤을지도 모른다는 거였어."

"저스틴이 당신을 사무실로 불렀어요? 살인사건들에 대해서 이야기하자고?"

"그걸 잘 모르겠어. 어쩌면 다른 문제에 대해 이야기하고 싶었는지도 모르지. 하지만 그땐 너무 늦었지. 이미 판단이 흐려져 있었거든. 이제야 이해가 가는군."

"저스틴은 좋아질 거예요. 그리고 이해해줄 거고. 꼭 그럴 거예요. 그땐 당신의 병이 심각했어요, 테드."

"그래, 알아. 그땐 이미 자살을 결심한 후였어. 로비차우드를 찾아가서 유언장을 작성해놨고. 뇌종양 때문에 어차피 죽을 거라고 생각했었지."

"이젠 상황이 훨씬 더 좋아졌다고 생각하지 않아요?"

테드는 친구가 회복한다면 상황이 좋아질 거라고 생각했다.

"그런 것 같군."

로라가 일어섰다. 테드는 의사가 뭘 하려는 건지 알 수 없어서 그녀를 의심스럽게 보았다. 그녀가 손을 내밀었을 때에도 그는 그 손을 어떻게 해야 하는 건지 알 수 없었다.

그가 어색하게 일어서서 그녀와 악수를 했다.

"그동안 고마웠어, 로라." 그가 낮은 목소리로 속삭였다. 울먹이는 목소리가 나오려고 했다.

바로 그때 뒤쪽에서 시끄러운 소리가 들렸다. 쥐들이 깜짝 놀라 도망쳐 나오지도 못할 정도로 큰 소리였다. 로라가 깜짝 놀랐다. 테드는 경비를 그곳에 묶어둔 것이 생각나 몸이 오싹 떨렸다. 오 하느님, 타자기가 경비의 몸 위로 떨어지는 걸 보고만 있었다. 경비를 거기 두고 나오기 전에 테드는 그가 아직 숨을 쉬고 있다는 걸 확인했다. 하지만 내부 손상을 입었을지도 모른다. 이런 생각을 하고 있는데 테드와 로라를 비추고 있던 원뿔형의 빛 저 너머에 리스틸웰의 모습이 회색 형태로 나타났다.

그림자 속에서 거친 목소리가 들렸다. 뒤를 돌아본 로라는 리가 거기 서 있는 것을 보고 소스라치게 놀랐다. 그녀는 리에 대해서는 거의 잊고 있었다.

"지금 당장 여기서 나가게 해줘, 이 개새끼야." 리가 말했다.

경비는 쇠사슬에 묶인 두 손을 가슴 높이에 들고 작은 물건을 쥐

고 있었다. 멀리 떨어져 있어 무엇인지 알 수가 없었다. 딸칵 하는
부드러운 소리와 함께 작은 불꽃이 피어오를 때까지는.

현재

마커스가 조수석에 앉았고 로버트가 운전을 했다. 처음 30분 동안은 이야기를 나누면서 가다가 그다음부터는 침묵 속에서 달려갔다. 가끔씩 걸려오는 FBI의 전화가 침묵을 깨뜨렸다. FBI팀은 같은 시각에 올버니에서 출발했고 그들보다 먼저 공장에 도착할 예정이었다.

목적지까지 30분 정도 남았을 때 마지막 전화를 받았다. 로버트는 상대가 하는 말을 조용히 듣고 있었다. 마커스는 불길한 느낌이 들었다.

"방화로 추정되는 화재가 발생했어." 로버트가 전화를 끊고 말했다. "촉매제가 사용됐대. 불길이 급속도로 번졌다더라고."

"화재?" 마커스는 이해할 수가 없었다. 그는 대답을 듣기 무서워 다음 질문을 도저히 할 수 없었다.

"올버니팀이 도착해보니 소방관들이 화재를 진압하고 있었대. 연기를 보고 누가 신고했는데, 소방관들이 도착했을 땐 너무 늦었더래."

"너무 늦다니 그게 무슨 말이야?" 마커스는 떨리는 마음을 진정시킬 수 없었다. "그게 무슨 뜻이야?"

"시신 두 구를 수습했대. 생존자는 한 명이고."

마커스는 두 손에 얼굴을 묻었다.

"그게 누군데?" 손이 만들어낸 어둠 속에서 그가 물었다.

현재

무슨 이유에서인지 리 스틸웰은 담배 라이터로 테드를 위협했다. 쏟아진 타자기에 머리를 맞아 정신이 이상해졌든지, 휘발유가 인화성이 크다는 사실을 들어본 적이 없었던 것이다. 파란색 작은 불꽃이 거대한 불방망이로 변하자, 그는 깜짝 놀란 것 같았다. 자신이 일으킨 일에 깜짝 놀라서 라이터를 떨어뜨렸고 몸에 불이 붙자 고통 속에서 비명을 지르며 펄쩍펄쩍 뛰었다.

로라와 테드는 반응할 시간이 거의 없었다. 검붉은 거대한 불길이 시퍼런 촉수를 앞세우고 덮쳐오고 있었다. 두 사람은 불길을 피해 재빨리 반대방향으로 달려갔다. 리의 비명소리가 끔찍해졌고, 살 타는 냄새가 진동했다.

지하실은 두 부분으로 나뉘었고, 로라는 문 반대쪽에 갇혔다. 경비가 죽어가면서 소름끼치는 비명을 질러대는 동안, 그녀는 반대편으로 건너갈 방법을 찾으려고 애썼지만, 중간에 불이 방어벽처럼 가로막고 그녀를 향해 다가오고 있었다. 연기가 더욱 자욱해졌다. 전구가 하나둘씩 터졌고, 고동치는 검붉은 불길이 그 불빛을 대신했다. 쥐들도 새된 비명을 질러댔다.

테드는 테이블과 녹슨 가구 더미 사이에 다리를 만들기 위해 아직 불이 옮겨 붙지 않은 초록색 소파를 그 사이로 밀어 넣으려 애쓰면서 로라에게 돌아오라고 소리쳤다. 그러나 헛수고였다. 불길이 그의 셔츠에 옮겨 붙을 뻔하자 그는 셔츠를 벗어서 셔츠로 입을 가리고 숨을 쉬었다. 그러고는 알아들을 수 없는 말을 외쳤다.

"뭐라고요?" 로라는 족히 10미터는 떨어져 있었지만, 가까이 가는 대신 물러날 수밖에 없었다. 그녀도 셔츠를 벗어 입을 가리고 숨을 쉬었지만, 정신이 흐릿해지는 것을 느꼈다.

테드가 이번에는 입에서 셔츠를 떼고 외쳤다. "바닥에 난 문, 로라! 그리로 들어가서 뚜껑을 닫아!"

이번에는 로라가 말을 알아들었다. 그러나 지금 상황에서는 그렇게 하는 것이 불가능하다는 것을 깨달았다. 그녀와 바닥에 난 낙하문 사이를 불길이 가로막고 있었다.

"테드, 문에 가까이 갈 수가 없어요!"

그가 무슨 말을 더 외쳤지만, 불꽃이 타다닥 타들어가는 소리에 묻혀 잘 들리지 않았다. 연기가 자욱해져서 블라우스로 입을 가렸는데도 숨 쉬기가 거의 불가능했다. 로라는 블라우스를 뗐다. 그러자 발작처럼 기침이 연달아 나와 무릎을 꿇었다. 그녀는 눈이 따가운 것도 느끼지 못하다가 무릎을 꿇고 바닥에 가까워지자 숨 쉬기가 좀 편안하다고 느꼈다. 다시 블라우스로 얼굴을 가리고 옆문을 향해 기어가기 시작했다. 살아서 나가려면 벽을 따라 기어가는 수밖에 없다고 자기 자신을 채찍질했다. 줄지어 서 있는 철제 탁자가 일종의 터널 역할을 해서 비교적 쉽게 움직일 수 있었다. 가는 동안 두세 번은 다가오는 불길에 방해를 받아 최대한 벽에 달라붙기도 했고 테이블 터널 밑을 떠나기도 했다. 문이 가까워질수록 연기는 더욱 자욱해졌다. 심지어 바닥 높이에서도.

문 앞까지는 7~8미터만 더 가면 되었다. 쉬워보였지만 절반쯤 가자 못 가겠구나 하는 생각이 들기 시작했다. 시뻘건 불길의 커튼이 앞을 완전히 가로막았다. 계속 가려면 터널을 떠나야 하는데, 밖이라고 상황이 나아보이지는 않았다. 뒤를 돌아보니 돌아갈 수도 없는 상황이었다.

테드의 이름을 불러보았지만 대답이 없었다. 지하실을 떠났나? 아니면 의식을 잃었을까? 경찰이 오고 있다. 바닥에 난 문까지만 갈 수 있다면, 그 속에 들어가 버티면서 밖에 있는 누구라도 들을 수 있게 소리를 지를 수 있을 것이다.

그러나 우선 바닥에 난 문까지 가야 했다. 시간이 없었다. 터널을 떠나 빙 돌아서 가거나 불의 장막으로 돌진해서 뚫고 지나가야 했다. 어떻게 해서든 이곳을 벗어나야 했다. 월터를 위해서.

그녀는 블라우스로 머리를 감싸고 한 팔을 들어 얼굴을 가렸다. 그러고는 있는 힘껏 달려 나갔다.

EPILOGUE

2년 후

청중이 따뜻한 박수로 랜달 포스터를 맞았다. 지난 3년간 그는 채널4의 사회부 범죄보도 담당기자로 일하면서 유명인사가 되었다. 그가 일약 스타 기자로 등극한 데에는 프랭크 매케이 사건이 큰 역할을 했다. 젊고 카리스마 넘치는 기자였던 그는 정신병적인 상황에 관한 대중의 관심과 이 외설스러운 이야기에 대한 법의학적 전문성 사이에서 교묘한 줄타기를 했다.

무대의 한 면을 차지한 거대한 스크린에 이제는 모두가 알게 된, 날카로운 눈을 찍은 영상이 떠올랐다. 그 밑에 제목이 나와 있었다.

바스턴 폴스의 도살자

프랭크 에드먼드 매케이

1951 – 2011

강당 안이 조용해졌다. 기자가 마이크에 대고 엄숙한 목소리로 입을 열었다.

"바스턴 폴스라는 아주 작은 마을의 중산층 가정. 아버지는 농기구 공장에서 오랜 시간을 일했고, 어머니는 요리사에 재봉사, 상점 점원, 하녀 등 여러 가지 일을 해서 생계에 보탰습니다. 어린 프랭크는 열두 살 때까지는 사실상 돌보고 감독하는 사람 하나 없이 홀로 성장했습니다. 오드리라는 여동생이 태어날 때까지는요."

랜달은 경험 많은 연사 특유의 자신감을 뽐내며 무대 위를 돌아다녔다. 한 손을 주머니에 넣고 청중들을 바라보다가 그들의 머리위 허공을 보기도 했다. 마치 저 멀리 있는, 진실을 폭로해준 과거를 들여다보는 것 같았다.

"그의 유년시절에 관해 우리가 알고 있는 것은 이 정도입니다. 매케이 가족의 마음에 무슨 일이 있었는지는 지금까지 그래왔듯 앞으로도 영원히 풀지 못한 숙제로 남을 것입니다. 1964년, 랠프와 테스 매케이는 두 자녀를 데리고 보스턴으로 이사했습니다. 여러 해가 지난 후, 다시 살펴봐야 할 거리도 별로 남겨두지 않은 채 말이지요."

초등학생들의 흑백 단체사진이 스크린에 나타났다. 두 개의 얼굴에 동그라미가 그려졌고, 그중 한 아이는 누군지 금방 알 수 있는 그 깊고 푸른 눈을 갖고 있었다.

"프랭크는 어렸을 때 이미 자신의 본성을 숨기고 주위 사람들을 조종하는 방법을 터득했습니다. 지능이 평균을 훨씬 웃도는 모범생이었고 문제를 일으킨 적이 한 번도 없었습니다. 들키지 않고 넘어가는 법을 알았던 거죠. 바스턴 폴스 시절에 그의 유일한 친구였던 앤드류 도빈스가 수많은 여성들을 살해한 연쇄살인범으로서의 프랭크 매케이의 본성을 그대로 보여주는, 거의 유일한 일화를 우

509

리에게 제공했습니다."

랜달은 의도적으로 말을 멈추고 잠깐 쉬었다. 물론 다른 환경에서이긴 했지만, 전에도 이 강연을 너덧 번 했기에 청중의 관심을 불러일으키는 방법을 알고 있었다.

"진실이 밝혀졌을 때, 프랭크 매케이를 알던 사람들은 전부 엄청난 충격을 받았습니다. 그의 여동생, 전처, 이웃들, 사업 파트너까지 모두요. 딱 한 명 예외가 있었는데, 그가 바로 앤드류 도빈스입니다. 그 뉴스가 전국에 퍼져갈 때 뉴스가 사실임을 직감한 사람이 딱 한 명 있었는데 그가 바로 앤드류 도빈스죠. 프랭크 매케이가 열세 살 때 가족과 함께 바스턴 폴스를 떠난 후 단 한 번도 매케이를 만나지 못했지만 그는 믿었습니다. 다른 사람들이 이 충격적인 뉴스를 어떻게 받아들여야 할지 몰라 우왕좌왕할 때도 앤드류 도빈스는 프랭크 매케이가 범인이라는 걸 알고 있었지요. 진심으로 굳게 믿었고요. 그것은 조금 전에 말씀드린 바와 같이 앤드류 도빈스가 처음으로, 그리고 유일하게 이 남자의 심연을 들여다봤고 이 남자의 진짜 얼굴을 보았기 때문입니다."

어느새 스크린에 나온 사진이 빨간색 자동차 옆에서 포즈를 취한 젊은 프랭크의 모습으로 바뀌어 있었다. 스무 살쯤 되어 보였고 처음 봤을 땐 그의 웃는 얼굴에서 특별히 주목할 만한 점을 찾을 수 없었다. 그러나 사진이 점차 확대되자 그의 눈이 시간과 공간의 장벽을 뛰어넘어 현재의 눈과 똑같아 보였고 그의 진짜 의도를 보여주는 듯했다.

"프랭크 매케이는 완벽한 남편도 모범적인 이웃도 아니었습니다. 좋은 아버지는 더더욱 아니었죠. 하지만 그를 알았던 사람들의 시각에서 볼 때 그는 살인범이 아니었습니다. 살인범이 될 수 없다고 생각했죠. 물론 프랭크 매케이는 신경질적인 사람이었습니다. 충동적인 사람이기도 했고요. 하지만 살인범이라고요? 그건 절대 아니죠. 그런데 우리 이런 이야기 어디서 많이 들어보지 않았습니까? 매케이 같은 사람들이 정신이 온전한 사람이라는 가면 뒤에 숨어버리면, 그들을 찾아내기가 불가능해지죠. 그들은 떳떳하게 우리와 같이 거리를 활보하지요. 그들이 범죄를 향해 더욱 더 나아가게 된 것은 여러 번 범죄를 저질러도 책임과 처벌을 모면할 수 있다는 확신, 자기가 남들보다 낫다고 생각하는 오만 때문입니다. 타인을 해치고 죽이고 싶은, 도저히 멈출 수 없는 욕구뿐만 아니라 자신이 다른 모든 사람들보다 우월하다고 믿는 자의식 때문이기도 하고요.

　"앤드류 도빈스는 프랭크의 집에서 두세 집 떨어진 집에 살고 있었습니다. 그들은 등하교를 함께하면서 친구가 되었죠. 어느 날 프랭크가 앤드류를 집으로 초대했습니다. 여름이었고 부모님은 일하러 나가셨기 때문에 집에는 그들 둘 뿐이었죠. 프랭크는 앤드류에게 그날은 자전거도 타기 싫고 평소에 했던 어떤 놀이도 하고 싶지 않다고 말했습니다. 그러고는 앤드류를 뒷마당으로 데리고 가서 거미와 딱정벌레를 비롯해 커다란 곤충들을 담은 유리병을 여러 개 보여주었죠. 프랭크는 주머니칼을 갖고 있었습니다. 어떤 형한테 산 건데 그 사실은 앤드류 빼고는 아무도 몰랐죠. 둘만의 비밀이었습니다. 그날 뒷마당에서 프랭크는 친구에게 곤충들 중 한 마리를 고르라고 했습니다. 앤드류는 힘이 없어 보이는 중간 크기의 거미를 골랐죠. 그는 프랭크가 주머니칼로 거미를 죽이려나 보다고 생각했습니다. 그때쯤 앤드류는 프랭크가 그럴 수 있다는 걸, 그리고 그런 짓을 하는 데에 전혀 거리낌이 없다는 걸 알고 있었습니다. 어릴 때 거미 한 마리 죽여보지 않은 사람이 있을까요? 앤드류는 그 놀이를 기꺼이 하려고 했습니다. 사실상 자신이 시험대에 올려지리라고는 꿈에도 상상하지 못한 채 말이지요."

바스턴 폴스의 도살자 사건이 탐사보도와 연구 주제로 많이 다루어졌지만, 대부분은 훗날 발생한 살인사건에 초점을 맞췄다. 기자들은 괴물을 그려내는 것을 좋아했을 뿐 인간은 잊곤 했다. 랜달은 지금 자신이 밝히려는 사소한 사실들이 엽기적인 살인사건보다도 훨씬 큰 충격을 선사할 거라고 생각했다. 강당 안이 쥐 죽은 듯 고요해졌다.

"프랭크는 그 칼로 거미를 죽이지 않았습니다. 즉시 죽이지는 않았다는 뜻이죠. 먼저 거미의 다리 네 개를 잘랐습니다. 그러고 나서 그와 앤드류는 거미가 도망치려 하는 것을 구경했습니다. 원을 그리며 기어 다니는 것을 보고 낄낄거리고 웃어댔죠. 그런 다음 프랭크는 또 한 다리를 자르고, 또 한 다리를 잘랐습니다. 그러면서 몸에 너무 가까운 부분을 자르면 안 된다고, 그러면 거미가 금방 죽어버린다고 설명했지요. 마침내 불쌍한 거미는 다리 하나만 남게 되었고, 그 한 다리로 기를 쓰고 땅을 긁으며 맴을 돌다가 죽었습니다. 이것은 아주 사악한 놀이였을 뿐만 아니라 일종의 시험이었습니다.

"그해 늦여름의 어느 날, 프랭크가 앤드류를 또 집에 초대했습니다. '특별 실험'을 할 계획이라고 말했죠. 프랭크는 곤충들의 수족 절단 놀이를 그렇게 불렀습니다. 그들은 그때까지 서너 번은 그런 놀이를 했습니다. 앤드류는 신이 났습니다. 친구를 존경하게 되고 친구에게 매료되기 시작했거든요. 프랭크가 그를 뒷마당으로 데리고 갔는데, 이번에는 곤충이 담긴 유리병이 보이지 않았습니다. 대신 태어난 지 3~4개월 된 것 같은, 작은 새끼고양이 한 마리가 든 바구니가 놓여 있었습니다. 수십 년이 흐른 후 앤드류가 죄책감을 느끼며 떠올리는 바와 같이 그때 앤드류는 프랭크의 의도를 추측할 수 있었지만, 크게 괴로워하지는 않았습니다. 고양이는 정말이지 좋아하지 않았거든요.

"프랭크는 새끼고양이의 다리를 쫙 벌려서 얇은 밧줄로 묶어 움직이지 못하게 했습니다. 그러고는 고양이가 필사적으로 울어대는 동안, 주머니칼로 눈을 도려내 고양이의 배 위에 얹고 라이터로 불을 붙여 태웠죠. 그다음에는 귀를, 그다음에는 코를 그런 식으로 잘라내 태웠습니다. 결국 고양이는 더 저항하지 못하고 죽고 말았지요. 그 일이 있고나서 앤드류는 프랭크와 노는 것을 중단합니다. 그의 반응이 어린 프랭크에게는 일종의 경고로 작용했을 겁니다. 자신의 본성을 다른 사람에게 보여주면 어떤 일이 일어날 수 있는지를 알게 한 경고요."

이제 스크린은 비어 있었다. 랜달은 스무 살 여자의 얼굴이 나타날 때까지 잠깐 기다렸다.

"엘리자베스 가스가 프랭크 매케이의 첫 희생자일 것 같지는 않지만, 초기의 피해자 중 한 명인 것만은 분명합니다. 매케이가 그후로는 보스턴 근처에서 다시 살인을 저지르지 않았기 때문이죠."

랜달은 잠깐 말을 멈추고 생각하더니 천천히 고개를 가로저으며 덧붙였다. "방금 한 말은 물론 절대적인 진실은 아닙니다. 그러나 곧 절대적인 진실에 다다르게 될 것입니다. 우리가 오늘 여기 모인 이유가 바로 그것 때문이니까요."

"프랭크 매케이가 어린 미혼모인 엘리자베스 가스를 살해한 방식을 보면 그가 아직도 학습곡선상에 있었음을 짐작할 수 있습니다. 심지어 경솔하게 행동했던 것도 같고요. 비교적 집에서 가까운 곳에서 살인을 저질렀을 뿐만 아니라, 그녀와 미리 접촉하는, 자칫 본인이 체포될 수도 있었을 실수를 저지릅니다. 게다가, 엘리자베스의 팔과 다리 몇 군데에 칼에 찔린 자국이 있었지만, 단 몇 초 만에 그녀를 사망에 이르게 할 만큼 절대적이고 충분한 사인은 목에 난 깊은 자상이었습니다. 그 이후의 범행에서 보인 가학적인 고문 행태와는 매우 다른 양상이죠.

"매케이는 엘리자베스 가스를 살해하고 무슨 생각을 했을까요? 틀림없이 이런 생각을 했을 겁니다. 첫째, 그는 무방비 상태의 젊은 여자를 고문하고 살해함으로써 쾌감을 느꼈습니다. 그 일을 또 하고 싶어지리라는 걸 알았죠. 둘째, 그날처럼 경솔하게 행동했다가는 결국 잡히리라는 걸 알았을 겁니다. 그래서 자신의 범행을 끝도 없이 계속할 수 있는 안전성을 보장해줄 어떤 시스템을 개발할 필요가 있었겠지요.

"프랭크 매케이는 1983년에서 1989년 사이에 적어도 7건의 살인을 저질렀고, 자신이 살고 있던 주 밖에서 저질렀습니다. 피해자는 모두 젊은 여성이었죠. 공통점은 여기서 끝납니다. 프랭크는 칼로, 망치로, 심지어 두 손으로 살인을 했습니다. 피해자들을 무작위로 골랐고 그들과의 접촉을 최소한으로 유지했죠. 그 기간 동안 그는 아들 테드를 데리고 체스 대회에 참가하는 것으로 자신의 부재를 정당화했습니다. 그는 대회장소에서 차로 한 시간 이상 걸리는 곳으로 달려가 피해자를 물색해 고문, 살해하고 시신을 훼손합니다. 단 두세 시간 만에 그런 일을 저지르죠. 이렇게 잔혹한 살인사건이 일찍이 별로 없었기에, 이런 범죄들을 연결시키는 패턴을 찾아내기란 거의 불가능에 가까웠을 겁니다."

피해자들의 얼굴이 스크린에 차례대로 나타났다.

"프랭크 매케이는 가면이 벗겨지기 전에 사망했습니다. 그는 19명의 여성과 2명의 남성을 살해했고 다른 살인사건 15건의 용의자입니다. ViCAP* 같은 현대적인 범인 추적 프로그램으로도 공통된 패턴을 찾아낼 수는 없었을 것입니다."

원형 미로가 스크린에 나타났다.

"아까 여러분께 프랭크 매케이의 본모습을 본 사람은 어린 시절의 친구 앤드류 도빈스밖에 없을 거라고 말씀드렸는데요. 꼭 그렇지만은 않을 수도 있습니다. 그의 첫 아내인 크리스틴 매케이는 여러 해 동안 남편의 구타와 학대를 견뎠는데, 그녀는 남편의 내면에 도사린 악을 보았을 가능성이 큽니다. 그러나 크리스틴은 정신질환을 앓았고 그들이 함께 살 때는 상황이 매우 심각했죠. 프랭크 매케이의 아들 테드도 아버지의 일탈 행동을 목격했을 겁니다. 테드는 체스 신동이었고 나중에는 성공한 사업가가 되었죠. 그가 이 모든 미스터리의 열쇠를 쥐고 있었습니다."

랜달이 미로의 중앙을 가리켰다.

"수십 년 동안 숨겨져 있던 열쇠의 매력적인 궤적을 오늘 여러분은 직접 체험하게 될 것입니다."

미로가 서서히 희미해지더니 책 표지 속의 미로가 되어 다시 나타났다. 《유일한 탈출구》가 제목이었다. 그 밑에는 커다란 빨간색 글씨로 작가의 이름이 쓰여 있었다.

"여러분, 이 모든 사실을 마침내 밝은 빛 속으로 끌어내 새롭게 조명한 의사를 여러분께 소개합니다. 닥터 로라 힐입니다."

---

* 흉악범 체포 프로그램.

박수갈채가 로라를 맞았다. 그녀는 홀의 중앙으로 걸어가 스크린 옆 테이블에 마련된 자기 자리에 앉았다. 세 번째 출판기념회인데도, 처음 할 때와 똑같이 떨렸다. 그녀는 맨 앞줄에서 디디를 찾아냈고 언니가 거기 앉아서 물개박수를 치는 것을 보는 것만으로도 큰 힘이 생겼다. 언니는 그녀의 인생에서 항상 중요한 역할을 했지만, 로라가 라벤더에서 해고되고 뒤이어 마커스와도 헤어지고 난 후, 지난 몇 달 동안 그녀의 든든한 버팀목이 되어주었다. 물론 월터도. 그러나 그녀가 라벤더에서 힘들 때도 책을 완성하라고 격려해준 사람은 디디 언니뿐이었다. "원고가 정말 훌륭해. 병원에서 상사들이 최후통첩을 하면, 잘 먹고 잘 살라고 그러고 나와. 그리고 네 남자친구는 곧 손 털고 물러난다고 해도 놀랍지 않을 거야. 알잖니, 난 처음부터 그 인간 별로였어."

디디의 판단은 틀리지 않았다.

"어서 오세요!"

"고마워요, 랜달."

로라는 겨자색 스커트에 흰색 긴소매 블라우스를 입었다. 항상 긴소매를 입었다. 옷이 그녀의 몸에 밀착되어 몸매를 드러냈다. 그녀는 의자에 앉아 두 손을 무릎 위에 가지런히 올려놓고 오른 손목을 드러내지 않으려 했다. 얇은 줄무늬를 이룬 화상 흉터가 소맷부리 바깥으로 살짝 보였다.

"먼저, 오늘 밤 이 자리에 초대해주셔서 정말 영광이고 기쁘다고 말씀드리고 싶군요." 랜달이 말했다.

로라가 고개를 끄덕였다.

"멋진 소개 감사합니다."

"별말씀을요."

기자가 고개를 돌려 스크린을 바라보았다. 스크린에는 아직도 로라의 책 표지가 있었다. 갑자기 궁금한 게 생각난 것처럼 그가 물었다. "그런데 왜 표지에 미로를 넣으셨죠, 로라?"

"아, 저는 항상 미로를 매혹적이라고 생각했어요. 제가 자란 노스캐롤라이나 주의 호크스네스트에 작은 놀이공원이 있었어요. 놀이공원 사장인 애덤스 씨는 아주 매력적인 분인데, 수십 년 동안 그 놀이공원을 운영해왔죠. 다들 동네에 있는 조그마한 놀이공원은 곧 망할 거라고 예상했지만요. 그 놀이공원의 특징이 바로 거대한 원형 미로였어요."

"옥수수 밭 미로 같은 거였나 보죠?"

"아뇨, 옥수수 밭은 아니고요. 돌과 나무로 만든 미로였는데, 그 미로가 특별했던 것은 끊임없이 모양이 바뀌기 때문이었어요. 열고 닫히는 일련의 문이 있었는데, 그곳으로 들어갈 때마다 미로가 변해 있었죠. 애덤스 씨는 미로의 배열 방법이 천 가지가 넘는다고 말했는데, 그건 아마도 과장이었을 거예요. 미노타우루스* 복장을 한 사람이 그 안을 어슬렁거리면서 탈출을 훨씬 더 어렵게 만들었어요. 어렸을 땐 무서워서 덜덜 떨면서 들어갔죠. 그리고 사실, 거기서 탈출구를 찾아서 나온 사람은 거의 못 봤어요. 저는 여름방학 동안 거의 매일, 지금 여기 관객석에 앉아 있는 언니와 함께 그곳에 가곤 했어요. 우리 자매가 좋아하던 남학생이 거기서 일했거든요."

디디가 앞줄에서 그녀에게 손가락질을 하더니 입모양으로 말했다. "네가 좋아했던 남자애잖아."

---

* 그리스 신화에 나오는 사람의 몸에 소의 머리를 한 괴물. 크레타 섬의 거대한 미궁에서 제물로 바쳐진 소년, 소녀를 잡아먹었다.

로라는 웃음이 나오는 걸 참을 수가 없었다.

"저는 항상 미로에 끌렸어요." 그녀가 말을 이었다. "우리가 생각하는 방식 자체가 미로와 관련되어 있는 것 같아요. 미로에서 탈출한다든가 하는."

"혹은 미로 안에 갇힌다든가." 랜달이 말했다.

"바로 그거예요. 예를 들어, 호크스네스트 미로에 어떤 통로를 통해서 들어갔는데 그 통로를 쭉 따라가니 미로의 중앙으로 갔다고 해봐요. 그럼 반대로 나를 중앙에서 멀어지게 해주는 길을 선택한다면 미로에서 나갈 수 있을 거라고 생각했어요. 물론 한 번도 성공하지 못했지만요."

"나가기 위해서는 뒤로 물러서야 할 때도 있기 때문이겠죠. 그 이유인가요?"

"네, 바로 그거예요. 테드 매케이가 라벤더 메모리얼에 수용되었을 때 그는 자기 마음이 만들어낸 미로에 갇힌 것과도 같았어요."

"머리가 좋은 사람이었으니 미로도 꽤 복잡했겠군요."

"그랬죠. 그는 몇 주 동안 주기에 갇혀 돌고 또 돌았을 뿐 도무지 밖으로 나오질 못했어요. 어린 시절 호크스네스트 미로에서 길을 잘못 들어 헤맸던 것처럼. 억지로라도 그를 미로 밖으로 안내하려고 길을 잘못 들었더니, 결국 길을 잃고 말더라고요. 처음으로 돌아가서 다시 시작해야 했죠."

"테드 매케이는 버려진 공장에서 발생한 화재로 사망했죠." 랜달이 목소리에 진지함을 잔뜩 담아서 말했다. "반면에 그 화재에서 로라 당신은 운 좋게 살아남았고요. 어떤 면에서 보면 이 이야기는 당신 자신의 미로이기도 한 것 같은데요. 어떻게 보십니까?"

"그렇게 볼 수도 있겠네요. 하지만 그 미로의 선두에 서서 모든 공격을 받아낸 사람은 테드 매케이였어요. 목숨을 잃었기 때문만이 아니라 그토록 오랜 세월을 그렇게 무거운 짐을 지고 고통을 견뎠기 때문이죠. 이 책은 그에게 엄청난 후유증을 남긴 경험을 다루고 있고, 그가 자기 마음이 놓은 덫에서 어떻게 탈출했는지를 이야기하고 있어요. 그의 용기가 없었다면 저는 오늘 이 자리에 없었을 겁니다. 이 끔찍한 범죄들도 해결되지 못했을 거고요."

강당 여기저기서 박수 소리가 들리더니 곧 우레 같은 박수갈채로 변했다. 로라와 랜달도 합류했다.

"죽기 전에 테드는 아버지가 죽고 나니 이 모든 것들이 아무런 의미도 없게 느껴진다고 제게 말했어요. 하지만 여러분과 저는 진실을 아는 것이 얼마나 중요한 일인지를 알게 됐잖아요."

"지당한 말씀입니다. 피해자 가족들과 이야기를 나눌 기회가 있었는데 많은 분들이 그러시더군요, 이 모든 범죄를 저지른 범인이 우리 곁에서 걸어 다니지 않는다는 사실을 알게 된 것이 큰 위로가 되었다고요."

"테드의 전처와 딸들에게도 큰 위로가 되었을 겁니다. 그들도 사랑하는 사람을 잃었다는 현실을 받아들여야 했죠. 어떤 마음일지 저는 상상도 못하겠어요. 하지만 적어도 그들은 테드를 본래의 모습으로 볼 수 있게 되었지요. 위대한 마음을 가진 남자로, 자기 것이 아닌 짐을 지고 견뎌낼 수밖에 없었던 사람으로."

행사는 그 후로도 30분 더 진행되었다. 랜달은 훌륭한 사회자였고 그들이 주고받는 말은 친구끼리 마주보고 앉아 나누는 속 깊은 대화 같았다.

그 후에는 사인회가 열렸는데, 로라는 그제야 긴장을 풀고 독자의 관심과 애정을 즐길 수 있었다. 그녀의 오른쪽 소맷부리 주위에 희미해진 흉터를 슬쩍 훔쳐보는 사람도 있었고, 책에 대해 감상을 말하거나 질문을 하는 사람들도 있었다. 가장 많이 받은 질문은 저스틴 린치에 관한 것이었다. 로라는 뉴스 보도를 통해서 그가 혼수상태에서 깨어나긴 했지만 차도는 없다는 사실을 알고 있었다. 그녀는 자신이 린치와 연락을 주고받지 않으며, 린치의 가족에게서 부여받은 정보 공개 권한은 책의 마지막 페이지에서 다 끝났다고 공손하게 대답했다.

어느 순간, 두꺼운 뿔테 안경을 낀 키 작은 남자가 강당 뒤쪽에서 머뭇거리는 것이 언뜻 보였다. 그는 사인을 받으려는 사람들 줄에 서 있지 않았다. 쉰 살 정도, 아니면 약간 더 젊은 것 같았고, 그녀의 책을 옆구리에 끼고 애매하게 웃고 있었다.

로라는 책에 서명해서 건네줄 때마다 뿔테 안경을 낀 낯선 남자를 흘낏 보았고 그는 여전히 거기 그 자리에 서 있었다. 강당이 거의 비었을 때 기획자인 매튜스라는 키 큰 남자가 로라가 앉은 테이블로 돌아왔다. 그녀는 그에게 잠깐만 옆에 같이 앉아 있어달라고 부탁했다. 그는 흔쾌히 그러겠다고 했다. 바로 그때, 뿔테 안경 남자가 자기 자리를 떠나 줄을 섰다. 맨 끝에.

거구의 여자가 테이블 앞에 딱 버티고 서는 바람에 뿔테 안경이 로라의 시야에서 사라졌다. 그 여자는 언제나 활짝 웃고 활기 넘치는 부류의 사람이었다. **"이렇게 직접 뵈니까 너어어어어무 기뻐요. 책 너어어어어무 마음에 들어요."** 로라는 여자에게 집중하려고 노력했다. 그녀는 매력적이었고 시간을 내어 여기까지 와준 사람이다. **"버몬트에서 차를 몰고 여기까지 왔어요. 여기 가족이 있긴 하지만 오늘은 특별히 당신을 보려고 왔어요, 닥터 힐. 당신은 정말 재능이 넘치는 분이에요."** 로라는 고개를 숙여 감사를 표한 후 책 제목 페이지에 몇 마디 적었다. 그녀는 그 남자가 아직 거기 있나 보려고 고개를 들었지만 여자의 배에 가려 보이지 않았다. "저어어어어엉말 감사해요. 책 계속 쓰세요. 이런 말씀 드려도 되나 모르겠는데." 로라는 계속 미소 짓고 있었지만 자신의 웃는 얼굴이 불편해하며 찡그린 얼굴로 바뀔까 봐 걱정이 되었다. 뿔테 안경은 어디 있지? 로라는 그가 손에 칼을 들고 거구의 여자 뒤에서 튀어나오는 모습을 상상했다. 왜 그런 일이 일어날 거라 생각하는 거지? 연쇄살인범들이 클럽을 만들어 단체로 그녀에게 화를 내고 있는 것도 아닌데. 그런 생각이 그녀의 마음을 스친 것은 그때가 처음이 아니었다. "나 테드와 사랑에 빠졌어요, 조금." 여자가 말했다. 그녀의 두 뺨이 불에 단 숯처럼 벌겋게 달아올랐다. "아아, 나 정말 바보 같죠? 진짜로 '사랑에 빠졌다'는 의미가 아니라 멋진 등장인물을 너무나 좋아하게 되었다 뭐 그런 의미로." 로라는 무슨 뜻인지 완벽히 이해한다고 대답하고 와줘서 고맙다고 인사했다. 그녀가 서명한 책을 돌려주자 마침내 여자가 떠났다. 뿔테 안경이 아직도 줄 끝에서 기다리고 있었다.

10분 후, 로라가 한 쌍의 남녀가 내민 책 두 권에 사인한 후, 드디어 그 작은 남자의 차례가 되었다.

"나를 모르겠습니까?"

침착하고 듣기 좋은 목소리였다. 이 남자가 연쇄살인범이라면 세상에서 가장 매력적인 연쇄살인범일 것이다. 로라는 긴장을 풀었다.

"죄송하지만 모르겠는데요." 그녀가 말했다. 그러나 이 말을 하자마자 생각이 났다.

"아서 로비차우드입니다." 뿔테 안경을 낀 남자가 그녀의 생각을 확인해주었다.

로라는 인터넷에서 변호사의 사진을 찾아봤지만 만난 적은 없었다. 그들은 짧게 통화했고 그 대화는 그다지 유쾌하지 않았었다.

로비차우드가 좌우를 살폈다. 일부 독자들이 강당에 남아 몇 명씩 무리 지어 대화하고 있었지만 모두 멀리 떨어져 있었다. 그들의 대화를 들을 수 있는 사람은 매튜스밖에 없었다. 로라는 그에게 잠깐만 자리를 비켜달라고 부탁했다.

"이름을 바꿔줘서 고맙습니다." 변호사가 말했다.

"바꿔달라고 하셨잖아요."

"네, 물론 그랬지요. 그래도 거절할 수도 있었는데, 부탁을 들어주셔서 감사합니다. 그리고 지난번에 통화할 때 제가 무례했던 거 사과드립니다. 이런 일이 제 일에 어떤 영향을 미칠 수 있는지 이해해주시리라 믿고요."

"네, 걱정 마세요."

로비차우드는 불안해 보였다. 옆구리에 끼고 있는 책을 아직 그녀에게 건네지도 않았다.

"일찍 와서 방해하고 싶지 않았습니다. 책 읽어봤는데 정말 좋던데요. 축하합니다."

그가 책을 테이블에 내려놓았다.

"감사합니다. 근데 뭔가 다른 일 때문에 오신 것 같은데, 아닌가요?"

로비차우드는 조용히 고개를 가로저었다. 그는 고개를 들어 천장을 올려다보았다. 마치 자기가 찾고 있는 말이 거기 적혀 있기라도 한 것처럼.

"당신한테 무슨 말을 할까 계속 생각해봤지만 아직도 잘……."

로라는 이해가 가지 않았다. 그녀는 책에서 로비차우드의 역할을 최소한으로 줄여놓았는데, 부분적으로는 그의 요청 때문이었다. 그런데 그가 무슨 중요한 할 말이 있다는 것일까?

"내 아내한테도 말하지 않았습니다." 변호사가 진심으로 후회된다는 표정으로 말했다. "아무한테도 말하지 않았죠. 하지만 당신은 날 이해해줄 겁니다. 이해해주기를 바라고요."

"네, 말씀하세요."

"당신이 책에서 묘사했듯 어느 날 오후, 테드가 내 집에 찾아왔습니다. 그날은 내 생일이었죠. 물론 테드는 모르고 온 거였지만요. 옛 동창생들이 모두 모인 것은 아니고, 일부만이 모여 있었어요. 제 말은, 당신이 책에서 묘사한 것은 그날 실제로 있었던 일과 상당히 비슷하다는 겁니다. 그와 나는…… 우리는 내 서재에서 그의 유언장과 관련된 이야기를 나눴죠."

로라가 그를 관찰했다.

"그의 주기는 모두 실제 일어난 일에 바탕하고 있었어요." 그녀가 말했다. "관련된 사람들한테 물어서 확인했고요."

로비차우드가 고개를 끄덕였다.

"미리 말씀 못 드려서 죄송합니다. 난…… 내가 알았더라면." 로비차우드가 책에 한 손을 올려놓은 모습이 마치 선서라도 하려는 것 같았다.

"괜찮아요."

"책에서, 주머니쥐에 대해 쓰셨는데요. 그게 상징하는 바가 정확히 뭡니까?"

로라는 깜짝 놀라면서 의자에 등을 기대고 앉았다. 사실 그녀는 주머니쥐에 대해서는 깊게 파고들지 않았다. 테드는 주머니쥐에 대해 별로 이야기하지 않았고, 책에 나온 내용도 거의 마이크 도슨에게 들은 것이었지만, 그는 시시콜콜하게 설명을 하는 사람이 아니었다.

"무슨 이유에서인지 테드는 주머니쥐를 무서워했어요." 로라가 다 이해한다는 듯 미소 지으면서 말했다. "뭔가 충격적인 사건을 겪은 게 틀림없다고 추론을 하는 정도이지요. 왜 무서워하느냐고 물어본 적은 한 번도 없어요."

로비차우드가 고개를 끄덕였다.

"그런데 그 '주기'에서, 주머니쥐가 어떤 역할을 했죠, 정확히?"

"로비차우드 씨, 그게 당신에게 중요한 문제인가요?"

"네."

"이유를 여쭤봐도 될까요?"

"그날, 내 집 뒷마당에서, 테드는 주머니쥐를 봤다고 생각했습니다. 당신이 책에 쓴 그대로 말이죠. 하지만 정확히 말하자면, 그는 낡은 타이어 속에서 주머니쥐를 본 게 아니라 내 아내가 키우는 화분들 사이로 숨는 것을 봤어요. 실제로 봤습니다."

로라는 당혹감을 감출 수가 없었다. 그녀는 주머니쥐가 나타나는 부분은 실제가 아니라 주기의 일부였다고 추측했었다.

"놀랍군요."

"그러실 겁니다. 그래서 말인데, 주머니쥐의 역할이 뭡니까?"

"확실히는 모르겠지만요, 로비차우드 씨, 난 그게 테드가 주기 안에 머무는 방식이었다고 생각해요. 상황이 걷잡을 수 없이 돌아가기 시작하면, 주머니쥐가 거기 있었어요. 때로는 테드의 꿈에 나타나기도 했고요. 주기에서 자꾸만 나타나는 주머니쥐가 일종의 수호자 역할을 한 것일 수도 있어요."

로비차우드는 잠깐 생각하는 눈치였다.

"당신 고향에 있는 미로 속 미노타우로스처럼 말이죠……."

변호사치고 나쁘지 않네.

"네, 그런 식으로요."

이제 강당은 완전히 비었다.

"그날 나도 주머니쥐를 봤습니다." 로비차우드가 갑자기 말했다.

로라는 잠자코 있었다.

"뒷마당에 주머니쥐가 있다고 테드가 고함을 지르니까 내 친구들이 그걸 잡으려고 달려 나갔어요. 아무것도 찾지 못했죠. 하지만 난 서재에서 창밖을 내다보고 있었고, 그때 분명히 주머니쥐를 봤습니다. 주머니쥐가 화분들 사이로 숨는 순간에 봤어요."

"무슨 말을 해야 할지 모르겠군요. 주머니쥐는 실제로 존재하는 동물이에요. 그때도 거기 진짜 있었는데 도망친 게 틀림없군요."

"거기 족히 서른 명은 있었는데 주머니쥐가 도망치는 걸 아무도 못 봤어요. 화분들은 마당 한가운데 벽돌 베란다에 놓여 있어서 아무에게도 들키지 않고 도망가는 건 불가능하거든요. 테드가 주머니쥐를 봤고 나도 봤습니다. 근데 다른 사람들은 아무도 못 본 거죠."

로라가 할 수 있는 일이라고는 그를 멍하니 바라보는 일뿐이었다. 그가 손을 내밀었고 로라는 그와 악수를 했다.

"당신한테 미리 말하지 못한 이유를 이젠 아시겠죠?"

아서 로비차우드는 대답을 기다리지 않았다. 그는 테이블에 내려놓은 책을 들고 미소를 지어 보이더니 무거운 짐을 벗어버린 사람처럼 홀가분하게 걸어갔다.

작가의 말

이 책을 쓰기까지 참으로 오랜 시간이 걸렸다. 테드 매케이는 오랫동안 서재에 앉은 채 자신이 내린 결정의 진짜 이유를 작가가 이해해주기를 기다렸다. 다행히도 나는 많은 사람들의 도움을 받았다.

먼저 이 이야기를 구상할 때 터무니없고 우스꽝스러운 내 생각에 귀 기울여준 내 어머니 루즈에게 감사드린다. 아버지 라울 아사트와 어머니는 내가 작가의 길을 걸어오는 동안 항상 내 편이 되어주셨다.

이야기가 형태를 잡아가기 시작할 때 믿음과 우정으로 조언을 아끼지 않은 패트리샤 산체스에게 고마움을 전한다.

폰타스 에이전시의 내 에이전트 마리아 카도나에게 감사드린다. 마리아는 원고를 읽고 플롯의 중요한 변화를 제안했다. 나를 올바른 방향으로 이끌어주어 고마워요, 마리아!

이 책으로 불가능을 가능하게 만들어준, '문학호'의 선장 애나 솔러폰트와 그녀의 선원 모두에게 감사드린다.

초고를 열심히 다듬어준 데스티노의 애나 솔데빌라와 편집팀에게 감사드린다.

내 누나와 형, 애나 로라 아사트와 제로니모 아사트, 그리고 조카 에즈키엘 산체스 아사트에게도 고마움을 전한다.

초고를 읽고 감상을 말해준 에리얼 보시와 마리아 피아 가라바르리아에게도 감사드린다.

충고와 모범으로 도와준 존경하는 동료 라울 안솔라, 폴 펜, 몬트세 데 파즈, 돌로레스 레돈도에게 감사드린다.

다음
사람을
죽여라

1판 1쇄 발행 2017년 6월 29일 **1판 3쇄 발행** 2017년 10월 16일

지은이 페데리코 아사트 **옮긴이** 한정아
펴낸이 김강유
편집 이승희 **디자인** 윤석진

발행처 김영사
주소 경기도 파주시 문발로 197(문발동) 우편번호 10881
등록 1979년 5월 17일(제406-2003-036호)
주문 및 문의 전화 031)955-3200 **팩스** 031)955-3111
편집부 전화 02)3668-3292 **팩스** 02)745-4827 **전자우편** literature@gimmyoung.com
비채 카페 cafe.naver.com/vichebooks **인스타그램** @drviche
트위터 @vichebook **페이스북** facebook.com/vichebook **카카오톡** @비채책

ISBN 978-89-349-7842-8 03870 책값은 뒤표지에 있습니다.

비채는 김영사의 문학 브랜드입니다.